# 安部公房全集 1984.11-1989.12

# 028

新潮社

# 安部公房全集28　目次

1984.11.19 自作を語る――『方舟さくら丸』［談話］……9
1984.11.29 人物ウイークリー・データ 安部公房［談話記事］……10
1984.12.3 ものの見方としてのドキュメンタリーについて［談話］……14
1984.12.11 核時代の方舟――第54回新潮文化講演会［講演］……16
1984.12.18 『方舟さくら丸』を書いた安部公房氏に聞く［インタビュー］……28
1985.1.1 生きることと生き延びること 新潮45編集部［インタビュー］……31
1985.1.14 方舟は発進せず 斎藤季夫［インタビュー］……39
1985.1.26 重層的な騎馬物語――木下順二『ぜんぶ馬の話』［選評］……59
1985.1.31 Diana Cooper-Clark宛書簡［書簡］……60
1985.2.1 気になる著者との30分 小川琴子［インタビュー］……61
1985.2.1 ワープロで書かれた七年ぶりの書下ろし 中学教育編集部［インタビュー］……65
1985.2.2 Lars Forssell宛書簡［書簡］……68
1985.2.3 なぜ書くか……［アンケート］……69
1985.2.21 嘘を承知で、あえてそこを生きるサクラ メアリー・ロード［インタビュー］……70
1985.3 スプーン曲げの少年［小説］……77
1985.3.6 子午線上の綱渡り コリーヌ・ブレ［インタビュー］……102

1985.3.6　核シェルターの中の展覧会　芸術新潮編集部［インタビュー］……108

1985.3.18　コリーヌの異文化対談　コリーヌ・ブレ［対談］……120

1985.3.24　ノンフィクションのいま［座談会］……123
本田靖春・本多勝一・筑紫哲也

1985.4.17　破滅と再生　1　栗坪良樹［インタビュー］……131

1985.4.25　NHK対談のためのメモ［メモ］……144

1985.4.28　未知なものはいつも、身近な闇のなかに［選評］……146

1985.5.4　物質・生命・精神　そしてX　渡辺格［対談］……148

1985.5.12　もぐら日記［エッセイ］……170

1985.6　「方舟さくら丸」の冒頭に　東大新報記者［インタビュー］……224

1985.10.8　シャーマンは祖国を歌う——儀式・言語・国家、そしてDNA［講演］……229

1985.10.9　人間と科学の対話［公開討論］……240
アレキサンダー・キング、エリオット・L・リチャードソン
ドナルド・D・ブラウン、アーハンガマゲ・T・アリヤラトネ、矢野暢

1985.10.10　科学と芸術　結合は可能　ドナルド・ブラウン［対談］……245

1985.10.13　もぐら日記　II［エッセイ］……249

1985.11.1 破滅と再生 2 小林恭二 ［インタビュー］……252
1985.11.24 テヘランのドストイエフスキー ［エッセイ］……273
1985.11.29 チェニジー ［エッセイ］……277
1985.12.3 タバコをやめる方法 ［エッセイ］……279
1986.1.16 意識が低すぎたPEN大会 大平和登 ［対談］……282
1986.2.3 ドナルド・キーン宛書簡 第21信 ［書簡］……293
1986.3.18 「明日の新聞」を読む コリーヌ・ブレ ［インタビュー］……294
1986.4.25 散文精神――安部公房氏 ［談話記事］……298
1986.5.19 ヘテロ精神の復権 光田烈 ［インタビュー］……301
1986.5.20 両脳的思考――第18回日本文学大賞学芸部門選評 ［選評］……303
1986.5.23 国際発明展で銅賞を受賞した作家 安部公房 上之郷利昭 ［インタビュー］……305
1986.6.20 ベルナール・フォコン写真集『飛ぶ紙』 ［跋文］……310
1986.7.13 V・グリーブニン宛書簡 ［書簡］……311
1986.7 ピジン語の夢 ［エッセイ］……314
1986.9.23 ユネスコ円卓会議用メモ ［メモ］……315
1986.9.25 反教育論――’86東京国際円卓会議基調報告 ［講演］……317

1986.9.28 医学と人間［講演］……324
1986.9.29 『死に急ぐ鯨たち』の安部公房氏［談話記事］……330
1986.12.24 異文化の遭遇［エッセイ］……332
1987.2.9 文明のキーワード　養老孟司［対談］……339
1987.2.24 クレオールの魂［エッセイ］……365
1987.6.3 チャールス宛書簡［書簡］……377
1988.1.22 弔辞――石川淳［エッセイ］……378
1988.2.19 ポール・クリーガー宛書簡［書簡］……380
1988.3.14 石川淳の編上靴［エッセイ］……381
1988.3.16 ［スプーン曲げの少年］のためのＭＥＭＯ［創作メモ］……384
1988.9 ＭＥＭＯ――「スプーンを曲げる少年」［創作メモ］……396
1988.10.18 真崎隆治宛書簡［書簡］……413
1988.10.19 カルティエ・ブレッソン作品によせて［エッセイ］……414
1989.2.9 黛君に調査依頼の件［メモ］……415
1989.2.16 カルティエ・ブレッソン宛書簡［書簡］……416
1989.2.16 セシル・サカイ宛書簡［書簡］……417

1989.2.20 キエル・エスプマルク宛書簡［書簡］……418
1989.3.25 もぐら日記 III［エッセイ］……419
1989.4.23 ドナルド・キーン宛書簡 第22信［書簡］……420
1989.7.1 原ひろ子著『ヘヤー・インディアンとその世界』［選評］……421
1989.8.5 角田理論追試のための研究会設立試案［メモ］……422
1989.8.20 監督シェル・オーケ・アンデションとの出会い［エッセイ］……423
1989.10 スプーンを曲げる少年［小説］……425
1989.12.7 安部公房氏と語る［座談会］……473
ジュリー・ブロック 大谷暢順
1989.12.22 余白を語る［談話］……487
付［作品ノート28］［校訂ノート28］
メモ（2）［参考資料］
メモ（3）［参考資料］

# 安部公房全集 28

［1984.11 – 1989.12］

監修　ドナルド・キーン

# 自作を語る——『方舟さくら丸』

たとえば大海に浮かんでいる一人乗り用のいかだ、それに二人の人間がとりついて、どちらかが死ななければどちらかが生き延びることができないという状況、これは昔から解答不可能なジレンマの例としてよく引き合いに出される話です。この解答のない状況の中で、無理に解答を求めようとすれば、どちらが生き延びる権利があるのか、資格があるのか、そしてその権利、資格を問う尺度というものは果たしてあり得るのか、この問題が現在われわれが慢性的になるほど日常化している。しかも、これが地球的な規模で人類の恐ろしい、しかし解答不可能なことがわかっていますから、どちらかというと忘れがちな、しかも毎日直面している問題、これになんとか応えてみたい。われわれ作家としては、解答がないことを承知で問い続けるということだけが唯一の解答ではないか、そういう腹構えでなんとかとっ組んでみたわけです。解答は当然ないわけですから、書き終えてしまった今も依然として書き続けているような感じがして、七年間かかって書いたという解放感よりも、いまだに朝起きる時に何か気合をかけて、よし、さあ続きを書こうという強迫観念に襲われ続けている、そういった近況をご報告します。

［1984. 11. 19－11. 25］

## 〈人物ウイークリー・データ　安部公房〉

11月29日・木曜

午前9時。仕事場にしている箱根の山荘で起床。

「そりゃ、本（『方舟さくら丸』）が売れてくれるっていうのは、ありがたいけど、（売れ行き順位で）僕と競争し合ってる相手っていうのがチェッカーズだっていうんだから参ったよ（笑）。困っちゃってさ（笑）」

午後4時。週刊『プレイボーイ』誌のインタビュー。編集者と六本木で夕食をとった後、新宿の東京厚生年金会館近くにあるスナック『アンダンテ』へ。

「僕はね、すごい深酒する癖があるんだよね。癖っていうか、あのー、やっぱり酒に強いせいじゃないかね。チョット飲むっていうのができないんだよ（笑）。チョット飲むんだったら、全然飲まないほうが、まだイイね。だからさ、ビールなんかから飲みはじめるとダメ。マティーニかなんかを、キュッとひっかけてからじゃないと、気分悪くなる（笑）。口をきくのも、やんなる（笑）。そのかわり、いったん飲みだすと、もう徹底的に飲むからね（笑）。どうも酒癖悪いらしい（笑）。『そんな飲んじゃいけませんよ』って、新潮社のやつに忠告されるからさ、だんだん飲まなくなっちゃった（笑）」

午前2時。千代田区丸の内にある東京ステーションホテルにチェック・イン。

「ホテルの玄関、閉まっちゃってたよ（笑）。いまどきのホテルにしちゃあ、珍しいね。ノックしたら開けてくれたけど、京都の旅館みたいだな。でも、まあ、チョット外国の田舎のホテルみたいでね、イイ感じのホテルだよね。タイルのはがれたところを、漆喰（しっくい）で埋めてたりなんかしちゃってさ（笑）、こういうの好きだなあ（笑）」

午前3時。就寝。

「そりゃ、僕も、たまにはね、早寝早起きを心掛けてさ（笑）、健康な生活に戻そう、とは思うんだけど、戻っても結局、その日1日だけだ（笑）」

11月30日・金曜

午前7時。宿泊先の東京ステーションホテルで目覚める。

「いまでも積極的に聴きたい音楽っていうと、もう、とにかくバッハだね。まあ、僕はバロックが好きだから、あれなんだけど、あと、ジャズだったらセロニアス・モンク。そして、やっぱり、ピンクフロイドにいくよね。僕はね、ビートルズよりもピンクフロイドのほうが、時代というものの、過酷さともろさを非常にシンボリックに出してると思う。そりゃ、ロックのなかでは、プログレッシブだっていうレッテル貼られただけで終わってるけどね、音楽的才能としてはピンクフロイド、抜群だよ。『エコーズ』とかね、ああいう曲は、おそらく将来ね、不朽の名作として評価されるときが来ると思う。しかしね、あれだけの才能が、雑巾のように使い古される時代は、あまりにも残酷だよ。ピンクフロイドのこと考えると、僕はいまでも胸が痛いよね。そんな、いくら、みんながチェッカーズだとかって言ったってさ、そんなもん、君、同列に論ずべき問題じゃないよね（笑）」

午後零時。新幹線で神戸へ。オリエンタルホテルでサイン会をおこなう。

「しかし、あれだね、どこ行っても男の読者が多いよ。なんでなのかな。女はほとんどいない（笑）。サイン会で、たまに女のコがいたりすると、新潮の営業のやつが、『女がいる、女がいる』って、もう、それだけで騒ぎになるくらいだからね（笑）。あれ（『方舟さくら丸』）、女が読んだって、イイと思うんだけどなー。そのへん、チョットわからない。君んとこの雑誌も、あんまり女は読まない雑誌だろうから、もっと女が読むように宣伝してくれって、言ってもダメだろうしな（笑）。いや、ホント、困ったよ（笑）」

12月1日・土曜

午前6時。宿泊先のホテルで目覚める。

「神戸はコーヒーとケーキと肉だって言うものだからさ、やっぱりコーヒーも飲まなくっちゃいけないかなと思って、ゆうべ飲んだのが運のツキ。眠れなくなってさ（笑）。つらかったなー。まあ、だいたい不眠症の気はあるんだけどね」

午後2時。関西大学生協でサイン会をおこなう。

「文壇付き合いっていうの、僕はゼロだよ。僕ぐらい、ないやつも珍しいんじゃない。なんでって言われても、面白くないもの。会うのもイヤだね（笑）。だれとも付き合わない。だから嫌われるんだよ、君（笑）。だいたい、利益がないよ。それに、作家なんていうのは、ホント、人格的にもなにも、もう、しようがないバカみたいなやつ多いもん（笑）。やっぱり、ジャーナリストとかカメラマン、そういう連中と付き合ってるほうが、吸収するものが、なんかあるでしょ。ただ、カメラマンっていうのは、だいたい酒癖悪いんだよな（笑）。不思議だよ、あれ。ホント、ガラ悪い（笑）。一緒に飲んでると、すぐ喧嘩になっちゃうんだよ（笑）。意味なくやっちゃうから、自分でもイヤになってね。あとあと、自己嫌悪に陥るっていうか（笑）」

午後3時30分。新幹線で京都へ。駸々堂書店・京宝店でサイン会。

「サイン会なんて、こんなこと、僕、はじめてなんだよ（笑）」

12月2日・日曜

午前10時。調布の自宅で起床。

「どんな時代でもね、世間の出来事っていうのは、驚くべきことがあるわけだよ。だけどね、文学からくる驚きと、現実からの驚きとは、まったく次元が違うんだからね。かい人21面相が出たからって、文学が不振になるなんて、そんなことあり得ないよね（笑）」

午後9時。車で箱根の山荘に向かう。

「箱根っていうと、エライ遠いような感じがするけど、実際には通勤距離だよ。夜中だったら1時間20分で行っちゃうよ」

12月3日・月曜

午前8時。山荘で起床。

「このまえまではね、三菱のパジェロっていう車に乗ってたんだよ。まあ、箱根で仕事してると雪が降るからさ、どうしても四駆がいるんだよね。これは国産の四駆じゃ、いちばんイイことになってるんだけど、僕の場合、東京と行き来するから、東名を走るでしょ、まず。そのうえ、旧街道も走ったり、いろいろ複雑なコンディションをクリアしないとダメなんだけど、そうすっと、どう考えても、パジェロって、イイ車じゃないね（笑）。どうも気にくわないんで、いろいろ文句言っても、『あんたの運転技術が悪いんだろ』みたいな顔をされるわけよ（笑）。頭にきたんで、今度はアメリカのチェロキーっていうジープに試乗したら、すごくイイんでね、きのう、その車に換えたんだ。最近の出来事らしい出来事っていったら、そんなもんだよ（笑）」

午後4時。週刊『プレイボーイ』誌に掲載の談話に目を通す。

「やっぱり、僕らの仕事っていうのは、自分で選んでやってることだからね。疲れたから、さあー、解放だなんて、そんな贅沢言ってられないよ、君（笑）」

12月4日・火曜

午前8時。起床。講演のため早稲田大学へ向かう。

午後4時。講演終了。生協でサイン会をおこなう。

「いまの若い世代が、どうのこうのって、よく言うけど、冗談が昔と同じように通じるんだから、そんなに変わってないんだなって改めて思った。ホットしたよ（笑）。冗談が通じなくなったら最後だからね、人生。いつまでたっても笑わなかったら、こっちもシラケてきてさ、しゃべれなくなっちゃうもの（笑）」

12月5日・水曜

午前7時。山荘で起床。書斎に設置されているワープロで原稿の手直し。

「ワープロ、打ちだしたら10時間、ぶっ通しだもん。目をやられるんじゃないかと思って、はじめは心配だったけど、そうでもなかった。やっぱり頭の疲労が限界にくるね。まあ、いまはそんなことないけど、たとえば、〝ぬ〟っていう字のキーが、突然なくなる。ぬ、ぬ、ぬ、って、いくら捜しても見つからない。頭がヘンになったかな、と思ったら、隅っこにチャントあったりしてね（笑）。こうなったら、もう限界だね。OAシステムの導入とかって、このごろ、よく言われるけど、やっぱり疲労度をチャント計算して、労働時間をすごく短く、休憩時間を長くする必要、確かにあるよね」

午後2時。毎日新聞のインタビュー。

「まあ、何年に1回のことだとはいえ、やれサイン会だ、やれインタビューだって、俺は歌手じゃねエんだからさ（笑）。弱ったね」

［1984. 11. 29－12. 5］

# もののの見方としてのドキュメンタリーについて

主題の選びかたについて、まず言っておきたいのは、自分で読んでみたいと思うものを発見するように努めて欲しいということ。他人を面白がらせるより、自分にとってどこまで必然的な題材かが大事なんだ。写真の場合もおなじことだね。自分が見たいと思う写真……どうも応募作品には、いかにもドキュメンタリーらしい、他人の目を表面的に意識しすぎたものが多すぎる。すぐにインドに行ったり、アフリカに行ったり。

そうじゃなく、その仕事のせいで自分が変ってしまうくらいの姿勢が欲しい。日常感覚を破壊するものは、かならずしも反日常的なものとはかぎらないんだ。ごく日常的なもののなかにも、出会いの角度しだいでは世界観をあらためさせられるくらいの驚異がひそんでいる。とにかくドキュメンタリーとはこういうものだという概念で書いた〝らしいもの〟は避けたいね。理想を言えば、その作品によって、ドキュメンタリーの概念に多少の変更を余儀なくされるくらいの新風を、ということだ。

自分がどうしても心をひかれるものがあり、その回りをぐるぐる回っていれば、いずれ主題が膨らんでくる。その時がくるまでじっと待ちつづける忍耐も必要だ。好奇心の持続といってもいいかな。いずれ大量生産品じゃないのだから、合成品よりはやはり天然発酵のほうがいいにきまっている。

そしてその間、酵母菌の作用に身をまかせて、さからわないこと。大胆に自分を変えていく、その柔軟さはどうしても必要なことだ。どこまで対象と融け合ったか、融け合うことで自分が変わる。

ただし、基本的に、自分の存在は消してほしい。自分を語るために対象を利用するような露出趣味は嫌だな。出るだけの自分があれば、放っておいても人格は作品の中に、結果として出てくるものだ。

だから変に文章をひねったりするより、正直に、自分自身が好奇心を持ったものをどこまで忠実に他人に伝えられるかを、考えてほしい。いい文章というのは、正確な文章ということだからね。対象にしっかり食い込むのと、正確な文章を書くのとは、結局おなじことなんだ。

司馬遼太郎の「南蛮の道」は、いいお手本になる。先入観による旅ではない点。つまり、行けばこういうものが見えるといった視点で書かれたものではなく、その場で見たもの、聞いたことに対応させて自分を変えていく、そんな柔軟さに感心させられた。

立花隆の「宇宙からの帰還」も、おなじ意味で面白い。彼自身の予期を超えたものが、ちょうど地平線の向こうに湧き出す雲みたいに立ちはだかるところがいい。最近のドキュメンタリーの傑作と言えるだろう。

ハメットは心理を書かなかった。例えば「いらいらした」とは書かずに、「煙草をふたくち吸って、吸殻をもみ消した」という風に書いただろう。心理ではなく、誰もが確認できる客観的な行動だけを書くわけだ。

ハードボイルドといわれるが、単にタフな男のタフな行動が狙いだったわけではない。主観を一切排除することで、ハメットはあの文体と魅力を作りあげた。まさにドキュメンタリー・タッチの効用だろう。アンドレ・ジイドがハメットを評価したという不思議な関係も、そう考えると分るような気がしてくる。現代的な新しい表現スタイルへの予感だったのだろう。

ドキュメンタリーという限定されたスタイルがあるわけではない。ものの見方、考え方としてドキュメンタリーをとらえてほしい。

「テープレコーダーを持ちなさい」と言ったことがあるけど、それは眼や耳を客観化しなさいと言うことなんだ。人間というのは相手の話を聞いても、自分の都合のいい部分だけを〝抜き聞き〟して、他は忘れてしまう傾向がある。それではドキュメンタリーにならない。カメラで眺め、テープレコーダーで聞くくらいの執念と猜疑心がほしいと思う。

僕自身のことをいうと、匿名でPBドキュメント・ファイル大賞に応募してやろうと思ったこともある。面白い応募作品が少なかったし、賞金が高いからね。その時思いついたのが〝スプーン曲げの少年〟だった。考えているうちにテーマが次第に拡がって、けっきょく次の小説のテーマになってしまったから、もうPBには応募しない。

［1984. 12. 3］

# 核時代の方舟——第54回新潮文化講演会

今日は……やっぱり「核時代」とついている。この核時代というのがつくのは、どうも悪い結果を産むということに最近気がついて、今日はその訂正の話をしましょう。

話は全然飛ぶけど、いま思い出したから言うんだけども、どうせ今日話す内容はそんなにないから、いろいろと枝葉をつけて言う。子どものとき、僕はなぜかすごく声が出なかった。声が出る人がうらやましくてね。僕が子どものとき、軍事教練というのがあった。号令かけなきゃいけない。もちろん号令かける人は、小隊長とか、中隊長とか役がつくわけね。それになった人がもちろん号令かけるので、僕は絶対ならなかったから大して必要なかったんだけど、それでも一応号令かける訓練がある。なぜか、どうしても声が出ないんだよね。声が出る人がすごくうらやましかったわけ。今はけっこう出るんだよ。どういうわけかね。たぶん意識の問題だね。ちょっと自閉症的なところがあったんじゃないかね、子どものとき。いま全然ないけどね。だから、声が出るか、出ないかというのは、何か成長過程と関係あるんでしょうね。まあ、どうでもいいことです。

小説が出た直後ですから、こういうところへ来て話すでしょう。小説のことについて話すと、多少は本が売れるんじゃないかと、仕掛けとしてはこういうことですよね。しかし、現実的にはそういうことはあり得ないと思っている。今日は人数少ないですから、わりに買ってくれている人が多いんじゃないかと——これは押しつけているわけじゃないですよ——思っているわけです。本買わずに話聞きにくるというのも変わった人で、ずいぶん失礼だと思います。たぶん買うと思います。これぐらいの数は、売れても売れなくても、僕にとって影響ないんです。変な話だけど。だから、これは純然たる話をするのであって、決して本を売るためじゃないと思うと、本の話する必要ないということになるでしょう。もし万一買っていない人がいたとする、少数。その人は、この話を聞いただけで、うん、そうか、そういう話か、わかったと思って、買わないんだよ。だいたい知っていますよ。だから、こういうところで宣伝のために話すというのは、選挙演説じゃないんだから、全く無駄だよ。あれ買おうか、これ買おうかと思っているときは、そうか、じゃああっちを買おうということになるかもしれないけど、あれ買おうか、これ買おうかと選ばれるんだったら買ってもらわないほうがいいですよ。だから、小説の内容について話すということは全く意味がないから話さないつもりですけど、ちゃんとここに「核時代」と書いてあるし、これは誤解のもとだと思うので、それだけ言いたいんです。

もう出て一ヵ月ぐらいたちました。そして、ぼつぼつ批評なんかが出ているのを見て、よく書いてあっても悪く書いてあっても、非常に不本意なことが一つあるんです。それは何かというと、テーマがどうだとか、主題がこうだとか、やれなんだかんだと書いてあるんです。だいたいにおいて共通しているのは、前半は非常に物静かに進行するが、後半がえらいにぎやかなアチャラカだと書いてある。アチャラカとは書いてないけど、そういうニュアンスで書いてある。

それを読んで、すごく絶望感を感じるのは、本当はそうじゃないんです。つまり、普通の人だったらあれを読んで何を感じるかというと、最後は確かに波瀾万丈といいますか、事件がたくさん起きるのですが、あそこを僕は書きながら何を感じて書いていたかというと、すごい悲しさを感じて、ものすごい淋しい気持ちで書いていた。どういうことかというと、これは読んでない人に言っても始まらない、だからこういうところで話すのは無駄なんだけど、（笑）読んでいる人いるかもしれませんから、その人のために言いますと、あの小説の中に脇役として例えば「ほうき隊」という変なのが出てきます。これはおじいさんがグループつくって、箒で街を掃いて歩くんです。夜、しかも邪魔になったらいけないから寝静まった時間、夜中に群を成して、軍隊みたいに整然と箒で街を掃いて歩く。実に規律正しいんですけども、ちょっと気持ち悪いよね。気持ち悪いだけじゃなくて、これはよくよく考えたら、ほとんどの方たちの未来、将来の姿です。僕は、あれを書いていて、とてもつらい。その人たちがつらい気持ちでいたかどうかということは書いてありませんけども、思うだに淋しくて、悲しくて、つらいじゃない？　僕はそう思うよ。

だいたいにおいて、自営業の人はともかくとして、サラリーマンの人が定年退職したあとはほとんどあのほうき隊なんです、あり様が。読んで、人ごとのように、これはドタバタだと読める人というのはものすごく鈍感な人だと思うね。だいたいにおいて評論家という職業の人はほとんど鈍感なんです、その意味で。なぜかというと、例外もありますけど、ほとんどの人が大学の国文科みたいなところを出ている。日本の様々な教育……いま教育臨調なんてできているけど、そういうところで全く触れられない重要な問題として日本語の国語教育の根本的な欠陥は何かということを全然あそこで指摘されていない、触れられていない。本当に日本の国語教育というのはひどいものです。

どこがひどいかというと、……戦後の国語教育が悪いというでしょう。あれは全く逆です。まさに悪さは戦前がひどくて、その悪さがそのまま現代に至るまで続いている、国語教育が。

どういうことかというと、第一に、なぜか知らないけど、僕の短編なんかが教科書に出ている。あれは僕が出してくれと運動したんじゃないですよ。なぜか法律的に、教科書に関しては、作者の許可は事後承諾になっているから、あれは自然に出ちゃうんです。僕はあんまり教科書に出ることは、自分ではいいことだと思っていないんです。子どものときに、教科書に出ている作家というのを、僕なんかでもだいたい馬鹿にしたですね。ははあ、教科書に出るようなヤツじゃろくなヤツじゃないと、こういうふうにだいたい思ったよ、子どものとき。だから、きっと心ある人――心ある人というのはだいたいひねくれた人だ。子どものひねくれたヤツは、教科書に出ているだけで、ああそうか、教科書に出るようなヤツかと思っちゃうに決まっているから、あまり出たくないけど、出た以上はしょうがない。

しょうがないんであきらめるんだけど、一番いやなのは、開けて文章が出ているでしょう。次の行に、まずほとんど問題みたいなのが出ていて、「大意を述べよ」と書いてある。これが最初だよね。大意を述べよというけど、自分が書いた小説だって僕は自分で大意なんか述べられませんよ。大意がそんなに簡単に述べられるものなら、小説なんか書かなくて評論書いていたと思います。評論なら大意ですむでしょう。だけど、小説で大意を述べよですむものだったら、あんなに延々と書くことない、時間の無駄だよ、最初から大意だけ書けばいいんだ。(笑)

本当に面白い小説というのは、十人の人が十の大意をつかみます。それで大意を述べよといって、あれで先生が採点するわけでしょう、正しい大意か、正しくない大意か。そんなはずあり得ないです。そういう読み方を最初からしちゃったら、ディテールを読まないです。ディテールを読まずに、まず大意でものをとらえていいか悪いか。大意が述べにくい作品はだいたいだめだと先生はつける。だって採点しようがないからね。先生は、当然最初から大意があると思い込んでいる。だから、ひどい先生がいて――ひどいというか、真面目な先生だと思いますが、いまあなたの『砂の女』を授業にとりあげているという。ついては、あの現場はどこだという質問が手紙で来たりする。それは、ありません。だから、返事しないでおくと、今度は怒った手紙がくる。こっちは真面目に教えているのに、本人は何たる不真面目なことだ、もう教えるのはやめたなんていってくる。まあ、しょうがないけどさ。そういう先生に教えられたら、その生徒はつまらない小説だと思うと思うんだ。この現場はどこだろうといってさ。

どうも大意を述べよという発想、これが戦前から国語教育の基本です。要するに解釈なんだ。小説なんて解釈なんかする必要ないよ。だいたい難しいこと書いてないですよ。僕の小説なんかわかりやすすぎて困るぐらいわかりやすいです。新聞に書いてある言葉以上に難しい言葉は僕は主義として使わない、建前として使わないです。それを解釈なんかする必要ないです。あれを解釈しなけりゃわからないというのはよっぽど馬鹿で、そんなものをわざわざ丁寧に解釈しようなんていう先生はおせっかいだよ。

この大意を述べよという形で発想してきて、つまり国語というか、要するに文学というものを解釈の対象としてしかとらえない習慣というのがあるわけです。これは全く日本人の文学に対する偏りをつくってしまったことだと思います。とても困ったことだと思う。

ついでに付け加えていえば、読み書きの問題があります。読み書きソロバンと昔はいったんです。いまソロバンはちょっと弱くなりました、電卓が発達したから。だけど、いまだに読み書きのことについては、漢字は増やすべきか、減らすべきかと論争しているけど、あれは全くナンセンスだと僕は思います。読むのと書くのは、実は我々の文字に対する関わり合いで全然違うことなんです。書けなくても読めればいいという部分がずいぶんあります。だから、読み書きといって一生懸命書き取りさせるけど、あの書き取りは無駄だし、絶対教育から排除すべきだと僕は思います。つまり、新聞くらい読むのは、読めないと困ることがあると思います、本人の不便で。

でも、僕はよく新宿なんか歩いていて、僕は何しろ汚いところが好きで写真撮って歩くから乞食なんかよく見て歩くけど、日本では乞食も朝日新聞読んでいるからね。細かくどこまで読んでいるか質問したことないからわかりませんけど、読んでいる。新聞なんかの程度だったら読めるんだよ。日本では文盲率低いですから、今さら読むほうはそれほど厳しく教育しなくても、意外とあんなもの読めるんです。しかし、書くのは大変です。例えば「憂鬱」という字、あなた方、どれだけ書けるか知りませんけど、僕は書けないですね。しかし、読めるし、ちゃんと憂鬱な気分にもなるし、べつに書けなくても不自由は感じないです。手元に小さい辞書があって、いちいち引く。だってユウウツとカタカナで書いたら恥ずかしいもんね。この頃の若い人はそういうのをカタカナで書くのはやっているけど、僕はああいうのはきらいですから。なぜかといったらみな読めるから。読める字をわざわざカタカナで書くのは意図的です。遊びです。だから、僕は憂鬱と書きますけども、そのたびにちゃんと辞書を引かなきゃいけない。特にあの字、込み入っているからね。そのまま見てもわからないんだよ。しょうがないから虫メガネで見て書く。(笑)ところが、いまはそれもやらないです。いま僕はワープロ使っていますから、ひらがなで「ゆううつ」と打ってポンと打つと「憂鬱」とちゃんと出る。便利なものです。これは冗談だけどね。

要するに読み書きとくっつけて、あれを書けるようになる苦行を強いるということ、何しろ苦しめれば教育だと思っているんだ。あのために、本当に時間を無駄にしています。教え方が悪いということは数学の領域にまで及んでいる。統計的にいって、ほとんどの人が数学きらいというから、この中でもほとんどの人がきらいだと思いますけど、僕は大好きなんです。それはやっぱり運がよかったんです。あるときタイミングよく数学が面白いということに気がついたから、とっても数学が好きになったんです。数学というのは本質的にどういうものかというと、努力せずにできる学問というのは数学だけです。僕は自慢しているのではないですよ。きらいな人のほとんどは先生が悪かったということです。先生がよければ数学ぐらい楽なものはないですね、あれは考えなくたっていいんだから。コツさえわかればわかっちゃうんだよ。自転車に乗るのと同じです。理屈をいくらいわれて、こっちへ倒れそうになったら右にハンドル切って、こっちへ倒れそうになったら左にハンドル切ってと、文章でいくら読んでも絶対乗れないよね。そういう教え方をしている。だけど、あれ乗ってみたら、二、三回ころべばスッと走れるようになるでしょう。あんなものだね。

ただ、問題なのは、数学といってもいろいろあるんです。これは大ざっぱな幼稚な分け方ですけど、幾何の系統と代数の系統があるでしょう。最近は幾何のほうをやめたんだってね、代数を残した。これを聞いて僕は唖然としました。僕は数学が得意だった一人の人間として非常に驚きました。代数はなくていいんです。代数排除するのには、ちょっとためらいはありますけど、まあいいでしょう。しかし、幾何をやめたというのは、これは実に気持ちの悪い変な考えだね。あれはどういう人が決めるんですかね。教育委員会というのか、文部省か知りませんけど、よっぽど数学できなかった人が集まっていたんだと思う。(笑) 数学で必要なのは、幾何学的発想だけなんです。あとのものは何も要らないんです。確かに役には立ちません、幾何学的発想というのは。しかし、人間の発想の訓練というものにはものすごく役に立つ。あんなものゲームみたいなものだからね。呼吸さえパッとつかめれば、すらすらというか、おもしろい。要するにあれは学問ではなくて、戯れる対象です、幾何学なんて。僕は自慢するわけじゃないけど、だいたいにおいて高等学校へ入ったとき一年で三年までのできちゃって、教科書見ただけでわかっちゃうんだ。しょうがないから大学の教科書買ってきてやったら、大学はさすがに幾何学なんて幼稚なものなかったから困ったけどね。そんなもんだ。それは絶対残すべきですね。そういうことをカットして、依然として書き取りやらせて、しかも文字の書き順、下がはねてあるかとか、そんなことまでいって採点する。そんな無駄な時間、これはひどいよ。そしてそういう人間をだんだんと意味なく慣らしていって、国語で大意を述べよでしょう。たまらないよね。

そういう教育された人相手に小説書くんだから、やっぱり骨折れるよ。(笑) だから、批評だってすごいよね。ああいう批評が出るんだもんな。悪く書かれているのは、もちろん腹が立ちますよ。しかし、よく書かれていても、なかなか楽しいアチャラカだって書かれたんじゃたまらない。小説の中に生きている人間のとてもつらい哀しみとか、つらさというものを全然感じない。一言も触れていない。しかし、あれは僕の重要な課題だったし、おそらく普通の人が読めば感じてくれると思うんです。

やっぱりうまく宣伝しているみたいな感じになってきた。ちょっと批評が出揃っていやな気がしてたもんだから、つい言っちゃった。

それから何を話せばいいのかな。核時代——確かにそういうこと書いてあります。しかし、言ったたって言わなくたって、いま「核時代」だもんね。それは自明の理でしょう。だから、自明の理のことをわざわざ小説にして書くというのは読者に失礼です。新聞読めばわかるようなことを、みんな頭悪いからわからないだろうからって漫画にして……、この頃なんでも漫画になるんだってね。アインシュタインの相対性原理も、『資本論』まで漫画になるんだってね。それは結構だと思います。怠ける人には便利なものでしょう。確かに資本論なんて読むのはうっとうしいし、あれ読んだという人ほとんどいないです。だから、漫画にすれば多少読むかもしれない。結構なことです。

しかし、核時代のことをそのままストレートに小説にしようというのは……絵解きで、わかりやすくね。よく温泉の案内地図というのがあるでしょう。山に入った道がこうあって、向こうに煙が出ているような、旅行案内の地図、ああいうふうに小説を考えている人がいる。本当の地図というのは、等高線が描いてあって、地図を見るのに詳しい人が見れば、非常に細かい情報がそこからきますけど、そうでない人は見ても何の情報もこないから、色分けして、高いところは茶色、低いところは緑色にすると、多少わかる。もっとわかりやすいのは、それを省略して山をこう描いて、道がこんなふうに描いてあって、サルがいるところにはサルの絵を描いてあるというのがあるでしょう。ああいうふうに描くと一見イメージがはっきりするように見えるんだけど、ここからくる情報は何もないんです。おそらくそこに描いてあるもの以外の情報は何もないでしょう。ところが、本物の地図だと、見ている人それぞれの関わり合いとか要求によって、いくらでも新たな情報が出てくる可能性があります。小説というのはそういうものだと思います。そんな絵解きではないと思います。

だから、核時代といっても……、これは書いた人のことを咎めているのではないですよ、新潮社の人だと思いますけど。そうではなくて、そういうことは確かに主題の一つではあろうけども、小説というものはもともとそんなふうなことではないのです。そういうふうに絵解きして、何かあるものを僕が考えて、それをもっとわかりやすくみんなに伝えるにはどうしたらいいかと思って、物語にしてわかりやすく出すというふうに思っている人がいるらしくて、今度の小説はどんな順序で構想しましたかと質問する人がいるけど、そういうものじゃないんです。

自分でも霧の中で手探りしていくような形で、何かあるはずだけどはっきりしない、それを自分で手で探っているうちにこうなってきたということです。そこに、今、現代というものが自ずから含んでいる核という問題が出てきますけど、これは出てこようと出てこまいと、要するに、まず生きていることの痛みというものがいったい何であるのかという問いから、さまざまなそういう小さな事実……、僕の場合に今度の小説で最初から変わらず最後まで残ったものはたった三つだけなんです。それは何かというと、一つは自分の排泄した糞を食べながらぐるぐる回っている昆虫と、何かのはずみにトイレの穴にスポッと足がはまって動けなくなったらどうなるだろうということと、それからほうき隊というイメージ、この三つだけが最初からあって最後まで生き残ったイメージです。その他にいろんなイメージが出たり消えたりしましたけど。そんなふうな非常に微細な、細部から入って、それを何となくかき混ぜているうちに残って、あとのものは流れていってしまって、残るものがある、執念深くその周りをぐるぐる回っているうちに、それが自分の必要とする空間をつくっていく。それがさらにそこに住んでいる人間を生み出していく。その人間が人間同士の関係をつくっていく。

僕はそれを、とにかくきょろきょろ見て、追いかけていく。そのうちにやはり必然的に一つの物語にもなるでしょうし、主題あるいはテーマというものも自ずから出てくる。それは一つの世界というか、そういう形での現実があったら、その現実の中にそれなりの歴史が生まれ、また生活が生まれてくるという、結果として出てくることなんです。決してテーマとか、主題とか、核時代をいかに生き延びるべきか、なんてことを考えて書くわけではないです。全然そうではなくて、むしろトイレの中に足が落ちてまず困るのは何かというと、自分がどうやったら大小便できるかということが深刻でしょう。それをするはずのトイレの中で、穴に足が入っているんだから、すごい困る。もちろん動けないということも困るんだけど、自分が今度大小便できなくなるという自己矛盾にぶつかるでしょう。深刻な話じゃない、馬鹿げた話しているんですよ。つまり、そういう馬鹿げたことだって、とてもつらいことがあるわけ。そういうことに一生懸命に、便所の構造についての本とか、下水発達史、それに類した本とか、便器の本というのはありませんけど、そういう本を買ってきて一生懸命読む。そうすると、汚物処理というものは歴史的には一つの文明史です。意外とこれは深刻な問題をはらんでいる。もちろんそういうことは小説の中に入れませんけどね。入れませんけど、おもしろいです。そういうふうにしてぐるぐる回り続けた結果が小説になるので、これは大意は述べられませんよ。また述べてほしくないですね。

……まてよ、三時半じゃなかったっけ。二時四十分から始めたんでしょう。もう一時間話した？　すごいね、びっくりした。じゃあ、終わりですよ。

えっ、僕の時計狂ってる？　あっ、僕、時計逆様に見ていた。

（笑）なんか変だと思ったよ。ごめんなさい。

でも、終わったつもりになったら話すことなくなっちゃった。（笑）いまホッとしたんだよね、ああ、もう時間きたと思って。何の話するかな……。

そういうことを承知の上でなら、いまの核時代とか何とかという話をしてもいいんだよね。一応小説と切り離し、小説は大意ではないんだから。小説の話はここまでにして、しかし、一応核の問題が中に書いてあるし。そういう時代の問題についてこれから話すとしても、これは小説のことじゃないですからね。なるほど、そういう小説かと思わないでくださいね。それでは登場人物にかわいそうだから。せっかくあんなに悩んで生きているのに、大意ですまされたんじゃかなわない。

だから、それは抜きにして、あの中に結局……核について僕なりに書きながら非常に悩みました。悩んで行き着いたところは、非常に逆説的だけど、核反対という言い方がすごくむなしいのではないかという疑いにとらわれ始めたわけです。それはどういうことかというと、核というものが何であるかということをずうっと考えていくと、確かに核はひどい。日本は世界で唯一の被爆国だから、というでしょう。しかし、あれは広島、日本人が被爆したんではないです。地球が被爆したんです。どうして広島、日本の中の広島、日本人がという発想をしなければならないのか。核という巨大な兵器を前にして、なぜ日本といわなければいけないのか、僕は非常に不思議に思うのです。なぜ地球が被爆したと考えないのか、どこに日本の特殊性があるんですか。あの広島に落ちた爆弾……それで二度と過ちを繰り返しませんと言うでしょう。だけど、ちょっとうぬぼれているのではないかと思う。その人が原爆を落としたのなら、僕はその言い方わかります。しかし、落とした人じゃないんでしょう。過ちを犯したんじゃないでしょう。二度と過ちを犯しませんてどういうことか。これは僕がいやみを言っているように聞こえるかもしれないけど、そうではないんです。

ずうっと考えていて、なぜあんな巨大な破壊兵器にまでたどり着かなければいけなかったかというと、やっぱりそこの背景には国家というものの本質的な暴力システムがあるということです。そこにまでたどり着かなければいけないほど、国家というものが守られなければいけないのか。また、これは変な言い方だけど、国家がそんな権利を持っているのかということです。つまり、国家主権という名前のもとに、国家を守るためにはどんなことでも許されるという考え方。そうしたら、自分の家庭を守るためには強盗したって何したっていいということになる。しかし、家庭は小さいもので国家は大きいものだ——それはレベルの問題に過ぎないでしょう。

実は国家主権という考え方はそんなに昔からあるものではないんです。近代国家が成立する前は、国家主権なんていう考え方はなかったです、王様の主権はあっても。国家主権というのは新しい概念です。それが、猛烈な勢いで第一次大戦から第二次大戦にかけて国際法においても絶対的なものになっていくわけ。国際法という考え方で、少なくとも戦争はいいという人はいないけれども、国家主権が侵されたときには、戦争は必ずしも咎められないんです。自衛権ということです。しかし、それを言っているとシーソーゲームでいつまでたっても問題は解決されません。

個人のレベルでの暴力の問題がそうでしょう、暴力について、条件つきの使用を認めたら。だから非常に困るのは、すごいヤツが喧嘩ふっかけてきて、もう殺されると思っても、相手が手を出す前にこちらが何かやって相手を傷つけた場合に過剰防衛になります。個人の場合にはそれぐらい厳しいです。しかし、国家の場合はそうならないんです。また、果たしてそれが正当な防衛権であったかどうかを裁く場所がないんです。それを主張するのは各国家です。それをはっきり裁ける場所をつくろうと思ったら、これは国家を越えた超国家的な司法権でしょう。例えば国連というものがあるといえばありますが、国連には司法権がないんです。

司法権というものは、武力といいますか、暴力といいますか、ある現実的な力を持たなければいけないんです。司法権があっても、司法権というのは拘禁し、裁判し、それに罰を与える、例えばどこかの留置場に入れるということがなければ、だいたい司法権というのはあっても大して有効ではないんだけど、国家ぐらい大きくなると、逮捕というのは難しいですよ、率直にいって。刑務所といっても、国家を入れる刑務所はまずないです。だから、そこでは、ただ観念的に正義とか何とかいろいろいわれますが、何にもまして愛国心というものが優先するから、まずそういう司法権はないんです、要らないんです。

日本には、まだ今のところ国家反逆罪というのはないですけど、たいていの国はあるんです。民主主義国家であろうと、社会主義国家であろうと、国家反逆罪というのは重罪です。これはだいたい死刑ないしはそれに準ずる刑罰が待っています。

しかし、そういうものがなくても、だいたい国家主権を動かすものというのはいやがられます。不思議なものです。あなたたちは国家主義者ではないですね。僕はだいたいそうでないと思います。国家主義者の人がいたら、この辺で怒りだします。顔を見てわかります。誰も怒っていないところをみると……、内心怒っている人がいるかもしれないけど、おおむねそうではない。

しかし、オリンピックで日の丸の旗が揚がって不快感を感じる人いますか。やっぱり愉快な気持ちがするんじゃない？　山下選手が勝って涙流したとき、ついもらい泣きしたりするでしょう。それはいったい何かということです。同じ日本人だから……それは全然説明にならないです。梅干しはなぜすっぱいか、いやあ、梅干しだから、というのと同じだよね。それは同義語を反復しているのに過ぎないでしょう。国家は、我々の中に非常に原始的なものとして眠っているそれを利用している。もともと国家があるのではない。国家の歴史というのは非常に新しいんです。我々の中に眠っているあるものに訴えかける組織力を国家というものは準備している。非常に巧妙です。

我々はいま国家というものを持ち出されたときに、概念的には……二度と過ちは繰り返しませんというのは、国家にだまされませんと言っているわけです。言っているんだけど、本当かなと聞きたいのは、やっぱりオリンピック反対というほどにはならない。絶対に国家というものが、国家主権というものを否定する場所がないということ。観念はあっても場所がない。やっぱり核戦争の危険というのはそこです。問題の根本はそこにあるんです。国家主権を脅かされたときにはそれを防衛していいということね。いまどこの国だって、都合がよかったら攻撃していいといっている国なんてどこにもありはしないよ。それは内心思っている、アメリカも内心思っている。と言ったって、そんなことはただ言うだけです。防衛しなければならないという口実に過ぎない。

なぜか国家主権の問題、本当にそんなものがあるのかという問いをなぜ出さないのか。つまり、核に反対ということは戦争に反対ということです。現象としての戦争に反対じゃなくて、戦争というものが起こる可能性、なぜ戦争というものが起きてくるのか。いろいろ説明はあるでしょう。しかし、そんな説明はどうでもいいんです。決して我々の力で左右できません。つまり、国家主権というものが成り立っている限り、戦争をなくすなんて、夢です。

政治家の良識といいますけども、良識の名において国家主権が守られるのです。しかし、歴史というものはどんなことも永遠ということはないです。封建社会に、王権というものが、いつか否定されるときがあるだろうなんて誰が思えただろう。思えたごく少数の人がいたとしても、それは気ちがい扱いです。同じようにいま、いつの日か国家主権というものが消えるだろうといっても、そんな馬鹿なと、そこまで深刻に考えたことのない人のほうが多いでしょうけど、現実問題はそこなんです。そのことをやっぱり考えないで核反対とか言ったって、どんどん兵器というものは再生産されますよ、新しいものが。化学兵器とか、細菌兵器。今度イギリスで、細菌兵器をいいことにしようなんて言いだしているでしょう、化学兵器だったか。

死ぬ人間にとっては、核爆発で死のうと、拷問加えられて、爪を一枚一枚剝がされて、首締めて死にかかったところで水かけて生き返らして、また途中で首締めて少し生き返らして、目玉を右だけえぐり抜いて、指一本一本折ってそれで殺されるのと、核戦争で死ぬのとどっちがいい？　こっちは何万人、こっちは一人といったって、死ぬ人間にとっては同じ。なぜ、核、核と騒ぐの？　死ぬ人間にとってはいつでも同じですよ、死は。癌で死ぬ人だって。そういうことじゃないはずだよね、核戦争というのは、実は死ぬ側の問題よりも殺す側が問われているわけです。大量虐殺の問題でしょう。

地球の滅亡が恐ろしいというけど、要らんおせっかいです。本気で地球……他人のことをそんなに考えている人がいるかな。僕は信じないね。おまえだけは助けてやるといったら、じゃあいいや、と言うんじゃないかな。おまえだけじゃ困ると思います。一人だけ生き抜くといっても困るから、三十人ぐらい生き延びて、その中の一人に入れてやると言われたら、あなたは目をつぶるんじゃない？　このプレゼントは五百億円もらうよりすごいよ。

だけど、肝心なことは、それだけの、つまり暴力装置をなぜ持たなければいけなかったのかという、国家の由来……、国家というものがなぜ許されているのかということ。そこを問うて、そして次にはそれを越える司法権というものを我々が持ち得るのかどうか。仮にそれができたとしてごらんなさい。国家は武装が要らないでしょう。国家は武装したこと自身が罪です。それを裁くために、あらゆる国が武装を全部どこかにプールして、その管理は超国家的な別の機関をつくる。もちろんその場合に、また悪いヤツがいて、同じようなシステムを地球全体に及ぼさないとも限らないです。それは怖いことだ。だけど、それは怖いことなんだけど、少なくともその段階では核兵器は要らないね。警官にどんなに強力な武装させても、警官が核兵器持って歩くということはないんです。警察権というものの武装力というものはわりに自己制限があります。あまりむちゃくちゃな兵器、警官がパトロールに重戦車に乗って走り回っていたらパトロールにもならない。そういうことはないんです。だから、そういう国際司法権といいますか、そういうものだけになった場合には——これは一種の警察権ですから、軍隊ではないんです——意外と自己制御が働いて、それほどの武装は要りません、てなふうにうまくいくはずなんだけど、まず絶対に起き得ないことは、国家が武装を手放すということです。それはまずあり得ませんね。だから、いまこれ以上核をつくるのはやめようといっても、現有武装兵器だけでもう十二分にあるんだから、問題はこれを徐々に削減していくなんて、昔からそういうことはあった。しかし、実行された例がない。絶対ないです。少なくとも僕は信じないです。それほど楽観的になれない。

でも、考えてごらんなさい。どっちにしてもあなた方の生き方は大して変わらない。僕もそうだけど。そういう希望があったとしても、ずいぶん先の話で、あなた方が死んだ先の話でしょう。しかし、果たしてそんな先の話のために、本気になってやるかね。僕はやらないと思います。

だいたいアインシュタインでさえ世界政府を提唱したときに、みんな笑ったんだから。物理学には詳しいかもしれないけど、政治には全く子どもだねと言ってみな笑った。確かに子どもでしょう。しかし、その子どもの発言が……したがって通らない、したがって国家主権は永久に残るということです。だから、我々はとにかくあきらめるしかない。でもあきらめても、けっこう生きていくでしょう。そんなにあきらめたら生きていけないじゃないかと僕にくってかかった人がいるけど、僕はそんなことは思わない。だいたいの人はみな間もなく死にます。ただ、時間の問題だよね。小説の中にも書いてあるけど、その時間にだまされる。だから、あと十分で死ぬといわれれば、これはあわてるよ。ここに爆弾仕掛けたなんていうと、一斉にみな避難するでしょう。しかし、これが、あさって爆弾仕掛けられるというと、ちょっといやな感じだけど、みなじっとしている。一ヵ月先だったら、ずいぶん先の話で、心待ちに新聞なんか見ているんじゃないか。（笑）これが五年先ということになったら、全然無関心。そういうものです。だから、生きていきます。

やっぱり死に向かっての生をどう生きるかということが、依然として大事です。つまり、国家は国家主権を放棄してくれない限り、我々の未来は決して明るいものではないです。核もおそらく廃絶されないでしょう。にもかかわらず生きていくんです。確かに核反対を叫んで生きることもいいでしょう。だったら、僕はやっぱり国家主権というものに、これはゾウと腕相撲するようなもので、負けはわかっているけど、やっぱり勝つことばっかりやったってしょうがないんだから。みな勝つことばっかりやっているつもりだけど、どっちみち勝たない人がほとんどです。勝つ人はごく少数、例外。ただ、勝つかもしれないという希望が与えられているだけ。その希望の中で、みんなせっせと生きている。それはとっても涙ぐましい。でも、かわいらしいことだ……やっぱり僕の小説の主題に戻ってきた。やっぱりそのかわいらしさを愛さなければいけないと思う、みんなめいめいが自分の中の。とってもいじましい、痛々しいものですよ、僕らの日常なんて。しかし、そこにやっぱり何かあるよ。それを見て、触って、撫でてやるような感じ。やっぱりそこに、歌があるといったらおかしいけど、生きる意味ってたぶんそういうことでしょう。

なんだかぐるぐる回ってちっとも結論にならないけど、だいたい現実はそういうものです。だから、大意を述べよというふうに、あいつ大意を述べなかった、話つまらなかったって言わないでほしいわけ。（笑）

ちょっと早いけど、時計逆様じゃなくて、時間になったようですから。これで終わりがないようで変だけど、現実がそういうことなんです。だから我慢してください。

以上で話を終わります。

［1984. 12. 11］

# 〈『方舟さくら丸』を書いた安部公房氏に聞く〉

『毎日新聞』のインタビューに答えて

――前作の『密会』いらい七年もの間隔があります。前の作も、完成したと聞いてから出版まで一年はかかったと覚えています。いったい、どんな執筆法をしているんですか。

**安部**　こんどは、書き上げてから比較的早く、数カ月で出来た。どの小説もそうだが、最終稿を前にして「あとは〝直し〟だけだから、一週間もあればいい」と、自分では思うわけ。だが、気がつくと、最初の三ページに一週間かかってる。ゲラになってからも切ったり貼ったりで……新潮社は、いつも最初のゲラは使えないと覚悟している。

――その間に、小説は変わっていくわけですか。

**安部**　小説家はまずモチーフを持ち、それを肉付けしていくと思うだろ？　実は順序が逆なんだ。最初にディテールがあり、それがだんだん栄養を吸収し、ふくらんでいって、プロットなり主題なりが浮かんでくる。

最終稿の段階では、まだ育ちきっていないという感じがある。一応サナギからは出たが、まだ皮が固まっていず、太陽光線を当てたりしながら最後の仕上げをしないと、羽根がうまく開かないんだ。

途中で何度もプロットを入れるが、それは崩れ、むしろディテールが生き延びる。だから僕の作品は、解釈のしかたが十人十色。なかには、全く相反する解釈もあるというわけでね。

――それがまさに、安部文学の最大の特長じゃないでしょうか。

**安部**　そうでないと文学作品とは言えないと思うんだ。文学のほんとうの尺度は、一つの作品ごとに出てくるものだと僕は考える。普遍的な尺度があるのではなく、個々の作品が自分を測る尺度をつくっていく。そういうもんじゃないだろうか。カフカの短編を例にとっても、解釈はほとんど無数にある。一つのカフカ論にはどうしても収まりきらない。そしてカフカが人を惹きつけるのは、その多様性なんだ。どんなふうにでも解釈できる、存在としての自律性だね。

「カフカ的」という尺度も、必ずしも当てはまらない。そういう尺度をみずから作る力を持っていることが、ある意味では文学なんじゃないかな。そうでなければ、小説は優れた評論や優れた随筆によって置き換えられてしまう。

――方法論を『方舟さくら丸』について言うと？

**安部**　イメージとしては、ユープケッチャという虫、それと男が便器の穴に片足を吸い込まれる話は、最初からあった。そういうのは変わらないわけ。それが書いてるうちにだんだん実体化していく。

――かなり苦しい作業なんでしょうね。

**安部**　相当執念深く、イメージにしがみついていないとね。緊張感が抜けると、先へ進めなくなる。はたの人は何をもたもたしてると思うだろうが、ロッククライミングで指先に全身あずけている感じでね。一段はい上がるたびに呼吸を整え、ぐっと集中する苦労は、気合をかけないとどうにもならない。書きながら、これはロッククライミングだなあと思うんだ。

――こんどの『方舟さくら丸』は、はじめ「志願囚人」という題になる予定でしたね。書いてるうちに主題が変わってしまったんですか。

**安部**　主題の共通性はあるんだよ。わかりやすく言うと、人間は不自由をしのぶだろ？　あれは、自由にやれば何かの規律によって裁かれるからなのだ。もっとわかりやすく言うと、人間は逮捕され投獄されるのを恐れて犯罪を犯さないわけだが、もし完全に自由になろうと思えば、刑務所がこわくなくなってしまえばいいわけ。刑務所になじめば済む。

「志願囚人」の着想は、刑務所に慣れる練習だった。模擬囚人訓練所みたいなのがあって、何も悪いことをしない者が、そこで生活を送る。そうすれば人間は一番自由になれるはずだ、という考えかただった。

――戦争中の日本や、文化大革命の最中の中国を思い出します。

**安部**　いや、現代だって、そう違わないよ。会社に勤めること一つとっても、志願囚人だと言える。そういう意味で、最初はとらえていたんだ。

――不自由を意識しないことによって、不自由から解放される？

**安部**　そういうパラドックスが出てくると、はじめ考えていた。ユープケッチャや便器に突っ込んだ足のイメージの周囲を回ってるうちに、そこへ行くなあと思ったんだ。

――もう少し説明して下さい。

**安部**　だってそうだろ。ユープケッチャって虫は、ぐるぐる回っている拘束状態の中の自由でしょ。便器に足を吸い込まれた男に向かっても「必ずしも不幸ではないんだ。それなりに人生じゃないか」という説得が成り立つ。そういう角度で、最初は動いていた。

でもね、こういうのは一つの解釈であって、あの小説をそういうふうに読んでくれと押し付けるんじゃないよ。

――『方舟さくら丸』を拝見して「こんども箱だ」と感じました。『壁』『砂の女』『箱男』『密会』……あなたは一貫して「隠れたい」と思っているように見えます。

**安部**　隠れるより、隠れていることなのだ。それが現代でもあるんじゃないか。資本主義勃興期には、人間には「無限」の幻想があった。壁は必ず打ち破れると信じていた。ところが、閉ざされているのが実は常態であって、その中に条件付きの自由があるにすぎないとわかった。

――しかし、あなたには自分は箱から外をのぞくが、他人にはのぞかせないという意志があるようです。

**安部**　だって、人間の関係って、そういうものなんじゃないの。人間の関係とは何かという問いかけは、僕の作品に割に一貫した主題じゃないかと思うな。

　人間は関係である。関係ぬきにして、人間はあり得ない。人間という物体と関係という状態を統一した見方が必要になってくる。

――そうですか。何かから逃げたいから箱に逃げ込むのかと思っていました。

**安部**　そうではなくて、僕は昔から自分の主題として、人間の関係を考えてきた。会社なんていうのも、あれは他者との関係だ。また、そういうものでないと人間の集団としての効率は上がらない。個人と国家についても、同じことが言えるはずだね。

　個と集団の関係とは、煮つめれば他者との関係だろ。すると、その関係を見きわめる目が、どうしてもなくてはならない。いっぺん仮設としての人間を（箱の中に入れて）孤立化させてみなくちゃ、見えて来ないんだよ。

――客観を得る便宜としての「箱」ですか。

**安部**　そうじゃないだろう。ある意味では、僕にとって本能的なものじゃないかなあ。

［1984. 12. 18－12. 19］

# 生きることと生き延びること

［聞き手］新潮45編集部

## ワープロの方が緻密にものを考える

――七年ぶりに書下ろし長編小説『方舟(はこぶね)さくら丸』が刊行され、ほっとされているところでしょうか。

「まだ終ったという実感がなくてね。朝起きると、つい気合をかけてしまったりする。書き上げた解放感より、強迫観念の方が強いみたいだ。

まあ、この小説はテーマがテーマだからね、書き終えたからといって、それで免責というわけにはいかないのかもしれない」

――小説のテーマとそれに関するお話は後で詳しく触れていただくとして、まずワープロの話からうかがいます。この書下ろしの途中からワープロに切り替えたそうですが、理由はどういうことだったのですか。

「たぶん便利だろうと思ったからさ。それだけの話です」

――安部さんのおっしゃる〝便利〟とは。

「僕は原稿用紙が書き込みでぐちゃぐちゃになるのが嫌いなんです。見通しはきかなくなるし、いい加減になるからね。そのたびにきちんと書き直していた。大変なんだよ、この作業は。少なくともワープロはこの書き直しの手間を省いてくれるだろうと……」

――実際にお使いになって、便利でしたか。

「予想以上だったな」

――意外なネックがあって、それを超えるのに思わぬ時間がかかったというようなことは……。

「べつにないよ。ひたすら便利だったな。便利だろうと予想はしていたけれど、これほど便利だとは思わなかったね」

――具体的にはどういうことですか。

「原稿用紙と万年筆というスタイルより、ワープロの方がずっと緻密にものを考えることができる。

書いては消し、消しては書く。この文章を練り上げていくプロセスは、実は考えるプロセスでしょう。万年筆を手にして原稿用紙に向っている時より、ワープロの方が、試行錯誤を目で見ながら行える。骨惜しみせずに迷えるんだな。

つまり書きなおしの手間を省いて、迷い考えることに集中できる。要するに、考えるプロセスの合理化がワープロなんだね。

ワープロをタイプライターの一種のように思っている人がいるけど、そうじゃない。タイプ機能もたしかにあるけど、文章構成機能というか、編集校正機能の方がずっと重要なんです。こういえばいいかな。ワープロは書く作業を楽にしたのではなく、考える作業の効率をよくした」

——一般にワープロは、事務用書類などには合うが、作家にはどうかといわれますが、そうではないと……。

「セールスの人がいっていたよ、たぶん作家には向かないでしょうって（笑）。ソフトをプログラムした人もおそらく、作家のことなど頭になかったと思う。

僕も長い間、思考は書いている手の動きと密接に結びついていると思い込んでいた。だからペンを捨てることに最初はためらいもあったな。ところが実際にワープロを使ってみて、気がついたんだ。手の動きと思考とにさほど深い関係はない、むしろ書きながら目で追っていく視覚の方がずっと思考の働きとつながっている。

その証拠にテープレコーダーは駄目だからね。これまで何度かテープを使って口述筆記をしてみたことがあるけど、全然ものにならない。視覚が働いていないからじゃないかな。喋り言葉と書き言葉の差は、手ではなく、実は目だった」

コピーライターの日本語について

——ワープロで書いても、文章に変化は生じないということですか。

「変らないね、本質的には。

手で書くと、つい歌ってしまう。手が酔ってしまうんだ。接続詞や副詞が過剰になる。そういうことが作家にはあるね。それを一所懸命に削って、簡潔な文章に仕上げていく。その点、ワープロだと、最初から客観的になれるわけだ。いわば、スタートから贅肉がとれている。もし変化があるとすれば、そういう変化でしょう。本質的な変化じゃないね」

——すると、ワープロで書いた文章がいかに普及しても、言葉に対する日本人の意識や感覚は変らないということになりますか。

「変らない。変りっこない。ワープロで書こうと、何で書こうと、五、七、五のリズムに変りはない。

要するに、問題は正確な言葉かどうかでしょう。明確に言いたいことを相手に伝えるのが散文です。だから、歌い上げる文章も、接続詞が頻出する文章も、いい文章とはいえない。そう考えれば、ワープロはむしろ、日本語を変えるのではなくて、いっそう磨くものだと見ることもできる」

――日本語に関連してうかがいたいことがあります。最近のコピーライター・ブームについて、どうお考えになっていますか。新しい日本語の魅力を感じる人もいれば、反対に日本語の乱れを心配する人もいますが……。

「似たような現象はいつの時代にもあるんです。ただ昔と違って、コピーライターが人気稼業になり、稼ぎがいいから注目されているだけのことでしょう。

この種の言葉は、流行するのも早いけれど、消えるのも早い。残らないんです。ある集団の合い言葉だからね。つまり、それを知っていることによって、ある時代のある層に所属したという感覚を持つ言葉なだけに、全員が使うようになってしまったら、その効果は失われてしまう。消耗性の使い捨て記号。そんな言葉に魅力を感じるのも、ことさら心配するのも、僕にはさっぱりわからない。

言葉はいろいろな法則によって組み立てられ、意味が形成され、そして伝達される。コピーライターの意表をついた言いまわしだって、その基本的な構造から一歩も出るものではない。いくつかのものが省略されている、あるいはゆがめられているというディテールの問題に過ぎないんです。省略部分を復原すればごくありふれた日本語になる。

だから、コピーライターのせいで日本語が壊れるんじゃないかなんていう人は、よほど心配性の人だね（笑）」

簡単なのがコンピュータ

――コンピュータ時代といわれて、もう二十年近くもなりますが、依然として中高年サラリーマンには、どう対応したらいいのかという戸惑いがあるようです。彼らにアドヴァイスするとすれば、どういうことでしょうか。

「プログラムを作ることとプログラムを利用することとは全く違うことです。一般のサラリーマンに要求されているのは、プログラムを利用することで、作ることじゃない。その辺の区別がつかないための戸惑いじゃないのかな。

プログラムを作るためには、すでにプログラマーという新しい専門職が生まれている。医学の進歩に合せて患者が医学を勉強する必要はないんでね（笑）。

一般の人にはプログラムは作れない。僕だって、作れといわれりゃおびえるよ（笑）。でも、プログラムを使うのは簡単でしょう。簡単なのがコンピュータだと考えるべきなんです。年齢とは何の関係もない。問題意識が客体化されていればいいんです」

――コンピュータを買って勉強しようとしたけれど、ちっともうまくいかなかったという人がいますが……。

「世のなかに遅れちゃいけないと思って初歩的なコンピュータを買い込むんでしょうが、これが一番いけない。その手の機械はプログラムの勉強をするのに向いた機械なんです。だから、三日もやると、ああ俺はだめだ、世のなかに遅れてしまったと、頭を抱え込むことになる。

第五世代コンピュータという言葉があるけれど、今やプログラム自身もコンピュータにまかせるという時代に入っている。ご心配なく、ということなんだ（笑）」

——あるOA化の進んだ会社で聞いた話ですが、役職が上るにつれて操作するキーの数が減っていき、社長に至ってはキーを一つか二つ押せば済むようになっているそうです。

「汎用性のあるプログラムだと、たくさんのキーが必要になるけれど、プログラムを専門化すれば、最終的にキーは一つで済む。それはたしかだね。しかし、本当をいうと、そのシステムは逆じゃないのかな。上にいくほど多くのキーを押さなければいけないはずだ。

上にいくに従ってキーの操作が易しくなっていくのは、会社組織として堕落した形態だよね」

——それだけ会社が配慮しても、どうしても扱えないという中高年が出てくるそうです。

「固定観念じゃないのかなあ。齢に関係があるとはどうしたって思えない。マニュアルでカメラを操作することに比べれば、はるかに簡単ですよ。ましてワープロなんて、決まりの作業だし」

——カメラを扱えれば、コンピュータも使えると……。

「いや、マニュアルでカメラを扱えない人でも、コンピュータは使える。二輪車に乗れない人でも、四輪車の運転は出来るからね」

## 大切なのは精神のジョギング

——企業のOA化は、単に機械が扱えるかどうかという問題だけでなく、テクノストレスといった心の問題も生んでいますが……。

「効率が上るために、働き過ぎ、オーバーワークになることは事実でしょう。

例えば、自動車で一定時間走るとして、高速道路の方が一般道路より疲労度が大きい。それと同じで、機械作業の方が手作業より、同一時間働いても疲労する。手作業の場合、自分で無意識のうちに集中したり休息したりして、セルフ・コントロールできるけど、機械だととことんやってしまう。

OA化によって生産効率が高くなれば、それなりに労働時間を短縮しなくてはいけない。従来の労働時間のままでは、疲労はどんどん蓄積していくと思う」

——疲労の話との関連で、中高年に関心の高い健康問題について少しうかがいます。例えば、ジョギング・ブームをどうお考えになりますか。

「走りたい人は走ればいい。走りたくなければ走らなければばいい。一種の贅沢なんだからね。アフリカで腹をすかせている人に、ジョギングは体にいいなんていえるかい？（笑）まあ、幸せだなと思って走ることでしょう（笑）。僕はそれほど効果があるとは思っていないけどね。

一言つけ加えれば、それより精神のジョギング、つまり精神を緊張させる訓練をする方が大事だと思う。誰しも体の健康にばかり関心を払い、精神の健康とはのんびりすることぐらいにしか考えていない。逆なんだよ。精神の健康とは、精神が緊張に耐えられることをいうんです」

――具体的にはどうすればいいのですか。

「ものを考えること。いってみれば、頭のジョギングだね。脳細胞だって使わないと、細胞間の連絡が悪くなってしまう。コンピュータの配線が複雑化していくように、脳細胞の配線も活性化してやりたい」

――そうしないとボケてしまう……。

「そう、老人ボケというのがあるけれど、頭を使っていない人間からボケていくらしいな。ボケるのが心配なら、せいぜいむずかしい本でも読むこと（笑）。この雑誌だって、中高年のことを本気で考えているなら、せいぜい脳味噌の訓練になるような編集にしてほしい（笑）。

朝いくら頑張ってジョギングしたって、そのあとはゴロゴロし、陽が沈めば酒を飲むようじゃ何の意味もない。結局、脳味噌は休み放題休んでいるんじゃないかな。

もっというと、生きたいからジョギングするというより、ジョギングしている奴の方が出世するという信仰がどこかにあるように感じる。もうこうなると神頼みだね（笑）」

――森林浴についてはどうですか。

「森林浴がそんなに体にいいなら、箱根の山でさんざんワープロを打った僕なんか、健康すぎて困るんじゃないか（笑）」

### 核シェルターの思想とは

――冒頭に、『方舟さくら丸』のテーマは、書き終えたからといって離れるわけにはいかないというお話がありましたが、そのあたりをもう少し詳しくお願いします。

「作品の説明をしてしまったら、本を買ってくれない心配があるからなあ（笑）。まあ、ちょっと喋りましょう。

例えば、沖合いに一人乗りの筏（いかだ）が漂っていて、それに二人の人間がつかまっているとする。一人乗りの筏だから、二人が乗れば沈んでしまう。その場合、どちらの人間に乗る資格があるのか。もし資格があるとして、その資格を計る尺度は何なのか。

一人の人間が生き延びることによって、他の一人が死ぬというこのジレンマは、人間にとって永遠の問題だけど、今や単なる観念の問題ではなくなってしまった。核時代というのはこのジレンマが地球的な規模で日常化したことです。

しかもやっかいなことに、この問題は解答を出すことによって終る性質のものではない。そもそも解答不可能な問題ともいえる。とすれば、我々はどう生きたらいいのか。そういうテーマの小説です。

まあ、ずいぶん抽象的な話になってしまったけど、実際の小説はもっと滑稽なイメージやエピソードがたくさんあって、面白いんだけどね（笑）」

――核シェルターの問題はそのテーマと関係しますね。

「話題のわりに、核シェルターは日本では売れなかったでしょう。日本人はまだ健康なんだと思う。少なくとも、核シェルターを競って買うほど荒廃していない。

核シェルターを買うのは、誰に生き延びる資格があるのかを問い、自分に資格があると判断したからでしょう。しかしよく考えれば、生き延びるということは他に生き延びない人間が出るということなんだ。自分が生き延びるという考えには、実は他人は死んでもいいという発想が潜んでいる。それを僕は荒廃というわけです」

――問題は資格を問うこと自体にあるわけですね。

「なぜ資格を問うことが問題なのか。こう説明したらいいかな。

他の動物と比較して人間の特徴を考えると、価値基準が多様化しているということなんだね。動物の場合、けんかに強いことがすべてに先行する価値基準でしょう。筋力の強いものが生き延び、弱いものが死んでいく。そうして自然淘汰され、その種属は生き延びることができる。

ところが、人間になるとこの法則が破れる。筋力レベルで劣る人間も存在価値をもつ。例えば頭がいいとかね。人間社会は分業化された社会だから、様々な価値基準が存在しうる。それによって集団としての力を維持してきたわけです。

ただ、人類の歴史には、先祖還りとでもいうのかな、時に一つの価値に還元したいという衝動にかられることがある。ナチスがその典型でしょう。そこまで言わなくても、オリンピックの肉体讃歌もその一例だ。ニュースによると、国鉄は何年ぶりかで新規大卒を採用したけれど、運動部優先だったというのは、まさしくこのパロディーだね（笑）。

この動きは、たしかに一時的にはカンフル注射の効果があって、その集団の結束を固め、活力を呼び起すことがある。しかし、長い目で見れば、必ずその集団をつまずかせることになるんだね。

人種的な優劣を考えたりするこうした動きが出てくるのは、おそらく遺伝子のなかに人間が動物だった頃の衝動が組み込まれているせいだと思う。しかし、同時に人間の遺伝子には、それを否定する要素も入っている。だからこそ、人類は社会の弱者をメカニズムに組み込み、集団の有効な歯車にできたわけだ。

こう見てくれれば、核シェルターなんてものに何らかの期待を抱くのは、一種の先祖還りの期待に過ぎないといえる。人間としての能力の放棄だね」

僕は生き延びることを拒絶する

——核シェルターが登場する背景には、核の危機が身近かに迫っているという状況があると思いますが……。

「そのとおりだけど、逆に考えてみる必要もあるんじゃないか。つまり、人間の内部に潜在する核シェルター的荒廃が無制限な核競争を生んだのじゃないか。

核抑止力という発想が無限の核競争を生むことぐらい、誰だってわかり切っているはずでしょう。にもかかわらず、なぜこうなったのか。核のなかった通常兵器の時代の戦争のなかに、やがて核を生み出し、その無制限な競争をひき起こす要因があったからだと思う。その要因自体をつぶすことまで考えなかったら、いくら核を論じてみたところで意味がない。核の結果、荒廃が生じたというなら、じゃ、核の以前に荒廃はなかったのか。僕はそうは思わないな。核の芽は核以前に準備されていたはずだ」

——先頃の文学者の核声明問題についてはどうお考えになっていますか。

「まあ、声明もいいでしょう。声明を出したい人間は出せばいい。問題はその有効性だね。

なぜ戦争が起るのかという根本を考えると、僕は無力感におそわれる」

——では、なぜ戦争が起るとお考えですか。

「戦争を起すのは国家です。単純明快な話だよ。国家以外に戦争を必要とするものはないんだから。レーガンだって、世界の平和と繁栄をいっている。正義が国家の専売品でありつづけるかぎり、戦争の可能性はなくならない。たぶん、何か、国家を超える方法が必要なのだろうとは思うけど……」

——こうした時代に、では我々はどうやって生きていけばいいのかということになりますね。

「逆説的だけど、死が身近かにある時代だからこそ、生きることの意味が濃密になっているともいえるでしょう。

大切なのは、生きることと死なないこととは、かならずしも同じではないということです。死なないことにこだわるから、核シェルターが出てくる。死なないために相手を抹殺せざるを得なくなる。

こういえば、もっとわかりやすいかな。生きることは、生き延びることではない。両者は全く違うことです。そこを混同すると、話が飛躍するようだけど、レーガン再選になってしまう」

——当然ながら、今お話になった意味での「生きる」ことが、『方舟さくら丸』の主題でもあるわけですね。

「そうだね、登場人物たちの滑稽な生き方。書いているあいだ、ぼくも連中といっしょに生きてみた。繰り返すようだけど、現代は非常にアイロニカルな時代で、生き延びることの拒絶だけが、かろうじて生につながるんだ。当然僕も生き延びることは拒絶するし、すべての人が生き延びることを拒絶しなければならないと思った。護身用の銃と抱き合わせのシェルターを買ったりしてはいけないんだな。

他者を絶対に排除しないためにはそれしかないだろう。異端のなかに自分を発見し、また自分を異端として発見する寛容さだけが生の名に価いするんだ。

精神主義的に聞こえるかもしれないけれど、そうじゃない。きわめて政治的なものを含めて、僕は他者を生きるつもりだし、またそれが求められている時代だといいたいのです」

［1985. 1. 1］

方舟は発進せず　［聞き手］斎藤季夫



## 1　核時代の絶望・なわばりと国家

**斎藤**　七年ぶりになりますか。長編書き下ろしは……

**安部**　そうだそうです。というのは、長い間五年目だと思いつづけていた。

**斎藤**　ああそうですか。

**安部**　書き終ってから、七年だといわれてね。

**斎藤**　最初と比べ、題が変ったようで。

**安部**　ええ、最初は「志願囚人」という題だったけど、題というより、テーマが変ったんです。テーマ自体が……うーん、ぼくは実は、テーマを考えながら書くのではないのです。みんなそう思うらしいですが、テーマというのは、後で作中人物とぼくが共同で考え出すんだよ。作中人物がテーマを思いつくまで、ぼくは待たなければいけない。ぼくはね、最初に思いついて設定するのは、あのヘンな虫ね。「ユープケッチャ」というね。

**斎藤**　今度もまた出てきましたね。

**安部**　足がなくて、自分の糞を食べてグルグルまわっているという虫ね。これは面白いなあと思うわけ。そうすると、この虫は何か生きてくるなあって、直感するわけ。そしてもう一つはあの「老人ほうき隊」。老人が夜、街をそうじして歩くグループ。これはすごくイメージがあるわけです。ぼくには、とてもイヤな連中だけれど、同時にものすごく哀しい何かがあって、わかる感じがするわけ。ほとんどの人の、サラリーマンの行く末でもあるわけね。そういう風にぼくにくい込んでくるのです。

**斎藤**　うーん。はい、はい。

**安部**　そうすると、そのまわりを、じーっとまわりながら待っていると、そのイメージが当然あるべき周辺がみえてくるわけ。

**斎藤**　で、安部さんもその中に入ってしまうのですか。

**安部**　ぴったり入ってしまう。そして一緒に暮す。操ったらダメ。最初は操るけど、まだ登場人物が操られている間は、まだ違うなあ、という感じね。

**斎藤**　今度、全部ワードプロセッサーでお書きになったのは、はじめてのことですか。

**安部**　全部ではないのですよ。途中からです。使ってみる前も多分、ぼくに合うハズだと思って始めたんです。そしたら、ぼくが想像した以上、正しく、これだ！　という感じ。よかったですよ。

**斎藤**　登場人物の動きにのって、書きかえも自由にできる、という点で。

**安部**　そう。ぴったりね。結局、ワープロというと、機械の外観から、何かタイプライターの発達したものと思うのね。そういう部分もあるけれど、実際にぼくらにとって必要なのは、編集・校正機能というのかな、その部分なんですよ。

だから書いていていてね、どうもこの部分は違うなあと思ったとき、その部分は残してあとは消す。その代り他の部分をもってくる……そういうことがあるでしょう。そのときに、ぼくは手書きの場合は原稿用紙にマルで囲んでつけ加えたり、消したり、別の紙に書いてはりつけたり、いろいろやるけれど、しまいには自分でも、わからなくなるんですよ。

**斎藤**　ああ、そうですか。

**安部**　どうしても清書するでしょ。清書したものをまた書き直す。その反復でしょう。それはものすごい労力が要る。ところがワープロになると簡単な作業で、キレイな形にまとまるんです。それをコピーにとって、それをまた直す。直したのをワープロで整理しながら、またコピーに出して完成する。この作業は、手書きの何分の一になるかよくわからないけど、そういう思考を法則化したというか、ワープロというのは、大げさにいうと、考えるための機械といえますよ。書くためというよりも。

**斎藤**　こっちにあるのがワープロのゲラ刷りですね。

**安部**　これが一応、完成原稿です。少し手を入れますが。たったのこれだけになるのですよ。ところが、さらにこれがフロッピーになると、わずかの一枚ね。これで全部。

**斎藤**　ええ、フロッピーになってですね。

**安部**　そう。

**斎藤**　出版社がとりにくる場合、それを渡す？

**安部**　それ、渡したの。そうしたら、ちょっとがっかりしたような顔をして、疑がわしいような顔をして、何か寂しそうな感じで……。（笑）

**斎藤**　パラパラとめくるわけにいかないから。

**安部**　うん。そう。原稿を入れるためのカバンを持ってきたんだけど、入れようがないので。（笑）仕方ないので古新聞かなんかで固めていったけれど。（笑）

**斎藤**　「構成」といいますか、「ユープケッチャ」や「ほうき隊」などが出てきて活躍する。そのうしろに立てかけてあるのが、それらをイメージする「方法の板」なのですか。

**安部**　うん。自分が今、考えている状態をこういう風に、パネル状にしておく。こんな風にして、頭の中にグチャッとあるの。

ところが自分では自分の書いているものは、イイに決ってると思っているから、部分的には正確にみないでいく。途中までくると「あれっ、ダメだ。ヘンな方向にいく」と気づくことが多い。そこで今の状態を、こういう風に鏡に映すように組み立ててみるんです。

**斎藤**　設計図ではないのですね。

**安部**　うん。そう。完成予想図ではない。あくまで今考えている状態を、鏡に映すようにしているパネルです。

**斎藤**　たびたび「ユープケッチャ」にこだわりますが、ああいう想像力は、日常の中から出てくるのですか。

**安部**　そうです。日常の中から。だれでもある程度、そういう思いつきはあると思う。ただそれを膨らませると生きるぞ、というカンの問題じゃないかな。作家になる人かならない人かの問題、着想です。これ使える！　そのヨミのあるかないか、です。「ユープケッチャ」なんていうのは、確かに足がなくて、自分の糞だけを食べて動いている虫を思いつくと、なんとなくイメージがあるでしょう。そのイメージをたぐっていくと、われわれの生活のどこかと、意外に深く係わっているね。というのは人間はその内部に一種の自給自足への願望というのがある。つまり、だれとも係わりなく、恵まれた自然の中で、貨幣経済も物々交換もせずに、完全に自給自足で充足できたら、という願望。

**斎藤**　はい。うーん、はい。

**安部**　同時に大きく拡張していって、未知なるものに自分を拡げていく。その両方の欲求がある。その一つの極として、例えば「ユープケッチャ」という虫を思いついたときに、自分のどこかを刺激されて、説明できないけどピンとくるものがあった。

**斎藤**　今度の『方舟さくら丸』は「方舟」自体が「核」に覆われた地球からの脱出を意味していると考えてよいのですね。

**安部**　はい。いいです。

**斎藤**　その場合「ユープケッチャ」というのは、何かの「たとえ」なのですか。

**安部**　いや、小説の場合、何でも「たとえ」にとれるんですが、本当は「何かのたとえ」であってはいけないんですよ。「たとえ」であれば、論文とかエッセーでいいわけ。

**斎藤**　「ユープケッチャ」も読む人の想像の自由でよいのですね。

**安部**　そう。いいわけです。ただ、今いったようなものを多分、誘発するでしょう。「ユープケッチャ」の特徴は、極端に「なわばり」が小さい。自分の周りだけの、最小限のもののイメージです。

人間にも「なわばり」があるけど、会社に勤めていても、いろんな意味での「なわばり」による喜びや悲しみの連続です、日常が。出来れば「なわばり」を安定させたいのです。例えば「派閥」なんてのも「なわばり」ですよ。その「なわばり」が与えるストレスが、社会構造が複雑になればなるほど人間を強迫する。ああいうユープケッチャのように「なわばりゼロ」をみただけでも、あこがれの対象になる。

**斎藤**　ええ、なるほど。

**安部**　そこまで意識しなくても、何か感じる。「なわばり」が大きくなってくると、そういう人はすごく力のある人と思うでしょう。でも、そうではない。「なわばり」が大きいと、それを侵される可能性が大きい。だから、「なわばり」が大きい動物ほど臆病で逆に攻撃的だ。サカナでもそうだ。「なわばり・大」なるものほど、警戒心が強くて武装している。闘争力もある。人間も同じで「兵器」「武器」に対する嗜好、あるいはやされた「SLブーム」、ああいうのは心理学的にいうと、巨大な「なわばり」に対するあこがれでしょう。ですから人間というのは、自分の安全のためには「なわばり」をゼロにするか、巨大にするか、どちらかだ。

「サバイバル」という今流行の考え方、そして一時もてはやされた「SLブーム」、

**斎藤**　はい、はい。

**安部**　巨大にするということは、闘うということでもあるから、今の国家というものについての概念は巨大な「なわばり」に対する憧憬、たとえば、今のアメリカのように「大きなアメリカ」という声に送られて、レーガンがパッと支持されたり、同時にアメリカには「禅のブーム」。あれは最小限の「なわばり」に対する憧憬、そういうものが同時にある、人間の中に。

**斎藤**　そのユープケッチャをみることによって、最も小さい「なわばり」とその対極にある「国家」というものの状況をみる……

**安部**　ええ、そうです。現代の最大の「なわばり」が「国家」で……

**斎藤**　それが今、「核」の問題にぶつかる……

**安部**　そう。現代の状況をさぐっていくと、小説の中で、いや応なしにそこにぶつかるのです。結果としてぼくは、「核」の問題、ユープケッチャに対応する巨大化した「なわばり」のテーマがでてくる。ぼくは初めから「核」の問題を書こうとしたわけではない。登場人物は、好むと好まざるとに係わらず、そこにぶつかってしまう。

**斎藤**　なるほど。はい。

**安部**　そこで考えるに、現代はあらゆるものを武器化する状況があるでしょう。すべてのエネルギーを武器に転化する状況……これは何かといったら、巨大な「なわばり」を維持するための手段です。兵器というのは、それ自体は目的になりえない。あくまで手段ですね。兵器は「なわばり」を安定するための……それを可能ならしめているのは「国家」です。国家主権の名のもとに「防衛」ということに結びつく。

**斎藤**　はい。国家の防衛ですね。

**安部**　「核」というのは、もともと武器ではない。しかしそれさえ兵器化する貪欲な作用が働らく。

**斎藤**　「なわばり」を持つと侵され易いという恐怖があって……。

**安部**　そう。猜疑心も強くなる。侵されないのに、侵されるのではないかという設定のもとに動きますね。

**斎藤**　そうしますと、よく「抑止力」という考え方、そのための「核」ということがいわれていますね。

**安部**　この「抑止力としての核」ということを着想したときに、すでに危機が予感でなく、はじまっていると思う。抑止力として「核」を考えなければいけないほどに「なわばり過敏症」になっている。なぜそんな風になってしまうのか。たいていの動物は、どっちかだ。「なわばり」が非常に小さいか、非常に大きいか。たとえばその輪郭がぼやーっとするくらいのライオンなど肉食動物は、そんなに巨大ではない。人間はなぜか無限に拡げる能力と、それをキチッと縮小する能力というか、衝動というか、両方もっている。そのために人間は、ゴキブリとネズミと人間、といわれるくらいに、この地球上に大繁殖したのです。ただ人間に備わっている、この二つの能力・衝動というのは、人間にとって、その進化にとって非常にプラスであったと思います。人間がこんなにハミ出すほど、地球にバッコする能力というのはね。

**斎藤**　ええ、はい、はい。

**安部**　たとえば、人間はコトバという能力を手に入れたということも、今いった矛盾した、たとえばですよ、それだけではないけれど、両方の「なわばり」の衝動をもっているということの矛盾ね、これが他の生物が獲得できなかった言語の獲得の原因だろうし、人間が地球に拡がった原因だと思う。しかしそれが今度は逆に禍して、それの限界というものをどうするか、という部分に関しては、人間は恐ろしく能力に欠けている。だから種族としては拡張していったけれども、その先、困ったことが起きないか、起きたらどうするか、ということについては、ものすごく無能な生物ではないかと思うね。普通の動物は、何らかの形で食料が減れば淘汰されて自然のバランスの中で結局は安定するのだが、人間だけはそういうコントロールの外にある。コントロールを超えたために、今度は自分自身がコントロールの対象になった時に、お手上げになってしまう。

**斎藤**　はい。なるほどですね。

**安部**　だからぼくは、科学技術に対しては人間は、おそらく無限に近い能力をもっていると思うけど、人間についてのルールをどうしていくか、についてはなんだか赤ン坊みたいに無能ではないか、という気が最近するんです。だからぼくは絶望的な感じが少ししています。たとえば今の、国家というのは、もう強大な「なわばり」を作っちゃった。そして、それを維持する必要から「核兵器」までいってしまった。どうコントロールしていいのか、わからない。「核の廃絶」なんていうけれども、もともと、そうなってきた衝動の根に、問いを発しない限り、またくり返すのではないでしょうか。

## 2 旧満州・青春原風景

**斎藤** 晴れていると、こちらの方角に、芦の湖がみえるはずなんですね。

**安部** 真下に、ですね。今日のようにみえない方が、ぼくは好きだね。ぼくはあまりいい景色というのは、好きでないんだ、興味がない。

**斎藤** ここにいらしても、あまり景色はながめない？

**安部** ながめません。

**斎藤** 方角としては、右手に、富士山があるんですね。

**安部** 山があって、うまい具合にかくしていてくれる。これで富士山がみえたら、ちょっと行き過ぎだよね。確かに景色はいいですよ、ここは。

**斎藤** しかし、すごい風ですね、今日は。

**安部** すごい。ここは箱根の外輪山の内側だから、風がまき上るのではないかな。

**斎藤** うーん。風があまりに強いので、部屋の中でお話を伺うことにしましょう。

**安部** ちょっと寒すぎるからね。

**斎藤** 満州は今は中国東北部といってますが、どういう所だったのですか。

**安部** 大半が平原です、地形的には。ただ人間ってのは、飛行機の上からみて、暮しているわけでないから、そんなに遠くはみえない。だからよく自分が育った風景とかナントカ、いろいろいうが、考えてみると、そこを離れてから批評するか、自分が住んでいる所と違う風景のことを鏡に映して、いろいろ言う場合が多い。

**斎藤** はい。はあ。そうですか。

**安部** だから自分の故郷の風土を論ずる、なんてのはぼくは大キライでね。バカげたことだとぼくは思うけど、だけど今になってふり返ってみると、確かにある種の独特のものであったことは確かです。ぼくは子どもの時、奉天の学校だから、日本の教科書で習ったけど、その中で、せせらぎが流れていたり、窓の近くに山がみえたりするじゃない。するとね、いやあ、そんなことが、そんなウソみたいな話、本当かなと思っていた。

**斎藤** 教科書に書いてあることですね。

**安部** そう。それと対応したら、満州には何もないわけさ、まわりには。だから初めて旅行する人は、ああ広大な平野と思うらしいのだけど、ぼくは、それは日常だから、想像の中で窓を開けると山がみえる、ということに憧れていたわけ。

**斎藤** ああ、そうですか。

**安部** ただね、自然の移り変りに日本人は敏感だと聞かされてきたけど、ぼくが十七歳くらいで日本に来てみて気がついたのは、日本人が果して、季節の移り変りに鋭敏であるかどうか、疑問に思ったね。というのは日本は例えば冬から夏にかけて、こうズルズルズルと徐々に変化していくから、どこに切れ目があるのか……。ところが満州で暮していると、だいたい冬から夏の間が一週間ですよ。

**斎藤**　ガラーッと変る。

**安部**　そう、ガラーッと変る。ある日、町の中で、道路の脇の土の割れ目に、小さいみどり色の草の芽がチラッとみえると、その感動は大きかったね。ああ春が来たんだと。だからもう、しゃがみ込んで、じっとみてたりしてたもんだ。

**斎藤**　街と原野の境い目が非常にハッキリしていたとか……

**安部**　そう。それはね、日本が結局、満州を植民地にしていたわけでしょう。だから急激に成長した街だから、奉天なんて所は。だから何もないところに成長していくわけだから、街の境い目が眼でみえるわけ。ここから先は街でない、という感じ。

**斎藤**　そこから先は……

**安部**　ただの荒野ですよ。ぼくはまあ子どものころは、偶然でしょうが、一番端から何軒目という所になん度か、引っ越したことがある。そこから先が何もない、というそういう記憶があります。

**斎藤**　医学部にお入りになって、敗戦まぎわに、偽の診断書を書いて奉天に渡ったということ、あれは完全な徴兵拒否だったのですか。

**安部**　いや、徴兵拒否というと、意志が働いているけど、世に伝えられているのと違って、終戦まぎわになると、いろいろウワサが流されていました。で、ぼくは海軍のある高級将校から、もう敗けるときいたんだよ、勝ち目はないんだと。いくら新聞があぁ書いても絶対に敗けると。そうしたら一億玉砕といってるでしょう。いやーあ、敗けるとわかっていて玉砕ってのは、ちょっと意味ないとね。たまたま、ぼくの友だちに満州から来ているのがいてね、もう敗けるなら満州に行って、馬賊になった方がいいってわけ。なぜかというとね、そのおやじが満州の、今でいうと労務次官なんですよ。ああいう人は満州で何をしていたかというと、労働力の徴集が専門なわけ。

**斎藤**　ああ、そうですか。

**安部**　要するに匪賊とか馬賊とかというのと、ウラでつき合いがあってね。だから知っているのがいるっていうんで、どこかに仲間入りさせてもらえるから行こう、というんだよ。ただあのころは、もう憲兵があらゆる船で臨検をしていて、特に学生については厳しかったね。

**斎藤**　はあ、はい、はい。

**安部**　それで診断書が要るんですが、そこがぼくはうまい具合に、医学部だったから自分で「重症の結核」という診断書を作って、二人で満州に渡った。渡ったというより、帰ったんです。

**斎藤**　お父さまが、満州医大のお医者さんで、奉天市にいらっしゃった、ご両親のところにですね。

**安部**　うん、そうです。反戦というような積極的な気分ではなかったですね、もう既に。ただやはりぼくはそのころ、いちばん愛読していたのはドストエフスキーのようなものを読んで感動するでしょう。すると、どうやったって戦争礼賛とは結びつかないですよ。相当はげしい厭戦、そういう気分はあったとは思うけど。

**斎藤**　そうして敗戦。どう受けとめられましたか。

**安部**　うん。よかったねえ。ホッとしてね。やっぱり思った通りになったと。

**斎藤**　その時、当時の満州という植民地、そこから日本という、国とか国家というものの意識は、どういう風にお考えだったのでしょう。

**安部**　国とか国家とか、ハッキリした思想というのは、ぼくは当時、もっていなかった。ただ感覚的に、やっぱり満州でぼくらは子どもの時から「五族協和」という教育を受けてきたんです。五族というのは、ちょっとハッキリしないのですが、日本人、朝鮮人、ロシア人、中国人、蒙古人でしょうかね。そういうことで、みんな平等だというのを、タテマエとして教えられる。子どもだからそれを信じるわけですよ。クラスの中にそういう異民族もいましたから。ところが汽車なんかに乗ると、日本人の大人が中国人が座っていると、ケッとばして席を奪う。そういうのを見ているとアタマにくるわけですよ。「五族協和」に反するとね。

**斎藤**　ああ、そうですか、うーん。

**安部**　それは本当に子どもの時は、信じていたわけ。そのために、いろいろ憤慨もし、疑問ももったわけ。やっぱりなんでこんなに差があるのか、ということは思想でなくて、感覚的に非常に感じていたことだね。何かどこか違っていると、あるべき姿でないと、これは。

**斎藤**　そこへ敗戦ということになって、日本人の立場というのは完全に逆転することになって……

**安部**　それが不思議でね。まだあのころのことが、よくわからないのだけれど、今度は中国人が、よくいわれたね、日本人を襲撃したとか。だけどぼくは向うにいて、現に経験しているけれども、いちばん驚くべきことは、終戦になったらこれはエライことになると、ぼくらは思っていた。しかし逆に、市は今まで通り開かれているし、日本人が買いものができるしね。変らないのですよ、奉天市はね。それでこの経験はぼくに、都市というものの市民生活の原型というのは、国家の支配形態というのと別個にあるというのを感じましたね。その時は無警察状態なんですよ。日本人にとって警察権というのは完全にない。しかし、それでもある原理的なルールというのは自動的に流通していく、流れていくと思った。だから、恩着せがましく統治の有効性のようなことをいろいろいうけれども、本当は、そういう権力構造というのは、そんなに必要ないのではないか、という感じはかなり痛切に感じた。

**斎藤**　ああ、そうですか。

**安部**　まあ、暴力事件はあった、事実として。夜、ヘンな鐘の声がきこえる。チャン、チャンチャカ、チャカっていう、ちょっと中国風の鐘。そのうちに自動小銃の音がリズムをもって、パッパンパッパンときこえる。ああ暴動だなあと。すると翌日になると、その暴動を受けているのは、ほとんど警察官舎と高級将校の官舎で、一般市民のところには来なかった。ぼくはずいぶん長く奉天にいたんですが、いちばんぼくらが被害を受けて怖かったのは日本人の強盗なんです。それはほとんど憲兵ですね。当時兵籍といおうか軍籍にある者は、登録せよというソ連軍からの指令がきた。しかしそれは明らかにソ連軍の手口で、日本人は正直だからノコノコ出かけていった。そして登録された人は全部シベリヤに連れていかれた。ぼくは幸い学生だったから、行かずに済んだけど。ところが憲兵なんてのは、みんなそのやり口を知っているんだよ。だから全部隠れた。そして少し静かになって今度は国民党の軍隊が入ってくる。それからがヒドかったねえ。つまり国民党の軍隊というのは、言っちゃ悪いけど、戦意がないんだ。だから、自分の周りだけ守って、空砲だか実砲だか知らないが、パンパンパンと撃つんだけど、それは「おれたちはここに居る、近寄るな！」というだけのこと。そうすると夜中、戒厳令でしょ、だから逆にいうと自由自在に動きまわれるってわけ。すると、憲兵あがりの強盗が鉄の棒を、ガラン、ガランと引きずりながら、集団で普通の民家を襲うわけ。これは怖しかった。いちばん被害を蒙ったのは日本人が日本人にやられたこと。そういうことが戦後ちっとも語られずにいる。ぼくは現場にいたから知っているが本当にイヤな気分だ。

**斎藤**　うーん。

**安部**　クスリ屋さんとか、何か財産とか金目のものをもっているところが、主に襲われた。日本人の憲兵のやり口というのは残忍でね、ぼくの近くの、大きなクスリ屋がやられたけど、入ってくるとね、有無をいわせず、まず眼玉をフォークでえぐり抜く、まずね。それから、おもむろに「クスリがあるだろう」と。はじめに「何か出せ、出さなければ……」というのと違う。それはすごかった。

**斎藤**　それを経て、引揚げを体験されるのですね。

**安部**　そうね。それが矛盾しているようだけど、やっぱりうれしかった。ぼくにとって日本は生活した故郷ではなかったけれど。なつかしい、というものでもないから。だけどあの緊張感ね、異民族の中で暮すという。だからこれは日本人の弱味でしょうね。だってユダヤ人ってのは生まれてから死ぬまでそういう緊張感にさらされてるわけでしょう。アメリカ人だって、いろんな民族の混合の中で踏みとどまっているわけでしょう。すると、そういう緊張というのは大きいと思う。それに耐えていくのですよ。それに比べると日本人というのは、そこがないんじゃない。だから日本人ってのは酔っ払ったら異常にダラしなくなるのは、緊張感ぬきの生活感覚の中にベターッと入るたのしみね。ぼくもわかるんだよ。ホッとするから。

**斎藤** その時に、国家に関して疑問を感じたとか、そういうことは……

**安部** 国家というのを意識しはじめたのは、ぼくはむしろ最近なのです。そんなにこだわっていなかったし、もともと愛国者のタイプではないし。ただね、都市と農村というものの対応については、ぼくは非常に神経質だったですね。満州で育ったことは非常に都市的な生活をしてきたということですよ、子どもの時から。周囲に農村がないということ。農村は中国人ですから。

**斎藤** はあ、そうですか。

**安部** だから満州で育った人間の特徴は、生れた時から、都市的に作られてしまっていることにある。多分そうだ。だからぼくは、日本にきても、農村というものについて違和感があって……。ただしぼく自身のルーツは農村ですよ。開拓民の出ですから。

**斎藤** おじいさんが四国から、屯田兵で北海道に入られた……

**安部** いや、屯田兵よりも古いんですよ。だから農村と都市の問題には敏感に感じる。

**斎藤** それがずっとあとで、小説のモチーフになるとか……

**安部** そうですね。いろいろ発想のバネにはなった。

**斎藤** それはハッキリ自分と他者との関係とか……

**安部** そうですね。他者とは何かというか、他者との連絡、通路を回復しない限り人間の関係というのは本当のものができないと。ぼくの小説のある意味での一貫したテーマは、人間の関係とは何か、他者との通路の回復はありうるのか、ということです。

**斎藤** 敗戦を契機にして、時間というものの意識も含めて、何かに書いておられましたが、日本に帰る意志はあっても、帰るという行為があっても、帰属すべき場所がなかった、ということですか。

**安部** ぼくの父親なんかは、もう日本に帰る気はなくて、もう満州で骨を埋める気持で暮していて、ぼくも家といったら満州だったのですよ。それがなくなったのですよ。だから敗戦というのは、愛国心が裏切られたというのではなくて、事実、場所を全部失ったということは、頭でなく、からだで感じていた。でも、そんなに辛くはなかったね。

**斎藤** ああ、はい。

**安部** 人間って、しょせん、いつでも何かを失っていく方が仕合せだと思った。だから、ヘンな話だけどぼくは父親が死んだ時、悲しいとは思わなかった。

**斎藤** お父さまは、敗戦直後、奉天でチフスが流行った時、その手当で疲れ切って、チフスに感染して亡くなられたそうですが……

**安部** うん。そう。でも可哀そうだなあ、という気持と、ああよかった、という気持と一緒だった。父親に拘束されないで済むからね。不安は不安だけれど、まだその方がよい。どちらかというと、ぼくは今までに出来上った流れより、不安を選びますね。

## 3　小説は無限の情報を盛る器

**斎藤**　この部屋に入りますと、いろいろ小説の発想の「もと」があるのではないかと思うのですが……

**安部**　いや、ただ散らかっているだけで。ちょうどコンパスで描いたみたいに必要度の高いものが近くにあるわけです。一応、今日は撮影だから少し整理したけれども。いや、散らかっている、という程かな。いや、自分の頭の中に入っているから。

**斎藤**　ああ、そうでしょうね。

**安部**　だから、あれがあそこで、これがそこ、という具合にちゃんとわかっているんで。

**斎藤**　いろいろ面白いものがあるんですが、まず遠くのものから紹介しますと、あれは何ですか、ちょっと面白いですね。

**安部**　うん。ぼくも面白いと思うけど、トイレットペーパーの芯なのね。捨てないでためておいたら、何かになるだろうと思っているうちに、ああいう風に工作みたいに作った。

**斎藤**　これがタマゴのケースで作ったもので……

**安部**　ああ、それも何かになるんではないかと思って作ったけど、失敗だった。捨てるべきものが、ただそこにあるだけ。

**斎藤**　タマゴのケースに色をつけて。

**安部**　うん。面白くなりそうだと思ったけど。

**斎藤**　ここに、何か原稿のようなものが……

**安部**　写真が入っているでしょう。それは多分、立体写真で、今度の「方舟さくら丸」で使った航空写真です。あの例の「空中旅行会社」の……

**斎藤**　そしてこれが、シンセサイザーですね。

**安部**　これはいかにも気取っているようだけど、ぼくが芝居をやっている時に作曲家に頼むとギリギリにしかできてこない。ひどい時には舞台けいこの時にしか出来上らない。ぼくの場合は、音楽が先行してないと具合がわるいんでね。で、素人だけどなんとか出来ないかと、自分でこういう器械を集めてやりはじめたのがキッカケですよ。だからぼくの芝居は、ある時期から全部、自分で音楽を入れてやっているんですよ。

**斎藤**　そこに作品があるようですが、音、出ますか。

**安部**　うん。作品というと大げさで、作品というより、いろいろソースを作っていくうちに、偶然に……

**斎藤**　その偶然の作品ですか、ぜひ、きかせて下さい。

**安部**　この器械、いじっているうちに、偶然おもしろい音、出るんですが、ちょっとスイッチ、入れてみる？

**斎藤**　ええ、お願いします。

（シンセサイザー作動して「作品—A」はじまる。約30秒）

**安部**　こういう音は、いいと思った時採っておかないと、もう二度と作れないのですよ。もう一つ別のものを。

(「作品―B」約25秒)

これ、鐘の音に似ているでしょう。割にキレイな音ね、これは。

**斎藤** 作品の発想ということについては、一回目で、ごく日常的なところからとおっしゃいましたが、こういうものに、いろいろ好奇心をもつ、ということは、そのことに関連するのですか。

**安部** ぼくは、多少、他の人より好奇心は旺盛だと知ってますよ。カメラでもすごく凝ってしまうし。でもそのことと違って小説の発想は、ごく普通の人の眼になろうとしてますね。

**斎藤** お使いになる言葉も、むつかしい言葉は使われないが、だんだん小説の世界に入っていくと、安部作品は何か迷路に入っていくという感じがします。

**安部** うーむ。そこからまあ、特別な世界が拡がってゆくのですが、根になるものは、なるべく特異なものはとりあげませんね。

**斎藤** はい。そうだと思いますが。

**安部** そのうちに複雑な世界に入ってゆくが、それは特別勉強した人が、わかって、その中に入るというのではなくて、ぼくはだれでもそういう複雑な世界というものを、もっていると思いますよ。唯その表現する力があるか、ないかの違いです。だから代ってぼくが表現していると自分では思っている。ぼくの小説は昔は「観念的だ、観念的だ」といわれたけど、確かに「観念」は操作するけれども、使っている言葉などは極めて日常的なレベルであるようにしているんだけれどもね。

**斎藤** そうですね。書いてらっしゃる言葉はそうですが、私たちが感じる、あの迷路というのは、一体、何なのでしょうか。

**安部** それは正に「現実」なのではないでしょうか。ただ視点を変えると、わかり切ったものが「迷路」に変るだけですよ。例えば昔、ぼくは何かに書いたんだけど、犬ね、犬というのは目線が低いでしょう。臭いが効くでしょ。だから臭いで、臭いの濃淡で記憶を全部、形成しているんですね。だから犬というのは道路の真ン中より、隅っこの方を通るでしょ。あれは別に自動車が危ないからと思っているんではない。あれは隅っこに臭いがたまっているからです。

**斎藤** 面白い話ですね。

**安部** そこで犬の感覚で地図を作ったら、これはヘンな地図になるでしょう。例えば臭いの濃淡を色で分けてみるとか。臭いというのは眼でみるものと違って、たえず流動してますよね。ですが、絶え間なく動いて、ハッキリ濃淡を作っているんです。その中を犬は歩いているんです。そういう地図をわれわれ人間がみたら、ひどく混乱するけど、考えてみるとそれはそれほど日常から離れているわけではないのですよ。ですから特別に複雑な思考を媒介にしなくとも、体験レベルでちょっと視点を変えるとわれわれが何処に置かれているか、その認識はパッと変ってしまいますよ。

**斎藤**　うーん。そうですか。

**安部**　その認識を変えることによって、もっと深く状況をみるということができる。だからぼくは文学作品というのは、極端にいえば、われわれが生きている小さいなりの世界を作って、それを提供するということです。そういう作業ですから「お説教」や「論ずる」ということは、小説においてそれほど必要ないと思いますね。いわゆる人生の教訓を書くなんていうのはエッセーなどに任せておけばよろしい。小説というのは、それ以前の、意味に到達しないある意味を提供するということ。そこで読者は体験する。そういうものではないかと思う。するとやはり

**斎藤**　それを私などは「意味」を読んでしまう。犬の鼻になれなくて。

「迷路」に入ってしまう。

**安部**　いやいや、「迷路」でいいわけです。ただどうしても「迷路」という風に自分が体験すればそれでいいわけですが、最終的に意味に到達するというのは、ちょっと間違いだと思う。これは日本の国語教育の欠陥だと思う。日本の国語教育というのは、文章があれば必ず「右の文章の大意を述べよ」とくる。あれは困る。文学作品というのは、大意が述べられるという前提、思い込みというか、あれを子どもに植えつけた。日本人の教育はどうも教科書でなんでも大意を述べさせられている、という気がする。ぼくの作品も教科書に載っているんですが「大意を述べよ」といわれたら、ぼくだって答えられない。ひと言で大意が述べられるなら、小説書かないですよ。

**斎藤**　ああ。そうでしょうね。

**安部**　それこそ最初から大意を書いてしまいますよ。「人生というのは赤い色をしていて、時々中にみどりが混っている」と、そう書いてしまいます。大意という形で要約できないある原形を提出し、それを読者が経験する。その経験は必ずしもひと言では要約できない。十人なら十人、十種類の大意をもってよい。ですけど、ああいうように「大意を述べよ」というからにはテストで採点するからに違いない。だからあの大意は正しい、これは間違っていると、そういう教育をしていたら、小説はもう読めなくなってしまうんではないかな。

**斎藤**　例え話で誤解されそうですが、犬の話ですが、犬がどう歩いたかというのではなくて、臭いの濃淡に従って読者も歩いてみよ、というわけですか。

**安部**　犬の体験をすべきだ、ということですね。そうするとやはり大意を述べたくなりますよ、人間というのは。要約して安心するわけですよ。しかし要約してもまだ何か残っている。次の要約が行なわれる。さらに次の要約が行なわれるという具合に、無限に大意を探り続けるだけの原型が与えられる。これが文学といえるわけですよ。しかし大意を述べたら終り、ではね。あの探偵小説というのは読んでいて面白いけど、すぐ忘れてしまう。あれは何故かといったら、犯人がわかったらもう終りな

のね、その犯人がわかってしまうと。だれが犯人かのその「犯人」が「大意」、大意を述べよの「大意」だと思うけど。そうすると、今まで書かれていたことを忘れてしまうわけね。

**斎藤**　そういうものでしょうかね。

**安部**　うん。そこに探偵小説が文学になりにくい事情がある。もちろん例外はありますよ。あるけどそれは最初から専ら大意を目的に書かれているからですよ。

**斎藤**　そうすると、最もおきらいな作品の解説というのはどうなのでしょう。

**安部**　あの解説というのは、読者が作者と体験を共にする手助けをすればよいのです。

**斎藤**　その手助けの意味で、解説ということで、例えば「砂の女」というのはどういう風に……

**安部**　それはもう自分では言えないよ。作者というのは意外と自分の作品についてはいえないものですよ。

**斎藤**　例えば、ねらいとか。

**安部**　そういうことは言えないものだ。言える人がたまにいるけど、そういう人は逆にインチキくさいとぼくは思うなあ。自分の作品を語るというのは。

**斎藤**　ああそうですか。

**安部**　よくねえ、あるでしょう。温泉町の地図というか、案内図がある。山を描いて、道路があって、花が咲いていて、ロバなんかがいてさ、ああいうものですよ。もともと小説がそういうものであるなら、それでよいですよ、文学が解説で。だけど実際の地図というのは、見れば見るほど際限なく読みつくせるものですよ。

**斎藤**　例の等高線などが書いてある、ああいう地図ですね。

**安部**　そうです、あの地図。目的に応じて読み方が変ってくる。それが本当の、有効な地図ですよ。いちばんよいのが航空写真。無限の情報が含まれている。そういう無限性がないとぼくは作品といえないと思う。あらゆるものは無限の情報をもってますよ。人間でもそうですね。あいつはどういう奴だと、一口でいったらどういう奴だと。一口でなんていえないのにさ。いや、言ったっていいんだよ。無限の情報ですよ、人間なんて。そういう風に人間をみるということ、いや、みなくてはいけない、みるんだ、ということを作者は、読者に伝えなくてはいけないのですよ。

**斎藤**　なるほどねえ。

**安部**　よくこのごろ血液型がどうのこうのというじゃない。あいうのは最低の情報ですよ。

**斎藤**　地図の読み方というのは、万国共通というか、だれでも読めるということ、それでいうと、安部さんの作品は世界的に共通性があるという……

**安部**　うん。だからぼくの場合、割に翻訳されて読まれているのはどういうわけかと、よくきかれるけど、ぼくは外国人に読んでもらおうと意識したことはないし、今いわれているような、国際人とか、国際的作家とか、ああいうものに全然関心はない。ただね、今まで言ったようにあくまでも日常の感覚からスタートして、そして大意を述べられない現実というものをみてきている。これはある意味では、ぼくらは都市生活をはじめて、現代になってこの方法が要求され明確になってきている。昔はそうではなかった。これは日本も含めて世界中、ある意味では第一次大戦を経過して、そして第二次大戦後は地球的な現象になってきているのですね、現代になって。

**斎藤**　ええ、そうだと思います。

**安部**　この現代というものの視点は、世界中、非常に接近してきているおかげで、ぼくの小説は外国の人が読んでも、共通課題として受けとる、ということになった。だから外国人にもわかる、という風に書いたらかえって、ヘンなんじゃない。ぼくらが外国小説を読む時も同じ現象がある。

**斎藤**　ああ、そうですか。

**安部**　つまり非常に、現代の小説を切りひらいたといわれるカフカの小説というのは、まあ研究者によれば、カフカは最も中部ヨーロッパのユダヤ人の置かれている状況を、悲しみを描いた、といいますけど、そうかもしれない。事実そうでしょう。しかしぼくらが読む時、そんなんじゃなくて、正に現代の体験として読むわけです。それは日本人の体験と同じなのです。だからカフカならカフカの特殊性を論ずるよりも、カフカの共通面を捉えた方がわかり易いし、まあいちいち説明しなくても、カフカの小説は読めるし、面白いわけですよ。

**斎藤**　はい、そうですね。

**安部**　どこの国の人というのではなくて、現代文学として耐えうるものは、現代文学なのであって、何処の人って敢えて言ってみたところで……、まあ、何処の人っていえない場合だってありますよ。例えば去年か、おとどしかノーベル賞をもらった、カネッティという人は、ハッキリわからないけど、スペイン系ユダヤ人で、生れがブルガリアで、教育を受けたのはスイスで、そのあとドイツに行って、今イギリスに住んでいてドイツ語で書いているでしょ。あの人、何人かって、だいたい言ったってムダですよね。しかし現代小説として立派にそこにあるわけですよ。

**斎藤**　はい。よくわかります。

**安部**　現代という時代は、もう地球上で全部が同じ経験をしはじめている、ってことではないでしょうか。

## 4　前衛であり続けること

**斎藤**　ここは俳優の訓練の場、なのですか。

**安部**　はい。そうです。ぼくはヘンないい方ですが、今の芝居が好きでないんですよ。なんでこんなにキライなのか。しかし演劇そのものは根本的には、キライではないのですよ。なんでそうなのか、と。とにかく実際、今やられている舞台はキライなんです。考えてみたら、俳優の演技の質にものすごく抵抗感があることがわかって、これはもしかしたら俳優の訓練から、やり直してみると自分でも納得がゆくのではないか、というところからスタートしたんですが。今の俳優の演技というのは、ぼくの眼からみると、おそろしくデジタル的演技だと思う。それは結局、意味の伝達の媒介者でしかない。

**斎藤** と、いいますと……

**安部** 要するに、動きや表情が全部、説明的なんです。ふだんわれわれが生活している時は、そんなに説明していない。動作でも何でも。

**斎藤** はい、はい。そうです。

**安部** 例えば、テレビをみていても一瞬画面をみて、これはドキュメントか、ドラマかすぐわかる。一目でわかる。どこが違うかというと、普通の人間のアクションは、いちいち説明していない。言葉として言いすぎかもしれないが、普通の状態では人間は「アナログ的」存在としているのに、演ずるとなると瞬間「デジタル的」になってしまう。例えば悲しい、ということ、本当にその人が悲しいのではなくて「わたしは悲しんでいるのですよ」というフリを演じている。だから「演ずることを演じている」、それが多分、ぼくには耐えがたい。

**斎藤** なるほど、ええ。

**安部** それで始めた。肉体訓練を、ぼくは重視しなくてはと思って、俳優が演ずることを演ずるのではなくて、実際にその状況にある、存在するということをしなくてはいけない……。しかしねえ、今の芝居自体がストーリーやプロットがあって、悲しいお話とか、いわゆるドラマツルギーがあって、いろいろと縛られる。そういうものはぼくはもう、過去の遺物だと思う。

**斎藤** と、いうと……

**安部** つまり今はもう、新しいメディアが出てきているから。ずっと昔は、活字の発明以前から演劇というものがあって、これは今の新聞とか、雑誌とかそういうものを全部含んでいた。とくにギリシャ時代の演劇は、ある程度は新聞だし、しかもその中の文化欄から政治欄まで全部あった。それが徐々に分化してきて、とくに活字が出来て、近代小説誕生以後は、もう演劇は要らなくなった、と思うんです。そういう状況の中で、もう一回なぞる、というのはぼくは意味がないと思って……だから俳優にそれを要求すると同時に芝居の方もどんどん「意味」を抜いていったんです。

**斎藤** 文学で出来ることなら演劇でやることはない、というのですね。

**安部** そう、やることはないと。文学というのは、しょせん文字だから、いったん「デジタル的」なものに置き換えて、そこからさらに「アナログ的」なものを含めて、反応というか感覚を誘発することになるけど、舞台というのは、もっとストレートに空間と俳優の肉体を通じて、いきなり「アナログ」で問いかけて「アナログ的」反応を引き出す、というのでなくてはいけないと……

**斎藤**　観る人にですね。

**安部**　そう、観る人に。

**斎藤**　トレーニングはどういう風になさったのですか。俳優に即興的なセリフを、しゃべらせるとか……

**安部**　ええ、それはね、舞台だから毎日同じことをやるので、練り上げていけば結局きまったセリフになりますが、スタートはぼくが台本を与えるのではなくて、ある状況を与えて、その中で俳優を生きさせる。すると徐々に、自然なアドリブがでてくるのです。それを積みあげる。具体的には写真を一枚与える。その写真の中に入り込んで、それをじっと見ているうちにその俳優が内側から、いろんなイメージとか感覚を、イヤでも引き出さざるをえない。そういう訓練をする。そのためには基本的に、からだの生理反応が出来ていなくてはいけない。そこで体操を重視した。

**斎藤**　それで評価はどうだったのですか。

**安部**　うん、まあ、その考えにのってくれる人は、確実にのってくれるのです。

**斎藤**　俳優が、ですか。

**安部**　いや、いや、俳優はそれがわからない人は、辞めていけばよいのだけれど、観客ですよ。観客はやはり、わかる、わからないの問題が出てくる。ぼくは、無理にわかってほしくないわけよ、逆に。わからない、というのは何ら芝居に対する批評にならない。だって音楽だってそうでしょう。わかる音楽……まあ、あってもよいけど、しかしわかる音楽は面白くない。音楽は感じるのであって……だから、わかる、というのは、ある意味で「アナログ的」なものを「デジタル的」なものに転換が可能かどうかの問題ですよ。要するに方程式に置きかえるということ、わかるというのは。でもね、置きかえなくともいいと、ぼくは思う。

**斎藤**　ええ、はい。

**安部**　それをぼくは徹底してやった。そしたら、どうもやっぱり、ダメなんだね。とくに演劇評論家という人たちが全然、反応しない。それである時、そういう種類の極端に意味のない芝居を、アメリカにもっていって公演したことがあった。（注――「仔象は死んだ」）そうしたらアメリカでは、ものすごく受けた。それは、この舞台一面、布を張って、その中に俳優が入って布のかたまりで形を表現したり、要するに舞台装置を使わずに、布一枚で、世界を表現する。これがアメリカでは好評になり、ＮＥＷ ＹＯＲＫ ＴＩＭＥＳでは「多分この芝居はアメリカでも将来、影響を与えるだろう」と書かれたが、事実、それと関連あるかどうか断言できないけれど、それ以後、アメリカのダンスの新しい実験的なもの、前衛的なものは、そういうやり方をするようになった。

**斎藤**　ええ、なるほどね。

**安部**　ところがそれが今度、日本にきて公演すると、批評は

「さすがにアメリカの洗練された感覚だ」と来るんだよ。ぼくらがやった時は「なんだか、チンプンカンプン！」だといわれてさ。こういうのには参った。ぼくは実に絶望を感じて、もうちょっと疲れきって、ここのスタジオは他の事情もあるが、当分、閉鎖して、放棄しようと。まあ、別の形でやるかもしれないけど。だから今の気分は、ちょっと「桜の園」的だよね。

**斎藤** 最初から「デジタル」「アナログ」というコトバが出てきたのですが、この辺をもう少し詳しく……

**安部** そう。要するに、ものの形であるとか、そういうものは連続体、たとえば「線」一本でも、ずっと繋っている。そういうものを包括的に認識するのを「アナログ」。人によって違うが、一般的には「脳の右」つまり「右脳」で総合的、直観的に、そういう連続体の形をとらえる。それに対して「左脳」では分析的に、例えば座標で考えると、「Xは10、Yは5」という具合に一つの点を示し、それの連続として認識する。点の連続として考える時は、これが「デジタル」になる。「アナログ」「デジタル」の違いは、時計でいうとよくわかる。

**斎藤** 二本の針で示された認識ですね。

**安部** そう。それは「アナログ的」。デジタル時計は点の連続体で、それでわれわれはほとんど「線」と同じように認識するけれど。正確度からいうと、ある部分はデジタルの方が進んでいるが、アナログにはデジタルにない、包括的な、直観的な、例えば時計の針をみて「あ、今は一日の中での、この辺」といったように直観的にとらえることができる。音楽をきく時はアナログ。好きな音楽をきく時は何度でも反復して聴くことがありますね。聴いているその瞬間に、自分で感じて、生きているから、何度でも好きな音楽は聴いていられる。それに比べ面白かった探偵小説なんてのは、くり返して読む人はいない。よほど記憶のわるい人以外は。犯人を忘れて、読み返すようなボンヤリした人は別だけど（笑）、これは、だからデジタル的なものの特徴だ。

**斎藤** デジタルとかアナログの良し悪しの問題ではないのですね。

**安部** そう、良し悪しではない。

**斎藤** 安部さんの作品は、アナログ的というか……

**安部** いや、小説の場合はかなりデジタル的なものを含みますよ。大体、文字は全部デジタルだから。しかしそれを通じて、どこまでアナログに、にじり寄れるか、ということはある、確かに。しかし、やはりデジタルな機能を最大限に発揮するのが言葉の機能です。結局、デジタルの時計でもアナログの世界に点を通して、連続しているのです。だから最終的には、利用の目的はそんなに違わないけれど、認識のパターン、つまりアナログでなくてはどうしても喚起できないというのは、音楽とかそういうもの。ぼくはそれで「演劇」を考えた。やはり、どんな小説でも音楽は書けません。音楽にかわる小説を書けったってそれはムリだ。

**斎藤**　でも、それに、にじり寄りたかった……

**安部**　うん、まあ、デテールではね。でも作ってゆく世界は違うのですけど。

**斎藤**　そこで、安部作品が難解である、という意見と、非常に面白いという、特に若い人たちの間で、安部作品にとりつかれたら離れられないといった人も多いのですが、そのあたりはどうお考えになってますか。

**安部**　カッコよくいえば、冒険心の問題ではないか。つまりデジタル的なものは割にすべて過去形で安心する材料になる、デジタル的世界というのは。そしてアナログ的世界というのは、理解できるかどうかわからない世界です。だから非常に不安がある。ああ、そうか、これはこういう話かと納得が、しにくい。だから、わからない、ということが当然ある。まあ、わからないからそれが必要だと、ぼくは言いたいね。わかるもの、それはもう、いいんですよ。

**斎藤**　ええ、なるほど。そうですか。

**安部**　そういう意味では、歴史的解釈はキライだけど、そういうものだけでは片づかないけど、文学の世界は歴史を含む。歴史的実在というか、そういう世界ですね。それから音楽は、そういうものを含まない。それでぼくはその中間の世界として「演劇」にひどく関心をもった、その段階では。しかし今は、もうあきらめムードで「桜の園」的気分だけど。

**斎藤**　安部さんの作品には、例えばコトバでいえば「箱」「壁」「穴」とあって、それがまあ、メビウスの輪というようなもので、ウラとオモテが入れ違ったような世界に入ってしまう、というような気がする。それはちょうど、アナログの連続のようなものに感ずるのですが。

**安部**　そうですね。アナログというのは、人間に挑戦するのですよ。どういう風かというと、それをデジタルに置きかえてみよ、という風に。デジタルに置きかえると、自分の中にたぐり寄せて、自分の身のまわり品に変ってしまう。ホッとする。ところがまだデジタル化されないアナログが出てくると、必死になって、それと闘う、直観的に、どうやってデジタル化できるか、と。だから今のメビウスの輪というのも、理屈から考えれば、不思議でも何でもないのだけど、日常生活の中では、ウラとオモテという概念があるから……

**斎藤**　いつもどっちかを確めたい。

**安部**　うん、そう。それが決らないから、ヘンだなあ、と思うけどヘンではない。ウラ、オモテというデジタル的把握にちょっと矛盾するので、あのアナログは刺激的なんですよ。ぼくは例えば「箱」とかいろんな「もの」に還元するのは実は、いろんな意味でメビウスの輪を提供しているのですよ。つまり、ぼくが「箱」をとらえて、それが小説の中で変形していくプロセスをたどると、ちょうどメビウスの輪のようになる。それは「箱」というものに外の世界を映しているんですが、「箱」が「箱」を超えてしまう。すると読者は挑戦を受けるでしょ。どうやってそれをデジタル化して、パッと安心できるか、と。多分安心はできないと思うけど。無限に挑戦を受けると、そういうところで作者と読者の交流が生れるだろうと思う。

**斎藤**　安部さんの最もおきらいな「前衛」という言葉、絶えず前衛であり続ける、ということですが、ある評論家にいわせると、安部さんは「絶えず自分自身を超えてゆく前衛だ」と。

**安部**　まあ前衛というのは、ある意味ではカッコいいから、言われても構わないけど、そんな意識よりも、いかに現実を生きるか。その現実の規定の仕方でしょうね。だれでも現実を生きる。ぼくにとっての関心というのは、今を見る……ということ。それはぼくにとってのメビウスの輪ですよ。それを「箱」とか「壁」とか「砂」とかに投影する。その、いい投影体を探すということです。今、ぼくが、この見ていることの感覚、言葉ではまだいえない感覚を、何に映すと一番よくこの感覚が映るか、というその映すものを探すのが作業で、それが小説を書く時に一番の楽しみですよ。あと、書くことってのは、まことに、よくこんなバカなことをやるのかってくらいにシンドイけれど、投影体をみつけるとこだけはね、自分の喜びといえるかもしれないなあ。

［1985. 1. 14－1. 17］

# 重層的な騎馬物語——木下順二『ぜんぶ馬の話』

満州育ちのぼくにとって、馬のいる風景は珍しいものではなかった。しかし馬に親しみを感じたことは一度もない。痩せこけ、傷つき、ただ死に向かって歩みつづける悲惨の代名詞にすぎなかった。餌代に追い付けない馬車賃を稼ぎだすためには、鞭しか人間と馬を結ぶものがなかったのだろう。馬車に乗るのと乗らないのと、どちらが馬の苦しみを和らげることになるのか、子供心にも悩んだ記憶がある。

ふつうの愛馬物語だったら、拒絶反応のほうが先に立っていたはずだ。しかし木下順二の『ぜんぶ馬の話』は、さいわい愛馬物語ではなく、騎馬物語だった。じっくりと抑制のきいた語り口で、たとえば人馬一体のケンタウルスが単なる怪物などではなく、人間の自己表現の一形態であることなどを解き明かしてくれる。内外の古典の馬に関する記事を検証し、馬術の実際と比較して、馬と人間の関係がいかに文化史（もしくは技術史）的なものかを納得させてくれもする。とくに騎馬技術の極致が馬のエネルギーの収縮だという指摘は面白かった。

たしかに騎馬は、悲惨とはまた別の次元で、馬と人間の関係を成り立たせているようだ。

一編一編は静かな口調の独立した随想集なのだが、重層効果をうみ、いかにも重量感のあるケンタウルス像の刻み出しに成功している。

［1985. 1. 26］

# Diana Cooper-Clark 宛書簡

Diana Cooper-Clark 様

約束したインターヴィューの答えを録音しました。早速郵送します。

執筆中の小説『方舟さくら丸』が予定以上にながびき、あなたの訪日中に会えなかったこと、ならびにこのテープの録音が遅くなったことをお詫びします。小説は昨年暮れに出版され、幸運なことにベストセラーです。内容についてはごく簡単に録音のなかに触れてあります。

録音の内容が気に入っていただけるよう願っています。

1985. 1. 31

安部公房

［1985. 1. 31］

# 〈気になる著者との30分〉

［聞き手］小川琴子

**小川**　長篇小説『方舟さくら丸』（新潮社）のご完成、おめでとうございます。

先生は、これまで五年に一冊のペースでお書きになっており、今回はそれをさらに二年多く費やして七年ぶりに小説を世に問われたわけですが、このように長距離ランナーで一冊をものにする、その構想の仕方をまず教えてください。

**安部**　いろんな考え方をする人がいるけど、僕は、テーマとかプロットとか、そういうものの枠組を決めて中を埋めていくやり方はとらない。むしろ、ある種子のようなものをみつけて、それを育てていくと、その外側にスーッと肉付けされていく。

**小川**　そうすると、『方舟さくら丸』の場合、何が種子になったのでしょう。

**安部**　たとえばああいうユープケッチャという虫、それからトイレの中にスポンと落ちてしまったらどうなるかとか、そういうものがイメージとしてポッとくる。もちろんそれがくるまでにはいろんなことを考えているわけで、いろんなものを考えているうちに、これは自分にとってすごく意味を持ってくるゾ、とピンとくる。そのピンときたものを、ちょうど卵を孵すみたいに後生大事に温めてやると、だんだんと、それがうまくおさまる場所がそのものから滲み出してくる。それから、そこにやはり人間が住みはじめる。僕が興味がある人格とか性格、それをそこに配置するんではなくて、そこに呼び寄せる。このとき、なかなかいやだといってこないこともある。それはきてくれるまで待たなければならない。どんなに長くかかっても辛抱強く待っていると、そのうちにむこうがうまく乗ってくる。そうすると、その人間の性格とか何とかといったものが、つくっていくんではなくて、スーッと見えてくる。

**小川**　どのようにして待つのでしょう。

**安部**　その世界に入り込もうとして、そのイメージとかかわりあいながら、グルグルまわって、ひたすらジーッと待つ。そうしているうちに、ちょうどロック・クライミングするときのような状態になる。ロック・クライミングするときは、ほとんど上下を考えない。つぎの一段、つぎの一歩という風に考える。しかし、そのつぎの一段なり一歩なりに集中するエネルギーは大変なもので、それを遣り遂げると、いろんなものが変化してくる。で、その変化は、計算ではないような気がする。だから、あえて構想の仕方ということをいうならば、僕の構想の仕方は待つことということになる。

**小川**　そうしますと、先生の小説のつくり方はまるで子どもを産むのと同じですね。

**安部**　そういう要素がある。それから霧の中で手探りしているような感じ。たしかに何かあるんだが、全体が自分には見えていない。その全体がむこうにある……。

**小川**　何かよくわからないけど、おいでおいでされて、それに引かれて行くという感じですか。

**安部**　まさにそういう感じだね。ただ、そういう感じにすぐにはならない。相当、目を凝らして、やっとみつけるという感じ。

僕はなぜ連載小説を書かないのかとよくいわれるんだが、やはりそういう発想の仕方をしていくと連載小説というわけにはいかない。

**小川**　締切りのあるものは、無理？

**安部**　そう。だから結局、連載小説はできないということがわかって、キッパリ止めた。僕の小説が五年ぶりとか七年ぶりとかいうのは別に不思議はないんで、時間がかかるのは当然というわけだ。

**小川**　いつからワープロを使って書くようになられたわけですか。

**安部**　ワープロ使いはじめて一年くらい。だから、今度の小説の終わりの方ね。

**小川**　ワープロと手書きの違いは？

**安部**　僕のように探って歩きながらやるやり方にはワープロはすごく適している。

**小川**　原稿用紙に書いていたときには、完成するまで庞大なゴミが出たのではありませんか。

**安部**　そう。ゴミが、それはもう信じられない量だった。それがワープロを使うことによって、非常に合理的に試行錯誤ができるようになった。つまり、ワープロは試行錯誤する機械だといえる。僕のやり方は平面的ではなくて立体的な思考だから、その点、ワープロはものすごくいい。もっとはやく使えばよかったと思う。ワープロを使いはじめてからはやく思考がまとまるようになった。

**小川**　それでも、前は五年かかって、今度は七年かかっている。それはどうしてなのでしょう。

**安部**　ワープロを使いはじめるとき、使い方を覚えるのに無駄な時間をくって長引くといけないという心配から、まわりの人がやるなやるなといって止めた。しかし、それを思い切って踏ん切ってはじめてからスピードが出た。まあ、だいたいかたまる時期だったのかもしれない。スピードがあがる時期があって、その時期と重なったのかもしれない。しかしそれにしても、ワープロを入れてからは能率が上った。

**小川**　自分の手で書いているときと、ワープロでキーをたたくときと、感性ないしは思考との連動はいかがですか。

**安部**　その点にいちばん不安があった。かつてテープに吹き込んで小説をつくろうとしてうまくいかなかった経験が何度もある。で、そういうことがあるのではないかという不安があったが、それがいっさいないんだ。

やっていて気が付いたんだが、手の動き、あるいは指の動きと思考が連動しているのではなくて、実は目と連動していることがわかった。ワープロを使って視覚で字を追っていく、そのプロセスと思考が、実にこれはそのものというぐらい結びついているわけだ。だから、手で書くという動きが問題だったのではなくて、実はその結果の字を見ている「目」。目の連動が非常に大きいということがわかった。

**小川**　そうすると、テープに吹き込むという作業は「口」だったから駄目だったわけ？

**安部**　そうそう。それに気が付いて、これは非常に大きなことなんだナーとはじめてわかった。

**小川**　近代は「目」でものを見るが、中世は「耳」でそれをやった。だから、中世と近代には大きな価値観の相違があるという説がありますが……

**安部**　それはある程度いえるんじゃないかな。つまり、文字で書く思考の特徴は記憶が同時に含まれているということね。だから、文字があるかないかの違いは、コミュニケーションの時間軸の問題だナーという気がする。

**小川**　先生の小説はよく観念的だと批評されますが、この辺はどうでしょう。

**安部**　それが僕には全然わからない。僕は目で見えている普通のことしか書いていないでしょう。けっして観念的な用語は使わない。

**小川**　日常の一点を虫めがねとか広角レンズで見ているという感じかしら。

**安部**　まさにそうだね。気が付く人は気が付くんだけど、登場人物がわりに繊細なアンテナになっているはずなんだね。

**小川**　日々のこまごまとしたこと、人が何気なく見過ごしているもの、そういったもの・ことを拡大して見ると、こう見えるんですよ、ということかしら。

**安部**　僕は日常性の中に含まれている反日常というものに非常に興味を持っている。そういうものの方に、方法として関心がある。だから、観念より実在の方に僕は目をやっているはずなんだ。それがなぜか一般的には観念的だと批評される。

それは、つきつめていえば、日本の国語教育のせいだと思う。教科書をあけると、国語の問題、文例が出ていて、まず第一に、右の文章の大意を述べよ、と書いてある。これは要するに、抽象化して観念化することだ。だからむしろ、おじいさんとおばあさんがいて、そこでどうしたこうしたというのはいかにも日常らしいけど、それは観念で抽出した日常なんで、あの方が僕は観念的だといいたい。

**小川**　言葉をかえると、それはスタイル、型という視線で物事を見ていて、そこからはみ出した部分とか、そこに入らない部分は、捨ててしまっているということ？

**安部**　ああいうステロタイプでもってね。それをむしろ逆に、僕などはそっちの方を引っ張り出そうとする。

**小川**　陰の部分とか？

**安部**　そうそう。だから、僕の書くのは、登場人物がほとんど一〇〇％、普通世間にいる状態で見たら、日常というレベルで見たら、どれもこれもつまらない人間なんだ。いわゆる駄目な人間ばっかりだ。わかりやすくいうと、何の資格もないし肩書きもないし、裸の人間でもって構成していくと、必然的に出てくるのは、人間の胸の痛みとか悲しみとか、そういう肌にくる痛さということになる。やってることは馬鹿げたことやってるけど、みんなそれぞれなんともいえない肌の傷を増やしながら生きてる。そういうものこそ僕の目から見た日常なんだ。だから僕の小説にはあまり固有名詞が出てこない。固有名詞を持つ資格がないような人間、そういう中で生きている人間、虫のように生きている人たち、そういう人間は、僕が書くことによってはじめて存在する。つまり、存在していないものを存在させるというところに、自分の作家としての存在理由があるとしたら、そこに存在理由があると思うわけだ。自分がゴミ箱をあけて、そこのゴミをどけて、中を見てやらなかったら、だれもみなかったということになるかもしれない。そういうところに実際にはしばしば真実があるからね。

**小川**　「一寸の虫にも五分の魂」ですね。『方舟さくら丸』がひとり歩きし出して、こんどはどんな種子をあたためているのでしょう。

**安部**　こんどは、スプーン曲げの少年。絶対に奇蹟を信じない視点でもって、奇蹟を書きたい。

［1985. 2. 1］

# 〈ワープロで書かれた七年ぶりの書下ろし〉

［聞き手］中学教育編集部

――七年ぶりの書下ろしということですが、七年かかってお書きになったということなんですか。

**安部**　そうだね。七年というのは長すぎたけど、大体僕は五年ぐらいに一本の割だから、普通よりちょっと長かったという程度じゃないかな。確かに、他の人よりは長くかかるけど、まあ、書き方の問題でしょうね。プロットとかテーマを決めて、それを軸にしてふくらませるというやり方、もちろんそういう方法もとるけど、それよりも、あんまり意味のないイメージみたいなものを次々繰り出していくと、その中で自分がひどく直観的に、これは何か自分にとって意味がありそうだ、というイメージが必ずあるんだよ。そうすると、その回りをぐるぐる廻って、ちょうど卵をあたためるみたいにそれにこだわっていると、そこから自然にそのイメージが僕の手を離れて自立する。そうすると、自然にその周囲にそれがあるはずの空間ができてきて、空間ができると、そこに住んでいるはずの人間ができてくる。こういう順序でふくらましていくんだ。そのうちに、最初に考えたアイディアとかプロットというものが、それにふさわしくなければ変更されてしまうし、登場人物がそこに住むようになると、登場人物が自分で動くようになるまで待つ。ある意味で、総体が熟するまでは書いては捨て書いては捨てなんだね。ある程度の時間はどうしてもかかっちゃう。だから僕の場合、連載という形式がとれないんだよ。

――今回の場合最初にあったものは何だったんですか。

**安部**　自分にもよくわからない漠然としたものが、自分の中にぼやあっとした感覚であって、そこにぽんと何か核みたいなものが落ちて、その回りに結晶が広がっていくものなんだから、これといったイメージがあるわけじゃない。ただ、今回の核になったものが何かというと、意外とユープケッチャという変な虫だったり、便器の中に足をすべらして落っこっちゃったらどうなるだろうとかいうことなんだよね。決して、核時代における人間はどうなるかなんてことじゃない。そういうのは論文を書けばいいんだよ。核というのは、ひどく経験的な、そして即物的な、あるイメージなんですよ。それを、一生懸命見ようとしていると、だんだんふくらんでくる。すると、まわりが、例えば便器だと、どういうところにある便器かじっと見ていると、ああいう世界ができてくるということなんだ。

それと、テーマというようなものとして最初に思いついたのは、全然違うものだったんだ。人間が自由になるために自分をいちばん抑えるのは何かというと、それに対する報復とか処罰が恐いからでしょ。刑というものに不安感がなくなれば、束縛がなくなるから完全に自由になれる。刑務所が恐くなくなりゃいいわけだ。そのためには、最初から人工的な刑務所の教習所みたいなところで慣れればいい。まあ、そういうシステムを思いついて、そのことを書こうと思ったの。だから、最初の題は『志願囚人』。でも、ずっと考えていくと、我々の生きている社会というものがそういうものなんだね、ある意味では。人間は志願囚人で、自分自身刑の宣告をして自主的に刑に服したら、それは拘禁されたことではないから、不安を感じないですむことなんだ。今回の主題は、こんなことがある意味では着想のもとだったんですね。そういうことになるんじゃないかなあと思いながら、虫のこととか便器のことを思い浮かべて、その回りをたどっているうちに、主題がずっと拡がってしまったということになるね、結果的には。

——書き終えられて、現在はほっとしていらっしゃるところですか。

**安部**　いや、ほっとなんかしないよ。小説書き終えてほっとするようじゃ、本当の意味で生み出したことにはならないんじゃないか。一種の虚脱状態だね。だから、書いたもののことはあまり考えたくないよね。

——では、こうしてインタビューを受けることも、あまり気がすすまないんですね。

**安部**　そ、全然すすまないね。ま、これも商売上しようがないからやっているんだけど。（笑い）それに、しゃべるということは、理解を付け加えることもできるかもしれないけど、それ以上に誤解、作者がこういったんだからこういうふうに読むんだという先入観を読者に与えちゃうのね。作者だから作品についていちばんよく知っているとか、いちばんよく書けると思うのは大きな間違いなんだよ。ほんとに一つの世界というものを生み出すことができた場合、つまり、ある意味でほんとうに一つの作品を作り出した場合、その作品が自立性を持っていればいるほど、作者はそんなに語れるものじゃないんだね。作者ならわかるというような読み方をすること自体間違いなんだと思う。

これは、特に日本の国語教育の基本的な誤りからくるもんだと思うね。僕の短編なんかが教科書に載っているんだけど、作品が終わった次のページに、必ず大意を述べよと書いてあるんだよね。僕自身もわからない大意をどうやって述べるのか、また述べたとしてもそれを教師がどうやって採点するかと思うとちょっと変なんじゃないかという気がする。大意を述べよという形で読むこと自体が問題なんだ。これは批評家にもいえることで、大意を述べよという形で自分の大意を語るんだね。そこから、テーマはとか構造はとかいうことになる。小説というのはそういうもんじゃないと思う。そこらへんにも日本の国語教育の致命的な影響がモロに出ている気がするね。十人読めば十通りの受けとり方があり、とんでもないことを考えた子供のほうがいいんで、正しい読み方というのはないんじゃないかと思うんだ。日本人て解釈魔なんだよ。大意を述べることで安心して、感覚的にとらえることを表現できない傾向があるんだね。

以前、ドナルド・キーンが指摘したことなんだけど、日本語というのは副詞がやたらと多い、形容詞が非常に類型的だという傾向があるというんだね。そういわれてみると、副詞句が多いということは、あらゆる存在とか行動を類型の中で処理しちゃうということなんだね。例えば〝さっさと行ってしまった〟という文章ね、〝さっさと行ってしまった〟だったんなら、ただ〝行ってしまった〟のほうが、実にイメージが豊かなんだ。ところが、〝さっさと〟を付け加えることで、もう〝行ってしまった〟行き方が限定されるでしょ。そのほうが日本人は安心するんだ。だから、〝さっさと〟とかいうように動詞を軽減するほうが、言葉の流れ、リズムが楽なんだよね。ただし、いい文章というのは決してそうじゃない。この頃は、そういう抑制が非常にへってきたことと、そういう読み方をしてしまう傾向が強くなってきているんだね。だから、先生たちにお願いしたいことは、いかにして類型化を除いて、自分の目で、自分の感覚で、小説なら小説の世界に入りこむか、小説の中で生きるかという読み方を教えてほしいということなんだ。大意なんか述べられなくてもいいじゃないか。

――無機質な文体というものを追求してこられた先生にとって、今回からお使いになったワープロは、非常に便利な道具ということになりますか。

**安部**　そうです。これははっきりワープロのほうが有利だといえます。僕なんかもほっとくと、やっぱり〝さっさと〟が入っちゃうんだよ。最初は発想を流すためにかまわず入れるんです。後でそれを削っていく。ところが、手書きのときには、一種の意味のないリズムみたいなものについ拘束されて、〝さっさと〟が切りにくいときがあるの。ところが、ワープロだと遠慮なく切れる部分があるんで実にありがたい。僕は、思考というものは、手の動きと条件反射的につながっていると思っていたんだが、ワープロを使って気づいたことは、手の動きではなく目で見るということと結びついているということがよくわかったね。

――どうもありがとうございました。

［1985. 2. 1］

# Lars Forssell宛書簡

Lars Forssell様

立派な写真集ありがとう。気に入りました。ひじょうに僕の感覚に近い傾向の写真です。技術的にはむろん僕よりはるかに高度なレベルですが。

小説『方舟さくら丸』を去年の暮れに完成してから、疲労のせいでしょう、なかなかカメラを手にする気力が出ませんでした。しかしあなたから送ってもらった写真集に刺激されて、またシャッターを押してみたくなりました。もっともここ当分は無理です。ヨーロッパも寒い年のようですが、日本の上空も強力な寒気団におおわれ、僕の仕事場のある箱根では、昨夜マイナス13度を記録しました。風が強いので、感覚的には零下20度以下に感じます。これでは被写体も氷漬けです。

幸か不幸か、『方舟さくら舟』はベスト・セラーのトップになりました。批評はまちまちです。批評の批評まで出る始末です。しかし本当には理解された気がしていません。ご承知のように、書いた後はひどく空虚なものです。

今年の夏、もしかするとヨーロッパ旅行をするかもしれません。機会があれば、ぜひ会いましょう。しかし言葉が出来ないので、いずれ犬の旅行のようなものです。バベルの塔の結果はまことに迷惑なものだったと切実に思います。インフルエンザだけが容易にインターナショナルであるのはまことに不公平きわまることです。お元気で。

心からの友情をこめて

安部公房

［1985. 2. 2］

# なぜ書くか……

この質問はたぶん倫理的なもので、論理的なものではないはずだ。論理的には質問自体が答えをふくんだ、メビウスの輪である。作家にとって創作は生の一形式であり、単なる選択された結果ではありえない。「なぜ」という問いが「生」の構造の一部であり、生きる理由に解答がありえないように、書く行為にも理由などあるはずがない。

しかし倫理的にはいささかノスタルジーを刺激する質問である。こういう質問が可能な(解答の当否は別にして)希望にあふれた時代があったことは否定できない。だが積載量過剰のトラックのような時代をくぐりぬけて、作者は失望し、かつ謙虚になった。死の舞踏でも、下手に踊るよりは上手に踊ったほうがせめてもの慰めである。

夢のなかで幻の越境者が夢を見る……

［1985. 2. 3］

# 嘘を承知で、あえてそこを生きるサクラ

［聞き手］メアリー・ロード

――まず最新作『方舟さくら丸』についてうかがいます。これは核時代においてこれからどのように生き延びたらいいか、というようなことが題材ですね。主人公のもぐらまたは豚と呼ばれている青年が、地下採石場跡の要塞で生き残り作戦を計画するお話だと思うんですが。そこでこの本を通じてどういったことをおっしゃりたかったのか、またどういうメッセージを読者に伝えたかったのでしょうか。

**安部**　どう受け取るか、それは読者の自由です。エッセイや評論とちがって、小説のメッセージを一言に要約するのは難しい。作者自身にだってそう簡単に答えられる問題じゃない。作者としてはメッセージを解釈するより、何かもっと言葉にならないものを感じてほしいと思う。でも、なんとかまとめてみると、核による精神の破壊は、実際に核戦争が起きる前からすでに始まっていることを言いたかったような気がする。つまり核戦争は悲劇の原因ではなく、結果だということね。現代の不安は（核戦争の可能性という）未来形のものではなく、現在の瞬間瞬間にひそんでいるごく日常的なものだということです。たとえばあの主人公、核という問題があろうとなかろうと、いずれ変人であることに変りないでしょう。なんとか社会のルールとは別のところで生きたいと願いつづけている。そういう偏屈者を主人公に選んだのは、平均的な人格よりも、異端的人物のほうがより時代を表現しやすいと考えたからです。ぼくは主人公と親しくなるために、ユープケッチャという珍しい昆虫を発明してプレゼントしてやった。自分の糞を餌にして、同じところをぐるぐる時計の針みたいに回りつづけている、肢が退化してしまった昆虫です。自己完結っていうか、完全に競争のない社会のシンボルですね。ところがこの虫を手に入れた瞬間から主人公の運命が狂いはじめる。生き延びるための手段だったはずの核シェルターが、死の準備にしか役立たないことを思い知らされる。

――今、アメリカでもヨーロッパでも核についての本が非常に多く出版されています。NYでもニューヨーカーが出した二冊

のシリーズになった本が核を特に取り上げているんですが、作家として核問題は世界的な問題であるということを認識されたのはいつ頃でしたでしょうか。そして核が呪われているような感じをお持ちなのでしょうか。特に私はカート・ヴォネガットJr.をたいへん尊敬しているんですけど、カートは私が向こうでインタヴューをしたことがあって、彼がいうことは全て何か戦争というものに対してある種の呪いというか、本当の恐怖を心底感じているんですね。先生は核問題についてどういった感じをお持ちですか？

**安部**　暴力にしか解決を見出せない人間の政治能力の低さには、絶望するしかないと言うのが率直な答えです。でも分ってほしいのは、こんどの小説は核問題の小説ではなく、むしろ核シェルターの小説だってこと。核時代において生き延びることが、本来は生きるための手段であるはずの生き延びることが、いかに生と矛盾した結果をうみだすかという問題提起なんだ。ほら、昔からよくあるでしょう、海で遭難した二人がイカダにつかまっている。しかしそのイカダは一人乗りだ、どうしたらいいだろう、というあのパラドックス……

――今の日本をみた時に人口の70％が戦後育った世代で、こういった中で先生はなにかカサンドルのようになって将来のことおっしゃっているんですけど、それを信じられないっていうか、理解できない世代が育ってきているように思いますが。

**安部**　べつに世代とは関係ないでしょう。歴史の舵を核時代に向けて突っ走らせてきたのはむしろ前の世代の連中なんだ。核兵器を準備したのだって、通常兵器による幾つもの戦争の積み重ねという歴史の結果でしょう。そして近代国家が成立して以後、戦争は国家主権の名のもとに大義名分を獲得する。愛国心を強調する世代のほうが、戦争の虚しさについてずっと鈍感です。

――どういう読者を対象にお書きになっているんでしょうか。わたしが日本に来て非常に驚きましたのは、若い方がよく読んでいるのが漫画なんですね。

**安部**　うん、漫画はちょっと淋しい気がする。でもぼくとしては、読者も自分と同じレベルにいるとしか考えられないからね。いつもそのつもりになっている。読者の上に立って、オピニオン・リーダーとして語ったりする気は毛頭ない。ひとつの世界を小説のなかでぼくと一緒に体験してもらえばそれでいいんだ。ぼく自身、登場人物の生活を生きることで、世界に多少のひろがり、新しい視点、これまで体験したことのない新しいエリアを付け加えることが出来たと思う。そのひろがりを読者と分ちあえればそれで満足です。

――先生の他の本、『砂の女』とか『友達』などをみますと、主人公は社会から離れて自分の世界に入っていくというようなテーマが多かったと思うんです。ですが今度の場合は主人公は要塞の中に入って、逃避しているんですけど最後には私の感じではまた社会の中に戻っていった。これはご自身の考え方に何か変化があったんですか？

**安部**　そうね。でも単にもとの社会に戻ったわけじゃないでしょう。外に出ても、「街じゅうが生き生きと死んでみえた」わけだから。つまりどっちへ逃げてみても、シェルターの中に逃げようと外に逃げようと、けっきょくは同じことだという意味にもなる。

——ということは外に出てみたらやはり住みにくく緊張が多い。またその上に戦争というテーマが追いかけてくる中で、本当に生きることは不可能だということでしょうか。

**安部**　いや、内も外もないと言うこと、そもそも生き延びること自体が最初から不可能だったと書いたつもりです。強引に言い切ってしまうと、国家という枠組みで固められてしまった社会では、人間はつねに潜在的な予備軍兵士としてしか生きる自由がない。外にむかっては軍事力、内にむかっては国家反逆罪、この両刃の剣で自衛権を主張するのが国家ですね。あいにく日本にはまだ国家反逆罪というものがない。しかしアメリカでもヨーロッパでも一番の重罪だ。だいたいの国で死刑もしくは無期懲役でしょう。今、日本の憲法改正の動きのポイントもたぶんその辺にあるとぼくは見ています。憲法が改正されて、国家反逆罪が明文化されれば、それで日本も実質的に諸外国と肩を並べる国際的国家に成長する……冗談ですよ、もちろん。

それはともかく、書きすすめるにつれて、核シェルターと国家のあいだのひどく薄気味悪い類似点がクローズアップされはじめた。アメリカなんかでは、核シェルターを実にリアリスティックに把えていますね。売るとき景品にちゃんとライフルやマシン・ガンを付けている。内にむかっては他者を選別し、異端を排除し、外にむかっては侵入を防ぎ、安全を確保するためだ。とにかく他者を抹殺することでしか成り立たない存在であることを隠そうともしていない。ここでは生き延びることと、生きるということが、本来は一つのものであったはずなのに全く矛盾した対立物になってしまっている。醜悪だとは思いませんか。

——ということは生き延びるということがある意味で目的みたいになっているんですけど、実際生きるということは難しいということでしょうか。

**安部**　不可能なんだ。ぼくは生き延びようとすること自体が悪だと思っていますよ。

——今の若い人は生き延びるっていうことをそういうふうに考えているんでしょうか。

**安部**　まさか。むしろずっとロマンチックに考えているんじゃないかな。いまやサバイバルはファッションでしょう。みんな無邪気すぎるんだ。

——今の若い人が非常にソフトで昔の人みたいに難しい時代を生きぬいてきたことがないために、将来若い人たちをうまくコントロールして、危険な方向にひっぱっていくようになるおそれがあるんでしょうか。

**安部**　簡単でしょうね。サバイバルなんかにロマンチックな夢をいだいているかぎり、権力にとってはその組織化はごく簡単な手慣れた作業ですよ。昔から何度も繰り返しやってきたことだから。アメリカ人だってレーガンにあっさり組織されてしまった。レーガンのプリンシプルはけっきょくサバイバルですからね。

——先生は将来を絶望視されているんでしょうか。それとも反対なのでしょうか？

**安部**　平和イコール安全イコール国家体制の強化。このトリッキーな図式がまかり通っているかぎり、まさに執行猶予の時代だという気がする。左翼も右翼も、民主国家も独裁国家も、この図式だけは手放そうとしない。怪人21面相のほうがずっと平和だよね。でも、絶望もまた希望の一形式だというのがぼくの持論なんです。

——ところで現在の日本の文学を、どのようにご覧になっているんでしょうか？

**安部**　とくに考えたことないな、批評家じゃないから。ただ世界的に文学の停滞期に入っているような気もする。この停滞を、たとえばニューメディア（テレビを含む）の普及によるものだとする、メディア交代論（活字離れ論）者もいるけど、ぼくはそれほど単純なことだとは思わない。映画も美術も音楽も似たような衰退現象を見せているでしょう。芸術の分野も経済や政治と一緒で、温度計の目盛りの上下は、先進国といわれる国の中では共通した動きをしているように思う。どうも景気の急上昇は感性の成育条件に適切じゃないようだ。オイルショックで不況が来る前の軍需景気の影響が、今あらわれて来ているんじゃないか。貧困とか飢えとか失業とかいう言葉自体にカビがはえたように感じられる奇妙に楽天的な時代だったからね。しかし急転直下の不況と失業の時代が来て、それからずっと停滞の時代が続いている。これでなんとか文学も持ちなおすんじゃないかな……もちろんこれも半ば冗談。

——もう『方舟さくら丸』が三刷とかいうことですけど。

**安部**　何刷かはよく分からないけど、出版社が予想していた以上には売れたみたいですね。マスコミは活字離れを騒ぎたてるけど、昔だって活字を読む人間がそうたくさんいたわけじゃないから。

——話は変りますけど、科学万博が行われる場所に、桜村というところがあるそうですね。『さくら丸』はそれを意識しておい使いになったんですか。

**安部**　初耳です、全然知らなかった。『さくら丸』の〝さくら〟には二つの意味があって、ひとつはもちろん日本の国花、大和魂とナショナリズムのシンボル。もうひとつは、露店の客寄せのための偽の客。もともとは芝居を賑やかにするために只の切符で入れる客のことだったらしい。辞書で見ると語源は「桜（見物）は只見」の桜なんだね。この題名、相当に翻訳者泣かせだろうな。

――ということは、『方舟』は単に日本を意味しているばかりではなく、もっと広く〝おとり〟というか、〝罠〟というか……

**安部** そう、両方の意味が含まれています。嘘を承知で、あえてそこを生きるサクラ……民衆の生き方の一つのシンボルだと思うな。

――『方舟さくら丸』の前に『志願囚人』という仮タイトルが使われていましたね。『都市への回路』の中で触れられていた所属願望の問題と関係がありそうに思えますが……

**安部** なるほど、そうかもしれない。世間との講和条約という意味ではそうでしょう。われわれが世間の規制を受け入れる理由の一つは、世間の制裁を恐れるからですね。だったら事前に、罰が恐くないように訓練を受けておけばいい。そういう訓練所をつくって、つまり教育用の模擬刑務所をつくってみっちり教育すれば、刑罰にたいする免疫ができて、完全に反道徳的な自由人になれるかもしれない。だから『志願囚人』、一種のブラックユーモア小説ですね。そのうちトイレの穴に落っこちて、すっぽり足をくわえ込まれてしまう場面を思いついた。その場面から主題が急旋回して、いまの『方舟さくら丸』に変ったわけだ。小説の展開は書いている作者本人にもなかなか予測がつかないものです。

――ひとつ気になったことがあります。女性がたったひとりしか登場しませんよね。あれは何か……

**安部** ただの成り行きです。いつも女性をたくさん出したいと思っている。特に芝居のときはそうだ。でもなぜか少なくなってしまう。

――ひょっとしたら女性がお好きじゃないのかと思いました。

**安部** とんでもない、大好きです。でも女性って非常に書きにくいね。なぜかと言うとぼくの場合、主人公はかならず道化役でなければならない。男は簡単に道化になれる。しかし女は小説のなかでもなかなか道化にはなりきれない。いじめられた女性はすぐに悲劇的になってしまう。さもなければやたらと闘争的になるでしょう。なぜ女のクラウンは成り立ちにくいのだろう。もちろんフェリーニの「道」('54年) のジュリエッタ・マシーナみたいな例外はあるけど……もちろん道化になれないのが女の本質だとは思わない、男性社会からくるひずみだろうな。だからぼくの小説の登場人物は、男女を問わず、道化であればいいわけです。現代はもうヒーローやヒロインの時代じゃないからね。

――女性の話が出たついでに、女性観をうかがいたいんですけども。

**安部** ……女性観なんて、あまり考えたことがない。ただこんどの小説でも、書店の統計だと女性の読者が極端に少ないらしい。その話を聞いて、ちょっと考え込んだことは事実だな。女が道化になりにくいことと関係があるのだろうか。そう言えば、さっき、女はいじめられると悲劇的になるか、闘争的になるかしかないと言ったけど、訂正しておきます。もう一つ可愛い女というのがあったっけ。でもやはり道化とは違うでしょう。道化はその極限で聖なるものに転化する可能性を持っているけど、可愛い女はしょせん世俗にとどまるしかない。もしかすると結婚というゴールを意識の奥深くに刻み込まれてしまっているせいだろうか。いつだったか少女非行をめぐるテレビの座談会で、出席していた一人の主婦が面白い意見を述べていた。その人の体験談なんだけど、女の子だけが小さい時からことあるたびに、「そんなことしてたらお嫁にいけないよ」といって育てられる。その反復で女の子の意識の底に、結婚というゴールが刻み込まれざるをえない。すると差し当っての自分の未来像として、否応なしに母親の姿がダブッて見えてくるというわけだ。絶望せずにすむ子供が何割いるだろうか。仮に理想的な母親であったとしても、母親以上のものではありえないのだからね。さらにその主婦はこう続けるんだ。だから私の家では「結婚」と「家庭」という言葉を禁句にして絶対に使わないようにしています……立派だと思ったな。でも同席していた教育専門家は反対意見だった。「幸福な家庭」もしくは「家庭の幸福」は教育理念の柱だから、それを否定したら教育自体の否定になりかねないというわけ。腹が立ったな。よく新聞やテレビなんかでも、非行に走った子供の家庭にふれて、「片親」だとか、「欠損家庭」だとか、極端な場合には「両親がそろっていたにもかかわらず」なんてひどい注釈をつけたりする。あれはひどい言葉の暴力だよ。「差別」用語だと言ってもいい。いっそ「家庭」と「結婚」という言葉を差別用語に指定して、法律的に禁止してしまったらどうだろう。それから花嫁衣装ね、あれも禁止したほうがいいな。よくデパートのショーウィンドーに花嫁衣装を飾ってあったりするけど、ガラス越しに腐臭がただよってくるのを感じる。まさに女の死に装束だな。極論に聞えるかもしれないけど、女性のためを思って言っているんです。話によるとすでにスウェーデンでは子供が学校に提出する書類に、両親の氏名を書く欄がないらしい。本当なら面白い制度だね。当然両親がそろっていない子供がいるはずだし、子供を独立した人格として認めることになる。ちょっと合理的に配慮すれば、当然行きつかざるを得ない考えかたでしょう。

——では最後に……次回作はどういったものになりそうですか?

**安部** そうね、いろいろと考えています。前の作品を書きおえる頃になると、自然に次の作品のプランが芽ぶいてくるんだな。書くのは苦しいけど、プランをあたためている時がいちばんたのしい。だから前の仕事が終った虚脱をぬけだして、やっと陽がさしはじめた気分。次の小説はたぶんスプーン曲げの少年の話になります。ユリ・ゲラーみたいな超能力の少年ね。ことわっておくけど、ぼくは超能力なんて全然信じちゃいない。あれは完全にトリックです。手品師の技術を馬鹿にしちゃいけないよ。それにもし物質でない超能力が物質に作用することを認めてしまえば、核爆発の原理にもなった有名なアインシュタインの$E=mc^2$という定理を否定せざるを得なくなる。念力少年に頼めば核反対運動なんかする必要はないわけだ。笑い話もいいとこでしょう。だから本人はトリックであることを承知していても、さまざまな利害がからんだ周囲の取り巻きはそれがトリックであることを認めないし、許そうとはしない。信じるか、あるいは信じたふりをする。もはや少年はトリックであることを告白するわけにはいかず、秘密を守りつづけなければならない。なんとも滑稽な悲劇だね。しかもある日、少年の身に、本当に超能力が現われたとしたら……まあ、その少年の動揺と苦悩を書いてみようと……

雪が融けたら新潟の三条あたりに取材に出掛けてみる予定です。あの辺が洋食器の最大の産地らしいね。スプーンの製造工程を調べれば、なぜ超能力者が好んでスプーンを使いたがるのか、その辺の理由もつかめそうな気がするんだ。

［1985. 2. 21］

# <スプーン曲げの少年>

これはあるスプーン曲げ少年に関するレポートである。超能力が実在するかどうかという一般的な疑問に答えるのがこの調査の目的ではない。仮に少年の念力が本物だと感じても、ぼくが騙されただけのことかもしれないし、トリックを見破ったとしても、たまたままずいJOKERを摑まされただけのことかもしれない。

とりあえずの第一報［協力者への報告 I］

出足は好調だった。順調に《スプーン曲げ少年》との接触にも成功した。順調すぎて拍子ぬけしたほどである。

いま午後五時十二分、定期バスの終点で下車したのが二時二十分だから、まだ三時間しかたっていない。だのにこうして、もう第一報の作成にとりかかっている。つきが回ってきたとしか言いようがない。しかも、現在ぼくがどこにいるのか、君が知ったら仰天もいいとこだろう。問題の少年の父親から、もちろん少年の同意を得て、宿泊場所の提供をうけたのだ。気がすむまで自由に滞在してほしいという好条件。おまけに提供された部屋というのが、そのへんの貸間や空室などではなく、少年の隣の部屋という願ってもない場所。信じられないだろうけど、事実なんだ。家族の一員なみの扱いさ。もっとも快適な部屋とはお世辞にも言えない三畳間。小型の冷房以外、家具らしいものは何一つなく、すり切れて変色した畳、刺激的な異臭はまず天井裏の鼠の死骸だろう。でも不平を言うつもりはない、隣の少年の部屋とのあいだを隔てているのはわずかにベニヤの板壁一枚、その気になれば爪を切る音だって聞き分けられる距離だ。

親子そろって、よくよくの好人物なのかな？　田舎者なのかもしれない。だってそうだろう、ぼくが彼らにとって安全な人間だという保証はどこにもないわけだ？　悪くすれば敵にまわる可能性だってある相手に、ここまで気を許すというのは呑気すぎるよ。それとも自信かな？　息子の超能力が絶対に本物だという、強い確信に裏付けられた鷹揚さ所以だったのかな？

いま少年は外出中。五分ほど前に父親を軽トラックに乗せて、仕事場に送って行ったところ。片道二十五分はかかるらしいので、少年が戻るまでの小一時間、作業継続に専念しよう。少年の部屋にはがっちり錠がかかってあって、探索不能。かわりに盗聴マイクを目立たないよう床ぎりぎりにセットした。床をさぐっていると、壁との合わせ目に隙間があることに気付いた。安普請のせいか、土台が狂ったのか、壁板がしっかり床に届いていないのだ。ワイド・スコープ（来客観察用に玄関のドアにつける超広角レンズ付き覗き眼鏡）を捩じ込み、カメラのアングル・ミラー（プリズムを利用して光軸を九十度屈折させる器具）を接続すると、部屋の様子が八割がた観察できる。室内の照明は消してあるが、窓から差し込むなにかの光源のせいでかなり広い部屋であることが分る。正面の窓際に万年床、それとも低めのベッドと言うべきか。一瞬目を疑ったのは、足元の壁ぎわにやや前かがみの姿勢で立っている骸骨の模型。もちろん模型にきまっているさ、等身大の人骨で、重心を右足にかけ、左足は工具入れらしい箱の上、天をにらんで口を開け、右腕にはモデルガンをかかえている。変な趣味もあったもんだよ。もっとも超能力少年ともなれば、多少の怪奇趣味くらいあって当然だろうけどね。骸骨と並んで手前に白いドア。ドアの上にエアコン、あれはたぶんヒートポンプ応用の最新式のやつだろう。反対側の枕元には、複雑に組上げられたテレビとステレオの装置一式。戦艦の船橋を思わせるいかついスピーカーにはさまれた黒ずくめの装置はいかにも値の張った感じ。それ以外の壁面はすっかり本棚で占められている。下から三段目の棚だけは、時計や文房具などのために空けてある。時計の隣の真鍮製の円筒は、たぶん温度計と気圧計と湿度計を組合わせた、天気予報の装置にちがいない。薄暗がりの中でもすぐに見分けがついたのは、ぼく自身かねがね欲しがっていた（しかし金がないので手が出せなかった）道具だからだ。それなりに優雅な日々を送っているみたいだね。念力がしっかり実生活も潤してくれているのかな？　残りの棚は本来の目的どおり、書籍類で埋められている。超能力者と読書家というのも、考えてみれば骸骨に劣らず妙な組合せじゃないか。

本人が戻って来たところで、徹底的な聞き込み調査を開始しよう。もちろんスプーン曲げの実験も、納得のいくまで繰り返し見学させてもらうつもりでいる。

まだ時間があるようだから、この根拠地を手に入れるまでの事情を簡単に説明しておこうか。とにかくひどい暑さだったよ。バスを降りるなり、間違ってタバコのフィルター側に火をつけてしまったような衝撃に気管支を締めあげられた。熱気で咳込むなんて、はじめての経験だ。天気予報では秋雨前線が北上する予定なのに、町全体がかげろうになって揺れている始末。ついでに、どうでもいいことだが、珍しい鳥を見つけたよ。バスの運転手に追い立てられてドアから降りた寝呆けまなこに、なんと黄色い斑点入りのカラスが見えたんだ。電線から低空飛行で飛び去る一瞬のことだったが、頭から羽のつけ根にかけてオレンジっぽい黄色（追越禁止のラインの色）の斑があざやかだった。でも、ありえないよな。寝起きと熱気のせいで錯覚したのだろう。籠から逃げだしたインコの一種だったかもしれない。もし二羽目の斑ガラスと出会わなかったら、それっきり忘れてしまっていたはずだ。ところがバス停わきの観光案内図で目的地を探していると、案内図の雨除けの上でまぎれもないカラスの叫び声がして、威嚇的な羽ばたき、そしてこんどは背中から尻尾にかけて黄色の斑を散らしたやつが県道を流れるトラックの荷台すれすれに横切って姿を消した。もちろんインコなら他の鳥の鳴き真似だってうまいはずだ。しかし形の真似までは無理だろう。頭から背中にかけてのゆるやかなカーブ、羽をいっぱいに広げたまま気流に乗って自在に旋回する飛行能力、カラス以外に考えられないよ。でもありえないことも事実だ。いずれゆっくり鳥類図鑑にでも当ってみるとしよう。

市街地はひどく単純で分りやすい。北と西は曲尺型の県道で仕切られ、南と東はおなじく曲尺型の防波堤で囲まれたほぼ長方形の町並だ。規模も将棋盤を半分に割った程度のささやかなものである。バス停から県道を渡ったところがまず中央大通りの入口、平行して東中央大通りと西中央大通り、その外側にそれぞれ東大通りと西大通り、それで全部。南北に走る通りにはすべて公平に大通りの名が配分されているわけだ。東西は十二のブロックに分けられ、区画ごとに十二支の呼称が割り振られている。たとえばバス停付近は「いのしし町」、南端の小型船修理用ドックのあたりは「ねずみ町」、これから尋ねようとしている念力少年の住所なら、東中央大通り「ひつじ町」といったあんばいだ。便利と言えば便利だが、十二支を知らなければ見当がつかないし、知っていても頭から順に唱えてみなければ隣の町の名も浮んでこない。あまり聞いたことのない命名法だが、いつごろ出来た町なのかな？　印象としては古風だが、ふつう日本の田舎町は縄をかきまぜたような不規則な形をしている場合が多い。地形に添って自然発生的に形成されるからだ。碁盤目の街路はある程度の計画性を必要とする。寺や旅館が集っている「ねずみ町」周辺以外は、あんがいドックや港の整備につれて成長した（あるいは成長しそこなった）歴史のない町なのかもしれない。歴史的命名でないとすれば、趣味人の市長、もしくは有力市議の思いつきの犠牲だろう。

「ひつじ町」は手前から五番目のブロックだ。直射日光を避けて、「さる町」の手前の路地を左に折れる。あいにくそこも日陰はない。人影もなく、かわりに犬が道をふさいでいた。仰向けに白い腹をみせ、歯をむいている。雑犬の見本のような垂れ眼、垂れ耳、ずんぐりした体形。車にはねられたのだろうか。文字どおりの一車線で、しかも一方通行の指定もなく、人間を信頼しすぎた犬が車の突然の襲撃に逃げ場をうしなったとしても無理はないだろう。でも出血の跡はない、打撲による損傷もない。熱射病だろうか？　融けたハンダみたいな太陽、したたり落ちる寸前、あの一滴に直撃されたら、どんな雑犬だってひとたまりもあるまい。

尻尾をまたいで通り過ぎ、五、六歩行ったところで振り向くと、犬はもう消えていた。水晶体がゆらいで吐き気がした。道路とは無関係に家並を縫って蛇行している堀割が、蒸したての饅頭みたいな湯気をたてている。アオミドロが吐く生臭い息。ここは横丁で商店は見掛けないのに、看板だけがやたらに目立つ。枯葉色に干しあげられて重さをなくした家々を、極彩色のプラスチック板が蝶番がわりに繋ぎとめている感じだ。たぶん町の有力者のなかに看板屋がいるのだろう。次の交差点の角にコーヒー屋があった。

「特製宇治アイス」ののぼりが鼠捕りみたいにぼくの足にしがみつく。少年を訪ねるまえに蒸れた脳を冷しておくのも悪くない。ドアに手をかけながらもう一度振り向いてみたが、いぜんとして犬の行方は不明のままだった。汗が眼にしみた。薬屋があったら眼薬を買おう。

氷水ののぼりに似合わず、店のなかは都会風の渋い雰囲気で統一されている。真鍮製の照明器具、使いこまれた操舵輪、大時代な窓つきの潜水具、カウンターまわりは船のキャビンを擬したつもりらしい。手回しの氷削り機もそこに据えると、なんとなく機関室の部品に見えてくるから不思議である。宇治アイスを注文した。顔をくるんでいた熱い脂のようなものが、正面から吹きつける冷房のせいでゆっくり融けていく。背中に貼りついたシャツの汗が、急に冷されてむず痒い。

「津鞠さん、この先ですよね、東中央大通り、ひつじ町……」

「津鞠さん？」

はじめは二十代かと思っていた女店員が、四十代の声で問い返した。近くで見るとたしかに四十半ばは越えている。おかっぱ頭とセーラー服まがいのネクタイに騙されたのだ。女店員ではなく、女主人なのだろう。

「ええ、津鞠左右多君、ほら、スプーン曲げをやる……」

「東京から？」

「いま着いたばかり、暑いですねえ」

「だったら、インチキですよ、申しあげておきますけど」

テーブルに置いた宇治アイスにスプーンを添えながら、女主人が毅然とした調子で言い捨て、カウンターに引き返してしまう。思いがけない反撃だったので、ぼくもすぐには返す言葉がなく、すくった氷水をじっくりと舌にのせた。本物の抹茶の味がした。たしかに特製を名乗るだけのことはある。宇治アイスに関するかぎり良心的だと認めてもよさそうだ。他のことについても、そうかもしれない。少年の件で、いずれ相談に乗ってもらう必要が生ずるかもしれないと思い、灰皿の中のマッチの記載事項を確認する。住所・東中央大通り・さる町、電話番号・四・一六二六、店名《けむり》。頼りない名前だ。

「前の通りを南に下って、二つめの角だよな」

カウンターの向こう端から声がした。直接ぼくに話しかけたというより、カウンターの女主人に同意をもとめている感じ。声がするまではゴミ袋だと思っていたので、それでもひどく有効で新鮮な指摘に思えた。

「そんなに評判が悪いんですか？」

「履物屋の二階……」

こちらを振り向くと、温泉卵のような顔に黒のベレー帽を目深にかぶっている。つるんとしているくせに、肝臓病の顔色なのだ。年のころは三十前後。職業は見当もつかない。こんな田舎町に画家がいるとは思えないし、学校教師がこんな時間にコーヒー店で油を売っていたりしてはまずいだろう。でも塾の指導員なら可能性はあるかな。

「インチキですよ」

女主人が苛立たしげに口をはさみ、ベレー帽があわてて相槌をうつ。

「本当、どういうご用件か知らないけれど、わざわざ東京から出てきて会うほどの相手じゃないね。それに履物屋といっても、二年前に閉めたっきりだから、履物屋の干物ですよ。ここは干物が名産でね、なんでもじきに干あがっちまうんだ」

「つまり転業ですか？」超能力で成功すれば、履き物の店くらいたたんでしまって当然だろう。しかし、率直に言わせてもらうが、君の調査能力も口ほどじゃなさそうだね。

もらった資料に履き物屋のことなんか一行も出ていなかったじゃないか。

「この町だけで、履物屋が八軒もあるんですよ」女主人が氷削り機から氷塊を冷凍庫に戻しながら、淡々とした口調で、「独創性の欠如ね、惨憺たるものよ」

「取材ですか?」ベレー帽が切り込んできた。

「まあ、そんなところです……」

汗はひいたが、舌がざらついていた。後半せきたてられて宇治アイスを頬張りすぎたせいだろう。水を飲んで席を立つ。いずれこの連中にも取材が必要になるかもしれないと思い、薄いガーゼほどの微笑のマスクをつけて支払いをすませた。

さて、いよいよ辿り着いた「ひつじ町」の履物屋は、予想以上のひどさだった。まさに履物屋の干物だ。店をたたんだ二年前から、カーテンを引き忘れたままらしく、陳列台がそっくりガラス越しに見えるからよけいにみじめったらしいのだ。並べてある商品のほとんどが低学年の子供用で、主にズックの運動靴とゴム長、それに下駄とワラジ——いま時めずらしい、藁で編んだ本物のやつ、このへんの子供は海遊びするとき、まだワラジをはいたりするのだろうか?——それに、花火とベーゴマ、変色してぐにゃぐにゃになったソフト・ボール。軒下の板張り部分に、『漁協シール交換所』というブリキの標識が釘付けにされていた。

念のために引き戸に手をかけてみる。ガラスが鳴るだけでびくともしない。心張棒をかってあるようだ。嫌な予感がした。いくら転業したにしても、このなげやりな後始末には心理的荒廃が感じられる。どこかに直接二階に通じる階段でもあるのだろうか? 場所を移して建物の全体をもっと遠目に観察しなおしてみることにした。《けむり》では二つめの角と教えられたが、厳密には角ではなく、隣接して鉄条網で囲った空き地がある。空き地にはピンクに塗った巨大なブルトーザーが肩をいからせ、並んでちっぽけなジープスタイルの軽自動車。鉄条網の中ほどに切れ目があるが、軽自動車がやっとの幅しかない。するとブルトーザーはスクラップとして売りに出されている展示品なのだろうか? 収穫もあった。鉄条網を支えている丸太の一本に、蒲鉾板ほどの木切れが針金でくくりつけられ、マジックの手書きで『津鞠興行専用駐車場』。たしかにその位置からだと、履物屋の建物の側面に、もう一つ目立たないドアがあるのが分る。どうにか標的を射程内におさめられたようだ。海水浴場の簡易便所なみの狭いドアだが、駐車場を横切らなければ辿り着けない位置にあって、無用の者をきびしく拒絶する構えをみせている。《けむり》での反発サンダル履きの右足の小指に血がにじんでいる。靴のかかとで踏んづけてしまったらしい。しかしこちらはカメラを構えてゆっくり後退していたのだ。その気になればじゅうぶんに避けられたはずである。きっと最初から因縁をつけるつもりだったにちがいない。まずい相手とかかわりあってしまったものである。興味深げに成り行きを見まもっている、大口に風船ガムの水掻きを張った自転車通学の女子中学生、茄子を山積みにした車輪つきの箱を引いている中年の女。

「すみませんでした」

でも、ただじゃ済むまい。すくなくも相手に負わせた傷に相応する傷は、覚悟しなければなるまい。

「気をつけろよ」

船員風の若者は指につけた唾を傷口にすり込み、腰を上げた。履物屋の二階に素早い視線を走らせ、そのまま事もなげに立ち去ってしまう。どうも虎の威を借りてしまった気がする。むろん借りたのはぼくで、貸し手の虎は超能力少年だ。矛をおさめて退却した若者を騙したことにならないように、躊躇なく駐車場に踏み込んでみせるしかなかった。

そろそろ一時間経過、いま六時十分ちょうど。手元が暗

と言い、このドアの構えと言い、あんがい超能力少年は敵の多い生活を強いられているのだろうか？　記録のためにポラロイド・カメラを覗いてみたが、なかなか構図がきまらず難儀する。違和感を与えるのはなにもドアだけでなく、建物の構造そのものが混乱をきわめているのだ。ただの一階、二階の関係ではない。木造平屋の古びた店舗の瓦屋根に重ねて、似合わない帽子みたいな軽量鉄骨簡易組立倉庫風の二階が、ずらしぎみに載っかっているのだ。違法建築もいいところである。（もっと呆れたことが後に判明するのだが、それはまた別の機会に触れることにして）すくなくも一階の履物屋が、二階とは無関係かもしれない可能性が濃くなってきた。《けむり》でも、少年が履物屋の家族だとは聞かされていない。君の調査能力にたいする疑念も、このさい撤回するのが正当だろう。とにかくUPではとらえにくいので、なるべく引き絵にしようとファインダーを眼にあてがったまま後じさってみたが、レンズが広角すぎて像そのものがみるみる収縮してしまう。あらためて一眼レフで撮りなおしたほうがよさそうだ。とたんに誰かに衝突した。道路の反対側まで跳ねとばされた。カメラは無事だった。船員風の若者が、銭湯にでも行くのだろう入浴道具一式をおさめた竹籠を小脇にしゃがみ込んでいた。

「痛えじゃねえか」

くなったので明りを点ける。やはり夏は終ったのだ。いくら天気予報が二枚舌でも、さすがに天体の運行は嘘をつかない。少年はいまだ還らず。父親の仕事先で、急にスプーン曲げの芸を披露させられる羽目にでもなったのかな？

先を続けよう。ドアの周辺に濃い紫色の植込みがあった。紫蘇に似ているがもっとぼってり肉厚で、踏むと靴底に太い青虫の感触、毒ダミに似た異臭がたちこめる。これも外来者に対する警告のサインだろうか？　ノックに応答はなかったが、鍵もかかっていなかった。開けると一メートル四方弱のコンクリートの叩き。そこから坑道を思わせる急階段が上にのび、切り羽にあたるガラス戸から赤みをおびた散乱光が差し込んでいる。階段のほかには何もない。下駄箱や照明はおろか、人の気配さえない。

(ここから録音テープをまわしているので、音声に関しては細部を除いてほぼ正確なつもり)

「津鞠さん！……お邪魔します……津鞠さん、こちらですね？……お留守ですか、津鞠さん！」

しだいに声を高めて呼んでみたが、応答なし。こうも考えられる。ここはまだ屋内ではなく、街路の延長として扱われているのかもしれない。応答の有無などにはこだわらず、勝手に上っていくのがここでのやり方であり、習慣なのかもしれない。足音をたてないスニーカーにひけめを感じながら、体重を左右にゆすって、わざと踏み板をきしませた。

ガラス戸まであと三段というところで、ふいに声をかけられる。

「なんのご用？」

ずっと監視がつづいていたのだろうか。ただでさえ不安定な急階段の途中だったし、ひどく無防備な気分におそわれる。

「津鞠さん、こちらでしょうか？」

「ご用件は？」

「津鞠左右多君に……」

「そうでしょう、そうでしょう、左右多はわたしの息子。ツマリソウダ……」一気にドアが押し開けられ、ドアの端がぼくの右肩をかすめた。すんでのところで突き落されるところだった。もう一段登っていたら、間違いなくやられていたはずだ。「これは失礼、大丈夫でしたか？　ツマリソウダ、まことに印象的な名前ですね。名前は覚えやすいにこしたことはない」

大丈夫であるわけがないだろう。しかしこれも通過儀礼の一種かもしれないと思って、あいまいに片手をふるだけにしておいた。いや、それ以上に圧倒されてしまっていたのだ。（同封の写真でおおよその見当はつけてもらえると思うが）悪ふざけとしか考えられない、奇天烈ないでたち……銀ラメの赤い上着に緑のズボン、黄色いシャツに紫のネクタイ……もし、もっと体格がよければサーカスの道具方、小柄で若ければ競馬の騎手を連想していたかもしれないが、どちらでもないことはあらためて確認するまでもなかった。かと言って、これから主役を演じてもらうつもりの少年の父親を、まさかチンドン屋だとは認めたくない。

「わたしはマリ・ジャンプ。もちろん芸名ですがね。津鞠のマリはよく跳ねる……」

「なにか芸をなさるんですか？」

ぼくの動揺を見透すように微笑んだ。微笑のおさまりがいい、無地の団扇のような広い顔。血が透けてみえる赤ん坊じみた唇。その唇の上に線描ふうの細い口髭。とくに調和を欠いているのは、大福の皮からはみ出した粒餡を思わせる小さな両眼だろう。狂ったエンジンが跳ね上るような音がした。急に部屋の奥から冷気が流れ出してきて、首筋の汗に滲みとおる。

「たとえば、こんな芸……」わずかに右足を後ろにひくと、おなじ右手の指を銀ラメの襟にそってすべらせる。ふといがゴムのしなやかさをもつ指だ。その指先にピンポン玉ほどのピンクのボールが現れ、シャボン玉のように身震いしたかと思うと、とつぜん青い煙を残して消えてしまった。たしかに芸だ。それもかなり高度な芸である。「津鞠のマリはよく跳ねる。でも誤解しちゃ困るな、左右多のほうにご用なんでしょう？　わたしのはただの芸。でもあいつのは違う、芸なんかじゃありません。正真正銘の念力、超能力です。高校の理科の教師だって、トリックだと言い張るのを、ぐうの音も出なくしてやりましたからね。で、なんのご用でしょう？」

「差し支えなければ、直接会って話をしたいんですが……」

「ご心配なく、わたしがマネージャーをうけたまわっておりますから。やはり超能力なんかを持ってしまうと、人間、偏屈になってしまうんでしょうかね、人見知りがひどいというか、口が重いというか、なんとも愛想のない性格で……」

ジャンプ氏は勝ち誇ったように両手の指先をすりあわせ、しかしドアの前から一歩たりとも動く気配をみせないのだ。ぼくを客として扱うつもりなら、もっと適切な対応があってしかるべきだろう。まともな客を扱いつけていないのかな？　だったらぼくが並の客でないことを、早々に通告してやったほうがよさそうだ。

「結論から言ってしまうと……」

「そう、結論から願います」

「じつは、テレビのほうの仕事をしていましてね、納得できれば、ぜひ息子さんとの出演交渉をまとめたいと思って……」

「テレビ！」ジャンプ氏の小さな眼が、すくなくも二倍には拡大した。平静をたもとうとしても、つい唇からさざ波が立ってしまう。「おまかせ下さい、わたしが説得します。なかなかの気分屋でして、けっこうな注文があっても、おいそれとは腰をあげてくれません。いわば芸術家気質なんでしょうかね」

「テレビですよ！」

「ですから、おまかせ下さい、なんとか説得してみますよ。で、お宿は？　でなければ連絡先とか……」

「その前に、まず直接面接して、この目で確めさせていただく必要がありますね。完全に信用できなければ、推薦は無理だ、ぼくの信用にもかかわります。率直に言わせてもらうけど、自称念力少年はごまんといる。ぼくらの調査網にかかっただけでも、全国でなんと二百十六人ですよ。呆れたもんだ、それだけくわせ者も多いわけ。ご承知のように、これまでに何人もの念力少年がブラウン管に登場してきたけど、さっぱり長続きしてくれない。じき飽きられてしまう。視聴率も思ったほどには伸びてくれない。何かが欠けているんだな。最近では局サイドもすっかり慎重になりましてね……」

「なるほど、なるほど、実際にスプーンを曲げるところをご覧になりたいわけですな。ご自分の目で確めたい。当然のことです。なんたって百聞は一見にしかずですよ」

「見るだけじゃ駄目。あらゆる角度からじゅうぶんな検証を重ねて、毛ほどもトリックの余地がないことを確信できないとね」

「当然ですよ、こちらもぜひそう願いたい。あいつの立場が不利なことは重々承知しています。なにぶん手品遣いの息子でしょう。誰しも不信を抱くのが当然というものじゃないですか」とつぜんぼくの腕をつかんで、引っ張りこみ、はずみを利用して二人の位置を入れ替えてしまう。後ろ手にドアを閉め、「さあどうぞ、そんなところに突っ立っていないで……そういうことなら、しばらく当方に滞在なさったら？　ちょうど空き部屋もあることだし、朝から晩までじっくり観察なさればいい。ぱっとしない三畳間だけど、とりえは息子と並びの部屋でしてね。そうすれば、あれが只者じゃないってこと、いやでも納得していただけると思いますね。本当、念力の不思議が見えてくる。あいつのまわりじゃ、しじゅう信じられないような超自然現象が起きているんですよ。永年いっしょに暮していたわたしが、薄気味悪くなってしまうくらいなんだ」

「願ってもない話ですね」

「でも、勘弁ねがいますよ、殺風景なところですから。手品も念力も、儲け話にはとんと縁がないらしくて……」

いま外で車のエンジンの音がした。あのザラついたバタバタ音はまちがいなく軽トラックのものだ。念力少年のご帰還らしい。予定より二十三分の遅れ。

歩いて行ける範囲に郵便ポストがあれば、今夜中に投函するつもり。気のせいか最近、郵便ポストをあまり見掛けなくなったね。電話の利用が増えて、あまり手紙を書かなくなったのかな？　君からの返信は早くて二日後だろう。ここまで足場固めができた以上、君の意見を待ってはいられない。このまま作業を続行するつもり。まさか異論はないはずだ。ターゲットの隣の部屋を確保するなんていう幸運は、そうめったにあるものじゃないからね。

電話連絡は避けたほうが無難。親電話がジャンプ氏の事務所にあって、盗聴の可能性があるからだ。猛烈な雷鳴。いつの間にか外は闇。早くひと雨きてほしいよ。大気中の陰イオンが中和されれば、頭痛もおさまってくれるはず。


（追伸）

とつぜん暴漢の襲撃を受ける。脇腹が痛い。肋骨が折れたのかもしれない。

足音がして、こちらは左右多少年だと思い込んでいたら、停電、ドアが開いて懐中電灯の目つぶし、いきなり顔面を強打される。

以来鼻血がとまらない。暴漢と入れ違いに戻ってきた少年の介抱を受ける。考えてみるとあの停電も雷とは関係のない、人為的なものだったような気がする。少年もブレーカーが落ちただけだと言っていた。襲撃目標は本当にぼくだったのだろうか、それとも人違いだったのだろうか？

君なら真犯人は少年だと言いそうだな。たしかにぼくにもショックだったが、左右多君はもっとおびえている。何におびえているのかは分らないが、おびえている。演技にしては出来すぎだよ。問い詰めるにはいい機会だが、鼻血が止まらないうえに、舌が痛んで喋るのがつらいのだ。少年の看護は無愛想な態度とは裏腹に、けっこう心がこもっている。アルミパックの玄米粥を温めてくれ、アイスノンの湿布をしてくれたうえに、何か痛み止めの売薬を買ってきてくれるという。ついでにこの「第一報」を速達で投函するよう頼んでみるつもりだ。危ない橋かもしれないが、渡ってみるだけの価値はあるだろう。君からの返事があれば、彼の誠意がためされたことになる。

右のふくらはぎが肉離れしている感じ。やはり明日、病院に行ってみたほうがよさそうだ。

つづけて第二報［協力者への報告 Ⅱ］

二日目の夜を迎えた。いま七時半ちょうど。昨夜とおなじく、夕食後、ジャンプ氏と左右多少年はつれだって仕事場に向う。しかし昨夜のような暴漢の訪問はもう願い下げにしたい、しっかりとドアの鍵をかけ、木刀と懐中電灯をいつでもすぐ手のとどくところに準備した。医者からもらった痛み止めのせいか、頭が重く濁っている。関節のだるさは、寒冷前線の通過で急に気温が下ったせいだろうか。いずれにしても第一報ほどのスピードは期待できそうにない。でも頑張るさ。

当然のことだが、君からの返事はまだ届いていない。早くて明日の午後だろう。左右多君がぼくらを裏切っていない限り、第一報はすでに君の手元にあり、いまごろは君もぼくと同様せっせとレポート用紙に向って仕事の最中じゃないのかな？　出来れば無駄骨は折らせたくないよ。第一報ですでに予告したとおり、ぼくの決心は変らないからね。いま君に頼みたいことは、とにかく左右多君のテレビ出演が実現するよう、あらゆる手を尽してくれることだけだ。

さて、昨夜の続き……ジャンプ氏に招き入れられたところからだったね。その部屋は、本人の言葉どおり索漠としたものだった。外見の奇妙さにおとらず、さっぱり印象がまとまってくれないのだ。広いことは広い。小ぶりな教室くらいはあるだろう。生活の臭いはまったくしない。使われていない工場の倉庫？　向って左手いっぱいに腰高の窓、ガラスが小さく桟の本数が多いので、うっとうしい。何枚かのガラスは割れ、ベニヤやプラスチックの板などがはめ込んである。部屋全体を震動させているのは、窓の端に据えられ不規則に身をゆすっている年代ものの冷房装置だ。効率は高いらしく、銀ラメのジャケットを着用しているジャンプ氏には快適かもしれないが、汗にまみれたシャツ一枚のぼくには刺激が強すぎた。十分以内に鼻風邪をひいてしまいそうだ。右手の壁面にはスチール製のファイル・キャビネット、いまは錆と埃でラシャ地でくるんだようにも見える。その手前に逆さに立てかけられている、白地に黒の標識、『津鞠芸能プロダクション』、以前はそれなりに使われたこともあるのだろう。隅にちらばっている繊維状のものは、鼠の巣の屑、もしくは材料かもしれない。キャビネットの向こう端に、もう一つのドア。さらにその奥に大きな鏡の衝立で仕切られた三畳間ほどの一角。ステンレスのパイプで枠取りされた鏡は磨きあげられ、周囲の埃っぽさとは完全に異質である。まだ見たことはないが、とっさに獣医の手術室を連想していた。馬用のメスや鋏ならよく似合いそうだ。鏡で仕切られた区画と窓のあいだに、事務机と数脚の椅子。タバコの吸殻があふれかえった灰皿や、崩れかかった書類の山や、ビールの空缶などが散乱し、そこだけに濃密すぎる生活感覚がみなぎっていて、薄気味がわるい。書類がすべって電話機らしいものが顔をのぞかせた。もし電話機だとしたら、いろんな仕掛けが詰まった最新式のやつにちがいない。西陽がおとす窓の格子の影が、だだっ広く残された部屋の中央部分をよけいに際立たせている。ここでヌードダンサーのオーディションでもするのだろうか？　それとも（過去形で）、したのだろうか？

「どうぞ、その辺に……」

冷房装置がとつぜん、しゃっくりをした。モーターの回転が狂ったらしく、間欠的にしゃっくりを繰り返す。ジャンプ氏が足早に近付き、パネルのスリットに吊ってある木槌で四隅を打つと、機械は人間のような声をあげた。ア、ア、ア、ア、ア……。しだいに間を詰めていき、元の回転にもどった。手近にあった椅子をひいて掛けると、クッションが穴のあいた空気枕そっくりの音をたてて沈みこむ。

「びっくり座布団ですか？」

「そう簡単にびっくりされちゃ困ります。本物のびっくりは、これからですよ」福笑いのような微笑で顔をいっぱいにして、書類に埋まりかけた多機能電話の送話機部分を取り上げる。「左右多、お客さんだぞ！　降りてきなさい、聞えているんだろ？」

なんの反応もない。

「留守かな？」

「まさか。もうじきわたしを仕事場まで乗っけていく時間なんだ。わたしは夜道の運転は苦手でね。鳥目なんです、夜盲症ね」プッシュボタンを押しなおし、送話口を爪ではじいて、「返事くらいして下さいよ、そのへんの旅館からかかったお座敷なんかとは、わけが違う。驚くなよ、テレビだ、テレビ局からお迎えなんだ！　降りてこいったら、テレビなんだぞ！」

耳をすます。天井のあたりで何か音がしたような気もした。

「いいんですよ、せかさなくても、待たせてもらいますから」

「ほら、聞えるでしょう？　三階の渡り廊下です。小便に行ってんだ。済んだらじき降りてきますよ」銀ラメの上着をぬぎ、薬指の先で額の汗をぬぐう。「世話を焼かせやがって、どいつもこいつも……」

「慌てることはありませんよ、どっちみち慎重なオーディションが必要なんだから」

「分っています」

ジャンプ氏は急に表情をひきしめ、入れ歯を修正するように（まさか入れ歯だとは思わないが）口のまわりの筋肉を強く収縮させた。じっとぼくに視線をこらしたまま、事務机の引き出しを開ける。取り出したのは四、五本のスプーンだ。ぼくも緊張する。いよいよ問題の核心に近づいたらしい。スプーンはどれも、食堂でカレーライスやチャーハンなどについてくる、いちばんふつうの大匙だ。机からビールの空缶三本を床にはらい落して、そのあとに撒きちらす。撒きちらすといっても、そこは玄人の手品師で、おのずと五本が等間隔に並んでしまう。どのスプーンも首のところで折れ曲っている。角度や形はまちまちだが、ぐにゃりと飴状に融けた感じが特徴だ。

「見本ですか？」

「いや、これはわたしの手品……手品でもこれっくらいは出来るってこと……」引き出しからあらためて同じ本数の、まだ曲がっていない、つまり正常なスプーンを取り出して、「さあ、このなかからどれでもお好きなのを一本、傷や細工の跡はないか、じゅうぶんにあらためたうえで、戻して下さい」

どうせ手品なのだから、そんなことでトリックが見抜けたりするわけがない。いずれ段取りなのだ。言われたとおりの手順をふんで、選んだ一本をジャンプ氏に渡した。ジャンプ氏は受け取ったスプーンの柄の先端を軽く指先にはさみ、手品師らしい儀式的な手さばきを数回くりかえすと、ふいに空いているほうの指をスプーンに添って走らせた。スプーンは溶接バーナーの炎をあびたように、首のところでたわいなく項垂れてしまう。

「うまいな、今の、すり替えですか？」

「分りました？」

「分らないけど……」

受け取って、無駄を承知で起伏の有無をさぐり、光にかざして凹凸を調べ、力を加えて強度の確認をする。

「手品は魔術とは違う、いわば心理的トリックです」

「ふつう念力の実験だと、切断してしまいますね、曲げるだけじゃなく」

「参ったな、えらく初歩的なことをおっしゃる」はみ出した粒餡のような眼が、大福の皮にめり込んでしまう。切り口みたいな皺だけになる。スプーンをぼくの手から取り戻し、ひと振りすると頭だけが切り離されて床に飛んだ。

「切るほうがずっと簡単」

「今度こそ絶対すり替えでしょう？」

「分りましたか？」

「分らないけど……でも、いつも疑問に思うのは、なぜいつも決ってスプーンなのか、なぜスプーンじゃなきゃいけないのか……」

「そういうことは、どうぞ、本人に尋ねてください」

ジャンプ氏が鏡の衝立にむかって手をさしのべた。掌を上にして、主役登場を告げる司会者の身振りである。応えるようにドアが開いた。なめらかで無駄のない音。錠前も蝶番も、手入れの行き届いた高級品らしい。少年が立っていた。眠たそうなふくれっ面。ちょっぴり緊張する。本気で信じているわけでもないのに、心を見透かされそうな不安を感じたのだ。催眠術はかけられるものではなく、みずからかかるものだというペック博士の説が正しいのかもしれない。血色の悪いざらついた顔、顔じゅうにニキビの予備軍といった感じ、ひょろっとした撫で肩、不機嫌そうな猫背、鍵を三つ付けたリングをはめた指でピンクの開襟シャツのボタンをかけながら、ぼくからは目をそむけっぱなしのままだ。裸の胸にあばらが浮き、ズボンの右膝には黄色い絵の具の染がついている。例のカラスの斑点と同系色だが、もっと濃い色合だ。

「お待ちかねだぞ！」ジャンプ氏の声帯がいつもより詰り気味に聞える。

「本当に、テレビ？」テープの回転を落したような声で、ボタンを掛けおえる。少年と呼ぶには、とうが立ちすぎた感じ。肝臓病を疑わせる顔色、まばらな不精髭、父親ゆずりの小さな眼。いささか期待を裏切られる。

「そうだよな」とりなすような父親の視線が、ぼくと少年の間を往き来する。「何か身分証明するものをお持ちなら……」

主導権をにぎっているのは、どうやら息子のほうらしい。できれば出さずに済ませたかった例の偽名刺に出馬を要請するしかなかった。成り行きというものだ。『ＡＢＣ企画・テレビ番組制作業務』、肩書きはともかく、住所と電話番号の嘘はさすがに心苦しい。いつ掛けても留守番電話の声しか聞けない不自然さを、いつまでごまかしつづけられるだろうか？　いまさらながら、君の声で録音しておいてよかったと思う。

少年は受け取った名刺にじっと目をこらす。無言のまま、身じろぎもせずに、見据えつづける。あらためて不安がこみあげてきた。やはり透視能力を持っているのかもしれない。あるいはすでに真相を見抜き、名刺を媒介にしてぼくになんらかの影響力を行使しようとしているのかもしれない。まさか、ただの放心にきまっているさ。それとも名刺の何処かにキーが隠されていて、そのキーの暗示で自己催眠におちいってしまったのだろうか。あり得ないことではない、有能な霊媒はしばしば強いヒステリー症だという説を読んだことがある。

「飯にしませんか」ジャンプ氏がうながし、多機能電話の通話機を外して、こんどはボタンを三回押し、「仕事先で食っても、うちで食っても、同じことだし……もしもし、おれだよ、お客さんなんだ、カツドンの上……きまっているじゃないか、左右多のお客さんだよ、カツドンの上、三人前、ついでに缶ビール五本……いいね、大至急だよ」

少年は相変らずじっと名刺を見詰めたままだ。

「ぼくのことなら、お構いなく。適当に外ですませますから」

「遠慮はご無用、いまの、女房なんです。棟つづきがちょっとした寮になっていましてね、そこの賄いを請負わせておりますので、飯代はすべて無料、ありがたいことです」

いぜんとして少年の視線は名刺に釘付けになったままだ。

「ぼくはただ、じっくり話を聞ければと思って……」

「おまえの隣の空き部屋、しばらくお客さんにお貸しすることにしたからな。いろいろと研究なんかなさりたいらしいよ、おまえのことで……」

「研究？」

左右多少年がはじめて名刺から視線を上げた。本人の責任ではないが、父親ゆずりの小さな眼。心まで小さく見える損な眼だ。

「研究は、おおげさだけど、テレビってやつはうるさいんですよ、なんだかんだと」

「鍵を開けておいたほうがいいな、いっしょに来ますか？」

少年があっさり言って、名刺をシャツのポケットに収めた。いっきょに緊張がゆるみ、父親が隠しきれずについしのび笑いをもらしてしまう。けっきょくただの好人物なのかもしれない。しかし少年がぼくを見る眼の瞳孔は芯をはずれている。まだぼくを完全には受け入れていないのだろう。

うながされて少年の後につづいた。ジャンプ氏の声が追掛けてきた。

「窓を開けて、空気の入れ替えもしておいたほうがいいぞ」

ドアの外には、狭い踊り場があり、そこからまた五、六段の急階段があった。そう言えばジャンプ氏が、三階の廊下がどうかした、というようなことを言っていたっけ。屋根はついているが、側面には鉄骨だけで壁がない。三十度ほどの角度で交差している別棟が見渡せた。正確には別棟ではなく、履物屋の屋根に載っかった帽子の延長というべきだろう。こんな変な建築物にはまだお目にかかったことがないので、うまく表現できないが、要するにひょろ長いプレハブ建築が露地をまたいで、隣の二階屋の屋根にまで這い上っているのだ。もはや帽子というよりも……なんだろう、二人でかぶる獅子舞いの獅子？

「話は直接ぼくにして下さい、親父を通したりする必要はないんだ」前を歩いているので表情は読めなかったが、声は別人のようにおだやかだ。

「でも、マネージャーなんでしょう？」

「とんでもない、ただの敗残者だよ、あんなの、人生の落伍者さ」

敗残者とはまた古風な言いまわしをするものだ。三階にはまたドアがあって、床がきしんだ。思い出した、ジャンプ氏の言葉によればこれが便所に通じる渡り廊下だな。廊下の左手に並んでドアが二つ。建物自体は軽量鉄骨に耐火ボードの典型的なプレハブだが、ドアだけが妙に頑丈だ。とくに把っ手や錠前部分に不釣合な高級品が使われている。単に趣味の問題だろうか、それとも年中びくびくした生活を強いられているのだろうか。

「でも手品師としては、かなりのものじゃないの？」

「親の悪口をいうのは、ぼくだって嫌さ。遺伝子の半分は共有しているわけだろ」くすくす笑い。ジャンプ氏がいないと、とたんに口が軽くなるし、気分も明るくなるようだ。手前のドアの前で足をとめ、「ここで待っていて、鍵を取ってくるから……」

奥のドアの錠を指にはめたリングの鍵で開け、岩場をすりぬける小魚の敏捷さで中に消えた。部屋を覗かれるのをひどく警戒しているようだ。しかし少年の態度の変化に、ぼくは気をよくしていた。見通しはかなり明るい。とくに父親のジャンプ氏を、囚人とのあいだにいつも立ちはだかっている面会用の小窓のように意識しなくてもいい、という発見は愉快だった。

廊下の右側は全面、腰高の窓である。ガラスも事務所のよりは広く明るい。北東に面しているので、西陽を受けた瓦屋根の波が、中央大通りの商店街までの一角にチャコールグレイの巨大な蓋をしている。枯れた雑木林はテレビのアンテナ。空が曇った。廊下を風が吹きぬける。戻ってきた少年が手前の部屋のドアを開け、鍵はぼくに渡してくれた。怪物の頭のキーホールダーがついていた。

「布団、そんなに汚れてはいないと思いますよ。シーツと寝間着は、洗い立てだし……ほかに何か必要なものがあったら、遠慮なく言って下さい」

「本当に迷惑じゃないんですか？」

「まともな話し相手なら、大歓迎さ。やはり、そんなに変り者に見えるのかな？」

「だって、スプーン曲げが出来るんだろ？　並の人間ってわけにはいかないよ」

「いや、変り者さ。分っているんだ」

左右多君はこういう話題、念力少年として特別扱いされることを、どう感じているのだろう？　多少は自慢の種にしているのか、それともひけめを感じているのか？　他人にはない力に誇りを感じているのか、それとも疎外感を味わっているのか？　対応のしかたが分らないので、相手の態度の微妙な変化にいちいち気を使ってしまう。質屋でも断わられそうな冷房装置を換気にして、ドアは開けっぱなしのままにしておいた。寝具一式と洗いざらした浴衣が一枚あるきりだ。

「あの突き当りがトイレかな？」

「それに風呂と洗面所。ガス台もあるから、夜食にカップラーメンくらい出来ますよ」

二階の事務所に引き返したのとほとんど同時にブザーが鳴った。ジャンプ氏が鏡の衝立に駆け込んだ。引き戸が落ちる音がして、甘ったるい揚物の匂いがたちこめる。唇がしびれ、胃が鳴った。考えてみれば遅めの朝食をとったきり、かなりの欠食状態なのだ。

「誰か手を貸してくれないか！」

誰かといっても、ぼくと左右多君しかいない。左右多君はまたもとの不機嫌袋にもぐり込んでしまっている。よほど父親とそりが合わないようだ。ぼくが手を貸してやるしか、ほかに貸し手はいない。衝立のなかに回り込む。いちおうは整頓されたシングル・ベッド。壁のパイプには十数着の、銀ラメに負けない派手な衣装の列。そんなことより驚かされたのは、衝立の鏡がマジック・ミラーだったことだ。犯罪映画で容疑者の面通しなどに使われているのは見たことがあるが、実物に接するのはこれが始めてだった。多少の光量低下を無視すれば、事務所の全景が夢のなかのように鮮明だ。少年の姿もすぐそこに見える。見られていることを承知しているのだろう、まるで世界を憎んでいるような（オランウータンのような）姿勢で身じろぎもしない。刺激と疚しさが入り混った、まぶしすぎる窃視。息子の変人ぶりも相当なものだが、父親のほうも負けず劣らずだと思った。ジャンプ氏はこの一方通行の鏡の間で、休みなく外界に目をくばりながら衣食住のすべてをまかなっているらしい。まるでカタツムリの生活だ。単なる生活の簡素化だろうか、それとも多すぎる敵にとりまかれたトーチカ生活なのだろうか？　肘をつまんでジャンプ氏の督促。枕元の壁面の切り穴に、幅四十センチ、奥行五十センチほどのリフトが到着していた。缶ビール半ダースの紙パック、それに湯気をたてているカツドンが三つ。

ぼくはなんとか机の片隅に席をとったが、津鞠親子は挨拶ぬきで、いきなりドンブリの立食いを開始した。腹をすかせた猫だって、とても真似できそうにないひたむきさ。とくに左右多少年の食いっぷりは抜群だった。冷めかけた粥をすすり込む勢いで、みるみるドンブリを傾ける。早飯は非社交性のあらわれだというが、この場合は父親にたいする拒否反応と考えるべきかもしれない。

「暖気運転しておくよ」

少年が事務所を横切り、さっさと出掛けてしまった。

「この陽気に暖気運転もないもんだよな」ジャンプ氏は皮肉たっぷりのつもりだったのかもしれない、しかし得な性格だ、微笑がすべての悪意を拭いさってしまう。「びっくりしたでしょう？　将来が思いやられますよ、仏頂面しか知らないんだ。うまくお相手できればいいんですが……」

「今夜は遅くなりそうですか？」

「いや、左右多は先に帰します。あいにくわたし、夜盲症でして、もうお話ししましたっけね。川向うのホテルのお座敷で、小道具の荷物もありますし、帰りはすぐにタクシーがひろえますけど、往きだけは運転たのみませんと……くだらないショーの前座です……金髪ヌードショー……金髪といったって、外人なんかじゃない、頭を脱色したただの田舎ダンサー、ご存知でしょ？　みじめなものです、そんな客相手に、左右多のスプーン曲げを見せたり出来っこないじゃないですか」


（追伸）

今夜はここまで。左右多君はまだ戻っていないが、昨夜の殴り込みの後遺症で、脇腹が痛むし、依然として鼻血が出そうな不安感。外科に行くべきか、耳鼻科に行くべきか、接骨院に行くべきか、さんざん迷ったあげく、けっきょく今朝一番で耳鼻科に行ってみた。殴られた場所が悪かったらしいよ。しばらく安静が必要らしい。ついでにふくらはぎと脇腹に軟膏を塗ってもらった。耳鼻科の医者の診断によれば、骨折とまではいかなくても、肋骨にひびくらいは入っている可能性があるそうだ。それにしては捗ったじゃないか。ページ数にして昨夜の三分の二はものにした。医者にもらった色とりどりの薬を七錠飲んで、寝床のなか。今朝の大雨のおかげで、めっきり涼しい。


（重ねて追伸）

いま午前二時。左右多少年の宵っぱりも相当なものだ。つい今しがたまで膝を交えて話し込んでいたところ。聞き込み調査というよりは、愉快なお喋りというべきかな。とにかく変っているんだ。ぼくらがいかに普通の人間であるかを、つくづく痛感させられたよ。もちろん奇癖イコール超能力だとは思っていない。それはまた別問題さ。しかし変っているんだ。錯綜した話題、不可解な行動、印象が鮮明なうちに要点だけでもメモしておこう。どうせ親子とも朝は遅い（起床はふつう正午頃）らしいし、仮眠のおかげで体調も多少は恢復したようだ。

順を追って報告すれば、まず目をさました。一瞬どこにいるのか分らない。不気味な音楽が聞えていた。ゆっくり焦点が合って、津鞠芸能プロダクションの三階にいたことを思いだす。寝返りをうつと胸から肩に、激痛が走った。そう、ぼくは取材のためにここにいるのだ。そして隣はその取材相手の少年の部屋。音楽はその隣の部屋から聞えている。意識がはっきりするにつれ、とくに不気味というわけではなく、むしろなじみのある曲目のような気もしてくる。一秒半遅れの腕時計で、九時十二分三十秒（君も知っているとおり一日一秒以上の遅れは我慢ならないのだが、昨日は時報を聞く間もなかったのだ）。少年の帰宅にも気付かず寝すごしてしまった。音楽のボリュームがしぼり気味なのは、ぼくが眠り込んでいるのを見抜いたせいにちがいない。われながらだらしない話だよ、自己嫌悪におちいりながら盗聴装置のスイッチを入れ、ヘッドホンを耳に当てる。あざやかに再現された音色、かなり知名度の高いクラシック音楽だ。あいにく曲名までは分らない。それにしても何か変だ。何がどう変なのか、うまく口では言えないが、やはり変だとしか言いようがない。テープ（もしくはレコード）の回転数が落ちているだけかもしれないが、それだけではなさそうだ。全体が微妙にひずみ、物憂げで、それが独特な妖気をただよわせている。

壁をノックしかけて、ためらった。まさか念力で音楽を狂わせているとは思わなかったが、楽器の音にまじって、人間のうめきらしいものが聞こえるのだ。好奇心を刺激され、覗いてみたくなった。しかし顔を合わせる直前の覗きは、なるべく遠慮しておくべきだろう。気が咎めて平静な対応が出来にくくなるのだ。ダイヤルを調節し、低音部を立ててみた。音楽のリズムに合わせて、床を踏む足音にちがいない。好奇心が勝った。壁にそって腹這いになり、アングル・スコープに眼をあてる。

何が見えたと思う？　左右多君は音楽に乗ってダンスの最中だった。相手は例の骸骨の模型。ただしモデル・ガンは持っていない。ぼくはダンスの種類についてなんの知識もないが、あれは絶対に自己流にきまっている。無心に全身をスイングさせ、ときおり肩を激しく痙攣させ、それに歯をむき咬みつくような表情を加えるのだ。ダンスというより、狐つきの発作にちかい。見るに耐えないのに目がはなせない。音楽がおわった。少年は棒のように体を硬直させたまま、ベッドに倒れこむ。完全な神がかりではなかった証拠に、抱きしめた骸骨はちゃんと体の上だ。骸骨に男女の区別はないが、あっても解剖学を知らない素人には見分けがつかないが、少年の体のうえでいたいけな少女に見えた。左右多君がすすり泣く声も聞えた。錯覚かもしれない。

いま見た光景を追い払うために、目薬をさし、タバコに火をつけて一センチほど吸ってから部屋を出て少年のドアをノックする。予想を裏切って、張りのある明るい声がかえってくる。

「どうぞ、待っていたんだよ」

左右多少年はベッドのうえで膝をかかえていた。そう暑くもないのに額には玉の汗。骸骨はそのすぐ隣で、鎖のようにもつれている。テープ・デッキはすでに停止していたが、通電のランプは点いたままだ。

「昼間はいろいろとお世話になりました。おかげで、だいぶ調子いいみたいだよ」

「この部屋、はじめてだったよね?」息がはずんでいる。あのダンスの後では無理もあるまい。

「もちろんさ、なぜ?」いきなり弱みを指摘されて、ぼくの呼吸もあがり気味だ。

「だって、この骸骨のこと、質問しないからさ」

気をつけろ、誘導尋問かもしれないぞ! 左右多君が骸骨の頭の紐を持って腰をあげた。もつれた鎖がするすると伸びて骸骨になり、叫ぶ形に顎を開いた。映写機の逆回転を見ているようだ。

「驚いたよ、紙じゃないか。本物そっくりだね」

「イギリス製なんだ、学校の教材だってさ。組み立てるのに、三日がかりだよ」

「精巧なものだな、信じられないよ、なぜプラスチックで作らなかったんだろう?」

「自分で組み立てると、原理が分るだろ。実物の骨だって中は空洞だし……」

腿のRight Femurと細字で印刷してあるあたりを爪ではじいてみせる。いかにも紙らしい薄っぺらな音。しかし全身にひろがる震動の伝わりかたには、意外な粘りと安定が感じられる。三角に折ってカーブを持たせた構造がいいのだろう。

「日本人だけが器用ってわけじゃないんだよね」

「これまでは、インドが世界最大の骸骨輸出国だったらしいね。でも毎年何百人だか何千人だかの子供が行方不明になって、社会問題になって、とうとう政府が輸出禁止令を出したんだってさ。それで仕方なく、紙の骸骨を発明したって新聞で読んだんだ。新聞で読んで、ためしに本屋に注文してみたのさ。当りだったよ、気に入ったな」

「うん、よく出来ている。とくに背骨の湾曲の感じなんか、すごく迫力がある。それにしちゃ、肋骨や骨盤なんかは、あんがい手を抜いた感じだな」

「細工も背骨がいちばん手間をくったよ。やはりそれだけ重要な器官なんじゃないの。でも変だな……やはり変だよ……留守のあいだに、こっそり覗いてみたんじゃないの、部屋のなか」

「まさか、だって、訳を言ってくれよ、なぜそんな疑いをかけるのか」

「ちっとも驚かないからさ」

「驚いたじゃないか」

「紙製だってことにだろ。骸骨を部屋に飾って、喜んでいるなんて、ふつうはかなり異常に見えるんじゃないかな」

「そうでもないさ、その新聞を読んでいたら、ぼくだってたぶん買う気になっていたんじゃないかな」

「質問があるんでしょう？」

少年は骸骨を壁の釘に掛け、頭の紐の長さを調節し、片膝立ちの姿勢をとらせた。膝に片肘を置き、顎の下にその手の甲をあてがう。『考える人』が考えることにうんざりして、こっそり逃げ出そうとしているみたいだ。伸ばしたほうの手に、床にころがしてあったモデルガンを握らせる。紙の指が支えられるのだから、よほど軽量のプラスチック製なのだろう。銃口の黄色い塗料が気になった。もちろん質問はあるさ。ありすぎて、何から始めていいのか見当がつかないくらいである。

「それより、もう一度スプーン曲げを見せてもらいたいな。昼飯のときは、冷静に観察できるような気分じゃなかったし……」

われながらとぼけた話だと思う。すでに二日目も後半に入っているのに、肝心の念力によるスプーン曲げを見せてもらったのは、まだ一回きりなのである。昨夜は暴漢の襲撃騒ぎで、それどころではなかったし、今朝は宵っぱりで寝起きの悪い左右多君をむりに起して、耳鼻科まで車に乗せてもらった。病院から戻ると、ぼくは鎮痛剤の注射のせいで、左右多君は寝不足のせいで、すぐまた眠り込んでしまった。午後の四時ごろ、ジャンプ氏が内線電話で左右多君を起し、左右多君が壁をノックしてぼくを起し、三人そろって下の事務所で遅めの昼食をとった。ジャンプ氏も職業柄、泥酔しての朝帰りが多く、津鞠親子にとってはむしろ遅めの朝食だったのかもしれない。メニューはカレーライス。カレーは粉っぽかったが、福神漬はうまかった。またもや左右多君の驚異的な早飯。そして、食べおわったとたん、スプーンの柄を左の指先でつまみ、付着したカレーを右手の指でゆっくり拭うような動作。なんの予告もなかったので、とくに注目もしていなかった。スプーンの首がぽろりと折れて机の上にころがった。後で考えてみると、いくぶん左右多君の視線が険しかったような気もする。つづいてジャンプ氏が、口にいっぱい頬ばったまま目だけで笑って、自分のスプーンを曲げてみせた。わたしのは手品、左右多のは超能力、ではお客さんのお手並み拝見しましょうか。からかわないで下さいよ。三人で大笑いした。左右多君のが手品でないという証拠はどこにもないと思ったが、ぼくはまだ食事の最中だったし、こんな状況で批評がましいことを言うのは野暮すぎる。

「お安いご用だけど、何回見たって、けっきょく同じことじゃないかな」少年はベッドの端に掛けて骸骨を見詰め、立ち上って姿勢の修正をしてやる。首を傾げてやる。立てている膝の関節の曲げを深くする。それだけで骸骨が急に感情をあらわにし、メランコリックな雰囲気をにじませた。少年の内面の投影だろうか？「観察なんて何回したって、スプーンが曲ったり折れたりするのが見えるだけだろ？親父の手品の種も見抜けなかったくせに、無駄だと思うよ。この目で見たから間違いないってよく言うけど、嘘だと思うな。それより率直な質問をぶっつけるほうが、ずっと近道さ」

「たとえば、どんな質問？」

「ぼくのスプーン曲げに、トリックがあるのか、ないのか……その点をいちばん知りたいんじゃないの？」

「だって、君が正直に答えるって保証はどこにもないじゃないか」

「まず聞いてみたら」

「じゃ聞くよ。君のスプーン曲げ、本当に超能力なのかい、トリックじゃないの？」

「いままで誰も、そんなふうに聞いてくれた人はいなかった……」少年は両膝をかかえ、顎を載せ、骸骨を横目で見ながら弱々しく笑った。ジャンプ氏の微笑がピンクにちかい赤だとすると、こちらは蛍光燈の光で見た鮭の切り身の色。「率直に言って、自分でもよく分らないんだ。聞かれたことがないから、こんなふうに答えたこともない。聞いてほしかったけど、誰も聞いてくれなかったよ。だからトリックを使うこともあるし、トリックなしで出来ることもある。その境い目が自分にもはっきりしないんだな」

「比率は？」

「半分半分かな」

「昼のカレーのときのは、どっち？」

「あれはトリックさ。親父の提案でね、テレビに出してもらえるようにサービスしようって……ぼくは気がすすまなかったけど……」

いくらなんでも正直すぎるよ。ぼくに対してそこまで正直になる必然性があるだろうか。それとも超能力者にはもう嘘をつく必要がないのだろうか？　どっちにしても考えにくい。常識的にはこの正直さ自身がトリックの一部だと考えるほうが、まだ考えやすい。砂にハンドルをとられて動きがとれなくなりそうだ。話題を変えたくなった。

「昨日の襲撃事件、君の超能力と何か関係があるんじゃないの？」

「考えてみたよ、ぼくも……あるような気もするし、ないような気もする」

「心当りはあるんだね、犯人の……前にも似たようなことがあったの？」

「誤解だよ。身代りだって言いたいんだろ？　本当の攻撃目標はぼくで……でも違うな、そんな心当り、あるわけないさ。みんなぼくを恐がっているんだ。ぼくに手を出すやつなんていやしないよ。何か都合の悪いことがあると、誰もがぼくのせいにする。ぼくに関係ないことまで、ぼくのせいにする。たとえば昨日の事件の犯人は、じつはぼくのイメージなんだとか……イメージが形になって現れて、ぼくの潜在的願望を実行したってわけさ。でもそんなはずないだろ、そこまで憎んだりする理由がないじゃないか」

「君の超能力、スプーン曲げだけってわけじゃないんだろ？　お父さんが言っていたよ、君のまわりじゃ、しじゅう超自然現象がおきているって」

「あいつは何時もそんなことばかり言っている。

すごい読書家なんだね。
本命である超能力論
聞きたいことは山ほどあった。何から？
音楽論。
親子でブルトーザーの測量

［1985冬頃］

# 子午線上の綱渡り

［聞き手］コリーヌ・ブレ

――こんどの新作『方舟さくら丸』は非常に刺激的な小説でした。安部さんの仕事のなかで、代表作の一つになるものだと思います。脱稿までに七年かかったと聞きましたが、そのあいだ他の仕事はまったくしなかったのですか？　小説だけにかかりっ切りだったのですか？

**安部**　最初の二年間は舞台の仕事と平行していたように思います。そのころ「安部スタジオ」という劇団を主催していたのです。しかしいろいろ考えるところがあって、劇団は当分休むことにしました。だから小説にかけた時間は正味五年とすこしでしょう。ぼくにとって一本の小説に五、六年は普通です。プランを決定して書くタイプではなく、書きながら試行錯誤するので、十倍以上の枚数を書きくずすことになります。

――ワープロを利用したそうですが、何か利点がありましたか。

**安部**　予想していた以上に便利な機械です。とくに書きながら考えるタイプの作家には今後不可欠な道具になるでしょう。試行錯誤のプロセスを視覚化できるのだから、そのぶん考えが精密になる。電子化されたタイプライターと混同している人もいるようだけど、まったく次元のちがう機械です。

――作品についての質問に戻りますが、『方舟さくら丸』の主人公はかなり変った人物ですね。変な昆虫に夢中になったり、核シェルターの入場券を持ち歩きながら誰にも売る勇気がなかったり、おかしな発明に熱中したり、立体の航空写真を覗いて旅行している気分にひたったり、女性に対しては永遠の好奇心に似た感情で見つめつづけるばかりだし、それに最後には便器の穴に落ちて片足を捕られてしまう。何度も噴き出し、笑ってしまいましたが、同時に悲しいようなつらい気分にさせられる。いつの間にか感情の同化がおきるのです。父親との関係も不気味ですね。後半袋詰めになった父親の死体が、いつも廃棄物のように部屋のなかに放置されているのは滑稽なくらいグロテスクでした。どんな事情であのような人物が誕生したのでしょう。

**安部**　そう、たしかに一見したところでは特異な人物です。第一体形がみにくい。《豚》もしくは《もぐら》と呼ばれている、異常に肥満した青年だ。性格も極度に内向的だし、孤独癖がある。だからこの小説を解く一つの鍵である「ユープケッチャ」という昆虫に特別な興味をいだいたり、部屋の監視装置やさまざまな生活日用品の発明に熱中したり、便器に異常な執着をしめしたりするわけです。しかしこの人物はけっして例外的な存在ではないと思う。現代にあっては(とくに都市生活者にとっては)むしろ普遍的な存在でしょう。現代の主役はヒロインやヒーローではなく、道化なのです。ちなみに「ユープケッチャ」の説明をしておきますと、これは甲虫の一種で肢が退化し、自由に移動することが出来ない。かわりに自分の排便を餌にして、ぐるぐる小さな円を描いて生きているわけです。一日に一周するので「時計虫」とも呼ばれている。むろん作者の空想の産物ですが、この虫にある種のリアリティを感じ、親近感をおぼえない者はいないのではないでしょうか。他者との過剰な関係に悩まされている現代人にとっては、逆説であるにせよ一つの理想でしょう。さらにもう一つ、「無名性」が彼の特徴です。彼だけでなく、考えてみると僕の小説の主人公はほとんど全員名前を持っていない。個性はあっても無名であり、世間から認知を拒まれている。こういう人物が僕にとっては現代という世界を透視するための窓になるのです。

――するとテーマよりも、そういうディテールのほうが、作品の動機になるわけですか。

**安部** そのとおりです。「ユープケッチャ」という空想の昆虫の発見……便器を踏み台にし足を踏みすべらし、足を便器の穴に吸い込まれたショック……夜半、竹箒で街を掃除してまわる制服の老人奉仕隊の不気味で悲しいイメージ……そういった一見ばらばらの種子が脳のひだに植え込まれ、やがて根をひろげ、枝をはびこらせてたがいにからみ合っていくわけです。

――でもぜんぶがオートマティックに展開するわけではありませんね。『方舟さくら丸』にははっきりテーマが暗示されているし、シンボルの暗示もあります。平凡な人たちの平凡で滑稽な打算と駆け引きの向こうに、ぽっかり終末が口を開けているのが見えます。

**安部** 作品が一つの世界として自立するためには、当然、世界として自立するために必要な幾つかの条件がみたされなければなりません。テーマも象徴性もそれらの条件の一つでしょう。しかし作家は日常的なディテールを発見するために、そうした作品の背骨になる真のテーマとは別に、しばしば既成のテーマを利用することがあります。それは現実に強力な照明を当てて、隠れている「物」を引き出すための手段です。その場合テーマは「物」を位置づけ存在させるための仮説と言ってもいいかもしれない。あるいは太陽の黒点を直視するためのススを塗ったガラス板のようなものです。しかしそのテーマがそのまま小説のテーマになることはまずありえない。最初のテーマはいわば肥料にすぎず、それによってディテールの種子が成長し、次に結果として実を結ぶでしょう。そこに新しいテーマが暗示され、

——安部さんはよくカフカとの比較を論じられますね。実際に影響があったのでしょうか。あったとすればどんな形ですか。

**安部**　僕のなかでカフカの占める比重は、年々大きくなっていきます。信じられないほど現実を透視した作家です。しかし影響はさほど直接的ではありません。カフカを知ったのは書きはじめてからかなり経ってからのことです。僕の初期の比較的ファンタスティックな作品は、カフカよりも実はアラン・ポォとルイス・キャロルの影響と言ったほうがより正確でしょう。しかしカフカはつねに僕をつまずきから救ってくれる水先案内人です。

——安部さんは医学の勉強をしたわけでしょう。数学も好きだったそうですが、キャロルは数学者でしたね。安部さんはなぜ自然科学への道を選ばなかったのですか？

**安部**　自分にもよく分らない。その答えは誰か後世の研究家にまかせましょう。

——安部さんは処女作『終りし道の標べに』から、すでに日本の伝統を拒絶しているように見えます。日本、もしくは世界文学の流れのなかで、自作をどのように位置づけているのですか？

**安部**　その返事も誰か他人にまかせましょう。僕も解答をぜひ聞かせてほしい。ただ言えることは、僕は日本語でしか考えることが出来ないということ。日本のなかで、日本語で考え、日本語で書いている。しかし日本以外にも読者がいるということ

シンボルが焦点を結べば成功した作品になる。しかしそのテーマは作者が作品以前に用意していたものとは限らない。作品の真のテーマは作家の肉声によってではなく、作品自身によって語られるもので、それはしばしば作者の意図を超えるものです。

たとえばこの『方舟さくら丸』の主人公は、とくべつ肥満体であるため、スポーツは苦手です。それである日、夢を見る。オリンピック反対同盟のデモ隊がオリンピック会場に乱入して、大会を大混乱におとしいれてしまう夢です。この夢は小さなエピソードにすぎませんが、しかし小説の基本テーマに深くかかわりあってきます。つまりオリンピックの実体が、けっして純粋な競技ではなく、筋肉の力を介してナショナリズムを誇示し展示するための醜悪な会場にすぎないという認識……いったん力で象徴されるナショナリズムの不可侵性を認めてしまえば、いずれは核時代という悪夢に辿りつかざるを得ないでしょう。核兵器は偶然の産物ではありません。国家主権に超越的自衛権を認めた瞬間、兵器は自動的に究極化への道を辿らざるを得ないのです。核戦争の可能性が予見されたとき、すでに核戦争が起きてしまっていることを、この小説の日常的ディテールが語っているわけです。現代は破局から逆に時間を歩んでいる裏返しの時代なのかもしれません。生き延びることを拒まれて、なおかつ生きる希望があるのでしょうか。僕はなぜ書くのか何度も自問自答しました。たぶん絶望もまた希望の一形式だからでしょう。

は、現代が地域性を超えて、同時代化しているせいではないか。その点、言語の特殊性と普遍性についてのチョムスキーの考え方に同意せざるを得ません。すべての個別文法の底に、遺伝子レベルの深さで地下水のように普遍文法の法則が流れているという考え方です。僕が拒絶したのは日本の伝統ではなく、あらゆる地域主義的な思想の現象に対してなのです。

――すると安部さんの作中人物たちが、かなり精神病理学的なのも、とくに日本人に固有の現象と考えてはいけないわけですね。

**安部**　微妙でしかも重要な問題です。まず第一に、フランス的であるとか、日本的であるとか、アメリカ的であるとか、一見もっともらしい区別が、はたして客観的な根拠を持つものであるかどうか。生活現象の上では類型として、あるいは戯画化された行動様式として、相違点を指摘することは可能です。しかしよく考えてみて下さい。どんな特殊も対応する普遍があってはじめて特殊なのです。特殊をあげつらうことより（それは茶飲み話としては愉快なことであっても）普遍の由来に思いを馳せることのほうがはるかに（困難ではあるが）重要なことでしょう。

あるヨーロッパ人は僕の作品のディテールをずばぬけて日本的だと評し、また別のヨーロッパ人は地方色が漂白されてしまった抽象だと評した。どちらも正しい見方でしょう。しばしば異文化に対するカルチャー・ショックなどという言葉が、はじらいもなく使われますが、あれは支配階級もしくは支配民族の顕著な硬直した思いあがりにすぎません。ユングの集団的無意識などというカテゴリーの設定など（特定の文化圏にそういうメカニズムが機能する事実は認めるとしても）、それを外科医の解剖刀のようにふりまわすことはまさに分離主義者の思う壺でしょう。

フラン・オブライエンの作中人物は、あまりにもアイルランド気質まるだしのせいで人を笑わせます。バーナード・マラマッドの登場人物たちは、その独特のユダヤ人気質のせいで読者にいたわりの感情を喚起します。ボリス・ヴィアンの主人公たちはその逆説的フランス人気質で読者に飛翔力を与えます。ガルシア・マルケスの登場人物たちは、そのラテン・アメリカ的な激情で、人をゴチック的催眠状態におとしいれます。こうした理解と共感が、読者の国籍や人種や言語の相違を越えて――翻訳を通じてさえ――起りうるという事実に注目していただきたい。それは特殊性が作者の普遍を見る目によって特殊として造形されているせいなのです。普遍は単なる特殊の平均値などではなく、特殊に先行する人間性の根源なのです。

――するといわゆる「日本的な思想」というものについて、安部さんはどう考えますか。それも普遍のなかの相対的な特殊にすぎないと考えるわけですか。安部さんの作品とは無関係なものですか。

**安部**　繰り返すようだが、僕はあくまでも日本的日常を日本語で書いている。比較文学論を参考にして書いているわけではありません。それに胸に（オリンピック選手のように）国旗を飾るのが悪趣味であるという点ではまったく『方舟さくら丸』の主人公と同意見です。だいたい比較文化論というものには、なんとなく胡散臭いものを感じてしまう。たとえばアジア的混沌という言いまわしがありますね。ぼくの見解ではあの混沌はヨーロッパの略奪的植民地化の傷跡にすぎません。植民地支配の特徴の一つに民族の分割支配（地域的分割にとどまらず、上下に階層分割を徹底させる）と文化や教育面の徹底的破壊があげられるでしょう。その結果、根拠のない差別が再構築され強化される。恐ろしいことだ。しかし今は空間の時代ではなく、時間の時代なのです。世界は同時代ということでたがいにかかわり合っている。エキゾチックな風景などもはや何処にもないのです。

——その問題はよく分ります。しかし日本はアジアのなかでも異端児なのではないでしょうか。たとえば日本のなかの民主主義について、外国人はいまだに統一した意見を持てずにいると思います。いま日本人は何処に向かって進もうとしているのでしょう？

**安部**　たしかに日本はアジアのなかで特異な位置を占めている。その理由の一つは、なぜか日本がヨーロッパの植民地政策の目標から外されたことにあると思う。その原因を考えることは、また別の機会にゆずりましょう。とにかく植民地化をまぬかれた日本は、ヨーロッパからそう遅れずに近代化の道をすすむことが出来た。プロイセンからわずか六十年おくれですでに国民軍を創設しているのです。自慢話をしているのではありません。植民地化のネガ・フィルムが日本だと言っているのです。生活習慣の差など、この恐ろしい暴力の普遍法則のまえでは微々たるものではないでしょうか。日本人にかぎらず、伝統ばかり鼻にかける人間は卑少で醜い。

日本という船の舵の方向については、世界の心情がいっせいにナショナリズムをめざして狂奔している現在、例外ではありえないというしかありません。

——前に安部さんは、「死の舞踏でも、下手に踊るよりは上手に踊ったほうがせめてもの慰めである」と書きましたね。それほど事態をペシミスティックに考えているのですか？

**安部**　すでに第二次世界大戦という計算不能にちかい代償を支払っているのですよ。繰り返すようだが、絶望する能力に希望をいだくしかない。

——それが安部さんにとって書くことなのですね。今後の創作活動はどんな方向に向かうのでしょう。関心が持たれます。次の作品のプランはどんなものですか？

**安部**　「スプーン曲げの少年」について計画を練りはじめました。いわゆる超能力のテーマですね。もちろん僕は超能力の存在をまったく認めません。あれはたんなるトリックですよ。しかし少年の周囲には当然その能力を信じる者が出てくる。あるいは利害関係から信じたふりをする者が現れる。やがてトリックは職業化される。もはや告白は許されない。告白の機会を逸した少年は、超能力を演じつづけるしかないのです。ある日、少年に本当の超能力が出現する。でも少年にはもはやトリックとの区別がつかない……この話、面白いでしょう。いま細部のイメージが出てくるのを待っているところです。雪が融けたら、スプーンの生産地である北陸地方を旅行してまわりたい。実際には役に立たなくても、とりあえずスプーンの生産工程の調査から始めてみる、これが僕のやりかたなのです。

［1985. 3. 6］

# 核シェルターの中の展覧会［聞き手］芸術新潮編集部

――安部さんの新作『方舟さくら丸』の舞台は核シェルターですね。現実には成立しない、可能性としてのシェルターです。そこで生き延びるためのさまざまな道具が搬び込まれるわけですが、一つ不思議だったのは、美術作品がまったく積み込まれていない点です。たしかステレオ装置はありましたね。ぎっしり本がつまった本棚もありました。なぜ美術品だけが欠けているのでしょう。意図的なものだったのですか、それとも主人公の好みの問題にすぎないのか……

**安部**　面白い問題提起だね。実は質問を受けるまで、はっきりとは意識していなかった。言われてみると、たしかにそのとおりだ。美術作品は『さくら丸』の何処にも飾られていないね。ぼく自身の念頭になかったのだから、主人公の趣味のせいにしてしまうわけにはいかない。なぜだろう。もしかすると、これは美術の本質にかかわる問題なのかもしれない。話を分りやすくするため、設定を単純化して、無人島に流された場合で考えてみようか。無人島に漂流を余儀なくされた場合、最小限の携帯品のなかにはたして美術品を入れるかどうか。

むろん核シェルターと無人島とでは、本質的な違いがある。その点はべつに検討することにして、もう一つ、形のうえの類似だけを言えばヒットラーが塩坑に美術品をため込んだような例もあるな。いろいろと考えていくうちに、あっちで脈絡がついたり、こっちで矛盾したり、そのうち何か問題点が見えてくるかもしれない。とりあえずは無人島から始めてみよう。

そうだね……前後の事情にもよるけど、やはり美術品はいらないな。持って行かないだろうと思う。生活のための道具類や食料は別にして、他に何か……強いてあげれば、テープレコーダーかな。音楽のカセット・テープと小型のウォークマンみたいなやつ。ただし電池の補充に困るだろうから、太陽電池が必要だね。それから本は……あまり持って行く気はしない……持って行くかもしれないけど、何を持って行くか、すぐには思いつかないな。ゆっくり考えれば、思いつく可能性はあるかもしれない。しかし美術品は駄目だ。百パーセント必要を感じない。
いや、例外はある。島流しのような刑罰でなければ、救助される可能性があるわけだろう。つまり、美術品を積んだ大きな船が遭難して、自分だけが助かったというような場合だね。ロビンソン・クルーソーのように、救援が来るまでのあいだを生き延びるだけなら、美術品も悪くないような気がする。あとで金になるだろう。経済体系が継続される保証があれば、美術品にもそれなりの存在理由が出てくるはずだ。でも絶対に救援の見込みがない無人島の場合、あるいはコンラッドの小説の登場人物のように、船が近付くたびにジャングルの中に身を隠してしまう遁走者のような場合……そういう立場の人間だったら、たとえ本物のモナリザがあっても持って行かないんじゃないか。もちろんダイヤや金塊だって持って行かない。つまり財産はいらないわけだ。

――すると美術作品には、財産としての価値しかないことになりますか？

**安部**　そんなはずはないね。自分で言いながら、極論だという気がしていた。でも美術品に財産っぽいところがあるのは事実じゃないか。美術関係者は嫌な気がするかもしれないけど、目をそらすべきじゃない。だって音楽を財産化することは出来ないだろう。換金できるのは、著作権か演奏技術だけだ。オリジナリティは売れても、オリジナルを売ることは出来ない。音楽はそのたびに発生し、一定の時間持続しつづけ、消滅する。「物」として空間的に存在することはありえない。現在進行形でその時間を直接体験するしかないんだな。だから気に入った音楽は何度でも繰り返し聴くことになる。他の方法で追体験することは不可能なんだ。ためしに好きな音楽を、まだ聞いていない第三者に言葉で説明してごらんよ。「とにかくいい音楽だった。すばらしかった」くらいしか言いようがないじゃないか。どんなふうにいいかを他人に告げられないだけでなく、歌謡曲ていどの単純なものならいざ知らず、自分でも追体験は不可能だ。実際に聴いてみるしかないんだね。

――すると音楽批評は、何を根拠に成り立つのでしょう？

**安部**　何だろう、よく分らない。専門的な研究（音楽理論）なら成り立つだろうね。音楽も演奏の前に作曲という記号化のプロセスがあるわけだ。でも楽譜だけで音楽をたのしむことは（専門家でないかぎり）出来っこない。研究が成り立つのも楽譜段階の構造までのことで、演奏という表現段階についての批評は意味がないような気がする。事実、音楽批評を読んで同感したおぼえはないし、まず始めから読む気がしない。

――その論法で行って、美術のほうは批評が成り立つことになりますか？

**安部**　そう、多少は成り立ちやすいかもしれない。たしかに美術作品も、内容を正確に伝達するためには実物を示すしかないだろう。あんな絵だ、こんな絵だ、といくら口で説明してみてもそっくり再現することは不可能だ。しかし自分の主観の中ではあるていど再現がきく。そっくりとまではいかなくても、かなりのところまでは思い浮べられる。音楽とちがって、記号化にさほどの専門知識を必要としないせいかもしれない。音楽はデジタルで記号化しないかぎり無関係な第三者に伝達することは困難だけど、美術はアナログ的な省略で間に合うところがあるね。陳腐な例になるけど、モナリザをコンピューター・グラフィックで抽象化しても、けっこうエキスは残ってくれる。美術展の審査のあの超スピードぶりを見ても、そのことは分ると思うんだ。一瞬の視線で味見できるところがあるんだよ。その許容範囲の広さが批評を可能にしているんじゃないか。

――批評が可能だと言うことは、批評に価いするだけの価値も存在することになりませんか？　ひきつけるものがなければ、批評の衝動だって起きえないわけでしょう。

**安部**　それはそうだ。美術、もしくは造形に人をひきつけるものが無いといったら言い過ぎになる。そんな暴論をはくつもりはない。ただ、そのひきつけるものが、無人島で求められるような性質のものではないことを指摘したかったまでだ。だって、そうだろう、昔から名画といわれるものには、つねに所有者の影がつきまとっている。それも単なる所有ではなく、他人に誇示する快楽をふくんだ所有だ。それだけの美術品を飾るには、それなりの場所がいるだろう。つまりは富のシンボルだね。つましい六畳の間には、やはりカレンダーの絵くらいが似つかわしいということさ。むろん昔は音楽もそうだった。バロック以前の音楽なんか、民謡以外の創作はまず領主や王家の私物だったと考えていい。王族が演奏会をひらいて音楽を他人に誇示する。もちろんルードヴィッヒみたいに独りっきりでワグナーのオペラを聴きたがった変人もいるけどね。けっきょく作曲家や楽士のパトロンになることが権勢の誇示になるわけだ。そうした全体がやがて「城」の建築様式にむかって集約されていく。

でも音楽そのものは所有者の指のあいだをすり抜けてしまう。美術品みたいな「物」じゃないからね。楽譜さえ正しければ、何時、何処で、誰が演奏しようと（無断使用にはなっても）偽物だとか模写だとか非難される気遣いはない。だから市民社会があるていど自律性を持つようになると、すぐに公衆のための演奏会が開かれるようになる。

――美術もある時期からは、たぶん音楽と相前後して、美術館などで公共の展示が行われるようになったのではありませんか？

**安部**　いや、かなりのずれがあるはずだ。調べたことはないので、正確なことは分らないが、美術館の始まりは十九世紀になってからじゃないかな。音楽はずっと古い。展覧会場と演奏会場の違いをいろんな角度から比較してみるのも面白そうだね。でも重要なのは、それ以後の変化だろう。音楽はさらにすすんでコピー化の時代に入る。レコード、磁気テープ、カセット、ＣＤと技術が進んで、多少はオリジナルの雰囲気を残していた演奏会の意味さえ相対化されてしまった。個人享受、大衆消費の時代に入ったわけだ。もちろん何万円も払って有名ピアニストや有名楽団の演奏会に出掛けていく田舎者もいるよ。田舎者が悪けりゃ、閑人、もしくは俗物的教養主義者だ。私有時代のノスタルジーにひたりたいのだろうね。ぼくなんか音楽はウォークマンにかぎる。音域が狭いのが難点だけど（だから時たまちゃんとしたスピーカーで聴いて、感覚の軌道修正をする）、とにかくベッドで寝っころがって聴けるのがいい。ふざけているわけじゃなく、この寝っころがって聴けるというのは、芸術の本質にかかわる重大な問題なんだよ。

もちろんオリジナルに対してコピーが優先するようになったジャンルとしては、小説のほうがずっと兄貴分だね。時間軸と空間軸でグラフを描けば、小説は美術と音楽の中間に位置しているけど、表現の形式、もしくは構成要素で考えれば、ぬきんでてデジタル的だ。たぶんそのことが活字印刷というメディアを有効に生かせた理由だと思う。というより、活字の発明によってはじめて確立できたジャンルなんだ。つまりコピーを前提にして発展した形式だね。だからジャンルとしては新参だけど、コピー文化としてのキャリアはいちばん長い。古本屋で作家の生原稿に高い値段がついたりする話も聞くけど、馬鹿気たことで、価値はあくまでもコピーのほうにある。骨董的価値でもないかぎり私有する意味なんかありえない。とくに作家がワープロでも使いだしたら、希少価値さえ無くなってしまうんだからね。ところで電子技術を応用したニュー・メディアが話題になってきて、印刷物が生き残れるかどうか疑問視する向きもあるようだ。この問題について最近アメリカで面白い研究発表があった。大型コンピューターを使って計測したところ、結論は心配ご無用ということらしい。理由がふるっているんだ。たとえば小説などの場合、七、八割が寝っころがって読んでいる。つまり電子機器なんかと違って、印刷物は、時間や場所や姿勢などの制約をまったく受けないというのが生き延びられる理由らしい。音楽もウォークマンでやっと小説のレベルまで辿り着いたということかな。

——しかし美術にもコピーはありますね。印刷技術もかなり高度になっています。

**安部**　でもオリジナルと肩をならべられるわけではない。

——版画や写真はどうでしょう？

**安部**　そう、コピー化の可能性は感じられる。版画なんてもともと一種の印刷物なんだからね。でもなぜか限定プリントが歓迎されるだろう。写真だって最近はオリジナルプリントに高い値段をつけたりしているじゃないか。いぜんとして古い価値基準に足をひっぱられているわけだ。ホログラフィの開発がすすめば、実物と区別がつかない彫刻や立体物のコピーも可能だろうけど、ホログラフィの空中像で陶器の茶碗を鑑賞して満足できる人間がいるだろうか。茶碗なんて私有して自慢出来なけりゃ、なんの価値もないわけだからな。なぜ美術だけがこういつまでもオリジナルの足枷を絶ち切れないのだろう。もしかしたら美術の宿命なのかもしれない。だったら無人島の必需品にリストアップされなくても仕方がない。

——たしかにコピーの印税を主たる収入源にしている美術家は少ないですね。いるとしたらある種のデザイナーでしょうか。工業デザイナーのなかには、そういう契約をしている人がいるかもしれない。

**安部**　たしかにそうだ。工業デザインにだって美術の名に価いするものはある。時計、カメラ、自動車なんかのデザイン……あきらかにプロトタイプよりも量産されたコピーのほうに価値がある。でも、作品としての自立性は低いな。道具としての機能とデザインを分離することは不可能だろう。自動車はいらないけど、そのデザインだけ欲しいと言って、成り立つ話じゃない。デザインだけひっぺがして、無人島に持っていくなんて、不思議の国の笑い猫を飼うようなものだ。

——待ってください、『方舟さくら丸』の主人公は、たしかカメラを中に持ち込んでいたでしょう。出来上った作品は必要なくても、自分で創り出す要求のほうは否定していないみたいですね。

**安部**　そうだったね。フィルムの補充や、現像、焼き付けの処理に問題は残るけど、そのへんは目をつぶるとして、カメラは持って行っても悪くないな。するとつまり、積み荷のなかから美術作品は取り除いたけど、造形の衝動までは拒否しなかったことになる。そうかもしれない。無人島に流れついたら、たぶん泥をこねて壺をつくったり、壁に何か印を刻んだりするだろう。

——ラスコーの壁画みたいなものですね。

**安部**　造形の原点だ。いちど原点まで戻って考えなおしてみるのも悪くない。

——造形美術は鑑賞することよりも、創造行為に意義があるということですか?

**安部**　いや、そうも言いきれない。ぼくは綴り方教室だとか、精神病の演劇療法だとか、ああいう芸術自然発生説には与しないんだ。ぼくがいくら泥をこねたって作品になんかなりっこないさ。その立場に立てば、音楽だって持っていく必要はないことになる。鼻歌くらいなら自分ひとりでだって歌うだろう。表現というのは意識の一属性で、他者を通じた自己認識にすぎない。創造行為というのは、もう一段上のレベルの問題だ。整理して言えば、無人島生活で必要なのは、造形面では素朴な表現衝動だけですませられても、音楽についてはもっと欲が深くなると言うことかな。むろん例外はある。その漂流者が才能にめぐまれた画家だったら、こねた粘土も立派な作品になるだろうし、音楽家だったら、鼻歌だけで見事なオーケストラを構築できるかもしれない。ひどい難聴でもベートーベンなら作曲できるわけだからね。でも例外をいくら論じてみてもきりがない。ぼく自身、無人島で救出の見込みがないのに小説を書くかどうか、実際にその場に置かれてみなければ何とも言えないからな。

——安部さんがもしギターを弾けたら、ギターを持って行く、という意味でのカメラですね。

**安部**　そう、ギターがなければ、木の枝をくり抜いて笛をつくるかもしれない。だから問題は、造形的衝動のほうはカメラで満足できるのに、なぜ音楽は手製の笛だけでは満足できないのかということだろう。出来上った作品の鑑賞のされかたの違いだけでなく、もっと本質的な相違があるのかもしれない。カメラと言えば、感光材で画像を定着させる機械だけど、それ以前にカメラ・オブスキュラというのがあったね。ピンホールがついただけの暗箱だ。昔は画家が大きな暗箱を屋外に持ち出し、壁に映った風景をなぞって模写したものらしい。一般にはカメラの原形、感光材が発明される以前のカメラとみなされているけど、むしろ絵画の原形と考えるべきじゃないかな。十九世紀のはじめ、ダゲレオタイプと呼ばれる銀板写真が発明されたとき、パリ中の市民が熱狂してお祭り騒ぎになったそうだけど、単に文明の利器に万歳をしただけでなく、時間の空間化という古代からの人間の夢が実現したことへの興奮だったような気がする。しかしその時すでに美術はジャンルとしてほぼ完成の域に達していた。高度な技術であるデッサンや筆さばきを必要としない、しかも大量のコピーが可能な写真が継子あつかいされたのも無理はない。同時代の印象派の画家たちにとっても、写真はしょせん素材以上の意味は持ち得なかったようだ。写真が真の市民権を得たのは、マン・レイのような例外もあるけど、やはりアメリカの南北戦争を背景にして需要を拡大させた宣伝用の報道写真だろう。しかし時間の空間化という造形衝動を本当に生かしているのは、むしろカメラなのかもしれない。空間化の衝動というのは、もとをただせば一種の時間に対するおびえの感情だろう。時間の非可逆性が人間の不安の根源なんだ。なんとか時間に手綱をつけ、コントロールしたいと誰もがつねづね願っている。

だから人は物語をつくりだす。たとえば「昔々あるところに」で始まり、「めでたし、めでたし」で終る起承転結の構造。「昔々あるところに」だから、発端は限定されず、任意の点でいい。この起承転結の物差しをスライドさせていけば、「現在」この瞬間をその何処かに位置づけることが出来るはずだ。こうして自分を物語のなかに投影することで、時間に対するおびえを和げる。因果関係による未来予測の効果だろうね。こうして文学（小説）の種子がまかれたわけだが、同時にこれは人間の視線に大きな影響を与えることになった。動物のように瞬間瞬間をおびえながら過している状態では、じっと一点に目を据えつづけることは外界にたいする油断になる。物語をとおして未来の一部をすでに見てしまった人間だけが、凝視に耐えられる。つまり精密な対象の把握が可能になるわけだ。狩の成功を未来完了形で先取りしたのが先史時代の洞窟の壁画だろう。そこから絵文字、記号とすすみ、肖像画や風景画にいたる道筋はおおよその見当がつく。

——するとコピー化という座標系のうえでは音楽と並んでいた文学が、時間の空間化という視点から見れば美術に近いことになりますね。

**安部**　そう、アナログ性を基準にとれば音楽と美術が近縁関係になる。じゃんけんのグー、チョキ、パーのような関係だ。文学と美術と音楽を一線上に置いて優劣を論じてみても意味はない。

——でも美術のなかには、かならずしも時間の空間化というだけでは説明しきれないものがありませんか。たとえば前衛美術のなかには、抽象絵画やアンフォルメルなどという様式もあって……

**安部**　だから袋小路なんだよ、抽象もアンフォルメルも……美術というジャンルがジャンルとしての純化を求めれば、空間そのものを目指すしかないことはよく分る。たしかに時間の投影としての空間にこだわっているかぎり、文学性の排除は望めない。まして写真などという俗悪なインスタント写実術が出現した以上、純粋美術は一切の意味を拒絶し、「読む絵」からひたすら「見るだけの絵」に立ち向かおうというわけだ。そこでピカソももう古いことになる。

似たようなことは音楽のジャンルにも認められる。しかしもともとアナログを身上とする音楽の場合、文学性はむしろ意識的に導入しないと取り込めない。一部のロマン派の音楽が試みたことだが、無理に炭酸を封じ込めた発泡飲料のようでぼくにはなじめない。ひところの社会主義リアリズムが標題音楽を主張したり、ゲーテが音楽に魂の毒を感じたりしたのも、音楽の反言語性（超意味的なもの）に対する危険性の予感ではないかと思う。もちろん歌詞つきの曲もある。オペラから歌謡曲まで、量的にはむしろ目立つくらいだ。でもどんな歌曲の場合でも歌詞と曲との分離は容易だろう。それぞれが独立して自己主張することも可能だね。「聴くだけの音楽」、つまり絶対音楽の主張は美術の場合のようにとりたてて前衛性は持ちえない。逆に具体音楽（ミュージック・コンクレート）なんかのほうが、より前衛的な試みになってくる。

——ミュージック・コンクレートを意味の恢復とみなしてもいいのでしょうか。

**安部**　逆に意味の破壊だろうね。標題音楽が意味との和解をはかろうとしたのとは対照的な姿勢だ。しかしアンフォルメルが意味の破壊を試みたのとはかなり事情がちがう。ミュージック・コンクレートが破壊しようとしたのは、むしろ純音信仰というか純音幻想なんだ。歌曲が音楽と言葉の混合だとしたら、コンクレートは音楽とノイズの化合だろう。混合と化合は違う。化合は分子レベルでの変化が起きてしまって、もう容易には分離できない。意味と結合した具体音でさえ、音楽構造を与えてやれれば、純音と同じくじゅうぶん意味に拮抗しうることを証明してみせたようなものだな。つまり具体音に立ち向かう音楽の姿勢はかなり強気なもので、アンフォルメルにおける美術のように自己否定的な要素はほとんど見られない。そのせいかミュージック・コンクレートは一つの流派というには、ひどく方法の自覚に欠けている。まるで八方破れの構えだから、袋小路に落ち込むこともなかったのだろう。

――絶対空間は不可能だけど、絶対時間は可能だということでしょうか？

**安部**　そんな抽象論を弄んでいるつもりはないよ。時間にしても空間にしても、厳密な定義は相対性理論を援用しなければ出来ない。時間の空間化だって、光の速度を考慮しなければ意味がないことになる。絶対時間も絶対空間も物理学的には存在しえないんだ。ここで使っているのはあくまでも譬喩としての時間、空間だと考えてほしい。譬喩としてのレベルでなら、たしかに音楽は時間の時間的表現だと言えるだろう。つまり前にも言ったように現在進行形でしか存在しえない表現なんだ。造形が時間へのおびえから発生した衝動だとすれば、音楽は時間との融和、時間を直接内側からなぞってみようとする衝動だと思う。くだいて言えば、歩行、労働といった運動をリズムとして把握する感覚だね。人間は本来社会的な動物だから、瞬間瞬間をリズムとして共有する必要があった。その生理的共有感覚が音楽の原点だったのじゃないか。二拍子とか、三拍子……さらにそれをメロディーで色付けして各瞬間に固有性を与え、反復しやすいものにする……

――その反復の可能性が、かなり重要な音楽の属性になるわけですね。

**安部**　そう、物質的な所有はできないから、そのたびに現在進行形で体験しなおさなければならない。だから再体験を容易にするコピーの意味も大きいわけだ。コピーのおかげで再体験が容易になったと言うより、再体験の欲求がコピーの進歩をうながしたと考えられなくもない。

――美術のオリジナル信仰は、不可避的なものだったのでしょうか。今後も変らずに続くものなのでしょうか。

**安部**　絶対に不可避だったとは思えない。オリジナル信仰の元凶は、美術自身によりも、いわゆるコレクター、あるいは美術愛好家の側にあったような気もする。既成価値の破壊を唱えた前衛美術家の作品でさえ、コレクターの手にかかったとたん、たちまち財産目録の序列に組み入れられてしまうんだ。茶番だったのはアンフォルメルだとか、アクションペインティングだとかの流行だろう。たしかにデジタル化の拒否という点では、純粋空間を狙ったとも言えなくはない。しかしべつに新しい試みではなかった。文字から逸脱してしまった前衛書道にだって上手下手はある。そうした記号、もしくは筆さばきが、なんらかのメッセージを持ちうる理由については、すでに生理学的な実験が説明をしてくれている。ある筆さばきに接すると、筆を持ったことのある人間なら、無意識のうちにある筋肉反射を起してしまうらしい。自分がおなじ筆さばきをした時を想定した筋反射だ。筋肉にかすかな電流が流れ、感覚的に追い付けないと感じたとき、上手いという感嘆の気持が生まれる。よく能書家が書いた「一」という字を見て、全宇宙が表現されているなどと大げさなことを言う人がいるが、あれはただ紙のうえにのった墨の粒子にすぎない。そしてメッセージを受け取ったのは筋肉の感覚受容器なのだ。つまりスポーツを見て面白がるのとさして違わない現象だね。ある意味ではコレクターの無節操ぶりをいちばん敏感に反映した純粋志向だったと言えるかもしれない。意味の剥奪には成功したようだが、ついでに時間へのおびえという根源の衝動まで喪失し、ひどく装飾化してしまうことになる。量産しやすいせいか、やがてコレクターからも見離され、いまでは皮肉なことにカーテン地のようなコピー商品にいちばんよく似合う。

　たぶんその揺り返しだろう、そのあと美術は極端な具象に向かう。ポップアートやスーパー・リアリズムだね。ポップはシュール・リアリズムのオブジェの概念を徹底させたものだし、スーパー・リアリズムには写真の復権を感じさせるものがある。

――もう一度、美術の原点を取り戻そうとしているのでしょうか？

**安部**　そんな感じもする。とくにスーパー・リアリズムってやつには、奇妙に刺激的なものがあるね。彩色写真そっくりなんだが、何処かちょっと違っている。たぶん光が違うんじゃないか。太陽のような点光源ではなく、空が一面ストロボになったような印象だ。それに完全なパン・フォーカスで、写真以上に人間の視覚に近い。

――テクニックから来る刺激でしょうか。

**安部**　それもあるだろう。アルチザンの極限を見る驚きね。でもそれだけだったら、写真に道をゆずっても構わないだろう。それに筆さばきのメッセージに引き返すことにもなりかねない。一般にデザインの評価はさまざまなデザインを通過してきて、その結果到達した感覚の集約なんだ。道具として手に触れ、視線でその線や面をなぞり、自分の技量と比較しながら再構成してみる過程なんだ。空間のバランス、線の流れ、微妙なふくらみ、かすかな窪み、自分には再構成できないと感じたときに特有の快感におそわれる。

――そこで所有の願望に結びつくわけですね。

**安部**　コピーによって量産可能なものなら、べつに弊害はおこらない。原価に多少デザイン料が上乗せされるだけのことだ。問題はコピー出来ない工芸品の場合だろう。単なるデザインが、時間へのおびえに追われて画かれた造形と同列に扱われるのだ。コレクターにとってはべつに不都合はないかもしれない。換金率が同じなら、とくに区別する必要もないわけだからね。つまりこれが美術の現状ということさ。

――デザインと美術の境界があいまいになるのは、そんなに不都合なことですか。

**安部**　べつに不都合だとは思わない。ぼくは本来別のものが、コレクターによってごちゃ混ぜにされていることを指摘してみたまでだ。

——コレクターの問題はいちおう棚上げにして、まったくデザイン的でない絵画もしくは彫刻の具体例を参考までにあげてみてください。

**安部**　思いつくままにあげていくと、エルンスト、シャガール、ムンク、ルソー……

——比較的、文学的傾向の強い作品系列になりますね。

**安部**　たしかに言葉は豊富だね。際限なく言葉がつむぎ出されてくる。だからといって文学的と結論づけるのは飛躍じゃないかな。前にも触れたように、物語は起承転結の構造にしたがって空間の変化を記述もしくは語ることだ。その変化の過程を言語の法則によって示すことだ。言葉の暗示だけでは文学になりえない。空間の変化をイメージでなぞる演劇や映画（ダンスから劇画まで含めてもいい）なら、文学との競合を考慮する必要があるかもしれないが、静止した空間そのものである美術がそれほど文学を気に病むことはないように思うのだ。時間へのおびえという共通項を持つ以上、言葉がにじみ出すのはむしろ当然だろう。見るよりもつい読んでしまいたくなる、譬喩のごった煮のようなブリューゲルだって、やはり絵画であって文学ではない。文学的発想を無限に刺激しつづけ、しかも絶対に文学では置き換えのきかない独自性を堅持している。まるっきり傾向が違うが、シーガルの作品、あれも気になるな。反デザイン的だし、ひどく言葉を刺激されるし、しかも既成の言葉では間に合わないところがある。もしかするとあれはコピーがきくかもしれないよ。もともと日常生活のコピーみたいな作品だからね。

——シーガルの作品だったら無人島に持って行きますか。

**安部**　まさか、やはり駄目だな。

——なぜです？

**安部**　もうひと押し、突っ込んで考えてみる必要がありそうだね。ぼくはシーガルを面白いと思うし、無限の情報源であることも認める。しかもコピーによってコレクターを拒絶する可能性さえ感じられる。でもいぜんとして無人島で不必要なものだという考えに変りはないね。なぜだろう。音楽と違って、美術には人を酔わせるものがないからだろうか。美術が突き付けてくるのは一瞬の緊張と覚醒だ。

——美術のかわりに酒ならいいわけですか？

**安部**　いや、アル中でないかぎり、酒もそれほど必要ではないだろう。音楽は酔わせてくれるけど、酒は麻痺させるだけだ。音楽による酔いは時間との和解による昂揚感で、根源的な不安を解消してくれる。美術には本来和解の感覚が欠けているのじゃないかな。

——無人島に持って行かないことは、了解できそうです。でも、無人島はなかったことにして、自分の部屋になら飾りたいと思うわけでしょう？

**安部**　とんでもない。シーガルを買ったり出来るわけがないじゃないか。

──盗み出すチャンスがあったとして……

**安部**　ますます意味がないよ。盗んだものは人に見せられないんだ。

──美術品の盗難が後を絶たないのはなぜでしょう？

**安部**　べつに美術品を盗んでいるわけじゃなく、単に財宝を盗んでいるだけのことさ。

──そう言い切れますか。動機がフェチシズムの場合もあるでしょう。

**安部**　フェチシズムの対象を美術とは言わないよ。どんな美術品でもフェチシズムの対象になったとたん、美術であることをやめるんだ。他人には通用しない、自分だけの魔力だからね。

──結論としてシーガルは何処に置けばいいんですか？

**安部**　とりあえずは公共の美術館と答えるしかないな。でも理想は他のジャンルと同様、寝っころがって見るにこしたことはない。ただの可能性ではなく、実際にコピーがオリジナルに優先する時代が来るまでは、美術品は本当の居場所を見つけ出せずに仮住まいを転々とするしかないんじゃないかな。

──仮住まいというのは、美術館のことですか？

**安部**　演奏会場も仮住まいの一種、という意味での仮住まい。

──コンピューター・グラフィックはどう考えるべきでしょう？

**安部**　そう、関心はあるね。コピー文化であることは確かだ。でもぼくは実際に操作したことがないし、よく分からない。デザインを超えて美術になる見込みがあるのだろうか。下手すると高級なジグソーパズルになりかねない懸念もあるし、まったく新しい創造的表現に到達できるのかもしれない。今後の課題にしておこう。

──そうなれば無人島入りの可能性も出てくるわけですね。カメラ同様……

**安部**　最後にちょっと視点を変えてみよう。無人島はやめて、はじめの『方舟さくら丸』に戻ってみたらどうかな。核シェルターというのは、一時執行を猶予されている死刑囚の監房みたいなものだろ。譬喩としてはむしろ、あと数週間の命だと自覚している癌の末期症状の患者に、何が必要かを問いかけてみることのほうが真相への近道なんじゃないか。残酷すぎてアンケートをとってまわるわけにもいかないから、想像するしかないけど、音楽で慰められることはあっても、美術はかえって苦痛の種になるのじゃないかと思う。

──なぜでしょう？

**安部**　自分が失うものを、突き付けられるわけだろう。二度と返ってこないものを、まざまざと見せつけられるわけだ。実際にそういう立場に置かれたわけではないから、これもあくまでも想像だけど、死に瀕している人間にとって美術はつねに過去形でしか語りかけて来ないような気がする。美術にかぎらず、たとえ一輪のバラが活けられてあるだけでも、それが慰めになってくれるかどうか疑わしい。バラの花は自分よりも先に散ってしまうかもしれないが、自分の死後に生き残るものの象徴を見てしまうのではないか。ましてムンクの絵なんか、心をうたれはするだろうが、たまらなくなるはずだ。

——音楽は苦痛を与えないでしょうか？

**安部**　苦痛かもしれない。でも決心して聴きはじめたら、いずれ同じように消えていく時間であっても、和解と充実で満たされる可能性はある。

——美術はあくまでも過去の産物にすぎないのでしょうか？

**安部**　そんなことは言っていないよ。ただ過去形でしか語れない時間だということ。未来を読みとるための地図としてはあまり役に立たないね。

——そんな気もしますね。いい絵ほど、自分の周囲の時間まで停止してしまう。

**安部**　やはり現状では、美術が明日に生きうるのは、あくまでも財産としてなんだ。一週間で死ぬ癌患者は、仮にダイヤモンドだって断るだろうからね。

——財宝を棺に入れて埋葬されることを願うのはなぜでしょう？

**安部**　来世を信じていれば、どうしたってあの世の旅費の保証が欲しいだろう。戦前の中国（今は知らないが）の葬式では、貨幣の形をした紙銭を沿道にばらまく習慣があったくらいだよ。美術作品には残念ながら、いまだにその紙銭的な要素が尾をひいているな。個人コレクターの手を離れて、国立美術館入りしたところで、しょせんは国家の永世のための紙銭だろう。最近は美術館に足を向けるのも白々しい気分になってきた。カタログなんか、いくら立派でも無駄だよ。寝っころがってオリジナリティを堪能できるコピー美術の誕生は、けっきょく実現不可能な夢なのだろうか。核シェルターに似つかわしくないからと言って、美術自体が否定されてしまうわけじゃないんだ。そもそもぼくはシェルターの存在そのものを拒絶しているのだからね。美術はいったい何処に行くつもりなのだろう。

［1985.3.6］

# コリーヌの異文化対談

［対談者］安部公房　コリーヌ・ブレ

**コリーヌ**　安部さんは機械好きだそうですけど、こんどの『方舟さくら丸』をワープロを使って書かれたのも、そのせいですか。手書きの場合とはずいぶん違いましたか。

**安部**　いや、本質的には違わないんじゃないかな。べつに機械が好きだからワープロを使ったわけじゃなくて、理屈から考えて、合理的だと思ったからです。

　ワープロの持つ編集・校正機能というのは、人間の思考のプロセスと似ている。タイプライターが書くための道具だとすれば、ワープロは考えるための道具だと思う。たしかにぼくは機械アレルギーが少ないので、すんなりワープロになじめた、ということはあるだろうけど……。

**コリーヌ**　今度の作品は、フレーズごとにディテールに変化があって、すごくおもしろかったけど、ワープロの効用でしょうか。

**安部**　ある程度はね。たしかに手書きとくらべて、集中できるよ。

**コリーヌ**　ワープロを使わなかったら、十年かかったかもしれない（笑）。

**安部**　ぞっとするようなこと、いわないでほしいな（笑）。

**コリーヌ**　出版社にはフロッピーのまま渡すんですか。

**安部**　そう、変な経験だった。７００枚の原稿が、薄っぺらなシート一枚でしょう。

**コリーヌ**　心細かったでしょうね。

**安部**　いや全然。出版社のほうが心細かったんじゃないかな（笑）。

**コリーヌ**　フランスでは珍しいことだけど、日本では、雑誌連載の形式が小説発表の主流みたいですね。その後で単行本にする。でも安部さんの場合、いきなり書き下ろしで単行本にされることが多いでしょう。なぜですか。

**安部**　試行錯誤が多いから連載ができないんだよ。先に書き進んで、やっと前に書いた部分の不都合が見えてくる。射撃してみてから、照準の修正をするんだな。連載だったらそんなことできないでしょう。

**コリーヌ**　そんなに行ったり来たりしながら、長い時間ひとつの作品につきあっていると、だんだん登場人物と一緒に暮らしているような気分になるでしょうね。

**安部**　そう。ぼくが予期していなかった登場人物の癖が見えてきたりする。登場人物が勝手に自由に動きだす。初めは嫌な奴だったのが、気心がわかるにつれて、だんだん好きになったりする。そのうち行動したり考えたりするのは彼らのほうで、ぼくはそれを観察し記録する立場になる。

最後は書いているというより、むしろ書かされている感じだな。

**コリーヌ**　登場人物から？

**安部**　小説というのは本来そういうものだと思う。

**コリーヌ**　ピノキオみたいね。どうすれば登場人物に命を吹きこめますか。

**安部**　待つしかないな。とにかく発酵するまで気長に待ち続けることだね。書いては捨て、書いては捨て、うんざりするほど繰り返して、もう駄目かと思ったころにひょいと動きだしてくれる。

**コリーヌ**　安部さんの作品の登場人物には単独生活者的なタイプが多いけど、そのことと何か関係ありますか。そういうタイプのほうが感情移入しやすいとか……。

**安部**　なるほど、そういわれてみるとそうだね……。

**コリーヌ**　それも男が多い。

**安部**　うん、その点はぼくも気にしているんだ。なぜか男の単独生活者になってしまう。小説だけでなくて、芝居を書くときもそうなんだ。だから女優さんにはうらまれるし、女性の読者や観客がついてくれない（笑）。

**コリーヌ**　アメリカのような外国の場合なら男性の単独生活者が多いのもわかるような気もするけど、日本の場合、なぜでしょう。日本の女性は従順で……。

**安部**　いや、それは通俗的なテレビドラマなんかの話でね。ごく表面的な文化様式の差にすぎないと思うよ。

今の時代に世界中どこでも女性が主役になりにくいのは、やはりまだ女性が被差別グループで、それだけ余裕がないから道化役を演じきれないせいじゃないかな。現代の本当の主役はヒロインやヒーローではなく、道化だからね。すくなくとも本当の芸術の世界では……。もちろんフェリーニの『道』のジュリエッタ・マシーナ役みたいな例外はあるけど……。

**コリーヌ**　男だって道化よりはヒーローになりたがるみたい。

**安部**　それはそうだ。だからぼくの小説や芝居の登場人物たちは、自分のつもりとしては、男でも女でもなく、人間のつもりなんだけどね。いずれ男性社会が崩壊すれば、心ある女性はみんなぼくの小説の登場人物みたいになってしまうはずだよ。だから女性も今のうちに、愛や星の話ばかりじゃなく、ぼくの小説を読んでおかないと後悔することになる（笑）。

**コリーヌ**　安部さんはファッションが嫌いなんですって？

**安部**　うん、関心ない。

**コリーヌ**　なぜ？

**安部**　なぜといわれても困るけど、ぼくは人と会ったとき、相手の衣装はほとんど記憶に残らないな。女の人だって、ついさっき会った人が洋服着ていたか、着物着ていたかも思い出せないことがある。

今、君が着ているその服だって、五分もしたらきれいさっぱり忘れてしまうと思うよ。

**コリーヌ**　それはちょっと異常です（笑）。今日は安部さんに会うからと思って、せっかく考えて選んだのに……。

**安部**　でも一般に男は、女性が想像しているほど女性の衣装に関心ないんじゃないか。あれは女性同士の競争のような気がするよ。

**コリーヌ**　そうでしょうか？

**安部**　そうだよ。女が男を選ぶときだって、他の女にうらやましがられるような相手を選びたがる。その点はまあ、男も似たようなものかな……。

**コリーヌ**　じゃ安部さんは女性に会ったとき、まずどこを見るんですか。裸ですか。小説の中では、登場人物の男が女のお尻を見る傾向があるけど。

**安部**　そうね、お尻は気になる（笑）。とにかく服なんかにごまかされない。いや、ご心配なく、もろに裸を透視するってわけじゃないから（笑）。まじめな話、どこを見るだろう。どこかな。眼かもしれないね、気取っていえば。ファッションなんていずれ剝げるメッキでしょう。

**コリーヌ**　厳しいですね。

**安部**　とくにファッション・ショーは、ぼくのようなフェミニストから見ると、とんでもなくいかがわしくグロテスクだ。モデルが音楽に合わせて張り出し舞台の端までしゃしゃり出てくる。くるりと体をひるがえす。とたんにどっと拍手がわく。あの拍手はなんだろう。見ていて背筋が凍る思いだよ。ヌード・ショーのほうがまだ正直で許せる。

**コリーヌ**　すごい（笑）。

**安部**　花嫁衣装とファッション・ショーの廃止運動をおこしたら、女性ははるかに魅力的になるんじゃないかな。

**コリーヌ**　ファッションについて、わたしは安部さんとはちょっと意見が違いますけど、でも安部さんのおっしゃる意味はわかります。もし安部さんがファッションや流行を追いかけはじめたら、『方舟さくら丸』みたいな小説はきっと書けなくなってしまうでしょうね（笑）。

［1985. 3. 18］

# ノンフィクションのいま

［出席者］安部公房・本田靖春・本多勝一・筑紫哲也



**筑紫**　きょうは、ノンフィクションの側から本田靖春さん、本多勝一さん、フィクションの側から安部公房さんにお集まりいただきました。違った立場から議論を展開していただこうというわけです。

**本多**　ノンフィクションを「フィクションじゃないもの」としたら、時間表だってノンフィクションになる。もともとはノンフィクションという言葉はアメリカで生まれたんじゃないの？　そして、フィクションの一分野的な生まれ方をしてるんじゃないかと思う。だけど、いまはもっと広い意味で使われてますね。

**本田**　この間、和多田進君とのインタビューで気づいたんだけど、彼はノンフィクションをルポルタージュと対立する概念として持ち出してきてるわけです。

**本多**　フィクションの子分の形でノンフィクションが生まれたとすれば、そうもいえますね。ルポルタージュはフィクションとは無関係に出てきてるだろうから。

**筑紫**　和多田さんは、ある種のストーリーとか起承転結があるのをノンフィクションととらえてるんですね。

**本田**　仕上がりとして小説に近いものを、彼はノンフィクションと理解してたみたいです。

**本多**　発生的にはそうかもしれない。だけど、現在広く使われているノンフィクションという言葉では、ルポルタージュもその一分野ということになってくるんだよね。

**筑紫**　「新潮文庫」が、いろいろ出している本の中で、文字通り小説でないものという意味で「ノンフィクション」をひとまとめにしてセールスしているんです。そのリストをながめてみたら、小説でない「非小説」は全部ノンフィクションということでくくっている。ルポルタージュもあれば、極端に言えばエッセーに近いようなものまで入っている。「なんたる脈絡のなさか」と思いましたけど。

**安部**　定義はともかくとして、二つのタイプがあることは確かですね。一つは事実にかこつけて、ある概念なり意見なりを主張しようとするタイプ。もう一つは、事実によって既成概念を破壊しようというタイプ。ぼくは後者のほうに可能性を感じますね。ドキュメントな視点と言ってもいいかもしれない。これはノンフィクションやルポルタージュにとどまらず、フィクションの世界でも言えることだ。

**本多**　何か描こうとする場合、ルポとかノンフィクションは事実を材料にして本質を描く。しかし、小説などはフィクションによって本質を描く。手段の違いはあるけれども、究極は同じではないでしょうか。

**安部**　ちょっと極論を言わせてもらいます。フィクションとノンフィクションの違いは、あんがい引用度によって決まるんじゃないか。つまり、ノンフィクションの場合は、書かれた事実関係が何度も繰り返して引用されればされるほど、評価も高まる。事実が筆者の手を離れて独り歩きするわけです。ぼくはそういうドキュメントが好きだな。でもフィクションの場合、どんな引用にもかかならず筆者の署名がついてまわる……。

**本多**　つまり、フィクションは追体験とか仮説の実証ができない。

**安部**　そう、想像力のなかでしか追体験は成り立たない。さっき筑紫さんが触れていたストーリーや起承転結なんかは、フィクションの世界自体のなかでさえ、すでに古風な概念になってしまっているのだから、ノンフィクションにまでそんなものを持ち込んでほしくない。

**筑紫**　ルポルタージュとノンフィクションの定義の違いというと、構図があるかないかだとは言えませんか。

**安部**　そう言われると、そんな気もするけど……すると、ルポルタージュというのは、表現の意志が希薄なのかな。事実を提供するだけで……。

**本多**　ただ、事実だけを提供する場合でも、必ず選択が行われる。

**安部**　当然ですね。ただぼくが言いたかったのは、本気で事実にこだわったら、なんだって面白くなるんじゃないかってこと。例えばイタリアン・リアリズムが発明してくれたイメージ。事件とは無関係にふと道を横切る犬だとか、風に吹かれて飛んでいく古新聞だとか……それまでの画面の隅々まで「意味」で塗り固められていた必然空間に、「偶然」というか「無意味」というか、すごく自由で生き生きした窓が開いた。整理や選択を、あまりあせらないでほしいな。

**本多**　その場合にしても、「無意味」を意味づけして拾ってるわけですよね。本筋を助ける補助手段になっている。

**安部**　映画なんかだと、そういう計算された「無意味」が鼻につく場合がありますね。でも、ぼく自身に即していえば、単なる補助手段に終わってしまわない「意味以前」を探して這いずりまわってばかりいる。意味を削り取ると言ったって、どうせ言葉の作業だから、タマネギの皮をむくようなものだけど。でも、剝製の魚ではない、生きたままの魚を、生きたまま釣り上げたいという欲ですね。そいつを料理して意味の世界に持ち込むのは、じっくり腰を落ち着けてからでいい。事実は無限の情報源で、いわば意味の種子みたいなものでしょう。

ぼくがきらいなのは、だから、ある種の時代物ノンフィクションです。見てきたようなウソの連続。あれは困る。許されるのは、地質学者か考古学者の夢か空想までです。むしろ自然科学者のなかに、期せずして文学的価値の高い作品が多いのはそのせいでしょう。とにかく事物の偶然や多義性にもっとこだわってほしい。人間の目はカメラのレンズと違ってパンフォーカスなんです。意味や解釈の羅列では総菜屋のメニューを一歩も出られない。

**本多**　「見てきたようなウソ」は、いわゆるニュージャーナリズムの中によくありますね。

**筑紫**　いわゆる小説と区別してノンフィクションの議論をするとき、必ずその問題が出てくるわけです。小説ならこれは許される、しかしノンフィクションの場合には許されない、ということについてはどうですか。

例えば、船が難破したときの描写で、「おれはこう思った」と、江戸時代の記録をもとに主人公に語らせるとしますね。その場合、「こう思った」とだれに分かるのか、という問題があるけど、小説の場合には割合、それは許容されるんじゃないですか。

**安部**　きびしく言うと、駄目でしょう。神の目はない、というのが現代小説の一応の原則になっているから。

**筑紫**　すると、小説とノンフィクションにはまったく差がない？

**安部**　その点に関するかぎり、ないかもしれない。違いがあるとしたら、もっと別の基準だろうな。作品と現実をへだてる輪郭の濃淡だとか……。

**筑紫**　ノンフィクションやニュージャーナリズムが近年栄えてきた背景には……。

**安部**　そのニュージャーナリズムって、どういうこと？　定義、教えてほしいな。

**筑紫**　定義は千差万別なんですが、『冷血』のトルーマン・カポーティが一応の始祖。その後、代表で挙げられるのはデビッド・ハルバースタムとトム・ウルフ、ゲイ・タリーズ。これがまあアメリカでいうご三家でしょうね。手法でいうと、モーパッサンのように書くといったかな、一つのコラムを書くにしろ、それを短編小説のごとく描く。つまり、小説に対する接近が目立っている。

**安部**　香具師の口上の説得力を目指しているみたいだね。物書きなんて、多かれ少なかれ、香具師的要素を持っているものだろうけど。でもなぜニューなんだろう。なんだか変だよ。

**筑紫**　ただ、そういうものが議論されるようになった背景は、ジャーナリズム自体にあって、それは客観報道との兼ね合いなんです。例えば、「大統領はかくのたまえり」というのが続くのが客観報道だけど、確かに大統領はそう言ったに違いないが、本当のとこはそうじゃないんじゃないかということで、客観に対する主観てのが出てくる。その主観をどう生かしていくかという方法論として、「モーパッサンの短編小説のごとく」というものが出てくる。

**安部**　それなら分かる。分かるというより、当然だね。ただ、その主観がよって立つ根拠がほしい。いわゆる客観信仰がドキュメントの精神と一致するとは限らないでしょう。けっきょくは報告者の「眼」なんじゃないかな。

**筑紫**　ただ、「その時彼はこう思った」が、ニュージャーナリズムの描写の中に出てくるんですよ。

**本多**　出てくるね。私もあれが非常にひっかかるな。それが果たしてそうなのか、全然証明なしにやってるわけでしょ。または、証明したつもりで、それは省略する。

**安部**　それは困るよ。物語的構造に合わせて現実を裁断してしまうのがニュージャーナリズムなら、そんなの、詐欺の一歩手前じゃないか。

**本田**　ぼくはニュージャーナリズムなんてのは関心もなければ、意識したこともないけど、究極のところ、ノンフィクションもフィクションも差異はないということについては、同感ですね。ただそれは、うんと高いレベルの話になるわけだけど。

**本多**　私もそういう意味ではフィクションもノンフィクションも同じだと思う。だけど明らかに違うのは、一つ例を挙げると、ある事件なら事件をルポルタージュで書き、もしその中に間違いがあれば、訴訟の対象になる。しかし、フィクションとして書けば、いくらそれを微細に書いてかつ間違いがあったとしても、法的対象にはならない。せいぜいモデル問題程度。

**安部**　なるほど、よく分かるな、いまの説明。ぼくがさっき引用だとか輪郭だとか言ったのも、その問題だったんです。

**本多**　映像の例で考えてみると、この間、感心して見たドキュメントがあるんです。広島の中国放送が放映したもので、イギリスのＢＢＣ放送が作った「ザ・トゥルース・ゲーム」、日本題は「真実はどこに」というドキュメントです。これは、中距離ミサイルの配備をめぐってイギリスはどういう立場にあるかを暴露的にえぐり出したんだけど、要するにアメリカのためにイギリスにミサイルが配備されたのであって、イギリスが助かるためではないということが、よく分かるんです。日本がアメリカのための〝不沈空母〟になるのと全く同じ。だから、これを体制側は放映禁止にしちゃった。

しかし、この問題をもしフィクションとしてやれば禁止にならないんじゃないかと思う。そのへんがフィクションの弱さですよね。前衛的なことや「高度なこと」をやれるのはフィクションの非常に有利なとこだけれども、放映禁止にならない。そういう衝撃力の強弱が現代ではルポとフィクションの間に出てきているんじゃないか。

**安部**　なるほど、それはそうだ。発禁になるくらいのものを書かなければならない。確かにいまフィクションは禁止の対象になりにくいですね。猥褻物だって写真よりは活字のほうがパスしやすい。でも公害病にはひどく反応の遅い当局が、ペストやコレラには瞬発的な反応を示すという面もある。

**本多**　欲深なことをいえば、フィクションの側には、現時点に対する衝撃力をもっと持ってほしいと思うし、ノンフィクションとかルポの側に対しては、確かに現在への衝撃力はあるんだけれども、それにもっと永続性を持たせてほしいということだね。

**筑紫**　ハルバースタムの作品の『ベスト・アンド・ブライテスト』――最もベストで最も聡明な人たちが最も愚かなことをやるということを、ベトナム戦争を舞台にして描いているんですが、あの言葉はそれこそ一人歩きしてしばしば使われる。一つの象徴性があるし、永続性を感じますね。

**本多**　ノンフィクションやルポはいろんな解釈は別として、いかに記録されてるかという記録自体の永続性が非常に重要だって気がする。例えば、小説や浄瑠璃は日本の伝統として確かに永続的なものが古くからあるけど、実はルポにも永続的なものがある。特に江戸時代後期なんかすごい。例えば、主として北海道の探検で知られる松浦武四郎の書いたようなものです。

　彼はアイヌの住んでいた地域を調査してるわけだけど、すごいと思うのは、コタン（部落）の人間の全調査をしていることです。二〇軒のうちがあったら、二〇軒の全氏名とその消息を記録していく。これをいまになって読むと、働き盛りの男がすべて強制労働で駆り出されていることが分かる。これぐらいの記録があると、ルポとしての永続性が出てくる。アイヌ社会の社会学的分析はその記録が残っておれば、後でもできるわけです。

**筑紫**　ノンフィクションの場合、デテールをどう書くかという「眼」みたいなものが大事だ、といわれます。ところが、去年出た『元禄御畳奉行の日記』（中公新書）と、その前の『ピープス氏の秘められた日記』（岩波新書）は、中世にぐうたらに暮らしただけの人間の日記なんです。にもかかわらず、面白い。あの面白さは何なんだろうか、と考えるんですけどね。

**本田**　それは、後世に読んだ人が「レンズ」とか「フィルター」を自分の目にはめて見るということですね。だから、うんと程度の低い小説と、やはりそういう程度のノンフィクションを比べると、ノンフィクションの方がいくらか面白い。

**安部**　賛成だな、まったく。ぼくが言った「眼」は、べつに教養や学識のことではなく、むしろ素朴な好奇心みたいなもののことだったんだ。

**本多**　原則としてすべての表現は表現者の主観的選択によるフィルターがかかっています。かといって、フィルターが見え見えではまた困るけれど、松浦武四郎なんかはそういった低次元のフィルターはない。

**安部**　でもフィルターが欲しくなることもあるな。例えば上野英信君の『眉屋私記』（潮出版）なんか、あんなに欲張らないでちょっとフィルター操作をしていてくれたら、大傑作になっていたんじゃないか。

ぼくはあの中の、とくにメキシコ移民のくだりが面白かった。他も面白いけど、あの移民問題にしぼっていてくれたらもっと衝撃的だったと思う。何よりショックだったのは、あの極限状況で、ひたすら逃亡に明け暮れた無教育な一移民が、なぜあそこまで執念深く日記を書き続けたのかという驚き。人間というのは語らずにはいられない動物なんだろうな。

**筑紫**　本田さんが新聞社を辞めてフリーになったのは、やっぱり新聞では行数とかいろんな制限があって表現しきれない、本にした方が表現できるんじゃないか、という動機がかなりあったわけでしょう。

**本田**　一番大きな動機でしょうね。例えば、一つの事件なら事件を5W1H（WHEN　WHO　WHERE　WHAT　WHY　HOW）でパッと報道する。一九六三年に「吉展ちゃん誘拐殺人事件」を取材したんですが、新聞がこの事件はこうでございますというふうに伝えているものが、どう考えても事件の全容じゃないんじゃないか、新聞の持っている制約の中で、それに当てはめて報道した一つの形であって、それと実際は違うんじゃないか、ということが一つ。

もう一つは、ニュースソースがどうしても捜査当局に傾いていて、頭っから「誘拐殺人犯なんて極悪非道なやつだ」ということになっている。当時、それを犯人の側から書いたらどういうことになるのか、と思ったんですけど、そういうのは新聞では少ないですよね。

で、自分の話になって申し訳ないけど、新聞社を辞めて『誘拐』というのを書きましてね。すると、やっぱり違う姿が浮かび上がってくる。公権力の側からばかり見てると、社会の出来事としては見えてこない部分がある。

**安部**　ぼくも似たような経験をしたことがある。例の新宿西口のバス放火事件のとき、書かなかったけど、新聞が騒ぐほどには極悪非道な犯人だとは思えなかった。あれはもしかしたら、あの男にとって、せいいっぱいのコミュニケーションだったんじゃないか、あの事件はまったく可愛げのない『マッチ売りの少女』の変形だったのじゃないかと思った。ちょっとマッチの火が大きすぎたのはまずかったけど……。

**本田**　新聞は、特に社会部あたりは、事件の形がまがまがしかったり、おどろおどろしかったりすると、そこへ寄りかかっていったり、おどろおどろしかったりするけど、トルーマン・カポーティがわざわざ田舎発のベタ記事みたいなのに目をつけて、そこを掘りに行ったという視点は、いまでも通用すると思うんです。

事件がいくらまがまがしい形のものであっても、少しずつ掘っていって、ズーッと通じている普遍性を探る。一つの時代状況とかとの絡みの中で普遍性を探る。そういう姿勢は特にわれわれジャーナリストにはうんと必要なんじゃないでしょうか。それがないと、わけが分からなくなっちゃう。

大きな壁に日本列島の地図を張って、目隠しをしてダーツみたいにパッと矢を投げて刺さった所が、ともかく陸地だったら、そこへ行って一年なら一年住んで、その周辺をズーッと掘り下げれば、普遍性になるものが必ずあるだろうと思うんです。

**筑紫**　その端的な例を言うと、藤原新也さんが何年か前に『東京漂流』（情報センター出版局）という本を書いた。彼は東京・芝浦の草が一本もないようなコンクリートだらけの所に住んでるわけですが、その本が売れると、バスのツアーが出るようになる。ファンから「あなたみたいなものが書けるためには、芝浦に住まなきゃいけないのか」という手紙が来る。そこで、藤原さんは「たまたま自分が住んでいる所からズーッと見て、コンクリートから始まって物を描いているんで、あなたのいる所でだって書けるんです」って言ったんです。

**本多**　そうなんです。あらゆる事件は単なる突出部分にすぎないわけだから。ただ、みんなに読んでもらうためには、耳目を集めた事件にかこつけて普遍性を探ろうかということになる。

**筑紫**　ただ逆に、だれも関心を持たないところでこんなことがあったのかという発見の方が、ハードルが高いだけに、うまく書けてる場合は新鮮ですね。

**本多**　そう。本当は一人で両方やればいいわけですよ。何もどっちかに決める必要はない。なんでもないところでやるというのは、非常に重要ですよ。

**本田**　私はよくいうんですが、小説を仮にラグビーだとすると、ノンフィクションはサッカーじゃないか。つまり、ノンフィクションは手を縛っている。イマジネーションは使用禁止です。だから、なかなか点数が上がらない。で、その点差が開かないというところで、サッカーはサッカーとしての一つの緊迫したゲームが成立している。一つはっきりしているのは、見てきたようなウソを書くのはノンフィクションでは絶対にいけないんだ、ということです。

**安部**　けっきょく情報量を自分から限定してしまうことだからね。航空地図に対する、観光案内図みたいなものです。

**本田**　ルール違反なんですよね、明確に。

**安部**　普遍原理に対する願望がないんだろうな。だから現実をいくつかの類型に腑分けしてなんの不安も感じない。「そのとき◯◯はうるさくつきまとう蚊を追いはらいながら、内心ひそかにほくそえんでいた……」。しかもこれが一〇〇年も昔の話だったりする。

**本多**　私もそれにすごく反発するわけ。最初の何ページかを見てそれがあったら、もうマユにつばをつけちゃう。

**安部**　不愉快になる。

**本田**　ただ、始末が悪いことに、それを書くのは密室の行為なんですね。だからチョロッ、チョロッとやるのがいる。こっちは「やったなっ」と思うけど、「おまえ、やったな」とはいえない。そういう問題もあるわけです。

**安部**　擬音や擬声音の乱用も困るな。

**本多**　擬声音は時と場によってそれなりの役割もあるけれど、慣用句はまず全部ウソとみていいでしょう。例えば新聞記事で「鉛筆をなめなめ書いた」っていうのがあるけれども、ああいうのはほとんどウソ。そういうのが多過ぎます。

**筑紫**　肩を落とすときは大抵「ガックリ」肩を落としてね。とりあえずこのへんで……ありがとうございました。

〔1985. 3. 24〕

# 破滅と再生 1

［聞き手］栗坪良樹

——しばらく前、『方舟さくら丸』がまだ問題のワープロで進行中に長時間お話をうかがい、新作の構想をかなり具体的に聞いたわけですが、その構想と今回完成された作品とでは、主題もプロットもかなり違ったものになっていますね。進行中ということはなく、つねに出発の繰り返しだという安部さんの説をあらためて納得させられました。

ところで今度の作品、帯の宣伝文句などから、どうしても核時代が主題らしいと強く印象づけられてしまう。でも繰り返し読んでみると、そうしたテーマはぐっと背景に退いてしまいました。

そこで今日は、いちど安部さんの初期の作品に戻って考えなおしてみたい。ずっとさかのぼって『けものたちは故郷をめざす』とか『終りし道の標べに』など、あの当時からすでに一種の迷宮小説だったと言えますね。迷宮への逃走と、迷宮からの脱出が、尻尾をくわえた蛇のようにずっとつながりあっている。すぐ前の『密会』はいわばその集大成でした。しかしこんどの『方舟さくら丸』にはちょっと違った印象があります。これまでの総体を対極に置いて見て、大きく何かが終り、何かが始まったという印象が強いのです。運動体としてその総体を眺めてみたい。固定して評価を決めると、決めたとたんに見当がはずれてしまいそうだ。個々の作品評も大事でしょうが、安部さんの全作品をつらぬく運動の軌跡をつかまえてみたいのです。そしてどの座標系なら今安部さんがいる場所を表示可能なのか。今度の作品を手懸りにして、そのへんのところをうかがってみたいわけです。

**安部**　昆虫採集家の捕虫網をふりかざされた感じだな（笑）。でも自分の作品に関しては、作家なんて、一生鏡をのぞいた経験のない野生児みたいなものだからね。おまえは何を書いたんだ、どういうメッセージを託したつもりなんだと聞かれても、正直言って嫌な気がするだけだ。ぼくはあの作品の中を生き抜いたとしか答えようがないんだよ。

このまえ君と会ったときは、まだ書き上げる前だったから、かえって勝手なことをいろいろと喋ることも出来たんだ。でも考えてみると、べつに作品そのものについて喋ったわけじゃない。書いているときは、いろいろと補助手段を使っているだろ、救命具だとか、潜水具だとか……そういう補助手段を確認するために、つい雑誌でおしゃべりしたりもするんだな。「書く」ことと、それについて「語る」こととは、まったく別のことだろう。仕事が終った時点でそういう補助手段はいちおう使用済みの廃品になる。

――つまり補助手段は全部捨ててゆき、作品だけが残るということですね。

**安部**　そう、探検旅行の途中で持参の弁当は食べつくし、空の容器は捨ててしまう。目標地点というのは、ちょっと言葉では言いあらわしにくい一種の状況の自己運動みたいなものなんだ。長旅のあとの疲労の中にへたり込み、仕事の全体が視界ゼロの濃霧に沈んでしまったみたいでただ息苦しい。自作を語るなんていう余裕はないな。こんなところでいまさら身体検査なんて、願い下げにしてほしいよ。

　もちろん批評家には批評家の仕事があるだろう。作家とは別の次元の専門職だからね。死体解剖だとか、病理解剖だとか……作者の意志とは無関係に、各自の立場からメスをふるわなければならない。例えば神経なら神経の構造としてのアトラスをつくる。あるいは血管系の、もしくは骨格の構造としてのアトラスをつくる。そしてそのどれもがそれぞれ正しいし、それなりに意味を持っているのだろう。作者は被験体として自分を提供した以上、その苦痛に耐える義務があるんだろうね。でもどこか違うという気持がいつもつきまとって離れない。もっと違った批評の方法があるんじゃないか。べつに印象批評をすすめているわけじゃない。批評家ももっと離肉遊魂の術を身につけて、作品を体験的に生きてみてもいいんじゃないか。

　作者もまだ言葉になったことのない世界に言葉で辿り着こうと努力しているんだ。その努力の裏にあるのは、ちょっぴり例外的存在ではあるが、作者もしょせんは読者の一員であるという自覚だと思う。批評家も、やはり読者の例外的一員であるという自覚を専門家意識に優先させるべきじゃないだろうか。読者としての感性を前提にしない、枡席からの批評は、もしかすると疑似アカデミックな西洋ないしは国文学者に牛耳られた日本独特のスタイルなのかもしれないな。

　もちろん外国にだって教壇風批評は珍しくない。でもヨーロッパやアメリカなんかの場合、本質的にまず何を感じたかからスタートする姿勢を批評の方法にしている場合が多いように思う。しぜん自己分析をともなうわけだ。日本ではその作品に誘発されたオリジナルな感性より、既に登録済みの尺度を持ち出して来がちだね。自分はまったく無傷のままなんだよ。こういう批評傾向は、日本文学にとってまさに枯葉剤的壊滅作戦だよ。

――小説が現実に働きかける力だとして、今度の小説の《豚》

もしくは《もぐら》という主人公は、父と母の問題を最初から背負って現代状況の中に投げこまれた平凡な問題児というようにも読めます。読み返しているうちに次第に愛すべき主人公とすら思えてくる。そのへん、狙いだったたととっていいのでしょうか。

**安部** もちろんだよ。だってあの《もぐら》は、ぼくの分身でもあるからね。どうもぼくの小説の主人公は、世間からはみ出してしまった救いようのない無能力者であることが多い。強者よりも弱者、勝者よりも敗者に時代を感じてしまうんだ。今度の小説ばかりじゃないな、考えてみるとほとんどの作品の登場人物が、おそろしく凡庸な連中ばかりだろう。プランの段階ではけっこう「やり手」だったはずの人物も、書きすすむにつれて凡庸化してしまう。けっきょく凡庸のなかに時代を解く鍵を見てしまうせいだろうな。でも単に凡庸に対する共感や愛情だけではない。『仔象は死んだ』というぼくの舞台のなかで、標語的に繰り返し出てくる「弱者への愛にはつねに殺意がこめられている」という文句……それから今度の小説では、中学の運動会のサバイバル・ゲームのエピソードなんかだね……凡庸のアンテナではじめて感知される時代の怒りじゃないだろうか。

だからぼくは凡庸と無能を同じものだとは考えていない。凡庸はむしろ道化がつける仮面じゃないかな。たしかに道化は「フール」だから、馬鹿の一種だろうけど、馬鹿かならずしも無能とはかぎらないだろう。《もぐら》だけでなく『方舟さくら丸』の乗組員は全員がある意味での道化で、道化の集団みたいな小説になっているけど、そのための書く苦労やつまずきは全然なかった。いったん姿勢を決めたら、あとはごく自然に登場人物が動いてくれた。自分で言うのも変だけど、ぼくは『さくら丸』の乗組員全員に好意的だし、まったく憎めないな。

——たしかにこれまでの安部さんの小説の血脈を引いている主人公の血筋にも読めるんですけど、今度の場合は、非常に暴力的な父親があちら側に厳然といて、その対極に位置した主人公になっていますね。これには、やはり現実的な意味をこめられているわけですか。

**安部** 一見そう読めなくもないけど、あの《猪突》という親父と《もぐら》、そう単純に対立しているだけじゃないんだよ。わずかに視点を変えただけで、あの二人、瓜二つと言っていいくらい似ているだろ。《猪突》のほうは暴力でどんな壁でも突破できると信じこんでいるけど、けっきょくは世間の壁にぶち当ってはね返されてばかりいる。息子の《もぐら》は採石場跡の石の壁を盾にして世間から身を守ろうとするけど、世間のほうはおかまいなしに侵入をつづける。ついには《猪突》までが、《もぐら》のところに辿り着く。でもそのときには哀れな死体になっているというわけだ。まったくの似たもの同士の道化ぶりだろ。

そして似たもの同士は、なにもあの二人だけじゃない。登場人物たちはそれぞれ背負っている背景や利害の違いから、牙をむいたり、対立したり、争ったりするけど、けっきょくはブリューゲルに出てくる盲人たちの行列に仲間入りしてしまう。誰もが道化組合に登録済みの道化仲間どうしとして……

無理に違いを探せば、《サクラ》の男女……あの二人だけは、ちょっと違った基準の生き方をしていると考えるべきかもしれないね……実際にはなに一つ突破してはいないんだけど、《サクラ》という職業柄、すべて嘘を承知でその嘘の中を生き抜いてみせなければならない。少なくも異質であることはたしかだ。でもそれで何かが解決されるわけではない。同じところをグルグル回りつづけるという点では、変りないんだけどね。

この《サクラ》、たしかに同志の忠誠を期待はできないけど、裏切りの懸念もないだろ。とくにこの男女を憎む気にはなれないな。現代の中産階級をもって任じている大多数は、しょせん嘘を承知で生きる《サクラ》の群れみたいなものだろう。うっかり足を踏みすべらせると、すぐに《もぐら》の側か《猪突》の側にすべり落ちるしかないんだ。《サクラ》はその境界線で綱渡りしているだけなんだ。

——名前も《猪》と《豚》だから、対極というより、むしろ親戚みたいなものと考えるべきなんですね。

**安部** そう、親類そのもの。遺伝学的にも立派な親子なんだからね。違いと言えば、一方が改良種で、もう一方は自然種というくらいのものかな。もちろんあの親父は不愉快きわまりない男だよ。実際に会ったら、とてもつき合いきれないと思うな。でもよく考えてみると、メダルの裏表というだけで、犠牲者である息子の《もぐら》との間にそう本質的な差があるわけではない。実際書きながら、嫌悪感と同時に、ペーソスというのか、悲しみというのか、妙に共感するものを感じていたな。否定いっぽうだけじゃなかったわけだ。でもあの親父にだけ寛容だったわけではない。たとえば《ほうき隊》……夜中に街を竹箒で掃除してまわる老人のグループね……最初はすごくグロテスクで、不気味で、自己喪失のシンボルみたいな存在だったけど、そのうち、それなりに理解出来るようになった。実は最初、もっとこまかく書き込んでいたんだ。でも描写することで、かえってイメージが希薄になるような気がして、背景に押し込んでしまうことにした。でもなかなか鮮烈なイメージで、描写をカットするのが惜しかったね。行き場をなくした孤独な老人たちが、それでも生きていて、食欲と性欲だけが残っていて、互いにいたわり合いながらチームを組んで、深夜、軍歌のリズムに合わせて竹箒で街を掃いてまわる……その内面に思いを馳せると、やはり胸が痛くなるんだよ。もちろん不気味であることに変りはない。一見みじめだけど、ある意味ではナチの突撃隊の精神構造とも通ずるものがあるだろ。隊長の《猪突》も言っているとおり、清掃の最終目標は人間の屑らしいからね。だけど、その内面を覗くとすごく痛々しい。どうにもならないものがあるでしょう。ただあまりにも薄汚いのでつい笑いたくなってしまう。でも笑いながら、何処かでひやっとさせられるはずだ。

かろうじて寒さに耐えている、一人一人の内面の暗さにはやりきれないものがあるからね。

書いているあいだ、作者はある程度、無節操にならざるを得ないような気もする。肯定的人物か、否定的人物かで色分けするよりは、むしろ無節操に登場人物をまんべんなく愛したほうがいい。例えばオーケストラをつくるときでも、この流れはヴァイオリンでつくる、この部分はピアノ、この部分は管楽器というふうに、それぞれにふさわしい音色があるでしょう。どの音色もそれなりの存在理由を持っているわけだ。このやりかたは集中力がいるし、時間もかかる。読者だって一々それを分析するわけじゃないけど、でもその分、音色の構造から音色以上のものを読み取ることが可能になるんじゃないか。

――今度の小説の主人公《もぐら》は採石場跡に閉じこもって、着々と世界破滅へ向っての下準備をしているわけですね。何のイデオロギーもなければ、何のスローガンもない男が、最初から世界の破滅を予知している、これはどういうふうに理解すべきなんでしょうか。

**安部**　予知というより、願望と解釈すべきかもしれない。破滅願望には、べつに思想も世界観もいらないからね。誰の心の隅にもひそんでいる芯食い虫の卵だよ。宿命論や終末観は老朽化した社会構造からの脱走本能だとも考えられるんだ。この小説の中でも、息子の《もぐら》と和解しようとして《猪突》がしきりに繰り返すね、いまや「御破算の世界」だと。べつに核シェルターだけが破滅願望のシンボルと言うわけじゃないんだ。すべてを御破算にして、もういっぺん先行グループと同じスタート地点に立つチャンスをもらいたいという落伍者、脱落者に共通した衝動にすぎない。だから、破滅願望というのは同時に再生願望でもあるわけだ。

むかし上海とか香港の阿片窟に行くと、壁に「世界の終末は近い」というような文句がいたるところに貼ってあったらしい。いくら阿片を吸って陶酔していても、心の何処かで破滅に向って猛スピードで走っていることに気付いてはいるんだな。だから「世界の破滅は近い」と言われると、破滅に向って走っているのは自分だけじゃない、世界も一緒に走っているんだと自分をなぐさめることができる。

しかし破滅願望、必ずしも阿片窟での逃避の歌だけにはとどまらない。脱走のエネルギーが組織化されれば革命に向うこともありうる。破壊の情熱と再生の情熱とは、まさにメダルの裏表なんだね。極右や極左のロマンチシズムは、けっきょく革命の情熱と破滅の情熱の間の微妙な揺れ動きなんだ。

あえて誤解を恐れずに言えば、「核の脅威」を論ずる語調のなかにもしばしば破滅願望の響きを感じてしまうことがあるんだ。とくに「核の冬」の論じられかた。「核の冬」の認識が重要であることはぼくだって同感だよ。でもあの認識は「核廃絶」のために必要な条件ではあっても、十分な条件ではないと思う。たしかに核シェルターなんかによる生き残りが物理的に不可能であることの説得にはなるだろう。でもあの論法では核シェルターそのものの否定、核シェルターという発想そのものの中にひそんでいる危険思想にまでは辿り着けない。核シェルターを無効にするほどひどいものだから核戦争が困るのではなく、核という最終破壊手段にまで行き着かざるを得なかった人間の政治的無能力さこそ、まっ先に問われるべきなんじゃないか。そこを抜きにして核戦争の惨劇だけを情熱的に語るのは、戦争のシミュレーション・ゲームに熱中している子供のようで薄気味悪い。

ぼくはこの世でもっとも不条理な死は兵士の死だと思う。兵士というのは、不当に確率の高い「死」の宝籤を否応なしに買わされてしまっているんだ。しかし今はこの問題に触れないでおこう。核戦争のレベルではもはや兵士など存在しえないからね。だから、逆説的だけど、核爆発による死と一般の事故死とは、死ぬ当人にとってはあまり変りないものになってしまうんじゃないか。海難事故、自動車事故、ガス爆発事故、強盗殺人、ずいぶんいろいろとひどい死にかたがある。もちろんそれだけじゃ説明不足だな。つまり言いたかったのは、個人の死と、人類の死をはかりに掛けることの無意味さなんだ。普遍体験と個人体験とは、そう簡単には交ってくれるはずがないと思うんだよ。

『さくら丸』のなかでも何度か書いたけど、いくら核戦争の危機が近いと感じていても、五分以内に核戦争が起きるほうに賭ける気にはなれない。それが人間の日常感覚というものなんだ。近未来として十年後を抽象的に想像することと、現在の延長として（明日をふくむ）十年後を予測することとはまったく別のことなんだ。ぼく自身そうだからね。国際政治が現状のまま続いたら、全面核戦争に突入するのは時間の問題だという認識を持ちながら、しかも平然と来週の予定をカレンダーに書き込んでいる。現在という感覚のなかで時間が凍結してしまっているんだな。でもそれだけじゃない、終末を座して待ちつづけることの鈍感さのなかには何かもっと別のものがある。死にたいするおびえが、破滅に続く再生願望と釣り合っているんじゃないか。「核の冬」を警告するテレビ番組に熱心に見入っているとき、行動の支えとして認識を強化しようというより、単におびえに酔っているようなところがあるね。まさに破滅願望の兆候だろう。たぶん権力から疎外された人間の中に必ず内在している原理的な感覚じゃないかな。

——今のお話は、今度の作品で言うと、〈ユープケッチャ〉という奇虫にシンボライズされてもいるわけですね。要するに、主人公の自意識のかなめには、いつもこの奇怪な虫が巣をつくっていて、その虫の羽化と再生の気配に耳をそばだてている。それが、今、安部さんの言われた死と再生の原理の反映になりますね。

**安部**　ただ困ったことにこの《もぐら》氏は、再生の予兆をほとんど望んでいないみたいだな。ぜんぜん羽化しないまま、同

じところをグルグル回り続けるのが夢らしい。しかしその望みはかなえられなかった。いずれは死と再生の選択をせまられることになる。でも《もぐら》としては、〈ユープケッチャ〉みたいに何時までもただグルグルと回り続けていたかったんだ。

——そうすると、今伺ったことをもう一歩おし進めると、根源的に潜在している破滅願望の磁力が、互いにひきあい、似た者といいますか、仲間を求めざるを得なくなってきた……それが現代の状況ということになるんでしょうか。

**安部**　とくに現代にかぎらず、その磁力がつねに歴史を動かしてきたんじゃないか。カネッティが「群衆と権力」で取り上げたテーマでもあるね。あれだけ克明な分析は珍しいと思う。彼はイディオロギーで組織された民衆とはまったく逆の視点から、群衆の中の一員と化したときの一種の脱皮作用について書いている。誰もが一番触れたがらない部分だよね。カフカとは違うけど、一種の変身のメカニズムだからね。その権力に拮抗し得る力としての群衆のメカニズムを、極端に疎外された視点から、なおかつ理解できたと書いている。すごく大事な問題提起だと思うな。

つまり破滅願望（あるいは再生願望）で集まった群衆は、もはや単なる加算的集積ではなく、一次元高い積算的集積だと解釈してもいいんじゃないかな。

そしてぼくの場合、書くという行為はその積算の中心点に向って際限なく吸い込まれていく作業のような気もする。ブラックホールの迷宮に落ち込んで行く感じだね。『けものたちは故郷をめざす』『砂の女』『方舟さくら丸』……ざっと思い浮べてみても、だいたい墜落のパターンだな。

——さっきも話題になりましたが、《ほうき隊》という老人集団。これも、安部さんの現実認識の一つのシンボルだろうと思えます。とりわけぼけ老人の問題が社会化している昨今、たぶんに現実化して見えるわけですが……

**安部**　そうね、再生願望を放棄した死の行進かな……だから必ずしも本物の老人である必要はない。青年であってもいっこうに構わないんだ。でも妙な話だね、そんなふうに意識したつもりはないのに、なぜか全員が廃棄物処理にかかわってしまう。老人は清掃作業だし、あの方舟の作業船倉のトイレも、廃棄物処理のための道具になる。何か意味があるのかな。廃棄物っていうのはつまり人間の生活の痕跡、もしくは足跡だ。その足跡をどう消すか……そう考えてみると、権力は末端に必ず掃除組織を持っているね。警察というのは、いわば巨大な掃除組織でもあるわけだ。つまり、はみ出しものを掃除するシステムだね。公安というのは、政治的はみ出しを掃除する所でしょう。権力にとって欠かすことのできない末端組織だよね。掃除というのはじつに大変なことなんだな。

——今の発想、安部さんの都市論と関わりがあるような気がしますね。安部さんの都市論は、最近はやりの都市論とは違って、一種の文明透視の方法論ですから。せんだって何処かで国際廃棄物学会が開催されたんじゃありませんか。

**安部**　そうかもしれない。廃棄物が質的な意味を持つためには、ある量的な蓄積が要るからな。廃棄物が量的な蓄積をするのは都市だからね。だから、ゴミの研究で都市論を展開できるかもしれない。

考えてみると、古代から中世にかけて、いろいろな都市が崩壊しているけど、その原因については様々な見解がある。外敵の侵入だとか、略奪農耕による土地の荒廃だとか、伝染病だとか……伝染病がいちばん考えやすいかな……もし伝染病だとすると、都市が全滅するほどの大流行は、やはり廃棄物が原因だったと考えられるんじゃないか。処理能力が追い付かなかったんだよ。よくヨーロッパ人が日本の肥かつぎ（今はバキュームカー、それも最近では珍しくなってしまったが）のことを馬鹿にして、鼻をつまんだりしてみせるけど、あれは必ずしも文化の後進性とばかりは言いきれない。堆肥として再生産の手段に利用していたんだからね。その辺にただぶっちらかしていたヨーロッパなんかと比べると、廃棄物処理については古くから、かなり合理的な方法をとっていたんだ。もっとも今となってはそんな比較をしてみても始まらない。廃棄物の量が質に転化して、世界中がその処理問題ではスタート地点に立たされてしまった。環境問題だよね。とにかく放射性廃棄物まで含まれてしまったのだから。とくに再生産に結びつかない浄化装置に公共投資しないと、日常の維持さえ難しいほどの時代になってしまったんだ。たしかに都市問題はなかば廃棄物問題なんだよね。

——小説の主人公が大都市をひかえた採石場跡のゴミの山、一見すると、ポップアートの山みたいな、そういうところに自閉するということは、やはり都市との関連における再生につながるんですね。

**安部**　うん、ぼくはなぜかゴミが好きなんだよ。写真を撮っていても、ゴミに出っくわすと興奮して気持がはずんでくる。自動車のスクラップ置場、観光地の物陰、工場の裏通り、埋立て地、古い地下道……

——いい時代、悪い時代はだれが決めるかにもよるわけですが……破滅と再生ということについて言えば、現代はその破滅の方向に向っているとお考えなんでしょうか。

**安部**　核の均衡による平和が続きすぎて、東海地方に地震の危険が蓄積されているというような意味でなら、危機の時代であることは確かだろうね。でも日本の場合、どちらかと言うと保守勢力が軟体動物的で、革新勢力が甲殻動物的だろう。危機の予感はあっても、相対的な経済の安定で、国民の九割が中産階級意識を持つという異常事態なのだから無理もない。今の日本は冬枯れというか、栄養失調気味のユートピアなんだよ。だから破滅衝動は顕在化しにくい。でも安定はそれ自身、内部に御破算の願望を蓄積していく。自分の未来にたいする限定と管理に反発せざるをえないわけだ。文化のなかでの超常現象やシャーマニズムの再評価（とくに演劇や劇画などにおける）なんかにその傾向が見受けられる。再生願望をともなわない破滅願望と言ってもいいのかな。もしここに有能なアジテーターが現れて、うまく経済破綻のチャンスをとらえれば、たぶん突撃隊の編成も容易なんじゃないか。

もちろん破滅衝動から突撃隊だけを連想するのは片手落ちだ。ヒットラーを生んだ時代は、同時にワイマール文化の成熟期でもあったんだからね。カネッティの群衆観もあの時代の観察から出発しているんだ。一種の御破算文化だという点では、ルネッサンスに匹敵する文化的雰囲気を持っている。日本なら大正文化だね。あれは枯れすすき文化であると同時に、アインシュタインに熱狂した時代でもあったんだ。破滅への衝動をただ横目でにらんで、否定するばかりじゃ何も始まらない。歴史の教訓は、再生はつねに次の破滅の準備にすぎないと教えてくれているけど、だからと言って、そのサイクルを中断するわけにもいかないじゃないか。ただサイクルがあまりにも短かすぎる。もちろん科学技術の進歩に未来の希望を託する考え方もある。ぼく自身どちらかというと科学技術派だよ。われながら子供っぽくて恥ずかしくなるほど新製品のカタログマニアだからな。オートフォーカスのカメラが出た時なんか、一日中カタログ読んでたのしんでしまう。でも破滅と再生のサイクルがしだいに早まって、いずれ同時進行になりそうな予感もふっきれない。そしてある日、戦争になる。いや戦争はもう始まっているじゃないか。イラン・イラク戦争だって対岸の火事じゃない。日本も片棒かついでいる間接的代理戦争だと考えるべきなんだ。次は当然核戦争だろう。そしてサイクルが断ち切られ、再生のない究極の破滅がくる。

にもかかわらず、破滅に歌の余韻を感じつづけている理由は、もしかすると破滅衝動が（愛国心をふくめた）国家主権そのものを、その射程内におさめる時が来るかもしれないという、かすかな期待を残しているせいかもしれない。そうなれば再生の予兆が恢復する可能性もあるわけだからね。

――例えば、反核に対して、反反核という態度があるわけです。この反核と反反核の関係は、先ほどの論理でいきますと、結果的には同じ次元で物を言っていることになりますね。一方で、政治的なレベルでは、いわゆる核の脅威に備えて核武装するということが必至だという議論がある。そういう時代に安部さんとしては、どういうメッセージが可能だと思いますか。

**安部**　反反核は主義でも主張でもない、単なる現実の説明でしょう。もし力の均衡が本当に有効なら、それに決着をつけるのは先手必勝の論理しかないじゃないか。それを認めたとたん、国民には兵士としての道しか残されていないことになる。『方舟さくら丸』の《さくら》には、説明するまでもなく、国家主権のシンボルである桜と露店の客寄せのサクラの二重の意味をもたせてある。サクラは嘘を承知でその嘘を生きなければならない。そしてその嘘というのは日本の国の花なんだ。国家の外に立つことが誰にとっても不可能なら、抑止力としての核という論理を生きるしかないことになる。だから現代の破滅願望は、反体制として機能するよりも、はるかに国家主義、もしくは民族主義的方向に組織されやすい性格を持っているんだ。けっきょく真の核廃絶は国家の廃絶以外にありえないような気がする。あまり希望は持てないね。兵士への道のほうが、国家の廃絶よりはずっと理解しやすいプログラムだからな。

――その感覚、小説の中では、オリンピック廃止運動の話として出て来ますね。

**安部** そう、豚のマークの旗を立てたオリンピック反対同盟の夢ね。きれいごとは言いたくない。ぼく自身、国旗掲揚だとか、ああいった儀式めいたことは嫌いだけど、国家単位の競技をそれなりにたのしんでしまう心理が皆無というわけじゃないんだ。でも最近はそういう自分を批判し、反省するようになってきた。きびしく言えば、オリンピックというのはいわば国際的に容認された兵士礼讃の大合唱でしょう。要するに、国家による筋肉の誇示だ。オリンピック憲章はその点どうなっているんだろう?

今の日本人はこういう問題にちょっと鈍感すぎるんじゃないか。きっと国家反逆罪がないせいだよ。詳しくは知らないけど、他にも反逆罪が無い国があるのかな。ふつう国家反逆罪は、あらゆる犯罪の中で一番の重罪で、だいたい死刑、もしくはそれに準ずる最高刑らしいね。外に向っては防衛軍、内に向っては〝公安〟という大掃除機。まあ日本でも、いずれ形をととのえる気はあるようだけどね。そうなるとこういう発言も、ますます通りが悪くなるんだろうな。

昔のマルクス主義は国家の廃絶が大きな主題だったけど、最近はすっかり変ってしまったようだ。今度のゴルバチョフはサッチャーと会ったとき、「同盟などというものはあり得ない。国家の利益があるだけだ」と言ってサッチャーを大いに感動させた、と新聞のコラムに出ていたけど、本当だろうか。右翼が反共をとなえる根拠もなくなってしまう。

――安部さんの初期の『けものたちは故郷をめざす』の中では、主人公は逃げても、逃げても国境が追いかけてくる。あの辺からずっとつながっているわけですね。

**安部** 国境が逃げるんじゃなかったっけ。あの当時、心情的にはむしろ国境との和解を願っていたような気もするんだけどね。終戦直後というのは国境がひどく希薄に見えた時代なんだ。

――すると現代は、国境がますます鮮明になってきた時代ですか、安部さんの意識の中で。

**安部** 破滅と再生が一点に収斂して、いよいよ袋の鼠っていう感じはあるね。

――なるほど、その最終段階という意識を持ちながら、これから安部さんは、何を、なぜ書きつづけるんでしょうか。

**安部** まるで口頭試問だね(笑)。そんなふうに問い詰められると、かえって答えにくくなる。小説は理念の表明じゃないからね。考えるために生きているわけじゃなく、生きているから考えるわけだろ。明日死ぬことが分っていても、それまでは生きるしかないじゃないか。たとえばこんどの『さくら丸』にしても、《もぐら》がぼくの分身であるのとおなじくらいの比重で、《サクラ》もぼくの分身なんだ。だから題名に掲げるだけでなく、終始一貫サクラを主人公にして、サクラの目で書くことも出来たはずだ。でもあのサクラというのは、最後までよく見えなかった。というより、内側に入りこむのがなんとなくはばかられた。ある意味では小説の「かなめ」になる重要な存在なのに、なぜか正面から照明を当てる気がしなかったんだ。本格推理小説の場合、ルールとして犯人を早い時期に登場させるけど、たくみに迷彩をほどこして、なるべく目立たないようにしてしまう。いや、それとはちょっと違うかな。もしかするとサクラの立場が《作者》の立場と似すぎていたせいかもしれない。作者というのは本来サクラ的な存在だろ。サクラはやはりああいう出しかたでよかったんだと思うな。

——聞くところでは、次の作品として、スプーン曲げの少年を予定しているということですが……

**安部**　うん、《スプーン曲げ》ね。なぜか心をひかれるんだな。『さくら丸』の後半にかかった頃から、地下水のように意識の底に流れをつくりはじめてね……現に書いている主題とどうかかわりあうのか、よくは分らないまま、上手くふくらんでくれそうな予感はあった。『さくら丸』のときだって、きっかけになったイメージは、トイレの穴に片足がおっこちる場面と、ユープケッチャだけだったし……もともと主題よりもイメージから出発するほうだからね。どんな小説になるか、本当のところはまだよく分らない。

何年か前にこのテーマをノンフィクションで書いてみようとしたことはあるんだ。超能力なんて、ぼくはまったく信じていないから、少年のグループはぼくにとって当然インチキな詐欺グループになる。匿名でそのグループに潜入して、トリックをあばく潜入ルポ風のプランだったんだ。でも考えているうちに、しだいに違う側面が見えて来はじめた。《スプーン曲げの少年》の内面をいろいろ想像していくうちに……そうだな、やはり破滅待望の線で結びついているのかな……すくなくも少年の存在理由を支えている連中は、トリックの裏方やサクラでないかぎり、スプーン曲げを信じるか、信じたがっている連中だ。つまり奇跡待望でむすびついた自然発生的な結社とみなすことが出来る。そうなると少年自身は、トリックを承知の上で、もはや他人に告げることは許されない。やむなく演技をつづけ、ついには自分でも信じてしまうしかないんじゃないか。

そう気が付いたとき、ノンフィクションがフィクションに変ってしまったようだ。奇跡というのは自然の因果関係を御破算にしてしまうことだろう。スプーン曲げの能力の真偽より、その周辺におきる奇跡待望の波紋を書いてみたくなったわけだ。カタツムリがせっせと殻を分泌していく。遺伝子の指令どおりなら、きれいな巻貝の形になるはずだったのに、体の周囲にバベルの塔みたいな迷宮が構築されてしまう……
どんな展開になるか、今のところはまったく見当がつかないけど、近いうちに新潟の燕市に行ってみるつもりだよ。燕市というのは全国のスプーンの八割以上を生産しているらしいね。なぜスプーン曲げがスプーンでなければならないのかを突き止めるために、まず製造工程を調べてみたいんだ。それから流通過程の調査もしたい。そのまま小説には使わないかもしれないけど、もしぼくがスプーン曲げの少年、もしくはそのマネージャーだったら、まずその辺から始めるんじゃないか。トリックだってそれを職業にして金をかせぐつもりなら、露見防止は徹底的でなければいけないよ。たとえばテレビに出演するとするね。なるべくなら自分が持参したものよりは、テレビ局側で用意したものを使ったほうが効果的だ。いちばん疑惑の焦点になりやすいところで勝負しておけば、あとはすんなり騙されてくれるものだ。そこでテレビのプロデューサーなり小道具係なりが、自宅から出社する途中スプーンを購入するとしたら、どういう場所がありうるだろう。たぶんスーパーかデパートだろうね。あらかじめ下見をしておく。テレビで使うのなら、なるべく平均的な形で大型のやつだろう。せいぜい二、三種類用意しておけばじゅうぶんなんじゃないか。もちろん事前に燕市で全種類（七、八種類らしい）を購入しておき、あらかじめ加工しておけばもっと万全だ。首のところを何度も屈伸させ、金属疲労を起こさせて、あとはわずかな力ですぐ折れるようにしておく。意地悪く観察されれば傷が発見される可能性もあるから、鍍金屋に仕上げを頼んだほうが賢明だろう。現場でのすりかえは、手品の基本さえマスターしておけばそう困難なことではない……と、まあその辺から手をつけはじめているんだけどね。

――怪人21面相を追いかけているみたいですね（笑）。

**安部**　そうだね。もっともぼくの小説では、途中でその少年に本当に超能力が発現してしまうかもしれないんだ。でもこの超能力という言葉、考えてみるとなかなか含蓄があるね。べつに自然科学的方法を身につけていなくても、世間の常識は「超」がつかない能力の限界をちゃんと心得ている証拠でもある。手品師がいくら種も仕掛けもありませんと強調したところで、観客は意外に日常現象の唯物論的な因果関係を会得しているみたいだろ。種があることを承知のうえで、その不思議をたのしんでいる。でも超能力はマジックであってはならない。種があってはいけないんだ。手品は安全無害で万人のたのしみに供されるけど、超能力は危険で有害で、これは信者の存在を前提とする。観客と手品師の関係は、公演の終了と同時におわるけど、信者と超能力者の関係は、ずっといつまでも持続しつづける。

――カリスマにさせられちゃうわけですね。

**安部**　そう。その場合の超能力者の内面、奇妙なものだろうね。不安と優越感で、成功すればするほど、一種の狂気におちいるんじゃないか。服が皮膚に同化してしまったみたいに、寝ても醒めても裸にはなりきれない。ついには嘘と本当の区別もつけられなくなってしまう。
　そしてそのうち実際に奇跡が起きたら……トリックを使わずにスプーンが曲りはじめたら……でももうなんの驚きも感じない。嘘になじみすぎたんだ。少年だけが永久に不信の迷宮のなかに取り残される……

——安部さんの『方舟さくら丸』は、主人公をよく見ていきますと、聖書でいうとノアの再来みたいな、ノアの再来を自己演出しているみたいな感じですが、そのスプーン曲げの奇跡を起こす少年は、今度はキリストみたいに見えてきますね。

**安部**　もっと世俗的で功利的な話だよ。そのうち少年は空を飛びはじめるかもしれないけど、これは奇跡なんかじゃなくて童話なんだ。少年だけが童話の世界にまぎれ込んでしまうんだ。だからこんな主張をする学生が登場するかもしれない。もしスプーン曲げが本当に成立するとしたら、アインシュタインの$E=MC^2$という基本法則が壊れてしまうじゃないか。Eはエネルギー、Mは質量、Cは光の速度。核分裂もこの仮説から導き出されるわけだから、もしこの法則に従わない物質の変化（念力）が存在したりしたら、物質の質量は計測不能におちいり、光の速度もまちまちなものになる。核爆弾は爆発せずに、とつぜん犬の糞が大爆発を起こすような事態になりかねない。ノアの洪水どころじゃないだろう。因果律が消滅し、宇宙秩序が崩壊してしまう。

——そうすると、そういう核戦争を超える主題として、安部さんの内部に黙示録的メッセージがひそんでいるということになりますか。

**安部**　まさか、いま言ったのは次の小説に登場するかもしれないモノマニアックなただの学生の意見だよ（笑）。もちろん多少ぼくに似たところがあることは認めるけどね。そしてその学生は多分リンチを受けて殺されてしまいそうな予感がしている（笑）。
　でも、『方舟さくら丸』のときと同じように、いま喋っているのとはまるで違ったものになるんだろうね。概念的に考えていることは、いずれ補助手段で、実際に書くときにはけっきょく削ってしまう。夢のなかに出てくるようになるまでは、とにかく補助手段で脳味噌にピン止めしておくしかないからね。確信はないけど、もしかすると『さくら丸』のなかのオリンピック阻止同盟の夢、あれなんかも実際に見た夢かもしれない。そっくりではなくても、似たような夢を見た記憶がある。とにかく、小説の発想には原則として、スーパーに買い物に行って帰ってくるまでの間に使わない言葉は使わないように心掛けているんだ。夢の言葉ってそんな感じだろ。

——それは非常にわかりやすいし、納得のいく原則ですね。

**安部**　無理に創り出すより、見えてくるまで根気よく待ったほうがよさそうだ。いくら待っても何も出てこなくて、脳が腐ったような気がして、自信喪失におちいることもあるけどね。

［1985. 4. 17］

# NHK対談のためのメモ

★　あえて分子生物学を第一期、二期に分けるとすれば、

第一期……生命現象の物理学的基礎づけ。（生命と物質を共通の法則で把握するための方法の発見）

第二期……動物行動学の分子生物学的基礎づけ。とりわけその主題は《縄張り》をめぐる考察。（俗に闘争本能と呼ばれている行動も、遺伝子レベルでは《縄張り》の行動表現かもしれない。生物のさまざまなレベルでの社会形成の法則が発見できるかもしれない。人間の所属集団への忠誠志向なども、いったん遺伝子レベルに還元してみたい）

★　もし分子生物学的方法を、精神領域にひろげようと思えば、さらに第三期の探求が必要になるだろう。

第三期……端的に言って《言語》の遺伝子レベルでの基礎づけである。言語学の領域で、すでにチョムスキーが「生成文法」として提唱していることであり、この仮説を裏付けるのは大脳生理学ではなく、分子生物学であるはずだ。「知」とはとりもなおさず「言語操作」の能力であり、それ以外の「力」の想定は、二元論の許容にほかならない。

★　動物と人間を決定的に区別するものは、「言語操作」の能力である。そしてこの区別は単に量的なものではなく、質的なものである。（図形認識の問題と同列に論じられるべきではない）

たとえば認識。生命現象がＤＮＡにプリントされた遺伝子のプリントアウトであるという認識。この自己認識はきわめて興味深い。遺伝子は、自分の顔を鏡に映してみる（そして自分であることを識別する）ところまで進化（淘汰）したのである。もちろんここに合目的的な価値判断の項を持ち込む必要はない。分子生物学は、いわば自己認識の学として、その尻尾をくわえた蛇のような事態の直視を避けるわけにはいかないのである。（認識論や哲学の解体）

★　この第三期を経て、分子生物学は普遍的な文化科学を確立する可能性をもつ。

★　現在われわれをとらえている終末論的な不安は、かならずしも環境改造の力を手に入れた人間の環境破壊のとめどなさのせいばかりとは言えない。むしろ国際政治がつねに内包している「戦争」のせいではないか。

《縄張り》の究極的均衡としての近代国家。特に第二次戦争によってフィックスされた国境と国家主権の、相対的安定と紛争の二重構造。

愛国心という遺伝子レベルの衝動が、再生産されつづける奇妙さ。オリンピックのオカルト。

★　そこで分子生物学の未来に期待できることは……？

自己認識する存在としての「言語を操作するもの」の尊厳を論理の名において論証すること。遺伝子に決定づけられながら、それを超える方法の摸索。つまり《縄張り》の拘束が《自然》なら、その支配を逸脱する《反自然》への道をさぐること。兵士の拒絶。

★　分断国家、国家内国家（従属）の実証的解析は緊急課題だろう。

★　子供のころいちばん恐かったのは辻斬りのイメージと、兵隊蟻の運命だった。

★　日本は戦後ある意味で半国家になった。軍備を放棄したために、必要にして不十分な国家モデルを形成したのである。科学的国家論をつくる人類最後のチャンスかもしれない。

★　爆撃されたテヘラン市の瓦れきのなかのドストィエフスキー。

★　最後に芸術的創造（もしくは創造的芸術）の位置付け。

《縄張り》行動には矛盾する二つの要素がある。遠心行動と求心行動。少数の勇気ある鼠と、多数の臆病な鼠の観察。どちらかが淘汰を決定づけるのではなく、この複合衝動が種の行動原理なのだ。これを弱者と強者の複合と考えてはならない。最初から対になっているのだ。

芸術もまた（もともと強者ではないが）遠心的衝動として人間社会に不可欠な無駄であることを承認すべきだろう。つまり教育、学習によって構成された二次的言語世界（たとえば民族、伝統文化）を、時には破壊するものとして機能する。反権力、反縄張りの衝動。

［1985. 4. 25］

# 未知なものはいつも、身近な闇のなかに——第5回PLAYBOYドキュメント・ファイル大賞選評

『お月さん釣れた』宮嶋康彦

今回の収穫だった。このレベルの応募作品があると、選考を引き受けてよかったという気にさせられる。わずか九トンの曳縄漁船を追跡した、現代社会のごく周辺のまことに些細な生活ルポなのだが、底知れない重い余韻がいつまでも耳について離れない。この作品を読んだ後では、海が違った風景に見えるだろう。写真も中身が濃く、好感がもてる。しかし遠慮が過ぎたような気がしないでもない。感傷も誇張もまじえずここまで対象に肉薄できたのだから、読者と対象をつなぐ媒体として、記録者自身をもっと前面に押し出してもよかったのではないか。ユーモアの増幅によって海の生活のイメージをより身近に感じさせられたかもしれない。これだけの目と方法があれば、自己顕示におちいったりする気遣いはないはずである。

『ヘンリー・杉本の記録』下嶋哲朗

好感のもてる作品である。前半はいささか平板だが、後半は日系画家の苦悩が鮮明に浮びあがり、説得力もある。ただ残念なのは、話題の配分が均等にすぎ、上等の仕出し弁当的なまとまりにおさまってしまったことだ。ヘンリー・杉本の紹介は多少犠牲にしても、人間の怒りと苦悩がいかに静かに語られるものかに力点を置いてほしかった。

『海の幸田に稲穂実りて』篠藤由里

努力作。しかし《米》といっしょに日本の「何」か大事なものが喪(うしな)われてしまったのではないか、と言うその「何」かとはいったい何なのか。あまりにも類型的な保守的感傷。もしこのタイ北部山岳稲作民族の現地調査を続けるつもりなら、ルーツ探しなどという色眼鏡ははずすべきだろう。観察の秘訣は先入観との闘いなのである。

それ以外の候補作品は、もう沢山、いいかげんにしてくれという気分。ちょっぴり海外旅行をして、旅行案内を読んで、い

くら深刻にうめいてみたって始まらない。ちゃんと日本に帰国できるパスポートを持ちながら、「魂の漂流者」もないものだ。そういうのを物見遊山というのである。さもなければ見物のいない田舎芝居。興奮しているのは露出狂の当人だけなのである。

未知なものはいつも身近な闇のなかにあるのだ。フラッシュをたきさえすれば驚きはすぐ足元にひそんでいる。

［1985.4.28］

# 物質・生命・精神 そしてX

［対談者］安部公房・渡辺格

**安部** 最近、人間についてというより、一体世の中がどうなっていくのか、非常にわかりきったありふれた言い方になるけれども、改めて……僕は、あまり大げさに希望を語るということはもちろんいやだけれども、しかし、絶望を語るというのもいやで、なるべく何か明るく見たいという願望はあるけれども、今やどうもほとんど希望が語れない時代にきているのではないか。ちょうど印象としては、ブリューゲルの絵に、盲人が数珠つなぎになって歩いていて、案内しているのもやはり盲人だという絵がある。あんなような感じを今受けている。それだけいうと、世の中というのはだめだということになる。そういう意味ではなくて、いつだったか、そんなに前ではなくて、テヘランの空襲を受けたあとニュースフィルムを見ていて、瓦礫の中をカメラがずうっとパンしていくけど、パンする途中でひょっと止まった。止まってまたずうっとパンしていくけど、その止まったところで、瓦礫の中に本が一冊落ちている。その本の表紙が、よく見るとドストエフスキーの顔だから、ドストエフスキーの本でしょう。それを見た時、僕は非常に衝撃を受けて、今世の中が持っている暗さの中に、もしかしたら光を見る手がかりがあるような印象をパッと受けた。そういうものが何であるかということ、その辺を今日もう少し掘り下げて考えられれば考えたいという感じだね。

**渡辺** 物質の世界、物質を中心にした近代の自然科学から生命の学問ができてきて、さらにその上に、今度は精神の問題まで及ぼうとしているのが現在の自然科学の方向、それが新しい自然科学の方向だと思います。物質から生命、精神、それは大きくいえば宇宙の発展方向と全く一致しているわけです。宇宙がまずできて、それから地球ができて、そこにたまたま生物ができて、そこでたまたま人間ができて、知性ができている、そういう人間の位置づけが日本であまりはっきりしていないのではないか。物質から生命が生まれて人間までできて知性にいっている。いよいよこれから人間は何をするかという非常に重要な問題の方向と同じように、自然科学はその方向になっている。ですから、バイオテクノロジーというのは生命を使って物質世界を豊かにすることだといっているけど、そうではなくて、やはりバイオテクノロジーの本当の意味は生命の世界を豊かにすることではないかと思っている。次には精神の世界を豊かにする。それが人間の当然運命的な使命ではないかと思うわけです。

1

**安部** お書きになったものを拝見して、僕はほとんど共感するところ以外何もありません。だけど、こういう場所ですし、聞く人というか、見る人に、ある程度の予備知識といいますか、今日はどういう問題が問題になるのかということは一応前置きとしていっておかないと、途中でチャンネル回されても困る……困りませんが、一応聞いてもらうことにする。

分子生物学そのものが、ある意味で人間の思考ないしは認識そのものに訴えかける。哲学的というと問題が起きるかもしれないけども、ある意味での革新的だったポイント、これは僕はもっと高く評価されていいと思います。つまり、生命も物質も同じ場で、同じ方法で論じられ得るということ、この発見というのは一種の革命だったと思います。

**渡辺** そうですね。近代の自然科学では、物質現象と生命現象とは断絶されていたわけです。それをいかにつなぐかというのが非常に大きな問題であって、そこのところに物質現象の一つとして、特殊な形として生命現象があるという形が今考えられるようになってきた。その一つを分子生物学が切り開いてきた。実はそれはすでに一九三〇年代にヨーロッパで起こっているわけ、それは物理学者から起こっている。ということは、やはり物質現象のところの基本がわかっている人間でないとその動きはできない。残念ながら、そういう精神世界と物質世界とに割れてきたのをどうつなげるかという問題は、思想家、哲学者にはできなかったのではないかと、それでしかも思想的な考えを持っていた人間じゃないとできなかったのではないかと思います。やはり物質の学問をやっている人間じゃないとできなかったのではないかと思います。それを連結させる方向に向いてきたというのは重要なことです。

その途中に、精神の問題はまずおいて、あるいは人間の問題はまずおいて、むしろ一般的な生命の問題において、生命現象と物質現象との断絶があるのかないのかということを論じて、そこには結果として、今ない。ないということは、少なくとも地球上の生物は物質機械である。物理化学の法則で、従って物質世界から生まれてきたものが生命だという認識になったわけです。

**安部** ただ、そこの間に有機物と無機物という部分け、一時期は複雑な有機物としての生命という考え方が、分子生物学である前に……

**渡辺**　言葉だけど、有機物じゃなくて、有機体です。要するにものが生物ではないので、ものの集合、システムが生命なので、だから物ではない、物の集まった系、システムです。だから、有機体というと、まだ物質から成り立っているシステムだから、有機体概念というのはあるわけです。

**安部**　ただ、有機体の延長にずるずると生命があるわけではない。むしろ物質レベルに問題を掘り下げて、逆に分子生物学が形成されたというところに面白さがあると思います。

**渡辺**　有機体ということがわかりにくければ、細胞以下に生物は還元できないと思われていた時代が長いわけです。たとえばウイルスみたいなものが見つかって、非常に難しい問題を起こしたけど、ウイルスはものなのです。単なるものです。それが細胞の中に入ると増える。ウイルスそのものは生きものじゃないんです。細胞の中に入って生きものの働きをする。だから、還元できないと思われていた。それが、そういうことじゃなくて、今は還元できちゃったわけです。それで全部の生物は一つの物質機械で、たとえばDNAをテープにして、その情報からものができていく。これはバクテリアから人間まで全部共通した一つのシステム、そういう物質系で、そういうDNAを中核にした、DNA型の生物だということがわかってきたわけです。しかも、それが地球上では全部共通だということになってきて、そういうことがあるから今の遺伝子工学ができるわけです。全部違うシステムだったら何もできない。そういうおまけで、技術ができてきていますが、重要なことは、現在細胞とは何かという問題が今までわかっていない。今生命とは何かというのは一応逆にわかっちゃったんだけど、細胞とは何かということはわかっていないし、たとえば最小生命体というものは何かということはわかっていない。だから、一種の突破口に当たる、概念的な突破口はできたけれど、まだ実態として実際に細胞というものがわかっていないです。

**安部**　細胞がわかっていないということを、もう少し詳しくお話しいただいたほうがいいと思います。

**渡辺**　僕らの意味で「わかっていない」という意味は「作れない」ということです。

**安部**　なるほど。

**渡辺**　あるんだから、見ているんだから、見られるわけです。だけど、我々がわかっていないという意味は、細胞は我々の知識では再構成できない。だから、別な言葉でいえば、細胞が再構成できないのだから、我々は生命を合成できないです。その意味では、原則的には物質機械だけど、そのシステムはわかっているけど、機械はわからないからまだできない。だから、機械といっちゃいけないという人もいるわけ。機械という時にはもうわかっているはずだと。僕らが機械といっているのは、物理化学法則で支配されて動くものだという意味で機械といっているので、その内容はわかっていない。だから、未開人とか、原始人、先進国でない人が、テレビを見て機械のメカがわからないというのと同じような形で、まだ我々は細胞をわかっていないわけ、だから作れない。

**安部** わかっていないというのは作れないという意味ですね。

**渡辺** もう少し難しいことはありますが、みんなにわかりやすいようにはそういうことでしょうね。逆にいえば、故障があっても直せないとか、そういうことです。現実にそういうものはあるわけ、だけど、わからない。

その問題をもう少し別な言い方ですると、地球の中で生物がどこかでできてきたはずだけども、本当に地球でできたかどうかもわからないわけです。

**安部** それはわからないですね。

**渡辺** よそから飛んできたかもしれない。それはわからない。ところが、今通俗では、原始の海の中でぼこぼことできてきた。それから地球と同じ星が宇宙のよそにあれば、そこにも生命があるはずだといっているけど、そんなことわからないです。どういう偶然で生命ができたか、まだわからない。それはまさに細胞というものの実態を我々が知らないから、生命の起源など論じられないのです。

**安部** 天動説、地動説のギャップと同じぐらい、分子生物学の前と後では、やはり現実を見る目が変わってくるところがあるわけです。確かに専門家でなくちゃわからない問題です。根本は本当に理解することはできないと思いますけれども、たとえば進化論……これは非常に難しいものですが、進化論的な見方をするか、しないかで全然現実は違うわけです。同じような機能は僕は果たせると思います。

**渡辺** 進化論というのはもちろんダーウィンのところで始まったけど、そのあとでは進化論というのは生物世界ではなくて物理世界で使われているわけです、宇宙の進化とか。今の私の物質・生命・精神などというのは全部大きくいえば進化論の枠内です。それは生物進化ではなくて、宇宙の進化の……

**安部** 物質の進化ですね。

**渡辺** 宇宙の物質の進化があって、その物質系の進化の中で、生物ができて、その進化の中で精神活動を司るような人間までできてきた。それは宇宙の中のあるところで起こっているわけ。ところがそれが宇宙の本当の大筋の進化と関係あるかどうかは別だけど、我々は人間でそこにいるから、いる以上はその進化に従っているわけです。だから、物質・生命・精神という進化は身をもって我々が体験しているけど、大宇宙はそんなものはへとも思っていないかもしれない。だけど、我々はそこにいるんだからしょうがない。そこでの我々の位置づけがやっとはっきりしてきているというのが現状だと思います。その意味で、分子生物学の意味はそこで非常に重要なものを持っているわけです。

ところが、それは日本で、難しいからじゃなくて、むしろ一般の人のほうが話すとわかります。ところが、日本の学会において全くはっきりしていないわけです。

**安部**　そうですか。

**渡辺**　だから、認知されていないというのは大学で教えられていないでしょう、全くそんなことは。物理や化学の世界と生物学は今でも切れている。

さっきおっしゃったように、幸か不幸か、今のバイオテクノロジー、技術の問題が起こって、そこの人間を養成しろと、技術側から今いわれているわけ。そういう意味で、全く日本は学問的、哲学的、自然科学的な根本が忘れ去られている。それは大学の先生が悪いし、日本ではアカデミーが存在しないんじゃないかと思うわけ、自然科学の。

**安部**　教科書にも出ていないんですか。

**渡辺**　出ていないですよ。だって教科書は大学はないですから。

**安部**　たとえば、僕は知りませんが、高校の教科書。

**渡辺**　高校には出ています。ですから、高校で、僕なんかも書いて、だから三十以下の人はＤＮＡとか知っている。大学は教科書ありませんから、大学はだめなんです。大学にいくと、非常に昔の縦割りになっちゃう。それが日本がまず二十年間遅れているところです。

**安部**　学部がないわけですね。

**渡辺**　学部も学科もない。その前は、物理や化学という物質の学問と、生物学と明らかに違っていたわけです。それが、さっきいったように非常に大きな革命があったので、欧米では大学の教育でそこをちゃんと埋めているわけです。その大学の教育で埋めて、向こうではそれが今度は高校まで下がってきたわけ。日本では高校のところを真似してやったけど、上がだめ。よそからみると、そういうものは主流派になっていると思っているわけです。

**安部**　思っていますよ。

**渡辺**　でも、そうじゃないんです。

**安部**　僕の子どもも実は医学部出ているわけですが、医者にもうなったわけですが、その時に、とにかくこれからは分子生物学とコンピュータだけはみっちり身につけなければいけないといったわけです。しかし、僕としては、じゃあどこ行って勉強したらいいかということが……ないとは思わないからね。

**渡辺**　でも、ないんです。だから、僕がいうと、いつもおまえの宣伝だというけど、それは非常に静かな自然科学の大きな革命であったにもかかわらず、それが日本では認知されていない。いたずらに西洋自然科学は物質科学だと今でもいっているわけです。

**安部**　そうですか。ちょっと驚きますね。高校の教科書に載っているということはなかなかいいことだと思いますが、大学に学科がまだないですか。

**渡辺**　ないです。だから、その点では日本はものすごく遅れている。ただし、今度は技術の形でそれがわかる人を養成しろと。だから、工学部でもバイオの人を養成しろとかということになるわけです。

その問題は、やはり非常に大きくて、たとえば医学の問題でもそれは非常に大きなインパクトがあるし、思想的にも人間の位置づけの問題であるけど、もう一つは、人間じゃなくて植物みたいな問題でもそういう問題があるわけです、新しい生命の世界が。そういう形での植物の研究というのをやはりやらなければならないわけです。たとえばDNAから出発してどうなっていくかという形での。それはテクノロジーにも結びついて、農業にも……そういう動きも日本では非常に少ないわけです。だから、生命の学問が変わったという認識がはっきりしていないのです。

**安部** そうですか。それは非常に意外な感じがします。

**渡辺** 今僕がちょっと思っているのは、それにもかかわらず生命が操作できるいろいろな方法ができてきて、それをただ使おうとしているわけです。その時に使うのはどういう形で使うかというと、それから物質を生産させて使おうとしているわけ。ある意味でいうと物質世界を富ませるために生物を使うという思想しか日本ではないわけです。実際には、もう少し生命そのもの、生命世界を豊かにしなければならないという意識は非常に少ないわけです。

**安部** 豊かとか何とかということまで価値判断に入れる前に、純理論としてもそれは重要な問題だと思います。仮に豊かにするものが具体的に何もなくても。しかし、もし渡辺さんが入れるとしたら何学部に入れますか。入りにくいですね。

**渡辺** 今の学部を全部取っ払わなければならない。全部なくさなければだめです。

**安部** 構築し直さないと入れにくいということはありますね。

**渡辺** それは理科系の問題だけではなくて、大きく人間の思考とか思想にも影響している問題なわけです。僕は自然科学が中心だから、自然科学の構築してきたところにいろいろな人間の問題もずんずん入れていくべきではないかと思います。

**安部** それはそう思います。今おっしゃったことを、たとえばもっとわかりやすくおきかえると、進化論というものが、進化論なしに我々はものを思考することができないぐらい重要な方法だけれども、じゃあ進化論をどこの学科にするかといっても、これまたあり得ないですね。むしろ普遍的すぎて。

**渡辺** 進化論というのは普遍的なんです。

**安部** 僕は分子生物学というのはある意味で普遍的だから入れにくいという要素はあると思います。

**渡辺** 分子生物学というのは、あるいは方法論みたいなのが、それはある学部で分子生物学部ができたってだめなのです。そういう思想が全部広がっていかなきゃね。

**安部** 方法として普遍化しないと困るということですね。進化論についても、確かに進化論はもう古いとか、進化論が何とかとか、けちつける人がいる。特に哲学関係の人で、そういう人は確かにいます。いるけれども、本当の意味でそれを批判できているのかというと、僕は進化論を本当の意味で批判する立場に仮にあったとしたら、これは僕は人文科学のほうから出ると思いません。やっぱり自然科学でなくちゃ。極論をいうと、哲学とか、ああいう学部というか、学科か知りませんが、なくしちゃえばいいんです。

**渡辺**　僕はそこで非常にジレンマに陥ったことをやっているんです。というのは、分子生物学というのは認知されていないから弱い。だから、僕は分子生物学会というのを作ったんです。それは今おっしゃっていることからいったら、作っちゃいけない学会なんです。にもかかわらず作らなければならないというジレンマに陥って、作っているわけです。だから、世界的には分子生物学会があるのは日本だけです、後進国であるがゆえに。逆に、分子生物学会を作ったためにセクトが逆にできて、だけど残念ながらそんなもの作って、それで非常に自己矛盾を感じています。

**安部**　そうですね。進化論学会というのがあると変な気がしますから、それと同じことでね。

**渡辺**　今日本の場合には、そういう我々としては非常につらい問題があります。ですからアメリカやヨーロッパでそんなものなくても、全部に広がっているわけです。教育的にも全部ね。

**安部**　そうね、広がる時は一つの思想というか、方法として広がるべきでしょうね。

**渡辺**　それが日本では若干セクト的にならざるを得ないから、いろいろなところに目が広くいかないわけでしょう。何でもその思想でやればいいわけでしょう。ところが、外国に行くと、そうなっちゃうわけです、日本人皆。だからいい仕事もそういうところでする。日本だったらやはり縮こまっちゃいます。

**安部**　これからは、そうなったら外国行って勉強しろということでもいいのかもしれませんけどね。

**渡辺**　ただ、僕は自分の無力でできなかったけど、逆の神風的な意味でバイオテクノロジーが起こってきて、そっちのほうから今必要性が出てきているわけ、人材養成で。その時には医学、農学、生物学とかいわないで、学部のないバイオの、今の進化論的な教え方をやれと。

**安部**　確かにそういわれてみると、進化論自身もわかりきったことのように皆いいますが、厳密には進化論の基本精神は意外とわかっていない。考えてみると高校で教えられるけど、そこから先、つまりいろいろな学問の中に思考方法を生かす教育を意外と受けていないですよ。

**渡辺**　僕らはあれですけど、いわゆる昔の進化論でも欧米、イギリスなんかでもまだまだいろいろなことをやっていますね、よくわかっていないから。一つの言い方は、分子生物学は進化論の物質的な意味で、物質科学を使って進化論を逆に確認したということをいわれているわけです。そういう見方はわりに日本では少ないです。安部さんが進化論と分子生物学とオーバーラップして考えてくださったけど、普通の人はそうしてくださらないです。

**安部** そして簡単に進化論を越えたとか、進化論はもう古いなんてことをいう人を見ると、しかも自然科学者がそういうことをいうのを聞いていると、この人は本当に科学わかっているのかと思っちゃう。

**渡辺** 進化のメカニズムみたいな問題はまた問題があるとして、進化論そのものの姿は、やはり現在の自然科学の非常に大きな流れで、自然科学だけじゃなくてね。

**安部** そうです、あれは方法ですからね。

**渡辺** その上で人間の問題、たとえば人間と動物とはどう違うかとか、いろいろな問題が出てくるはずなわけです。それから人間社会とかいう問題までも、だんだんと。その意味では、今のところまださavやかだけど、物質世界から生命世界のところの分子生物学がつなぎをしたというのは非常に大きな問題で……

**安部** すごく大きいと思います。

**渡辺** その次はずるずるとそっちへ問題が、開放的に、オープンエンドで事がいくわけです。

**安部** あらゆる領域でその思考が生かされるというふうにならなければいけないんだけども、なるためにはあまり単純化しちゃいけない。しかし、同時にある啓蒙レベルでの普及と、両方がやはりいるんです。軌道修正を絶えず行って、あまりそれが通俗学説になった時には、多少もう少し深く掘り下げる、この往復運動がやっぱりどうしても必要になりますね。

**渡辺** もう一つの問題は、僕らみたいな人は地球上の生物をやっていけばいいんだけども、もう一つは、地球じゃないところに生物がいるかどうかというのがまた非常に問題です。これは今のところ全く答えがないんだけども、常にそういう問題が頭の中にあるわけです。非常に地球上のは特殊じゃないかという気もしているわけですし、あるいは他の宇宙にひょっとしたらないのかもしれないとか、非常に偶然な形でできてきていて……

**安部** それを論じる時に二つの姿勢があると思います。一つは物質から、たとえば生命、生命から精神世界を含んだ一つの進化の段階というものを、超自然的なものが一切入らないという意味を強調するには、宇宙に他にもある——他にもあるということをいきなりのっけからいうと、一種の生産主義になっちゃう——つまり我々の特殊な内在的な問題を抜いちゃって、何か他にもあるんだとすると、一番怖いのは通俗SFもので、すぐ宇宙戦争にまでなっちゃう。

**渡辺** そうですね。あんなことあるかどうかわからないけども、大体そうですね。

**安部** そういう発想で、自分たちをローラーかけて平らにしてしまう部分と両方あるんです。ですから、地球外生命があるかどうかという時に、もちろんそれは実証されるまでは何もいうべきではないけども、仮説として、あるというか、ないというかは、極めて微妙です。立場をある意味で鮮明にしてからいわないとね。

**渡辺**　やはりポシビリティとして、あるポシビリティもあるけど、ないポシビリティもあるということをちゃんといっておかないとあれですね。

**安部**　そうです。うかつにいうと、変なふうに拡大解釈……

**渡辺**　一つ、僕らのほうでそういうことで出したいのは、生命の起源がそんな簡単じゃないとすると、大昔の海の中でぼこぼこできてきたのではないんじゃないか。あれも今は通俗的にはぼこぼこできてきたことになる。そうであるかもしれないけれども、ひょっとしたらそんな簡単じゃなかったかもしれない、その両方の仮説が同等にあります。

**安部**　両足踏んまえたことをやはりもう少し言うべきではないですか。意外とぼこぼこ生えてきたよりも外からきた説のほうが、つまり通俗的には受け入れられ始めています。あれはちょっと危険思想だと思います。

**渡辺**　今は大体両方あります。

**安部**　両方ありますが、極めて通俗レベルで……。そうすると、人間の価値が非常に小さくなるんです。卑小になってくるんです。それは口実になるわけです。宇宙外生命というものを設定することによって、現実を非常に小さく見る。

**渡辺**　もう一つの考えは、とにかく宇宙の中で生命のあるのは地球だけかもしれないということもあるわけ。

**安部**　だから、宇宙外生命は必ずあると言い張る人には、どうも僕はないんじゃないかと言いたくなるし、絶対にないんだと言う人には、そんなことはないだろうとどうしても言いたくなるのは、べつにあまのじゃくというのではなくて、そういう肯定と否定を対にして考える考え方をしておかないとね。

**渡辺**　そうですね。それともう一つは、今の進化論的なことにも関係しますが、生命というのは一見うまくできているようだけども、完成されたものではない。常に変化しているわけですから、それは常に不完全さがあるんだという問題です。これもかなり一般的には生命というのは完全なものとしてとらえる見方のほうが比較的多いです。とにかく非常に欠点を持っているものだということが一つあると思います。ただ、システムとして、少なくとも地球上のはＤＮＡ型で同じシステムであることは確かだけど、常に変化して、それは完成に向かっているかどうかはわからない。変化はしていることはわかりますが。

**安部**　完成に向かっているとは思えませんね。そんな合目的的な考え方だったら進化論に反する。

**渡辺**　進化論がそう思われちゃうこともあるわけですね、通俗的に。

**安部**　進化ということに価値判断を入れちゃうんです。しかし、進化論というのは別に価値基準じゃないですから。それのちょうど裏返しじゃないですか、分子生物学というと価値を否定したような考え方で、進化論というと偉く合目的的で、両方ともに対する抵抗というのは、意外とそういうことでしょうね。

**渡辺**　イギリスの分子生物学者なんかは、分子生物学は進化論を物質的に確認しているものだと、それは正しい見方にわりに近いです。日本ではそういう見方はわりに少ないです。

**安部**　どうなんでしょう、僕にはわかりませんけど、意外と日本人というのは条件さえ与えられれば、つまり宗教的拘束が少ないですから、受け入れるシチュエーションさえあれば、僕は受け入れるんじゃないかと思います。

**渡辺**　今のところ少ないけども、一番それをサッと受け入れられるのは日本人かもしれないです。

**安部**　現実はともかくね。それは日本人の、否定的にいつもいわれますが、宗教心のなさというのは、ある意味でとても武器だと思います。

**渡辺**　それはそうです。

**安部**　たとえばアインシュタインが日本にきた時の――あれはもちろんでたらめです。相対性原理なんて誰もわからなくて、新橋でアイタイ小唄というのがはやったというくらいだから、全く誤解です――しかし、ああいう認識に対する根本的変革をパッと受け入れる、しかもそれを非常に喜ぶというところがあります。これは評価していいんじゃないか。それは日本人が特別優れているのじゃなくて、たまたま宗教的拘束がきわめて弱かったということじゃないかと思う。

**渡辺**　だから、地動説なんかあっても日本じゃなんともないわけです。進化論だって、もともと動植物は仲間だと思っているわけでしょう。

**安部**　ああそうかと思うだけです。

**渡辺**　だから、分子生物学なんかまさに日本人向きな学問ですね。

**安部**　僕はそう思いますね。

**渡辺**　我々はまだ一番下のところの、物質と生命のところの問題をやっていた古い分子生物学者で、そこがつながったということですけど、だんだん高等になっていくわけでしょう。もちろん人間の体は複雑だからそれはあります。大きくは皆もう脳の問題に移っています。

**安部**　当然いくでしょうね。いくということはよくわかりますが、脳にいく時に、僕がすごく心配というか、危険を感じているのは、脳をいじることのとらえ方が、まだまだ科学的じゃないんです。脳ということとの不安じゃないんです。そうじゃなくて、脳自身の把握が科学的でないままで、今度は分子生物学は脳だといきなりいうと、では脳はどう定義しているか、ということを抜いていくと、変な技術主義になるんです。これは僕は最近一番恐れていることなんです。

たとえばサルと人間とではどこまで違い、どこから違うのかという問題になると、結局脳の問題になります。移植の問題がいろいろあって、臓器を仮にどんどん移植していきます。どこソの入れ替えということになると、ちょっと問題が起きてきます。ですから、脳の問題に関してはきわめて慎重な態度がいるだろうということが一つ明らかにあると思います。

この場合に、その基準になるのは何かというと、僕の考えでは言語だと思います。ちょっと飛躍しますが、チョムスキーなんかは言語というものははっきりはいっていませんが、たぶん遺伝子レベルではないかと……

**渡辺**　チョムスキーは、分子生物学者の間でものすごく注目されているわけでしょう。それは先天的な構造があるということで、それは遺伝的なものということです。

**安部**　容れ物としての言語という考え方ですね。出来上がったものは文化的な教育であろうと。この考え方というのは、非常に僕は貴重な考え方だと思いますが、その容れ物があったおかげで、たとえば分子生物学的認識というものも実は認識なんです。言語がもしなかったら到達できなかったはずの思考である。そうすると、遺伝子というものは、遺伝子の中に、やがて自分自身を発見する手段をインプットしてあったとも考えられるわけです。結果的にそうなったわけです。ちょうど構造が、ヘビがシッポをくわえるような形で、つまり自分をくわえ込んでしまったのが人間じゃないかと。ですから、精神の活動というものは言語である、あるいは知的活動というものは言語であるということを一旦仮説としておいて、何か不都合なことがあれば、その不都合を出して反証していけばいいんだと思います。今のところ、僕は不都合があると思えないんです。また、反証の根拠もないだろう。

そうすると、知というか、あるいは認識というか、精神といってもいいですが、その部分を分子生物学的に一つ裏付ける作業というのが今後あっていいんじゃないか。ですから、チョムスキーの理論を、もっと物質レベルでの裏付けをしていくということです。

**渡辺**　さっきの脳の問題で、我々が研究のような問題でできるとすると、これも定義は非常に難しいけど、記憶だと思う。記憶がなかったら何も成り立たないから、そこのところで記憶の中の内容の定義のし直しとか、いろいろな問題がいるわけです、今自然科学やる前に。だけど、記憶は一つ重要な問題だと思うけど、もう一つは、やはりある行動をするわけでしょう。その時に、本当に決定というのがあるのかどうかというのが問題なんです。こっちへ行こうとか決める、意志の上で。それが本当にあるのかどうかわからないんです。少なくともあると思っているわけです、我々は。

**安部**　具体的にいうとどういうことですか。

**渡辺**　たとえば、こうしたら気持ちいいとか、それは決定ではなくて、こうしたら気持ちいいというのかもしれない。

**安部**　そうですね、快・不快の原則。

**渡辺**　それが行動を決定している可能性があるわけ。快・不快が何かというのは、また難しいです。今の好き嫌い……、なぜそういうことをいいだしたかというと、我々科学者は好き嫌いじゃなくて真理だとか何とかといっているだろうと一般の人は思うけれども、そうではないです。日本人はそうではないけれど、我々がたとえば外人と討論していて、どうしておまえそう考えるか、こう考えるのが好きだと……。日本の科学者はそんなことといわないです。好きだなんていわないで、このほうが正しいというわけ。ところが、外人は、自分はそう考えるのが好きだといっちゃうわけ。だけど、そのほうが非常に重要な問題を持っているわけ。好きだなんていわれたらどうにもならないしね。

**安部** そういうことありますよ。逆な意味でいうと、数学でも、非常にこの解答はエレガントだということをいいます。それはあくまでも感覚のようにとるけど、実際は感覚じゃないんです。美意識というのはそういうところから出ているんです。原因と結果からいうと、どっちかというと直観的な把握の整合性みたいなものが、たとえば美しいという感覚に展開していくわけです。逆に最初から美というものがあって……

**渡辺** 昔の言葉でいうと、真善美みたいなものの統括する何かがどこかにあるんでしょうね。

**安部** どうでしょう。

**渡辺** わからないけど、何かね。だけど、何かを決める時にそういうものが作用しているでしょう。

**安部** しますよ。大きいですよ。その直観というのは、多分にある部分というのは遺伝子レベルで決定されているし、たぶん逃れられないと思います。

たとえば恐怖心というのも快・不快でいえます。たとえばある縄張りのバンドにいる。あるルールを破るとそこからおっぽり出される。非常に怖いわけです。特に僕は、縄張り構造のようなものの裏付けをまずやっていくのが第一歩ではないか。その次に言語領域まで、将来はいずれ入っていくでしょう。しかし、その手前のところで、動物行動学というのが今あります。ローレンツなんかのを僕は非常に興味持って読みますが、僕らがローレンツのを読んでびっくりするのは、縄張りというものが僕らが思ったほど漠然としたものじゃなくて、えらく明確なものだということです。あれほど明確であるのは、後天的なものであり得ないです。特に縄張りの線上の上の行動なんかの時に、それまでの条件が破れるわけです。そういう条件が破れた時に、突然目的と無関係な行動が始まるというところ、これは明らかに遺伝子レベルでの出来事じゃないかという気がします。

そうすると、僕なんか先にいくとしたら、むしろ人間でも当然同じ拘束を受けているだろう。そうすると、人間にとっての縄張り行動……、もちろんあらゆる動物が縄張り行動を持っているわけじゃなくて、縄張りが非常に弱いものから強いものまであります。特に僕が興味あるのは、一つの動物について、一生の中で季節とか、いろいろな環境に左右されて、縄張りが非常に強化される時期と、非常に弱体化する時期と交替する魚なんかあります。ああいうのを見ていると、人間というものがサルから一歩進む時に、縄張りの強弱がたぶん非常に大きくものをいったのではないかと思います。それが最初に人間の社会形成のある条件づけになるでしょう、縄張りの大小というのが。ここで、最初から人間が人間として条件づけられる事情が縄張りの中にあったんじゃないか。それをずうっと極限まで広げていく、つまり広げていく能力はあった。そうすると、それが今では僕らが一番重荷に感じている国家なら国家という問題になる。

心理的にいえば、あるバンドに対して忠誠を誓う忠誠感、これもモラルであるよりも、遺伝子に組み込まれている縄張りの条件づけだとしたら、忠誠というものの強さは意味がない、何も根拠がないとわかっていながらそれに拘束されざるを得ない。

**渡辺**　どうにもならないことがあるかもしれない。

**安部**　だからオリンピックというのを見て、僕なんかはあれは非常にくだらんと思う。要するに民族主義の宣伝でしょう。なぜ選手が勝ったら国旗を上げなきゃいけないか、いつでも僕は疑問に思うけども、そう思いながら、山下選手が柔道で勝って涙流すと、こっちまでもらい泣きしそうになるその感覚は何かと、僕はいつでも自問自答するんです。どうもこれは単に忠誠心というものがいいとか、悪いとか論じても始まらないぐらい根深く、僕らの中に条件づけられているものだとしたら、これはもっと深刻に考えなければいけないんじゃないか、というところまで、たとえば縄張りから出発しても入っていってほしいわけです、たとえばローレンツならローレンツに。

**渡辺**　だけど、そこはかなりまだまだわからない問題だけども、非常に重要な問題ですね。

**安部**　僕は一番重要だと思います。セクトがなぜできるかという基本問題です。大学でも、なぜセクトが……

**渡辺**　今度はセクトをあとどういうふうにうまくやっていくかということにも、その正体がわからなければどうにもならないわけです。

**安部**　そうです。特に拘束力が何であるかということをつかまないと、依然としてモラルとして考えがちでしょう、今。

**渡辺**　そこらが本当のどうにもならない我々の性（さが）というか、生物としてのあれで決まっているとすれば、それに対する何か対応策は別に考えないといけないんじゃないかと思います。

**安部**　そうです。それで僕は忠誠という問題なんかも、社会的に非常に大きくクローズアップされてきます、自分自身の中で。ただ、国家というもの、実は近代国家というものが形成された歴史は意外と新しいです。そんなに古いものじゃないです。ですから、それほど決定的じゃないですね。ただ、何かに忠誠心をあれするということは、案外遺伝子レベルで……

**渡辺**　それはあるかもしれませんね。だから、それはその時の環境で固まっちゃうわけでね。

**安部** たまたま国家に対する忠誠ということになってきて、僕がちょっと思っているのは、日本という国は、戦後国家形態を十分とっていないと思います。ある意味では半国家というか、近代国家にしては軍備を持たないということは、今の国家にとっては半分です。半分だから、むしろ国家とは何かを再検討するいい基盤じゃないか、日本は。別な意味では、ドイツとか朝鮮のような分割国家です。それから国家という形態をとっていますが、資本の上では明らかに従属している国家、従属国家です。そういう完成していない国家群を、いろいろな形でもっと科学的に検証して、これが僕らの遺伝子レベルの縄張りとどう関与しているのか……

**渡辺** 確かにその意味では、国家というものがある程度強くなってきたけれども、ある程度内部的には変質していることはあります、今。

**安部** 変質はどんどんしています。現状は国家群による決定的な忠誠の誇示の時代……やはり絶望しますね。あらゆる産業資本すべてを含めた権力の集中が限界にきているんじゃないですか。やはり能力というか、最大限にここまできたという感じはします。

しかし、言語レベルのことについていうと、もしかすると、遺伝子で決定されていることに反する構造も、つまり不快な選択をする、言語機能でなし得るという可能性です。だから、我々は絶対に埋め込まれている縄張りの意識から逃れられないかというと、そうもいいきれないんじゃないか。言語機能を媒介にしたら、不快であっても選ぶということが可能……これはあくまでも楽観論です。

**渡辺** その意味では、今の言語的な我々の認識というか、世界で新しいものが出てくるということですか。

**安部** 可能性は十分、言語としての訓練の上で。だから想像力ということは、言語で初めて可能になる。大体分子生物学という発想そのものが一つの想像力の所産ですから、これはそこまで絶望しちゃまずいんだという気はします。

**渡辺** そういう時代はくるんですかね。

**安部** そこが僕は半分絶望なんです。しかし、うっすらと希望を持っている部分もあるんで、それを第二部にいたしますか。分子生物学なんてものがもっと早くあれば、案外僕なんか医学部やめなかったかもしれない。(笑)

## 2

**安部** 実は、ここへ来る前に、番組の導入としていったことなんですが、これはちょっと話が飛びますが、結局はつながる問題ですが、この前、ニュース見てたんです。そうしましたら、イラン・イラク戦争のニュースです。あれはテヘランだと思います、爆撃のあとです。カメラがずうっと瓦礫の中をパンしてくるんです。ひょっと一瞬止まって、またパンして行ってしまうんですが、ひょっと止まったところに、周りにはちぎれたシャツとか、靴とか散乱しているわけで、本が一冊落ちている。その本がなんとドストエフスキーなんです。これを僕は見た時にものすごくショック受けまして、いろいろな意味のショックがあって、これは重複していますが、一つは、今の言葉と関係があるんですが、よく西洋人が日本人は皆同じ顔しているというでしょう。同じようにイランの人というのは皆同じ顔に見える。一日五回お祈りしている人、そこから一歩も出ない人と見ちゃうんです。しかし、そこで死んでいる誰かが、ドストエフスキーを読んでいたということです。その時に僕は、ものすごくつらい苦しい気持ちと同時に、非常に希望も感じました、ある意味では。

僕がちょうどドストエフスキーに熱中した時期というのは、何歳でしたか、十五、六でしたか、もっとだったか、ちょうど日米開戦の時だったんです。古いドストエフスキーを一冊持って図書館に新しい一冊と替えに行っている時だったのです、日米開戦が。ドストエフスキーの世界というのは、人種もなければ国家もない。人間しかいない。そういう世界に没頭している時に日米開戦というイメージは、僕の中でものすごく矛盾した、引きちぎられるような印象だった。それをテヘランの空襲のところにポンとドストエフスキー――あの顔が表紙いっぱいに写っている本です――それを見た時に、なんともいえないつらさと、やっぱりドストエフスキーを読んでいる人が一日五回お祈りを本気でできません。そういう人も一緒にさせられている、あのイランという国を、新聞でも何でも、絶対にファシストの独裁国といわないでしょう。しかし、そうです。だって、あの中でドストエフスキーを読むというのはすごい苦しい生活だと思う。

しかし、同時に希望も持ったということは、だから僕は文学というものは役に立たないし、おなかの足しになりませんが、今いった普遍指向というものに非常に深く関わっている。つまり言語の、ある意味では凝縮された世界です。ですから、ドストエフスキーの本一冊で、僕は希望と絶望と秤にかけると、つらさのほうが多かったですけど、言葉というものの、もしかしてという可能性、それをちらっと感じたということを……それ以上の説明はまだできないんです。これから考えようと思っています。

**渡辺**　僕はそういう世界のほうはよくわからないけども、そういうのはだいぶショックですね。

**安部**　これは僕は深刻にショック受けたです。

一般的に文学というものはくだらないものが世の中に多いことは認めています。ですから、軽く見られがちですが、実際いうと音楽ではない世界なんです。というのは、アウシュビッツでも何でも、音楽を聞きながら、同時に殺人も平気でするという現実があるわけです。ところが、文学の世界では起こり得ないです。一旦ドストエフスキーを本当に親身に思ってしまったら、もう逃れようがないです。ここに何か、文学一般といってはまずいのかもしれません……たとえばドストエフスキーで代表されるような文学です。もうちょっと何かいわなければいけないのでしょうけども、今うまい言葉が見つかりません。そういうものの持っている、ある意味で遺伝子を越えるかもしれない力、非常に微弱だけども、これはもうちょっと考えるべき問題ではないかと思いました。

**渡辺**　音楽だったらば、そうはいかないんですかね。

**安部**　いかないですね。ただ、ドストエフスキーの場合は、ロシアの話です。僕は、子どもの時にロシア知りませんし、特にペテルブルグのみぞれが降るネバ川なんて全然わかりません。しかし、その中で一緒に生活しちゃうんです。その体験、要するに文学の特徴というのは、全然自分の経験していない世界、日常経験以上に体験できるということじゃないでしょうか。これはロシア語からの翻訳です。僕はその問題もずいぶん悩みました。つまり、もしかしたら翻訳というものの限界があるんじゃないか、そう思って、実はドストエフスキーというのは何冊も日本で翻訳が出ていますが、読み比べたことがある。確かに違います。違うけれども、訴えかけてくる根本は同じです。

そうすると、今のチョムスキーの理論じゃないですが、表面の文化的に形成されたことは、底にそれを伝って浸透してくる。

**渡辺**　逆にね。それは同じものがある。そういう逆の考え方があるわけですね。翻訳でも何でも、細かいことは別にして、底のものは逆に反映されているという問題があるわけですね。

**安部**　ありますね。

**渡辺**　そうなると、かなり逆に、若干楽観的な希望はありますね。なきにしもあらずということかね。

**安部**　ただ、やはり沈黙してはならないという今度は厳しい義務を負わされますけどね。

**渡辺**　だけど、科学者は自分の仕事しかいわないけれど、もう少し何かいってもいいのかもしれない。

**安部**　そうですよ。やっぱり、今いったように、勝手なことでもね。科学というものが、たとえば文学とか言語の世界に、力を貸しっこないんだという思い込みがあります、科学者の場合に。僕なんかスタートが非常に文学嫌いでしたから、どうして文学に移ったんだといわれても説明がつかないんです。移るぎりぎりまで文学を馬鹿にしていました。ほとんど読んだことなかったです、特に身近なものは。だけど、文学というよりも、今いったような言語の根本という問題に関わろうと、そうすると自然、文学の深いところにいきなり入っちゃう。

僕の場合は、どこの国の文学ということはあまり感じないです。日本語で書かれると日本的なものを書くかというと、そうでもないです。やっぱり教育といいますか、学習した表層は、意外と可変的な、便宜的なものであって、それを通じて底にあるものを操作している、そこが文学の世界じゃないんですかね。ぜひ、科学的にその問題を……

**渡辺**　言語の問題でチョムスキーなんかそういうことがあると、文学ももっと普遍性のある問題があるんですね。

**安部**　あると思いますね。だから、そこで文学というものはとかく疎外されがちだし、世間的には価値のないものであると……。しかし実際にはそういう機能を持っていますし、たとえば政治的弾圧なんていうのを真っ先に受けるのは文学です。ということは、それだけの機能があるから弾圧されてしまうんでしょう。

**渡辺**　別なことをいうと、今文学だっていろいろなのがあるし、文章だって。だから、僕は文学というか、文筆語ほど危ないものはないと思うわけ。だから、DNAで変な化け物ができる心配はないけど、文学のほうでどういうことが書かれるかというのはね。

**安部**　僕は、やっぱりある一点に絞られていくんじゃないかと思います。文学に対する規制というのは、一般的規制というのは実はないですね。ですから、とりあえず、大体猥褻ということでまず取り締まろうとします。これは通りがいいんです。しかし、それはあくまでも手段であって、文学が規制をいざされる時というのは、やはり今いった権力なら権力というものの、要するに縄張りの掟を破ろうとした時……。しかし、本当に聡明な政治家であれば、いつでも逆効果に終わるということをもっと知るべきだと思います。つまり、たとえばネズミなんかの例でいいますと、大体ネズミというのは髭の長さ、接触している距離を非常に尊重して、なかなかそこから出ないです。ところが、たまに例外のネズミがいて、向こうの野原の真ん中の米を置いてあるところに走るわけです。これは髭が当たらないから怖くて、他のネズミは走らないわけです。ところが、一匹走ると、そこに行動のOKが出るとぞろぞろと行くわけです。この例外ネズミ……、全部が例外ネズミだったら、おそらくネズミというのは絶滅したと思います。ほとんどのネズミが非常に保守的で、髭がさわっていなければ怖いということで、あれだけの種の安定性を得ている。しかし、それだけではだめで、例外的に恐れを知らぬ変なネズミがいるという例外のおかげで、またこの種は……つまり、例外と普遍が対になって、一組になって、ある能力ができる。そうすると、文学が何やったって取り締まったりすることないんです。DNAのほうがやっぱり怖いです。あれはものだから。

**渡辺**　今のお話は、たとえば哺乳動物の細胞あたりのDNA量は、もうほとんど増えない限界に近いのです。だから、ネズミも人間も細胞あたりのDNA量はあまり変わらないです。細胞の数は違うけど。だから、肉体的には大差ないです。脳のほうは、これも計算が非常に難しいけど、脳の神経細胞があります、ニューロンの数、それにシナプスを起こす突起があります。それを培養して、それで配線ができる可能性として計算します。そうすると、哺乳動物、人間はまだ限界じゃないんです。まだ伸び盛り。

**安部**　まだ余地がある。

**渡辺**　そうすると、脳の操作をして、それにできるということは、進化の道筋としたら、将来の哺乳動物は脳の働きのいいのができる可能性があります。

**安部**　僕なんかも、人と会って聞いている時に、分子生物学というものに異様な拒否反応を示す人がいます。それは、よくよく聞いてみると、もちろん進化論にも拒否反応を示す人が今でもいます。しかし、そういうことでなくて、意外に分子生物学の基本ということに気づかずに、現象面で、むしろ応用面、それで変なものが出てきて野放しになるんじゃないかということで、問題の本質もついでに見なくなる。

**渡辺**　現在、非常に小さいことしかできないわけですが、それでもたとえば大腸菌でヒトのインターフェロンが作れるかもしれないとか、今では実際にヒトのインシュリンとか、ヒトの成長ホルモンとか、人間のたとえば脳下垂体でしか作れなかった成長ホルモンが大腸菌でできるという形で、産業的に非常に新しいインパクトを投げかけて、日本の場合には分子生物学的な思考がなかったから、組み換えDNA実験ができてもすぐに誰もやろうとしなかった。アメリカでそういうのが工業、産業ということがいわれてからあわてて飛びついているわけです。それで今いろいろなブームを起こしてきていますが、若干今、鎮静気味になってきている。というのは現実には日本の人は何やっていいかターゲットがわからないんです。というのは、頭の中で、生命現象と物質現象がつながったなんていう教育受けていないから、遺伝子が操作されてもどうしていいかわからないわけです、想像力がないから。アメリカで何かやりだしたり、欧米でやりだすと、それにくっついてやっていく。それで類似のいいものを作っていくということはできると思います。そういう産業的なインパクトが非常にあることと、もう一つは、一番はじめ遺伝子の組み換えができた時でも、アメリカでいろいろな市民運動が起こったりして、それでガイドラインができたわけです。それも日本の中から自発的に起こっているのではありません。やはりアメリカのそれを見て、フランケンシュタインの怪物ができたら怖いとかなんとかいう。やっぱり日本ではそういう意味の想像力が豊かじゃないです、危険性ということに対しても。医学のほうだって遺伝子治療に対する問題、倫理みたいな問題だって当然出てくるわけです。そこでは、たとえば遺伝子治療なんていうのはとんでもないというけども、もう一つは、遺伝病の患者を持った親は大変です。だから、そういう人に対してはそういう治療をしないというのは非倫理的なわけです。だけど、一般的にはもっと安全性をもってやらなければならない。そういう広い視野で討論がまだ行われていないですね。そういうのも広くやれば、そういう問題も当然入ってくる。

　ただ、生命を操作するのは、生命尊重に反するとか、そんなことといわれても実際には困るわけです。そういう形で、一般にところが、今のところだったら、臓器を取るために早く診断するというイメージを与えちゃっているからいけないんです。そこらでは、ある程度もっとはっきり歯止めをしておけば問題は起こらないですがね。

**安部**　もう一つ、これは日本人という言い方はよくないし、日本人だけとは限りませんが、不思議に、たとえば臓器提供ということについて、意外と抵抗感を持っている。

**渡辺**　臓器も、身体髪膚傷つけちゃいけないとか、特に死体の利用なんていうのは非常によくないということです。これは、キリスト教のほうがそうじゃないです。

**安部**　あれはなぜですかね。僕もやっぱりうれしい気持ちしません。死んでからなら切られても切られなくても、どっちみち同じだともちろん思いますが、何か想像力の中に抵抗感……切られるということがいやなんじゃないですか。案外そういう単純なことじゃないかと思います。

**渡辺**　僕なんか、死んじゃ、いないんだから何でもいいやと……。

**安部**　何でもいいと思うんだけどね。

**渡辺**　確かに臓器提供とか、そういうことは、日本はなんか抵抗ありますね。

**安部**　うまくいかないですね。

**渡辺**　確かに今はいろいろな問題もあるけど、やはり臓器の提供によって救われる人もいるわけです。そういうことを、やっは生命操作というのが、すぐに我々を何とかされちゃうんじゃないかとか、危険性を考えますけど。今度は医療でそれを使う時の順序をどうするかということはあるわけです。安全性のテストとか、いろいろな問題を、それからずうっと子孫まで影響が及ぶことがいいかどうか、いろいろな問題があります。

**安部**　やっぱり具体的なイメージがないんですよ。

**渡辺**　ええ、非常に抽象論でいっている。

**安部**　だから、極端なことというと、まてよ、なんかの薬ができて、それを飲むと遺伝子が変わるんじゃないかという素朴なレベルで考えます。

**渡辺**　そういうことはありますね。

**安部**　それと、今おっしゃったことと結局はつながりますが、臓器の移植の問題、ああいうこととわりにアナロジーでとらえられがちじゃないでしょうか。

**渡辺**　そうですね。だから、これは今のいわゆるバイオテクノロジーなり、分子生物学とは違いますが、たとえば最近の死の判定の問題でも、脳死の問題で僕はそれでいいと思うけれども、それを一般的に認めさせるには、やはり我々の今までの習慣なり、そういうことがあるから問題である。今度は逆に脳死を認めたとしても、臓器を取り出す自由があるかどうかは別問題です、死の判定とね。

**安部**　それはまた別問題です。

**渡辺**　そこのところをはっきり別だとしちゃえば安全なんです。

ぱりあまり考えないですね。

**安部** やっぱり非常に文化的なものじゃないですか。

**渡辺** それはかなり根強いですね。そういうことからいって、さっきの生命操作という言葉だけで、もう拒否反応が起こっちゃう。

**安部** それはたぶん関係あるでしょう。

**渡辺** だから、バイオの世界でも、テクノロジーがはやってきたけど、だんだんとこのごろは、将来の大きなターゲットをどう決めていくか。今は医薬品みたいなこと、やっぱり農業方面にいくんでしょうね。

**安部** 農業方面のことはずいぶん新聞に出ている。

**渡辺** これは、時間かかります、まだまだ。実際に高等植物の遺伝子操作をするにしても、まだ高等植物のDNAを調べていない。どのDNAがどの作用をするかとかね。そこがずっと欠けていますからね。

**安部** そこら辺がずいぶん埋まったような印象を与えられています、一般に。

**渡辺** 今はたとえば農業の場合には植物のほうをDNAの立場から研究する人間を増やさなければならない。日本ではほとんどいないです。

**安部** そうですか。なんか無数にいるような印象を受けます。

**渡辺** とんでもない。このごろは幸か不幸か農学ブームが出てきて、学生も、医学部よりも農学部を志望するでしょう。ところが、それを教える先生もいないんだから困るわけです。

**安部** 先生がいないというほうは記事にならない。農学部を受けるほうが俄然増えたということだけが記事になる。だからどうしても認識が偏るのです。

**渡辺** だからさっきいった新しい大学はどうしても必要なんです。その時には、その大学でやることは今のような問題をもっとはっきりする必要があります。技術の養成をすると同時に、それの起こってくることに対する学問的な問題をちゃんと社会に教えるあれがないと困る。一つは人間だけが得していいかどうかという問題もあるし、もちろん人間が栄えなければいけないけども、やはり動植物がそれぞれいてくれないと困るんで、それには地球が砂漠化しないようにする必要もあるし、動物もうんといたほうがいいと思うんですけど、そうすると人間も困るから、バイオテクノロジーの将来の目標とすると、食べるために動植物を作るんじゃなくて、食べ物ぐらいはもう生物を使わないでも食べられるような技術を作れないかとか……、それは逆にエネルギーがものすごく多くて困るかもしれない。そういうことだって不可能かどうかは別にして、考えてみる必要があるわけです。

**安部** ありますよ。それはある意味では今後の一番大きな課題になりますね。理想論としてだけでもお話になりますが、かなり差し迫った問題として。だから、確かに今いった動植物……生態系の問題として考えれば、これは生態系を崩すことの危険というのは、我々が常識で判断する以上のものですから、それは非常に慎重じゃなくちゃいけないということがありますが、それと同時に僕はやはり人間の中に現にある不平等、弱いものの犠牲の上に成り立っていくということ……。人間というのは本来ある意味では、動物レベルでは弱者というものは淘汰されていくわけです。ところが、動物レベルで淘汰されるはずの弱者の能力、たとえば未開社会では力のあるのは酋長になるでしょう。力のないやつは、今度は頭のほうが発達していれば、呪い師——医者のまがいもの——になったりして、種族のバランスをとります。結局動物的な能力が低くても、その能力を発見する。そしてそのバンドといいますか、組織を強化する能力を持った、つまり、弱と強というものが対になって一つの能力になってきたことが僕は人間の強みだったと思います。人間は本来、文化が進歩して豊かになったから弱者を包括していくのではありません。もともと弱者と強者を対にして価値とする能力が人間の能力だったと思います。だから、弱者救済ということを今さらいうということは、ちょっとおかしいんじゃないかと思います。

**渡辺**　今のような問題を抜かしても、たとえばバイオテクノロジーでも、食糧問題を今後皆考えているでしょう。アメリカでも若い人たちが、医学ももちろん必要だ、だけど医学よりも食糧問題のほうが人道的に必要だというわけ、弱者なり、発展途上国の。それは確かにそうなんだけども、今のバイオテクノロジーが進んでいって、先端技術としてそういうので食糧がなってくると、逆に格差はもっと広がるんじゃないかと思う。

**安部**　現状では僕もそう思います。

**渡辺**　むしろ先進国がそれを取っちゃうわけだから。それをどうするかというのはかなり大きな問題だと思います。だから、原始的な生産だったらどこでもできるけど、そうじゃなくなってくると、どうしても差ができる。

**安部**　ますます格差は広がります。

**渡辺**　その時にそれをどういうふうに、さっきおっしゃったように、地球的にバランスをとってやるかということが、かなり問題になるでしょう。今までの物質世界でも、今のバイオの問題が出てくると、医療と食糧問題で、力が断然差が出てくる可能性があります。それは今いったように国際的な問題もあるし、国内的な問題でもそういう問題が、要するに食糧なり医療を必要なのはむしろ弱者なのに、そこがそうじゃなくなる可能性があるので、非常に問題あるんじゃないかという気もします。だから、おそらくバイオの時代、生命の世界だといいながら、そこに生命をむしろ軽視するような、結果としてそういう方向が出てくることもあるんじゃないですか。

**安部**　だから社会問題を避けて通るということに問題が起きますね。きれい事で科学は科学といっていても、そういうことによって社会的な矛盾を大きくする。

**渡辺**　大きくする可能性がね。今の原子爆弾なんかと違って、先端技術の発展というのは、逆にそういう問題を出しつつあるんじゃないですか。だから、かなりその意味で原爆なんかと違った意味で、もう少し国際的な問題、あるいは国内的なそういう問題を見据えないと、技術が結果としてよくないことになる可能性もありますね。

**安部** ですから僕は、これは夢物語ですけど、どうもそれを政治家や、あるいは政治理論をやっているそういう人に任せておいても、長年やってきてちっとも埒あかないわけです。たとえばそういうものは縄張りの法則の問題として、物質的レベルでそれにメスを入れていくという分子生物学者がやらなければいけない問題じゃないですか。

**渡辺** やはり物質から生命・精神ということを考えた人間は当然それは考えているけれども、そこへ行き着く前にやはり問題が起こっちゃう可能性がある。

**安部** その前ですでに検出されてしまうというか、扉が閉まるということが、現実にそうでしょうね。

しかし、さっきもいったように、言葉を持ったという立場の責任というのは、おそらく扉の前でたじろがないということが、格好よくなりますが、必要じゃないですか。

**渡辺** 我々も少し言葉のあれを勉強しないといけない、使うようにしないと。だから、僕もなるべく科学者は研究だけのことだというけど、やっぱりそうじゃなくて、科学者の持っている所信もあるわけで、それをはっきりいっておかないとね。

**安部** それと同時に大胆に仮説を展開するということが必要だと思います。

**渡辺** 今のような問題がだんだん生命科学の発展で解けてくれば、必然的にそれに対する解決とか、それもある。

**安部** 抵抗も大きくなるでしょうけど。

**渡辺** 抵抗もありますよ。

**安部** ただ、解決のめども何とか見えてくるかもしれないといういう……

**渡辺** なるほどね。それじゃあ文学者も味方だと思わないといけない。(笑)

**安部** それはそうですよ、ネクタイはしていませんけど。

**渡辺** それじゃネクタイとりますかな、こっちも。(笑)

［1985.5.4］

# もぐら日記

五月十二日
意識と意識下という区分は今後次のように書きあらためるべきだろう。意識とは後天的な学習領域であり、意識下とは先天的な遺伝子領域である。

五月十三日
『萬葉集とその世紀』という本によると、「むかしを今になすよしもがな」の「むかし」は実際の体験を超えた伝聞の時代のことではなく、自分が経験した、たかだか数十年の「むかし」のことであるらしい。現代のように学問や情報の技術が発達していなかったので、歴史を展望するレンジもはるかに狭かったせいだろう。古代専制国家の寿命は、その誕生から成熟への速度におとらず短命なものだったらしい。古代もまたけっしてゆったりしたものではなかったのだ。むしろ中世だけが歴史のなかで例外的な停滞の時代なのかもしれない。うかつに伝統のイメージを持ってはいけないのだ。条件さえ与えられれば、文化は魔法の杖のひとふりで出現する。
庭のタンポポが咲きそろう。緑がうっとうしくない例外的な季節。空気の樹。

五月十四日
CNNニュースでみた変な事件。子供を誘拐されたアメリカの母親がテレビで悲しみを訴える。ところが当の母親が真犯人だったという事件。興味をひかれたのは、その母親の真にせまった訴えの演技である。演技というにはあまりにも生々しいリアリティ。状況に追いつめられると、演技が演技を超えてしまうのだろうか。「演技論」の再検討のためのいい材料になりそうだ。

五月十五日
集団と権力は不可分のものだろうか。集団形成の基本に「遺伝子レベル」の力が機能していることは否定できない。NHK

のニュースによると、せんだって東北でおきたホテル火災の被害は、たんに誘導の不手際だとかパニックだけで片付けられるものではなく、集団の形成によって緊張が解除される人間（他の動物でも同じかもしれない）の習性がおおきな原因だったらしい。二階から逃げた客が階下でいったん集団を形成した。そこでほっとしてしまったらしい。客の一人が忘れ物をとりに二階に戻ると、残りの全員が肝心の避難を忘れて、そこに踏みとどまってしまったらしいのだ。本能的な反射行動だったと解釈せざるをえない。

しかしこの現象を見るかぎりでは、まだボスの登場は予感されない。予感されないだけでなく、その必然性もない。あえて仮説を立てれば、彼らの避難行動にブレーキをかけ、火にまかれるまで集団をくずさなかった力場（力学）の主役は、忘れ物のために群れを立去った一人の客だったことになる。つまり例外行動をとった人物だ。もし例外者がボスの資格だとすれば、ボス形成のメカニズムはボス候補の側にではなく、（例外者に判断を委任した）集団の側に属性として存在していることになる。すくなくもこの限りでは、ボスは「遺伝子レベル」の現象だとみなさざるをえない。

はたしてボスが権力の前駆症状なのだろうか。文化現象としての「権力」と、ボス形成のメカニズムのあいだの境界線を見極める必要がある。「権力欲」という奇怪な毒の正体を解明するために欠かすことのできない手続きである。

この例外者は自分の行動が集団に及ぼす結果をまったく意識していない。集団の選択は偶然のなりゆきだった。しかし集団の法則を意識し計算したうえで例外行動の先手を打ったとすれば、彼は意識的な指導者の地位を獲得できたはずだ。状況しだいで革命家、もしくは独裁者の誕生になる。

知られているかぎりでの一般現象として、類人猿のボスが雄である理由は？　進化論的推論からこの説明はそう困難なものではない。さらにボス衝動の動機も、雌と食物の支配で説明がつく。ボスの座をめぐる闘争と、前掲の例外行動の関係を検証してみよう。これはたぶん一つの衝動の分化ではなく、別個の衝動とみなすべきだろう。後者は集団の属性としてしか機能しえないが、前者はかならずしも集団を前提とはしないからだ。雌と食物をめぐる闘争は、むしろ縄張りの本能と強くかかわりあっている。縄張りと集団化は本来矛盾しあった衝動だ。進化した動物ほど、つまり社会化した動物ほど、この矛盾を統一して種の保持に役立てている。ある種の昆虫の場合のように、矛盾統一のために習性を固定した場合は行動原理も明快だが、人間のように矛盾の流動を進化の武器にしている場合はボスの資格もひどく流動的にならざるをえない。支配原理と例外行動の二つのベクトルの合成を考慮する必要がある。

こうした検証の目標が忠誠心の分析にあることを忘れないように……

五月十六日

北山茂夫『萬葉集とその世紀』上中下を読了。力作であることは否定できない。これは万葉を通じての古代史か、古代史と重ねあわせた万葉論か、それとも大伴家持のドラマか？　あえて言えば並行して世界を見る目が不足していることと、考古学的資料による裏付けがないのが不満。とくに帰化民についての追及の欠如は残念だ。政治的野心に焼かれつづけた詩人（家持には花田清輝をほうふつとさせるところがある。）

五月十九日　日曜日

ニューヨークのキーン氏から国際電話。新潮社の学芸賞受賞の報告。（『百代の過客』読みかえしてみたが、彼の文学的感性には疑いようのないものがある。自在な日本語の運用以上に、その感性が評価されるべきだ）読売文学賞とのダブル受賞は彼が双子座のせいだろうという冗談。これでキーン氏も実質的に日本人の仲間入りができるだろう。

そのさい来年一月のアメリカでのペン大会招待に応ずるよう強い勧誘。なんでもアンケートの結果、百点満点を取った五人の作家に入っているのだそうだ。その五人の作家は、ジョサ、パス、クンデラ（チェコの亡命作家?-）、それに南阿連邦の某女流作家、そしてKOBOということらしい。いかにもニューヨークのインテリ好みの人選である。

電話の後、名前を思い出そうとして、パスだけがどうしても思い浮ばず困惑した。個人的な知人である。去年東京で顔を会わせているので、風貌から声の調子まで明瞭に再現できるのに、名前が出てこない。数日前に見たNHKの《ブレイン》という番組を思い出した。脳梁を切断し、左右の脳の機能が連動しなくなった患者の症状に似通っている。形と名称が結びつかないのだ。脳梁の機能が低下したのかと不安に襲われる。作家としては致命的な症状だ。しかし案ずるほどのことではあるまい。顔と名前が結びつかないのは子供のころからの癖である。語学の不得手もその辺に原因があるのだろう。二時間ちかくかかってやっとパスの名前を思い出した。

新潮社の賞の文学部門は中村真一郎に決ったらしい。そんなものだろう。

五月二十日　月曜日

先日会ったフィンランドの新聞記者の話。数年前ベケットの「ゴドーを待ちながら」が初演されたが、そのさい題名を「明日来るだろう」に変更したよし。フィンランド人は文化的に素朴なので、ハッピーエンドとまではいかなくても結末が明瞭でなければ不満に思うからだという説明。そんなことはありえない。教育を受けた支配階層の存在と、その思い上がりを感じさせられた。

五月二十一日　火曜日

けっきょく問題は「言語」の役割の科学的（論理的）解明だろう。《縄張り本能》の社会化に力を貸したナショナリズム（忠誠心）という「言語の鎖」を断ち切る言語システムの追及を多角的にこころみること！

霧の向うに何かがぼんやり形を見せはじめているような気もする。まず言語学の一般的傾向をしらべ、そのなかから文法主義的でないものを選んで比較検討してみよう。とにかく遺伝子レベルと関連づけて展開できる理論でなければ役には立つまい。その意味では数理言語学も構造主義も、たぶん過去の遺物になりそうだ。とりあえずチョムスキーの生成文法と、パブロフの第二系条件反射理論を参考にして、この前人未踏の領域に踏み出してみるしかあるまい。それにしても奇妙なことである、岩波の『科学の事典』にも、丸善の『科学大辞典』にも、条件反射の項目はあっても第二系については一行の記載もない。哲学と科学はいぜんとして分離したままなのだろうか。哲学者の怠慢というべきか、それとも科学者の怠慢というべきか。

六月二日　日曜日

北欧旅行の日がせまる。時間は地下の急流のように早く流れる。

戻ってから書きたいことをとりあえずＭＥＭＯしておこう。

Ａ　タバコをやめる方法。拒否の意志はほとんど役に立たない。言葉による克服。これはたぶん帰属願望を克服する方法にもつながるはずだ。

Ｂ　ドストエフスキーの本質。どんな（無価値な）人間にも存在の権利があることの感動的な発見。

Ｃ　「医は仁術」ならびに「教師は聖職」という理想論のより合理的解決案。診療と教育の自由競争がもたらす効率と荒廃の矛盾を、道徳や良心の導入で解決しようとすることの無理。聖職思想でいろどられた美談が通用するのは、階級社会の秩序が安定している状態での矛盾解消法にすぎない。主人の子供を救うために死んだ下男下女の美談。

六月三十日

北欧旅行のためにかなりの中断。

チョムスキーを読みはじめた。英語の構造をもとにした考察なのでかなり難解である。多分ぜんぶを読破する必要はないだろう。とりあえず気になったことがある。予想に反して彼が精神と言語の同一視に反対していることだ。

しかしこの見解は、おそらく「精神概念」の規定のしかたによるものと思われる。たしかに一般に「精神」という言葉によって喚起される概念には、言語機能をかならずしも伴う必要のない分野がふくまれていることがある。チョムスキーも「精神活動の一分野としての言語」という言いかたをしている。パブロフ流に言えば「第一次条件反射に属する領域」も精神活動とみなしているのだろう。だが「精神」を、五感による外界認知

（いかに複雑なものであっても）をいっさい除いた認識活動と規定してしまってもさしつかえないのではないだろうか。つまり感情や気分の領域とはっきり区別する立場だ。この区別をはっきりさせておかないと、たとえば「精神力」といった超物質的な観念を許容してしまう危険がある。とくに日本語の持つ精神の語感にはその危険が内在しているように思う。

八月一日　水曜日

このまるまる一ヶ月間の空白は、資料の分析と整理に時間をとられたせいもあるが、それだけでなく、なんらかの機械操作ミスで内容が消えてしまったためである。気をつけよう。

チョムスキーとパブロフをほぼ読みおえ、現在ローレンツ『鏡の背面』にとりかかったところ。チョムスキーの論理の展開にはどことなく小犬の悲鳴を思わせるものがあった。鋭いわりに振幅がすくないのだ。「生成文法」という仮説にたしかな手触りを感じはしたものの、そこから先の展開の見通しは不十分と言ったところか。それにくらべるとパブロフはさすがに明せきである。実験を基礎にした展開だからだろう。それにしてもローレンツの思考の強靭さには感動させられる。想像力と実証精神が過不足なく統一されている。たぶんこの『鏡の背面』を読みおえた時点で結論が可能だろう。

［仮説——生物の種保存則《X》の系統発生的進化過程を《Y》とせよ。《Y》の言語レベルでの進化到達点が「国家概念」である。この《Y・国家》に対応する《X》の具体例をさぐれ。つまり現時点では国家がもっとも進化した「縄張り」であることを歴史的事実として認めないわけにはいかない。しかし同時に、これが死にいたる病であることもほとんど確実である。処方せんは存在するか?!］

八月二日　金曜日

NHKで大江健三郎がたぶん頭がいいことになっているらしい何処かの馬鹿と対談していた。そろそろ中年になりかかった当代流行の哲学者らしい。その馬鹿が言うには、仮に核戦争になっても、人間には絶対に滅ぼされえないものがあるのだそうだ。文化は滅び、人間も今の形を失っているかもしれないが、それでも何かが滅ぼされずに残るのだそうだ。さすがに大江健三郎は同意をためらった。しかし断固とした反対はしなかった。なぜ一言、その生き残るものが何かを詰問しなかったのか。

もちろん何時の時代にも、哲学者の九割は薄ら馬鹿と相場がきまっている。

八月六日　火曜日

いま取り組んでいる問題を整理しなければならないと言う焦りが、脅迫観念になって意識の底で泡立っている。ぼくにとっては生涯で最大の、そして最後の山越えになるのかもしれない。日常マスメディアで目にするほとんどの観念（左右いずれのイディオロギーを問わず）と根本的に対立する考え方だ。ローレンツ（鏡の背面）を読みすすめるにつれてますます確信が強まってくる。いま必要なことは自分の好悪の感情を極力排除し押え込むことだ。すべての事物や思考の存在理由をニュートラルな視点で容認しなければならない。ただでさえ排他的で闘争的な性格なのだから。この料理には寛容の刃物がいちばん適している。

［ローレンツ『ソロモンの指輪』からの要旨（自分流に翻案して）］

☆　……チョック（ローレンツが飼っていたカラスの名）は私を個人的に知っていて、他の誰よりも私を好いていたことは疑いなかったが、彼の追尾行動が衝動的なものであり、さらに言えば反射行動に似たものであることが、しばしば注目すべき形で明らかになった。たとえば誰か他人が足早に私を追越すと、チョックはかならず私をほうり出し……

☆　数羽のズキンガラスの黒い翼がはばたき遠ざかっていくのを見ると、チョックははげしい精神的葛藤におちいった。

☆　カササギ、鴨、ロビンその他の鳥たちは……ほとんど人間しか知らない手飼いのカモも、人が赤い毛皮をひきずって池のまわりを歩けば、早速これに反応する。キツネを一度も見たことがなくても、それをもともと「知っている」かのように……しかしコクマルガラスだけはそれを個々に学ばなければならない。継承によって敵の認知がおこなわれるのである。（学習か遺伝かを軽々しく外見から判断してはいけない。結果としての現象はいずれ類似する!!）

（コクマルガラスは黒いだらりと垂れた、あるいはブルブルふるえる物にたいしてだけ「ギャァギャァ反応」を示す。この反応の本来の意味は、捕食者に捕えられた仲間を守ることにある）

（学習によって敵を認識する――その認識を集団の共有財産にする――コクマルガラスは単なる群れをつくる鳥ではなく、社会化された鳥と呼んでもいいのではないか。もちろん言語によらない社会化は、あくまでも閉ざされた社会化にすぎないが……）

☆　コクマルガラスにとって「キャア」も「キュウー」も「一緒に飛べ」と誘う合図である。「キャア」は巣立つ気分、「キュウー」は帰巣の気分。もちろん単なる生理的気分の表現で、意識的な誘いの表現ではない。ただこの無目的の表現はおそろしく強い伝染性をもっている。この「相互的な気分伝染」によって群れの統一行動が可能になるわけだ。

「表決」にはしばしば時間がかかり、人間を基準にすれば、いかにも《決断がつかずに迷っている》ように見える。これは一つの行動に集中するために、他の刺激をぜんぶ押さえこむのが容易でないからだ。そのうち二、三羽の反応の強い年長の鳥たちが「キュウー」と鳴きながら飛び立つ。つられて全群が舞上るが、多くの気分はまだ「キャア」のままだ。「キュウー」「キャア」と呼びかわしながら、ぐるぐる輪をえがいて飛びまわり、ふたたび地面に降りてしまう。こんなことが十数回くりかえされるうちに、しだいに「キュウー」が増していき、それが八割がたに達したとき、「キュウー気分」はなだれのようにひろがって、全群いっせいに家路へと向うことになる。(刺激による行動の能動化ではなく、抑制による方向づけ！ ランダムな運動量の増加による内圧の強化ではなく、逆に一種の結晶化と考えることが出来そうだ。加熱ではなく冷却の法則！)

☆　いくら計算の出来る馬でも、出題者が2＋2が4であることを知らなければ答えることが出来ない。つまり馬は数字カードの前を移動しながら、ひそかに出題者の《本能的》なOKサインを読んでいるのである。

☆　人間に育てられた動物のずばぬけた直感力、とくに人間の表情運動にたいする理解力は、べつにテレパシー的なものを暗示するものではない。まさに彼らが《話すことが出来ない》からこそ発達したものなのだ。(言語によるある種の反射機能の制御は、言語獲得による重要な成果の一つと考えるべきだろう)

☆　目的に達するプロセスが単一なものか、複合された(自由度のある)ものかで、遺伝的なものか学習されたものかが見分けられる。さらに発明を含むプロセスなら、言語を考えるべきだろう。開かれたプログラム。

☆　『犬』の二種類の忠実さについて。[1]群れのリーダーに対する愛着を、そのまま人間(主人)に移しかえたもの。[2]家畜化による幼化。仔犬の母親に対する態度。(忠誠と従順は、全く源を異にする別個の態度なのだ。《群れ》の排他性は、忠誠に属するものと考えたほうが筋がとおる。狼の群れの例！)

☆　なぜ犬は首筋を咬む行動の抑制をもち、カラスは仲間の目玉をつつく行動の抑制をもつのだろう？ なぜハトは「同類虐殺を防ぐ保証」をもっていないのだろう。(一般には武器の発達が、同時に抑制を進化させると考えられる。しかし人間のばあい、たぶんその抑制を《言語》にゆだねてしまったのだ!!)

★★(人間の開かれた攻撃能力のプログラム。遺伝子による抑制の進化はスピードが遅すぎて間にあわない。したがって人間は何んらかの開かれた抑止プランを考えなければならない。武装による相互牽制を抑止とみなすのは欺瞞もはなはだしい。真の抑止プランは言語による抑止のプログラム以外にはありえない!!)

八月十四日　水曜日

日航機墜落事件で一昨日からテレビの前に釘付けになってしまった。なぜだろう？

五百数十人が一瞬にして事故死するという事件規模の大きさ

も理由の一つだろう。しかしそれだけでは答えにならない。問題はなぜ大事件が人の関心をひきつけるのか、あるいはなぜ人が大事件にひきつけられるのか、である。もちろんある事態(状況)が人をひきつけるから、事件とみなされると考えることも出来る。

要するに事件とは、「情報」である。優先課題として、他に先んじて反応することをうながす「刺激情報」である。

★(刺激情報:探索情報)

時間の経過につれて、事件報道が二つの方向に枝分れしていくようだ。一つは「事件の真相」の方向、いま一つは「愁嘆場の再現」。NHKは前者に、民放(とくに4チャンネル)は後者に。

どうやらこの種の事件には、「事件の真相」と「愁嘆場」というまったくレベルの違う二つの刺激要素が含まれているらしい。まず「事件の真相」にこだわる心理は、とりあえず物見高い野次馬根性として現れる。一般に強い刺激をともなった事件は、しばしば破局的な状況である。「死刑執行の場面」「火事場」「台風や地震の報道」等々……一見「終末願望」に通ずるものがあるようにも見えるが、よく考えると野次馬根性にもけっこう(種の存続のために)有用性があることに気付く。すべての「異常事態」には、人間をとっさに「集団化」する刺激信号がふくまれているのだ。謎のすべてが究明されるまで、人間は自己防衛のために集団化する。動機、手段、犯罪の遂行、すべてにわたって「事件の真相」が解明されると、異常が平常の論理に還元され、ふたたび個にもどることが出来る。この場合問題は、集団化が種の存続のためにどんなふうに有効なのかの説明である。たぶん指導者の選出のためにはかなり有効な手段になるはずだ。

すでに一度ふれたことだが、以前どこかの温泉の旅館の大火災のさいの、興味深い現象。ばらばらの状態で逃げまどっていた十数人の客が、ある地点で集結し一緒になったとたん、かなりの危険地帯であったにもかかわらずそこで逃避行動を中止してしまったという例の事件を思い出す。集団化によるパニック解除の好例だろう。あの場合はせっかくの指導者選出のための集団化の手続きが無駄におわったわけである。

テレビの前に釘付けになる現象も、おそらく疑似集団化の衝動とみなすことが出来るはずだ。《マス・メディアの機能!》(日航機墜落事件の真相は依然として解明されないままである)

もう一つの刺激要素としての「愁嘆場」について検討してみよう。この場合は「事件の真相」のように行動への意志決定という具体的な目標はともなわないものの、ある種の「集団化」の衝動という点では共通項があるようだ。この涙をともなう一体感への凝縮作用は、いったい群れの存続にとってどんな効用があるのだろう。テレビ画面に映し出された犠牲者の遺族のくしゃくしゃになった泣き顔はけっして鑑賞に耐えうるものではない。むしろ正視しかねる醜いものだ。しかしＮＨＫを除く各局が（とくに昼の主婦対象の時間帯に）競って遺族に対する押し掛けインタービューを流しつづけている。本当にあの嗚咽が視聴率をかせぐのだろうか。

信じられないことだが、局としては多少の成算があってのことなのだろう。「他人の不幸をよろこぶ心理」につけこむか、「もらい泣きの心理」を当て込んでいるのかもしれない。たしかにスターの離婚話やスキャンダルはある種のカタルシスを引き起こす。「あこがれ」と「妬み」は紙一重の感情なのである。同時に宿命的な敗残者も強い共感をさそう。感情線のグラフの原点をどこに設定するかによって対象を異化したり同化したりの差はあるが、「他人の不幸をよろこぶ心理」と「もらい泣き」とは本質的に同質の「気分」に属しているのだ。たぶん同じ「嗚咽の場面」が、同化刺激になったり、異化刺激になったり、状況に応じて変化するはずである。だから同じ愁嘆場でも、あるときは同化的に作用し視聴率を上げることがあっても、別の状況では異化刺激となりかならずしも成功するとは限らない。営業的にもこの場面はやはりＮＨＫ的方向で処理すべきではなかったか。

それはともかく、「愁嘆場」のもつ集団化作用について一般的に考察してみる必要はある。

棺にすがりつく遺族の嗚咽に合わせて泣き顔をつくってみた。ある種の強い情念がおそってくる。判断停止をともなう脱力感。パニック解除のための減圧弁だ。直接的な集団化の作用は感じられないが、パニックという状況が集団促進状況であるという点で、間接的な集団感情とみなすことが出来る。さらにこの線をたぐって行くと、どこかでヒロイズムの正体にたどりつけそうな気がする。

八月十九日　月曜日

終戦記念日をはさんで、回顧的番組が目立った。ふだんならまず拒絶反応をおこしてしまう「思い出のメロディー」なる番組を、じっと耐えながら鑑賞する。ずっと課題にしてきた《涙》の問題に関係がありそうな気がしたからだ。

終戦直後、ほぼ四十年まえからのヒット歌曲が、当時それを歌った歌手自身によって歌われるのだ。すでに初老を越えた歌手も多く、音程があいまいだったりして、いささかグロテスクな印象もぬぐえない。なかにはほとんど名前を思い出せない歌手もいて、スターの運命の虚しさをつくづくと感じさせられた。しかし番組の狙いはむろんそんな嗜虐趣味にはなく、視聴者を追憶のノスタルジーに誘い込むのが狙いである。過去の共同体験が視聴者をある集団感情に追い込んでいく。つまりここではっきりしたことは、［群化］が結果として情緒をうむのではなく、逆にノスタルジーが［群化］作用を誘発するということだ。そして［群化］が涙腺を刺激する。事実観客のなかにはハンケチを出してまぶたをぬぐっている者が少なからずいたし、すかさずカメラがフォローを怠らなかった。

しかしこの「群化衝動」が、群の維持のためにどんな効用を持つのか、「野次馬根性」の効用ほどには明確でない。もしかすると涙腺刺激は受動化の極限なのだろうか。自分を徹底的に受動化し、抵抗なく「群」の一部になるためには、涙腺の痙攣が有効だとも考えられる。

ぼく自身、何度か類似の体験をして首を傾げたことがあった。ある種の映画のなかで、ある種の《群集シーン》に出会ったとき、理由もなく涙がこみあげてきたりする。集団の持つ溶解作用に、涙腺の弁が負けてしまうのだ。これはたしかに反理性的な、遺伝子レベルでの反応だ。おそらくもっとも忌しいナショナリズムとヒロイズムの結託も、この涙腺反応に根拠を置いているに違いない。ショパンの送葬行進曲のあの強烈な還元作用に深く想いをいたす必要がある。価値判断以前に、厳然と存在している情緒反応なのだ!

八月二十日　火曜日

α7000というカメラはなじむのに時間がかかる。なじんでしまうと、けっこう使いやすい。ISO感度が常時見えないので、フィルム交換のさいの確認の面倒をのぞけば、表示やボタンの位置など撮影者の思考手順とよく合致している。しかしこの手順は従来のカメラと互換性がない。これまでの一眼レフは、劇烈な競争にもかかわらず、すくなくもイデーとしては操作性の互換性が前提になっていた。批評家たちは使用者の利益という立場から、パーツの互換性さえ求めていた。メーカー・サイドでさえ、同一メーカーの製品のなかでは互換性を重視していた。ところがこのカメラはそうした常識をまったく無視してしまっている。だから他の一眼レフとの併用は混乱をまねく。その意味でもひどく挑発的で排他的なカメラだと言えるだろう。今後のカメラ市場の動向を暗示しているように思われる。

ニュースによるとイラン・イラク戦争でイラン側の死者は五十万人だという。一種の宗教的興奮がこの異常な戦意を支えているらしいが、まるで薪のようにくべられて死んでいく兵士によって赤々と燃えさかる薪ストーブさながらだ。せんだって来「朝日新聞」のために書きかけのテーマは、その一本の薪を個別化して見る視点を強調することにある。あの爆撃跡に落ちていたドストェフスキーの読者は、個別化された薪の意識で死んでいったにちがいない!

八月二十一日　水曜日

情緒反応について。

「気分」は一般に意志決定、もしくは行動決定の重要な動機とはみなされない。「気分屋」という評価は否定的な意味で使われることが多い。たしかに「気分」だけで状況判断を下すのは、その状況がよほど慣れしたしんだものでないかぎり、軽率のそしりをまぬかれえまい。そこで「理性的判断」が対立概念として持ち出される。しばしば出会う落し穴のパターンである。「気分」はけっして「理性」の対立物ではないのだ。「気分」を土台にしなければ、その上の建造物である「理性」も構築不可能なのである。

八月二十二日　木曜日

考えてみると「愁嘆場」は、単に遺伝子レベルでの拘束力として機能している以上に、深い社会的意味をもっているのかもしれない。

人間がごく狭い群れのなかだけで暮している時は、つねに全員で「愁嘆場」を共有することも可能だっただろう。各個人が直接的な接触によって相互確認されている「閉じた社会（直接社会）」のなかでは、共同の儀式として「愁嘆場」が演じられたはずである。本来ひとりだけの愁嘆場というものはいかがわしい。演劇的状況（観る集団が前提になっている）として創り出された、架空の場面ではないだろうか。ボダールの『領事殿』のなかの、中国人の乳母が物陰でひとりで泣いているのを見て驚く場面を思い出す。主人公であるフランス人少年は、中国人が他人の視線を……（中断）

［挿入：もしアメリカの核兵器とソ連の核兵器を（機械的に）対立物とみなし、これを弁証法的に止揚したとしたら、何が残るだろう。核の廃絶だけとはかぎるまい。アメリカにもソ連にも属さない《核兵器そのもの》かもしれないではないか。なじみにくい考え方だが、信頼に足る管理機構さえととのってくれればそれでも構わないのかもしれない。経済の多国籍化に対応する政治の多国籍化を促すチャンスかもしれないのだ。しかし現実にはありえないことだろう。対立物を没価値的に評価するローレンツ的方法も、こと政治の世界では寓話的見取り図しか描きえない。すべての信仰を許容するとローレンツが言うとき、彼は大神官《ヒトラー》《天皇》《ホメイニ》のことをはっきり念頭に置いていたのだろうか］

（つづく）……中国人が他人の視線を意識して演じなくても泣けることを発見して驚くのだ。べつに人種偏見だとは思わない。ぼくの個人的体験でも、たしかに中国人には演技としての号泣の慣習がある。朝鮮人にもかなり派手な演技泣きの傾向がある。つまり《愁嘆場》が現実生活のなかで生きているのだ。おそらく《愁嘆場》を共有できるレベルの共同体がまだ生きつづけている社会なのだろう。

価値判断をしているわけではない、単に社会構造が成員の直接接触による相互確認の枠を越え、「閉じた社会（直接社会）」から「開いた社会（間接社会）」に拡張されたとき、必然的におきる変化を問題にしているにすぎない。投票も直接選挙から間接選挙へと変化せざるをえない、あの技術的な量から質への転化である。本来なら《愁嘆場》もこの点で消滅せざるを得ないはずだ。しかし集団への凝集力としてのメカニズムはなんとか残しておきたい。そこで演劇化され、共有できる儀式としての《愁嘆場》が演ぜられることになる。血縁間の儀式を別にすれば、一般に開いた社会に残存している《愁嘆場》は代償性のものと考えてもいいはずである。

ところが技術の発達が映画やテレビなどによる映像表現を大衆化した。《愁嘆場》の大量生産が始まった。昔は必要におうじて取り行われた《愁嘆場》が、さした必然性もなしに常時提供されるのだ。事件の報道、ドラマ、歌謡曲……この過剰な涙腺刺激剤の供給が情緒に異変を起こさないわけがない。涙の洪水である。現代を集合衝動刺激の中毒症状として臨床観察してみたらどうだろう。ナショナリズムの垂れ流し現象もその症状の一つかもしれないのだ。

八月二十三日　金曜日

動物をあつかっているときのローレンツには、緻密で透明な思考の緊張と美しさがある。しかし人間に言及したとたん、妙に陳腐な小言老人ふうになるのはなぜだろう？

とつぜん思いついたことがある。中曽根首相のごり押しで実現した閣僚の靖国神社公式参拝実現は、まちがいなくナショナリズムの《儀式化》という目的を持っている。野党や宗教団体はこれをもっぱら憲法違反の観点から責めているが、政府は単なる《儀式》である点を強調して言いのがれようとし、また言いのがれられる公算をもっているようだ。たぶん狙いどおりになるだろう。「かしわで」ひとつの省略というトリックで王手をかけた中曽根（もしくはそのブレーン）の知恵には、有能な権力主義者だけにそなわった鋭敏な嗅覚が働いているようだ。ぼく自身ついさっきまでは「公式参拝」についてただ気分的な不快と嫌悪しか感じていなかった。《儀式化》そのものが戦略的攻撃目標であり、致命的破壊力をもった実弾であることまでは見抜けなかった。《儀式化》によって公式行事になった「戦没兵士の鎮魂」は、浄化され論議の余地のないナショナリズムの歌になる。いちばん重要なのは、いったん公認された《儀式》の解除には革命に匹敵する社会的エネルギーを必要とするということだ。

しかしローレンツは「儀式化されていない行動というものはいやらしい行動です。体をかいたり、鼻をほじったり、あくびをしたり、のびをしたり……」（R・I・エヴァンス『ローレンツの思想』日高敏隆訳）と言いきっている。

動物を扱うあのローレンツの公平で愛情にみちた手さばきが、人間におよんだとたん、妙に不寛容で偏見にみちたものに変ってしまうのはなぜだろう。もしかすると戦時体験と関係があるのかもしれない。彼はエヴァンスとの対話のなかでこうも言っている。「戦争にはつきものの集団的な好戦的熱狂もまた、あらゆる高度な人間的努力に欠かせないものです」オーストリア人であるローレンツは、あのナチス時代を、どんなふうにして生きてきたのだろう？

さらにローレンツはこうも言っている。「集団的熱狂を欠いた人間は、事実上感情的なかたわだといえます。そういう人は何ごとによらず熱中することができません。けれど、人々の集団的熱狂には細心の指導が必要です」ローレンツ博士よ、いったい誰が指導してくれるのですか？　どうやってその指導者を見分けるのですか？　刷り込みによってですか？　その指導に従わない場合、いったいどんな罰則が待ち受けているのですか？

昼食、クラブハウスサンドとアスパラサラダとコーヒー。レストランで飾りチョウチンの撤去作業をしていた。またもう一度、夏が過ぎていく。

しかしそろそろ軌道修正して、いま検討中の仮説に引き返そう。予測どおりの展開をみせてくれるかどうか、やってみなければ分らない。1）現代において国家は社会集団のもっとも進化した段階である。2）戦争は国家レベルで選択遂行される。3）国家の意志決定のメカニズムの背景にひそむ言語機能。国家を形成している各ブロックをつなぐモルタルとしての言語。言語の粘性を変化させる溶剤もまた言語である。4）国家と儀式。5）国家の解体は幻想か？　たしかに人間から「集団化」の衝動を完全に拭い去ることは不可能だろう。しかしそれがナショナリズムに結晶していくことは防げるかもしれない。6）言語だけが唯一のかすかな希望だ。7）言語と教育の自立。立法、行政、司法の三権に、教育をあらたに独立した《府》として加え、四権分立にすること。

この最後の試案7）は、迷路脱出のための最後の手段かもしれない！

八月二十五日　日曜日

ローレンツには本人が意識している以上に超保守主義的な心情が内在しているのかもしれない。科学的に見える手さばきのなかにも、その気配がひそんでいる。たとえば、伝統の問題、それがいくら理不尽で一見不合理に見えるものであっても、文化の進化の過程でそれなりの淘汰圧をくぐりぬけてきたものである以上、かならずなんらかの生存価をもつものだという主張。その主張の裏付けとして彼は数々の動物の形態や行動をひきあいに出し、自分がその意味について説明してみせるまでは、誰にも不可解な謎として受け取られていたことを強調する。たしかにローレンツの観察力や分析力には天才的なものがあり、あやうく説得させられてしまいそうになる。しかしこのロジックには二つの落し穴が隠されているように思う。

第一は、伝統の個別的形式と、伝統形成のための生理的基盤（チョムスキー流に言えば生成伝統といったところか）が、ごっちゃになっているあいまいさである。もちろん学習された文化が淘汰され、その結果が伝統という形式で保存されることは誰にも否定できないだろう。それを可能にする生理的基盤が遺伝子に組込まれていることをみとめても、とりあえずなんの不都合もないはずだ。しかし伝統の個別的形式までを同列に本能とみなすわけにはいかない。

われわれがこうして進化を論ずること自体、進化過程の段階の一つであり、進化自体を悪と考える退行思想は別として、進化能力の増大はそれ自身が人間的な願望であり姿勢であるはずだ。最近の遺伝学もあきらかにしているとおり、どんな生物でも個体差の幅を広くふくんだ種ほど可能性にめぐまれているのだ。いかに情報科学が進歩しても、決定論や宿命論で未来予測が可能になったりするわけがない。根源的に予測不可能な未来に対応するためには、できるだけ異質な多様性を内包する生命もしくは文化に期待するしかないのである。ローレンツのように伝統を固定した作法とすりかえるべきではない。(遺伝子工学にたいする慎重論のほとんどがこの点に集中していることに注目!) 真の伝統は反伝統をふくむ流動的な関数の総体なのである。彼は擬人化を目の敵にするわりには、平然と擬動物化のレトリックでひねりをきかす。

第二の問題は、進化の概念がいささか古風なことだろう。ほとんどの著作が分子生物学が遺伝学に導入される以前に書かれたせいかもしれない。分子生物学の立場からすると、従来考えられていた以上に突然変異の率は高く……と言うより、淘汰が機能しないまま、つまり生存価になんら寄与することなく、種の特性として固定される例が多いらしい。いわゆる中立説というやつだ。淘汰万能主義者の気分を逆撫でしたらしいが、よく考えてみるとダーウィンの基本理念にいささかも抵触するものではない。(この場合皮肉なことに淘汰主義者が左派で、中立主義者が右派的な色分けになる。しかしローレンツは前者に属する右派なのだ。科学とイディオロギーの同一視の危険性!) 一見無意味なのではなく、実質的に無意味な形質が存在 (しかも頻繁に) するという事実は、生命がひどくアナーキーなもののような不安を感じさせるが、それもその形質がマイナスの生存価をもつものなら当然淘汰圧の干渉を受けるはずだ。つまりその形質はほとんど無害無益なのである。もちろんその無害無益な形質の土台のうえに、おおきな (+もしくは−の) 生存価をもった文化現象が構築される可能性はあるだろう。ローレンツのように、よき伝統には善があるなどと言ってすませているわけにはいかないのだ。善でも悪でもない伝統という関数に、自由で内発的な変数を自在に挿入して「変異」を選択できるのが、動物とは違う人間の能力ではないだろうか。その自由度を可能にしている梃子の支点が《言語》であるはずだ。ローレンツはしばしば (他人の無知をいいことに) 遺伝子レベルでの法則を、個別言語による学習された文化領域にまで平気で拡大解釈してしまうきらいがある。動物と人間をへだてている《言語》の壁は彼が思っている以上に決定的なものなのだ。文法構成がいくら違っても、言語は言語であるという共通点が見えないから、あんなふうに人種差別主義者の臭気をただよわせることになってしまうのかもしれない。

スェーデン　タイガー・フィルムのKjell-Ake Anderssonのトリートメント、予想していた以上にイメージが豊かなので安心する。低音部をきかせた塩味餡パンのような舌ざわりはこの連中の持ち味なのだろう。とくに早朝、電話ボックスの中の男がベビー服姿のまま許婚者に電話するところや、マスターベーションの最中に《家族》が訪ねてくるところなど、きわどい面白さがある。成功すればこのメリハリのない粘りも悪くない。しかしいくつかの注文はつけたい。小さいことだが、金魚鉢より例の「閉鎖生態系のモデル玩具」のほうがよくはないか。男と許婚者の仕事として、デパートの従業員がはたしてもっとも適切かどうか？　むしろ巨大な（ICM(ママ)のような）法律事務所にする手もあるのではないか。つまり弁護士は最初から周辺に登場しているわけだ。さらに問題の檻。檻よりも映画の場合は拘束衣（ベビー服に似た）のほうが効果的かもしれない。その拘束衣には、リモートコントロールで操作できる関節などの可動部分があり、意に反した仕種を強制されたりする。つまり構造的にはギブスに似た要素もある、おせっかいなシルバー・ロボット（看護用）だ。《Made in Japan》の表示プレート。なお奇術師を長男の変装にすると、主題を集約しやすいような気もするが、かえって理に落ちすぎか？　重要なのは、家族たちの穴場（男の部屋）探しのルールをもっと計画的なものにするかどうかの問題。長男を奇術師に仕立てて情報収集の役目をさせれば、筋はとおる。しかしそれだと家族が意識的なハンターになりすぎ、展開の不条理性が失われるかもしれない。当然のことだがセリフは極限まで（黙劇にちかいところまで）切り詰めたい。多少分りにくくなってもかまわない。最後に、ラストシーンについて。記者（この物語の語り手でもある）の部屋のドアがノックされるのは、象徴的には納得できるが、これも説明過剰をいなめない。寓意が目立ちすぎはしまいか。ただドア（一般的なあらゆるドア）がノックされるように視覚化は無理だろうか。もしかすると音だけでもいいのかもしれない。記者も弁護士にしてしまったら？

八月二十八日　水曜日

ドナルド・キャンベルのローレンツ紹介は面白い。これ以上紹介文的なものはいくら読んでも無駄だと思っていたが、見過さなくてよかった。R・I・エヴァンズ編の『ローレンツの思想』のなかの一節である。キャンベルはアメリカの心理学会の会長だが、日本の心理学者とは大違いだ。日本の心理学者はもっぱら性格判断の専門家で、血液型による占い師を多少知的にした程度の連中だ。しかしさすがにキャンベルの思考手続きは論理的だし科学的だ。分類学と進化論くらいの違いはある。現代心理学を見直すべきなのかもしれない。

テレビの深夜放送でルルーシュの「夢追い」を見る。技術には感心させられたが、完全に無思想だ。なまじの無思想さでは、たぶんこうはいくまい。完ぺきなまでの思想の欠如が、かえって技術を光らせているのだ。これも一つの才能とみなすべきかもしれない。ついでに感じたことだが、映画「友達」では次女が男のために心の奥底から泣きじゃくる場面を設定すべきだろう。

八月二十九日　木曜日

十月のシンポジュウムのための講演、そろそろまとめに入る段階だ。ローレンツの業績を援用しながら、しかし結局はローレンツ批判として問題を展開するしかなさそうである。ローレンツの著作やキャンベルの意見からうすうす感じとっていた、彼の反動的傾向は、アメリカではナチスとの協力関係がかなり一般的に言われていると言うD・キーンの言葉によっても裏付けられた。

以下キャンベルの見解を、ローレンツに対する批判点にそって見てみよう。

まずキャンベルは、ローレンツ批判というよりは、「攻撃」についての理論の俗流解釈からローレンツを擁護するという形で、言質をとろうとしているように見える。つまり「攻撃性」を人間の遺伝子レベルに組込まれた本能衝動とみなすことで、「戦争」を人間性の宿命であるとする立場に対し、はっきり距離をおくことをローレンツに求めうながしている。キャンベルの立場はこうだ。個体の「攻撃」と組織化された集団の「攻撃」は、一見相似の現象に見えるが、まったく違ったレベルの問題である。個体間の「攻撃」は、「なわばり」の維持のために行われるものであり、一般の「せきつい動物」の例で言えば、「一頭の雄またはハーレム、および自分の子供をまもるための、一頭の雄の行動的な症候群を意味している」わけだ。これに対し、「人間の民族中心主義を動員するための努力は……集団レベルのなわばり性は……妻、子供、家庭を（保護することではなく、逆に）保護放棄することを要求してきた」わけで、現実の脅威はむしろ内部の不和の抑止力として評価されるべきものである。

しかしこんなふうに問題を展開していくと、逆に足をとられることにならないか？　たしかに個体レベルでの「なわばり」と集団レベルでの「なわばり」とは、互いに矛盾し敵対するものかもしれない。だがそれだけだと、個体レベルでの「攻撃」の発散が戦争防止につながるという、フロイドの昇華の観念を通俗化したような結論にも短絡しかねまい。ローレンツの「攻撃」理論がそのまま戦争肯定の理論ではないことを主張するだけでは駄目なのだ。現に類人猿のなわばり集団は一頭の雄に支配されたハーレムだけとは限らない。むしろ「なわばり衝動」のなかに「家族化」と「社会化」とを切り替えるスイッチを発達させたのが社会的高等哺乳類だと考えたほうが筋がとおるのではないか。
ここで大胆な仮説を一つ立てておく。[人間は言語という開かれた制御スイッチを手に入れることによって、同種殺害の制御弁(タブー)を撤去できた。この能力は系統発生のある時点では有効に機能したのではないか。たとえば淘汰圧が言語と技術の豊穣化をうながしたとか……]
さらにキャンベルの見解をつづけてたどってみることにする。

八月三十日　金曜日
昨夜の深夜放送はワイダの「大理石の男」。すっきりしたスポーツマンの身のこなし。しかし外国人がこの手の作品を見て感動するのは、けっきょく他人の不幸をじっくり味わういやらしさに通じていはしまいか。たしかに警察国家の反人間性に対するプロテストはある。だがそのプロテストには普遍性が欠けている。反共感情を誘いはするが、日本の現状にもひそんでいる他人事ではない問題だという警告にはつながらない。それにしてもポーランドの若者たちはこんなにも活々と生きているのだろうか?　本当だろうか?　カッコウがよすぎる。と言うより、はしゃぎすぎの印象を受けてしまうのだ。モダンな六本木あたりのテラス・カフェ(まだ行ってみたことはないが)で、周囲の視線を意識しながらやたらと体を動かし、息づかいもはげしく怪電波を発信しつづけている甲状腺肥大タイプの青年を連想してしまう。彼が「何か」になりたがっていることは一目で分る。善良で空想的な登場人物的青年像。

昨日にひきつづきキャンベルの見解をまとめてみよう。

とにかくキャンベルはローレンツを擁護しようとするあまり(それとも論敵に利用されないための戦術か)、《疑似種形成》という概念にしがみつく。現象的にはそのとおりだろう。動物では他の種に対してしか起りえない殺りくが、種の内部で可能なのだからたしかに《疑似種形成》である。しかしこの概念にはアナロジーとしての整合性以上のものはない。さらにこうしたアナロジーでは、現象をモデルとして理解するには有効でも、実際に戦争を抑止するという現実プランに到達する見込みはない。このあいまいさは遺伝子レベルに組み込まれている「言語」という人間に固有なメカニズムについての認識の不足から来ているように思われる。現にキャンベルの具体的提案も、[雄の《自然な》なわばり的攻撃性の抑止を必要とする]といういささか陳腐な段階にとどまっている。

《疑似種形成》という概念の欠陥はそれだけにとどまらない。他の《疑似種》に対する攻撃は、《疑似》殺人にはなっても本当の殺人にはならないから、いったん解発された種内攻撃性が作用しつづけるというわけだが、これでは戦争の悪は人間が《動物》のようではないというだけのことになってしまいかねない。戦争を考える場合、「殺す側」と「殺される側」とを分けて考えてはいけないのだ。敵であるか、味方であるかを問わず、戦争は兵士の悲劇なのである。支配者はしばしば敵の戦士の死にさきだって、味方の戦士の死を求めようとするものだ。

(集団化の法則の応用)


敵対するグループの形成とその闘争を説明するのに、なにも《種》の概念の援用を求める必要はない。戦争が攻撃本能を利用することは否定できないが、とくに近代戦は、あきらかに政治的矛盾の非外交的解決である。不可欠な戦術的手段として暴力をふくむが、戦略レベルではゲームに似た緻密な思考も求められるはずだ。戦争を誘発するさまざまな条件のうち、遺伝子レベルに組込まれている要素としては、やはりまず第一に「開かれた群」という人間に固有な能力を考慮すべきだろう。このプログラムの遂行を可能にしたのが「言語」である。そしてその淘汰圧の結果が「国家」の確立なのだ!


もう一度キャンベルの見解に立ち戻ってみることにしよう。

(台風十四号の接近で風雨つよまる。午後八時)

[集団の規範からのそれとわかる逸脱は、ローレンツの生得的解発機構のひとつのように働いて、叱責と貝殻追放の引き金になる。(キャンベルは、そうした機構が)ローレンツの中で作用しているのを見るのを憎むものである。一部の青年の……身だしなみの逸脱に対して、あたかも赤旗に対するかの有名な牛のごとく反応し……私を困惑させる]まったく異論をはさむ余地がない。さすがの(ローレンツを尊敬してやまない)キャンベルもかなり感情をあらわにしている。さらにつづけて[《ヒッピー》たちの逸脱した制服を、われわれを危険に導きつつある体制文化から独立した、脱俗的、利他的志向の表現、つまり聖職者のカラーのようなものとして考えるわけにはいかないものだろうか]と問いかける。これに対するローレンツの返事がまた面白い。[……私はこの均一性が聖職者の首輪式カラーと相似のものであるというあなたの意見には同意できません。むしろインディアンの戦闘用の化粧に比較しうるものと考えています]

しかしいちばんの対立点は(この件に関してはぼく自身ほぼ百パーセント、キャンベルの側に立たざるを得ないのだが)、ローレンツがもっとも忌み嫌う《えせ民主主義の教義》なる概念をめぐってのものだろう。はっきり言ってその概念はさほど明確に規定されているわけではない。キャンベルも次のような問いを発している。[(では望ましいのは)世襲的君主制や社会的カーストなのか?《君主国民》に対する特別な権利なのか?]けっきょくは《遺伝的な差異》と《環境(教育)主義》を機械的に対立物とみなし、前者を擁護し後者に腹を立てているだけのことではないのか。ぼくだってべつに生れたての人間は、教育によってなんでも書き込める白紙のような存在だと考えるほど、素朴な平等主義者ではない。遺伝的差異が生れつき存在することは論議の余地もない自明のことだ。われわれ有色人種が教育や環境によって白人になったりするわけがない。ぼくなりキャンベルが主張しようとしているのは、どんな遺伝的形質の差異も、社会的差異の根拠にはなりえないということである。社会的機会の均等が、貴重な伝統を破壊する《道徳的文化的崩壊》だとするローレンツの立場は、あまりにも非科学（論理）的すぎて病的な被害妄想と断ずるしかない。たぶんローレンツには言語機能の増大そのものが不快なのだろう。社会的均等から顔をそむけるために、生理的均等を罵倒しているのだ。如意棒だったはずの進化論をどこかに置き忘れてきてしまったらしい。思想による科学者の窒息の一例である。

ローレンツはたしかに科学者であることを止めてしまっている。さもなければ［遺伝にもとづく社会行動の崩壊によって私たちをおびやかしているのは……おそろしい形での黙示である］などという非科学的な言葉が出てくるはずがない。そんなに簡単に崩壊しないからこそ遺伝形質ではなかったのか！

さすがにキャンベルは本質的な反論を忘れていない。［遺伝的な純粋性がローレンツの価値観の一つであるようだが、しかし自然条件下での自然個体群の遺伝学についての研究は、遺伝子の同型性（ホモ）よりもむしろ大きな異型性（ヘテロ）を見いだしている……私の知るかぎり、今なお……価値ある種特異的な適応が、混血によって失われたというような、交配がもたらす危険の報告例は一つとしてない］

もうこの辺でいいだろう。知能の人種差をめぐる論争については問題なくキャンベルに軍配をあげたい。

八月三十一日　土曜日

昨日の深夜放送はヴィスコンティの「神々の黄昏」。本当の題は「ルードヴィッヒ」。延々四時間におよぶノーカット版だ。こういう放送があるとテレビも馬鹿にならないと思う。しかし内容は予想していたとおりだった。ぼくはどうしてもヴィスコンティが好きになれない。と言うよりヴィスコンティを面白いと感じる人の内部でなにが展開しているのか理解できないのだ。映画解説者は映像美だと言い、永遠の人間ドラマだと言っていたが、とてもそうは思えない。全編にみなぎっているのは拒絶と侮蔑の感覚だ。特権的支配階級が被支配階級に示す嫌悪と無関心の表情だ。それを客観的に描ききっていれば、それはそれなりにプロテストとしても成り立つのだろうが、ヴィスコンティ自身が大貴族（王位継承権がまわってきても不思議ではない）の出身であるせいか、批評の射程内に納められないのだ。ひたすら築城にはげむルードヴィッヒを笑うことが出来るのは、従姉のエリザベートだけである。あの奇怪な城が、しょせんは大人のための、それも自分のためだけのディズニーランドにすぎないことを見抜ける存在として、エリザベートしか設定できなかったヴィスコンティの高慢さは我慢ならない。しかもはるかな逆光線のなかで、錯覚かと思わせるていどのかすかな笑い。観客が笑えるなどとは思ってもみなかったのだろう。もちろん王者の絶望を通じて、官僚政治家のくだらなさを描いたものだと言えなくもない。ルードヴィッヒをめぐる政府の役人たちの俗物ぶりにくらべれば、たしかに軍人と民衆は（忠誠心を知っている点で）まともな扱いを受けているようだ。だがどたんばに立たされたルードヴィッヒに残されたのは、死かクーデター（軍と民衆による）かの二者択一なのである。民衆もいいようにダシにされたものだ。ローレンツがこの映画を観たらどう感じるか、興味しんしんである。

さて、そろそろローレンツとも別れるべき時だが、最後にその線路の分岐点にあたる駅名だけは明示しておこう。それはぼくが《言語の獲得》と考えた地点であり、ローレンツはそこに《非合理な価値の感覚》という奇妙な標識を立てているのだ。［価値観についての健全な哲学が、善悪の感覚なしに発達しうるとは考えません］生物学者が使う用語である以上、この《発達》に進化のニュアンスを認めても無理ではあるまい。何か遺伝子レベルに組込まれたプログラムとしての《善悪》を指示しようとしているのだろうか。たぶんそうだろう。ローレンツはプログラムが解発される過程に《感覚》とか《気分》とかの用語を使いたがる。それにしても《善悪》の本能とはなんたるドグマだろう。動物についてあれだけの観察をした進化論者と同一人物とはとても思えない。

さて、いよいよ《言語》の問題である。ぼくはローレンツの再読にかかった当初、その語り口、動物の行動を系統発生的に整理していくあざやかな手口から、いずれは当然《言語》の問題に辿りつくものと期待していた。以前読んだときには気付かなかったのだろうと勝手に決めこんでいた。チョムスキーやパブロフに欠けていたのは、まさにローレンツの方法だったからである。もう一度チョムスキーならびにパブロフに引き返してみる必要がありそうだ。

チョムスキーは《言語》の深層構造をさぐりまわした結果、必然的なものとして《生成文法》の概念に辿りつかざるを得なかった。そしてこの《生成文法》が学習によるものではなく、生得的な（遺伝子レベルに組込まれた）ものだという仮説にたどりつく。いずれは実験的に証明されるだろうが、現在の大脳生理学、ならびに分子生物学の段階ではあいにくまだ手つかずのままである。

しかし状況証拠はかなりそろっている。パブロフはチョムスキーとは反対側から、純粋に大脳の実験生理学の立場から、もう一次元高い条件反射として《言語機能》があるのではないかという仮説を予見した。文献によると死亡する直前のことだったらしい。その後この高次条件反射が実験的に研究されたかどうか、あいにくまだなんの資料も手にすることが出来ないでいる。同じ問題にとりくんでいる同士として、ローレンツももうすこしパブロフの業績に慎重な注意をはらうべきではなかったか。ローレンツはパブロフの方法について、生きている全体の把握を無視した、不自然な拘束による動物の作為的観察だと非難している。たしかにそのとおりだろう。しかしもともと大脳の反射機能の実験がパブロフのねらいで、べつに動物の行動の説明が目的だったわけではないのだ。せめてキャンベルがローレンツに寛大であった程度には、ローレンツもパブロフに対して敬意をもちつづけてほしかったと思う。ローレンツだってあと一歩のところまで近付いていたのだ。

［概念的思考と音声言語はヒトに文化的伝統の可能性を付与したが、獲得形質の遺伝に相当する何ものかを達成することにより、ヒトの進化を根本的に変えてしまった（生物学および文化の領域における儀式化の進化　日高敏隆訳）］

またローレンツに舞い戻ってしまったが、問題を解く鍵であると同時に、ややあいまいな分りにくい言い回しなので説明を加えておこう。ここでローレンツが言いたかったのは、単純に進化の速度のことである。獲得形質の遺伝（ルイセンコ学説）というのは、むろん「不可能」の譬喩的な表現にすぎない。［文化的発展は一、二世代以内で生態学的適応を達成するが、正常の系統発生におけるこのような適応にはまったく桁違いな時間を必要とするのである］と言うわけだ。そしてこの認識は彼の伝統主義を補強するために利用される。いささか論理を欠いているので、はっきりはしないが、この早まった進化にもより速いものと遅いものの二種類があり、速い《発明》や《発見》より、遅い《伝統》や《善悪の感情》のほうを尊重しよう、そのほうがより強力な儀式化作用の上に安住できると言うことらしい。せっかくの《言語》への接近も、こうしてむざむざと見逃されてしまうのである。

《言語》には何か、進化を加速させた以上のものがあるはずだ。

九月一日　日曜日

要約すれば《言語》は第二の本能ということになる。

むろん人間が人間になるための、遺伝子の進化は、単に言語の獲得だけではなかったはずである。数多くの突然変異の積み重ねがあったにちがいない。しかしいかに多くの新情報が蓄積されようと、言語の獲得と比べるわけにはいかないのだ。その間には量と質ほどのひらきがある。何千万匹のチンパンジーを集めても、一人の人間の知恵には及ばないのだ。しかしその意味を正確に理解するのはそう容易なことではない。自然現象を認識するように《言語現象》を認識するわけにはいかないのである。認識は言語機能そのものだから、言語についての認識は「認識の認識」だろう。言語の科学は、内省という従来はあまり科学的とはみなされなかった心理的手続きによらなければならないわけである。

もういちどチョムスキーの『ことばと認識』を読みかえしてみよう。

九月二日　月曜日

十月の国際会議で司会をしてくれる矢野暢『劇場国家日本』にとりかかる。

読売新聞の不気味な記事。

「がんじがらめの校則」くっきり　違反者に体罰、横行　日弁連が中高調査

「集会は、レコードの合図で五十九秒以内に集合する」「授業中の挙手は、右腕を約七十度前方へ挙げ、五指をそろえて手のひらを前に向ける」……など細かく規定した《生徒心得》が、ほぼ全国の公立中学、高校に設けられ、中には違反生徒に対して教師が体罰を加えたり、連帯責任で班全員が制裁を受けていることが、三十一日、日本弁護士連合会（石井成一会長）の「学校生活と子どもの人権」に関する実態調査の中間報告で明らかになった。

日弁連では……公立の中学五百三十五校、高校二百九十三校の校則を収集、分析……関係者から面接、聞き取り調査した。

校則の内容は、大きく　1）校内生活の規則　2）校外生活の規則　3）望ましい生徒像を掲げての訓示　4）違反に対する制裁、罰則　に分類される。

個別規定は一律に守らせて同一行動をさせようという傾向。〈朝会の入退場は、音楽に従い整列して行進し、視線は登壇者の顔にあてる。「気をつけ」はつまさきを等分四十五度から六十度開き、指をそろえて軽く伸ばし、手のひらは体側につける。礼は、上体を約三十度前方へ傾け、いったん止め、静かにおこす〉〈トイレは指定された、あるいは最も近いトイレしか原則として使ってはいけない〉〈小中学校の同窓会に参加する時は、保護者の同意を得、ホームルーム主任を経て生徒指導係の許可を受ける。ただし、旧師が出席する場合に限る〉

また服装の規則が、ズボンのタックの本数や幅、スカートの長さなどにまで細かく及んでいるほか、それらを記載した生徒手帳の常時携帯を義務づけた規定が多い。

懲戒、罰則規定がないかわり、生徒に弁明の機会も手段も与えられていない。

……指導に名を借りた体罰が横行している。

違反者を体育館や職員室に集めて、生活指導や担任の教師が数人で殴ったり、クラスや班単位で連帯責任をとらせ、忘れ物をした生徒と物を貸した生徒や班全員を殴ったケースも報告されている。

九月三日　火曜日

一日づけの読売の記事は、教育の荒廃が時代の風潮であることを暗示している。過剰な「儀式化」の時代だ。ぼく自身の体験を思い出す。反面教師の効果に期待するしかないのだろうか。

矢野氏の「劇場国家」の概念に、とくに創意は感じられない。けっきょく自己目的化された「儀式化」の過剰と考えればすむことではないか。だとすれば特にアジア的現象とみなす必要は

ない。また日本について言えば、そのあまりにも政治主義的な政治が、しかし十分に資本の蓄積に有効に機能したことをどう説明するのか。「劇場国家」論には経済的視点が欠落しすぎているような気がする。しかし文化的な普遍性の欠如という視点には全面的に同意せざるを得ない。経済とは逆に、完全な貿易赤字状態だ。しかしこの赤字はヨーロッパ先進国の心理的押し売りの帳簿操作によるものではないのか。文化に赤字や黒字があること自体に胡散臭さを感じてしまう。

忘れないうちに、食事の途中湖畔の駐車場で見掛けた看板のことを書いておこう。

[話しあう家庭に育つ　よい心]

看板の形や置かれている位置からみて、観光客を対象にしたものでないことは明らかである。たぶん人口希薄な箱根の町にも「よくない心」の餓鬼どもがごまんといるのだろう。とっさにひらめいたのは、ローレンツの言葉だった。たしかキャンベルの批判に答えた文章のなかにあったはずだ。すぐに見つかった。

「現在の犯罪の増加の主たる原因が、広く蔓延している幼児期初期の母と子の接触の不足に求められるべきだということを、私以上に確信できる人は誰もいないでしょう」

なんという愚直なアナロジー、笑うべき《擬動物化》だろう！　ノーベル賞受賞者のローレンツ博士が、さびれた箱根町の教育委員、PTA役員、警察の風紀係などとたいして変らない意見をおおっぴらに振りまわしているのだ！　しかしそれだけに恐ろしい、もっとも人間的な人間の宿業だと言えなくもない。つまり母親のいない子供は、この《よい心》という気分によって排除され、生来の《異端》になるしかないのである。差別と排除の法則だ。この湖畔の看板を、世界の田舎である日本の、さらに田舎らしい発想というだけで見過してしまうわけにはいかない。いわば並行進化をとげた、国際犯罪なみの危険思想だと言ってもいいのではないだろうか。

この《よい心》のように、一見無邪気で素朴な「現実誤認」と見えるものが、じつは狂暴な《異端審問》と同根であることを、もっと深く追及してみたい。例の「読売」の記事とも結びつくことだ。「言語と国家」という根本問題ともおのずかかわってくる。

素手で鉄壁に挑戦しているような痛みが肩や腕に跳ね返ってくる。ぼくが予想している以上に説得困難な事態に向いあっているのかもしれない。

九月四日　水曜日

新潮社によってクンデラの本二冊を受け取る。新田氏と神楽坂でテンプラを食べる。

通俗科学雑誌『ウータン』の、サイボーグに関する記事を読みながらの着想。神は存在するか、という設問に対する肯定派と否定派の間に、必ずしも思想的な対立があるとは限らないのだ。この両者では「存在」についての概念規定が違う。たとえば夢は存在するか、という設問に置きかえてみるといい。「存在」の意味をどう解釈するかによって、おなじ立場から同時に両方の答えが可能である。物質に質量が存在する(計測可能)ようには存在しなくても、ミミズは夢をみない、というレベルの設問に対してならば、はっきり人間の夢の存在を主張できるわけだ。つまり「神」の選択は、「存在概念」の選択にひとしい。そしてこの「神」を「愛国心」もしくは「忠誠」の概念に置換えれば、いまの主題に結びつく。

厳密な論理に照らしてみれば、「神」の対立物は「無神論」ではなく、まして「悪魔」などではなく、「超人思想」(異形の者・即身成仏)なのではないだろうか。思想の中間項としてなら、不本意ながら「神」にも許容してやる余地がありそうである。同じ意味で、戦争を条件つきで(一種の必要悪として)肯定する思想(たとえば職業軍人の立場)にたいしても、いちおうの理解が必要なのかもしれない。遺伝子レベルからの指令に駆り立てられている受容器を頭ごなしに咎めてみてもはじまらないことだ。戦争否定には具体的な臨床技術の確立がもとめられる。

九月五日　木曜日

矢野氏の『劇場国家日本』の、気掛りな問題点を整理しておこう。

すでに触れたように、この本も、多くの日本人論客がおちいりやすい標本製作者的な視野狭窄症におちいっている。標本にされる対象と運命を共にしていないのだ。つまり日本という標本に対して、本来は不可能なはずの俯瞰撮影者用特別席をもうけ、最初から奇習観察を自分の職務と決めてかかっているところがある。ある一つの文化形態について、それが共通の深層構造の上に構築された特殊な個別性である場合、それを普遍と考えるか特殊と考えるかの配慮がほとんど見受けられない。もしこれが「日本」抜きのより一般的な「劇場国家」論だったら、もっと抵抗なく同意できたような気もする。

もっともこの「劇場国家」という概念は、矢野氏自身のものではなく、クリフォード・ギアツというアメリカの社会学者がバリ島の政治形態を観察して提出した仮説なのである。その内容についてぼくは矢野氏のように衝撃を受けたりは出来なかった。好奇心旺盛な白人が、未開国探検で手に入れた収集品に対する、例によって例のごとき自慢たらたらの自慢話としか受け取れなかった。ギアツによれば「劇場国家」とは、「国家の機能が外来の思想なり観念なりの演出表現に終始し……自前のシナリオで自国を運営できない国……したがって《文明国家》の反対概念でもある」らしい。極楽トンボもいいところである。ギアツ氏はヨーロッパの歴史を勉強したことがないのだろうか。ヨーロッパの宮廷史に自前のシナリオなどあったためしはない。それとも氏はヨーロッパ文明そのものが《文明国家》の反対概念だと主張したいのだろうか。だったら同意しよう。こちらもついせんだって「ルードヴィッヒ」という模倣の極致を描いた映画を観て、重い消化不良に悩まされたばかりのところである！

なにも「劇場国家」などとイキがってみせるまでもないのだ。こういうのを行動生物学では、《儀式化》というごく分りやすい一般概念で説明している。バリ島民だけでなく、ニューヨーク人にも、日本人にも、ラップ人にも、わけへだてなく適用される普遍概念である。表現形式に特殊性はあっても、深層構造は共通のもので、さしあたり切実な今日的問題はその深層構造にかかわる部分であるはずだ。

ふたたび矢野氏の意見にもどって、日本の《政》の特徴としてあげている、「隠居制」と「代理制」の図式は面白い。ただしこれも氏の創見ではなくハーバート・スペンサーの指摘によるものではあるが……。ぼくもかねがね「院政」「上皇制度」のもつ意味について、いま一つ不可解な印象をぬぐえずにいた。さらに矢野氏は「大御所」「関白」「元老」などの諸制度の存在を列挙している。もっともぼくとしては、むしろ「幕府制＝将軍」と「天皇制」の併立のほうがより象徴的であり、重要ではないかという気がしている。しかしこの権力の楕円構造（二つの中心点の存在）も、よく考えてみればなにも日本固有の現象とは言いきれないのだ。規模こそ違え、ヨーロッパの王室と法王の関係によく似ていはしまいか。断言ははばかられるが、一種の普遍法則として、権力の《楕円運動》を考えてもいいような気がする。

★ 権力の楕円運動

その中心の一つを軍事力だとすれば、いま一つの中心は儀式の掌握にある！

また矢野氏は《閥》と《スタッフ》の対立という図式を掲げ、前者を日本的な論理、後者を非日本的な論理と規定している。話をすすめるのには好都合だろうが、《閥》と《スタッフ》が水と油みたいに分離できるはずがない。おおかたの権力がそのアマルガムで構成され、それぞれの国情によって混合比が違うと考えるほうが妥当なのではあるまいか。《スタッフ》化のシンボルとみなされているアメリカ社会にだって、マフィアの閥があり、WASPの閥があることは否定できない事実なのだ。たいていの場合、大事なのは相違点の発見よりも共通点の発見なのである。

まして「村八分」が、アジア的な王権思想にもとづく［なじまない日本人にたいする排斥の力学］というに至っては、我田引水もはなはだしいと言わざるをえない。なにも「劇場国家」の《場》の理論など持ち出さなくても、「集団からの認知の拒絶」はしばしば死をまねくほど強いアイデンティティの喪失として、ひろく動物界にも認められている現象なのである。この調子でいけば、顔の中心に鼻が一個ついているのが日本人の特徴ということにもなりかねまい。

最近のアメリカの研究（研究者の氏名を正確にメモしておけばよかった）によれば、群と群のあいだの差異と、群のなかの個体間の差異を比較した場合、一般に後者のほうがはるかに大きいことが報告されている。そのとおりだと思う。たとえば日本人は自由を知らない、と西洋人が言い、訳知り顔の日本人が同調する。べつに反論するつもりはない。ある意味ではそのとおりだろう。しかしフロムが指摘しているように、「自由からの逃避」は現代ヨーロッパ人を患わしている死にいたる病にもなっているのだ。

さてこの本の最後を矢野氏はいわば「知識人」のすすめで結んでいる。その「知識人」の意味は文字どおり、たくみに外国語をあやつり、より多く外国について識る人のことのようである。しかしぼくは識ることよりも、考えることのほうがはるかに大事なような気がしている。もう一つ矢野氏にたいして抱く不満は、東南アジアの政治史が専門だというのに（その辺の知識にいちばん期待していたのに）、ヨーロッパによる植民地支配の苛酷な影響についてはほとんど触れていないことだ。植民地支配された経験のある国の政治形態の未成熟さはもっと検討されていいテーマだろう。その検討によってヨーロッパや日本は、鏡に自分を映してみたガマ蛙よろしくたらりたらりと油汗を流すくらいの痛み分けが必要だ。文化人類学者風の慈愛にみちた「特殊性の発見の旅」はもう沢山である。特殊なアジアの一隅に住み、しかも侵略によって特殊の再生産に力をかした日本は、国家の普遍的特質についてもっとも多くを語る資格と義務を負っているのではないだろうか。

九月六日　金曜日

すでに書いたことかもしれないが、念のため重ねて書いておく。

第二次世界大戦後、国際法の遵守が意識されたのか、国家主権の神聖視が定着した。そして多くの植民地が独立し、国境による地球分割の総仕上げが行われた。敗戦国でさえ、半国家としての存続を許された。半国家には二つの形式が存在する。一つはドイツや朝鮮半島のような南北、あるいは東西に分断された国家群であり、いま一つは日本のような非武装国家である。

これら半国家は、言ってみれば政治的な実験国家だから、国家の研究のためにはまたとない生きた標本ではないだろうか。もし国家が《集団》の社会進化の理想なら、半国家には何等かの不都合がなければならない。その不都合と考えられるものを、定性的、もしくは定量的に検証していくことで、おのず国家の必要にして十分な条件も割り出すことが出来るはずだ。

被占領国であった時代はべつにして、主権国家として認められてからの日本をなお半国家たらしめているのは、戦争を放棄した憲法の規定にある。そこで右派は憲法の改定を叫び、左派は憲法の擁護にしがみつくわけだ。言葉を変えれば右派は完全国家を目指し、左派は国家を不完全なままにしておきたがっているようにも見える。

文脈だけから言えば、あきらかに右派の立場のほうが有利である。一般的に不完全なものよりは完全なもののほうがいいに決まっているからだ。だから政府がいったん動きはじめると、よほどの事情がないかぎりコントロールするのは難しい。

たとえば昨日のニュース。文部省は全国の中学高校に対して、卒業式、入学式、その他の祝典に「日の丸」をかかげ「君が代」を斉唱するよう強く要請（行政指導）したという。こうした《儀式》面での体制強化は、一部の人間に思想的不快感を与えはするが、「考え方」もしくは「主義」の相違という以上には受けとられないようだ。野党もそんなことで内閣不信任案を出したりしては大人気ないと思うのだろう、口先で反対するだけである。現に今日のニュースでも、社会党が当面かかげている反対目標は次の三つだった。1）スパイ防止法案　2）防衛費一％枠撤廃問題　3）閣僚靖国神社公式参拝。

このうちの3）は文部省の行政指導と同様、《儀式》にかかわる問題だが、野党の攻撃はせいぜい嫌がらせ程度のもので終るだろう。争点の核心はやはり1）と2）にあるというのが、一般の世論をふくめての本音ではないだろうか。しかし国家はけっして一本足では歩かない。《軍事的防衛力》増強のためにも、《儀式の強化》というもう一本の足をしっかり踏みしめなければならないことを知っている。最終的には《愛国心》が国民的合意にならなければ駄目なのだ。

あらためて問いかけてみたい。日本はなぜ半国家ではいけないのか。現状のどこに不都合があるのか。《軍備》と《儀式》の二本足に力をこめて、目指すところはいったい何処なのか。

はげしい雷雨！　共同アンテナに落雷があったらしく、テレビが消えた。心配なのでワープロの作業も中止しよう。

九月七日　土曜日
食事中、蟻が一匹テーブルのうえを這っていた。蟻は乾燥した感じがして、気味の悪さを感じさせない唯一の昆虫である。群れをなしてはいないが、こいつをただのハグレ蟻だと思って見過したら後でひどいめにあう。先兵の偵察蟻にちがいない。無数の蟻の群れのなかで何パーセントかが、仲間の蟻の通った臭いがしない新天地に、あえて乗り出していく勇気をもっているのだろう。コロニーの神経の末端である。こいつが砂糖壺でも見付けたら、すぐさま引き返して仲間に通報するにちがいない。大半の蟻は通達を受けてからぞろぞろ行動を開始する、ルーチンワーク・タイプの蟻なのだ。いわゆる蟻らしい蟻である。この偵察蟻さえ殺しておけば、テーブルの上は連中にとって存在しないにひとしい。敬意を表しつつ、その勇気ある独行蟻をひねりつぶしてやった。ローレンツ先生が知ったら眉をひそめることだろう。
本当に戦争はアプリオリに悪なのだろうか？

たしかに戦争こそは諸悪の根源である。すくなくもぼくはそう思う。しかし職業軍人や愛国者はべつの考えを持っているかもしれない。戦争とはいったい何なのか。クラウゼヴィッツは「べつの方法による政治の手段」だと言っている。それはそのとおりだろう。しかしいくら定義を重ねてみても、納得のいく解答にはならない。考えてみると歴史小説のほとんどが戦争小説である。歴史劇のほとんどが戦争劇である。民衆が政治的発言のおこぼれにあずかるまでは、戦争は天災のようにやってくる一種の宿命だったのだろうか。勇気のある者しか生きられなかった時代なのかもしれない。少くも物語に語られるのは戦士や勇者のみだった。ぼくのような臆病者には居場所もなかったのだ。しかしぼくたちの祖先が部族戦争に勝ちぬいてきた者たちであったことも事実である。戦争とは何なのか。人間とは何なのか。なぜ種間の殺しあいが種の維持に有効だったのか。戦争が淘汰圧と矛盾しなかったのなら、戦争が人間になんらかの利益をもたらしたことも認めざるをえなくなる。人間の進化の果ては地球の破壊者になることだったのだろうか。それが誕生以来DNAに刻み込まれたプログラムだったのだろうか。

共同アンテナの修理がおわったらしく、テレビがついた。しかしふたたび激しい雷雨。ワープロも中断する。

**多分もっとも重大でオリジナルな仮説！**（もっともあとで訂正の可能性はある）

系統発生の必然的過程として人間が《戦争》の能力（同種殺害を制御する本能の喪失）を獲得した理由は、もしかすると《言語》能力の獲得と深くかかわりあっていたのかもしれない。

ローレンツは文化による疑似種の形成をその理由にあげている。疑似種に目をくらまされ、たとえば異民族、宗教的異端者などを同じ種とは認められなくなったせいだと言う。一理はある。しかしそうなると、文化自体が種の維持にとって障害だったことにならないか？　とうぜん淘汰圧は文化を発展させる方向にではなく、抑制する方向に働いたはずである。もちろんナチスのように、あるいは帝国主義時代の日本のように、単一の優秀民族による世界支配を理想にした場合は、矛盾なく「他民族」「他文化」の抹殺を受け入れることが出来るだろう。しかし疑似種はしょせん疑似種にすぎないのだ。ローレンツはあきらかに自分のレトリックに目をくらまされている。

ぼくの仮説は（まだ絶対の確信はないが）はるかに現実に即している。もっとも原始的な部族間の戦争について考えてみよう。戦争の勝利で守られるのは部族の組織であり、単なる個体ではない。重要なのはこの点なのだ。もし強い個体の勝利（通俗冒険物語や英雄物語のパターン）が戦争の帰結なら、淘汰圧は攻撃性にだけ働き、人類は戦士の集団に進化していたはずである。もちろん力自慢の性向が人間の文化に根強く潜在していることは否定できない。「健全な精神は健全な肉体にやどる」

べきだし、オリンピックはたゆみなく記録をのばしつづけている。だからと言ってかならずしも人間の知力が衰えていっているわけではない。めざましい技術革新の速度が知力と無関係だと言いきれる者はいないだろう。そして技術革新を支えている者がすべて筋肉マンだとは限らないのだ。

部族の存続は個体の存続と違って、なかにヘテロ（異形）を保持することになる。たとえば戦士としての不適格者の温存だ。あるときは少数の戦士しか生きのびられないこともあるだろうが、逆に戦士だけの消耗で終ることもあるはずだ。強い部族が先制攻撃で勝ちすすんだ場合、ヘテロの構造は増大すると見てもいい。

ヘテロの増大は進化論的にみて適応できる環境を拡大することだから、それ自体でもある程度は部族の存続に有利に作用するはずである。しかし人間の増殖ぶりは自然法則を無視した加速度的なものだった。ここでいよいよ《言語》が特別な意味をおびてくる。人間という種にとってヘテロの増大が、他の生物以上に有利に機能した理由は、それが《言語》を維持するために好都合だったからだと考えられはしまいか。

経験的にもあきらかなように、健全な肉体にかならずしも健全な精神がやどってくれるとは限らないのである。一つの部族のなかには、戦士として役立つ男以外に、とうぜん女、子供、老人などが含まれる。それは人間以外の動物の群れでも同じことだろう。問題は戦士として役に立たない「ボス以外の男」が構成員としてどんな立場に立たされるかだ。動物社会なら当然追放だろう。しかし人間社会には戦闘力以外に、《言語》操作という新しい役割があった！　事実未開社会では、酋長のほかにシャーマンが、もう一人の権力者として君臨している場合が多い。すでに権力の楕円構造がスタートしているわけだ。酋長は戦士の長として肉体的にも優れている必要があるが、シャーマンに求められるのは群れの結束を守る組織力で、かならずしも腕力が評価されるわけではない。シャーマンは呪術の効用を知っていた。呪術とはとりもなおさず《言語》による《儀式化》のテクニックである。戦争に勝利することがシャーマンを含む非戦闘要員の存続を保証し、それがさらに集団の結束を固め、やがて部族内に複雑な分業を成立させる機会を与えたのではないだろうか。

もちろん言語能力の獲得は、たんに《儀式》の強化に役立っただけではないはずだ。人間の行動を解発する刺激信号としての言語は、動物の「鳴き声」や「吠え声」とは違い、自由な組み合わせによっていくらでも複雑化でき、また新規の創作も可能な「開かれ」た刺激信号である。社会や文化の進化とともに言語の機能も複雑な進化をとげ、何が言語本来の役割であったのかを見極めるのは難しい。その言語機能の進化過程については、あらためて考えることにして、いまは《儀式強化》の接着剤、もしくは《促進剤》としての言語について検討してみることにしよう。

何度も繰り返したように、言語能力の基礎は遺伝子レベルに組み込まれたプログラムである。チョムスキーの言う「生成文法」だ。しかし実際に使用される個別言語は後天的に学習されたもので、その結果形成される文化現象も当然後天的に獲得されたものである。そこで《儀式》についても、言語の介入なしに人間を支配している（本能的な）ものと、《言語》によって学習獲得された（伝統的、もしくは社会的な）ものとを、はっきり区別しておく必要があるだろう。ここではいちおう前者を《深層儀式》、後者を《表層儀式》と呼ぶことにしたい。

この二つの《儀式》レベルの混同がどんな混乱を引き起すか、いかに反動的な見解をうみだすか、そのいい例がローレンツである。人間行動学者に対して、ローレンツがその動物研究の成果から楽天的な行動のすべてを教育可能なものとみなす一部の楽天的な行動のすべてを教育可能なものとみなす一部の反論せざるを得なかった気持はよく分る。だが明白に学習された《表層儀式》の領域にまで、むりやり《深層儀式》のルールを適用することで、ローレンツは儀式を相対化しうる《言語》の力を見失ってしまったのだ。

集団の強化刺激である《言語》の魔力を解除するのもまた《言語》なのである。

九月八日　日曜日

人がうめくような声を聞いて目をさます。うめき声ではなく、湖水を走らせているボートの音だ。リモコン装置で走らせる模型のボートである。そう言えば今日は日曜日だった。日曜ごとにかならずやってくるマニヤがいる。ふつうのエンジン音とはちがい、よほどの高回転らしく、甘えた赤ん坊が何かをねだるうめき声を連想させるのだ。藪蚊の羽音を数十倍に拡大した音と言ってもいい。耳ざわりな音だ。単なる騒音という以上に、強く意識に干渉してくる。赤ん坊のうめき声に似ているからにちがいない。解読を強制する暗号文なのである。

おそらくこの強制的な干渉力をもった人声が、なんらかの人間行動を解発する端緒としての信号なのだろう。むろんまだ《言語》以前のレベルであり、強く意識に干渉はするが、行動を指示するまでには至っていない。行動を規定し指示するためには、泣いたり笑ったりうめいたりするだけでは不十分なのである。指示する行動を特定するために、対応する音声の分節が形成されなければならない。しかしそれだけではまだ《言語》とは言えない。動物の音声信号でもかなりの分節化が観察される。そして分節の構造は対応する行動を１００％特定するし、また特定できなければ意味をなさない。つまりここまではまだ本能の領分なのである。

この本能の領分で……ここが重要である！……行動を解発する刺激と、解発された行動とが、厳密に、例外なく、一対一の対応をする必要は、群れがつねに群れとしての行動の統制を保持するためだと考えられる。一つの信号が異った行動を解発するようでは、種の維持は危険にさらされる。淘汰圧が系統発生的に例外を摘み取ったのだ。（あとで詳しく検証するつもりだが、音声が分節化した《言語》によって、その例外禁止令が解除され、個別反応の可能性が開かれたのではないだろうか！）

ローレンツはこの一対一の対応が人間においても例外ではないことを強く主張している。というより、主張しすぎている。たとえばその主著『動物行動学』（日高敏隆・丘直通訳）のなかの一節、「人間社会の固定的な構造要素としての生得的解発機構」では次のような見解に触れることが出来る。［格好の分析対象は、われわれが幼児に対応する差異に働く生得的解発機構である。相対的に大きな頭、下方にある目、ふっくらした頬、太く短かい手足、そして不器用な運動様式といったものが、刺激総和現象の法則に従って、子供を《かわいらしく》感じさせるのだ。この法則は人形や動物のような《身替り模型》にも適応される。玩具産業の商品はその模型研究の成果である］……まあここまではいいだろう、しかし次の観察はどうか？［生得的解発機構の働きであることが証明されたもう一つの過程は、人間の表現動作とそれに対する反応である……多くの発達心理学者の考えに反して……《いわゆる人相学的な体験》は（あいまいな認識による類推などではなく）……その固有な種族維持機能は人間に特異的な表現動作の理解にある（ので）……（つまり表情の理解は人間の種族維持にとってきわめて重要なので、表現のためにある器官の動きには、それが）最も単純な組合せであっても、いともあっさりと応答してしまう……そこで草原は《笑う》ことができる。《湖水はほほえみかけ、水浴びに招く》。岸壁や雷雲はきびしく威嚇的に立ちはだかった人間と同じ表現価値を有する。種々の動物の顔の形をした模型にして、この反応はさらに顕著である。それゆえワシは、勇気の象徴となり……］

まったくの《こじつけ》と言うよりほかはない。ひろく畜産が行われている地方で育った（ローレンツのような）者でもないかぎり、草原を見て「笑顔」から生得的に解発されるような反応を示すわけがない。ワニの棲む湖水のほとりで育った者が、湖水からほほえみかけられたり、水浴びに招かれたりするだろうか。まさに笑うべき強弁と言うよりほかはない。誰が考えたって、《笑う湖水》は学習された言語領域の認識である。

にもかかわらずローレンツ先生は言いつのるのだ。［（この人相学的こじつけは）……個体の生活を通じて後天的な付加による《限定》すなわち選択性の増大を、常にこうむる（危険を避けるために）、（限定的な）生得的解発機構である人相学的役割へと《こじつけられ》たのである……］

先生の本能擁護はさらにきわどく展開する。［まったく融通性のない（ところが、この）機構の生得的特徴（なのだ）……それが、人間に審美的および倫理的な《価値感覚》を呼び起こすのである……そして、いわゆる黄金分割の審美作用の基礎となっているのは、美しい人間の身体のプロポーションに《合わせて作られた》生得的解発機構であり……われわれに感情的態度を解発し、《恐怖と同情》を引き起すのは、ほんのわずかの数のモチーフである……英雄によって解放された乙女、味方のために自己を犠牲にした友、などいくつかの不滅の形式は、『エッダ』『イリアス』から西部劇の映画にいたるまで繰り返し現れる……（これは本能だから、有効な特徴を）大幅に単純化した形でしかも単独に提示した場合にも、真の状況と同じ質の感情反応を解発する……（さらにそれが）ごく大ざっぱな模型的状況にすぎないことを知っている場合でも、解発される情緒に変化はない。虐待された子供、《ならずもの》に乱暴される若妻、もちろん危機一髪で救われるのだが、それに対して人は否応なしの防御反応を解発する〕

ローレンツのこの熱にうなされたような語り口には、《深層儀式》にたいする異常な執着と、《言語》によって開かれた解発機構のプログラムである《表層儀式》に対する病的な嫌悪と警戒心とが感じられる。この内務班長のような規律と画一性にたいする頑固な要求を誘発したのは、いったいどんな刺激要因だったのだろう。論理的要請だけだったとはとても信じられない。

午前四時。右手中指に痛み。つづきは明日。

九月九日　月曜日

黄金分割がひきおこす調和の感情が、美しい人間の身体のプロポーションに対する本能的な反応にもとづいている、と言うローレンツの考え方は、いかにもドイツ的な（と言ってはいけないことは重々承知のうえで、ちょっぴり売り言葉に買い言葉）人種主義者らしい自己告白である。黄金分割からはほど遠いプロポーションの民族は、すべてみずからの醜さを呪いつづけながら日々をおくっているとでも思っているのだろうか。たしかに白人モデルが氾濫している日本のテレビ・コマーシャルを見れば、ローレンツならずとも同様の結論に達せざるを得ないかもしれない。しかし事実はまったく逆なのだ。こうした日本的現象も、永い歴史的なヨーロッパ人種主義と、狂暴な植民地支配によって非西欧社会に植えつけたコンプレックスの残りカスなのである。被支配者が支配者に示す媚についてはよく知られている。間違いかもしれないが、最近「ストックホルム・シンドローム」とかいう言葉を目にした記憶がある。空港でテロ事件があり、そのさい人質の女性がテロの犯人に求愛したとかいうニュースをもとにした命名だ。他のアジア諸国のような被植民地化の経験をもたず、しかもいまや世界で一、二位を争う経済大国になった日本でさえ、いまだに抜け出せずにいるヨーロッパ人種主義の影響の深さに思いをいたしてほしい。まして植民地化によって根こそぎにされたアジア、アフリカ、中南米の旧植民地国に残る傷跡の深さにははかり知れないものがある。黄金分割的でないことは決して遺伝的なものではないし、人種的劣等を意味するものでもない。美しいプロポーションについて、ぼくならまったく別の発想をする。それは多分、苛酷な奴隷労働から解放された肉体への願望の表象であるはずだ。(昔の農民の体型とスポーツ選手の体型の比較。もちろん遊牧民族と農耕民族との対比であってもかまわない。さらに身体には、露顕体型と陰蔽体型という区別も必要だろう。きびしい身分階級社会と、原則的に平等感が行動基準になっている社会では、おのず身体表現の自由度が違ってくるからだ。さらに当然、気候風土、食物の傾向などもかかわってくる。しかしこれらはすべて遺伝的なものではありえない。肌の色やプロポーションの自体は遺伝的であっても、審美的判断の基準や表現形式は完全に後天的なものであるはずだ)

タイでクーデター未遂の報道。例によって例のごとく、在留邦人の安否についてのコメントが焦点にすえられる。こうした自国中心主義的な習慣からはやく脱皮してほしいものだ。正確な報道をとりにくいせいもあるだろうが、必要なのはやはり国際経済、国際政治からの視点だろう。日常的慣行のなかにひそむ《群の強化機能》は、けっこうイディオロギーと同等の影響力をもつはずだ。差別用語に対する規制措置が実行されているのだから、土着的閉鎖感覚を自己規制する動きがマスコミの中から出てきてもよさそうに思うのだが……

かなりの試行錯誤をへて、なんとか問題の扉の錠前に合う鍵をさぐり当てたような気がする。そろそろローレンツ攻撃も終りにしよう。彼の性行にかかわらず、学問上の業績は大きいのだ。現にぼくのローレンツ批判もある意味ではローレンツの方法を援用したものである。それに彼自身の率直な告白もある。『動物行動学』の中の一節だ。

[以下のことがらをつつみかくさず白状しなければならない。つまり《聖なる》おののきに満ちあふれ国歌を歌うことはすばらしい体験であり、そのおののきは年老いたチンパンジーの皮膚の毛の逆立てに相当し、そしてこの反応のすべては基本的にある《敵》に対して向けられることを]

[……不格好な《身替り模型》によろこんでだまされる……この純粋な生理学的基盤なしには……ユダヤ人迫害といった扇動によって意図的になされた大衆的残虐行為は基本的に不可能であったろうと主張したい]

ローレンツには国歌を耳にしてもいっこう逆毛立ったりしない人間がいることを理解できないのだろうか。正直言ってぼくは国歌を聞くと羞恥心と嫌悪感でいっぱいになる。子供の頃からそうだった。『方舟さくら丸』のモチーフの一つもそこにある。ドナルド・キーンもオリンピック嫌いの理由の一つに国旗掲揚をあげていた。不思議なことだ。国歌や国旗の歴史がついせんだって始まったばかりの、生得的なものとはなんの関係もない幼いものであることになぜ気付かないのだろう。けっきょくローレンツは心底からのファシストであり、しかしファシズムが不都合であることを理性のうえでは認め得るだけの良識はそなえ、だが不都合ではあっても《悪》ではないことを自分の学問的成果によって証明したいとひたすら願っているようだ。「ユダヤ人迫害」さえ《純粋な生理学的基盤》による結果になってしまう。扇動者ヒットラーも媒介者以上の責任はとらされずにすむのだ。

ところがそのローレンツさえしぶしぶ認めざるを得ない人間的現実があるのだ。彼はその現象を《家畜化》と規定している。ぼくはあまり適切な規定のしかただとは思わない。《家畜》という表現自体のなかに、すでに偏見と蔑視の意図を感じてしまうのだ。事実ローレンツも蔑視の気持を隠そうとはしない。例によって「審美的な領域」を持ち出し、《家畜化現象》は醜いものだと決めつける。さらに［醜いと感じるもののほとんどが家畜化現象である］とまで言い切っている。［筋肉のたるみ、たれさがった腹、X脚、相対的に小さい近眼、たるんだ人相、さいづち頭……］その逆の証明としてファッション産業が示すデザインの傾向を取り上げてはばからないのだ。そしてまたしても黄金分割！

にもかかわらず、ここで《家畜化現象》が問題になった動機は、まったく別の所にあったのだ。

［アルノルト・ゲーレンが人間について《本性として文化的な存在》であるというとき、この大胆な概念は、比較行動研究の観点から、確実に正しいものとして証明されている。われわれはすでに、人間は《本能の減退した生物》であることを述べた。ゲーレンが本質的特徴とみなした、人間の《世界解放性》――特異的な、遺伝的に固定された環境世界適応から大幅に自由であること――は一つの特質であり、その大部分は固定的で生得的な反応の《家畜化》にもとづく欠失の結果である］

［チャールズ・オーティス・ホイットマンは、家畜の《本能》の消失はけっして知的発達における後退を意味しないことをすでに認めていた……家畜はひんぱんに洞察によって問題を解くが、野生型にはそれができないこと……ホイットマンは注目すべき主張をした――「これらの《本能の誤り》は知能ではない。しかしそれらは開いた扉であり、それを通って、偉大な教育者たる経験がうまく入り込み、すべての知的奇跡を遂行するのである」と……］

つまり問題になっているのは「開かれたプログラム」という、人間固有の存在様式なのである。動物行動からの類推だけでは説明不可能な、人間固有の行動原理に目を向けないかぎり、ローレンツといえども自分の人間論（反平等主義）を展開するのが困難になってきたのだ。しかし素直に人間の特異性を認めてしまっては自分の立場がなくなってしまうので、意地をはって《家畜化》をとばくちに選んだというところなのだろう。本末転倒もいいところである。まるで人間が家畜をつくったのではなく、家畜が人間を規定していると言わんばかりではないか。

事実このあたりからローレンツらしからぬ粗雑な混乱がはじまるのだ。そしていよいよ《言語》の出番だが、もっとも重要なポイントなので、明日の作業にまわそう。これでなんとか峠を越せそうだ。右眼が痛い。

九月十日　火曜日

正午、毎日新聞の電話で目をさます。十月の会議の社告が出たという知らせ。会議の翌日、新聞用にアメリカの分子生物学の先生と対談してほしいという依頼。ケネディはリチャードソン（元国防長官？）に変更だそうだ。どっちにしても共通の話題は期待できないのだから構わない。困ったのは講演の長さである。少くも一時間と考えていたのに、三十五分以内だそうだ。数ヶ月にわたって考えてきたこの大問題を、三十分にまとめるというのは、また別の苦労である。まあいいだろう。自分のための勉強だったと考えればすむことだ。とにかく自分を鞭打つにはいい機会だった。しかしいずれにしてもここ十日以内に作業を終了しなければならない。

講演のテーマは「技術と人間」だから、やはり問題を望遠する接眼レンズの部分は「技術」がいいだろう。「技術」について、一般に連想する課題にはどういうことがあるだろうか？

1）利用する側として、環境選択の拡大。ロボット、農業技術、コンピューター。便利。2）専門化の問題。生産化、商品化にあたっての独占、特許の問題。資本との結合。ロボットも農業技術も失業問題と結びつく。さらには南北格差の増大。3）フランケンシュタインの復活。たとえばエイズをめぐるSF的憶測。遺伝子工学の独走。人間の客体化（宇宙人みたいなのを最新造語でなんと言ったっけ？　そう、たしかエイリアンだった）。4）超兵器。遺伝子工学と核兵器。国家と技術。技術管理の国家への白紙委任状。「国防上の機密」東西の対立の激化、地域紛争の機会の増大。

「技術と人間」という設問に一つ魅力が欠けるのは、その設問自体のなかにすでに解答の大枠が用意されてしまっているからである。主旋律は高らかに鳴りひびく「人間性回復の歌」だ。なんとなく心地よい響きをもっている。しかしなんの具体性もない。ただ技術と対立させた「人間性の回復」には、技術を重いヨロイのように脱ぎすててしまう解放感があり、裸、つまり初源に戻るいざないを感じるのだ。裸の心もとなさは、しぜん群化の衝動をうながす。集団の大義と本能的やすらぎ、ローレンツ流に言えば「衝動にちかい審美感覚」である。つまり「人間性の回復」は、回復する人間性の具体的内容やそのための方法などはどうでもよく、その言葉によって誘発される《陶酔感》に意味があるようだ。扇動家が愛用するスローガンと近似である。

帰納主義的に考えれば、当然のことだが技術は人間の一部である。動物の場合でも視覚的な輪郭だけでその総体を表現することは難しい。生得的な行動の構造、なわばり、一部の昆虫の場合には社会構成までふくめた輪郭が要求されるだろう。とくに人間の場合には技術や思考まで含めなければならないので、ちょうど宇宙像が視覚化困難なように困難をきわめる。相対性理論で言えば宇宙は有限だが、視覚化（三次元化）しようと思えば無限大のキャンバスが要求されるのだ。技術と人間を対立させたくなる心情に対して、いまは禁欲的な凝視の姿勢が求められる。

技術には大別して二つの流れがあるようだ。

A　手足の延長である工学的技術。（ロボット、遺伝子工学）

B　大脳の延長である思考（計算）技術。（コンピューター）

カッコの中はむろん通俗的イメージにすぎない。現実にはAとBは分離不可能である。ただ人間の危機意識に迫るためには、とくにBの設定が有効に思われるのだ。現代の危機意識には戦争を天災のように考える《終末観》と、不可侵の領域だった精神の領域が科学によって侵犯されそうだという《崩壊感》とがないまぜになっている。ここでぼくが最終的に主張したいことは、精神もまた人間の生理活動の一分野であり、その系統発生的な意味と作用を理解するためには、《言語》に帰納主義的自然科学の光を当てなければならないということだ。

パヴロフ、ローレンツ、チョムスキーという三頭立ての馬車に乗り込んでみたのもその狙いだった。狙いはかなり正確だったように思う。《言語》という大岩礁の露頭がついそこに見えはじめている。

《言語》を観察することの困難は、観察する手段もまた《言語》だという点にある。

面倒でももう一度ローレンツに引き返し、昨日のつづきの《家畜化》問題を片付けてしまわなければならない。

彼はよくよく人間の後天的能力がカンにさわるらしく、のっけから《家畜化現象》などを持ち出してきたが、《家畜化》が自然現象として進化の過程に発生したものではなく、人間によって形成されたあくまでも人工的なものであることは、あらためて検証するまでもないことだ。一般に生物は淘汰圧だけをたよりに環境に適応していく。受動的に突然変異を待ちうけなければならないだけでなく、適応を効果的に固定していくためには、解発機構の土台固めと構成にじっくり手間ひまかけなければならない。さらにその適応が種の維持に有効だったとしても、あくまでも結果論にすぎず、合目的的な舵取りはまったくなされていないのだ。自然進化はおそろしくゆっくりしたものである。

しかし人間はある種の動物を家畜化するにあたって、遺伝の《傾斜》にはっきりした方向性を与えて誘導したのである。多産、肥大化、産乳量の増加、羽毛の増加、などに加えて飼育の容易さが狙いだった。本来動物の行動を解発する条件には、敵の襲撃のような瞬発的で急激なものと、季節の変化のような複合的でゆっくりしたものとがある。前者は特異的で、後者は普性的に成熟してしまう《ネオテニー》なる現象がある……［人間の本質的特徴、すなわち環境世界との積極的で創造的な対決の維持は、（明らかに）ネオテニー現象である］

この最後の引用にはルビがふってある。文脈のうえからは、多少突発的だが、しかし疑いもなくこの一節は人間（これまでの文脈からは家畜化された）を肯定的に評価したものである。もちろんこのすぐ後にこう続く。［類人猿から人間への進化的飛躍は、新たに進化した生物（人間）にとって非常な危険が伴うという事実に、われわれは少しも驚かない……生得的行動の構造の縮小こそが人類の危機を招いた構造であるという事実を受け入れねばならない……］

立場はまったく逆だが、ローレンツもまた「人類の危機」を感じ、解決策を講じようとしていることは否定できないようだ。結論から言うとその解決のための具体案はさして特別なものではない。《人間の本当の価値》を知っている者（つまりローレンツのような真の科学者）が、民衆を信じ、面倒がらずに啓蒙書を書くことである。異論はない。事実ローレンツはきわめて明快な文体で何冊もの影響力ある本を出版した。とくに『攻撃』などは歴史的名著である。

だが問題は《人間の本当の価値》の内容である。彼がしぶしぶ認めた《創造性》も《飽くなき好奇心》も《自由度》も《理性化》も、彼の立場からすれば決して《本当の価値》ではなかったのだ。だから彼は「人間化の両刃性」とは言わずにあくまで普遍的だ。人間は社会的分業によってこの両者をたくみに統合してしまった。しぜん動物の家畜化にあたっても、この統合された環境制御力を駆使することになる。人間が獲得した環境支配のお裾分けだ。人間と類似の環境（あらゆる瞬間が不意の襲撃という危険にみたされた緊張からの解放）のお裾分けを受けた家畜が、食物摂取や交尾などもっとも深い種維持の行動をのぞく多くの本能を失ったとしてもべつに不思議はない。野生種と比較すると、全体的システムの崩壊は否定しえない事実だが、システムの欠落部分は人間が分担しているのだから家畜を責めてみてもはじまらない。まして審美的に醜悪だなどという中傷はもってのほかである。人間はその気になればサラブレッドのような家畜を創り出すことも出来たのだ。

ローレンツが言うように、何かのはずみに《家畜化現象》が人間を襲ったわけではなく、《家畜》はあくまでも人間の作品だったことを繰り返し強調しておきたい。

もちろんローレンツも人間性を《家畜化現象》だけで片付けるのは、さすがに気がひけるらしく、脈絡もなく《胎児化》という概念を持ち出してくる。［(人間の身体的特質は）ボルクが初めて観察し、決定的に証明したように……永続的な《幼若化》をもたらす種特異的な発生阻害の結果である］……たとえば人間の好奇心は類人猿の幼児期のそれと似ている……［ボルクはその現象群全体を人間の《胎児化》と名づけた］……動物界においては、個体発生の最終段階が省略され、幼生のままででも「家畜化現象の両刃性」という言い方にこだわっている。そして結論として［いわゆる権力欲と同様に、攻撃行動の特定の病理学的増大は……家畜化に基く肥大の過程によっている］ことになる。ここで病理学的というのは、理性的な道徳では補償がきかないということらしい。くだいて言うと、ヒットラーの暴力礼賛も、理性的道徳の欠如などで咎められるべきではなく（そんなものは本来無力に決っているのだから）、むしろ家畜化現象の犠牲者として診断されるべきだ、と言うことになる。けっきょくのところ、例の《黄金分割的審美感覚》《直感的な善悪の判断》《家畜に対する嫌悪と侮蔑》《国歌への集団的熱狂》等々の古代的高揚感への回帰の祈りなのだろうか？

ぼくにはまったく無縁な立場である。ついでに言いそえておこう。彼の啓蒙の矛先は、つねに変らず反復して「憎き平等主義者」に向けられている！「平等主義者」こそが諸悪の根源であり、醜い《家畜》どもの代表なのである！

しかしそのローレンツも、厭うべき《家畜化現象》が、いったいどんな理由で起きたのかは理解できず、さんざん頭をひねった形跡がある。

［明らかに生得的解発機構の消失は、人間の多才とコスモポリタン性にとって欠くべからざる前提である。人類にもっとも近い系統発生上の類縁者である類人猿はきわめて狭い生活空間に対するすばらしい専門家である。そして——地質学的に見た——この《狭適応的》祖先型からの極端な《汎適応的》人間への突然の移行は、通常の種の変遷の過程に基いては十分に説明できない。それは数世紀という期間で起こりうる家畜化による固定的な生得的機構の脱分化過程という仮説によってのみ理解される］

進化の結果である《家畜化》を進化の原因にするという、臆面もないすりかえを仮説にしなければ、人間の誕生が説明できなかったのだ。ぼくならその「突然の移行」の分岐点に、《言語》の標識を立ててやる。そう、《言語》の誕生はまさに《遺伝子》レベルでの出来事だったのである。《家畜化》どころではなく、その瞬間は、《遺伝子》が《遺伝子》自身の発見への旅に出た驚くべき瞬間でもあったのだ。「はじめに《ことば》ありき」という《ことば》は、人類の誕生に関するかぎり生物学的に正しい。

九月十一日　水曜日

薄暗がりの中を歩いていたとしよう。次の一歩をおろす、ちょうどそのあたりに、地面の他の部分とは違う色の《斑点》を見つけ、とっさに避けたとする。ぼくはその《斑点》を認知したことになるが、まだ認識したわけではない。さらに《斑点》の端を踏んでしまい、重心を移しかえてしまう前にすばやく身を引いたとしよう。この反射行動は、前の認知による反応とも違い、おそらく足が《斑点》の端に触れた感覚を刺激にした無条件反射にちかいものである。次に足が感じた違和感が、あわてて身をひくほどのものではなく、かりに踏みつけていても滑るとか転ぶとかの危険はなかったことを伝えてくる。経験との照合である。いくつもの条件反射の索引を検索し、神経に警戒信号の解除を伝えたのだ。状況によってはそのまま歩きつづける。しかしもう一度その《斑点》を確認しようとするかもしれない。ここで認識のレベルに達する。なぜそんな確認が必要なのだろう。二度と不意打ちをくわないためだ。それが腐食しかけた木の葉にすぎないことを認識し、《言語》レベルでのファイルと照合して安全を確認してしまえば、次は《認知》の段階で事前に警報装置の解除がおこなわれるのである。おどろくべき省力化だ。ローレンツなら、「家畜化にともなう本能欠失と、その代償として得た洞察力」と言うところだろう。しかしこれが《言語》のもたらした新世界なのである。ちょっぴり言葉に出してみてもいい。「くそ、驚かすなよ!」

《言語》の体系、構造、機能、意味を、総体として把握するのは難しい。そもそも《把握》という作業そのものが《言語》の機能の一部だからだ。言ってみれば鏡に鏡を映すような作業だ。映し出されるものは無にすぎない。鏡に鏡を投影した際のメカニズムは、何か任意の別のものを間に置き、その仮に托した像の結び方から類推していくしかないのである。しかしある程度は《言語》についての規定をしておく必要がある。《言語》というサインから喚起される内容は、人によってまちまちすぎるし、一般に過少評価される傾向が見られるからだ。われわれは空気のように《言語》を消費しながら、その《言語》を意識することは少ない。それにあらたまって意識された《言語》イメージは多くの場合、ある程度以上の意味内容をふくんだ構文である。たとえば一編の映画を観たとしよう。そのなかに含まれていた《言語》を考えるとき、誰でもまず思い浮べるのは「せりふ」の部分だろう。たしかに「せりふ」は《言語》である。だが「せりふ」だけが《言語》なのではない。その映画の総体——テーマ、プロット、共感や反発など——が《言語》なしには存在しえないのだ。もっと単純な例として、落し物(たとえば財布)をした時のことを考えてみよう。記憶のなかで落す機会があった情景を、自分の行動にそってなぞっていく。どこかの階段を降り、電話ボックスに入ってポケットに手をいれている……どこかの喫茶店のレジの前で支払いをしようとしてポケットに手をいれている……駅の切符売り場でポケットに手をいれている……それぞれの情景を思い浮べるのに、かならずしもいちいち「独白」で確認を取っているわけではない。イメージの再現だけで十分だ。つまり『右脳』によるアナログ的な追跡だけでこと足りるのである。だが、それらの情景を時間の連鎖のなかに位置づけて、行動の順序が記憶どおりであるかどうかを確認する作業は、もはやイメージの役割ではない。またCの地点で金の支払いが出来たのだから、それ以前のA、B地点で財布を落した可能性はない、というような消去法的推理能力はあきらかにイメージを越えたものだ。《言語》、つまり『左脳』のデジタル的思考を駆使しているのである。むろん独白にもなっていない、極度に簡略化された高速思考である。しかしいくら簡略化されていても、《言語》としての構造をもった母型はちゃんと背後にひかえているのだ。その証拠に、必要とあれば（交番に届け出る場合など）すべての状況を第三者に伝達可能である。

じっと目をこらしていると、意識の総体が、チカチカ光る《言語》の渦で占められた星雲のようなものであることが分る。無意識（正確には意識下の領域）を見ることのほうが難しい。よほど修練を経た禅僧ならともかく、普通人の普通の状態では、夢の一部（ノンレム睡眠）を除くとつねに点滅する《言語》の雲にとり囲まれているのだ。人間と動物の世界は、厚い意識という大気にくるまれた地球と、むき出しの月ほどの違いがある。擬人化なしに動物の世界を想像するのが困難なのは、想像自体がすでに《言語》による意識化の作業だからだ。

夢からさめて、その夢の内容を思い出せないとき、異様な苦痛におそわれることがある。あれは《言語化》の要求が満されないおびえなのだ。《言語化》の衝動は思った以上に激しいものである。いったんその衝動が満されてしまえば、心理的な平衡を取り戻す。これは《言語化》の衝動が本能的に逆らいがたいものであることを示すと同時に、《言語》がいかにわれわれの日常を支配しているかの証明でもあるだろう。「精神分析学」は満されない《言語化》の苦痛を読もうとした学問だ。ある種の精神的苦痛を、意識下の刺激が言語との対応を失ったための失調状態とみなしたのである。

だからと言って本能や無意識の領域を軽視するつもりはない。軽視するどころか《言語》でさえ遺伝子レベルに基礎を置いていることを最大の論拠にしているつもりである。しかしローレンツが考えているほどに、理性が尊重され、本能が軽視されているわけでもないのだ。現にそのローレンツの《言語》観の貧弱さには呆然とするしかない。『記載なしですますという当世流行の錯誤』（日高敏隆訳）のなかの「知識の源泉としての言語」というもっともらしいタイトルの一節のなかで、先生はこう述べている。［……自然発生的言語は、主観的な心理学的事実をもっとも微妙な形で反映しています……それゆえ、質的に限定できるような人間の動機づけに対して、言語がつくりだした単語はすべて実在に対応するものと（みなすことが出来）……だから科学的なアプローチにとっても（それらの単語の考察は）貴重な助けになるでしょう。多くのそのような単語──愛、友情、憎しみ、嫉妬、羨望、情欲、恐怖、激怒──がありますが、それでもその数には限りがあります。事実、私は今これ以上は考えつきません］

言語はただの語彙集なのだろうか。それもそんなに貧弱な辞書なのだろうか。知識の源泉になる「ことば」は、たったの八語しかないのだろうか。ローレンツは何を使って彼の大論文をものしたつもりなのだろう？

これほどではなくても、《言語》はしばしば出来の悪い運搬道具なみのあつかいを受けることがある。もうかなり前のことだがアメリカの大学で勉強したあるプラグマティストは、はっきりこう断言した。［不完全な言語のおかげで、思考の伝達が不完全にしか行われない。だから思考が成熟すれば、言語にかわるもっと効率のいい伝達手段が工夫される可能性がある。テレパシーなどもその一つとして、当然考慮されてしかるべきだろう］いまここで反論するつもりはない。次の小説『スプーン曲げの少年』にはいやでも深くかかわってくる問題だ。馬鹿々々しいとだけ言っておこう。

断っておくがローレンツと言えども、このプラグマティストほどには馬鹿でない。すくなくも認識機能について神秘主義におちいるような、非科学的態度はとっていない。別のところでは、たとえば『人間性の解体』（谷口茂訳）という本の中の「分化的進化」の章などでは、チョムスキーの見解を引用してほぼ同意を与えているのである。［（ある動物が）人間化の入口で、（外界の探索行動をする際）自分の探索している手が、探索されている対象と、同じ外界の一対象であることを発見したのだ。この瞬間に、把握から理解への最初の架橋が遂行された。ノーム・チョムスキーの見解によれば、概念的思考は環境支配のために生じたものであり、ようやく二次的に言葉との関係に達したのである。この想定には、たしかに有力な論拠がある。しかしながら私は、概念的思考と言葉とは手に手をとって生じたと確信している］

ほとんどぼくの言い分と一致している。べつに反論の余地はない。ここまで理解していながら、肝心のところでなぜあんな暴論におちいってしまうのか。《言語》概念がひどく定義しにくいせいもあるだろう。《言語》の定義は、いわば定義の定義である。仮に未来の科学が分子生物学的大脳生理学を確立し、言語機能を科学的検証の対象にふくめることに成功したとしても、それで《言語》世界を説明しつくすわけにはいかないのだ。だからといってローレンツのように、のばしたゴム紐を手から離してしまうような反応は不可解と言わざるを得ない。よほど《言語》によって展開された人間部分が気に入らないのだろう。きっと深く考えてみるのも嫌なのだ。その証拠に、せっかくチョムスキーに言及したすぐ後に続く意見が次のとおりである。［というのは、ただ概念への芽が与えられるや否や、ただちにそれに対して言語的象徴が見いだされたと思われるからである］どうやら《言語》をスタンプ程度のものとしか考えていないようだ。命名もたしかに言語の重要な機能の一つだろうが、それだけだったら、ことさら《言語》が生得的なものか獲得的なものかで論争するほどのこともない。単に対象に言語的象徴を対応させたことが問題なのではなく、対象世界の構造に、構造をもった言語（つまり文法）を対応させたことが、この人間の飛翔力の源だったのである。

待てよ、こいつはおかしい。この『人間性の解体』という本には、前に引用した『動物行動学』の内容とはまったく逆のことが書いてある。例の《国歌》についての意見だ。前はチンパンジーの逆毛立てだったのが、ここでは「いっしょに歌うこと、それは悪魔に庇を貸すこと」に変っている。そしてさらに「間脳が喋るとき、それは新皮質を黙らせる」という名文句までが添えられている。一八〇度の転換だ。どうしたのだろう。書かれた年代を調べてみることにする。なるほど、『動物行動学』は１９５０年、『人間性の解体』は１９８３年だ。この三十三年の間に、おおきく自己批判があったようである。もちろん後の意見を尊重しよう。

そう言えばキャンベルの論文をふくむエヴァンズの『ローレンツの思想』が１９７５年だから、あんがいキャンベルの批判などが影響を与えたのだろうか。

三浦和義逮捕！　映画以外で犯人逮捕の現場を見るのは始めてだ。

九月十二日　木曜日

午前二時半まで三浦逮捕についてのテレビ見物。野次馬根性。このなかにも様々な行動解発因子がうごめいている。三浦の人物批評はまた別の機会ということにして、この複合的な解発因子のうごめきは、とりあえず興味をひく問題である。

しばしば問題にされる、コンピューターと大脳の思考過程の相違も、この「うごめき」の有無とかかわり合っているのかもしれない。つまりコンピューターは代数方程式ふうに解答に向って最短距離を探索する。頭に豆電球をつけた一匹のネズミが暗い迷路のなかを駆けまわる情景を想像すればいい。それに対して大脳の思考はジェームス・ジョイス風だ。多数の出発点から多数のネズミ（解発された言語）たちが同時にスタートする。豆電球を明滅させながらいったん迷路の全体に拡散する。やがて縞目になったり、網目になったり、不規則だが濃淡の傾向を持ちはじめる。孤立した豆電球は消える。接触してネズミどうしでエネルギーのバトン・タッチが行われ、一匹の電球の輝度が二倍になる。時間とともに、宇宙で星が誕生するような過程が進行する。一つ、もしくは複数の強い輝点が太陽になって静止する。（パヴロフの実験のなかの、大脳半球における刺激の拡散と集中というのも、たぶんこの現象を指しているのだろう）

人工頭脳が人間の思考に追い付くかどうかの論議も、この大脳の刺激汎化（拡散過程）という無駄をプログラム出来るかどうかにかかってくる。言ってみれば人生のプログラムだ。出来るかもしれないが、おそろしく使いにくい機械になるだろう。「気分」をもった機械は、機械としてはたぶん失格である。

一般的に言語による思考過程を《理性・的》なものとみなしがちだ。しかし《理性》と《理性的》とは区別して考える必要があるかもしれない。仮に《言語》の本質であるデジタル的過程を《理性》と規定しても、いったん拡散状態を通過する以上、全過程がコンピューターのように論理的に運んでくれるとは限らないのだ。《理性》が《反理性的》に盲目飛行することだって十分考えられるのである。たとえば「筋のとおらない感情的発言」でも、発言である以上は《言語》であり、《言語》にはもともとそういう要素があるのだと考えるべきだろう。とくに本能の反乱などを考慮する必要はない。本来「生成文法」そのものが、起源を本能に負ったものなのである。

大脳は進化過程のもっとも最後に出現した、しかし組織学的には血液におとらず未分化な組織である。その矛盾にふさわしく、「相対性原理」から「憲法」にいたる厳密をきわめた思考から、まったく反理性的なシェパードの戯曲のセリフまでをカバーする汎用機なのだ。《理性》と《反理性》の境界線は、《言語》と《非言語》のあいだに求めるべきではなく、《言語》自身のなかの揺れ動く等圧線のようなものだと考えるべきだろう。

さて……もう何度目かの「さて」だが、こんどこそは最後の「さて」にしたい……そもそもぼくが思想の梃子の支点としての《言語》を考えるようになったのは、たしか今年のはじめNHKでの渡辺格氏との対談の際、参考までに目を通した『分子から精神へ』という本のせいが大きかったように思う。柴谷篤弘と藤岡喜愛という二人の対談である。柴谷氏はオーストラリア連邦科学産業研究機構上級主任研究員（専門分子生物学）、藤岡氏は愛媛大学教授、医学博士（専門人類学）。ふたりとも大変えらい人らしい。対談内容もたしかに才気カンパツ凡人をよせつけないものがある。（中断）

☆［もらい泣きについて］　8チャンネルのテレビ・ニュースで、人気アナウンサーがからかわれていた。四年前、三浦容疑者がロスから意識不明の妻と一緒に戻ってきたときのヴィディオの画面だ。三浦がこみあげてくる嗚咽に声をふるわせる。つられて質問するアナウンサーも涙ぐむ。画面の外から憮然とした調子で呟くアナウンサー。「とても信じられません、早く真相が知りたいと思います」無理もない。なんとも真にせまった愁嘆場なのだ。逮捕が現に行われた以上、鰐の空涙にすぎなかったのだろうが、いくらそう言い聞かせてみても信じられないほどの演技力である。どう見ても生得的解発機構によって解発された行動そのものだ。ある種の涙は感染によって《群》を一つの「気分」に誘いこむ目的を持っている。つまり感染力を持つということは、本能の必要にして十分な条件でもあるわけだ。（笑いの感染力も馬鹿にならないが、《群化》のしかたにかなりの差があるようだ。涙のほうが個体の変容率も圧縮率も高い）そして現にアナウンサーが「もらい泣き」してくれた。と言うことは、人間は《意識》レベルでほぼ本能に近い効力をもった表現を模倣できることになる。《無意識》が《意識》を代行できても（大は小をかねる）不思議はないが、《意識》が《無意識》を代行できるとなると、《言語》領域についてさらに拡張した理解が求められるのではないか。

（前につづく）だいたいぼくが分子生物学に興味をもったきっかけは……誰にとっても同じことだろうが……従来二元論的に考えられがちだった生命と物質を、還元主義的方法で統一してみせてくれた点にあった。分子生物学が基本的にはほぼ完成の域に達し、今後の方向を摸索中だと聞いていたぼくは、当然その成果を精神現象の還元主義的解明に向けるものと期待していたわけだ。

ところが『分子から精神へ』という本のなかでは、まったく違った立場が展開されている。遺伝の法則を分子レベルで説明する手がかりをつかんだ成果に、いちどは酔ってはみたものの、やがて全動物をつらぬくＤＮＡの法則に一貫性がないことが分り、そうなるとせっかく分析してきた道を逆にたどって総合にむかう希望も完全に絶たれてしまった、これこそ還元主義の行き詰まりである、という悲観論。（素粒子追跡の苦労と混乱と忍耐を思い出してほしいよ！）そこで非線形などが持ち出され、物理学万能主義が愚弄され、ついには精神集中から呼吸法までが真剣な話題になり、最後はひどく神秘主義的な雰囲気になって「水瓶座境界領域」（?）が普及してくれないことの不満にまで辿りつく。呆れた「肉体と精神の二元論」だ。あんがいこれが一般的な知的風潮なのだろうか。

九月十四日　土曜日

昨夜は午前三時まで深夜映画を観てしまう。「クルージング」八十年制作。アル・パシーノ主演。監督脚本は忘れてしまったが、同一人物。これはかなりの才能の持ち主だ。しかし一般受けはしない。ぼく自身、九割方つまらない、と言うより不快感をぬぐえなかったが、最後の一割で感心し、それまでの不快感までが了解できるものに逆転した。連続殺人がつづくゲイの世界に、「おとり捜査」のために潜入した若い警官が、やがて一人の若いホモに出会う。誘いをかける。公園のなかの使われなくなったトンネルの中。ズボンを脱ぎかける二人。もみあいになって、警官がナイフでホモを刺す。そのナイフはむろん連続殺人に使われていたものと同一の品。その場面はこれまでのいきさつから見て、当然ホモが先にナイフを繰り出し、警官が奪い取って身をまもったように解釈できる。警察としてもそう解釈してホモを自白に追い込む。若い警官は刑事に昇進を約束される。ところがその直後、ふたたび同じ手口の殺人事件がおこる。その頃若い警官は婚約者の部屋を訪ねている。顔を洗い、髭を剃っている。隣の部屋で婚約者が、警官の脱ぎ捨てたゲイの服（黒い皮ジャンパーとナチスまがいの制帽と濃いサングラス）をつぎつぎ身につけていく。警官の顔のアップ。日常性を失っていることは分るが、それ以上は解読不能な表情。ＴＨＥ

END.

言ってみればこれは別の物語の発端である。いかなるカタルシスも完全に拒絶されている。プロットは表面には出てこない警官の内部の質的な変化だけである。しかもその変化は警官自身にも自覚されていない。真犯人の殺人の動機は誰にも分らないものだから、画面の上でもまったく説明されていない。警官の最後の表情に凝縮され、観客自身がそこから解読するしかないのである。とても興行的に成功したとは思えない。しかしこんな本質的に難解な映画に投資したプロデューサーがいるとは驚きだ。アメリカに脱帽。

『分子から精神へ』という題名につられたぼくは、期待が大きかっただけに失望も大きかった。羊頭狗肉もいいところである。渡辺格氏との対談を控えていたこともあって、脳味噌のアクセルが全開になり猛然とピストンバルブが吹き上った。多くの二元論者の考えのなかに《言語》というキーワードが完全に欠落していることに思い当った。つづいてチョムスキーの「生成文法」の存在を思い出し、パヴロフの「条件反射第二系」を思いついていた。そう、問題は《言語》なのだ！　ぼくのような忘れっぽい人間の頭でも、いざとなると意外な連合能力を見せてくれる。大脳皮質のメモリー能力には薄気味悪いほどだ。将来ノイロンとシナプスの連絡経路が観察可能になったら、本人にも意識されていない人間形成史のグラフィック表示が可能になるかもしれない。能力の開発と管理という両刃のヤイバがまた一つ増えることになる。

この問題を考えはじめていたことと、『方舟さくら丸』を書きあげ次の『スプーン曲げの少年』のテーマに取り組みはじめていた矢先という条件が、考えるだけでもなじめない国際会議への出席を引き受けてしまった理由である。おかげで『日記』などという、生れて始めての勤勉さを発揮できたのだから文句は言えない。

分子生物学から精神への手懸りは《言語》にあるはずだ、と言うぼくの意見に、渡辺格氏は微かだが動揺に似た反応を示した。還元主義的自然科学者としての直感だったと信じたい。しかし氏が本気で分子生物学の立場から言語問題に取り組むかどうかは疑わしい。たしかにDNAから言語までを還元主義一本槍で処理するのには無理がある。大脳、とくに新皮質のメカニズムが、遺伝子図書館のどの部分にどんな配列で管理されているかを検索することとは将来たぶん可能になるだろう。しかしそれはあくまでもハードの解析であってソフト解明ではない。大脳皮質のメカニズムをモデルとして再現、あるいは構成することと、そのモデルを実際に運転することとは完全に別問題なのである。とくに第一系の条件反射から、第二系の条件反射への飛躍的進化の部分は、《言語》という認識機能の特異性（自己投影の認識）からして、従来の科学の方法では不可能かもしれないのだ。だからと言って超科学（ニュー・サイエンス？）の出番だというわけではない。三次元空間を二次元の座標では表記できなくても、積分の概念を導入すれば同じカテゴリーの体系内に納めることが出来る。三次元空間は二次元空間の否定でないばかりか、二次元空間の認識なしには認識できない概念なのである。たぶん《言語》に到達するにも積分に似た思考の飛躍が必要になるのだろう。しかし還元主義的方法が無用になるわけではない。どんなソフトの開発にも、それに応じたハードの開発が前提なのである。《言語》の扉を前にして、分子生物学や大脳生理学の役割に対する期待はいささかも減ずるものではない。

もちろん精神という言葉にはもともと物質や肉体に対して、異議申立ての含みを感じさせるものがある。心理的には二元論がむしろ自然な反応であることを認めるべきかもしれない。最近の超自然現象ばやり、とくに若年層むけの「超能力雑誌」の発行が目立つことも、科学と技術の混同が世論操作上の利点であることを直感的に心得ている各界のエリートたちの怠慢の中にあっては、当然の好奇心のはけぐちなのだろう。たしかに《精神》というやつは難物だ。精神は《言語》の機能であるなどという興醒めな主張よりは、ピラミッド・パワーのほうがはるかに魅力的に決まっている。白状するとぼく自身、啓蒙（というより通俗）科学雑誌を見て、解説どおりにピラミッドを造ってみようとしたことがある。刃物の切れ味がよくなるとか、植物の種子がたちまち発芽するとかいう効能に、なんとなくこだわってしまったのだ。信じるのと、こだわるのとでは、微妙な違いがある。信じてもいないのに、そうあれかしと願う「衝動」がはたらいて、ピラミッドの試作挑戦にひきつけられるのだ。ある意味では人間行動の基本形の一つである試行錯誤の誘いでもある。理屈のうえでは分っていても、体験として納得できなければ、なかなか「確信」のファイルに登録されないのだ。

もちろんピラミッド試作を実行するまでには至らなかった。その馬鹿々々しさを見越す理性のほうが、体験の誘惑よりも強かったせいだろう。第一「パワー」なるものの効用があまりにも卑俗なレベルで実用的すぎる。人間の日常生活レベルでの便利さという点で関連がある以外、物理的にはなんのつながりもない事象を発現させる力場など考えられるわけがないではないか。それにこの場合、特定のピラミッドに「パワー」があるのではなく、一般的な「形状」が「パワー」の原因だと説かれている。「形状」というのは任意の幾何学的な座標にすぎず、「パワー」はおろか物質としての実在さえ不可能なのだ。それこそ超能力であり、シンボルとしての魔力である。「因果律」からの解放の衝動は、《言語》からの解放を望む《本能》の足掻きかもしれない。

たぶんテレビがしばしば超能力を扱いながら、それがトリックにすぎないことの証明に力をそそぐことはめったになく、せいぜい「信じられなくても疑いもできない、事実は事実として受け止めよう」と言ったスタイルに落ち着くのも、視聴率は

「理性」よりも「本能」に働きかけたほうが稼げるという計算にもとづいているのだろう。通俗お子様番組だからといって見過してはいけない問題なのかもしれない。超能力、血液型、占星術、そう言った一見些細な《言語障害》が、堤防にあけられた蟻の穴の役目をして、やがて「愛国行進曲」の大合唱を可能にする免疫をつくっていく。まさにローレンツが言うとおり「間脳が喋るとき、新皮質は沈黙する」のである。もちろんこれは『スプーン曲げの少年』のテーマにも欠かせない視点だ。

ここで一つ注目すべきことは、いくら超能力の信者でも、たとえば日航ジャンボ機墜落事件については同乗者のなかに「スプーン曲げの少年」がいたかもしれないと言った疑惑はまず持たない点だ。ちゃんと使い分けをしているのである。ここにも楕円構造のパターンが隠されている!

九月十五日　日曜日

一昨日の「朝日新聞」夕刊からの抜粋。ひさしぶりに、と言うより最近では珍しく救いのある明るいニュースである。

中国侵略「加害責任」再び映画に　製作班が現地調査

日中戦争をテーマとした記録映画「語られなかった戦争——侵略」をつくり、その上映運動を進めてきた戦後世代のグループが、旧日本軍による中国侵略の実態調査のために、今年の夏、中国の東北部（旧満州）を訪問した。中国人を虐待した豊満ダムの万人坑、日本人として初めて訪れた長春の近代博物館、元抗日軍兵士とのインタビューなど中国側の資料をもとに、近く「侵略パートⅡ」の製作にとりかかる。

訪中したのは、静岡市に住む中学教師森正孝さん（四三）ら「侵略上映全国連絡会」のメンバー二十二人。七月二十六日から八月六日まで、ハルビン、長春、吉林、瀋陽、北京などを訪問した。

森さんらによると、珍しい資料として公開できるのは、吉林・豊満ダム建設の犠牲となった中国人労働者を記念する「豊満労工記念館」、長春の吉林省博物館の一角に最近オープンした、日本の侵略史を紹介する近代博物館、当時、日本軍に抵抗した東北抗日連軍の男女元兵士へのインタビュー、北京・蘆溝橋での虐殺の実態など。

実態調査は、同グループが一年前に中日友好協会に要請、同協会招待の形で実現した。中国側は現地で「この悲惨な体験を日中共同で伝える努力をしよう。日中友好の原点はそこにある。映画は中国にも送ってほしい」と述べたという。

映画は上映時間六十分、年内には完成の予定。

製作が中国側でなく、日本側の企画だった点に希望がもてる。日本人はこの問題をつい忘れがちだ。ぼく自身、ナチスだとかナチス的という表現を、つい他人事のように使ってしまいがちである。ローレンツに対して、からかったり不快感を表明したりする際にだって、単に彼がゲルマン人だというだけでなく、自分は無関係な安全地帯にいるつもりになっていた。たしかにぼくは九割方、厭戦思想にとりつかれ、皇国史観とも、国家主義とも無関係に生きてきた。しかしそうしたぼくの反全体主義的思想形成をふくめて、今日の存在をあらしめているのは、まさにその侵略の収奪物による新陳代謝の結果なのである。連帯責任はまぬかれえまい。

日本人の内部にひそむローレンツ的選民意識を見逃さないこと。

しかしその前に民族的特異性というものが、厳密な意味ではたして存在するのかどうか、じっくり検証してみる必要もあるだろう。現象的にはたしかに文化的差異らしいものがはっきり存在している。風俗習慣はしばしば外来者にカルチャーショックを引き起す。だが風俗習慣が本質的な意味での民族形成の基本かどうか、いちおう疑ってみる必要もあるだろう。つまり風俗も習慣も《儀式化》の様式であり、固定化の強度は問題であっても、その内容にはさして意味がないとも考えられるからだ。残念ながら詳細は知らないが、アメリカのある学者の研究によると、《群》と《群》のあいだの如何なる差異も、《群》のなかの個体間の差異にははるかに及ばないと言う。それが本当なら、民族文化（伝統文化）の特異性など、儀式と識別のためのデザインにすぎないことになりかねない。国内向けの商品と、輸出用の商品のあいだに、とくに際立った差異がみとめられないことを考えると、信じてもいい意見のような気もしてくる。

もともと《言語》の形成は個人レベルでは成り立たないものなのだ。遺伝子レベルで用意された《言語の場》を基礎に、その集合体が個別言語の習得を可能にする。つまりこういうことだ。群を形成していさえすれば、おのず《言語》が習得されるような能力が、遺伝子のなかに組込まれている。その個別言語はそれぞれの群に固有なもので、群れの内部で共有できればいい。ただしその本質から言って、《生成文法》で基礎づけられているという性質は普遍則である。各《群》は違った個別言語で、それぞれ形式は違うが、文化という共通概念の領域を必然的に発展させる。どんなに異質であっても文化だということだ。法則を突き止めさえすれば、たぶん相互に翻訳可能な範囲での差異にとどまるはずである。

ところで《言語形成》のために必要な最低の員数は何人くらいだったのだろう？　いまのところは想像にすぎないが、原始人のバンドの構成員は類人猿の場合よりも多かったのではないかと思う。より多くの群を組織できる能力と、《言語》能力とは不可分な関係にあったような気がする。仮に類人猿の場合でも種を維持するためには、より多数の構成員の組織が有利だったとしても、採餌、生殖、出産、育児、外敵からの防衛、などのために遺伝子に組込まれたプログラムを遂行するためにはおのず員数の制約があったはずだ。しかし人間の場合、《言語》がそのプログラムの檻の扉を開いてしまった。動物では想像も出来なかったジョイント・システムを形成してしまった。部族は拡張に拡張をかさね、個人的認知を越えてシンボルによる結集にまで到達する。

そして《国家》に辿りつく。壮大な《言語》の伽藍神殿である！

九月十六日　月曜日

《精神》の定義は難しい。しかし無定義のまま日常語としてはじゅうぶんに通用する。会話の前後の関係から、容易に了解しあえる場合が多い。だがその内容はまちまちで、状況が違えばほとんど共通項を見いだせないほどだ。

☆　敗因は《精神》のたるみだ、という運動部コーチの訓話。

☆　大事なのは《精神》ではなく魂だと説く宗教家。

☆　遵法精神。

☆　健全な《精神》は健全な肉体にやどる。

☆　精神病院。精神病理学。精神科学。精神分析学。精神鑑定。

☆　精神年齢の低下をなげく。

☆　その偉大な《精神》は永遠にたたえられるでありましょう。

にもかかわらず、《精神》という同一概念で一括される共通性がまったくないわけではない。第一に、物質もしくは物質の運動として客観化できない点だろう。もっとも漠然とした精神概念を、さらに分類して、《精神》《霊魂》《心理》と区分する立場もある。《心理学》は単に心理現象を羅列分類するだけの古典的心理学を別にすれば、かなり肉体的基礎を考慮し、生理学的傾向を強めているとみなしてもいいだろう。いずれは広義の「生理学」の一分野に吸収されてしかるべき分野だと思う。ローレンツなどはパヴロフのことを偉大な「心理学者」とことともなげに言っているくらいだ。とくに日本の大学のように、「心理学」の講座が文学部にもうけられているなど、笑止の沙汰というほかはない。また「超心理学」という薄気味悪い疑似学派があり、古典心理学者のなれのはてが原稿料稼ぎをしているが、これなど逆に心理の肉体依存が定説化していることのあらわれとも言えるだろう。また《霊魂》についても、あるていど肉体依存の傾向を認めざるを得ない。心霊術の《魂》から、「三つ児の魂」の《魂》まで、昔は内臓の一種と同様に肉体のどこかに局在している「何か」と考えられていた。ふつうの物質とは違うが、状況に応じて物質化することができる、特殊な非物質とみなされていた。霊魂不滅や再生や輪廻の思想の根拠である。それよりは多少合理的な立場として（ぼくも便宜上しばしば使用するが）、精神よりは未分化な、ローレンツが言う《審美的感覚》による善悪の判断的な意味で使われることがある。《信念》だとか《忠誠心》だとか、多少儀式的な衝動に関する概念のようだ。さまよえる霊魂も結局は肉体に戻るしかなさそうだ。

そこでこの《心理》と《霊魂》を問題の《精神》から差し引

くと、残りはひどく抽象的で透明なものになる。実態はますます遠ざかり、いくら追いつめようとしても、蜃気楼のように逃げていく。どうやらこれ（精神）は「思考のプロセス」そのものであり、捕獲して標本箱に飾れるたぐいの「客体」ではなさそうだ。「思考のプロセス」を思考しているのだから、《精神》とは何かという問い自体の構造を、内省によって「あぶり出し」てみるしかない。あぶり出してみた結果、秘密の暗号文はこう読める。

《言語による言語の考察》

九月十七日　火曜日

《精神》もしくは《言語》の獲得は、それまでの霊長類には不可能だった巨大な集団組織の形成を可能にした。その能力が種の維持にもたらした利益は何んだったのか。単純にまず戦闘力の増大があげられるだろう。しかしそれだけでは集団の持続は難しい。たぶん淘汰圧は《言語》による分業の能力を加速したはずだ。前にも触れた《楕円構造》的社会進化である。

ローレンツはこの［高度に組織化された社会的共同生活］を、［超個人的システム］と呼び、［伝統による文化形成］と規定している。ここがぼくとローレンツの基本的分岐点だ。社会形成に際して、《言語》はなにも伝統文化を固定する方向に機能しただけではない。社会集団はつねに《逸脱》を再生産する淘汰圧を内包していた。いくつもの民俗学的な報告も示しているとおり、いかに強固に義務づけられた《儀式》にも、かならず例外則がもうけられている。よく観察すると《儀式》の頂点である「まつりごと」自体がしばしば「儀式破り」の要素を持っていたりする。つまり《言語》による分業形成は、均等な構造を破壊するものであり、したがって動物集団としての《深層儀式》を解消して個人の自律性を拡大する方向に機能したはずだ。自律性の拡大は当然生産の拡大をうながし、集団内に利益をもたらす。もちろん矛盾も拡大するだろう。とくに個体間の序列が不安定になり、結束がゆるむ。

この状態は敵対集団にとって好個の攻撃目標になるはずだ。そこで防衛のために集団は戦闘優先の状況をつくり出さなければならない。集団が戦闘に全力をそそげるように、組織構造そのものを変更する必要がある。ちょうど一個の生体が、闘争のためには分化した各器官の個別能力を犠牲にしてでも、アドレナリンの分泌によって攻撃本能の指令に全身を従属させるのに似ている。集団もまたアドレナリンの分泌のために、シンボルを作り出す。《表層儀式》である。

《表層儀式》は《言語》によって形成される後天的なものだから、《深層儀式》のような夢遊病的拘束力はない。しかし《言語》による操作だけあってはるかに技巧的だ。所属集団に対する忠誠を、個人レベルでのあらゆる「本能」に優先させるために、「熱狂」と「恐怖」の壮麗な儀式を演出する。技術的にはともに《深層儀式》の模倣というスタイルをとる。「熱狂」は外敵（仮想敵でもいい）のサイン、「恐怖」は仲間から認知されないことの不安、と言った具合だ。ここでしばしば問題にされるのは、その外敵が人間以外の種ならともかく、同種間の殺害はめったにないという系統発生的法則がなぜ人間では機能しないのかという点だ。ローレンツは文化的退廃が、攻撃本能の背後にあるべき寛容（制御機能）を喪失させた（あるいは迷走させた）、と一旦は書いたが、後でチンパンジーが他集団を全員虐殺した例をひき、霊長類では「みな殺し」が生得的プログラムかもしれないと訂正している。ぼくはそのチンパンジーの軍事行動を観察したジェーン・ローウィク・グードルのものはまったく読んでいないので、論評を加える資格はないが、どうも腑に落ちない。類人猿行動学の、とくに野外観察の領域における日本人学者の活動は盛んなので、かなり多くの本に目を通しているつもりだ。敵グループの幼児殺害捕食がある儀式的性格を帯びていることの観察など、じつに印象的だった。ピグミー・チンパンジーでも、新入りの雌が子持ちである場合、グループのボスによる子殺しの例はあるらしい。そして子供を殺された雌はすぐに発情し、受胎可能になる。これは対立する二つの本能が、譲りあって対立を解消したわけで、系統発生的に矛盾はない。その本能の譲りあい（幼児殺害）の際、グループ全員が狂気にちかい興奮状態におちいるらしいが、非日常的な出来事を無害化するための《儀式》と考えれば納得がいく。こうした観察とローウィク・グードルの観察との間には、ひどくかけ離れた、両立しにくいものが感じられる。

しかしとりあえずは、両方の可能性がありうることにして話をすすめるしかない。どっちにしても、人間の場合、集団的行動が解発されるのはほとんど《言語》による鍵刺激なのである。例外は火事や龍巻や土石流の発生によるパニック、もしくは予告なしの電撃作戦で生活圏が突如戦場化した場合だろう。この場合は大半が本能的な集団化の法則に従って行動する。ごく少数の者が状況判断をして、選択的行動をとる。言語崩壊を食い止められた少数者だ。運がよければボスとして群の脱出に手を貸せるかもしれない。だが一般的に、戦争は開始する以前からすでに始まっているものだ。どんな国家的儀式でも百パーセント臨戦態勢そのものだと考えてまず間違いないだろう。《表層儀式》が反復され洗練度を増すにつれてしっかりと枝をひろげ、《深層儀式》に根をからませる。つまり《表層儀式》は単なる《深層儀式》の投影ではないし、ローレンツが言うような対立物でもないのである。ここで分ることは《言語》の二重機能だ。分業によって個体の自由度をひろげたはずの《言語》が、同時に群を戦士へと均等化する《儀式化》の鍵刺激としても作用しているのである。《言語》が人間の行動を拘束したり解放したりするメカニズムが、理解や納得という「意味領域」を越えて、感覚刺激にも匹敵する強制力を持つ理由について考えてみたい。《言語能力》の基礎が遺伝子に組込まれたプログラムであることと無関係ではないはずだ。

ここで一つ重大な反省と弁明をしておかなければならない。「生成文法」という用語の乱用についてである。チョムスキーはこの概念をきわめて厳密に規定している。その規定によれば、遺伝子に組込まれたプログラムに従って個別言語が成熟していく過程、つまり生成の法則を「生成文法」と名付けているのである。プログラムそのものは「普遍文法」だ。今後はぼくも区別して扱うことにしよう。

もう一つ、チョムスキーの立場を分りやすく説明している文章の引用。

［われわれは、子供が「言語を憶える」と言い、言語が成長するあるいは成熟するなどとは言わない。（しかしそれは言語の特殊性からくる誤解なのだ。なぜなら、生理的器官についてはまったく逆の表現をする）われわれは胎児が翼ではなく腕を持つことを学習する……生殖器官を持つことを学習する、などとは言わないのである］

ところで「生成文法」という考え方を内省的に内側からなぞってみると、嫌でも次の原理を認めざるを得なくなる。「理性」は現実の法則ではなく、可能な文法の法則だということだ。これは決して不可知論ではないし、主観主義でもない。受容器の法則に対応して外界が認知されるという当然の話であって、むしろ超越的なものを拒否する立場である。どんな自然科学的法則もこの立場と矛盾しない以上、この作業仮説を容認してなんら不都合はないはずだ。ついでにもう一つ作業仮説を重ねてみよう。

「文化の構造は生成文法の生成過程に対応する！」

残された二、三の問題の整理。

（A）《深層儀式》としてなお人間社会に有効に機能しつづけている要素は何か？

（B）忠誠の感情が国家レベルに拡大していくメカニズムの解明。

（C）戦争を評価する尺度の多様性について。

（D）戦争否定の根拠。

（E）《言語》はどこまで国家儀式に介入できるか？　その方法は？

たぶん敵対者の立場から、逆説的に考えてみるのがいいだろう。

九月十八日　水曜日

キーン氏と宇佐美で夕食。伊豆スカイラインは濃霧。

面白いミネアポリスの新聞を見せられた。むこうの版で四半分ほどもある写真入りの大きな記事だ。その写真はぼくのものではないが、記事のなかにはいたるところＫｏｂｏ　Ａｂｅの名前が散見している。なんでもその写真の主は、大学院の学生で、鞄を盗まれたらしいのだ。幸いあとで鞄は発見されたし、小切手帳なども無事だった。しかし肌身はなさず持ち歩いていた大事な書類だけが消えていた。その書類というのが『安部公房論』で、学位取得のための論文だったらしい。その失望を伝える記事だったというわけだ。

キーン氏が持っていたサクラの花の絵葉書に、短いなぐさめの記事を書いてやる。全く妙なことで知名度を高めたものである。

いったん全文をプリントアウト、読み返してみよう。この辺で十月の講演用の草稿は、なんとかまとまってくれそうな気がしている。

九月十九日　木曜日

コピーを百二十ページまでチェックしながら読みかえしてみた。いい線を行っているような気がする。

外で日ごろにない騒然とした気配。地元の選挙らしい。

昨日宇佐美で買った「毎日新聞」に偶然来月のシンポジウムの大きな社告が掲載されていた。まとめの手懸りになるかもしれないので、要旨の抜粋をしておこう。

［人間と科学……共存の道は］

来月八、九日　大阪で国際シンポ　新しい価値観探る

★　科学技術のブラック・ボックス化。無関心は、技術の独り歩きを招きかねない。

★　先端巨大技術の予測不可能な影響力。

☆宇宙開発分野。

（光）通信情報。気象衛星。通信衛星。世界ニュースの生中継。

（影）宇宙兵器。

☆バイオテクノロジー。

（光）遺伝子組み替え技術による、インシュリンや成長ホルモンの生産工業化。

組織培養による食糧増産技術。

微生物を利用したバイオ・プラント。エネルギー・コストの低下。

遺伝子病治療の可能性。

（影）ＳＦ的に言えば、クローン人間の可能性。

私見によれば、生物化学兵器。

☆コンピューター。

問題が広すぎるせいだろう、（光）についても（影）についても具体的には触れていない。関心の的は第五世代（知能）コンピューターにあるようだ。神経症、欝病、創造性の低下などがあげられている。

★　共存のための秩序確立、暴走に対する監視体制、人類生存の尊厳を守るための新しい価値観の創造。

［パネリストの横顔］

アレキサンダー・キング　ローマクラブ会長（英）

エリオット・L・リチャードソン　元司法、国防長官（米）
安部公房　作家（日）
ドナルド・D・ブラウン　分子生物学者（米）
A・T・アリヤラトネ　宗教家（スリランカ）
矢野暢　コーディネーター、京大教授、外交史（日）

プリント・アウトされた日記全文を通読してみた。自分で言うのも妙だが、予想していた以上に難解な内容である。これを三十分の講義にまとめあげるのはかなり腕力がいる仕事だ。聴衆は素人だろうから、具体的な展開のほうがいいだろうし、ますますテーマを絞り込んで要約する必要がある。どこに焦点を当てるべきだろうか。

「技術と人間」というテーマは、ぼくが追いかけてきた《言語》をめぐる諸問題と本質的には一致するが、微妙なズレもないではない。とくにシンポジウムが求めているものとは、かなりの食違いが感じられる。困ったことに、この「技術と人間」というテーマは、問題提起のしかた自体のなかにすでに解答が用意されているのだ。しかしそんな挙げ足取りをしてみても始まるまい。テーマの隙間にうまくぼく自身のテーマをはさみ込んで、料理してしまうことである。

それとも正面きって、「国家と言語」に照準を合わせてしまうべきなのか？

九月二十日　金曜日

どうしてもここで訴えておかなければならないこと。

逆算すると、結論は「四権分立」の問題である。その一部門としての「教育府」の設置を民主主義の原則とする提案。その理由は……

九月二十一日　土曜日

……その理由は、

まず《技術》が現代の悪玉に仕立てられた理由から始めるべきだろう。そこから《国家と儀式》の関係にすすみ、《言語》の楕円運動を解析する。しかし詳細は別のフロッピーにしたほうがよさそうだ。いったん日記は中断して、まとめの作業が終了してからコピーをとることにする。

十月十三日　日曜日

大阪での国際シンポジウム、無事終了。準備にかけた労力に加え、三日間の完全身柄拘束はかなりこたえた。関節という関節に麻薬を注射したようなけだるさ。他人が思っているほどタフではないのかもしれない。とにかく完成した草稿をコピーしておこう。

［1985. 5. 12－10. 13］

# 〈「方舟さくら丸」の冒頭に〉［聞き手］東大新報記者

――「方舟さくら丸」の冒頭に、とても面白いユープケッチャという虫が出て来ますが、この発想はどういうところから来たものなのでしょうか。

**安部**　まあ、君たちは最高学府の学生だからなあ、少し難しく言ってもいいだろうと思うから、言うけど、要するに仮説なんだ。つまり幾何学でいうと補助線の設定なんだよね。人間がものを考える時に、帰納的な思考と演繹的な思考があるよね。演繹とか帰納とかいう従来の方法を、一つ跳躍しようとすると、何か補助線を引かなくちゃいけないんだよな。それは本能的にやってることなんだ。仮説というと論理的だけど、もっと直観的に、どっちかというとアナログ的な、パッとした直観に頼る思考の飛躍なんだ。要するに棒高跳びの棒みたいなもんだ。誰でも使うんだけど、ぼくは特に意識的に使うというところがあるだろう。まあ、ああいう虫は一匹だから問題にならないけど群れとしてあれを考えたら、社会構造としては一種の原始共産制というかな、自己完結する経済でしょ。これは、実際にはあり得ないんだけど、ぼくらの中には、こういうものに対する憧れというか、そういう生き方をできればしたいと思うんだよね。

自分の外と中との融和というか統一が、完結するという憧れがあるだろう。一方でそういう設定をおくと、同時に今度は外に拡張してゆく自己拡張の願望が、自動的に対立物として出てくるんだ。ユープケッチャなんて、もちろんぼくが作りだしたもので、あり得ないものだけど、それを正確にクギでとめて、座標の原点をつくってやるわけだよな。そういうのを直観的につくるんだよな。それをしっかりとビョウにとめるために、分かりやすい、くっきりしたイメージを作る。それはね、理屈ではなかなか出てこないんだけど、いろいろ考えていると、ある日ひょっと出てくるんだよ。

――新聞のうけうりみたいなんですけど、昆虫屋が「現代はシミュレーションゲームの時代だ。現実の記号の混同がおこったり、一種の閉所願望、トーチカ願望がある」と言っています。この作品に限らず、「砂の女」にしても「箱男」、「密会」にも密室願望という傾向がみうけられます。これは一種の逃避にも思えるのですが。

**安部**　そういう願望ももちろんあるだろう。例えば子供の時、誰でも押し入れの中に入って遊ぶという心理があるだろう。それから映画を見る時の独特の感覚、これはテレビが普及してからはそういう感覚はなくなったけど、映画そのものが、ある意味でトーチカ願望なんだよね。特に戦争映画とか怪奇映画なんか、絶対に観てる間こっちは安全なんだな。絶対に安全であればあるほど、よけいに、戦争であるとか非常に危険な状態が喜ばれるというのは一種のトーチカ願望なんだよな。そういうのが潜在的に一方にある。特に子供の空想の中に濃厚にある。これは必ずしも逃避というふうには単純にいい切れない。人間というのは非常に脆いもので、皮膚も柔らかいし、猛獣の牙にかかったら一遍にだめなんだけど、しかし、人間は道具という手段によって他の動物が持てない外郭をつくるでしょ。それはある意味で人間の存在の拡張なんだよね。だから、人間が社会化してゆくこともある意味で、皮膚を拡大してゆくことになるだろ。だから、一概にトーチカ願望を否定的に言うことはできないんだ。それが不思議なことに、単に身を隠して小さくなるんじゃなくて、必ず反面、攻撃と結びつくということがある。自分の安全をいかに確保するかということは、単に安全を確保するんじゃなくて、同時に攻撃能力を高めることにもなるんだよ。そういう両面があってこういうトーチカ願望というものは、古風な西部劇的なイメージとか、日本の昔のチャンバラもので言えば、それは卑怯な行動で、やっぱり侍というものは、切ったり切られたりする白刃のもとに出ないといけないという。これはヤクザの精神だよ。ヤクザの精神というのは、一見そういうふうに言うけど、ヤクザのルール、バッチをつけるとか、いろんなことは、全てトーチカなんだよ。全て人間はね、例えば学校を出る、それもできれば東大というのは、全部トーチカ願望なんだよ。これを作り物だということが必ずしもできないというのは、人間果たして、外側の皮を厚くしないで存在できるのかというと、殆どできないんだ。社会化するということ自身がそういうことなんだ。社会化というのは単に群れをつくるということじゃなくて、あるルールをつくっていくことなんだ。そのルールというのは、個人が個人以上の能力を獲得するためのルールでしょ。トーチカ願望ということはパロディとしては非常に滑稽なんだよ。子供ってよく戦車か何かに乗って街を走ったらいいだろうという幻想を持つし、自動車に対する憧れというのは、しばしば非常に幼稚なレベルでのトーチカ願望なんだ。それから人間の愚かしい名誉欲とかも、全部トーチカ願望なんだ。例えば権力欲もそうだ。だから逃避とか、そういう消極的な側面だけじゃないんだ。強がってみるんだけど、本当は弱い、悲しい側面があって、そっちのほうに光を当てると、ぼくが言ったものになってくるけど、別の光の当て方をすると、権力欲だってトーチカ願望なんだ。だから権力というとすごく派手に見えるけど、ある程度権力を手に入れた人間くらい猜疑心と恐怖と不安に満ちた生活ってないんだよね。ぼくの書くものは確かに弱い、受け身なトーチカ願望っていう傾向を持っているし、またぼく自身が、そういうトーチカ願望が権力欲というような形で出るのじゃなく、受動的な弱者として出るような存在に関心があるし、共感をもっちゃうんだ。だから消極的なトーチカ願望のほうが、ぼくにとって課題になりやすいだろうね。しかし論理的に言えば、全てがトーチカ願望のいろんなバリエーションと言えなくもないんだよな。

——最初「志願囚人」となるはずだったのが、「方舟さくら丸」に変わったのは？

**安部**　これは何でもないことなんだよ。ぼくは、テーマで考えてゆくんじゃないんだ。だから、その中のいろんなシチュエーションとか、そういうものが動き始めてある意味で成長してゆくと、テーマや何かもそれにつれてかわってゆく。それで途中で内側から、膨らし粉が膨らみ過ぎて形がかわっちゃったということだね。

——「志願囚人」のテーマからどう変わったのですか？

**安部**　全然無関係じゃなくて、「志願囚人」というのは、最初に思いついた時は、まあ、われわれ全部が一種の志願囚人だという含みなんだけど、例えばわれわれが社会的なルールや何かに縛られているのは、よくよく考えると、はみだすと必ず叩かれる、だから怖いから、はずれまいとする。でも一番最悪の場合は刑務所だろ。だから、模擬刑務所を作って、そこで刑務所生活に慣れるんだよ。その時は自動車の教習所と同じで、金払っていくんだよ。そこで刑務所生活に慣れるんだよ。そうしたら怖くなくなるんだ、全然刑務所が怖くなかったら何でもできるじゃないか。そういう模擬刑務所を作っていく話を考えてたんだ。殆どのひとが、実際には模擬刑務所に入っていくんだよなあ。まあ、そういう形でパロディとして採石場跡を模擬刑務所にするつもりで、はじめ考えてたんだ。登場人物がだんだんと生活し始めるにつれて、ちょっとテーマが変わってきたんだ。

——主人公は現代に対して危機感を覚えていますが、安部さん自身は、核などの問題に対してどうお考えですか？

**安部**　そりゃ君、危機意識持たないやつはちょっといないだろ。テーマで読まなくてもいいんだ。ひとつの特徴は、あそこに出て来る人物というのは、全部どうしようもない人物ばっかりだろ。そういうどうしようもない、ある意味で無名な人間の中に充分時代の主題というものが入るんだ。つまり、論理的にものを考える人だけがつかむんじゃないということが、ひとつあるよね。それは日常的なものの中に潜んでいる危機であって、理屈でいう危機とは違うんだよね。実は、あれ、ひとつの国家論なんだよ。違う視点からの国家論として読んでもらいたい部分はあるね。なんとなくマルクス主義が衰退して、というよりも、左翼の思想の中から国家論が抜けてきてるんだよ。もちろん、右の方は国家というものをある意味で重要な道具として使っているわけだから、否定するわけはない。だから、今、国家についての異議申し立てということ自身が殆どないんだ。言うとちょっと子供っぽく見える時代なんだ。だけどそうじゃなくて、あの小説のなかでもわかるように、ずうっとたぐってゆくとやっぱりミニチュア国家を造らざるを得ないんだよね、ああいう連中でさえも。核の脅威と言うけど、今ひどく自然科学者の良心というような進め方で言われるけど、自然科学自身があれだけの核爆弾作りっこないよ。だって自然科学者の中にそういう欲求ないもの。あれは国家が作っているんであって、自然科学者が作ったんじゃないよ。科学が人間をどうかしているような言い方がでてるけど、考えなおして欲しいね。それをつくってるのは科学じゃなくて、国家だということ。その国家というものは、確かに社会の機能として、必要悪と言うか、国家を解体できるのかと言うと、できないんだよね。古風な集団への忠誠と愛国心をすりかえているんだ。アメリカみたいな多民族国家でも愛国心は成り立つわけだ。それは何かと言うと自分の外と対応させた時に初めて成り立つわけだ。アメリカなんかの場合、おそらく国家といっても民族への忠誠じゃないだろ。システムへの忠誠というか、さっき言ったトーチカだよな。要するに外敵に対してそれを防衛するルールとしての国家なんだ。昔は王権に対する忠誠であるとか……忠誠という言葉は、非常に危険なんだけど、まあ忠誠と言おうか。ぼくが今言う意味での国家というものは、意外と新しいんだよ。国家の防衛ということと国家への忠誠が統一されてきたのは、たぶんプロイセンあたりじゃないかね。プロイセンが国民軍というものを作ってそれまでの傭兵のスタイルから、軍隊というものが国民の軍隊に変わった時に、国家というものが……。国家への忠誠の裏返しは何かというと、国家反逆罪だよな。王様に背いたというんじゃなくて、国家反逆罪という発想がでてくるのは、おそらく国民軍というものができないと、そういう発想自身が生まれないんじゃないかな。

ちょうどプロイセンとデンマークが戦争した時、それまでのデンマークというのはヨーロッパの非常に強力な国だと思われていたのが、プロイセンが簡単に勝っちゃう。国民軍という構造は非常に強いんだよね。傭兵とは問題にならないんだ。ちょうど榎本武揚が観戦しているでしょう。プロイセンが勝つのをみて、彼はもの凄い衝撃を受けているんだ。帰ってきて維新迎えるんだけれど、榎本武揚なんかの頭にあった新しい日本という概念、結局彼の場合には、箱館共和国というイメージを考えつくわけだけど、やはりプロイセンなんかが作りあげている新しい国家のイメージというものを、キャッチしたと思うんだ。これはあくまでも国民軍の発生という視点から見た近代国家だけど、日本とヨーロッパと殆ど同時に構想が芽生えているとも言えるよね。それぐらい新しいものなんだ。国家というものが、イメージとして熟してくると、それをわかりやすくするためにもっと古い、例えば王権への忠誠であるとかいうイメージをかりてくるんだよね。そこらへんから国家の側の本音と建て前の混乱が起きてくるわけなんだ。今、国家というものがあくまで手段であるという視点から、自己目的になってきて、国家というものが侵すべからざるものになってきたんだ。国家と国家とぶつかるときに、どうしても国家主権というものを相互に認めあわざるをえない。国家主権が絶対視されるのは、第一次世界大戦ぐらいから、だんだん煮詰まってきて、第二次世界大戦で確立したと思うんだ。歴史的に言うと、人類はいろんな経験を積んできたにもかかわらず、国家主権という奇妙な独断はむしろ強化されてるんだ。非常に便利なんだよね。国家主権が不可侵であるという前提は証明しようがないんだ。これがなぜ不可侵か誰にもわからないんだ。マルクス主義は国家の廃絶ということをいったけど、マルクス主義自身の中で、国家主権の廃絶ということをあまりにも表にたてたトロツキーなんか、粛清されてゆくし消えてゆくわけなんだ。ソビエトと東ヨーロッパの関係をみても、そこでは国家主権というものを前提にした再組織が行われている。社会主義国の中でも、矛盾は依然として国家間矛盾としてでてくる。いや本当に不思議なことだよ。だから国家主権は侵さざるものだというところに、実は、核の脅威の根源があるんだよね。そのことについてはタブーになっていて、誰も触れないんだよなあ。二度と過ちは繰り返しませんなんて言ってるけど、繰り返しませんなんて言ってる人にどんな権力があるのか。これは権力構造ですよ。核反対とか、何とか言うけど、それを言うんだったら、まず国家主権に対する異議を提出してもいいんじゃないの。そこのところをタブーにしていくら言ったとしても、おそらく絶望的なことだとぼくは思う。そういうことも今度の小説に絞った一滴として入れてあるわけだけどね。ああいうどうしようもないやつらがあれだけの小人数集まっても疑似国家は形成されるんだ。

――主人公の父親が昼寝中の妻につまずいて倒れ、妻が圧死したり、主人公自身が真空便器に体を突っ込むシーンなどはブラックユーモアに受け取れますが、これについて。

**安部**　あれは否定的な出来事じゃなくて、実際にはあんなもんだよな、ぼくらの人生っていうのは。あれが逆説的に言うと生きてるということなんだ。そういうブラックユーモアの連結が、むしろ生きてるということでしょ。

［1985. 6頃］

# シャーマンは祖国を歌う——儀式・言語・国家、そしてDNA

ぼくが『第四間氷期』という小説を書いたのは、今から二十六、七年前のことでした。一種の未来小説で、よりよい未来を実現するためには現在をどう軌道修正すべきか、コンピューターを使って未来予測をする話です。完成した予測機はいちおう詳細な未来の予想モデルを描き出してくれました。しかし開発者である主人公はどうしてもその結末が気に入らない。その予想モデルによると、環境の異変をのがれて近未来の人間は、遺伝子組替えの技術を使ってエラをはやし、水棲人間に変ってしまっている。

この許しがたい未来から人間の運命を守るために、主人公はこの結果を世間に公表しようとする。ところが未来が干渉してくるのです。すでに水棲人間として誕生してしまった人間にとっては、水棲であることはべつに不幸でもなんでもない。むしろさまざまな利点さえある。過去の陸上人間の遺産を受け継ぎ、改良を加え、彼らなりの文化を築きあげて行くつもりらしい。未来に現在の価値基準を持ち込んではいけない、現在の単なる延長が望ましい未来だとは限らないのだ、と対話能力を持ったコンピューターに主人公はさとされるのですが、おいそれとは納得できません。いくら理屈ではそうかもしれないと思っても、心情的に拒否反応をおこしてしまう。あげくに秘密裡に組織されていた未来からの刺客に暗殺されてしまうわけです。しかしそのころコンピューターの中では、未来の水棲人間のあいだにちょっとした病気が発生することをはじき出している。奇妙な自殺病です。水中ではもう必要がなくなった涙腺や鼓膜の痕跡が残っていて、わけもなく風の音が聞きたくなり、呼吸できない地上に這い上って涙を流しながら死んでいく……

発表当時、一部の作家や批評家がこの小説に対して示した強い拒否反応には、小道具として使われたコンピューターや遺伝子工学といった仕掛けに対する反発もあったでしょう。あの頃はまだ誰もコンピューターが実用化されるとは思ってもいなかった。わずか二十数年前のことです。取材のために今のNTTの前身である電電公社の研究室を見せてもらったことがあるのですが、当時のコンピューターはまだ真空管時代で、大きな図書室ほどの部屋に真空管や電線の束がぎっしり張りめぐらされた、かなり大げさなものでした。しかし実用化にはほど遠く、研究員たちもさほどの夢は持っていなかったようです。とくに人工頭脳についてはまったく否定的でした。丸ビルほどの容量が必要だろうし、とても冷却方法が間に合わないというわけです。こういう場合技術屋さんと言うのは、功をあせる反面、意外に禁欲的な態度をとるようです。

しかしあれから二十数年たって、今では名刺サイズの電卓が普及し、人工頭脳もすでに現実のプログラムにのぼってしまった。まったく信じられないほどの変化です。この先、技術革新の加速はますます早まるのかと思うと、きゃしゃな乳母車に七〇〇〇ccの大排気量エンジンを積んで走らせているような不安さえ感じるほどです。それではあの小説に対する拒否反応もすでに解消したと考えていいのでしょうか。いや、そうは問屋がおろしません。ある種の過敏症の人にはいぜんとして主題そのものが気に入らないはずです。現在と未来とでは価値基準が変ってしまうかもしれない、という歴史観……こうあってほしいと思う未来像を、かならずしも未来が受け入れてくれるとは限らないというニヒリズム……よく考えるととりたててニヒリズムではないのですが、真剣に時代の行方に想いを馳せていればいるほど、よけい神経を逆撫でにされかねない。人間は長い歴史をくぐり抜けてきた文化的連続体ですから、たえざる革新を身上にする技術のような身軽な変化にはなじみにくいのです。不変なものを求める気持は、人間、のみならず多くの動物にとっても、本能的な衝動の一つでしょう。コアラでさえ動物園の移転で死んでしまうことがあるのですから。

時代の変化が急加速されるほど、恒常性に執着する心が正比例して強まるのは当然の成り行きです。「反技術主義」の傾向は、たぶん、文化を支える重要な柱の一本である伝統に根差すものでしょう。まして修復不可能な環境破壊、核兵器に端を発するとどまるところを知らない兵器の開発競争、フランケンシュタインの発明を思わせる遺伝子工学の進歩……こうしたあからさまな赤字の帳尻を突きつけられてしまったのですから、技術不信のうねりが大きな時代的潮流になったとしてもべつに不思議はありません。

だが、怪物フランケンシュタインでさえ、シェリー夫人の原作のなかでは醜悪な外見を与えられた美しい魂として描かれているのです。外見のために誤解された怪物の孤独の訴えが、あの作品のテーマなのです。映画はそのテーマを通俗化しただけでなく、完全に裏返しにしてしまった。ここでうっかり「反技術主義」に同調したりしたら、それこそ映画的フランケンシュタインの再復活に手を貸すことにもなりかねない。もちろん大気汚染や核兵器は、弁解の余地のない怪物です。情状酌量の余地のない悪です。しかしその責任ははたして技術自身にあるのでしょうか。企業の利潤追及、国家のエゴイズム、産業の軍事化、そう言った技術の利用のされかたを問わずに、単純に技術主義批判に走るのは問題のすり替えにならないでしょうか。

もしぼくが現在の立場から『第四間氷期』の続編を書くとしても、たぶん同じようなストーリーになるでしょう。未来にさからった主人公はやはり裁きを受けるでしょうし、未来も風の音楽にあこがれて自殺を選ぶ異端者の抹殺までは出来ないので す。すすんでこの葛藤を受け入れないかぎり、目を開いて現代を生きることは不可能でしょう。「技術礼賛」の夢がすでに色あせてしまったように、「反技術主義」もほとんど有効性のない老人の愚痴にしか聞えません。

だいたい《技術》対《人間》という二元論が、ぼくには胡散臭く思われるのです。技術自体はけっして人間、もしくは人間性の対立物ではありえない。技術というのは要するに、道具を使って何かをする、その行為のプログラム全体を意識化することでしょう。人間は技術的成果に満足感をおぼえるだけでなく、プログラムの完結自体に深い喜びを感じることさえあるのです。それは技術に投影された自己発見の喜びです。技術というのは本質的に人間的なものなのです。

大事なのは多分、技術が内包している自己投影と自己発見の問題でしょう。あるときぼくはカメラのちょっとした故障を修繕しながら、うまくいきそうになったとき、無意識のうちに「人間は猿ではない、人間は猿ではない」と呪文のように繰り返しているのに気付きました。もちろん猿だって多少は道具を使えることくらいよく知っています。けっして猿を差別視するつもりはありません。ぼくの呪文は、単に作業をプログラム化できたことの喜びを表現しようとしただけのことです。ところでこの「作業のプログラム化」とは、いったい何なんでしょう？　試行錯誤もあるでしょうし、イメージのなかでの座標転換作業もあるでしょう。しかしけっきょくは時間軸にそった手順の見通しです。自分の行動と対象の変化を、因果関係として総体的に掌握することです。《ことば》の力を借りなければ出来ることではありません。もともと自己投影とは《ことば》の構造そのものなのですから。

じつを言うとしばらく前から、現代の混沌を解読する鍵として《ことば》の謎の解読に注目しはじめていたのです。ちょっとした機会に分子生物学の勉強をしたおかげでしょう。勉強といっても素人のことですから、ほんの生齧りにすぎません。しかしある種の感動を禁じえませんでした。生命現象を分子レベルで解明したこの学問は、単なる還元主義的成果にとどまるものではないのです。最近はその応用である遺伝子工学が脚光をあびすぎて、肝心の思想的側面は忘れられがちですが、あんがいこれは進化論に比肩しうるものかもしれません。少なくも進化論にとって強力無比な援軍であることは確実でしょう。とにかく系統発生の筋道が客観的に検証可能なものになり、系統発生と個体発生を一つの場で扱えるようになったのです。しかしちょっぴり気になったのは、何人かの分子生物学者が今後の研究課題として、異口同音に《精神》の領域をあげていたことでした。なぜ《ことば》と言わずにいきなり《精神》などというあいまいな概念を持ち出すのだろう？　急にあらためて《ことば》の問題にこだわらざるを得なくなった。こだわりはじめてみると、ここが極端な空白地帯であることに気付きました。あらゆる領域に隣接しながら、手つかずのまま放置されているのです。《ことば》が扱いにくいことは確かです。《ことば》を考えるのもまた《ことば》によるしかないのですから。ちょうど鏡と問答を交すような、不確かで思弁的な作業です。そしてとっさに次の三人の名前を思い浮べていたのでした。ロシアの大脳生理学者I・パブロフ、オーストリーの動物行動学者K・ローレンツ、アメリカの言語学者N・チョムスキー、《ことば》についての先駆的な見解を示した三人です。

もちろん三者三様で、立場も違うし、方法も違います。しかし合成写真を作るように、三人の見解を重ね合わせて強い露光を与えると、かなり鮮明な絵柄が浮びあがってくるような気がするのです。

たとえばパブロフは、条件反射で有名なあのパブロフですが、《言語》を一般の条件反射よりも一次元高次の条件反射とみなしていたようです。じつに興味深い仮説ですが、あいにく死ぬ直前にひらめいた予見だったらしく、書き残されたものはないらしい。三種類の科学辞典に当ってみましたが、関連記事はなく、この問題に関しては後継者にもめぐまれなかった疑いがあります。いまは可能な範囲での憶測にとどめておきましょう。「一次元高次の」という意味は、たとえば紙のうえに円を画き、その円を紙から離して空中移動させてみてください。チューブが出来ますね。平面が一次元高次の空間になったわけです。言葉を替えれば二次元が三次元に積分されたことになります。つまりある条件反射の系の積分値として《ことば》を想定したのがパブロフの仮説になるわけです。ぼくとしては、「積分」よりも「デジタル転換」のほうを採りたいような気もしていますが、今のところこれ以上の深入りはやめておきましょう。肝心なことは、《ことば》をあくまでも大脳皮質のメカニズムとして捉えようとした姿勢です。

チョムスキーは逆に言語学の側から、つまり《ことば》の構造を内視鏡で観察するやり方で、「普遍文法」という考え方に辿り着いています。「普遍文法」というのは、遺伝子レベルに組み込まれた、言語形成のための生得的プログラムのことです。地球上には、エスキモー語、フランス語、チェロキー語、ヒンズー語、日本語、アボリジニ語、と言った無数の個別言語があり、それぞれが固有の文法を持っているわけですが、その固有の文法がけっして文化レベルに浮遊している空中楼閣なのではなく、「普遍文法」という生理的基盤にしっかり根を下しているという考え方です。もちろん実験的に証明できたわけではありませんが、単なる思いつきでもありません。チョムスキーは英語なら英語の固有文法をあれこれ観察するうちに、その構造

TAITO

の形成過程に、ある制限法則が働いていることに気付いたらしい。たとえば水を入れた桶の底に穴を開けると、水が流れるにつれて水面に渦ができる。北半球ではたしか左巻きだったはずですね。いずれにしても、このパターン形成は、もちろん水自体の流体力学的法則に従っているわけですが、それだけでは右巻き、左巻きの選択は起きえない。どっちに巻いても流体力学の法則は満たされる。もう一つ外部から地球の自転という力が働いて、はじめて渦の方向が決定されるわけです。その地球の自転に似た力場が、固有文法の形成にも作用していることを突き止め、それをチョムスキーは「生成文法」と名付けました。もともと個別言語は学習によって習得されるものですが、その学習はかならず「生成文法」にそって行われる。ちょうど渦の方向が地球の自転から逃れられないように、どんな教えかた習いかたをしようと「生成文法」と矛盾した習得はありえないということです。つまりある言語で否定形なら否定形、疑問形なら疑問形を構文する場合、当然正しい配列と間違った配列があるわけですが、その文法的判断の基準は仲間同士が適当に話し合いで決めたようなものではなく……文法が確定する以前に話し合いなど成り立つわけがないのですから……そこには人間が喋りはじめる前からすでに敷設されていたレールがあったとしか考えられません。異種の個別言語間で原則的に翻訳可能なのもたぶんそのせいでしょう。ここから《普遍文法》までは、あともうほんの一歩です。人間は外界を探索することによって概念を構築するが、《ことば》を構築するわけではない。《ことば》はあくまでも《普遍文法》を材料に、「生成文法」の設計図にしたがって構築されるということです。

チョムスキーの《普遍文法》が空中から降ろされたゴンドラ式探査機なら、パブロフの《第二系条件反射》は地底から掘り進んだトンネル式探査機でしょう。反対方向から接近した二台の探査機が、《ことば》をはさんでぱったり顔を合わせたというわけです。

ローレンツの場合はもっと具体的です。動物行動学者にふさわしく、終始探検靴をはいて地表を歩きまわっています。そしてたとえばある種の鳥が、赤いぐにゃぐにゃした物に特異的な反応を示し、いちもくさんに避難行動に移ることなどをじつに細かく観察しています。赤くても動かなければ駄目だし、ぐにゃぐにゃしていても赤くなければ反応できません。その避難行動のおかげで、鳥は狐の襲撃から身を護ることが出来るわけです。たぶん尻尾のない狐にはまったくの無防備でしょう。ここで大事なのはその避難行動が、経験や学習によって得られたものではないということです。人間が敵を見分けるのとはまったくやり方が違います。つまり動物の知恵はいささかも驚異などではなく、ぐにゃぐにゃした赤い物を見ると、ただわけもなく逃げ出したい「気分」にさせられてしまうだけのことです。くだいて言えば「本能」であり、より正確に言えば遺伝子レベルに組み込まれたプログラムによる行動誘発、もしくは抑止のシステムです。この方法で動物の攻撃行動を解析した本はローレンツの代表作になりました。いっさいの擬人化を排した観察の正確さと説得力は驚くばかりです。たしかに進化の鑿が彫った自然の大伽藍には舌を巻くよりほかありません。

この方法を人間の行動に適用するわけにはいかないものでしょうか？　チョムスキーの「普遍文法」には、動物の本能行動とかなり似通ったところがあります。ローレンツはうっかり《ことば》の鉱脈を見落したただけなのではないでしょうか？いや、べつに見落したわけではない、じつはローレンツもその鉱脈の存在について何度も言及してはいるのです。はっきり《ことば》の基礎を生得的なものとみなす、と主張しています。しかし残念なことに、主張するそのトーンはきわめて低い。どうもローレンツは、それこそ「本能的」に、《ことば》の世界に嫌悪感をもっているようですね。そうかもしれない、ほとんど例外を許さない動物行動の整然とした秩序にくらべて、人間の行動はたしかに猥雑すぎる。でも、当然でしょう。《ことば》という概念把握の能力によって、本能的な閉ざされたプログラムを開いてしまったのですから。思いがけないところで「反技術主義」の伏兵に出っくわしてしまいました。だがはたしてローレンツが案ずるほどに、《ことば》は人間にとって不都合な存在なのでしょうか。

もちろんそう考えるのも、《ことば》によってです。もし《ことば》を不都合なものだと考えたとすると、不都合な《ことば》で考えたその見解も不都合にならざるをえない。まさに迷宮の世界です。いったん《ことば》の鉱脈を掘り当ててしまった人間は、よきにつけ悪しきにつけ、もはや《ことば》なしには済まされないのです。こんなふうに想像してもらいたい。動物の世界を大気のない月に例えれば、人間の世界は厚い《ことば》という大気にくるまれた地球なのだと。無念無想は誰にも想像できますが、よほど修練をつんだ禅僧でもないかぎり、実体験はまず不可能でしょう。人間が《ことば》から離脱できるのは、たぶん深いノンレム睡眠の時だけです。目をさました瞬間、夢の内容を思い出せない苛立ちは、誰しも経験ずみのことでしょう。《言語化》できない苛立ちです。夢の中にまで《ことば》は深く根を下しているのです。

《ことば》によって、人間は具体的に何を失い、何を獲得したのだろうか。まず考えられるのは、「群れ」の行動が質量ともに大きな変化を受けただろうということでしょう。ローレンツも観察したとおり、ぐにゃぐにゃ動く赤い物にたいして、ある種の鳥はかならず避難行動を選ばなければなりません。例外は一切許されない。「群れ」の統一行動が種の維持に欠かせない条件だからです。避難行動のみならず、攻撃、求愛、巣づくりなど、基本的な行動がすべて儀式のように正確にとり行われなければなりません。複雑な環境にたいしては儀式を複雑化すればいい。儀式の基本パターンを重ねていけば、かなり複雑な外界に対しても、けっこう対応できるはずです。本物の狐にではなく、ぐにゃぐにゃした赤い物にならかならず反応してしまう閉じたプログラムにも、それなりの有利さがあることを認めないわけにはいかないでしょう。これが開かれたプログラムだったら、そうはいかない。渡されたプログラムが各人各様のまちまちなものだったら、劇場の客だって黙ってはいないはずです。

ところで《ことば》がなぜプログラムを開いてしまったのか。仮に問題の鳥が《ことば》を持ったとしましょう。ぐにゃぐにゃした赤い物を見ても、もう前みたいに素直な反応はできない。いったん《ことば》のフィルターを透過して、意味の信号に転換してから、行動の選択をするはずです。この場合、行動を指示する直接の刺激情報は《ことば》で、ぐにゃぐにゃした赤い物はその《ことば》の刺激剤だという関係になります。《ことば》は受信機であると同時に送信機の役目を兼ねているのです。しかも受信内容が送信内容と一対一の対応をしているとは限らない。時と場合によって「本物の狐」になったり、「毛ばたき」になったり、「婦人用襟まき」になったりするでしょう。つまりプログラムが開かれてしまったのです。その結果の行動もまちまちなものにならざるを得ません。

つまり《ことば》を行動刺激の信号にすることで、人間は創造的プログラムを持つにいたったわけです。まちまちなプログラムには、「群れ」の統一を失わせ、分散させる作用もあったでしょうが、それだけだとは思えない。まちまちなプログラムをもらった劇場の客だって、一過性の混乱の後は入場料を払い戻してもらうとか、その混乱を大いに楽しむとか、なんらかの解決に到達できるはずです。単なる分散ではなく、「群れ」の構造化がはじまるのです。そして多分、これは「分業」の原動力にもなる。「群れ」全体として、環境に対する適応力を増していくわけです。やがては直接顔を合わせることのない成員を組織するまでに巨大化し、抽象化され……ついには国家の誕生です。

もちろん望ましいことばかりではなかったでしょう。「群れ」の強化は縄張りの拡張をうながし、やがて他集団との対立を激化させる原因をつくった。あんがい人間の同種殺害能力も、この時点で獲得されたものかもしれません。《ことば》の代償として支払わされたいくつかの「本能の放棄」とコミの計算で……もちろんプログラムは開かれているのですから、その気になればあらたに《ことば》で殺人を無条件に防止する道徳的儀式を作り出すことも不可能ではなかったはずです。しかしそうはしなかった。内部に対するオキテはつくったが、「群れ」に対する反逆者と敵に対してはそのオキテを適用しないという例外則にしてしまった。同種殺害の本能的タブーから自由になったのをいいことに、《ことば》はむしろ「群れ」に対する忠誠の儀式を練りあげ、他集団に対する敵意をあおり、狩りの技術を戦闘能力の強化に結びつけた。奇妙なことに集団内における「儀式の運用」と「戦闘力」というこの二極分化は、昔も今もほとんど変っていないようです。《ことば》の技術者であるシャーマンと、戦士の統率者である族長がかならず併立して、権力の楕円構造をつくってしまう。軍事力の中心と、儀式の中心とは、「群れ」にとって代行できない二つの機能なのでしょうか。この楕円構造はヨーロッパではカソリック社会における王と法王の関係に顕著ですし、日本でも永いあいだ将軍と天皇の併存がつづいてきました。現代でも本質的にはさほど変化していないような気がします。とくにシャーマンがとなえる呪術のうめきは、いっこうに衰えを見せる気配もありません。軍事力においては言わずもがなでしょう。

いったいシャーマンは何を歌いつづけているのでしょう。聞き違いでなければ、ぼくにはどうも、国歌のように聞えます。あまりいい傾向ではありません。《ことば》自体は本来、分化や分業化を得意としていたはずですが、いったん「全員集合」の号令をかけると、これもまた強力な信号として働きます。《ことば》を手に入れるために支払った数々の代償のなかに、「集団化」の本能だけは入っていなかったのかもしれません。しばらく前、「集団化」の例として面白い事件がありました。東北でおきたホテル火災の一件です。火災現場を詳細に調査した結果、階段の下で焼死したいちばん多人数のグループについて、奇妙な事実が判明したのです。どうやら二階から逃げてきた客が、いったんそこで避難行動を中止したらしい。生存者の話で分ったのですが、そこで客の一人が忘れ物を取りに二階に駆け戻ったのが行動中止のきっかけだったという。そしてそのままほぼ全員が火にまかれてしまった。どうもこの力場の主役はその血迷った忘れ物の主だったようです。群集心理として、パニックの際には、例外行動をとった者がボスとして選ばれる傾向があるらしい。もし例外者がそれだけでボスの資格をもつとすれば、ボス形成のメカニズムはボス候補の資格とは無関係に、集団に潜在する属性なのかもしれません。《ことば》の下にひそんでいる「集団化」の衝動は、あっさり《ことば》のフィルターの目を詰まらせてしまうほど強力なのかもしれない。しばしばアジテーターが熱弁をふるうとき、異形の者として自分をきわ立たせる理由も分るような気がします。シャーマンをみくびってはいけない。シャーマンの歌に対する反応は、誰の心にもひそんでいる郷愁にも似た衝動らしい。

むろんシャーマンが、つねに大音声で祖国の歌を歌っているわけではありません。日ごろは小声で、さりげなく発声訓練に余念がありません。ごく日常的な行儀作法から始まって、婚礼、葬式などに至る個人レベルの儀式……大小の共同体の祭礼、スポーツ競技、式典、流行への関心、など多様な生活ルール……ローレンツはこうした儀式化の側面を遺伝によらない伝承、つまり伝統ですね、その安定性を非常に高く評価しています。「黄金分割」的感覚とまで言っているほどです。しかしぼくは必ずしも賛成できない。たしかに安定はしているでしょう。しかし安定だけを望むのなら、閉じたプログラムのままで十分だったはずです。《ことば》はむしろ不安定を種火にして、創造力のエンジンを始動させたのではなかったか。もちろん動物の本能行動に解発と抑制があるように、《ことば》にも解発と抑制があって当然です。「集団化」をうながす《ことば》の信号は、いかにも強力ですが、じつは蛇口を開ける刺激ではなく、逆に蛇口を閉じるほうの刺激なのです。蛇口よりもゴム紐のたとえのほうが分りやすいかもしれない。「集団化」の信号は、力いっぱい伸ばしきったゴム紐から、手を離すように命じているのです。分散化や個別化を《ことば》の緊張状態だと考えれば、こちらは休息状態だとも言えるでしょう。野球やサッカーに熱狂したり、オリンピックでの国旗掲揚に涙ぐむのに、ことさら《ことば》の緊張を必要とはしません。いっぱんに「集団化」の儀式は、《ことば》を眠りにさそう手続きなのです。加熱ではなく、冷却なのです。熱狂や昂揚感と矛盾するものでもありません。大脳皮質を麻痺させるアルコールやヘロインが、主観的な興奮をひきおこすことは周知の事実です。ためしに近親者の死に出会った場合のことを想像してみて下さい。ふつう動物たちは、生前と同じルールでその死体と付き合おうとして混乱におちいるか、まったく無関心にふるまうかのいずれかです。人間は《ことば》のフィルターを通じて、あらかじめそれが死体であることを認識してしまいます。だが認識したところで、いまさらどんな手立てがあるでしょう。死者と付き合う方法はありえない。限界に近く張りつめた《ことば》の緊張も、対応する行動を見付け出せない。そこで葬儀という儀式です。死者との付き合いを、生者との付き合いに座標転換するのです。涙も愁嘆場という儀式の中で形をととのえ、無害なものに変ります。

「儀式」の強制力には、もう一つ別の衝動も無視できません。仲間から認知してもらえないことの不安です。日本では村八分ですが、これはなにも日本だけの現象ではないらしい。以前アメリカのテキサスの小さな町を舞台にした映画を観たのですが……たしか「ラスト・ショウ」と言ったと思います……その映画の中で、隣町との対抗サッカー戦でへまをした少年が町で村八分になる悲劇が扱われていました。ひどく暗い印象ですが、なかなかよく出来た映画だったと思います。さらにこれが国家レベルになると、国家反逆罪です。シャーマンの歌にこめられている、陶酔とおびえの旋律……たいした歴史も持っていない「祖国愛」が、国内では必ずしも利害が一致しない人種や階級や身分の差を超えて、嵐のような集団化の衝動を喚起する理由も分るような気がします。

もちろんわれわれは、少くも現在の日本人は、年中シャーマンの声を気にしながら暮しているわけではありません。おおむね日常生活というものは、麻薬抜きの《ことば》……最低限の緊張はたもっている《ことば》……によって支えられているものです。他人の目にはいかに馬鹿げて見えても、めいめいが自分に独自の能力を夢見たり信じたりしている状態は、けっして悲観的なものではない。国民の九割以上が中産階級だと信じている「極楽トンボ」症候群も、《ことば》の分化機能による平等観のあらわれだと思えば、納得できます。けっして非難されるべきことではないでしょう。しかしシャーマンの歌が途絶えてしまったわけではないのです。つい最近も中曽根首相によって打ち上げられた、靖国神社の公式参拝や、学校行事の際の国旗掲揚と国歌斉唱の義務づけなど、なかなかの大花火だったと思います。靖国参拝が問題なのは、野党が主張するように信教の自由をうたった憲法に違反するからではなく、それが「国家儀式」の整備だというそのことにあるのです。また国歌や国旗についても、イディオロギー的な賛成や反発だけではもう手遅れでしょう。むしろこの際、文部省の通達をそのまま実行して、かわりにある特定集団の歌や旗が引き起すある種の感情……集団化の情緒の発生メカニズム……を、深く内省的に見据え、《ことば》のフィルターに投影し検証する訓練の機会に利用するのが、もっとも教育の場にふさわしいやり方かもしれません。

　考えれば考えるほど不思議な気がします。「分化」と「集団化」という《ことば》の二つの機能が、うまくバランスをとってくれた時代が果してあったのでしょうか。「儀式」としての《ことば》はいつも善玉でありすぎたように思います。たとえば国際親善使節に派遣されるのはいつだって民族芸能団と相場が決まっている。この集団化傾向にはらわれる敬意は、暗黙のうちに国家間のマナーにさえなっている。はじめに述べた「反技術主義」の大義名分も、おそらくその辺にあるのではないでしょうか。もちろん「集団化」の衝動を一方的に否定しているわけではありません。ついせんだっても、メキシコ市での大地震のさい、地震の規模にくらべてパニックが少なかったのは、テレビが休まず情報を流しつづけたせいだという記事を読みました。おおいにあり得ることだと思います。「集団化」には強い鎮静作用がある。テレビは簡単に疑似集団を形成してしまいます。このテレビの疑似集団形成能力は、その功罪をふくめて、最近の技術的成果のなかでも最大規模のものではないでしょうか。上野動物園のゴリラのブルブル君でも、テレビでノイローゼを治したのです。

　にもかかわらずこの「疑似集団」の過剰生産には、なにか人を落着かなくさせるものがある。単に調理済みの情報の過剰だとか、低俗番組の横行とかいうだけでなく、愁嘆場やスターを共有することによる「疑似集団」の氾濫によって、「集団化」衝動にたいする免疫が出来てしまうのではないかという懸念です。慢性化した「集団化」中毒患者は、国家儀式の肥大化にも、ほとんど気をつかわなくなるでしょう。「分化機能」としての《ことば》は家畜小屋に閉じ込められたっきり、肉や卵の生産にはげむだけで、牙をむくことなどとうに忘れてしまった様子です。国家は無限の集会所として野放図な広がりをみせ、その権威は無条件に美化され、政策批判はともかく国家の存在理由を問うことはいまや「いかがわしい」行為とみなされる。カンボジアでのポルポト政権の知識人（！）虐殺、イランでの神の名における聖戦思想……それでも国家そのものは裁かれずにすむのです。核兵器の使用に対する反対が、戦争否定の部分的意思表示にはならず、逆に優先課題になっているのも腑に落ちない。あまりにも強い国家への帰属感のせいで、敵のない世界の可能性など信じられなくなってしまったのでしょうか。段階的軍縮のほうが実際的提案であることはぼくも認めます。しかし実際的であることは、実現しないことの言い替えのような気もするのです。

なんとかこの《ことば》の片肺飛行に終止符を打たないかぎり、「技術」を含む人間の自己投影の成果が正当な評価を受けられない可能性がある。ぼくはけっして技術万能主義に与しているわけではなく、たとえば「疑似集団」の無制限な製造機であるテレビに対しても、かなりの不安を感じています。また核兵器を含むすべての兵器、環境を破壊し汚染している巨大産業が、すべてシャーマンに対する企業献金によって成り立っていることも知っています。そのうえで、一つ「国家信仰」を冷却させるための具体的な提案をしてみたい。現在の民主主義制度はいちおう権力の楕円型二極構造から、立法、司法、行政の三権分立をとるまでに進化しています。この際それに「教育」のための独立した「府」を追加し、四権分立にしてみたらどうでしょう。もちろん従来の意味での教育とは違います。DNAが《ことば》という鏡の前に立って自己発見するまでの、系統発生の歴史を教育基本法にすえた、新しい教育体系でなければ意味がありません。もはやどんなシャーマンの御託宣にも左右されない、強靱な自己凝視のための科学的言語教育です。存在や認識の「プログラム」を開く《ことば》という鍵を、ついシャーマンの歌にまどわされて手放したりしないための教育です。人間とはまさに「開かれたプログラム」それ自体にほかならないのですから。

［1985. 10. 8］

# 人間と科学の対話

［出席者］アレキサンダー・キング、エリオット・L・リチャードソン、安部公房
ドナルド・D・ブラウン、アーハンガマゲ・T・アリヤラトネ、矢野暢

## 南北問題

**矢野**　科学技術を議論すると、どうしても北側だけの独壇場となる。北側の科学技術が急テンポで発達していくと、南北問題もいままでの基準では判断できなくなる。富の不平等だけでは南北問題は語れない。南の科学技術をどう高めるかがポイントとなる。

**キング**　この問題は深刻だ。だれも解決策を持っていない。第三世界にマイクロプロセッサーを大量に送ればいい、という意見がある。しかし、これは意味がない。そんなことをしていては、南が技術の植民地になってしまう。問題解決のためには、やはり第三世界の技術を奨励していかなければならない。南の工業化はまだ端緒にもついていない。一時しのぎのものでない、長期的な観点から、自立する方策を考えていくべきだ。

**アリヤラトネ**　南と北の対話で大切なのは、人間同士の話し合いだ。少数の人間が、多数のための世界をつくりあげるのでなく、もっと多数の人間の参加が必要なのだ。小さなグループがどんどん参加し、そのために先進国の技術が使われるべきだ。南と北の水平対話が求められているのである。

**リチャードソン**　南北問題では、先進国のなかでもとくに日本の役割が大きくなっている。日本は技術を自分のために、短期間に使い切ることに成功した。そして、日本は防衛負担があまり大きくない。日本は成功した国だ。その技術を南の世界のためにどう使うかを真剣に考えるべきだ。日本の新たな挑戦は、まだ緒についたばかりといえる。

**安部**　南の中に、支配層と被支配層があることが一番の問題だと思う。このあいだ、テレビでマラソンを見ていたら、エチオピアの選手が元気に走っていた。飢えに苦しむ人がいるのに、

素朴な疑問を抱いた。とても気になることだ。エチオピアの食糧確保といっても、国内でどう分配されるかという点が問題となる。硬直化した支配体制をどう打破するかの努力が、南北問題解決のために必要だ。

技術と人間

**矢野**　技術は限りない進歩を続ける。しかし、人間の進歩、発展はそう期待できそうもない。この不均衡をどう考えたらよいのか。

**ブラウン**　人間が進化しないから科学に追いつけないといわれるが、科学の歴史はまだ浅く、多くの技術的実験を行っているところだ。社会が科学の進歩に対処できるかの実験をしているといってもいい。科学においては、善意が重要だ。科学者は決してどん欲なばかりではない。科学者の目標は、その知識を人類のために応用したいということだ。

**アリヤラトネ**　技術社会においては、人間が技術をコントロールできず、支配されている。科学はどんどん変化するが、常についていこうとすると、人間は自分自身を失ってしまう。経済的環境だけでなく、社会的環境も充実させなければならない。科学技術があまりに商業的に利用されると、一般の人々のために利用されなくなってしまう。

**キング**　科学は創造的なものであり、人間的なものである。科学はヒューマニズムなくして考えられない。広島に原爆が投下された時、私はワシントンにいたが、多くの科学者は〝こんなことをしていいのか〟と心配していた。科学が政治に飲み込まれないために、科学者はいま大きな使命を負っている。

**矢野**　原爆の話が出たが、科学技術の進歩が兵器開発に利用され、軍備拡張競争に拍車をかけることにならないか。人類は、これにどう備えるべきか。

**リチャードソン**　科学の目的は真理の探究である。これが科学の根幹だ。科学者は研究の成果が人間にプラスになることを期待している。科学者は、はじめから兵器に使われると考えて、発明、発見に取り組んでいるわけではない。アインシュタインは核爆弾ができるとは思っていなかったし、レーザーの発見者だってＳＤＩ（戦略防衛構想）に利用されると考えていなかったはずだ。科学技術の研究と、その使い方というのは別のモノである。それにしても、世界に緊張が続く限り、科学技術を兵器に利用しようという意欲はやまないであろう。だから、大切なのは、紛争のもとをなくすことだ。軍縮という方向だけでなく、紛争を根本からやめさせようという気持ちが重要である。とくにアジア地域においては、日本がリーダーシップをとるべきだ。

**安部**　全く同感である。紛争をどうやって防止するかに尽きる。でも、私は紛争の根絶には悲観的である。民衆の意思が反映する構造、手だてがどこかにあるのだろうか。危ないような気がする。だからこそ、我々自身の責任ある自覚が必要なのだ。

## 開発コスト

**矢野**　科学技術が進歩するにつれて、技術開発コストも上昇する。それだけ多くの資金を投入した技術は、資金回収のために高く売らなければならない。この悪循環をどう見るか。

**キング**　兵器関係の国防費はどんどん高くなっており、このままいけば二〇〇五年には、米ソともに戦闘機を一機しかもてなくなってしまうかもしれない。これは将来の冗談めいた話だが、現在でも非平和的利用でかなりの浪費をしている。エレクトロニクス分野でいえば、マイクロエレクトロニクスのさらなる小型化やロボットの高度化によって、かなりコストが上昇している。こうしたコストアップの流れに対処するために、政府と科学者は十分な協議を行い、研究開発の資金をうまく使う方法を検討しなければいけない。意味のない競争をやめ、協調の精神で臨むべきである。

**ブラウン**　たとえば、生化学の研究費用が四十億ドルとか五十億ドルであっても、それによって病気が撲滅できれば、薬品や治療にかかるコストを減らせるわけで、それほど高いわけでもない。ただ、薬品の開発でいえば、安全性の確認にかなりの時間がかかるためにコストが上昇する場合が多い。我々の英知を集めて、技術開発の進展に適した安全確認の方法を確立するべきだと思う。

## 国際協力

**リチャードソン**　本当の科学を議論するとき、我々は国家の壁とかイデオロギーの壁を越えて議論をする。物理学でも、生化学でもそうだ。基礎科学が国と国、人間と人間をますます結びつけるものとなる。ところが応用科学の分野では、競合者と競争して有利な立場に立とうとするようになる。そこに、科学を軍事に使っていいのかという議論も登場する。

**矢野**　社会主義国における科学技術の動向はどうなのか。

**リチャードソン**　ソ連は、科学技術面で遅れている。今後、西側に比べてますます後れをとるのではないか。科学技術の停滞への認識をゴルバチョフ政権は持っていると思う。政治的にも、この現実を認めることがソ連の課題でもある。新指導者が誕生した折だけに、これからどういう方向が打ち出されてくるかを注目したい。

**矢野**　科学技術の国際協力の可能性はどうなのか。

**ブラウン**　私が知っているなかで、学生や研究スタッフを交換、交流したおかげで、重大な発見が生まれたこともある。私がとくに印象深いのは、米国国立衛生研究所の活動である。この研究所は生化学の研究を担当する機関だが、大学の研究者らに研究資金を援助し研究者を互いに競争させてきた。世界の創造性ある若手科学者を支援しているのだ。そして援助を受けた人たちは大きな成果をあげている。
**矢野**　日本への期待、問題提起をズバリお願いしたい。
**アリヤラトネ**　根本的解決が、救済よりいい。病気の予防が治療することより大切なのである。栄養失調がアジアにまん延している。これへの救済ももちろん重要だ。しかし、疾病の予防はさらに重要だ。マラリアでいえば、原虫を媒介する蚊を殺す研究を、我々はあちこちの村でやっている。蚊の繁殖を防ごうという実験だ。ところが、こうした研究にはなかなか予算がつかない。貧困の国は疾病の克服が緊急の問題である。日本の協力をぜひお願いしたい。

## 教育など

**矢野**　教育という側面も見落とせない。二十一世紀へ向かう時代的状況にふさわしい人間をつくりあげる教育とは、どういうものだろうか。
**安部**　教育主義という主義があるとすれば、私は反教育主義者である。最近〝学校教育は知識教育でなくて人間教育であるべきだ〟という意見が出ている。こんなものは必要ないと思う。私は最初から軍国主義教育を受けてきたが、軍国主義者にはならなかった。教育で人間は変わらないから、どんな教育でもいいと思う。
ふだん、殺人はいけないが、戦争になったときだけは例外だという。どうしてこんなことが起きるのか。同種殺害が許されるのは、人間だけだ。人間が人間を殺せるようになったのは、言葉を持ったからだ。国家に忠誠を誓う言葉で、人間は自分の首をしめている。それを打破するために、イデオロギーとか、国家社会に左右されない〝教育府〟を創設すべきだ。これが戦争を避けられる唯一の方法である。教育主義的でない教育を考えなければ、国家が戦争に動き出したときに、われわれが止められる可能性はない。戦争は、国家の意志決定で行われる。それに抵抗できる教育でなければいけない。国家にブレーキをかけられる教育を考えてみるべきだ。教育を管理システムの問題としてではなく、人類の大量殺害を防ぐものととらえるべきだ。
**矢野**　生命工学などにも見られるように、科学技術が発達すると、これまでの通念では判断できなくなる事態が生まれてくる。民法や国際法といった法体系に、科学技術はどんな変化をもたらすのか。
**リチャードソン**　将来への重要な問題提起だ。新技術の台頭が新たな法体系を生み出すのである。過去には足を踏み入れることも出来なかった海洋や宇宙にも、人類が到達できるようになった。石油やガス資源を求めての海底探索に対する条約も必要となろうし、宇宙でも調整をはかる新しい機関ができるだろう。これには、国境を越えた取り組みが求められる。今こそ、国際的な法体系を整備し、各国の人々が等しく科学の恵みを受けるべきである。

**矢野**　科学の発達した現代の問題として〝人間疎外〟がある。科学の進歩で〝人間疎外〟も多様化していくのではないか。

**安部**　私は、疎外と疎外感とは区別しないといけないと思う。疎外されていても、本人は満足している場合もある。例外的、異端の道を選ぶ人は、科学者も含めて疎外される状況にある。疎外された人を生かしていく発想が大切であり、疎外された人をはじき出してしまうような国家や組織のあり方が問題である。

**矢野**　科学の進歩が進むと、人間がついていけずにストレスが蓄積される。現代人のストレスを防ぐ方法はないものか。ストレスのない人間はつくれないものか。

**ブラウン**　そこまではできないであろう。生命工学も、人間の性格までいじろうというものではない。私にもストレスはあるのです。変化の激しいことによるストレスは、変化の速度を変えるのも一法だ。科学技術と社会的制度をうまく組み合わせながら、解決策を求めていくしかない。

［1985. 10. 9］

# 科学と芸術 結合は可能

［対談者］ドナルド・ブラウン　安部公房

――科学技術のめざましい進歩は、われわれ人類の将来に大きな期待を抱かせると同時に、漠然とした不安を感じさせている。こうした危惧に対し、科学者として、また文学者としてどう対応して行こうと考えておられるか。

**安部**　僕は科学技術そのものについては悲観も楽観もしてはいない。けれど、科学技術の進歩が市民感情に不安をかき立てているというのは、ちょうど産業革命当時、新しい動力つまり蒸気機関を迎えた労働者たちが雇用に対して抱いた不安と似たようなものではないかと思う。それとは別に、もっと根源的な、人間の存在の基本にかかわるだれも足を踏み入れたことのない領域、いわゆる人間の尊厳なるものへ、こういう表現は私自身余り好きではないが、科学技術が介入してきたという不安があるのだと思う。また分子生物学がわれわれに与えた重要な問題提起は、遺伝子組み替えの脅威よりも、もっと深刻な思想の転換を求めているということではないか。生命というものを物質レベル、分子のレベルでとらえるということは、生命と物質とは全く別のものだとする二元論的な観念論を打ち破り、生命の行方について従来のモラルを消し去るという思想的な〝夜明け〟に立っているといえるだろう。

**ブラウン**　同感だ。科学者はガリレオ以来、常に問題提起を行ってきた。人々が長い間持ち続けていた宗教、文化、思想とは対立するものを提供してきたわけだ。それはなぜかというと、常に、真理を探究するのが科学者の姿勢だからだ。だが、安部さんの話からアインシュタインの宗教的側面を思い出した。アインシュタインは「科学では答えられないものが人間にはある」と言っている。宗教と科学は扱う概念が違うというわけです。

確かに真理の探究は必ずしもよい結果を招くとは限らない。科学技術の進歩のスピードに、果たして社会がついていけるかという問題が残る。しかし、真理が探究されずに問題が解決されたためしはない。科学は真理探究のひとつの道具と考えればよい。

**安部**　科学技術の速度に人間がついてゆけるのか、という問題だが、K・ローレンツ（オーストリアの動物行動学者）は「動物的な進化は非常に長い地質学的な時間がかかるのに、人間の文化面での進化は非常に速く、それが人間の原罪のひとつなのだ」とまでいっている。しかし、私は、技術はわれわれが自身で作ったものであり、こうした速度は人間の精神の構造に含まれ、そこから出てくるものだと考える。むしろ、素人として、分子生物学に驚くのは、人間のナゾに挑む新しい手段になるという点だ。つまり、かつてのアインシュタインがいったような科学のカギのはいらない精神の領域の問題を解く〝カギ穴〟を、人類はようやくさぐりあてたものではないかということだ。うまくすると、分子生物学は大脳生理学などとの結合によって、人間の精神分野に科学的にアプローチできるのではと期待する。

**ブラウン**　脳や記憶の仕組みを分子として分析、科学的に究明することは、人間の多様性や創造性をなくすわけではない。(何か仕組みがわかると人間が均質になるという見方も出ているが）分子生物学導入以前とそのあとで、人間が変わるわけではない。

アインシュタインが科学と宗教を分けたのは、科学が文化的背景などの違いを超えて、だれもが理解しうるものだからだ。

**安部**　人間の行動を考えてみると、ほかの動物に比べ大脳皮質に依存する率が非常に高いことが特徴的だ。特に、脳の左半球でデジタル化を行う、つまり《ことば》に直していくわけだ。これが人間の次の行動への刺激、あるいは信号になっていく。こういう風に考えれば、今まであいまいだったものがかなり解明されていく。つまり人間のデジタル化の能力を科学的に解明していけば、例えば〝精神〟とか〝民族の違い〟といったあいまいなものがもう少しわかるんじゃないだろうか。人間の行動がどんなふうに解発されるのかが科学的に把握することができれば、例えば民族間の衝突などを真の意味で解明していける。こうした作業をやらずに、単に平和論を振りかざしても全く無意味だ。

**ブラウン**　一般的考え方としては、今、安部さんが言われたと対照的な考え方もあると思う。例えば動物的本能が人間にも残っていて、暴力などを引き起こし、他人を侵略したりする。攻撃性という本能は、考える力とか言葉をあやつる力よりもっと古くから獲得された性質のものだ。

**安部**　ローレンツの考えに近いね。確かに本能的な攻撃性は残っているとは思うが、動物と人間とでは全く違うはずだ。動物の場合はある刺激に対して一定の行動を取り、一対一の精密な対応をする。しかし人間は精神を獲得したために選択の幅が広くなり、各個人によって違う攻撃性が現れる。だから人間を組織して攻撃能力を発揮させるには本能レベルだけではだめだ。そのいい例がヒトラーや今のイランの状態で、本能の力が集団的に発揮されるためには言語的組織化が必要だし、しかも、それは選択的に行われなければならない。

そこで僕は大脳皮質のデジタル的な刺激が、《ことば》を通じて〝群〟を動かし得るという法則を見極めなければならないと思う。これは一般的科学論じゃなく、小説家としても看過できないところだ。小説家の仕事というのは《ことば》という信号を通じてイマジネーションの世界を探ることだが、文学の存在理由を深く考えると、否応なしにこの問題を解明しなければならないというところへたどり着いてしまう。

**ブラウン** 分子生物学の分野での最近の発見に、人とチンパンジーの遺伝子が違うが、それはわずかでしかない。しかし、人からは人しか生まれないし、チンパンジーからはチンパンジーしか生まれないのは、このごくわずかな遺伝子の違いが、人間を人間として決定する特質だからだ。

さて科学者が将来、この違い、つまり安部さんが興味を持っておられる人間の認知的機能を解明できるかどうかになると、私には分からないと答えるほかはない。

**安部** そこが一番知りたかったことだ。遺伝子の違いはわずかなものなのに、人間はどうやって情報をデジタル化して理解するのか、どの時点から、そんなことができるようになったのか

――これは分子生物学の（対象とする）問題なのかどうか。

**ブラウン** 分子生物学は力のある手法ではある。しかし、大脳の働きを解明するには、ほかのいろいろな手法との総合が不可欠である。ここ十―十五年間の現代生物学の研究は、ひとつの遺伝子を組み替えたらどうなるかなど一要素ごとに勉強するといった一次元的なものに過ぎない。しかし、生物はいろいろな要素が統合された存在である。われわれが今やっていることは、いってみればラジオの一部品にしかすぎないトランジスタのひとつひとつを調べているようなもので、ラジオ全体を知るにはほど遠い。これからの研究は、もっといろんな要素を組み合わせた二次元、三次元的なレベルにまで進めていかないといけないだろう。

――科学と人間のかかわりについてのこれまでの討論を踏まえて今後、小説家として、あるいは科学者としてどのような仕事をしていかれるのか最後に伺いたい。

**安部** 個人的意見なんだが、これまでは、科学と芸術・文学は握手することが非常に難しいのだという風に受けとめられていた。しかし、分子生物学の登場で、思想的展開がなされていけば、科学と芸術・文学が握手できるチャンスが出てくるんじゃないかという予感がする。

最近、科学による要素の解明は終わったのだという考え方が芽ばえ、科学のなかに神秘主義を持ち込もうという傾向も出ているが、私はその立場はとらない。科学が何から何までやれるわけはないんだから。

現代が危機的状況にあることははっきりしている。私に言わせれば、《ことば》による《ことば》の危機なんだ。《ことば》

が人間の行動を規定しているんだから。今後、人類に希望があるのか、あるいはないのかはわからない。現実をしっかり見ていくことの方が大事である。その手段として《ことば》というものを正確にとらえ直していくことだ。そうすることで初めて、科学と芸術・文学の握手がほんのわずかでも生まれるだろう。

**ブラウン**　芸術・文学なしの科学などは考えられないし、芸術・文学と科学のない世界は不毛だと思う。芸術・文学は科学と共存できるし、科学を価値あるものに高めている。その意味でも科学と芸術・文学は結合が可能である。私は、これから先、科学者として色々な問題の解決にあたっていきたい。特に、貧困とか難病といった人間の悲惨な状況を解決することに全力を尽くしていきたい。それこそが創造的活動だと思う。また、科学の力によって貧困などを人類が克服することができれば、苦しい日を送る人々も芸術・文学を楽しむことができるだろう。

［1985.10.10］

# もぐら日記 II

十月十三日　日曜日（続）

聴衆の受けはよかったが、後味はあまりよくない。原稿の棒読みには慣れていないので、時間切れになり、途中三分の一くらいを端折らざるをえなかった。もっと混乱したのは通訳陣だろう。外国人のパネラーたちには内容がよく伝わらなかったような気がする。そこで全文をどこか雑誌にでも掲載しようと、新田氏に相談、ともかく主催者である「毎日」の了解をとることにする。ところが「毎日」社長が草稿を読み、本紙学芸欄での連載を決めてしまった。さすがは社長だと言うべきだろうか。まあ、これはこれでいいだろう。新聞のほうがどんな雑誌よりも公器としての力を持っている。

ローマ・クラブのキング会長の発言が、いちばん整理されていたし、内容もあった。あとの連中は、陳腐。

ひどい風雨。テレビのニュースを見ていると、東京では青空がひろがり、気温は三十度、人々はアイスクリームを舐めながら真夏の服装で歩いている。わずか百キロの距離で、たいへんな違いだ。ここでは濃霧が底引き網のように木の枝をからめて走っている。

総体的に、こんどの勉強は無駄でなかったと思う。《言語》による儀式化の方程式が、ぼくの思考の底で有機的に作動するようになったのが分る。この思考方法を自分のものにすることが出来たのだ。こうなると応用も楽だろう。めりはりのある脱皮。次の小説にどう反映するかが楽しみである。

十月十六日　水曜日

クンデラの作品を読みはじめた。面白そうだ。キーン氏の言うとおり、たしかにぼくと資質が似通っている。中部ヨーロッパの民族的特質にこだわりすぎるところを除けば、思想的にも共通点が多い。芸術的評価については、手許の二冊を読みおえてからにしよう。現代のカフカと呼ばれているらしいが、それにしては象徴に凝縮する力が弱いような気がしないでもない。

夜に入って、家が揺れるほどの強風。

明日はノーベル文学賞の発表らしい。新聞社からしきりに探りの電話がかかってくる。しだいに腹立たしくなってくる。まるで競馬の予想なみだ。ただの読物作家や、随想作家などと同列に並べられて論じられるのは我慢ならない。見識がなさすぎる。

早く明日の夜が過ぎてほしいものだ。

十月十七日　木曜日

風は凪いだが、濃霧。

毎日につづいて朝日からも張り込みの挨拶。担当記者には同情するが、不愉快だ。

紀ノ国氏に連絡して、SEIBUのチェニジー担当者に早く会おう。善は急げ！（残念ながら今日は木曜日でSEIBUは休み）

昨日のテレビは夜に入ってから全局が西武ライオンズの優勝ニュース一色で塗りつぶされる。馬鹿々々しいが、こうした《ファン》形成の法則をよく観察すれば、人間の集団帰属衝動の構造を解明する手懸りをつかめるかもしれない。この無邪気な「儀式」の産業化。ここまで集団の規模を巨大化できるのは、やはりテレビという情報メディアの普及のおかげだろう。「人間行動学」と「情報問題」の統一がさしあたっての課題である。

ノーベル賞はクロード・シモンに決定。また一年いらいらさせられるのかと思うと気が重い。

十月二十日　日曜日

朝日の原稿、遅々として進まない。風邪気味のせいだろうか。

クンデラの『生は彼方に』を読了。悪くはない。おそらく論理的な小説だ。代表的な表現のスタイルである叙情詩に内在している宿命的な先祖返り的傾向（反動化）の指摘はなかなか当を得たものだ。ぼくなら《群化作用》と規定する。政治の全体主義的傾向との連繋は、いわば内的必然なのである。この小説は、共産主義政権が確立していく戦後のプラハに生まれ、そして死んでいった一人の叙情詩人の物語だ。叙情詩人であるという以外に、彼に罪はない。メフィストフェレスとは逆に、善をなさんと欲しながら、卑小な裏切りを重ねるだけで死んでいく。まさに裏返しの教養小説である。あるいは教養小説のパロディである。

しかし小説としての魅力に今一つ欠けたところがある。たぶん作者と主人公の切り結びが弱いせいだろう。作者は主人公をもっと強く愛し、もっと強く憎まなければならないのだ。この調子では、読者を作者のアリバイ探しに専念する検事の立場に追いやりかねない。もちろんクンデラは完全犯罪に成功するだろう。アルテュール・ランボーが、パリの五月革命の嵐のなかを駆け抜ける！

クンデラによる《群化機能》が顕著な詩的語彙集。

［日暮れ……バラ……草叢の上の露……星……闇……はるかな

音色のメロディ……母親……懐しい家庭……小川……銀……虹……愛……「ああ！」……」

まさに演歌の語彙集である。古今東西を問わぬこの普遍的な叙情の法則には驚くより他はない。

十月二十四日　木曜日

昨日、紀ノ国氏ともども西武デパートのレジャー用品部の連中と会う。『チェニジー』の製造販売が決定する。妙な気分だ。

風邪気味のせいか、「朝日」の仕事がいっこうにはかどってくれない。

十二月六日　金曜日

約一ヶ月半にわたる長い中断。しかし怠けていたわけではない。「朝日」の原稿を書きあげたし、「読売」の《タバコをやめる方法》も書きあげた。それに「海燕」のインタビュー約四十五枚も、ほとんど書きなおしに近い作業だった。考えてみると、最近にない生産量かもしれない。おまけに今、丸谷才一の「たった一人の反乱」の英訳版の推薦文をまとめ終えたところ。昨夜千枚分を一気に読みあげ、さっそく仕上げたのだから、われながらアッパレである。他に原文のままの発表はないはずだから、いちおう控えをとっておこう。

英訳『たった一人の反乱』推薦文

安部公房

ふと巨大な動物園のなかに迷い込んでいた。とりわけ奇妙な檻の前だ。遠近法を欠いたパステルカラー調の照明のなかで、陰影がないのに異様に鮮明な輪郭をもった動物たちが、つぎつぎ危険な刃渡りの芸を披露してくれている。一人も死人がでないピカレスク劇のようでもある。扮装こそ違え、動作も顔立ちも全員瓜ふたつで、不気味な既視感がみなぎっている。檻のわきの表示を見ると、『霊長類、ひと科、現代日本人』と書いてあった。見物しながらいつの間にやら見物されていた。

今年残された仕事は、あとフランスの雑誌の巻頭エッセイ。『密会』について……

それからＮＨＫの中村君と、来年のプランについての話しあい。

明七日はスエーデン・テレビに出演。

九日は「読売文学賞」の予選、そのあと七時からソ連のノーボスチ通信の正月用インタヴュー。

ぼくらしくない多忙さ！

［1985. 10. 13－12. 6］

# 破滅と再生 2

［聞き手］小林恭二

——この前の雑誌のインタビュー、破滅論が中心でしたね。今回はもうちょっと破滅そのものにスポットをあててお伺いしたいのです。

そこでとりあえず、『方舟さくら丸』の場合、破滅するのがかなり困難になってきているような状況というものをぼくは強く感じたのですが。

**安部** 困難か容易かって、そんなふうに考えたことはなかったよ。破滅と破滅願望とは、いちおう区別して考えるべきじゃないかな。破滅願望というのは、必ずしもそのとおりの形で意識されるとは限らない。たとえば『方舟さくら丸』の場合、登場人物たちの行動を律しているのは、けっきょく御破算の精神だよね。彼らには破滅願望が、人生の道理としての御破算の願望として自覚される。よく体育嫌いの子供が学校の体育館に火をつけたり、勉強に自信のない子が教室に放火したりするじゃないか。誰にでもありうる、かなり日常的な感覚だと思う。

——カトリックみたいに、観念的に再生と等価であるような破滅じゃなくて、何か生得の形での破滅願望みたいなものでしょうか……

**安部** 単純に言えば採点やりなおしの請求じゃないの。たとえば平等の観念だって、一種の破滅願望でしょう。既成の秩序の破壊を必ずしもネガティブにだけとらえる必要はない。最近話題になっている中学生の「いじめ」なんか、まさにその逆の精神構造だし。

——破滅願望の逆なんですか。

**安部** だってヒエラルキーを確立していく過程だろ。強者と弱者の……

——なるほど。では、必ずしも再生願望を伴わないような破滅願望というようなものを意味しているのですか。

**安部** そんなことはない。破滅と再生の願望はいつだってメダルの裏表だよ。秩序の破壊は平等の再生だろう。でも、困ったことに再生が再生で安定してくれることはない。再生が秩序を持ったとたん、破滅願望がふたたび頭をもたげてくる。終りのない永久革命だ。この循環するイメージの中で、奇妙なのは、何処かに誰かかならず主人公らしき人物がいて、そいつだけが無事生き延びることなんだな。この御都合主義が、どうやら小説家誕生の秘密じゃないかな（笑）。

――間違いなくそうですね。

**安部**　人ごとじゃないんだよ。

――いや、本当に人ごとじゃないと思ってやってきたわけで、きょうは（笑）。

まず、こんどの安部さんの小説、スプーン曲げの少年がテーマだということなので、最初は超能力を信じられるかどうかというふうな質問から始めるつもりだったんです。しかし「すばる」のインタビューを読みますと、安部さんはあんなもんあるはずがないとおっしゃっている。その上、あるはずがないという点でアプローチするからいろいろなところが出てくるとも言われています。あらためて確認させていただきますが、その可能性は全く信じていないわけですか。

**安部**　あるわけないさ、超能力なんて。

――本当にありませんかね。

**安部**　ありえないことを経験的に知っているからこそ、超能力を願望する気持も生れるんじゃないかな。やはり破滅願望の変形だよ。腕のいい手品師は子供の客を歓迎しないって言うけど、子供は信じてしまうから張合いがないんだろ。

――その辺から始めるのがよさそうですね。

**安部**　もともと超能力は実験的に検証すべき問題じゃない。仮に実証されたら、その時点で科学的な枠内に組み込まれてしまうわけだから、超能力でなくなってしまう。科学的検証に耐えうる超科学というのは、論理的に意味をなさない。

――そうですね。

**安部**　「超」の世界を論ずる前に、超のつかない「普通」の世界のほうを、もっと問題にしてほしいと思う。方法の自覚もなしに、科学では説明しきれない何か、と言うようなことを簡単に言ってのける自然科学者が実在するんだから呆れるね。ああいうのは科学者ではなく、ただの技術者なんだろうね。科学者ならこう言うべきだよ。「従来の科学的方法では説明しきれないある自然現象」でもスプーン曲げは超自然現象で、絶対に自然現象であっては困るわけだろ。

いまぼくに興味があるのは、むしろ超能力にあこがれる気持の裏にある心理の謎なんだ。一種の「認識限界論」だね。人間の認識にはしょせん限界があり、当然それを超えたものがあるはずだという……

――つまり認識の限界の可能性を超能力に託しているわけですね。

**安部**　そうなんだ。でも認識に限界があるという認識は何によって認識されるかというと、言語以外にはありえない。だいたい認識は言語の構造そのものなんだよ。だから、認識に限界があるという認識は、鏡のなかの自分を拳銃で射殺するような矛盾におちいらざるを得ないわけだ。つまり限界の認識は言語の自己認識で……いや、やめておこう、ここで認識論をやってみても始まらないからね。ただはっきりさせておきたいことは、だからといって「超」の願望までいちがいに否定はしたくないということなんだ。スプーン曲げはありえない。ありえないがその願望までは否定出来ない。スプーン曲げを信じたがる心理は、しょせんある種の御破算願望だし、逸脱の願望だろう。それは人間にとって欠かすことの出来ない行動原理の一つなんじゃないかな。

ローレンツは……ローレンツって、思想的には極端な人種主義者で僕は嫌いだけど、動物行動学者としてはやはり認めざるを得ないと思うな。とくに刺激情報と、それによって解発される行動様式の関係は、基本的に遺伝子に組み込まれているという一種の生得説。じつに重要な考え方だと思う。ある意味では進化論に匹敵するというか、すくなくも進化論の強力な補強材ではあるね。さらにこの考え方をもう一歩すすめて、その遺伝子情報に「言語」を組み込んだらどうなるか。人間になるわけだ。そうなんだよ、「言語」というのはデジタル信号だろう。他の動物の場合、行動を解発する刺激情報はアナログなものに限られるけど、人間だけはデジタル信号を行動解発のサインにすることが出来た。生理学的にはありうる進化の一段階にすぎなかったけど、その結果はとんでもない飛躍だった。具体的で直接的なアナログ信号と、それに一対一で対応する行動という「閉ざされたプログラム」の世界から、一気に判断や選択が自由な「開かれたプログラム」の世界に飛び出してしまったんだからね。まったく妙な動物さ、人間ってやつは、遺伝子から這い出して、とうとう遺伝子を見てしまったんだ。「言語」によって遺伝子が遺伝子自身を認識してしまったんだよ。

だから「言語」とは何かを考えるにしても、言語で考えるしかない。言語の限界という表現でさえ言語表現の枠を出られない。井戸の中を見おろすように、言語で言語のなかを覗き込んでいるのが人間なんだな。

——つまり認識の限界、すなわち言語の限界だということですね。

**安部** 限界というより、構造と考えるべきだろうな。ローレンツが言っているのは、だから、比喩としてはこれはなかなかおもしろいと思うけど、チンパンジーの模倣能力について……チンパンジーが、仲間が手を使って何かをしているとき、その手が自分の手と同一の手であると認知する、その認知の瞬間が模倣形成のきっかけだと言うわけだ。事実チンパンジー以下の動物ではほとんど模倣が認められないらしいね。要するに手が手だという認知、それが行動の学習につながり、やがて言葉の発生をうながす原因だったはずだというローレンツの指摘……なかなかの卓見だとは思うけど、ただそれだけでは言語にはならないよね。それまでのアナログ的プログラムをどうやってデジタル転換できたのか、その辺のメカニズムが解明されないかぎり言語の謎が解けたことにはならない。次元を超えた跳躍だからな。

もうすこし言語についてこだわってみようか。大事な問題だからね。遺伝子と言語のかかわり合いについて、チョムスキーが面白い問題提起をしているんだ。「普遍文法」という概念なんだけど、われわれがこうやって通常使っている日本語やなんかは、個別言語、しかしどの個別言語も言語としての何等かの共通項を持っている。つまり個別言語を可能にしている土台が何処かにあるはずだ。そしてその土台を「普遍文法」と命名した。傾聴に価いする仮説だと思うな。その遺伝子レベルの普遍文法のおかげで、外の刺激に応じて、例えば日本人の中で育てられれば日本語がインプットされる……しかもチョムスキーはこのインプットの過程を単なる学習過程とはかなり厳密に区別している。その過程自体がある意味で生得的なものだという考え方なんだな。だから彼は、言葉を学習するとは言わずに、言葉が育つとか成熟するとかいう使い方をしている。

ついでにパブロフについても触れておくべきだろうな。あの条件反射のパブロフ……パブロフは一般条件反射のほかに、第二系っていうのか、正確な用語の規定はないんだけど、要するに一般の条件反射の上にもう一つ次元の高い条件反射がありうることに気付いたんだ。そしてそれがたぶん言語だろうと予測した。ただし残念なことにパブロフが死ぬ直前の発見でね、だからその問題についての詳しい研究はないし、ちゃんとした後継者もいなかったようだ。でもあえて憶測すれば、要するに言語は一般条件反射の積分値だと言いたかったんじゃないかな。

——積分値、ですか？

**安部**　積分値というのは、要するに平面上に描かれたあるカーブを、平面ごと移動させて出来る三次元像を考えてもらえばいい。はじめが円なら、こう、チューブになる……

これはパブロフの暗示にもとづく類推だけど、僕としては積分値よりもやはりアナログ信号のデジタル転換のほうを採りたいな。大脳半球の片方（言語脳）が、どんなやりかたでアナログ信号をデジタル処理しているのかは、今後の研究に待つしかないけど、言語がデジタル信号であることは疑いようのない事実だからね。ただしコンピューターのやりかたとは質的な違いがあるようだ。コンピューターのような線的な経路による解析ではなく、どうも面的な拡散と集中のプロセスが使われているらしい。たぶん脳の左右の分業と関係があるんだろう。チンパンジーにも右利き、左利きの傾向があるらしいけど、あくまでも傾向で、人間みたいに有意の利き手の分化はないらしい。そこでこの左右の分業によって、左脳のデジタル処理と右脳のアナログ処理を、脳梁を通じて相互転換することが可能になった。デジタル化というのは信号の信号化だからね、本当にこれは画期的なことだったんだよ。

でもプラグマティズムの連中なんかは、そんなふうには考えていないようだね、旧態依然として、言語を思考の運搬道具としか考えていない。だから言語よりも精密な運搬道具があれば、もっと正確で豊かなコミュニケーションが可能なはずだと……そこからテレパシーみたいな超能力まではほんの紙一重だろう。実用主義というのは、あんがい疑似科学にすぎないんだね。

——すると超能力の願望は言語に対する、ある種の言語以上のものを探すようなところからはじまったと考えるわけですか。

**安部**　そう、精神と言語の二元論だね。しかし考えてみると、その二元論だってじつは言語機能の一側面にすぎない。言語が言語で言語の限界を論じているんだ。まあこのパラドックスが言語の魅力なのかもしれないな。小説だって、言語では語りえないものの存在を言語で表現しようとする悪足掻きなんだし……言葉から抜け出すことの不可能を知りながら、それでも右往左往しつづける……

　この言語のパラドックスは、そのままいろいろな観念の局面にも見られるだろう。たとえば相対性原理で宇宙は有限だと言われても、ではその有限の果ての向こう側は何かと問い返さずにはいられない。またビッグバンの理論で時間を含めた宇宙の最初を説明されても、ではその最初の時の前は何かと問い返さずにはいられない。

——それは言語の壁ですか、それとも想像力の壁……いや、待てよ。これは似たようなものですね。言語の壁と想像力の壁っていうのは。

**安部**　相対性理論がいくら難解であっても、言語構造の枠からはみ出すものじゃないからね。

——やっぱりそうなんですかね。

**安部**　それはそうだよ。普遍原理への衝動は、けっきょく言語体系の整合化衝動じゃないかな。こちらは言語を信じようとする衝動、スプーン曲げの場合とは逆に……

——じゃあ、われわれが使用している言語体系が変れば、ある程度考えつくことはできる。

**安部**　言語体系ってどういう意味かな。その定義によりけりじゃないの。英語だとかフランス語だとかポリネシア語だとか、個別言語間の体系の差なら、なんの変化もありえないだろう。しかし仮に数学の方程式や、コンピューターのプログラミングを、別な体系の言語というような意味でなら、認識が経験主義的三次元から跳躍する可能性は当然あるはずだ。

　でももう一つの跳躍……言語体系はそのままで、時の始まりや宇宙の果てを論ずる神秘主義があるだろ。神秘主義の特徴の一つは言葉の氾濫だね。因果律に対する御破算の衝動と言ってもいい。

——すると今度の小説では、そういう因果律が壊れるような事態を願っている集団、人々が主人公になるわけですね。

**安部**　実はね、それがどうも、かなり違うようなんだ。

——でも、いままでの話では、そんな印象を強く得たわけですが……

**安部**　うん、君がスプーン曲げを信じるかって、いきなり聞くから、つい言語論まで発展しちゃったけど……困ったな、もちろん僕はスプーン曲げなんか毛頭信じないし、それに登場人物たちも、全員が信じているわけじゃないけど……と言うより、これはもともと奇跡小説ではなく、最初からトリック小説の視点なんだ。主人公の少年のスプーン曲げは、要するに手品なんだよ。でも例えば僕が超能力ショウをやって、君がマネージャーに雇われたとしてごらん。もちろん君はすべての種や仕掛けを先刻ご承知だ。なにしろマネージャーだからね。種を知っているばかりでなく、いろいろと演技指導もするだろう。それが商売だからね。でも同時に、心の底のどこかでは、それがトリックであることを忘れてしまいたい気持もあるはずだ。第一そのほうが売り込みに際しての口上に迫力がつく。協力者としても気が楽だろう。とにかくトリックであることをなるべく人に知られたくないし、君も他人の前では極力信じているふりで通さなければならない。そのうち演技が嵩じて、なかば信じているような気分になってくるんじゃない？

——ありえますね。

**安部**　いずれは少年自身もその葛藤に耐えられなくなる可能性がある。そして嘘を演じながら、半ば信じこむ。一種の自己催眠だね。それに他人にトリックを見破られるのが恐ろしい。誰にも告白なんて論外だ。君にも、二人きりの時に、スプーン曲げを真実として語りあうようになる。死に際しても口をつぐんだままでいようと心に誓う……

——宗教家の誓いを思わせますね。それとも政治家も似たようなものかもしれませんけど。

**安部**　そうね、そしてそのトリックをだんだんと洗練させていくと、しまいには自分でも嘘と真実の区別がつかなくなってしまう。あるときふと思ったりする、今は能力が鈍ってトリックを使わざるを得ないけど、昔はたしかに念力だけで曲げられた時があったはずだと。

——分るような気がしますね。

**安部**　そして、ある日、少年に突如空中浮遊の能力が目覚める。そのまま空へ飛び立ってしまうんだ。

——そんなふうに展開するわけですか。もちろんその空中浮遊もトリックなんでしょう？

**安部**　いや、本当に飛んでしまうんだよ。もちろん自分でも半信半疑だ。あまり長いあいだトリックに馴染みすぎたからね。そしてさんざん悩みぬく、はたしてこの秘密をマネージャーに告白すべきかどうか……もうスプーンだけで、さんざん悩まされつづけてきたからね……

——少年がそういう可能性に気づくわけですか。

**安部**　だって、空中遊泳を実際に体験しちゃうんだから仕方がないだろう。もっとも最初はまごつくだろうな、信じていいかどうか分らなくて。だから確認のために、深夜誰にも気付かれないように気をつけて、町はずれや河川敷きなんかの低空飛行をこころみてみたりする。もちろんマネージャーには内証のまま。

——信者を前にした神様の心境、というわけじゃないわけですね。

**安部** それは違うだろう。誰にも見せないし、教えないいんだから。それにさめざめと泣きながら飛ぶような気がするな。でも君、いつか過去のどこかで、空中遊泳を体験したことがあるような気がしない？ いまはしなくても、そんな錯覚におちいった経験ないかな？ ぼくはあるんだよ。空中に、坐ったままふわっと浮んだ記憶があるし、水の上を水中翼船みたいにすいすい泳いだ記憶もある。信じてはいないけど、ひどく鮮明な記憶なんだ。だいいち僕は金槌なんだよ。泳げるわけがない。見事にブクブク沈んでしまうんだ。

——すると、これまで僕は安部さんの作品の基本的な特徴として、非日常から日常へという逆転のベクトルがあったというふうに考えてきたわけです。しかしそうなると今度はもう一回逃亡し直すわけですね。日常から非日常の方へ。日常を支配している体系から、今度は因果律を突き崩すような形で逃亡していくわけですね。

**安部** どうなんだろうね。逃亡かな。たしかに逃亡願望はあるよ。でも、そう言い切ってしまうと、ちょっと違うような気もする。僕としては逃亡より、例外原則の選択というふうに考えたいな。

——具体的な、物理的な障壁の突破でしょう。それとも因果律の破壊ですか。

**安部** いまは小説の話をしているんで、べつに信仰告白をしているわけじゃないよ。

——でもなんとなく病人の論理に近づいてきませんか。つまり今までの作品に通底しているのは、囚人の論理じゃないかと僕は思うわけです。つまり閉じ込められた人間が、より広やかである筈の外部へ脱出する、もしくはしようとするという力学です。この場合、具体的に与えられた障壁から脱出するというベクトルが一番メインになると思うんですけれども。病人の脱出っていうのは、物理的に言えば別段どこに脱出してもしようがないわけで、いってみれば絶対的な科学、いや真理と言った方がいいかな、例えば脳だの心臓だのがダメになったら死んじゃうとか、癌にある程度以上蝕まれたら死んじゃうとかいう、絶対的な真理の障害から逃走するような人が主人公になるようなふうに、今思ったのですけど。

**安部** どうも変だな。自然主義的発想にこだわりすぎているんじゃないの？ 君、空中遊泳の話、面白いと思わないの？ 逃走だとか、脱出だとか、いちいちそう理屈っぽく考えなくたって……もともと僕の作品には大きく二つの系列があるんだよ。だいたい長編の場合には、最近やや日常の断片を集積するタイプのものが多かったけど、短編の場合は、むしろ非現実的な変形物が多いんだ。ファンタジーというより、自分じゃ仮説的リアリズムのつもりだけどね。スプーン曲げを信じないことと、作品の中で登場人物に空中遊泳させることとは、僕のなかでなんら矛盾するものではないんだ。小説の場合、言語の構造として確かな手触りが成り立てば、それは現実と等価な世界なんじゃないか。言葉でしか創れない世界……なぜ飛んだか、なぜ飛べたかの説明を、小説の外の世界から借りてくる必要なんかぜんぜんないと思う。

それに癌患者の話、なんだか腑に落ちないな。人間は誰だって何等かの意味で死を抱え込んでいるわけだろ。囚人と癌患者がなぜそんなふうに対立概念になるのかよく分らない。だからそんなふうに社会時評風に考えないで、ただ空中浮遊をイメージしてほしいんだよ。つまり空中浮遊は脱出じゃない。因果関係で言えば、「果」じゃなくてむしろ「因」のほうなんだ。

――プロットとしては、どのあたりで飛びはじめるんですか？

**安部** なるべく早めに飛ばしたいと思っているけど……

――じゃ、最後でいきなり飛んで、あとは読者に投げ出すという形ではないんですね。主人公は悩むわけですね。

**安部** 悩みもするだろうし、楽しみもあるんじゃないか。まだそこまでは見えていないけど……しかし最後に飛ばせる案も捨てがたい。なにか悲哀を感じさせるよね。

――一般的に、現代人が破滅願望にとりつかれていることは事実だと思います。でもその願望はなかなか満たされない。そこで当然この欲求不満の代償を強く求めることになります。その代償としての破滅劇を供給するのが、マスコミの役割の一つじゃないでしょうか。それには破滅願望による自家中毒の予防という役割もあります。でも従来の供給方法ではとうてい需要に追いつけない。そこで視聴者自身がスケープゴートをみずから創り出さざるを得なくなる。たとえば「三浦事件」だとか、「グリコ事件」だとか……けっきょくこれからは、いわゆる「やらせ」がマスコミ編成の主流になっていくような気さえするんです。

**安部** たしかに君の言うとおり、テレビの番組編成の裏には、破滅願望のスケープゴートを自己目的にしているところがあるね。それはそうだ。事実どこかの局の「スプーン曲げ」にも計画的な「やらせ」があったらしい。僕の「スプーン曲げの少年」も、いまの予定では何度かテレビ出演するはずだ。君がマネージャーでも、やはり「やらせ」に賛成したいだろ？　視聴者はべつに真実を求めているわけじゃないからね。ただある一定の時間、「時間」の受動的消費に身をまかせていたいだけなんだよ。

君の言っていることとは多少ズレがあるけど、僕も最近、つくづくテレビの脅威を感じはじめていることは事実なんだ。ただしかならずしも、放映されている内容に関してではない。不気味なのはとにかくその瞬間に、無数の人間が小さなテレビ画面の前で、各人の意識とは無関係に巨大な疑似集団を形成しているっていうことね……

――テレビ自体が疑似集団の場と化すわけですね。

**安部**　そうなんだ。テレビが出現する以前には、これほど簡単に疑似集団が形成されることはなかったんじゃないか。しかもとんでもない人数だろ。だいたい集団化は人間の能力のなかでも、とくに重要なものの一つだけど、それだけに本来非日常的じゃないと困るんだ。いざという時の伝家の宝刀なんだよね。例外は軍隊と学校かな。軍隊は非常事態が日常だからね。でも学校の集団化傾向はなんだろう。あれにも何か必然性があるんだろうか。とくに日本の学校には疑似軍隊的な風潮が顕著だね。学校本来の機能以上のものが期待されているような気がする。教育のひずみ、とかいろいろ言われているけど、そもそも学校を集団訓練の場にしようとすること自体に問題があるんじゃないか。

とにかく人間って、そういつも集団でいる必要はないんだ。むしろ個別化と分業が社会形成の原動力だったんじゃないかな。いちいち集団を組まなくてもすむように、人間は社会を組織化し、社会に構造を与えてきたわけでしょう。ただ社会の構造が破れて、パニックに襲われたような場合、本能的に集団化の衝動が働いて個人を越えた集団的自衛能力を発揮する。

このエピソードはすでに他のところで書いてしまったから、二番煎じになるけど、なかなか面白いのでもう一度繰り返させてもらおうかな……君、おぼえている、しばらく前にニュースになった東北の何処かのホテル火災……ずいぶん焼け死んで、問題になったよね。あの火災について、なぜあんなに被害が大きかったのか、いろいろ分析したテレビの報道特集があったんだ。ちょっとびっくりしたな。なんでも二階から避難してきた一群の連中が、その階段の下でそのまま避難をやめ、重なり合うようにして焼け死んだらしい。割に近くに非常口があるんだよ。なぜそんなことになったのか、生き延びた人の証言や何かをもとに分析してみると、二階から駆けおりて「群れ」を形成したとたん、全員ほっとしてしまったらしい。つまり集団化による緊張解除というか……

――即席の共同体ができちゃったわけですね。

**安部**　そうなんだ。でもまだ先があるんだよ。これも奇妙な話なんだけど、その集団の中から一人、とっぴな行動に出たやつがいた。「忘れ物をした」と言って、いきなり二階に駆け戻ってしまったんだ。するとなぜか、残された連中は、駆け戻った男をその場で待たざるを得ないような気分にさせられてしまったらしいんだな。もしかすると動転したその「忘れ物」男が、集団のボスに選ばれてしまったのかもしれない。

ボスというのは、ふつう考えられているように、腕っ節の強いやつが他を制圧して獲得するものとは限らないらしいんだ。集団のなかにボスを求める内圧のようなものがあって、本人の意志とはかかわりなしに選び出してしまうことがあるらしい。もちろん集団自体に緊張緩和の作用がある。でも組織化されていない集団は不安定だよね。バラバラでいる時よりはましだけど、その安定感を持続させようと思えば、どうしても集団の行動を決定する指導者が欲しくなる。つまりボス願望の内圧だね。

ところでその内圧が、具体的にどんな経路をたどってボス選定に辿り着くかというと、どうも集団の中で他人とは違った目立つ行動をとる者、例外的というか、なんとなく毛色の違う印象の人間をボスと認めてしまう傾向があるらしい。というのは、集団化して多少ほっとしながら誰もがひたすらサインを待ちうける心境にあるわけだろう。まさに「ゴドーを待ちながら」の心境だね。そこに例外行動をとる者がいれば、いやでもサインに見えてしまう。

——その場合どうだったんですか。

**安部**　だから、忘れ物して二階へ駆け戻った慌て者が、ボスにされちゃったんじゃないかな。当人はただ泡食ってただけだのに……それでボスが降りてくるまで、じっと待ちつづけて、みんなでそろって焼け死んだ。

——すごい話ですね（笑）。

**安部**　でも、なんとなく思い当る節もあるだろう。もちろん例外者のボス就任というのは、集団ルールの原則ではないだろう。たぶん混沌とした無秩序な状態でのみ起きる一回限りの現象じゃないかな。二人目の例外者は、つまりいったんボスが選ばれてしまった後は、忌むべき異端者としていびり出されてしまう。一人目の例外者は誉むべきシャーマン、二人目の例外者はただの気違い。これがたぶん秩序の原則なんじゃないかな。

もちろん集団化は、かならずしも否定面ばかりではない。それどころか種としての目的遂行には欠かすべからざる本能だ。人間以外にも、この本能の力をかりて種の維持をはかっている動物は珍しくない。集団行動の利点は例外行動が許されないことだろう。例外者であるボスの後をついて、そのとおりに右往左往するのだから、ボスもすでに例外者ではないわけだ。パニックに際して、個体の個別的な選択よりも集団行動のほうが有利なのは、たぶん自然現象の法則だろう。とにかくそれが自然淘汰の結果にも合致するからね。

当然うまく行かないときもあるさ。イワシの大群がそっくり網に追い込まれるとか……まあ、東北のホテルの大火災の被害も、集団化が裏目に出た例だろう。たしかに人間は言語の獲得で閉じた行動のプログラムの鎖を切った。だからいくら集団化しても、動物の群れとは質的に違うはずなんだ。常識的に、人間はイワシの群れよりは理性的だし、分別もあるはずだと考えがちだけど、考えてみると……いまのところは、いちおうの仮説にすぎないけど……どうも言語には、矛盾する二つの機能があるような気がするんだよ。一つは個体間を密着させて集団を強化する接着剤的な機能、いま一つはそれを分解して分散個別化する溶剤的な機能。動物の場合は最初から「群れ派」と「縄張り派」の二つのタイプがあって（時期によって相互移行するタイプもあるけど）、外からの刺激に対して反応するかしないかの区別しかない。これはどうあがいてみても絶対に逆らえない強力な本能なんだ。人間は言語と引き換えに多少の本能を犠牲にした。でも、かわりに言語には接着剤と溶剤の両方の機能がそなわっているから、「群れ」も「縄張り」もいぜんとして動物なみの強さを維持できるんだね。

なんの話をしていたんだっけ？（笑）

——テレビがつくり出す疑似集団の問題じゃないですか。

**安部**　そうそう……「群れ」と「縄張り」の関係は、求心力と遠心力と言い換えてもいい。

——縄張りが遠心力ですか？

**安部**　うん、縄張りというのは、他の個体を排除しようとする衝動だろう。場所に関しては求心的でも、個体間の力学としては遠心力なんだ。人間社会ではこの両方の作用を複雑にからませながら、なんとかバランスをとって同時に機能させつづけている。そのどちらか一方に、極端に偏ってしまうと……まあ世界的にここまで権力の中央集権化が進んでしまうと、すくなくも国境の内側では遠心力の過剰はありえないけど……けっきょく求心力が優勢になりすぎて、文化は停滞せざるをえない。その点がひどく気掛りなわけさ、このテレビによる疑似集団の過剰生産……ただでさえ集団化の機能を持っているテレビが、視聴率をかせぐためにさらに集団化のテクニックを練り上げる。ひどいものだよ、どのチャンネルをひねってみても、涙、涙、涙の氾濫だ。今や茶の間は愁嘆場の洪水だな。

——泣いている者をボスに選ばせて、疑似集団をつくるわけですか。

**安部**　まさか、もうボスはいらないだろう。いちおう出来上った集団の強化作業だよ。涙というのは考えれば考えるほど奇妙なものだね。泣く当人にとっては、涙腺の代償性機能による判断停止と浄化作用、それから見ている相手に対しては、もらい泣きという同化作用による衝動の緩和と行動の抑制。そのほか敗北を示す白旗だったり、感動の共有を示すプラカードだったり……とにかく涙は集団化の衝動を刺激する強力なサインなんだ。

だから、例えば日航機の墜落事件のときだって、アナウンサーはマイクを構えて、ひたすら泣いてる人を探してまわる。なるべく泣き顔のいい人を狙ってね。

——涙って、そういうものなんですか。

**安部**　そりゃそうだよ。たとえばいま君が、ここで突然オンオン泣きだしたら、みんなただ狼狽して、判断停止して、まあもらい泣きはしないだろうけど、とにかくお手上げになってしまうだろうな。そのお手上げになるということは……

——お手上げにさせることで、ボスになる（笑）。

**安部**　まさか、もうボスはお呼びじゃない。僕ら、パニックに襲われて集合した烏合の衆ってわけじゃないからね。でも、この涙の効用、芝居や映画で見るかぎり、とくに日本人に顕著な感じもするけど、考えてみるとけっこう国際的な現象なんだよね。中国や朝鮮には葬式のときに職業としての「泣き女」がいるし、ハムレットの中のオフェリアの歌にビウィープという文句が出てきて、あれは野辺送りの意味らしいけど、ちゃんとウィープ（泣く）がついている。集団形成の大事な要素として、涙の儀式化が行われたんだな。

——するとテレビは涙による疑似集団の組織化ですか。

**安部**　うん、低俗お笑い番組は別として、テレビには喜劇がほとんど欠如しているだろ。たまにはカタルシスもいいだろうけど、休みなしの連続カタルシスじゃたまらない……カタルシスのカタルは、大腸カタルのカタルなんだよ。健康に悪い。

——涙の洪水でどんな症状が起こるのか、二、三、具体的な例をあげていただけませんか。

**安部**　個人レベルでの問題なら、大したことはないんじゃないかな。べつに死にいたる病というわけじゃなし、趣味の問題で片付けても差し支えはないだろ。でも、集団形成の進化というか、量的な拡張が質的な変化を引き起こす、そのプロセスとのかかわりあいで考えると、けっこう深刻なんだよ。現代が抱え込んでいる基本問題かもしれない。かなり荒っぽい図式化だけど、まず小さな部落があるとしよう。成長して村になる。さらに拡張して町になる。連合しあって都市になる……こうした変化のプロセスには、単に集団をまとめる求心力が機能しているだけでなく、同時に個別化を保証する遠心力も働いているはずなんだ。事実、農村よりも都市でのほうが匿名性が強いし行動様式の選択の幅もひろい。近所付き合いの約束事も希薄だし、隣が泣いている時にこちらが大笑いしていたっていっこうに差し支えない。集会の自由が保証されているかぎり、普段はむしろばらばらの状態のほうが望ましいんだ。でも、次の段階……あくまでも仮定としての話だけど、集団の拡張が都市レベルを越えて次の段階にすすむと、そこで国家という終点に行きついてしまう。いくら膨張拡大しても、もうその先の発展段階はないわけだ。それまでは集団の内圧が限界に達しかけると、遠心力とフィードバックしあって、構造を複合化し、段階的成長でバランスをとってきたわけだ。しかしその先はもう存在しない。国家で行き止りなんだ。本来ならここで必要な処方箋は、あらゆる集団化の衝動にブレーキをかけ、すべての国家が国家としての枠をゆるめて、個別化を奨励すること以外にはありえないはずだ。でも現実は逆だろう。国家はその内部矛盾を、むしろ集団強化の方向で処理しようとしている。

——それにテレビが協力しているわけですか。

**安部**　していると思う。涙の洪水で疑似集団を日常化し、慢性中毒状態をつくり出しているわけだ。オリンピック中継なんか、その国家的規模での総仕上げだと思うな。

——オリンピックも涙ですか。

**安部**　涙だよ。国歌が鳴りひびき、国旗が掲揚され、金メダルをとった日本選手が壇上で涙ぐむ……それを見ている無数の視聴者が、同時にほろりともらい泣きしてしまう……ひとり〇・一グラムの涙として、五千万人が見ていたら五百万グラム、約五トンの涙だよ。五トン級といったら船にしてもかなりの大きさだろう。

——たしかに笑いでは、そこまでの効果はとうてい期待できませんね。

**安部**　笑いよりは涙のほうが組織力がある。

——笑った風景というのはむしろ疑似虚構、むろんそんな言葉はありませんけど、そんな感じですね。泣くという行為が現実を物語化するのなら、笑うという行為は非現実を現実化させる、そんな働きがあるように思えますね。

**安部**　笑いにも多少は疑似集団形成の力があるんじゃないかな。最近はあまり使われないけど、「どうぞお笑いください」っていう言い回しがあるでしょう、挨拶として。あれ、昔は刑罰を意味していたらしいね。

——刑罰ですか。

**安部**　何かで読んだことがあるよ。悪いことしたやつを、村の広場に連れ出して、みんなして取り囲んで笑いのめすんだってさ。

——ああ、笑い者にするというやつ。

**安部**　涙も笑いも、なんらかの連帯を形成するけど、たしかに微妙な違いがあるよね。どこが違うかというと、涙は儀式化しやすいけど、笑いは儀式化しにくい。だから涙のほうが利用頻度が高いんじゃないか。衝動を固定するには反復が有効だ。反復を容易にするためには儀式化が好都合だ。いったん儀式化してしまうと、集団の安定度は半永久化される。結婚式、葬式、入学式、出産祝い、七五三、進水式、起工式、修学旅行、成人式……儀式を並べて人生の地図が描けるくらいだ。儀式は俗事を聖化する。たとえば結婚なんて単なる男女の個人的な結合にすぎないけど、式を挙げることによって性的なものが覆い隠され、集団として共有できる無難な類型に変質してしまうんだ。

　人間の場合、集団と儀式は分離不可能に見えるほど癒着しあっているけど、本来そういうものじゃないんだ。例えば狼なんかが狩りをするとき、むろん映画で見ただけの話だけど、一頭一頭の動きはだらだらしたもので、これと言ったルールはなさそうに見える。でも狼は狩の名人だ。だけど、君、人間の集団行動のお手本である軍隊の行進、まったくすごいじゃないか。まさに儀式の鑑だよ。言語による教育と学習……求心力の強化だけでなく、遠心力の抑制……つまり忠誠の美徳と不服従の悪徳を徹底して教え込まなければ、とてもあそこまでの儀式化は出来っこないからね。いくら団結心が強いからって、猿山の猿が歩調とって行進するところなど見たことがないだろ。歩調と制服なんだよ、儀式の究極は……

——さきほどの非常口の話、大変面白かったのですけど、火事のなかで集団化した状態って、テレビの前にいる状態とかなり近いでしょうね。火はそこまで来ているけどみんないっしょにいるという安心感でボーッとしているというのと、みんなで同じテレビを見ているという安心感でボーッとしているというの

は。

**安部** それに対応する、言語の個別化の力場、つまり儀式を拒否するほうの言語の解毒作用がじゅうぶんに機能している状態でなら、テレビにそれほどめくじら立てる必要はないのかもしれない。火事と違って、差し当り焼け死ぬ心配はないわけだから。

——でも麻薬的ですね。

**安部** たしかに麻薬そのものだね。靖国神社の閣僚公式参拝なんて、麻薬の効果を見はからっての計算じゃないかな。大胆すぎるものね。反対派は、憲法に定められている信仰の自由の侵害だとか、あそこには戦犯も一緒に祀られているとか言っているけど、そんなことは実はどうでもいいのであって、理由のいかんを問わず、国家儀式の整備強化そのものを拒否すべきだと思う。

——マスコミもいずれは儀式化を売りはじめるでしょうね。

**安部** とうに始めているよ。スターの結婚式の生中継、離婚の記者会見、さまざまな作法の指導、ヤクザの出入り……とくにひどいのはスポーツ番組かな。ほら、国体なんかのとき、まず選手入場、それからなんとも薄気味悪い選手代表の宣誓……あれ、寒気がするね……まるでナチスみたいに右手を斜め上に挙げて、喉が張り裂けんばかりに絶叫するだろ。何を言っているんだか分らない。まさに狂気の表現だ。脱糞の最中を見せられているようで、寒気がしてくるよ。でも儀式だから成り立つんだね。儀式を許容するというのは、結局そういうことなんだ。

——非常口の前に集まった集団から抜けて、忘れ物をとりに行くような行為ですか。

**安部** 異常が正当化されて、正常が異端視されるという点ではね。でもボスをじっと待ちうける心境のほうに近いんじゃないかな。儀式というのは、違反者摘発の手段でもあるんだ。

——今のお話を聞いていると、だいたい日本の社会の傾向として集団化へのベクトルのようなものがずっとあって、それに対する現在の復元力としてあるべき個別化の論理が薄くなってきているというふうに……

**安部** 日本人が儀式に弱い、というか、妙に素直だってことは事実だろうけど……でも最近ナショナリズムは世界の趨勢じゃないかな。ナショナリズムというのは、要するに国旗と国歌の儀礼集だからね。サッカーの国際試合なんてすごいものだろ。

——この傾向、ずっと続くというふうに思われますか。

**安部** そんな気もするけど、落胆するのはもう止めにした。その分、文学の果すべき役割もはっきりしたと言えるんじゃないか。言葉の個別化の側面を強調しようとすれば、しぜん散文の本質にたどりつくしかないんだよ。

必ずしもテーマとしての反儀式小説をすすめているわけじゃない、まず文体に儀式化を持ち込まない覚悟かな。よくあるだろう、扇動的で様式化さた文体、あれが困るんだ。例えば俳句とか短歌とか、もちろん散文詩も含めて、何らかの意味での詩的な表現……いや、散文小説の中にもけっこうあるね、スタイルはたしかに散文なんだけど、本能的に集団や儀式に身をすり寄せたり、媚びたりしている神輿かつぎが……やはりテーマとしても反儀式主義を標榜すべきなのかな。ま、いいだろう、僕の小説が神輿かつぎになる懸念はまずありえないからね。どういうものか、僕は生れつき、自分でも不自然に感じるくらい徹底した祭り嫌いなんだよ。

——僕は俳句をずっとやってたんでよく分るんですけど、もともと俳句っていうのは非常に革新的な最前衛と、非常に伝統的な最後衛しか存在しえないようなところがありまして、それはそれで構わないわけですけれども、最前衛がここ五年ぐらいで全滅してしまったというような状況があるんです。あとは完全に伝統派が根を下しちゃって、前衛はもちろんのこと、ちょっとしたモダニズムでさえ排除されてしまう。これは、恐らくほとんどすべてのジャンルで進んでいる事態のように思えるのですが、安部さんは小説においてはどうお考えですか。

**安部**　可能性を信じるしかないだろうね。儀式化の要素を完全に排除して、なおかつ成り立つとしたら、やはり散文の世界じゃないかな。音楽とか演劇になると、やはり何処かで儀式との馴れ合いなしには成り立たないし……

——散文が儀式化に対抗できる理由はなんでしょうか。

**安部**　儀式化そのものが強力な言語機能なんだよ。言語に対する有効な解毒剤はやはり言語以外にありえない。そういう言語を散文精神と命名したまでのことさ。でもこの規定は、今後批評の基準として利用できそうだね。けっきょくテレビ攻撃より、散文精神の確立のほうが、僕らにとっては急務だろう。

——かつてテレビほど人間を効率的に集団化させたメディアというものがあったでしょうか。

**安部**　やはり画期的な出現だろうね。映画館や劇場だって、たしかに疑似集団形成の場所だけど、とにかく動員力が桁外れに違うだろう。それだけに劇場や演奏会場の客は、意地でも疑似集団に酔おうとして、やたらとアンコールの拍手をしたりする。害はないけど、なんとなくおぞましいね。だから僕は原則として音楽会には行かないことにしているんだ。音楽は家にいて一人で聴くにかぎる。とくにヘッドホーンで聴きながら寝るのが最高だね。好きな音楽ほど寝付きがいいみたいだ。それに音楽会の雰囲気って変に俗っぽく儀式ばっているだろ。

——そう言えば、アンコールというのは日本古来の習慣じゃありませんね。

**安部**　どこの国でも古来からの習慣ってことはないんじゃないか。それはともかく、儀式の伝播定着化は早いんだ。とくに日本人は儀式好きなんだろうか。よく外国人から、日本人は集団化しやすい民族だと言われるね。そういう批評を聞くとあまりいい気持はしないけど、でも日本人自身が、日本人は団結心の強い民族だと胸を張って自慢する。なぜそんなことが自慢の種になるのか……まあ、ある種の思い込みなんだろうね。しかし団結の誇示は集団に内在している普遍的な性向で、洋の東西を問わず一種のお国自慢だろ。忠誠と愛国心の制服は、デザインこそ違え万国共通の舞台衣装じゃないかな。

じつは日本人の団結心について、ぼくはまったく逆の経験をしているんだよ。終戦直後のことだけど、当時ぼくは満洲にいた。ある期間、文字どおりの完全な無政府状態がつづいたんだ。その時のことだけど、あれは奇妙というか不思議なものだね。僕ら無政府状態というのはつまり無警察状態でもあるわけだ。僕らは当然、ひどい混乱と暴動を予期していた。ところが違うんだな。すくなくも日常は日本が軍事占領していた時期とすこしも変らない。あいかわらず商店では品物を売っているし、食べ物屋には料理の湯気が立ちこめている。もちろん日本人の立場は悪くなったよ。軍事力と警察力を背景にして、さんざん旨い汁を吸ってきたんだから、植民地支配の崩壊と同時に立場が逆転するのが当然だろう。でもその逆転は、はっきり目に見えるものではなかった。金さえ払えば、何でも自由に買えたし、品物を売りに出せば、相応の代金を支払ってもらえる。つまり市民生活の基本ルールは、そっくりそのまま維持されたわけ。首をひねったものだよ、たしかにインフレはひどかったけど、すくなくも通貨が……通貨と言っても、はっきりは覚えていないけど、旧満洲国紙幣や、ソ連の軍票や、なんだかよく分らない紙幣なんかが、ごちゃごちゃに使われていたような気がするな……いったい何がその貨幣価値を保証していたのだろう？　そもそも貨幣価値とは何なのか？　まあ、なんであろうと、流通している限りはそれでいいわけだ。手に入れた金で物が買えれば、その金の素性なんか二の次で構わない。あの時くらい国家権力の存在理由を疑わしく思ったことはないな。

それはそうとして、そういう状況下での日本人の行動様式の特殊性……たしかに基本的な日常は維持されていたけど、民族間の力関係は完全に逆転したわけだから、もう昔のように虎の威を借りてばかりはいられない。街や商店でたとえば中国人と金銭上のトラブルがおきたりすれば、こんどは平等の立場で渡り合わなければならないわけだ。そういう場合、中国人や朝鮮人だと、周囲に降って湧いたように仲間が現れてたちまち人垣が出来あがる。べつに仲間に一方的に味方して、異民族に集団リンチを加えようってわけじゃないんだ。裁判にたとえれば、臨時の陪審団が結成されるんだね。だから当事者同士の喧嘩も派手なものさ。手足を振りまわすんだけど、本気で殴りあうわけじゃない、相手に届かないだけの距離を保って口角泡を飛ばすんだ。つまり被告と原告の大弁論大会だね。そして陪審団が判決を下す。当然陪審団に同国人が多いほど有利になる。その点中国人と朝鮮人は、集まるのが早いね。あっという間に陪審団が結成されてしまう。ところがそういった場合の日本人、信じられないだろうけど、誰一人集まってはくれないんだ。それまでかなりの人数が、その辺をうろうろ歩きまわっていたはずなのに、映画の特撮みたいに一瞬にして姿を消してしまうんだ。

――逃げるんですか。

**安部**　逃げるんだよ。ここまで集団化が不得手な民族も珍しいんじゃないか。まさにニューヨーク人なみだろう。

――儀式好きの国民性と矛盾しませんか。

**安部**　いや、集団化が苦手だから、儀式に依存するのかもしれない。だから儀式のもつ魔力に、必要以上に敏感だし、すべての儀式を必要以上に儀式ばらせてしまう。

――そういう体質のなかにテレビの疑似集団化が持ち込まれると、何が起きるんでしょう。

**安部**　何か嫌な影響が出てきそうな気がするね。儀式の密度が濃くなるいっぽうだ。散文精神にとってはまさに厳冬の季節の到来だな。

――なんとなく暗いイメージになってしまいましたけど、始めのほうで話題にした破滅、もしくは破滅願望と、この儀式の問題、どんなふうに結びつくんでしょう。たがいに補強しあうとか、あるいは拮抗しあうとか……

**安部**　どうだろう……そんなふうに直結はしないんじゃないか。道具と素材のような関係かもしれないね。破滅願望はある意味でたしかに儀式の破壊願望につながるものがあるから、その点では拮抗する概念だと言えなくもない。しかし既成の儀式の破壊をめざして、具体的な行動に移ろうと思えば、まず同志をつのって戦略戦術を立てなければならない。破壊工作班の編成だよ。宗教を例にとるともっと分りやすいかな。たいていの宗教がなんらかの終末観をその教義の根底においているね。これには二つの効用がある。一つは信者獲得のための御破算願望の利用。いま一つは既成の儀式を破壊することの正当化。まあ同じことなんだけどね。さて問題はこの先だ。神の戦士に不屈の闘志をあたえ、破壊工作の使命を確信させるためには、彼らを集団化させた動機、つまり御破算願望に不動の安定性を与えなければならない。そのためにはなんと言っても、教義の儀式化だろう。そこで破壊対象である儀式を上回る儀式が再生産されることになるわけだ。最初は拮抗概念だった儀式と破滅願望が、この時点では補強しあうものに変質する。『方舟さくら丸』でもそうだろう、地下洞窟に集まる人数が増えるにつれて、儀式化が芽をふき儀式間の抗争が目立ちはじめる。猪突に指揮された「ほうき隊」の老人たちは、消えた非行女子中学生たちを追い回す情熱によって、集団に対する忠誠を強化する。主人公にとっては、そこから逃げだすための方舟だったはずなのに、船の内部からウジが湧き出してしまったわけだな。

――安部さんが考えられている破滅の具体像、どういうものなんでしょう。とりあえずは核の問題がありますよね。一番ストレートに思い浮んでくるのは核による破滅です。たしかに核が落ちれば、すべて御破算でしょうけど、何かもっと別の、そういう物理的なレベルでの破滅ではなく……例えば、どうかな、ファシズムの台頭だとか……もっともファシズムの概念、あまり実感がないから使いたくないんですけど、社会的に因果律を否定する方向を辿っていけば……

**安部**　たぶん愛国心ってやつだろうな。過剰儀式の中に溺れて息が止りかけている状態だ。核戦争は肉体の御破算だけど、その前にもっと誘惑的な精神の御破算願望があるだろう。いま自分を弱者におとしめている条件を叩きつぶすために、徒党を組んで、その徒党に忠誠をつくす快感。強烈な排外主義と裏腹になっているけれど、これも一種の疑似平等観だよね。ナチスだって国家という帽子こそかぶっていたけど、いちおう社会主義って名乗っていたんだ。なんとも御愛敬じゃないか。やはり民衆の夢としての平等観を餌にせざるをえなかったんだな。

――『方舟さくら丸』では、核爆弾が実際に落ちる前にすでに落ちてしまっている感じですよね。

**安部**　そのとおりなんだ。とつぜん核爆弾が落ちてくるわけじゃない。あれはけっきょく戦争の手段だろ。そして戦争は国家間の対立の結果だ。一時的休戦を平和と名付けるほど、国家間が対立するというのは、国家が肥大化しすぎて自己目的になってしまったせいだと思う。儀式化が過剰になりすぎて、引き返しがきかなくなったんだよ。これが僕の端的な破滅像だね。世間の儀式にたいする寛容と協調ぶりを見ていると、本当に身の毛がよだつ思いだよ。

――その反儀式主義と次の「スプーン曲げの少年」はどんな結びつきかたをするんですか。

**安部**　どうだろう……まだよく分らない……結びつくかもしれないし、つかないかもしれない。すくなくもテーマとして反儀式が表に出ることはないんじゃないかな。小説の散文精神というのは、ちょうど汗みたいに、儀式に対する嫌悪感を行間から分泌すればそれでいいんだ。僕は子供の頃から……体質的なものかもしれない……規律、調和、美、荘重さ、そういったものになぜか本能的な憎悪感を抱きつづけてきてね、一種の劣等感かな、とにかく即物的な乾いた感じのほうがずっと好きだな。だから白鳥殺しの発想なんか嫌いじゃない。でも「白鳥の歌」を封殺するために、「白鳥殺しの歌」を歌うんじゃ元の木阿弥だろう。カナリヤは歌を忘れたほうが賢明なのさ。とにかく裏のお山に逃がしてもらえる機会が残されるわけだからね。

――こんどのニューヨークの国際ペン大会、「国家としての想像力」というのがテーマらしいですね。まだ国家に想像力が残されているんでしょうか。

**安部**　いや、僕は逆の解釈をしてしまったんだ。むしろ想像力に対する枯れ葉剤的役割としての国家、と解釈したんだ。それで、ペンクラブ自体にはなんの関心もないけど、あえて招待に応じてみたわけさ。すごく今日的なテーマだろ。アメリカの作家もなかなかやるな、という感じだった。

――儀式で飽和されたような国家に、想像力なんかあり得ないということですね。

**安部**　うん、「国家としての想像力」なんて、不思議の国のアリスに出てくる《笑い猫》みたいなものじゃないかな。表側だけがあって、裏側のないメダル。表現があるだけで実体は不在なんだよ。

それにしても最近、日本でも珍しいタイプの作家や演劇関係者が出はじめたね。《笑い猫》型文化人というのか、ちょっと前までは絶対に見られなかったタイプ、政府の要職についたり、首相に演技指導をしてやったり……あれであんがい、国家のために想像力の不足分を補ってやるくらいのつもりでいるのかな。国家のための公認栄養士……無神経すぎるよ、国家はもう個別化のエネルギーなんて一切必要としてはいないんだ。

——ということは、国家はある意味で想像力の終点だということになりますね。そこに肩入れしたりしちゃ、もう自殺じゃないですか。

**安部**　むしろそれ以前からすでに自殺済みだったと考えるべきじゃないかな。怪奇小説に出てくる、ゾンビーだったっけ……

——そうかもしれません。

**安部**　このところ僕は、ますますカフカが好きになりだした。あれほどきれいさっぱり儀式的混濁を濾過してしまった作家も珍しいんじゃないか。その辺を批評の基準に採用すると、フォークナーなんて、ひどく微妙な位置づけになってくるな。儀式の渦の中に一緒になって巻き込まれながら、しかもその向こうにある個別化の原理をつかんで離さない。その点ヘミングウェイとは違うね。ヘミングウェイにはいつも、最後は儀式のカードで勝負をつけようとする怪しげな手さばきが感じられるだろ。

——そうですね、そういうふうな見方をすれば。

**安部**　儀式の排除って、頭で考えているよりもずっと大変なことなんだ。ただ受け身になっていると、向こうからじわじわ滲み込んでくる。たぶん生命進化の淘汰圧自体のなかに、儀式化への進行をうながす方向指示標識が立っていたんじゃないかな。よほど意識的に言語による刈り込みを重ねないと、たちまち儀式の藪に飲み込まれてしまう。儀式ってのは、一見ひどく複雑に見えるけど、基本構造はあんがい単純なものなんだ。でもアメーバーと同じで、単純なものほど強靱な生命力を持っているわけだからね。ローレンツが鳥の行動で面白い観察をしているけど、たとえば求愛行動、首をピッピッピとやって、グルッと回して、またピッピッピとやって……なぜそんな複雑な儀式が必要なのか分らないほど込み入って見える。でもよく観察してみると、餌を採ったり、水飲み場に出掛ける合図を交したり、威嚇したり、普段しているごく単純で習慣化されたいくつかの行動の組み合わせにすぎないんだね。もちろん求愛行動というのは種族を維持する上で非常に重要なものだ。それだからこそ、間違いなく目的が遂行されるために、合鍵の番号合わせのような儀式段取りが設定されたんだろう。

まず最初の数字が打ち込まれる……すると自動的に次の番号に誘導される……三番目のキーが帯電する……と言ったふうにして、偶然の余地のない経過をたどって逃れがたく性行動にたどりつく。人間の儀式だって似たようなものだと思うよ。結婚式にしても、葬式にしても、靖国神社の公式参拝にしても、段取りを分解してみたらその一つ一つはまったくなんの変哲もない日常的動作の累積にすぎないはずだ。実際儀式には意味なんかなくてもいいんだよ。互いにそれを儀式だと認め合ったら、それが儀式になる。そしていったん儀式になってしまうと、不思議な魔力を発揮しはじめるんだ。だから、その儀式に対してもし言語が笑いの精神を忘れたら、その時はもうおしまいだろう。一般に、儀式の追加はありえても、削除のケースはまずありえないからね。

――産業廃棄物なみですね。

**安部**　革命でも起きてくれない限りはね。

――僕は中国史をやったことがあるんですけど、中国における王朝の交替、これは革命ですが、儀式と官僚を一度ゼロにするのがしきたりです。逆に言うと、儀式や官僚というのは、血を流さないと清算できないわけですね。その意味では散文にも革命が必要な時期が来ていると思えます。約束事や儀式がふえすぎている。むしろ儀式に圧倒されつつある。なのに僕たちは危機感を感じるどころか、すすんでそれを待ち受けているふしさえあるようです。

**安部**　うん、それが現実だろうね。儀式への傾斜には引力なみに逆らいがたいものがある。それに文学の力なんて、いくら気張ったところでたかが知れているだろう。じっさい現実的効用だけを考えるなら、ある儀式を排除するためには別の儀式を対抗馬に立てるのが一番さ。「白鳥の歌」を引きずり下ろすには、「白鳥殺しの歌」でいけばいいんだ。君、死んだときやはり葬式をしてもらいたいと思う？

――さあ、まだ本気で考えたことありませんが……

**安部**　僕は嫌だな。

――よく分りました。儀式の脅迫的な浸透ぶりはまさに怪物なみですね。

どうやらそろそろ時間切れのようですが、最後にワープロの件を伺って……

**安部**　それはやめようよ。せっかく大事な話をした後で、ワープロなんて論議の対象にもなりはしない。

――じつは僕、手で原稿書いた時期がないんです。最初から小説書くのにワープロでスタートしてしまって……

**安部**　それはまた珍しいね。もうそんな時代になったのかな。でもよかったじゃないの、手で書くのはうっとうしいからな。

――でも手書きの意味もあるんでしょう。

**安部**　ないね。本質的な区別はほとんどない。あるのはけっきょく才能の問題じゃないの。

――意識のフィルターに何度でも繰り返して通せるワープロの利点、やはり評価すべきでしょうね。

**安部**　手で書くときもそれをやっていたんだ。一つの作品に万年筆三本くらいつぶして、書きくずしの原稿用紙の山に膝まで埋まって……無駄な労力が多少はぶけただけのことじゃないかな。ワープロのことはもう気にしないほうがいいよ。でも手書きの経験のない人に会ったのは初めてだ。こんど君の小説、そのつもりでじっくり読んでみるよ。

［1985.11.1］

# テヘランのドストイエフスキー

もう何か月か前のことだ。テレビのニュースで、空襲を受けたテヘラン市街の情景を流していた。血にまみれたシャツの切れ端、つぶれた食器、サンダルの片方など……道路と建物の区別もつかなくなった瓦礫の中を、カメラがゆっくりパンしてゆく。そして一瞬、カメラが停止した。停止した画面に、一冊の本が映し出された。カメラはすぐまた横移動に戻り、本は画面の外に消えてしまった。

その本はかなりの厚さのハード・カバーで、表紙いっぱいに描かれたシルエットは、まぎれもなくドストイエフスキーの横顔である。一秒足らずのことだったが、鬚と額が目立つあの特徴的な横顔は見間違えようがない。ぼくは呆然と、しばらくその消えてしまった本の残像に目をこらしつづけていた。砂漠を泳ぐ魚に出会ったような意外さだった。一日に五回アラーに祈りをささげ、拳をふりあげて聖戦を誓うホメイニ信奉者たちのイメージから、ドストイエフスキーの読者を想像するのは難しい。意識を個別化し集団の解体をうながすドストイエフスキーの作品と、一切の例外を許容しないホメイニの教義を両立させることは、熱い氷を造る以上に困難なことである。

とつぜん閃光のように四十三年前の冬の記憶と結びつく。昭和十六年十二月八日、日米開戦の日だ。当時は日本も聖戦の最中だった。そしてぼくはドストイエフスキーとの出会いに夢中になっていた。図書館の全集を順に借り出し、読みあさっていた。あの日はちょうど『カラマーゾフの兄弟』の第一巻を読みおえ、二巻目と交換するために家を出る時だったと思う。新聞の一面いっぱいに、白抜きの大見出しがパール・ハーバー奇襲を告げていた。しかしぼくにとって切実なのは、『カラマーゾフの兄弟』の第二巻が、すでに誰かに借りられてしまっているのではないかという懸念だった。日米開戦のニュースのほうが、むしろ遠い世界の物語のように感じられていた。

きびしい思想統制の中で、それ以外の思想が存在することさえ教えられずに育った十七歳のぼくにとって、あの懐疑主義はたまらなく新鮮なものだった。一切の帰属を拒否し、あらゆる儀式や約束事を踏みにじり、ひたすら破滅に疾走しつづける登場人物たちは、どんな愛国思想よりも魅力にあふれた魂の昂揚として映ったのだ。

考えてみると、総力をあげて意志を貫徹しようとする体制にとってはなんとも厄介な疫病である。厳重な検疫態勢をしいて徹底的な駆除をはからなければならない害虫文学である。ローレンツが動物の行動の観察で明らかにしたように、一つの信号に応じて所属集団の全員にそっくりな反応をさせるためには、反応にあらかじめ様式を与えておくのが効果的らしい。つまり儀式化による定着である。人間の場合でも事情は変らない。ただ一つ人間が動物と違う点は、刺激信号に物や出来事だけでなく、あわせてデジタル的な記号、つまり言語を利用できるようになった点である。もちろん言語の獲得で人間が手にしたのは、単に集団の行動を統制する能力だけではない。むしろ精巧をきわめてはいるが融通のきかない動物行動の「閉じたプログラム」の鎖を切り、各人がばらばらに個別反応をする「開かれたプログラム」の鍵を手にしたことだろう。この言語という個別化の鍵によって、人間は「群れ」を構造化し、複雑な社会化をなしとげることが出来たのである。

しかし同時に儀式の強化によるフィードバックで、舵の安定をはかる必要も増大する。個別化による社会の分化が進むにつれて、儀式の数も種類も増えつづけた。冠婚葬祭から学校行事、場所にふさわしいマナーや服装、世代や所属集団を誇示するバッジや髪型、スポーツの国際試合の会場にひるがえる色とりどりの国旗と国歌の演奏、国体や高校野球の開会式での首をしめられた瀕死の猫を思わせる選手代表の宣誓の絶叫、さらに信じがたくグロテスクな各種企業の軍隊式朝礼、あきらかに憲法に違反している神棚礼拝の義務づけ……そしてそれらの上に君臨するものとしての、さまざまな国家儀式。

「儀式化」は本来「個別化」とセット販売される抱き合せ商品だったはずなのだ。だが現実にはその約束もすでに建前にすぎなくなった。「群れ」の最終形態である国家が成熟期に達し、体重増加のために蛇や蟹なみの脱皮は望んでも、サナギが蝶に変身するような真の脱皮にはむしろ拒否反応を示している現在、儀式の一方的な肥大化は当然のなりゆきと言うべきだろう。個別化は今やプラスチック製の刺身のツマにすぎない。がさつな自由意志などより、帰属願望のほうがはるかに時代にかなった美徳なのである。上は宰相の式典好みから、下はパフォーマンスとかいう若者の祭典好みにいたるまで、現実の一切が儀式での立体構成されたジグソーパズルの賑わいだ。さらにテレビ番組の類型化が疑似集団の形成に拍車をかける。小さなブラウン管の前でめいめいは孤独なまま、同時に泣いたり笑ったりの大疑似集団を体験できるのだ。過剰儀式の慢性中毒症状である。靖国神社の公式参拝、小中学校での日の丸掲揚や国歌斉唱の奨励などに対しても、憲法違反などの疑義申し立てがあるだけで、国家儀式そのものの否定という観点からの批判はほとんど見られない。やはり中毒症状の進行はかなりのものだと見なさざるを得ないようだ。

だからこそテヘランのドストイエフスキーが衝撃的な意味を持つのである。

まだ完全に希望を絶たれたわけではない。テヘランの瓦礫のなかのドストイエフスキーを、言語のもつ自然治癒能力の徴しと見なすだけの根拠はある。

パブロフは言語を、一般条件反射よりもう一つ高い次元に属する、人間に固有な条件反射かもしれないという仮説を立てている。たぶん一般条件反射の積分値という意味だろう。その後実験的に検証されたという話は聞かないが、卓越した予見だと思う。ぼくとしては積分値よりも「デジタル転換」という考え方のほうを採りたいが、真相はいずれ大脳生理学が解き明かしてくれるはずだ。そしてこのデジタル転換の仕組が、たぶんチョムスキーが言う遺伝子レベルに組み込まれている「普遍文法」なのだろう。この記号の記号とでも言うべき新しい情報の獲得が、人間の行動プログラムを開かれたものに変えた。だとすれば言語の能力のうち、「群れ化」をうながし「儀式化」でそれを膠着する作用よりも、「個別化」や「例外行動」を可能にした機能のほうが重視されてしかるべきではないだろうか。

たしかにある人物を「変り者」と評するとき、多少の敬意がこめられている場合もなくはない。「変り者」は容認されるべきだという認識が、生活経験のどこかで機能している証拠である。しかし「変り者」はしょせん儀式次第からのはみ出し者だ。歩調をそろえられない兵士と行進を共にするわけにはいかない。ほぼ極限にまで構造を複雑化させ、肥大化させた現代社会にとって、とりあえずは秩序の安全保障である。芋洗いを覚えた「変り者」の仔猿などよりは、泥ごと齧ってもこたえない強靭な胃袋の猿のほうが頼りになるに決っている。何より不都合なのは、国家を「群れ」の最終形態とは考えずに、さらに先の形を夢想したりする「変り者」の存在だろう。国家にとって最大の危機は、兵器による他国からの攻撃以上に、国家儀式の大伽藍を足下から崩されることなのだ。儀式の強化はつねに最優先課題になる。それにしても口裏を合せたように、儀式願望が日々の暮しにまで浸透しはじめたのは何故だろう。「変り者」いびりが義務教育の教室にまで蔓延する。事件を報道するテレビ番組は、なるべく大声を出して泣く犠牲者の遺族を選んでマイクを突き付ける。いちおう世間に背を向けているはずの文芸誌や、前衛の旗をかかげる小劇場までが、古雑巾を煮立てるようなシャーマンの祈禱をこれ見よがしに歌ってみせる。

たしかに儀式が日常を葛藤から保護するための安定剤であることは否定できない。儀式を欠いた「群れ」は容易にパニックを引き起こす。暴徒を蹴散らす警官隊の威力は、かならずしも催涙ガスや放水車だけでなく、儀式の鎧に負うところが多いはずだ。過剰儀式の見本が刑務所や軍隊だとしても、たとえば聖職者は儀式による拘束生活をすすんで選ぶし、ヤクザは自らの意志で任侠道に従うのだ。荘厳に演出された儀式は、しばしば涙腺を刺激し、浄化作用を引き起こす。たとえば結婚式は、本来他人が介入する余地のない男女の性的結びつきを、儀式によって社会化する効能をもつ。葬式も、とつぜん死体という手に負えない形而下の存在に変質した人格を、人間として処理するための欠かせない儀式なのである。

ある職業魔術師が面白いことを言っていた。子供の観客は張り合いがない。せっかく難しい空中浮遊の術を演じてみせても、それが不可能であることを経験的に熟知している大人と違い、子供は驚くべき事実にただ驚いてくれるだけだと言うのである。魔術師が求めているのは信仰ではなく、その場かぎりの疑似的な「群れ化」なのだ。儀式の有効性も似たようなものだろう。「個別化」とセット販売されている限りは、緊張緩和剤としての処方の価値も認められるが、自己目的化した儀式信仰は魔女狩りの衝動をあおるだけのことだろう。

もちろん作家が儀式信仰に走るとき、上からの儀式に対抗するための、下からの儀式という思いがあることを理解できなくはない。ぼくだってもし南ア連邦の黒人なら、対立儀式の式典を歌いあげずにはいられなかっただろう。そうした衝動をじゅうぶん了解したうえで、なおかつこだわらずにいられないのである。一つの「儀式」を否定するための、別の「儀式」の正当化を、作家の仕事として認めても差し支えないものだろうか。権力を握った革命軍が、脱皮した蟹の甲羅の下からまたそっくりな甲羅をのぞかせるように、いずれ新国家儀式の作成を開始することは目にみえている。やはり作家は異端呼ばわりを恐れず、無条件に儀式そのものに異議申し立てを続けるべきではないだろうか。それが散文精神の原則のようにも思われるのだ。具体的な目標はなくても、瀕死の言語によりそって呼吸困難の苦しみを共にする墓守り候補がいてもおかしくはない。

あらためてドストイエフスキーの永遠性に脱帽しよう。ついでにイスラエル軍のキャンプに、一冊のカフカの本が落ちていることを期待したいものだ。靖国神社の閣僚公式参拝に不快感を感じるのは、単に中国から抗議されたからでも、軍国思想につながるからでもなく、それが国家儀式の露骨な上乗せ強化だからである。しかし絶望するのはまだ早い。ゴキブリか鼠なみの忍びの術で、儀式の廃虚に奥深く侵入し、巣をつくってしまった言語の墓守りの影がテレビニュースの画面を走ったのだ。どんな片隅にでも儀式嫌悪の手触りがあるかぎり、それは希望のたしかな感触なのである。

［1985. 11. 24］

# チェニジー

山の仕事場で、なんどか雪に閉じこめられたことがある。急坂なので、ジープもなかなか言うことをきいてくれない。そこでチェーンとの格闘になるわけだが、車庫や乾いた路面での作業とは違い、車の移動はもちろんジャッキアップすら出来ないことがしばしばである。けっきょく泥と雪にまみれて車の下にもぐるしかないが、その苦心惨憺の最中、とつぜんこのチェニジーのアイディアがひらめいたわけだ。両耳の位相をハシゴ一本分ずらしてやればいい！　コロンブスの卵だった。いったん思いついてみると、これまでなぜチェニジーが存在しなかったのか不思議なくらいである。

初心者のための手引き（馴れたら手順を省略してください）

1　まずチェニジーをタイヤの傍にひろげます。かならず表側（の切断面がある側）を上にしてください。タイヤを傷つけないためです。

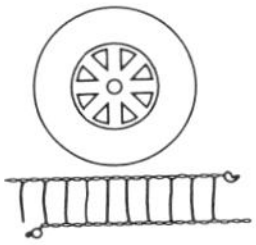

2　そのままチェニジーをタイヤの上にかぶせます。センター・マーク《A》が真上にくるようにしてください。縦方向はセンター・マークで容易に決められますが、横方向の位置決めも大事です。手前や奥にしぼりすぎないよう、上手くいった場合の感じを憶えてください。多少の試行錯誤が必要でしょう。最初は

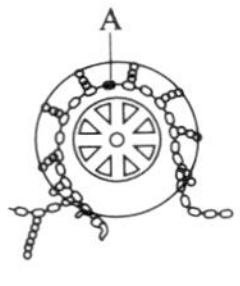


3　付属のスティックの《B》に、チェニジーのタイヤ裏側の端《C》（ロックの反対側）をひっかけます。ついでにフリーにな

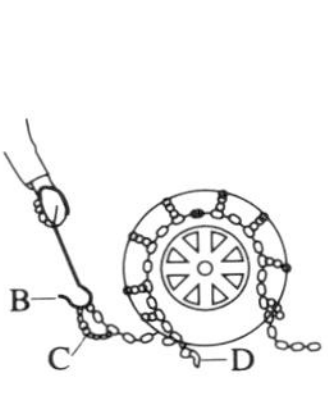

っているハシゴの端《D》も固定すると鎖がもつれたりするトラブルを避けられます。

4 固定した鎖ごと《B》の部分を持ち、スティックの把手《E》をタイヤの裏反対側にまわします。

5 スティックの把手《E》をいっぱいに引き、鎖をスティックから外して裏側のロック金具を固定します。

6 フリー部分の端《D》をタイヤ表側の鎖に固定します。

7 表側のロック金具を掛け、付属のゴムバンドで固定すれば完成です。

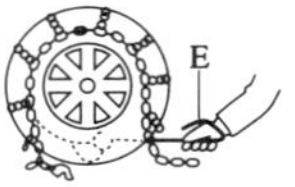


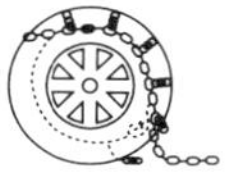

チェニジーの特徴は

まず車の移動やジャッキアップをせずに、短時間で容易に着装できる点でしょう。

普通チェーンを掛けるのに二十分以上もかかった人が、チェニジーでは四分足らずですみました。またタイヤが雪や砂に埋ってしまったような悪条件でも、前後をわずかに掻いてやるだけで着装可能になります。服をよごさずに作業できることも利点の一つでしょう。もっとも肥満体質の人は、片膝をつくくらいの覚悟をしてください。

その場合、フロアのマットが役に立ってくれます。

［1985. 11. 29］

# タバコをやめる方法

なぜタバコが吸いたくなるのだろう。いったん喫煙の癖がついてしまうと、なぜやめられないのだろう。一般には薬物中毒の一種だと考えられている。たしかにタバコにはタールやニコチンなどの有害物質がふくまれていて、それを承知で吸うのだから、アルコールや麻薬の中毒と同一視されても仕方がない。ぼく自身ながいあいだ喫煙の悪癖をニコチン中毒だと決めこんでいた。だがよく考えてみると、何か本質的な相違があるような気もしてくるのだ。第一タバコにはこれと言った禁断症状がない。麻薬やアルコールの中毒患者の場合だと、しばしば夜中に跳ね起きて机の引き出しや冷蔵庫のなかを引っ掻きまわしたりする。しかし一時間ごとに最低一本吸わずにいられない常習者でも、熟睡中に目を覚してタバコに手をのばすことはまずないだろう。それにタバコが麻薬やアルコールのような人格障害を引き起した例もまだ耳にしたことがない。癌や心臓病の原因になることはあっても、精神に影響を及ぼすほどのものでないことは確かなようである。

さらに奇妙な性質がある。習慣化するにつれて本数が増えることはあっても、より刺激の強い銘柄に変更することはめったにないのだ。むしろマイルドなものを選ぶ傾向がある。いったんマイルドな味を覚えると、ためらわずにそちらを常用しはじめる。だいたい刺激の強いものほど値段が安く、マイルドなものほど値が張るのも、こうしたタバコのみの心理にたくみに便乗した商法だと言えるだろう。喫煙者が欲しているのはタバコそのものであって、その中に含まれているニコチンやタールだけではなさそうだ。

べつにタバコ無害説を主張しようとしているわけではない。なにしろ紙の煙突をつくり、不完全燃焼させた煙を効率よく吸引してしまうのだから、たとえ中身がタバコの葉でなくても健康にいいはずがない。そんなことは百も承知で、なお吸わずにいられないから不思議なのだ。薬物依存症でなければ、何に依存しようとしているのだろう。喉がかわいたときの、水にたいする渇望に似たものだろうか。そんなはずはない。水の欠乏は生命の維持にかかわるが、タバコの欠乏は禁断症状さえ引き起こしえないのである。しかし一か月の禁煙のあとの一服のうまさがたとえようのないものであることも事実なのだ。あるいは生ぬるい日向水にたいする、氷水の効果だろうか。

ある時ぼくは、この奇妙な耽溺の正体を知ろうとして、タバコを吸いたくなったときの心理状態や、吸っている最中の感覚を、じっくり内省的に観察してみたことがある。そしてこれは薬物を吸っているのではなく、時間を吸っているらしいことに気付いたのだ。もしくは時間を変質するこころみと言ってもいいかもしれない。無理に比較すれば、爪を咬む習慣に似ているような気もする。だからたとえば電話を掛けるときなど、ついタバコに手がのびてしまう。自然な対話でない時間の欠損部分を補塡するためのパテがわりの煙のような気もするのだ。だとすればこれは完全に心理的なもので、方法が適切でありさえすれば、禁煙は他の薬物依存ほどの苦痛なしに可能なはずである。

生理学的な害を自分に言いきかせる方法や、ハッカパイプなどの代用品は、誰もが一度は試みて失敗した処方だろう。タバコ中毒がふつうの薬物中毒でないのなら、そういう自虐的なやりかたが逆効果になるのはむしろ当然のことだ。いたずらに禁煙の努力をするよりは、禁断症状が存在しないという事実のほうに着目すべきではないだろうか。とにかく挑戦してみることにした。

まず手許にタバコと愛用のライターを置き、すぐにでも吸いはじめられる状態にする。タバコを吸いたい気分が熟するのを待つ。ライターの火をつけ、タバコの先ぎりぎりまで近付けてもいい。そして考えるのだ。いま自分はタバコを吸いたいと思っている。もし吸わなかったら、なんらかの生理的不都合が生じるだろうか。その気になれば、すぐにでも火をつけられるのに、吸わずに我慢している。二分経過。三分経過。何処か痛むだろうか。四分経過。五分経過。頭が痛みだしただろうか。胸が苦しいだろうか。いや、なんともない。なんの変調も認められない。当然だろう、タバコに禁断症状はありえないのだ。そして十分経過。十分間我慢できればもうしめたものである。タバコを吸わなくてもまったく平気だというその感覚を心の底に刻み込み、さらに数十分して吸いたくなったとき、その感覚を思い起してやればいい。しだいに喫煙願望の間隔がひらいていく。必要なのは集中力だけだ。それ以外にはなんの努力もせずに、ぼくは一週間でも二週間でも禁煙を続けることが出来た。この方法の特徴は、他人にそばでタバコを吸われても、まったく誘惑的な刺激を感じないことである。

喫煙の悪癖は生理的耽溺ではなく、言語領域での心理偽装にすぎないのだ。あえて名付ければ、これは一種の言語療法だろう。言語による心理の内部調整である。言語機能の内省による観察にもなるし、人間の行動がその細部にいたるまで、いかに言語によって構築され支配されているかを体験するいい機会になるはずだ。おまけにタバコを止められるのだから一石二鳥である。ただ一つ欠点をあげれば、あまり簡単に禁煙が出来るので、またすぐに吸いはじめてしまうことだ。告白すればこの原稿を書きながら、すでに数本分を灰にしてしまった。

［1985. 12. 3］

# 意識が低すぎたPEN大会

［対談者］安部公房・大平和登

## 期待はずれのPEN

**大平**　その後、芝居からは手を引かれて、創作に専念されていらっしゃいますか。

**安部**　そうなんですよ。

**大平**　昨年ですね、「方舟さくら丸」をお出しになったのは。間もなくクノップから英訳が出るわけですね。

**安部**　ええ、いま進行中のようですね。

**大平**　あの作品は、日本ではどんな受けとめられ方をしたのでしょう？

**安部**　そうねえ、ぼんやりした受けとめられ方で、批評家に抵抗をひきおこすらしくてすっきりした批評は出なかったけど、まあ、ある程度売れましたからね。

**大平**　歳月をかけられた労作ですが、何年かかりましたか。

**安部**　七年。

**大平**　今年、PEN大会に招待され、いろいろな作家にお会いになったわけですが、全体の印象はいかがでしたか。

**安部**　ゆっくり考えてみると、結果的には、刺激的であれでよかったという気もするんですけどね、ぼくは大体PENの会員じゃないし、こういう会議というものをアタマっから信用してないから、来たくなかったんだ。いきさつがあって、最後に行くと決断した理由は、テーマがとてもいいと思ったのね。「国家としての想像力」……ぼくがずっと考えつづけていることで、そもそも「方舟さくら丸」がその主題なんです。だからそれが気に入って、アメリカの作家もなかなかアクチュアルなことを考えているな、それじゃ参加しよう、こういう気持がきっかけになったと思うんです。それだけに大会の発端で、まあノーマン・メイラーあたりとは思うんですが、ぼくが考えていたこととまったくちがう「国家としての想像力」を考えていたのだということに気がついて、びっくりしちゃったんです。ぼくは誤解だと思ったんだけど、アメリカの作家もずい分反対しているということだし……。それだけの刺激を与えたということでは、逆効果でしたよね。

**大平** 逆に問題が洗い出されたと思えば……。

**安部** そう思えばけっこう面白い。「ファウスト」の中のメフィストフェレスが、「悪をなさんと欲して善をなす」って言うじゃない。

**大平** それで、問題の次元が下がってナマナマしくなったという一面があると同時に、問題がはっきりして、E・L・ドクトローなどというのが、見事に批判して、現在のアメリカの作家たちのおかれている重要性を改めて問い直すようなことがおこったのは、善のひとつかもしれませんね。

**安部** だから、思いがけない効果もあるわけです。

**大平** 安部さんが期待なさっていたような本質的なテーマに対する共感とか、似たような考え方を表明しているような感じは、他の人の間にお感じになりましたか。

**安部** パネルの中では、ゴディマーは、かなりぼくの意見に近いんじゃないですか。

**大平** あの南アフリカの女流作家ナディン・ゴディマーさん……。

**安部** そうそう……多かれ少なかれぼくの意見に近い人が多かったと思いますよ。根本的なことは、世界中の作家の課題と考えるべきで、アメリカだけの問題じゃない。が、この点があまり浮かび上がらなかったようですね。せっかく国際PENなのに、国際的な問題として浮かび上がってこなかったのは残念です。それに、なんですか、あの開会式。アメリカの会議じゃないのに。

**大平** 現実に問題の起きている南アフリカなどから人々が来ているのに、突然、シュルツ氏がオープニングに現われたりして、必要以上に人々はナマの政治的作為とか、アメリカの現実を感じすぎたきらいがあって、問題がすりかわって、あらぬほうに視点が行った。しかし、反面、それで現象的な反応の強さということはありましたね。でなきゃあニューヨークタイムズは、毎日あんなに書きたてなかった……。その代り、根本的な「科学と人間」とか「テヘランのドストイエフスキー」で、お取り上げになった安部さんの思想の核ともいえる、そういった問題の対応が、安部さんの焦点をあてられたところより少しずれた感じでした。少し次元の低い感じのところでフォーローされたのは残念でした。

**安部** そういうこと。ぼくはもうちょっと期待していたんだ。

## 演劇のもつ魔術性

**大平** ジーン・スタインさん宅でのパーティーで、アーサー・ミラーが「あしたのドラマのパネルは、あまり理屈っぽくなくて、個人的に体験的にやってくれよ」という牽制球を、会ったときいきなり安部さんに投げておりましたが、やはり安部さんの述べてこられたことは、相当難しいというふうにとられているのかなと思いました。

**安部** ぼくはミラーにきのうそう言われて、今日、意地わるく言ってやったんだよ。難しい話はいっさいしませんよ、と。そして、なぜ私が演劇から引退したかを言って、あとで、今の話は八〇パーセント、ジョークであった。これはすべてアーサー・ミラーの演出、責任である、と。それだけはうけたんだ。しかし、あとの人たちが理屈っぽい話ばかりしてね。

**大平** その理屈も、思想的な根拠のある理屈ならいいんですけれど。ただ理屈っぽいんじゃ、意味がない。

**安部** そしてまったく無味乾燥な、いかにして演劇を成り立たせるかというようなノウハウものの講座のようになっちゃって……。

**大平** テーマは?

**安部** 「演劇の問題点」っていうんだな。

**大平** それも、ナマナマしい現実論……。

**安部** それがちっともナマナマしくないんだなあ。

**大平** やはり、おカネがかかりすぎるとか……。

**安部** そう、そういうことばっかりなんだよ。それでぼくは最後に、引退した立場からも一言言わせてほしい。演劇の固有の問題はあるでしょう。しかし、演劇は表現のひとつなんだから、ここでわれわれのおかれているのは、演劇だけでなく、表現そのものの問題もあるんじゃないか。だから、現代においては、演劇の魔術性は大きく機能するだろう。逆に今度は、体制を強化するためにも同じように機能を発揮するという話をして、だから政府の援助なぞ期待しちゃいかんということでしめくくったわけです。大体、援助があったほうがいいか悪いかとか、そんなことばかり話題になってたからね。

**大平** 他との関連における演劇のあり方に関しては?

**安部** 非常に鈍感な人たちばかりで、だめだった。

**大平** アーサー・ミラーのような大劇作家でも?

**安部** そういうことにはふれませんでしたね。やたらとテレビと演劇の違いとかいってほかのジャンルをみなけなして、演劇だけを問題にするわけ。それはちょっと違うんじゃないか。南アの劇作家がいましたけど、彼の芝居を昔見たことがあるけど、かつてないほど強烈な印象と感動を受けた。それに匹敵する記憶がある。それは、ベケットの「ゴドーを待ちながら」の凱旋公演をパリでやった時、ぼくは偶然行ったんですよ。お客は三人しかいなかった。そうすると、お客のリアクションによって誘発される興奮なんてなにもないわけですよ。そんなものなくても、十分に強力なメッセージが来るわけです。もう一つ重要なことは、ぼくには両方の舞台ともしゃべっていることは分ってない。とくに「ゴドー」の場合は難しいですよ。ぼくはあとで翻訳で読んだ。もちろん見た時のイメージと違っていたところもあります。しかし根本的には大体つかめたということですね。

ということは、演劇というのは言葉じゃないんだ、そこにはある儀式としての共有感覚みたいなものが機能している。言葉が分らなくても分るものがあるんだと……。テレビは観客のリアクションがないとか、劇場はお客のリアクションの場だとか、つまんないこと言うから、そういうことじゃないんだと、いかに演劇そのものが、強烈な魔術性というものを持っているか、一つの儀式というものを媒介にして強烈な反応をする、と。だからこそ、演劇というものは、プラスにもマイナスにも大きく機能する。そこらへんで表現としての問題を考えてほしい、演劇はその中の特殊部門として考えないとはっきりしないんじゃないかと言ったら、聴衆の中の劇作家の一人が、「それはそうだ。世の中には芝居など見たこともない人もいる。しかしその人たちにとっても、演劇は無関係ではなかろう。それは、例えば、テレビなどを媒介にして演劇が機能しているのだ」と言った人がいるんだね。しかし、そういうことは全然主題にはならなかったね。だから、本質論にならなくて、枝葉のことばっかり……。

## 国際性は意識の問題

**大平**　では、今回のPEN大会は打ったけどファール、いい批判もあったが、結局はフォアボールによる出塁といった、ちょっと拍子ぬけしたところが……。

**安部**　拍子ぬけはしたけど、ぼくは「国家としての想像力」というカッコイイテーマに眩惑されただけであって、考えてみれば作家のレベルなんて世界中そんなに変わるものじゃないし、そんな過大な期待をするほうがおかしいでしょ。

**大平**　国家的想像力の問題については安部さんは前から考えていらして、今度のテーマを知ってさらに触発され、文学としてもきっちりした自己の論理が確立していた。しかし、他の人はそれほど真剣にはメタフィジカルに考えてなかったのではというふうな印象を受けますね。

**安部**　初日には、みなかなり真剣なようでしたけどね。

**大平**　ニューヨーク・タイムズなど読みますと、シュルツの出現に反対して六一人がすぐ抗議文を出すとか、女流作家軽視の問題とか、アクティビティとしてはあったようですが、問題のよってきたるところの議論への積極性というものがもうひとつ、報道的なメッセージを読んでみますと、感じられないんです。

**安部**　文学とか演劇とか、表現というものが何であるかという問いまでは達していないね。

**大平**　安部さんは、日本で、内的な切実感をもっていつも仕事をしておられる。それだけが文学であり、芝居であるというふうな、ひじょうに硬派でいらっしゃるのですが……。

**安部**　硬派というのは困るねえ。ひじょうに面白いもの書いてるつもりだから……。

**大平**　それは知的硬派で、面白いんですけども……。現在、世界的に、文学的な楽しみ、喜びとして出てくるものが、少し楽しみすぎるというか、活字表現に自信を失ったというか……どうお思いになりますか。ぼくなど、どうも大文学というものがないように思えるのですが……。フォークナー、ヘミングウエイにあったような切実感すら、今は失われつつあるのではという怖れがあって……。やはり、そういうのは少数派としてしか出てこない。文学ムーブメント不在の時代というか……。

**安部**　当然、少数派ですよ。アメリカのとか、フランスのとかいう言い方を、すべきじゃないと思うんですよ。そういう地域性を越えてね、時代のどこから出てこようとかまわない。ぼくはマルケスを大好きだけど、べつに彼をコロンビアの作家と言わなくたって、現代の作家ですむわけですよ。数年前にノーベル賞をもらったエリアス・カネッティなんていう作家、実は彼が賞をもらうまで知らなかったんですよ。読んでみて、驚愕しましたけれどね。結局、そういう人が、いるわけですよね。

**大平**　そういうふうに、目立たないところで地道に、やる人はやっている。

**安部**　そう思うよりしようがない。ぼくはだから、今国際化社会なんてしきりにいうけど、言いながらその口ですぐ、アメリカは、日本は、なんて言うじゃない、そういうところは矛盾してると思うよね。何か国語できれば国際的というようなものじゃないでしょう。

**大平**　何をもって国際的というかということ……。

**安部**　意識の問題だよね。だから国際的な視点を持っているかどうかということですよね。

**大平**　自分の考えの中に、そういう視点がどこまで明確に組みこまれてそういうものの感性で全体を判断しうるか、ということでしょうね。

**安部**　そう思いますよね。だから、今、日本で、ものを考える力が衰弱しているといっても、それはアメリカだってどこだって、みな同じでしょう。世界中、衰弱してるんじゃない。その中で、だれかがなにか仕事してるだけの話だと思うねえ。

**大平**　活字が最高の表現手段であった時代には、文学が知性度のトップに立ちえたし、一九世紀が文学の全盛期であったというふうなこともあったのですが、現在の場合は、必ずしも文学や演劇だけにこだわることはないわけです。新しいメディアということもありますし。

**安部**　結局、メディアの拡張によって、逆に文学の、つまり言葉の重要性が確認されてきている時代だと、ぼくは思うんですよ。で、言葉って便利だからさ、活字で印刷できて、量産がきくでしょ。やっぱり、言葉じゃなくちゃいけないという世界じゃないけど。かつてなんでもかんでも言葉にした時代があったように、テレビが出てくると、なんでもかんでも映像メディアであるテレビですましちゃうようになる。しかしそうなればなるほど、今度はどうしても言葉で処理しなきゃできない世界もますますはっきりしてきた時代じゃないかなと、ぼくは逆に思っていますよ。

**大平**　各言語のもつ表現上の困難さ、理解のむずかしさという問題は根本的にありますが、そういう意味では、「方舟さくら丸」などは、日本語という活字を使って鮮明な描き方をしていらっしゃる。やはり言葉を使って表現する喜びというのは大きいですか。

**安部**　表現に喜びはありませんよ。

**大平**　まあ、満足度というか……。

**安部**　ないよ。ただ、辛いだけよ。

**大平**　では、あれをかりに映像化した場合の仕上がり度と、言葉で描いた場合の満足度……。

**安部**　満足度ということはないけれど、ぼくはわりに多角的に仕事してきてるでしょ。だから、それなりに、補い合うものとして考えてますね。つまり、どっちだっていうんじゃなくてね。言葉で置きかえうるような映像作っても始まらないと思うし、映像は映像で、言葉ですむような映像作っても始まらないでしょ。映像でなければ表現できないもの、言葉でなければ表現できないもの、それぞれあって、それは補い合うようなものだと思いますよ。一方が一方の上に立つということはないんじゃないかな。だから、あえて満足度といえば、それはどっちにもあるんじゃない。

**大平**　それが、ご自分の方法論を持ってる強みなんですね。

**安部**　まあ、体験者ですな。

## 演劇の儀式化に抵抗

**大平**　安部文学の一つの特徴として、「砂の女」もああいうふうに、じょうご的な一つの穴というふうに凝結され、今回の「方舟さくら丸」も、人間の実存のある根本的な空間というふうなもので、穴の中に収まるわけですが、この穴の深さというものは、どんなところから発想されるのでしょうか。まあ、人間の背負っている存在の孤独の深さだというふうにも見えるわけだし、なにかそのへんの秘密を知りたいと思うんですけれどね。

**安部**　それはもちろん、今大平さんの言ったようなことはありますよ。ただ、あれは方法としてね、空間を限定すると、ものがくっきり見えるんですよ。だから限定空間を使うということは、扱いにくいこともあるんですよ。それに耐えて、空間を破らずに耐えていくと、だんだんものが鮮明に見えるということがあるね。ある意味からいうと、一つの仮説を立てて、仮説の中でそれが成り立つかどうかを探っていく方法ということが言えますね。これは比喩ですけど、昔、ブレッソンの映画で、潜水艦の映画がありますね。潜水艦の中で病人が出て医者を連れこむ話。あれが成功した理由は、ふつうの映画が片面だけ作ってひいて撮影し、あとで編集して合わせるのに、あの映画では、カメラは、実際に潜水艦の中に入っている状態での動き、動ける範囲だけの動きしかしなかった。そのために、潜水艦の異様な圧迫感が出たんですよ。そういうふうな動きというのは、実際には映画の便利さというものを殺しちゃうわけでしょ。映画というものは本来自由なのに、その自由さを殺して成功したんです。これは比喩ですけど、そういうことはあるかもしれない。

**大平** いい比喩ですね……。PENのパネルで、なぜもう芝居はやらないかということをおっしゃったんですが、われわれ芝居好きの人間からいうと、もう一度芝居にもよみがえって……という気もするんですが……。

**安部** しばらくは、やっぱりやめようと思います。それは一つの原則として、当分貫きたいのは、演劇のもっている異様な儀式化みたいなものにどうしても抵抗してみようと思うんですよ。だからぼくは、これも比喩だけれど、子供の結婚式にも出席拒否したし、まあ、そういうあらゆる日常の儀式にぼくら敏感になっていかないと、その上に組み立てられ、構成されている国家儀式というものに抵抗力が弱くなる。最終的にぼくらが、国家儀式に対する嫌悪感をもつためには、われわれの日常にひそんでいるあらゆる儀式に対する嫌悪感を厳重に、ストイックに持ちつづけなければいけないんじゃないかとちょっと大げさですが、そういう含みもあるわけです。

**大平** 一つは、そういうところから出てくる現象的ないわゆるワイルドな未処理なエネルギーに対する安部さんの本質的な反撥というものがまずあるんだということが、感じられますが……。

**安部** 必ずしもそういうことではないんですが、逆の面もあるんですよ。たとえば、結婚式なんてあるでしょ。あれは式がなかったらすごくワイルドなものですよ。そうでしょ、これから男と女がいっしょに寝るというだけの話でしょ。それがある場合に、ひじょうに困ることがあるんですよ。会社の中でだれかとだれかが結婚するでしょ。会社の中では、日常のワイルドなものが入らない部分が約束されているんですよ。そこでAさんとBさんが結婚すると、これが式なしだと、AとBが寝るのだということで終わっちゃう。これはたいへんナマナマしいことですよ、そうでしょ。これが、式にしたとたんに社会化されるんですよ。ワイルドでなくなってしまう。儀式というのは、そういうことなんですね。葬式もそうです。死人というのはモノです。人間が突如物体に変わると、とても処理に困る。どうしていいか分らないものです。だから、何とかしなきゃならない。何とかする部分がなかったら、たいへんだよ。庖丁で刻んで捨てるわけにもいかないし、挽肉器にかけるわけにもいかないでしょう。だったら、葬式なら葬式というルールを通したら、死体が半ば人格化されて、お別れができるんですよ。だから儀式がワイルドとはいえない。むしろワイルドなものを社会化して鎮静する、分化することが多いでしょ。国家儀式なんていうのはほとんどそうですよ。つまり、秩序を強制的に人間に与えていく。たとえば、戦場に人間を狩り出すということなどは、ワイルドにみえてワイルドじゃないんですよ。そうじゃなく、この自由な人間が、歩調を合わせてイチニ、イチニと歩くということだけだって、考えてごらんなさい、動物にはできないんですよ。この恐ろしさ。歩調のとれない軍隊など、必ず戦争に敗けますよ。そこまで訓練する儀式——軍隊などというのは、国家儀式の最高のものですけどね。そういう意味なんだ。

ロマンチックに、演劇でもってワイルドなものとよく言うけどね、よく考えると、エネルギーの鎮静化ということがよくあるんですよね。ひじょうに暴力的にみえる芝居でさえね、ルール化と鎮静化の作用をもっているんですよ。

**大平**　逆の意味でいえば、芝居にしたって、神社仏閣での儀式にしたって、一つの魂の儀式といいますか、鎮めるための場合のほうが多いんですね。

**安部**　多いです。

**大平**　そういう意味では、妙な形で新しい秩序の実現を意識的な形で行わないような世界。これを本当のリベラルなデモクラシーだといえば、そういうことがこれからの一つのテーマとして、安部さんの小説にも反映していくだろうということでしょう。

**安部**　まあ、カッコヨクいえば、そういうこと……。

## 科学が未解決の科学

**大平**　それで、これからとりかかろうとしていらっしゃる作品は……。

**安部**　いや、今、へんな小説……って言うとおかしいけれど、超能力の小説を考えているんですよ。スプーンマジックなんてあるじゃない。

**大平**　あります。ユーリー・ゲラーなんていうの。

**安部**　ぼくはもちろん、すべてトリックだという前提で書くんですけどね。スプーンマジックのできる少年が一人いて、父親がマネージャーになって商売になっているんですよ。そうすると、それを信じたがる人がまわりにできるでしょ。これは手品といえないわけです。その中でできるだけ自分も信じているような感じにならないといけないんですよ。しかし、もちろんトリックです、というふうにして進行していく……。

**大平**　いわゆる日本でいうオカルト趣味ですか。

**安部**　これは日本だけじゃないんですよ。

**大平**　世界的にオカルティズムというものはありますよ。

**安部**　オカルティズムだけでなく、いわゆる超自然に対する信仰というのがあるんですよ。アメリカなど、すごいですね。

**大平**　科学が未解決の部分ということで……。

**安部**　いや、科学が未解決という発想そのものですが、実は科晩年の小林さんには、科学に対する絶対不信というものがあったようで、そのエピソードとして、当時、ちょうどいまおっしゃったスプーンのマジックをとりあげてらっしゃいますよ。

二、三人、小林さんのまわりの人が集まって、何月何日の夕方の六時に念力を使ってテレビか何かを使って、その男がデモンストレーションする、みんな何かを持って集まれといったら、その三、四人の人が時計を持って集まったといいますね。すると、その三、四人の中の二人の時計は、その時間に一斉に動き出して、小林秀雄氏がそれを信じたというよりも、そういうこともあるのかなといわんばかりの例として、とりあげられてるわけですね。この話は、今の安部さんの話と好一対をなすわけですけれど、要するに、小林秀雄さんの時代までは、あの人の考えの中にはベルグソンがありまして、ベルグソンでもはっきりしなかった精神領域の問題に関する問題を未解決のまま亡くなられたのだと思いますけど、今おっしゃった問題をより鮮明な形で進めていらっしゃるように思います。

**安部** ぼくの小説では、それは前半に過ぎないんですよ。つまり小説というものは、別に真理探求じゃないですから、表現ですからね、そういうふうに書いてって、それを今言ったように、インチキじゃないかとあばこうとして、ついにタネを摑みかけると、そいつは殺されちゃったりするんですよ。そのうちにある日、なぜか少年が空中に浮かぶようになってしまうんですよ。しかも、空中で飛ぶようになっちゃうのよね。そうするとね、科学が未解決というけれど、科学は何ら解決するに至っていないわけです。科学は、ここにある法則があるよと言ってるだけで、別に解決したなどと一言も言ってないけれど、解決の問題にひきこむから、科学では解らないものがある、という発想になる。で、科学では解決できないものがあるというのは、文脈としては成り立つわけです。よく考えると、科学で解決できないものというけど、ものとは何ですかと、これを説明するためには科学を用いなければ説明つかない。科学では説明できない科学があると言っているのと同じなんですよ。これは単なるレトリックで、何を言いたいかというと、要するに非合理なものね、情念とか感情とかでね。だから超能力の特徴というのは、念力でものを動かすとか、結果は意外と物質に帰ってくるんですよ。ということは、科学では解決できないものがあるというレトリックに何が含まれるかというと、まったく単なるトリックなんですよ。

今なぜそれが起こってくるかというと、非合理に対する信仰というか願望……すると論理の世界に対する不安とか、不条理な世界を不条理なままで受け入れて安心できるんですよ。これは新興宗教でも全部そうです。そういう世界をパロディとして描いていくわけですけどね。

**大平** 以前、小林秀雄氏が九州で学生たちに話したというナマのテープの録音が最近、新潮社から出ましたが、その中に念力の話が出てくるんですね。根本的な問題は、今おっしゃる科学。

何がショックといって、少年は自分で、すべてトリックでスプーンを曲げてたんだから嘘と思いこんでいたでしょ。自分が宙に浮かんじゃったら、これは自分の基準がなくなっちゃうんです。恐ろしくて、これをだれにも告白できないの。それで、夜、隠れて空を飛ぶわけです。ついに耐えきれなくなって、旅の仕度して、空飛んでどこかへ行っちゃうという話。リアリズムじゃないんですね。

**大平**　ピーターパンみたいな話ですね。今年は、ハレー彗星が七六年ぶりにきたとか、法則的には分っていても、現象的には、今生きている人間が初体験するようなことがいろいろある時代なもので、SF映画がはやったり、宇宙志向であったりしますが、そういう現象に対する安部さんのひとつのお答えというものが……。

**安部**　いや、そういうことはぼくは絶対信じません。イマジネーションというのは事実の世界とはちがうんですよね。散文の世界はイマジネーションの世界ですよ。だってさ、カフカの小説読んで、人間、もしかしたら虫に変わることがあるのかなあと思う人いないでしょう。それは仮説であって、そういうものとして読めばいいわけ。それはひとつのイマジネーションの世界ですよ。そういうことで、イマジネーションのいかに大切であるかということの、ぼくのひとつの解答のつもりでいるんですよ。

**大平**　人間の窮極の武器、とくにものを書いている人間や、表現する芸術家の場合には、想像力でもって科学に対抗していくという大きな問題がいぜんとしてあるわけです。

**安部**　そうですよ、世界を作るということですね。それでなかったら、なかった世界を作るということで、やはりカフカの偉大さは、カフカの「変身」という小説がある前には、あのイマジネーションというものはなかったでしょう。そこで初めて人間が財産として持てた世界で、そういう世界を作るということが、作家にとっては意味がある。何の意味があるかは別問題ですよ。

## 孤独なニューヨーカー

**大平**　今回のニューヨークはどうでしたか。

**安部**　ぼくは、ホテルの窓から何時間も下を見ていたら面白かったけれどね。窓の下に馬車が並んでるのよ。六頭馬がいるの。こっちから、年よりで足がふらふらしているおばあさんが歩いてきて、ふところから何かとり出すの。何か、馬がすごく好きなものらしいのね。先頭の馬にそれを食わしてやって、脚のとこをポンポンポンと叩くのよ。そして次の馬のとこへ行って食わして、脚のとこを叩くのよ。三番目の馬のところへ行ったらね、おばあさんがうまいものを食わしてくれること知ってたんだね、おばあさんが近づく前に、馬のほうがとことこ近づいてきて、鼻づらでおばあさんをつっつくの。おばあさんはよぼよぼで、馬に押されて逃げ出したの。ところがうまく柱にひっかかって、馬はそれ以上動かなかったの。おばあさん、しばらく馬をにらんで考えてたね。馬はそれを食いたくてしかたがないわけなので、しぶしぶ手をのばしてえさをやって、脚ポンポンはやめた。次の馬にもえさやって脚ポンポンやって、最後の馬のとこへ来たら、その馬だけ白馬だったの。そしたらおばあさん、しばらくその馬を観察して、ふところに手を入れたんだけど、やるのやめて、五、六歩ずっと来て、立ち止まってふりむいて、まだ馬を見てるんだよね。どうするのかと思ったら、そのままえさやらないで、すーっと帰っちまった……。これ見ててね……これは面白いね、やはりニューヨーク的だよ。

**大平**　日本では、そんなにていねいに、他人の飼ってる馬にえさをやろうなどという感性はないでしょう。

**安部**　いや、それよりあれは、孤独感じゃないですか。ものすごい深い孤独感で、そのおばあさんには、毎日そこへ来て、並んでる馬にえさをやるコミュニケーションが絶対必要なんじゃないかなあ。

**大平**　一つの生活の方法論なんですよね。ただ、日本でも鳩を飼ったり、公園でえさをまいたりということはあると思うんですけど、それが自分のドラマとしてやってみせることがあるということは……。

**安部**　そうなんだよ、ほんとうに淋しい感じだった。だからね、ああ、ニューヨークだなあと思って見ていたけれどね。

［1986. 1. 16］

# ドナルド・キーン宛書簡 第21信

巨大的　ドナルド大閣下殿

安部公房

冷凍された気分はいかがですか。申し訳ないことに当地では梅が咲きました。

なんとか原稿まとめてみました。意図に反してひどいアメリカ礼賛になってしまいました。ぼくはあんがいアメリカに亡命したがっているのかもしれませんね。これで今後ヴィザが取りやすくなるのではないでしょうか？

もし雑誌の締め切りに間に合わなければ、ストーブにくべてしまってください。多少とも先生の燃料費節約のお役に立てば、願ってもない幸いです。

朝日新聞の記事拝見しました。ぼくが出席していたことを偽証して下さって、心から感謝いたします。ニューズ・ウィーク日本版にもペン大会の記事が出ていました。大会そのものよりも、例の夜毎のパーティのほうがはるかに重大であったことを始めて知りました。ああいうのが華やかなパーティというものらしいですが、中にいると分らないものですね。

毎日熱心に繰り返し風邪をひいています。今年の読売賞はまったく馬鹿気たものでした。やはり「外人」の登場がなければ駄目ですね。

二月三日　ひなまつり　ではなく　節分でしょう

［1986. 2. 3］

——安部さんの小説の登場人物たちは、いつも穴の中に特別な関心を示しますね。洞窟にもぐったり、箱をかぶったり、砂の穴に閉じ込められたり……しかもその穴は、単なる舞台装置にとどまらず、登場人物と同等な役割を与えられている。安部さんにとって《穴》は現実そのものなのでしょうか、それとも現実を透視するための反現実なのでしょうか？

**安部**　たしかに僕の小説は、たとえば地下の採石場跡のような、閉鎖された空間を舞台にして展開する場合が多い。しかもしばしばその閉鎖空間自体が主人公になる。『砂の女』、『箱男』、新作の『方舟さくら丸』、さらには最近フランス語訳が出た『密会』……その点ではすべてに共通性がありますね。たぶん閉鎖空間にしたほうが、状況を透視しやすいせいでしょう。つまり閉鎖空間が仮説の役割をはたしてくれるのです。仮説の設定は現代文学に欠かすことの出来ない重要な方法の一つですから。

それにしても『密会』における《病院》の空間構造は不気味だと思う。実を言うとこのインタビューに答えるために、八年ぶりに読み返してみたわけだが、われながらその不気味さにたじろいでしまったほどだ。僕はめったに自作を読み返さない。読み返さないし、すぐに忘れてしまう。だから自作を語っている作者の言葉など、あまり好きではないし信じる気にもなれない。この文章についても、さほどの責任は持ちたくない。しかし珍しく読み返してみたおかげで、多少の感想くらいは述べられそうな気もする。

最初《病院》は巨大な閉鎖空間として現れる。いくら巨大でも閉鎖空間はいずれ境界によって閉ざされた有限でなければならない。ところが行方不明になった妻を探して主人公が一歩《病院》内部に踏み込んだ瞬間、《病院》はさらに内部にむかって際限なく増殖しはじめる。地図をはみ出し、癌のようにはびこり、ついには《病院》の外にあった市街地全体を内部に取り込んでしまう。内と外の区別が存在しないメビウスの輪のような世界だ。《病院》の住人にとっては、そこが世界そのものになってしまうわけ。つまり入院はあっても、もはや退院はありえない永遠の《病院》……

もしこんな《病院》の存在を容認してしまったら、ひどいことになる。人間は健康の概念を放棄せざるを得ない。だってそうでしょう、病院が世界そのものだとすれば、人間は本来「患者」と言うことになるわけだからね。いや、さほど特殊な世界ではないのかな。言葉を替えれば、ありふれた原罪の観念にすぎないとも言える。病人であることを素直に認め、快癒をねがうよき患者になりさえすれば、心の平安が保証されるわけだ。だから医者自身でさえ、「よき医者はよき患者」をスローガンにしている。そうかもしれない、たしかに病気の自覚は自己認識の一種だからね。

それに、健康を常態として自認する世界がかならずしも居心地のいい世界だとは限らないでしょう。たとえばその極端な例として、ヒットラーによってイメージされた「優秀民族」の王国。健康を単なる患者の夢としてでなく、事実上の尺度として認めたとたん、たちまちナチス的人種差別主義が頭をもたげはじめるのだからやりきれない。やはり人間は本来《患者》的存在なのかもしれないね。人種差別の種子はどの民族の意識にも多少はまぎれ込んでいるから、正統と異端を腑分けして自分を正統の側に置こうとすれば、否応なしに魔女狩りの熱狂に巻き込まれざるを得ないいんじゃないか。けっきょく健康という名の病人であることを認めるしかないのかな。

僕が驚いたのはローレンツほどの大科学者——動物行動学のコンラッド・ローレンツ——でさえ、思想的にはひどい人種主義に陥っている点だ。動物を論じているかぎりはすばらしい洞察力を示すのに、人間について語りだしたとたん無残な蒙昧ぶりを露呈する。たとえばローレンツの理想的人間像というのは、体のプロポーションと言ったひどく根拠薄弱な尺度にすぎない。だから黄金分割に美を感じる感覚は、理想的人間の体型に由来しているとまで言いきったりする。怖ろしいことだと思う。もしローレンツに共鳴する分子生物学者が現れたら、彼は正義の名において全人類のプロポーションを黄金分割比にすべく遺伝子組替えの技術を応用しかねまい。そんなことには僕は反対だ。自己の患者化にひたすら情熱を傾けている医者に管理されているこの《病院》のほうが、はるかに人間的だし、まだ耐えられる世界ではないだろうか。

そんなふうに考えていくと、この『密会』の世界は、不気味ではあるけどあんがい現実に即したところもある。読み返しながら、なにしろ八年ぶりなので五十パーセントがた他人が書いた小説のように読めたけど、だんだん《病院》のなかで暮しているような気分になってきた。もちろん愉快ではなかった、たまらなく怖かった。いちばん怖いイメージは、この《病院》の日々が全体としてカーニバルのようなもので、しかしただのカーニバルではなく、その生ゴムみたいな感触の天幕の外にもう一つ巨大な魔物のためのカーニバルが進行中で、《病院》はそこで演じられている演目の一つにすぎない、と主人公が想像するところ……その徐々に群集の密度が濃密化していく感覚、僕のいちばん嫌いな感覚なんだ。
『方舟さくら丸』でもそれが主題になったけど、現実的には国家の儀式部分がしだいに肥厚していく感覚かな……僕にはどうも最近の世界的動向として新しい国家主義の台頭が感じられてならない。国家儀式のファッション・ショウを無理矢理に見物させられているような嫌な気分だ。最近僕は国際スポーツ競技やオリンピックなんかにも、ひどくいかがわしいものを感じはじめている。国歌と国旗と涙の式典……精神衛生上あれほど危険なものを、マスコミ総動員ではやし立てたりしていいものだろうか。

――『密会』の世界を構築している《時間》の構造も特殊ですね。昨日、今日、明日といった時間相が体験的な流れ方をせずに、作品のなかの《今》に圧縮されている。スパイラルな時間というか、時間のアマルガムというか、奇妙な騙し絵の世界に迷い込んだような感じがしてきます。狙いはなんでしょう?

**安部**　べつにビックリ・ハウスの効果を狙ったわけじゃない。書くという行為が生み出す、作者、作品、読者の三角形に必然性を与えようと思えば、まず書いている現在の時間に忠実でなければならない。すくなくも作品の内部世界では、《事実》を《事実らしさ》の砂糖でまぶすようなことはしたくない。古典的なリアリズムの時間では、《事実らしさ》はある程度保証されても、《事実》そのものは剝製にされてしまうでしょう。

――すると「馬人間の院長」、「縮んでいく娘」、「コットン病にかかって座布団になった母親」……ああ言った奇怪で幻想的な登場人物たちも、やはり事実そのものと考えているわけですか。もちろんリアリティはあります。薄気味悪いほどです。でも事実そのものだとは考えられません。それとも安部さんは《事実》をもっと何か別の意味で使っているのでしょうか?

**安部**　登場人物だけでなく、終りのほうで出てくる「明日の新聞」……あれだって譬喩や寓意としてだけ読まれたのでは困る、あくまでも事実として受けとめてほしいな。たしかにユークリッド空間では、平行線は交わらないのが事実だろう。でも非ユークリッド空間では、むしろ交差するほうが事実になる。人間が昆虫になることは事実上ありえないが、カフカの『変身』のなかでは事実になるでしょう。『変身』を単なる寓意として読んでも真に理解したことにはならない。あの作品のなかで、カフカは事実として人間が昆虫に変身する世界を創造したわけです。その作品によってはじめて成立可能な世界の創造、それが文学の存在理由だと思う。
こんど読みかえしてみて、僕はあの溶解し収縮していく「溶骨症」の娘がますます好きになってしまった。とくに意地悪な女秘書が、「収縮娘」をクッションがわりにして車椅子に掛けているところがあるでしょう。あそこから急に実在感が強まったな。それまでの多少グロテスクな感じも完全に消えて、娘を抱きしめている主人公の気持にぴったりと同化することができ

TOTO

た。僕にとっての事実、もしくは実在とはそういうことなんだ。

――作品のなかに「人間関係中枢」という言葉が出てきますね。作品の謎を解く鍵だと思いましたが、本当にそういう「中枢」が生理学的に実在するのですか。

**安部**　まさか、もちろん造語です。「明日の新聞」や「溶骨症」と同じく、僕の創造的実在の世界での造語です。でもなかなか含蓄のある造語でしょう。もしかしたら将来、本当に発見されるかもしれないと言う気がしているくらい気に入っている。それに作品解読のための重要な鍵の一つであることも確かです。考え方によっては、この小説全体を《人間関係》の一種のアトラスとみなすことが出来るかもしれない。……でもこの辺でそろそろ止めにしておこう。これ以上自作の解説めいたことはしたくない。最初にも触れたとおり、作者がかならずしも最高の読者であるとは限らないのだ。それにしばらく前、『密会』についてあるアメリカの高名な批評家からかなり風変りな論評をされたことがある。この異常に肥厚した性的関心を咎めてはいけない、なにしろ日本には数百年にわたるポルノ文化の伝統があるのだから、と言うのだ。この批評家がカフカについて意見を求められたら、多分こう答えるだろう。この不合理性を咎めてはいけない、なにしろボヘミア地方には、数百年にわたる怪奇趣味の伝統があるのだから、と。作者の解説を必要とする類の読者は、作者同様、いずれよき読者ではありえないのだ。

［1986. 3. 18］

# 〈散文精神――安部公房氏〉『朝日新聞』の談話記事

埴谷雄高氏によると、戦後文学を実質的に継承・発展させているのが大江健三郎氏で、乗り超えて引き受けているのが作家、安部公房氏（六二）だという。ところが当の安部氏は「戦後文学という腑分けそのものが、最初からピンとこなかったし、いまもこない。まあ、もの書きを始めてふと気がついたら、戦後文学といわれている人たちの周辺にいたなとは思うけれど」と、あっさりしている。

「しかし、彼らから受け入れられたと思ったことは一度もないし、戦後文学が一貫した一つの傾向だと思ったことも一度もない。また取り上げて問題にするほど明確な対象としてはぼくの中にない。純粋な意味での文学的な相互の関係はゼロだったと思う」

――終始わが道をゆく安部氏の面目躍如とした発言だが、年齢の違いという問題もあった。

「ぼくが決定的に戦後文学の人たちと違うのは、戦前の体験がないということ。戦後派はなんらかの形で批判的な戦争体験をしているが、ぼくにはそういうものがない。戦争中は青二才だった。だから戦後文学を語る資格もないし、興味もない」となる。

『壁――S・カルマ氏の犯罪』で安部氏が芥川賞を受けたのが、昭和二十六年、二十七歳のときだから、当時、三十代後半から四十代にさしかかっていた野間宏、埴谷雄高氏らとは、かなり年が離れていた。加えて資質の違いがある。

「戦後派の『近代文学』の連中と比べて、ぼくははるかに非政治的人間だった。およそ政治的関心はなかった。だから、戦後派的な〈政治と文学〉という発想はなかったんだ」

そういう資質の作家から見ると、第一次戦後派はやはり〈政治と文学〉の問題だろう、となる。

「だが、あの人たちの弱さは、戦争中、思想的精神的に抑圧されてきた、それがいま終わったというとらえ方の中で、〈国家〉というものの基本分析が欠けていたことだ。だから、日本文学にほとんど影響を与えたことはなく（あの連中は、与えたと言いたいだろうが)、それまでの閉鎖的な日本文学の壁を打ち破る力もなかった」

言い換えれば——

「国家というものに対する本当の意味での、科学的・論理的な考察と批判がなかった。政治というものの分析ひとつとっても、ひどく偏っていた」

これは厳しい戦後文学批判だが、それでは安部氏は〈国家〉をどう考察するか。

「社会集団の袋小路、あるいは最終形態が国家だ」と、まず規定する。「そういう国家が成熟するレベルにくると、国家以上の集団を望まなくなる。その時点で、言語の機能が問題になるのだが、言語のもつ散文性、つまり個体あるいは集団を分散・拡散させるメカニズムを、国家は非常に嫌う。だから、国家権力は体質的に散文と相入れないわけだ」

散文は韻文と違って、定型や韻律をもたない論理的な文章である。そのために、凝縮や集中や絶対化ではなく、解除や拡散や相対化の方へ向かう。簡単にいえば、〈批判性〉と〈散文性〉は紙一重というより、ほとんど同義語といえるだろう。

「国家は、儀式とは手を結ぶから、儀式が拡大すると散文は失われてゆく。儀式というのはインスタント凝縮剤で、何か一つ儀式を形成すると、途端に集団は安定する」と安部氏は続ける。

この辺りから、国家論と言語・文学論との核心に近づいてゆく。

「散文以外のあらゆる芸術は国家の安定に奉仕しやすい部分がある。ところが散文はどうしても、弁証法を含んでいるから、拡散のメカニズムが働く。だから独裁政権は本質的には散文を嫌う。それだけに国家が国家以上の集団を望まない、という問いかけができるのは散文だけなんだ」

「だから〈政治と文学〉の問題にしても、そこまで突っ込んでとらえれば、何か再生産可能かも知れないと思う、方法だけでもね。政治と文学を単なる対立物と考えたり、あるいは同次元での相互作用と考えたんでは、ほとんど意味がない。そして最終的には、言語のもつ散文的側面の回復、その自律性ということが大事なんだ。こんなことをいうと、いまはヤボに見えるだろうが、しかしそれ以外には何もいう必要ないと思うし、そうかといって、たかだか言語や文学が、国家という成熟したものに何らかの影響を与えうると、そんな幻想を、ぼくはもってない」

こういうテーマはここで片付けるには大きすぎる性質のものだ。けれども、安部氏が今日まで長年にわたって取り組んできた世界——集団とか共同体とか国家などにおける〈個〉の自由、あるいは異端としての自由な存在を考え合わせれば、納得がゆくだろう。

また、作家については——

「儀式の中心はそもそもシャーマンなんだ。シャーマンの祈禱のアンチテーゼとして散文が心の中に成熟してきたとき、作家が生まれる。儀式をつくるのはやさしいが、それを拒否するのはむずかしい。だがその精神を養う必要がある。シャーマンの祈禱にうっとりする人、あるいはそれが聞こえない人（聞こえなければ拒絶が熟してこない）——こういう人は作家の資質はない。散文精神と関係ないからね。散文精神をそういう風に腑分けしてくると、われわれと同時代人の作家では、ガルシア・マルケスがずば抜けている」

つづけて「散文以外には置き換えられないものの典型」として、安部氏の挙げたのが、ルイス・キャロルの『不思議の国のアリス』である。

「思想は全くないし、イメージが豊富だからといって映画にしたら子供のものになってしまう。つまり散文なんだ」

そしてここまでくれば、戦後文学流の〈政治と文学〉を遠く乗り超えて、話は別のところへ向かうことになる。

［1986. 4. 25］

# ヘテロ精神の復権

［聞き手］光田烈

ソ連のチェルノブイリ原発事故は、多くの人々に改めて現代のカタストロフィ（破局）の恐ろしさを実感させたようですが。

「僕は違うな。これは起こるべくして起こったのだから。つまり、原発の管理者は運転の際、事故が起こるとは誰も証明していない、という論理を根拠にする。しかし、逆に事故が起きないという証明もないんだよ。まともな科学者や技術者なら、事故はありえないとは決して言わないでしょう。そういう意味で、僕は今回の事故に驚かない。

起こるべくして起きるもっと恐ろしいことは、核戦争だよ。しかし、この戦争の管理者にしても、それが起こるとは誰も断言していないという論理をとる。管理者はいつでもそうですよ。今回のような騒ぎも結局、肝心の恐ろしいことには触れないまま、いつの間にか忘れられてしまう」

そう言えば、近作の『方舟さくら丸』は核シェルターが舞台でしたね。

「いくらか比喩的になるが、人間が核シェルターを考え出した時、すでに核戦争は始まっているんだよ。

核シェルターをつくろうという場合、だれでも必ずその存在を隠そうとする。これはメーカー自身が告白している。防衛とか生き延びると言えばもっともらしいが、実際は隣近所といった他者を遮断し、切り捨てるところに、核シェルターの思想の本質がある。身のまわりにもう一つの敵をつくるわけだ。戦争の結果を先取りする形で核戦争は始まっている。スウェーデンのように国家がそれを建設しても、同じことだよ」

その国家そのものの現在をどう見ていますか。

「国家という形態自体は、人間の集団化の過程で避け難いものでしょう。現在の国家は最終形態のようにも見えるが、果たしてこの先がまだあるのか、あるいはないのか。絶対王制当時の人々が、その先の形態はないと考えた可能性はあるわけだけれども。もっとも、おびただしい国家群が地球を分割し、国際法や国連も国家以上のものを認めていない現状では、いまの国家を超える権力が地上に存在しないこともまぎれのない事実だね。

してしまう。例外を広く容認する民主主義がそうです。民主主義国家で絶対に容認されない例外は、国家反逆罪と軍隊の規律違反だけだよ」

ヘテロ化の衰弱を具体的にあげて下さい。

「たとえば、リズムと歌だけで誘っている若者たちの芝居。儀式の衝動に組み込まれているとしか言いようがない。涙やスターの共有で疑似集団を氾濫させているテレビも気持ちが悪い。最もヘテロ的であるべき文学でさえ例外ではない。集団で声を張り上げたいだけのヤカラが沢山いる。まるでカラオケだよ。祝詞をあげたいカラオケ文化。もちろん国家本来のシャーマンも健在です」

そうした中で、文学者の役割は。

「人間も集団化のメカニズムがなければ生きられない。シャーマンの呪文を求める衝動だってある。だから、いい国家とか悪い国家というのではなく、現代国家が言語の片側だけのメカニズムに傾き、国家儀式の過剰が生み出されていることが問題なんだ。もし文学に役割があるとすれば、とりわけ言語のもう一方の側面であるヘテロ化のメカニズムと衝動を活性化させることではないか。それが目覚めた時、たとえ国家の最終形態がどうであれ、アンチテーゼは存在する。僕はそうした文学的志向を散文精神と言っている。要するに、歌を歌わないこと、祝詞でないことだよ」

［1986. 5. 19］

国家が裁かれることは決してない」

国家の誕生を促した人間の集団化とは何でしょう。

「人間が集団化するということは、人間が言語を持ったということと同じだよ。だからこそ、言語への科学的なアプローチがいま非常に重要になってきた。

これは生物学的次元の話だけど、人間を含むすべての生物集団にはホモ化とヘテロ化という二つのメカニズムがあることが知られている。人間の場合、このメカニズムは言語の中に存在し、言語を通して立ち現れてくる。言語が遺伝子レベルに基礎を持ち、しかも動物の閉じられた本能的プログラムに代わる、開かれた高次のプログラムだからです。言語はここで創造的な分化の機能も持った。

このホモ化とヘテロ化の現れは、儀式を例にとるとわかりやすい。前者は儀式をつかさどるシャーマンが呪術で呼び寄せようとする凝縮化のメカニズムであり、後者はその儀式に反発し、呪術から逃れようとする拡散化のメカニズム。どちらも人間にとって根源的な衝動でもあるんだな」

二つのいわば集団原理が、一方で国家を生み、一方では儀式嫌いの異端を生む構造をつくり出しているということですか。

「しかしね、国家儀式の微妙な反復の中で、言語が本来持っているヘテロ化のメカニズムが弱ってきているのが現代なんだ。人間が国家にたどりついた時から、集団化のメカニズムは実に巧妙に運用されてきた。儀式嫌いも排除せず、吸収して無効に

# 両脳的思考――第18回日本文学大賞学芸部門選評

文学賞の対象としては、かなり毛色の変った二作が選ばれた。常識的な基準からすれば、どちらも文学作品とは言いがたい。いっぽうは、やや啓蒙的であるとは言え、学術的な研究書であり、もういっぽうはテレビの報道特集番組を活字におこしたものである。しかしこの両者はともに、根源的なところで深く文学とかかわりあっている。それ自体は文学的でなくても、根源的なところで言語活動を刺激し、想像力をかきたててくれる。

角田忠信氏の「脳の発見」は、奇怪なまでの日本語の特殊性を、実験をつうじて解明したものだ。ふつう言語は子音の文節で構築され、母音はその補助機能としての役目をはたすものらしい。つまり子音を処理する言語脳（多くは左脳）と、母音をふくむ自然音を処理する非言語脳（多くは右脳）の協調による、両脳言語が一般的なかたちらしいのだ。ところが日本語（ならびにポリネシア語）は、なぜか母音だけで意味を形成してしまう。つまり左側だけの片脳言語なのである。角田氏の研究がさらに精彩をはなつのは、この発見を押し進め、日本人の左脳が単に母音だけでなく母音と同質の自然音（虫の声、風の音、邦楽器の音色、等々）まで負担してしまっていることを実験的に指摘した部分だろう。これで日本語が過剰なまでの擬音や擬声音に侵食されてしまった理由も納得できそうだ。「ネチャネチャ」などの感覚を容易に共有できる便利さと同時に、感覚の類型化を起しやすい危険をはらんだ言語である。また自然音を右脳で感覚として受け取るよりも、言語脳で擬人化してしまうため、とかく情緒過多におちいりがちだという点などに思い当って、暗然とさせられもする。とにかくこの本は、こんご日本文化を考えるうえで、欠かすことの出来ない決定的な一冊になるはずだ。

「21世紀は警告する」は、その原形である映像をふくめて、現代についての心象に忘れがたい残像を刻みつけた。多数のスタッフの共同作業であるため、巻ごとの出来にむらがあり、全体を統一する視点に弱さが見られることはたしかだが、この場合にはその弱点がかえって強烈なイメージを突出させる原動力になったと考えられるふしがある。つまりテレビ取材というメディアと方法が、現代をえぐるメスとして最大限に利用されているのだ。まさに言葉とイメージの協調であり、両脳的思考の成果というべきだろう。

最後に、ふつうダブル受賞は選者の意見が割れた結果である場合が多いものだが、今回は見事に全員一致の結論であったことを付け加えておく。柔軟かつ視野の広さを相互確認し、一同おおいに自己満足しあったことである。

［1986. 5. 20］

# 〈国際発明展で銅賞を受賞した作家　安部公房〉

［聞き手］上之郷利昭



――今度考案されたタイヤチェーン、ニューヨークの国際発明展で銅賞を獲得されたそうですが、ご自分で出品したわけですか。

**安部**　発売元の西武の担当者に、なんとなくすすめてみただけ。どちらかと言うと冗談半分。もともと特許を申請するときだって、それほど真剣だったわけじゃない。

もちろん、自分の考案したチェーンそのものは気にいっていた。ぼく自身その現物を使ってみたかったし、そのためには製品化するしかない、というくらいの順序かな。

元来、ぼくは極端な怠け者なんです。何かアイディアが浮んだとしても、行動に移すことはまずありえない。それに多分、特許申請の手続きについて知っておくのも、小説を書くうえでいずれ必要になるかもしれないという……。

――そのへんが並の人間とは違うユニークなところですね。

**安部**　どうだろう。でも不思議だった。チェーンの歴史は長いのに、こんな簡単な工夫に、なぜいままで誰も気付かなかったのか。やはりコロンブスの卵ってあるんだよね。

もっとも誰もなかなか信用してくれなかった。某自動車メーカーに持ち込んでみたら、担当の部の人が、なるほどと言うのでテスト用にぼくの分を造ってくれ、自分たちの分も造って、それから会うたびに「けっこうですねぇ、重宝させてもらっています」しかしその先、話はなんの進展もない。

見るに見かねて、西武が救いの手を差しのべてくれたっていうところじゃないかな。もちろん、小説家の発明なんて、そんなもの信用しないほうが企業としては健全だろうね（笑）。

――でも去年の製品は全部売り切れだそうじゃないですか。

**安部**　だって、微々たる試作品だから、売り切れるに決まってる。

――それがこんどは国際発明展の銅賞ですからね、もう信用してもらえるでしょう（笑）。ところでその冗談から駒の、そもそものきっかけは何だったんですか。

**安部**　結局のところ、必要は発明の母でしょう。箱根で仕事をしていると、けっこう大雪が降るうえに坂がきつい。チェーンを付けるっていうのは大変な作業なんです。ふつうはジャッキアップしたり、チェーンを道路に敷いてその上にタイヤを転がす。でも急な坂道や泥んこの雪の中じゃ、ほとんど不可能に近い。

何からうまい方法はないかなと、チェーンとタイヤの関係をたぐりながらあれこれ試行錯誤しているうちに、ひょいと思いついた。梯子の横棒が一本分ずれていればいいんじゃないか。

――思いついた瞬間は、やはり感動的だったでしょうね。

**安部** まさか、ただ目の鱗が落ちたような感じ。これでもう苦労しないで済むぞ、という、ホッとした感じ。

――すると、受賞したときのほうが感動されたわけですか。

**安部** ばかに感動にこだわっているけど、しなかったと思うよ。仰天したことは事実だけど。人間、賞なんかで感動したりしないんじゃないの?

――二十七歳のときでしたか、『壁』で芥川賞を受賞されましたね、そのときも感動しませんでしたか。

**安部** そんな昔のこと、忘れてしまったけど……でも副賞でもらった現金の厚みのことだけははっきり覚えているな。うれしかった、絶望的に腹をすかせていたから。しかし、感動っていうのは……感動って、そういう場合、はたが想像するだけで、当人はめったにしないものじゃないかな。

――でも、文学賞の受賞パーティーで、感動の余り涙なさる方もしばしばお見受けしますがね……。

**安部** それはかなり、ヒステリー的性格の強い人じゃないかな(笑)。

――まあ、感動のことは置くとして、他にも何か発明品をお持ちじゃないんですか。

**安部** べつに……ただぼくの着想には、いくぶん発明狂的な要素があるかもしれない。怠け者だから、あえて実現の努力はしないけど、そういうタイプの人物は、好きですね。

そのせいかぼくの小説には、けっこう発明狂タイプの登場人物が出てくる。多少モノマニアックで、工夫したり発明したり、なんとなく道化て見えるタイプ。チェーンの場合には実現してしまったけど、「チェニジー」なんて商標登録までして喜んだりしているところ、われながらモノマニアックだと思うな。登場人物が現実に出てきたみたいで実に変な感じだ。

たしかに小説の中でなら、けっこういろいろな発明品があるんですよ。代表的なところでは、『砂の女』の結末ちかくに出てくる砂の中から水をつくる装置。主人公はその装置に「希望」という名前をつけたりしているけど、発明そのものよりも発明の衝動があの作品の主題にかかわる重要なキーワードになっている。それにあの装置、実験はしていないけど、本当に水が採れるんじゃないかという気がしているんだ。

それから今度の『方舟さくら丸』でも、主人公が地下の洞窟に棲みついて、そこに自分の発明品を並べている。たとえば静電気を応用した集塵機、あれなんかけっこう特許取れるんじゃないかな。フィルターよりも細かい塵が集められるし、電気の消費量が少ないし、第一ファンの音がしないから静かだ。すごくいい発明だと思う……。

——これから家電メーカーも、安部さんの小説を一生懸命に読まなければならない（笑）。いつ頃からですか、そういう傾向があらわれたのは？

**安部** 子供のときからだな。幾何が得意だったことと関係あるかもしれない、あれは全体の直感的把握と思考の飛躍でしょう。でも今の教科書から幾何がなくなったんだってね。困るな、発明力が低下してしまう（笑）。

——たしか昆虫採集も好きだったんですよね。

**安部** そうそう、幾何の前が昆虫採集。やはり子供のころからモノマニアックだったんだね。もっともこうした好奇心、べつに珍しいものじゃない、子供にはあるていど共通したものじゃないかな。

——よく日本人の独創性が問題になりますが、どうお考えですか。

**安部** 独創性が人種に関係あるとは思えないね。独創性というのはある種の子供っぽさでしょう。
　猿でも子猿のほうが独創的だしね。だからそういう子供っぽさを大事にする文化も必要じゃないかな。

——日本人は早く大人になりすぎるわけですか。

**安部** 組織や集団によりかかって、なかなか自立しにくいと言う点では、逆に大人になりきれないんだけど、同時に子供っぽさの価値を評価するほどのゆとりはない。
　実生活には向かないタイプでも、それを許容するだけのゆとりがなければ、創造的な環境とは言えないんじゃないか。同質なもののチームよりも、異質なもののチームのほうが独創的にきまっているんだから。

——ところで、安部さんは小説家以外の稼業をと、お考えになったことはありませんか。

**安部** うん、一度もなかった。小説家になろうと思ったこともない。たぶん何にもなりたくなかったんだろうね。ただ何かを書いてみたかった。格好よく言えば、書くことでこれまでにはなかった独自な世界を表現してみたかった。

——だから安部さんの作品はちょっと毛色が変わってるんですね、ほかの日本の作家にくらべて……。

**安部** 変わっているんだろうね、たぶん（笑）。

——日本の作家にはそろってお茶漬け食っているみたいなところがありますよ。

**安部** そう、小説書くよりも、小説家になりたがっているようなタイプ、珍しくないからね。

——お書きになるときはワープロを使うし、作曲もシンセサイザーでされるそうですね。シンセサイザーはいつ頃から始めたんですか。

安部　作曲はオーバーだよ。ただ芝居に伴奏や効果音を入れてみただけ。いぜん芝居をやっていたとき、本物の作曲家に頼むと、出来てくるのが遅いんだ。いつも舞台稽古ぎりぎりになってしまう。途方に暮れていたとき、シンセサイザーのことを知ってね、これは使えそうだと思って使ってみたら、本当に使えたんだ。今ふうのシンセサイザーじゃなく、ピンで連結して試行錯誤で音を組み上げていくやつ。うん、そうだね、言われてみると確かに機械には強いほうかもしれないな。

——普通、小説家的作家は、機械を毛嫌いするでしょう。

安部　通説としてはね。でも本物の作家はどこか子供っぽいものだよ。たとえば椎名麟三なんか、すごく子供っぽくて、発明好きだった。

——椎名麟三ですか？　作品のイメージとはまるで結びつきませんね。

安部　変なものをいろいろと発明していたよ。床に落ちた鉄屑を腰をかがめずに拾う道具だとか……でも本人は夢いっぱいでね、じつに空想的で、魅力的な作家だった。それに技術屋さんの文学嫌いとくらべて、とくに作家の機械嫌いの比率が高いかどうか……。

——次にどういう発明が出てくるか、期待してもいいんでしょうか。

安部　たぶんいろいろと出てくると思うよ。でも、もう特許は無理だ。まず作品のなかでだけの話だな。二度とチェニジーのようなことはありえない。研究費も研究期間もなしの、アイディアだけの勝負なんて、もうそんな時代じゃないと思う。

これからの発明発見は、分子生物学や遺伝子工学なんかでも、莫大な研究費と組織立ったチームワークなしには不可能でしょう。でも考えれば考えるほど、不思議な気分になってくる、あのチェニジーが国際発明展の銅賞だなんてね……。

——その日進月歩の著しい分子生物学とかバイオに対してですが、どういう見通しをお持ちですか。

安部　技術としてよりも、思想としてすごく興味がある。分子生物学は、もしかすると進化論に匹敵する重要な思想かもしれない。つまり、細菌から人間まで、一つの法則でつらぬかれていることが実証されたわけでしょう。科学の限界と考えられていた大きな壁の一つが、はるかに後退してしまったことになる。

——「われ思う、ゆえに……」とは言えなくなってしまった？

安部　いや、逆じゃないかな。つまり、人間も細菌も、おなじＤＮＡ（デオキシリボ核酸）に共通の暗号でプログラムされた生命体だと言うことを、人間が客観的に認識してしまったという事実……この事実は、最初のＤＮＡ発生の時点で、分子生物学的認識がすでに予約済みのプログラムだったことを暗示している……ＤＮＡは、やがて自分を客体として認識するものとして、最初からプログラムされていたわけだ。

ＤＮＡが言語という鏡を手に入れて、自分の顔を覗き込んだ状態、それが人間だと言ってもいいかもしれない。ぐるっと輪が閉じたんだ。薄気味悪くなるでしょう。「われ思う、ゆえにわれあり」はいわばＤＮＡの独白なんだな。

――火の発見と同じくらいのことなんですか？

**安部** たぶん、匹敵するでしょう。火の発見と言語の獲得とは、一枚のメダルの裏表だから……。

――ブラック・ボックスといわれていた脳と、ＤＮＡの発見が結びついて……。

**安部** そう、昔は大脳生理学だったけど、これからは大脳生化学でしょうね。でも、だからと言って何かが解決されるわけじゃない。ますます自分（人間）に対する責任が重くなるだけのことだろう。火と言葉を盗んだ罪は、とうてい他には転嫁できないものだと思うな。

［1986. 5. 23］

# ベルナール・フォコン写真集『飛ぶ紙』

フォコンの世界ではしばしば火が燃えている。夢のなかの火のように温度が感じられない奇妙な火だ。陽気なキャンプ・ファイヤーに見せかけた、地獄の迎え火のようでもある。それにしても、死がそこまでせまっているというのに、誰ひとり騒ぎたてようとしないのはなぜだろう。すでに死者の目で、「生」もしくは「生の記憶」を振り返っているせいだろうか。

［1986. 6. 20］

# V・グリーブニン宛書簡

御無沙汰しています。

先日、労働組合の代表について来た通訳の学生さんから電話がありました。いつも貴重なお土産、ありがとう。それにも増して、あなたが体調を恢復し、元気になったというニュース、大変うれしく思いました。何事もかならず変化するはずです。歴史がそれを証明しています。

『方舟さくら丸』の翻訳完成、ならびにその発表の決定もすばらしいプレゼントでした。今回は名実ともにソ連での翻訳発表が世界で最初になります。アメリカでの出版は来年の春の予定ですし、フランスでも翻訳が進行中ですが、発表時期は未定です。心からソ連の皆さんに感謝しています。

ところで通訳の方を通じての、原稿依頼の件、どうも意味が一つはっきりしませんでした。前書き、もしくは後書きの注文だったのでしょうか？　それとも単にソ連の読者に対する挨拶の文章が必要だったのでしょうか？　枚数や締め切りについても質問しましたが、明確な返事は得られませんでした。

そこで、何を書くべきか、判断に苦しんだのですが、いずれにしても日本では作者が自分の新作に解説や後記を添える習慣がないので、なかなか難しい注文です。それに、あなたにはいまさら説明するまでもないことですが、作者が自作について一番よく知っているわけではありません。作品は無数の解釈が可能な「一つの世界」ですから、うっかり作者が発言して、読者に固定した先入観を与えるのも望ましいことではありません。さて、どうするのが差し当ってのもっとも望ましい解決法でしょうか？

もし時間があれば、あなたの返事をもらった上で、必要な文章を書いてみることにしましょう。しかし雑誌が発表を急いでいるようであれば、とりあえずここでごく簡単なコメントをしたため、それをもとにあなたが適当な文章をまとめあげるという案はどうでしょう。

さて、『方舟さくら丸』のなかで、僕がいちばん言いたかったことは……と言った具合に始められれば、申し分ないのですが、あいにく僕はテーマを先に立てて書きはじめるタイプの作家ではありません。なにか心に響いてくるが、まだはっきりとは意味もつかめない、具体的なイメージから出発するのです。今度の場合は、ユープケッチャ（もちろん想像で創り出した架空の昆虫です）という虫と、便器の穴に片足を落して動けなくなるみじめな場面が、着想の二つの芯でした。地下の採石場跡に住む「もぐら」という主人公が登場してきたのもかなり後になってからのことです。「もぐら」と一緒に考えたり生活したりしているうちに、採石場跡を核戦争から生きのびるための核シェルターにする案も熟してきたのです。次第に主題が表層に浮んできました。その主題は、溺れかけている人間が二人いて、一人しか乗れないイカダしかない場合、どうすればいいかという例の古典的パラドックスです。一体どちらに生きのびる資格があるのか？　ここで肝心なのは、その解答を求めようとしたとたん、解答の内容のいかんにかかわらず、他者の排除を肯定せざるを得ないと言う困った事実です。僕にとって解答は一つしかありません。それは二人がいっしょに死んでしまうという絶望的な解決です。さもなければ二人がいっしょに《魚》に変身でもするしかないでしょう。

僕はこの小説を書いている間、戦争についていろいろと考えました。戦争の実行を意志決定するのはむろん国家権力です。しかし、その意志決定を許容する人間の内部構造は、ふつう考えられている以上に、奇妙で根深いもののように思われるのです。たとえば『方舟さくら丸』の登場人物たちは、全員がある意味での弱者であり、落伍者であり、脱落者です。もちろん僕は彼らが好きだし、愛してもいます。しかし、社会の構成員としては黙殺されている彼らでさえ、その内部に不可避的に戦争の芽を育てていることを知って、ぞっとしてしまうのです。未来を過去形でしか生きられないのだとしたら、戦争はすでに始まっているのだとしか考えられません。僕らはまさに「生き生きと死んでいる」のです。

ちなみに（説明するまでもありませんが）、『方舟さくら丸』の《さくら》は、客寄せのための「おとり」の客（嘘を承知でその嘘を生きる者）であると同時に、日本のショーヴィニズム（chauvinism）のシンボルである国花を暗示しています。翻訳でこの両方の意味を表現するのは大変だったでしょうね。

今年に入って、やっと新しい小説が具体的に進行しはじめました。こんどは『スプーン曲げの少年』という題です。いわゆる超能力を扱ったものです。もちろん僕はどんな超能力もいっさい信じてはいませんが……

いま「ピジン語とクレオール語」に興味をもって、いろいろ本を読みあさっています。なかなか深刻な、人類の文化の本質にせまる重大な問題をはらんでいるように思います。この秋に新しい短文集『死に急ぐ鯨たち』が新潮社から出版されます。出版されたらすぐに送りますから、たのしみにしていて下さい。

遠からずソ連に旅行できる機会があるような気がしています。いまスェーデンで僕の『友達』の映画化がすすんでいるので、ヨーロッパに旅行せざるを得ないのです。お会いできる機会の実現を心待ちにしています。

一九八六年七月十三日

V・グリーブニン様

［1986. 7. 13］

# ピジン語の夢

デレック・ビッカートンの『言語のルーツ』を読みはじめた。チョムスキー以後に書かれた、バイオプログラム理論の名著だというので、期待も大きい。のっけから《ピジン語》なる新概念に出会って、困惑まじりの興奮をおぼえる。

《ピジン語》……くだいて言えば、異言語を語る少数が集り、現地人の数を圧倒し、多数派になった状況で使用される当座の簡易言語のことだ。具体的な例をあげると次のようなものである。

「ミスタ　カルサン　ノ　トコロ　two　エイカ　sell シタ」

初期の日系ハワイ移民が使っていた典型的な当座言語らしい。

それから長い夢を見た。夢の中でぼくは『言語のルーツ』を読みつづけていた。

［1986. 7頃］

# ユネスコ円卓会議用メモ

★ まず提案したい。現在の民主主義の基本条件の一つとして、司法、立法、行政の三権分立がある。それに教育権の自立を加えて、四権分立にすべきではないか。

★ なぜならすでに成熟期に入り、それ以上の変容を必要としなくなった現代の国家は、それ自体が自由な言語活動を拘束し規制する存在だからだ。

★ ところで、言語とは何か？

★ さまざまな言語観がある。やっと最近、言語を自然科学的検証の対象として考える傾向が強まってきた。遺伝子にバイオ・プログラムされた、大脳の生化学的反応だという認識。

★ 言語を持たない動物と、どう変ったのか？ 行動の自由度の拡張。(無差別級)

★ 脳の分業。アナログ情報のデジタル化。(たぶん最後の謎！)

★ 言語とは、その機能面で考えれば、開かれたプログラムの獲得である。プログラムの創造、創造的プログラム。

★ 閉じたプログラムの代表的な例。ローレンツの観察。赤いグニャグニャした物に対する、ある種の鳥の避難衝動。『気分』という上手い表現が使われている。これが開かれたプログラムでは、「狐の尻尾」「毛ばたき」「婦人用襟巻」などに変化する。もはや一つの衝動の引き金(気分)ではありえない。

★ 言語の持つ二面性。集団化と個別化。同質性と例外則の同時運用を可能にした。模倣と創造。

★ 異端再生産のメカニズム。集団にとっては内部の敵。その敵の内包が組織増殖のダイナミズムを可能にした。しかしたとえばローレンツは、かならずしもこの能力を全面的には評価していない。七つの大罪の始まりだという危惧を抱いている。そこからすぐれた人間は、アーリア人種のような黄金分割的体型でなければならない、などと言った奇怪な人種差別的思想におちこんでいく。

★ 集団自身に内包されている、集団強化の衝動。開かれたプログラムが、集団維持の衝動(動物)を集団強化(拡張)の衝動（人間）に押しやったのだ。進化の袋小路。

★　集団の進化。組織化と巨大化。その限界値としての国家。（恐竜の運命？）

★　（現在人間が経験し創造しうる範囲での）集団の最終形態としての国家。ナショナリズムと言う、異端に対する不寛容の化神を祭る神殿の建設。伝統の神話化。

★　国家反逆罪に対するイディオロギーの敗北。

★　集団化のメカニズムとしての儀式。

★　儀式はハーフミラーに似ている。外から見ると排他的な様式、しかし内から見ると透明な自然。「異文化の尊重」という殺し文句で、伝統主義が手を結びあい、異端排除の共同戦線を形成する。（国際スポーツ大会のギマン！）

★　言語の様式化。シャーマニズム。

★　言語を解放し、分極、個別化の機能を恢復させるには？

★　遺伝子が遺伝子を見た、この驚くべきバイオプログラムの成果を、失うまい。言語教育とは、言語による言語についての教育なのだ。

★　ピジンとクレオール。

★　パブロフ、ローレンツ、チョムスキー、ビッカートン……

★　人間に内在している言語能力に対する不当な干渉や誘導を排除しなければならない。教育の原点は普遍的人間性の恢復にほかならないのだ。ことさら平和教育が必要なのではなく、戦争という国家的意思決定に異議を申し立てる、言語の自律性の恢復とその保証が大事なのである。

［1986. 9. 23］

# 反教育論——'86東京国際円卓会議基調報告

先に、結論と言うと大袈裟だけれども、言っておきます。提案というほどではありません。僕はいま、心理的というより、思想的にアナーキズムとニヒリズムの間を揺れ動いている状態なもので、ほとんど言うことに確信がまだないのです。希望がないのです。

民主主義というものは大体、ここにいらっしゃる方の九九%、ないしは八九%ぐらいは民主主義でいいと思っていると思うのです。その民主主義の一つの原則として、三権分立ということが行われたことになっています。本当に行われていることとは別問題。それが別問題なら、その先は言うことはないのだけれども、僕は実はきょうは言語についてちょっとお話ししたいと思います。

教育というものの基礎は言語という問題だろうと思うので、教育という問題をいまいろいろ考えるのですけれども、司法・立法・行政という三つの分権に加えて教育府というものを立てて、四権分立の原則を立てるべきではなかろうか。立法・行政に絶対に影響されない自立した教育府というものが必要ではないか。

もちろんこれは、僕はそういうことが成り立つと思って言っているのではないのです。いくら提案しても実現しないだろうという強い確信の下に言うのですが、なぜそういう問題を考えているかと言いますと、いまの国家というものが、ある意味で成熟期に入っているのではないかと思うのです。成熟期に入った国家というものは、国家自体は言語というものの基本的な機能を抑制し、拘束し、そして一定の方向に……。

これは言語ですよ。思想ではないです。言語そのもの。「言語」という言葉は僕が何を意味しているかということをこれからお話ししたいのですけれども、言語の機能自身を国家が抑制してきている。ですから、国家というものが民主的に機能する能力がまだ多少でも残っていれば、ぜひ言語に関する分野、言い換えれば教育の分野を独立した一つの府として、行政・立法は干渉しないようにする。

いま、ほかの国は知りませんけれども、日本は大変ですね。教育に対する干渉というのは。これはいい干渉も悪い干渉も含めて、僕はないほうがいいと言っているのです。実際にはいい干渉とか悪い干渉というのは、この問題に関してはないというのが僕の立場です。それはこれからお話しします。

言語という問題については、実は、おぼろげにその正体が明らかになってきたのは、ごく最近、ここ十年のことだと言っていいと思います。皆さんの中でも、そういう関心をおもちの方は、もちろん知っていらっしゃる方がいると思いますけれども、失礼ですが大多数の人は恐らくはご存知ないだろうと思うので、ちょっと威張って説明します。私がこういうことをわりに知っているというのは、好奇心もありますけれども、医学部の出身者であるということで、半分はでたらめでしょうけれども、半分ぐらいは合っていると思います。

言語というものは要するに精神活動を律するもので、従って従来の考え方でいくと自然科学的な領域、それに対して精神の領域というものは科学では律しきれない何かがあるという考え方が、いまでもかなり通用しています。この場合に、精神の中には科学で律しきれない何かがあるということを仮に論証したとします。その論証は、あくまで言語によってされるはずです。「言語では説明できないものがある」ということでさえ、言語で説明しなければ納得できない。そこには論理的な矛盾が起きてくるのですけれども。

言語について最初に自然科学的なヒントを出したのが、ロシアの、条件反射のパブロフです。条件反射というのを皆さんばかにして、「大体あいつは条件反射的だ」なんて言う時は、あいつは単純だという意味に使うでしょう。けれどもこれは使っている人が単純なのであって、実は条件反射というのは非常に複雑で、驚くべき大変なことなんです。その条件反射を基礎にした、もう一つ高次元の条件反射ではなかろうかという仮説を立てるわけです。パブロフがこの仮説をたてたのは、ちょうど死ぬ年だったので、彼自身がこれについて、それを研究してフォローしていないわけです。また、パブロフの後継者もその問題については触れていない。これはこのまま仮説として終わったのです。要するに、神秘的な謎めいたものではなくて、あくまでも大脳の働きとしての言語という考え方がパブロフの中にあった。

それからずいぶんたちまして、次にわりにその問題をはっきりと打ち出してきたのが、ローレンツです。

要するに人間には動物の行動のプログラムというものがあるわけですが、これは遺伝子にすでにプログラム——バイオプログラムですね——されているものである。たとえば狐が出てきた時に、ある鳥が狐を見て逃げるというのは、普段は狐を見てびっくりして、これは大変だ、狐に食われたら困るから急いで逃げようと思って逃げるんだ、というのが人間的な類推力です。しかし現実にはそうではない。狐の剥製をもっていっても、鳥は逃げない。それから不思議なことに、尻尾をちょん切った狐でも逃げないのです。よくよく観察してみると、尻尾を見て逃げることがわかった。だから、狐の尻尾のような色をして、フニャフニャと動くものを鳥のところで動かして見せると、鳥は逃げる。ですから、鳥は体験的に狐が自分たちを食うから恐いと思っているわけではない。鳥は逃げようと思って逃げているのではないのです。つまり、フニャフニャとしたものが来ますと、それを見たら反射的に鳥は否応なしに羽を動かして空中に上がってしまうのです、結果的に。「赤いフニャフニャとしたもの」という指令がインプットされると、おのずから鳥は羽をバタバタし始めて自然に空へ上がっていく。このプログラムがなければ、その鳥は自然淘汰で死滅します。動物の場合には、このプログラムが、ものすごく例外を許さないという形であるわけです。もしそこに例外があったら、その種族は、あるいは個体は、必ず死ぬんです。ですから、このバイオプログラムの特徴は、絶対に例外を許さない、ある意味では閉じたプログラムということが言えるわけです。

それに対して言語は何であったか。要するに、閉じたプログラムを開かれたプログラムにかえたものが言語です。ですから、開かれたプログラムによると狐の尻尾は何か。ある時は毛ばたきであったり、ある時はただの狐の尻尾であったり、ある時はご婦人の襟巻であったりする。言語によってプログラムが開かれると自然に、例外原則、つまり、その状況において人間が独自の新しいプログラムを次々と生産するといいますか、創造することができる開かれたプログラムである。にもかかわらず、その開かれたプログラムされたプログラム自身がやはりプログラムではなかろうか。ここでローレンツは言語というものを……この問題はあくまでも予感です。その次には大脳生理学のほうで脳の左右の分業の問題に入ってくるわけですけれども、これは先にすることにして、要するにローレンツはそこで、どうも人間というのはプログラムを開いてしまった。そして、そのプログラムを開くプログラムをある時人間は遺伝子の中に植えつけられて獲得したのではなかろうかという問題提起をしている。

僕などは、これはすばらしい人間の能力だと思うのです。ところがローレンツという人は不思議に、「そのプログラムが開かれたことによって、人間は秩序を失い、そして堕落していった」と言う。要するに、彼は『七つの大罪』の中で書いていますけれども、プログラムが開かれたことによって人間は滅びの道へ一歩踏み出した。不思議なことに、だからその後を考えると動物に戻れということになるでしょう。ローレンツという人は、せっかくあんなに立派な偉大な仕事をした人であるのに、どうしてそんなことになったのか。

ローレンツを読んでいて初めは感心しながらだんだん腹がたってくるのは、あまりにも、人間が言語獲得によっていかにだめになったか、そこから理想のイメージをつくろうとするわけです。その時にローレンツがつくったイメージというのは、驚くべきことに、身体の黄金分割的バランスなんです。「人間が美しいものを美と感じるのは、その身体の黄金分割的バランスだ」と、こう言うのです。これは恐ろしい人種偏見に満ちた考え方で、驚きます。つまり彼は、彼が属していたアーリア人種の体型のバランスのことを言っているんです。そして、「たとえば狐の尻尾に似たようなものを見て鳥が逃げるのは、判断でもないし、認識でもない。ある種の気分である」ということを言っているんです。その気分に属するものを我々も回復しよう、もっと大事にしよう、そしてその基準の一つの例として、要するに身体の黄金分割的なバランスと、こういうことを言い出したのです。彼がある時期ナチスに協力した心情もわかります。彼自身、基準に従った男です。こういうことは、言語というものに対して、ローレンツは非常に誤っていたと思います。ただ、言語というものを生理的な次元の延長上で何とかとらえようとした努力、これはやはり評価しなければならないものだと思います。

さらに言語について次におもしろいヒントを与えてくれたのがチョムスキーです。チョムスキーは、あくまでも言語学的な論証から、どうも言葉というものは遺伝子レベルで決定されているものではなかろうか、つまり普遍文法という考え方を提起しているわけです。ですから個別言語、世界中に何十、何百、何千とある各国語、その根底に普遍文法というものがあるのではないかという問題提起をした。これは、その論拠はあまりにも言語学的なので、省略します。

その後ビッカートンという人が、ピジン、クレオール、特にハワイ・クレオールの研究をして、非常におもしろいことに気がついたのです。あるいは知っている人もいるかもしれませんから細部は省略しますが、要するにピジンというのは、たとえばハワイの移民の第一世代です。この第一世代のピジンの子供の二世代目が、クレオールに変わるわけです。このクレオールというのは非常に独自な文法なのです。アメリカ人などは——アメリカ人だけではありませんけれども——これを、非常に愚かしい有色人種などが誤って学んだ崩れた英語であるというふうに考えていた。しかし研究の結果、それは明らかにそうではない。ピジンという移民第一世代は文法はそれぞれの母国語を使う。文字は、その時に非常に優勢なある種の言語から文字だけ借りてくる。ところが、その子供たちは、子供同士で喋らなければならない。外からインプットされる文法がないものですから、信じられないことですけれども、それを自分たちでつくってしまう。その所属している移民の言葉ではない。非常に優勢な、ハワイですとごく少数のサトウキビ農場の農場主、あるいは工場主——それはアメリカ人ですが——がいましたけれども、言語的影響を受けるほどの数はいないわけです。したがって、そこで子供は誰からも教わらずに文法を構成して独自の言語文法をつくった。

実は、これはハワイ・クレオールだけではないのです。いろいろなクレオールがありまして、不思議なことに、全然違った地域で出たクレオール同士が、ある種の普遍法則をもっているんですね。アフリカにもあります。それから古代ゲルマン語、古代日本語、古代エジプト語、これは典型的なクレオールの構造をもっていたという説があります。

そういうふうに、ある異文化が接触した時に、二代目が自分で独自に言語をつくる。これは明らかに、言語能力というものが遺伝子レベルにすでにプログラムされていなければ、こういうことは起きない。猿とチンパンジーも何か喋るとか、イルカも会話をするとか、いろいろ言われていますけれども、そういうレベルと違うんだということ。違うある種の能力が人間には遺伝子にインプットされているということがだんだんわかってきて、特に最近はほとんど実証され始めていると言ってもいいと思います。

ところで、では何がインプットされているのか、その問題になります。簡単に言うと、人間の言語の発生というものと右脳と左脳の分業、これはほとんど同じことの違った言い回しにすぎない。右脳——左きき、右ききと逆の人もいますので右ききで言いますが——は、大体アナグロ的な情報の分析をする。左脳はデジタル的な分析をする。つまり言語分析です。言語というのは本来デジタル的なものです。主にイメージ、そういうものはアナログ的なものですから右脳です。音楽もそうです。ところが左脳のデジタル的機能というもの、これは実は動物にはないんですけれども、これがまだはっきりわかっていないのです。たしかに結果的にデジタル的なメカニズムをもっているということはわかっている。

これは仮説ではなくて、皮肉なことに戦争によって脳外科が非常に発達したわけです。脳障害の様々な例が調べられて、左脳の障害は完全に言語機能を喪失するということもわかった。不思議なことに、脳溢血などで引っくり返っても、右脳をやられた人は言語の領域ではあまり障害がないのです。ただ、右脳をやられた人は芸術的感覚がゼロになる。アナログがだめになるから。

アナログとデジタルの分業ということで、人間が開かれたプログラムということは言えるわけです。

言葉を手に入れたことによって人間は、開かれたプログラムの故に、動物と違う行動をとるようになった。それは、言語というものを使って一つの集団を動物以上に強固にまとめあげる能力をもった一方、もう一方では人間を集団から引き離してバラバラにしてしまうという能力ももったのです。つまり個別化です。この個別化の能力というのは、実は人間が社会をつくっていく上で非常に大きな働きをしてきたわけです。それは、絶え間なく集団が異端を再生産していくということです。その少数の異端の再生産が人間の社会を、動物社会にあり得ないほど、立体的に、複雑にしてきた。

それは、こういうふうに言ってもいいと思います。言語の一つの側面は儀式を強化することに使われた。儀式的側面の強化は必ず集団を均一化し、結束を強める。それに対して、儀式化を壊す言語というものが当然あるわけです。これが異端として裁かれながら、かつ集団の中で独自な機能を発揮する。こういう関係だったろうと思います。そして、小さい集団から次第に複雑な大きな集団になって、ついに第二次大戦後は、ほとんど国家の時代と言っていいレベルで、国家という集団に到達した。

こういうふうに進化のプロセスを追って国家を見た場合に当然考えられるのは、では国家の次にどういう集団が出てくるのかということですが、残念ながら、これはありそうもないのです。ほとんど国家で集団的進化はストップしたのではないかという感じがする。というのは、たとえば「ナショナリズム」というものは非常に偏狭なものであり、もはや時代にそぐわない」と言う人もいますけれども、しかし「健全なナショナリズム」なんていう言葉がある。それからまた国家主権ということは侵すべからざるものとして現にあるわけです。国家主権というものをどうしても認めなければならないとしたら、やはり国家の向こうはないのです。では国家主権というものを認めないというのはどういうことかというと、それでは大いに植民地主義を高揚しようということにもなりかねないので、たしかに国家主権の主張というのは、一面、正当性をもっていると思います。

しかし、そこでとにかく集団の進化が袋小路に入ってしまった。ですからこの国家というものは、たとえば国家反逆罪というようなものを設定することはできるわけです。その国家反逆罪というものは、ほかの法律と非常に矛盾する場合があっても、これだけは侵すべからざるものになって、国家反逆罪をよその国が侵害したら、それは内政干渉になってしまう。

いま、国家というものがいかに死にものぐるいになっているか。拡張主義の時代はもう終わったことは事実ですね。そうするとあとは、国家というものの内側を固めるために、様々な形で儀式化が行われているということが言えると思うのです。日本などはすごいですね、儀式化の進行は。しかしこれは日本だけではないですね。見ていて、いろいろな儀式化がありますよ。必ずしも古典的な儀式だけが儀式ではありませんから。そして文化も、きわめてシャーマニズムの進化した形態としての儀式と集約、この併合が文化にもいろいろな形で見られます。そして、つまらないことですけれども、オリンピックを含めて国際スポーツ大会などを見ると、目を背けたくなるような集団化。あそこで謳いあげられるナショナリズムというのは、相互に認めあっていますけれども、これは国家のエゴイズムが剝き出しになっているだけの話です。あれは兵器を使わない戦争だと僕は思います。やはり精神は戦争の準備ですよ。だから僕は、ユネスコなどは率先してオリンピック反対運動をやってもいいと思う。やらないことは知っていますけれども。

こういうふうに国家が限界状況にきますと、もう一方にあった個別化の言語、例外者のための言語、異端の言語というものされていたら、改めて「平和教育」なんて言う必要はないんです。なぜかといえば、戦争の意思決定をするのは国家ですから。個人がするわけではない。ですから、いつでも言語そのものは異議申し立てをし続けているのです。それを教育の基本原理にしなければ。

人間の言語は、もともとできあがった言語文化ではないのです。基本的な言語能力そのものを絶対に保証する。見込みはありませんけれども、そういうものがほしいと思うのです。そのために、たとえば三権分立している三権に教育を加えて、四権分立ということが考えられないものだろうか。こういうふうに申し上げたいわけです。

どうもありがとうございました。（拍手）

［1986.9.25］

は国家によって抑圧されてくる。本来言語というものは、この二つの側面によって有効な機能を果たしてきたのですが、いま我々にとって必要な、教育の原点にいっぺん戻って考えれば……自由な言語という意味ではないですよ。自由な言語というのは、イデオロギーの問題です。言語そのものの自由化です。これを取り戻すにはどうすればいいか。それは、いま言ったように、バイオプログラムされている我々の中にある言語というものをどういうふうにして進化させて、何をつくり、そしていまどうなっているのか。この言語の歴史——文化的歴史ではなく生物学的な歴史——を基本にして、まず言語自身を見る。言語自身はイデオロギーはないんです。絶対に言語の自律性というものを回復する。

本来、異端の内的必然性というものを容認する教育が原則化

# 医学と人間

題名は深く考えたわけではないが、今、自分で一番関心をもっている問題について話してみようと思う。皆さんは人間誕生にかかわる職業だから、多少関心をもっていただけると思う。人間の総体的な認識というものは、一般的に科学的認識と対応する認識として考えられてきた時期が非常に長いが、今でもかなりの自然科学者、特にこういう問題に分子生物学が大きな力をもつようになって以後、人間についても物理関係の人が、かなり突っ込んだとらえ方をしようと努力はしている。だがなぜか二元論が起きて、人間と科学というものが本来は統一され得ないものではないか、ある程度の二元論的な思考がやむを得ないのではないかという雰囲気さえあるのだ。人間についての科学は、実は各方面からにじり寄るようにしてここ十年間、目覚ましく進んできているが、これが今流行の学際的な思考を非常に大きく要求されることと、各パートの専門的な検討が相互に共通の言葉で話し合うところまでいっていないために、何となくまだ人間がはっきり見えてこない。しかし、漠然と手がかりはできてきた。

動物行動学のローレンツがある刺激に対する行動の解発、解発というのは引き金を引いた結果の何かということだが、そのことについて鋭い分析をしている。ある種の鳥は、特に狐に対して敏感に反応するわけだが、その鳥の場合、どういうものが入力する刺激として機能するかというと擬人的に考えると、「狐が来た、大変だ逃げよう」というように鳥の行動を解釈する。ところがよく観察するとそうではないのだ。その鳥は茶褐色というか、狐色したフニャフニャした感じのもので、それが微妙にフニャフニャと動くと、それが刺激として入力されると途端に鳥は「さあ大変だ、逃げよう」ではなくて、自ら羽が動いて自ら知らずに飛んでしまう。例えばその鳥に狐の剝製を見せても何の反応もない。尾を切った狐が襲いかかってきても全然逃げない。尾をタールのようなもので固めてしまったらもう鳥は反応しない。フニャフニャとした感じだけなのだ。しかもその場合、鳥はある種の逃避、反射を起こすが、あくまで反射であって、そこに「狐が来た、逃げよう」という認識判断、行動意志が働くわけではない。

これら一連の動きは遺伝子レベルに入っているもので、教育されたものではない。つまり親からフニャフニャが来ると、「あれは恐いよ」と教えられたものではない。完全にバイオプログラムされたものであって、それは子供だけが動物園で飼育された場合も反応が全く同じである。このバイオプログラムについてローレンツは、〝閉ざされたプログラム〟という言葉を使っている。閉ざされたプログラムというのは何かというと、例外を許さないプログラムということだ。ある刺激に対して行動が解発される。その関係において例外がない。

ところがこの絶対に例外が許されない閉ざされたプログラムに対して人間というのは、一体何が起きたのか……結論から言うと、人間の場合には行動プログラム、例えば狐の尾を見たとすると、判断も何もなく逃げることはない。その証拠に狐の尾はある場合には狐の尾と判断するし、あるいは尾ばたき、ご婦人の襟巻になるというふうに、狐の尾に対するわれわれの行動は開かれてしまっている。つまり無数の例外があるし、新たに狐の尾が特別な用途が開発されれば、そのプログラムが加わる。つまり、完全に〝開かれてしまったプログラム〟である。こういうふうにローレンツは指摘しているわけだ。

この開かれたプログラムというのは、人間において始まった。人間と動物の中間というか、非常に近似的なチンパンジーなどの反応はどうかというと、ある程度、言語、類言語によるコミュニケーションが可能なのではないかという憶測も出ているが、これは間違いで後で説明する。

今言った開かれたプログラムの内容はいったい何なのか。この最初のヒントを出しているのが条件反射のパブロフだと思う。パブロフは条件反射をやっていって、ほとんどの人間のプログラムは条件反射で構成されるのではないかということに到達した後、人間の言語というものは、もしかしたら条件反射というシステムを基盤にした、もう一つ上の条件反射じゃないだろうかという仮説を出している。この仮説はパブロフが死ぬ直前に思いついたことで、残念ながらそれを受け継いで研究したという人はいないが、実は大変大きな暗示だったと僕は思っている。条件反射を基礎にした、もう一つ次元の上の条件反射が言語であるという考えと、ローレンツのプログラムが開かれた原因は、言語の獲得にあったのではないかということ。この二つのことからいえることは、実は言語は一種のバイオプログラムされたものではないかということ。これが一つの暗示としてある。晩年のローレンツは、言語とはバイオプログラムだということを言っている。

彼の代表的作品の中で面白い表現をしているのは、遺伝子というのは、非常に原始的な状態から遺伝子であるという。人間は、言語によって遺伝子という概念をもち、しかも言語なしには思考はないのだから、遺伝子に言語がプログラムされているのではないかということを言語で考えている、ということは遺伝子が発見される結末なのであり、遺伝子の中にプログラムされていたということだ。しかも遺伝子は、発生した時点でいずれ自分自身が自分によって発見されるべく準備されていた。言語とは何かというと、遺伝子が発生した瞬間から約束されていた自己発見だ。言語というものは遺伝子が鏡を持って自分の顔を見た状態、それが言語であるというような……これは『鏡の背面』という題で日本語訳されている。なかなか卓見であるし、言語というものにギリギリ迫った表現だと思う。そして他方、言語学者が別の角度からこの問題に迫っていたのだ。一つは有名なチョムスキーが生成文法という考え方を提出している。

彼の場合は、言語の構造の分析から言語というのは学習されたものではないのだと気がついたのだ。ということは、これはバイオプログラムされたものだというしか考えようがない。そこで普遍文法という考え方を仮説として出した。われわれが日常使っている言語の背後に潜んでいる言語が言語であると、例えばオーストラリアのアボリジニの言葉でさえ言語なんですから、言語が言語であるという法則からは外れていないわけだ。この言語が言語であるという法則自身に貫いている文法、これに普遍文法という名前をつけて、この普遍文法はどう考えてみても学習されたものではない。本来、遺伝子レベルで準備されていた言語能力という考え方だ。

その後、ビッカートンという人が、ハワイクレオールの研究、ちょっと説明するとピジン、クレオールという原始的な言葉だと思われていた言語のグループがあるが、ハワイの場合は特殊な状況があり、ある時期に砂糖キビの栽培のために多くの移民が集まった。日本、インドネシア、フィリピン等、あらゆる所から膨大な数の移民が集まり、原住民の数よりはるかに多くなった。原住民は砂糖キビの作業に従事するのが嫌だったから離れていった。砂糖キビ農場には現地語がなくなって、各国からきた移民が集まったが、支配的な上層言語というべき英語はアメリカ人が少なくて影響力をもち得なかった。そうすると移民同士が何語をしゃべるかという問題が出てくる。不思議に、そういうときに有力なグループが自分たちの言葉を強制していくというようなことはないのだ。そこでピジンという種類の言葉ができる。ピジンというのは奇妙な言葉で、文法はおのおのの出身地の文法を使う。語彙だけを借りてくる。借りてくるときにどこかの移民の言葉を使うと不公平になるからどこにも所属しない言葉、ということは、上層語の英語ということになる。だから単語だけ英語を借りてきて、文法はおのおのの自分の文法でしゃべるのがピジンなのだ。例えば日系移民だとユー、イエスタデー、バイしたか、……したかまでつけるのだ。フィリピン人は同じようにフィリピンの文法配列で単語は英語でやる。かなり複雑なことまで伝わることが分かっている。このピジンは一世代経つと消えてしまう。だから移民の一世代しかこのピジンを使った人はいないということだ。

その後どうなったかというと、この移民の子供たちが話す言葉としてクレオールが生まれてくる。このクレオールというのは例えば、そこに日系移民の数が多かったから日本語を母体にしたものが出てきそうだが、実際はそういうことはなかった。全くどこにも所属しない独自な文法の言葉が子供たちにより形成されたのだ。これがハワイクレオールで、今でもしゃべる人が残っているが、従来はレベルの低い移民の崩れた英語だと解釈されていた。ところがビッカートンの研究だと全然そうじゃないと言う。これはオリジナルな文法をもった独立した言葉だと分かってきた。クレオールというのは異文化が接触したときに必ず起きる現象だということも分かってきた。代表的なクレオールの構造をもった言葉としては古代ゲルマン語、古代エジプト語、面白いことに古代日本語が代表的なものとして入っている。

クレオールというのは、決して野蛮な知能指数の低い人が英語とかフランス語を真似してでき損なってできた言葉ではない。ピジンとは全く無関係で、ピジンを使っている親は全然クレオールを話せない。ということは、クレオールは二代目がお互いに作り上げた言葉で、誰からも教えられていないということだ。言いかえれば、これは学習されたものではないということだ。つまり遺伝子レベルに能力として組み込まれていたからこそ新しい文法が急速に形成される。この不思議な現象によって、チョムスキーが論理的に構築した仮説もある意味で実証される状況になってきた。こうなってくると大脳生理学で、パブロフが仮説として出したもの、それと動物行動学の上でローレンツが出してきた仮説、それから言語学の領域でと、全てが一つのバイオプログラムの言語というところに向かって焦点が絞られていっているということがいえよう。この言語というものが、もしかそういうものであるとすると、プログラムが開いたきっかけがどこにあったかというと、人間の脳の分業の問題がある。

この脳の分業によって初めて言語が形成される。具体的に言うと、右脳でアナログ信号をアナログ的に処理して行動に転化する。この循環は動物に全てあるわけだが、分業が起きたときに何が起きたかというと、右で処理したアナログ信号の処理を左の方に移して、それをデジタル化したところに非常に不思議な問題がある。この関係は微分と積分の関係に似ているのではないかと思う。右の脳の信号を微分して左に納め、それを積分して右に移すという関係にあるのではないかと思う。こうして言語というものはアナログのデジタル化としてわれわれの大きな能力になった。それはまたローレンツが指摘しているように、われわれにとってプログラムを開いた、つまり開かれたプログラムを人間は持ったということである。

先ほど話したチンパンジーのことだが、チンパンジーはコンピューターなどを操作させると、ある種の観念の脈絡をつなげることができる。これは必ずしもデジタル処理ではない。アナログ処理の範囲内でもかなり複雑なことができる。それを裏づけるものとして、チンパンジーには脳の分業がない。統計的にも右利き、左利きの差がない。人間に至って突如として分業が起きた。遺伝子にそういうプログラムがある日生まれた。開いたプログラムを持っているということでものすごく変わった生物になり、自由に際限なくプログラムを作り出す能力を持ってしまった。だからローレンツなんかは、プログラムを開いたために人間は悪の道に落ちた……と解釈した。だから、ある意味からいえばローレンツは非常な人間嫌いに陥っていく。

人間は言語以外の領域では動物と同じように閉ざされたプログラムを持っている。ローレンツはよく「気分」という言葉を使う。例えば鳥が狐の尾を見て羽が自然に動くのは、そうしたくなる気分に陥るという面白い言い方をしている。人間が動物から受け継いだ最も美しいものは美の観念であるとローレンツは言う。美の観念、それは美の気分であり、その基準になるものとして彼は身体のプロポーションをあげている。彼の言う身体のプロポーションとは、よく読んでみるとアーリア人のそれなのである。黄金分割的身体の均衡という言葉を使っていて、これが最も人間らしい、悪に染まっていない人間であるという。これはひどい人種差別で、日本人のように短足なのは人間に入らないことになってしまう。しかしそれはどうでもいいことで、それ以前の見解はなかなか鋭い問題提起をしていると僕は思う。人間がプログラムを開いたというのは悪の道を知ったことでなく、やはりこれは大変な能力であり、人間の希望だと思う。こう考えてくると人間というものを神秘的で、科学で割り切れないものとか、科学を超えたものとかいう必要はない。昔の哲学者は、人間とは非常に複雑な無限の思考力を持つもので、言語というものは思考の運搬の手段に過ぎない。将来は言語を超えた伝達ができて、人間はもっと豊かになると言っていた。しかし、人間が言葉を超えるという思想自身も言葉で考えられていることに気がつくべきだ。だから言葉というものは人間にとって非常に重要なものだというより、人間はむしろ言葉そのものであり、言葉によってプログラムを開き、開かれたプログラムによってわれわれは行動する。しかもそのためにプログラムは無限になったということだ。

言葉がバイオプログラムされたものだとすると、言葉も複雑さを獲得し、精密になり、語彙も豊かになる。しかし根源の言語能力というものは、別に学習されたものではない。そうすると教育について根本的に考え直す必要が出てくると思う。開いたプログラムを自ら持ってしまった人間というものを、子供に本当に教えることが教育だと思う。それは自己発見であり、いかにして子供に自己発見のチャンスを与えるか、それを絶対に抑制しないこと。親の子供に対して何となく責任があるという被害妄想も卒業すべきだ。教育が行政立法に支配されては絶対にいけない。三権分立が行われているように、教育が独立して四権分立にならないと、本当に開かれた民主主義は不可能だろうと思う。

人間は何かというときに精神的な、複雑な不可解ななぞを持ち出す必要はなくて、開かれたプログラムによる行動をする生物だと単純に規定してしまっていいのではないか。今、学校、子供の問題などの歪みの根源には、教育そのものに対する根本的な誤解があるのじゃないかという気がする。だから例えば、子供がおなかの中にいたときから親の影響を受けるとか、脅迫がましいことは言わない方がいいのではないか。ほんとの意味で子供のことを考えるならば、親が介入する要素を最小限にすべきではないか、という気がする。人間は親の庇護のもとにいなけりゃならないほどひ弱な動物ではないと思う。

開かれたプログラムを持った途端に人間に何が起きたかというと、外の生物に見られないほどの殺りく性、同種殺りくの能力をも持った。これはプログラムを開くと環境に対する適応性が異常に高くなる。環境に対する異常な適応力というのは同種殺害をも可能にする。これは他の動物には全部プログラムされている。狼でさえ同種殺害はできなくなっているのだ。狼はけんか早い動物ですぐ攻撃するが、不思議なことに相手に対して腹ばいになって喉頸を見せると歯がそこまで行っても、ローレンツのいう気分によって口が動かなくなる。ピタッと止まる。「これは同志だ、殺してはまずい」と思っているのではない証拠に、その瞬間、雷が起きるとびっくりしてガブッといくのだ。数分間固定していれば諦めて行ってしまう。そういうものも全部バイオプログラムだが、人間にはそういう形で同志を保存する必要がなくなった。ものすごく外界に対する適応力が高まったので、むしろある時期までは人間での共食いがすごかったようだ。同種殺害の能力によって餌を平等分配せずに済むのだ。社会が構造的に組織化されたために同種殺害によって餌を獲得することは少なくなった。しかし完全に消えたわけではないし、戦争というものが国家単位に平然と行われる。とにかく人間はそういう矛盾を抱えてしまったのだ。そこにはより大きなプラスとして開かれたプログラムがあるわけだから、われわれの気分を超えてコントロールする能力も持ってしまったわけだから責任があるのだ。自分で自分に責任をとらざるを得ないのが人間なのだ。

そういう意味で、教育も何だか分からない道徳教育ではなく、科学的裏づけのある開かれたプログラムは何か、それは自分自身責任をとらないとコントロールできないものだ。その自分自身に責任をとらなければ、ローレンツが言ったように、プログラムが開かれたことによって七つの大罪が始まったという基本的世界観に陥るしかないのだ。まあ、偉そうなことを言ったが、分かりきった話だったかもしれないけど以上で終わります。

［1986. 9. 28］

# 〈『死に急ぐ鯨たち』の安部公房氏〉

共同通信の談話記事

近作「方舟さくら丸」前後の評論やインタビューを集めた本で、小説以外の安部公房さんのものとしては六年ぶり。「方舟さくら丸」は題名が暗示するように、核時代の現代の国家のなかに巣食っている不信の構造に光を当て、国家の存在自体を疑ってみるという作業の現れだった。

「その後もずっと考え続けている」という安部さんは今、言語という根源的な場所から国家を超えようとしている。

例えば安部さんはこんなところから考え始めている。いくつかの異民族がある事情で急に一カ所に集まった時、各民族の一世の人たちの言語は、文法はそれぞれの民族の文法を使い、単語だけ支配上層部の言語を借用して意志疎通する。

「この言語をピジンというのだけれど、その子どもたちはこの言葉を使わない。子どもたちは独自の共通文法を自分たちで作り出してクレオールという言葉を作る。こんな研究をしている言語学者がいて、そこで分かったのは、ピジンからクレオールへのプロセスは、親の教育じゃないということ。親はクレオールを使えない。子どもたちがだれからも教えられずにクレオールを作っている。この事から分かるのは言葉の基本構造が遺伝子レベルで刷り込まれているということです」

この考えから安部さんは、教育というものについてもわれわれの認識のゆがみを指摘する。

「教育の基本は言語教育だが、言語が既に遺伝子レベルで準備されていると考えると、教育というものは必ずしも、与えるものじゃなくて、呼び出していくものでなくてはいけない。愛国心を教育するのは当然だ。いや反対だという言い分のどちらも違う。本当の教育は、既成の文化や伝統、イデオロギーの習得じゃなくて、伝統よりはるかに古い遺伝子に組み込まれたものを開いていくことだ」

さらに安部さんは動物学者ローレンツの考え方を敷延しながら思考を進める。

「動物は例外的な行動をするものは、自然淘汰され、自動的に異端を含まない集団になっていく。ところが人間の場合はプログラムを開いたから、例外が人間的なことになった。例えば、人間ほど珍しいものを食いたいと思うものはない。これが食糧の幅を拡大したし、工夫するという行為になった。人間はパターン通りに行動せず、群れから離脱することによってエリアを広げ、例外者を活用することによって繁栄してきたんです」

このような視点から安部さんは、靖国神社公式参拝問題などもこの評論のなかで集団化への国家儀式という面からとらえる。文学の世界も「動物時代の集団の記憶を駆り立てるような、シャーマニズムの衝動に訴える文学が多く、例外的なものがクローズアップされる文学は極めて少ない」

そんな状況を踏まえて安部さんは「自分の中の均一化の衝動と闘う開かれたプログラムの体系としての教育が、立法、司法、行政の三権と並ぶ四番目の独立した府になるよう、根本的に問い直さなくてはいけない時期だ。文学の本質は言語のなかの異端を形成する部分を受け持つべきだと思う。願わくは教育そのものがそうなってほしい」という。

タイトルの「死に急ぐ鯨たち」とは、かつて地上の動物だった鯨が、ウイルスに侵されて、突然、水への恐怖の記憶に駆り立てられ、集団的に陸へ向かうのではないかという、鯨の集団自殺に基づくある仮説からのタイトル。核時代の現代、集団化の記憶を呼び覚ました人間たちの向から先の陸地は、核兵器の発射ボタンだろうか——。

［1986. 9. 29］

# 異文化の遭遇

## 執行猶予

せんだってテレビの深夜映画で往年の名画と言われている「モロッコ」を見た。本気で名画を期待していたわけではない。むかし見た記憶があるが、最後の場面をおぼろげに憶えているだけだ。なにしろマレーネ・ディートリッヒとゲーリー・クーパーが主演する、一九三〇年製作のパラマウント映画だし、いずれ通俗ロマンスにきまっている。しかし五十六年という歳月によって、風化されたロマンスも、考証的には一見の価値があるかもしれない。三〇年代は現代におとらぬパニックの時代だった。多少でもその時代がにじんでいてくれれば、陳腐さのなかにだって見るべきものがあるはずだ。一九二九年にはウォール街の金融恐慌がはじまり、一九三三年にはヒトラーが政権を掌握する。さまざまな対立が激化し、世界が落雷の寸前にまで帯電し、しかしこの時代の暗さが夜の到来を告げるものなのか、夜明け前のしるしなのか、誰にも予測などつけようがなかった。心理的な大脱走が始まっていた。

「モロッコ」の内容も予想どおり、紋切り型の心理的逃走劇である。社会的規範から逃れた外人部隊の一兵士と、やはり希望のない世間から脱出してきた女歌手との悲恋物語だ。やがて女にはニヒルでエレガントな大金持ちのパトロンが現れる。兵士は女から去ろうと決心する。女もいったんはその現実に妥協しようとする。つまり誰の心もピンク色に無邪気で、ほどよくニヒルなのである。だが女の婚約披露の日、外人部隊に出撃命令がくだる。小太鼓のリズムに合わせて兵士たちが砂漠めざして進軍を開始する。披露宴の席から抜け出した女が後を追う。後続部隊としていつも兵士たちの後につづく流浪の女たちの群れに合流する。そして最後の場面、ディートリッヒが砂漠のなかを駆けながらハイヒールを脱ぎすててしまう。

けっきょくチャンネルを変えずに最後まで見おわったわけだ。ディートリッヒの天衣無縫な演技のせいだろうか。それにディートリッヒには逃走劇がよく似合う。あの蓮っ葉でボーイッシュな女性像が、崩壊の予感が臨界値に達していた三〇年代好みのタイプであっても不思議はない。誰もがヨーロッパ的演歌の世界、逃避の夢に酔いしれていたのである。

でも無条件に感情移入できたわけではない。テレビのチャンネルにこそ手をふれなかったが、頭のどこかで別のチャンネルが切り換わっていた。ディートリッヒやクーパーの運命よりも、モロッコのアラブ人たちが、符牒としてしか姿を見せないことが気になりだしていた。出撃していく外人部隊を見物している町の住民たちは、つねに白いマントにくるまれ、後ろ姿だけで顔がない。岩山から攻撃をしかけてくる土民軍は、銃声で暗示されるだけで、絶対に姿を現さない。ストーリーを構成する主体は白人の男女だけである。ここは地の果てであり、向こうにはブラックホールのような無があるだけだ。そのエキゾチズムという存在と非存在の境界線にあって、はじめて開示される自由であり、純化された男女のゲームなのである。他に人間はいないのだから、彼らに感情移入するしかないではないか。でもしだいに腹が立ってきた。最後のもっともロマンチックであるはずの場面でも、ぼくが感じていたのはひどく即物的な嘲りの感情だった。馬鹿な女もいたものさ。酷暑の砂漠を、酒場の女のはだしがどこまで耐えられると思っているのだ。いずれ足の裏が火ぶくれになり、ほどなく落伍して、土民軍の標的になるか、ハイエナの餌になるのがおちだろう。

こうしたポジ・ネガの反転現象は、たぶんエドワード・サイードの『オリエンタリズム』という本を読んでいるところだったせいだろう。サイードは現在アメリカ・コロンビア大学の英文学教授だが、もともとカイロで教育を受けたパレスチナ人で、いかにもパレスチナ人の血が騒ぐといったふうの警鐘乱打の本である。主旨を要約すれば、ヨーロッパと非ヨーロッパは単に異質な対立物なのではなく、ヨーロッパはあくまでも見る主体であり、アジア、もしくはオリエントはそのヨーロッパに見られることによってはじめて存在する客体だというわけだ。つまりヨーロッパが研究し発見した東洋は、東洋そのものではなく、ヨーロッパの正統性の確認のために創作された異端像にすぎないとさえ決めつけている。

さらに言えば、自分たちの優越性を映しだすための自惚れ鏡としてのオリエントということになるだろう。痛烈をきわめた告発だ。妥協の余地のないアラブの怨念をたぎらせている。いや、その告発を怨念とみなすこと自体、すでにヨーロッパ的東洋観に毒された視点だとサイードから反論を受けそうだ。そのとおりだろう。非ヨーロッパ諸国が植民地支配によって受けた傷の深さは、怨念などで癒されるほど浅いものではなかった。ヨーロッパを規定し、非ヨーロッパを規定し、その間に認識の境界線を引いてしまったこと自体がすでに致命的な犯罪だったのである。

それにしてもサイードの方程式には変数が欠けている。実証的な犯罪の検証というよりも、弁護人がいない法廷での検事の論告を思わせるものがある。方程式にはやはり変数があったほうがいい。たとえば戦後になると、アンドレ・カイヤットの「眼には眼を」といった映画も出現してくるのだ。これは五六年のフランス映画で、三〇年製作の「モロッコ」を完全に逆転させた立場をとっている。フランス人の善意の医者が、アラブ人でないというそのことによって、アラブ人から死刑の宣告を受けてしまう。おびき出され、嘘の地図をあたえられて、果てしない岩石砂漠のなかに迷いこんで行く。フランス人が罪状認否の段階で、罪の意識のないまま有罪を認めざるをえない理不尽さを、避けがたいこととして受け入れてしまったわけだ。

変数の処理のしかたによっては、方程式はさらに姿を変える。たとえば映画「モロッコ」を、ヨーロッパ以外の国で製作してみたらどうだろう。一般的には考えられないことだ。サイードが言うとおり、辺境そのものがヨーロッパ製の地図の独占物だからである。ただし例外がある。日本映画としてなら成り立たなくもない。場所を旧満州の何処かに設定し、外人部隊を関東軍に、ディートリッヒの役は、匹敵する女優がいるかどうかは別にして、北海道か九州あたりから流れてきたカフェの女給でいいだろう。そして土民軍はいわゆる匪賊。満州事変勃発が一九三一年だから、時代背景もそっくりそのままでいい。しかも日本は自前の東洋学を持っている。すくなくも東アジアに対しては、日本は見る主体として自己を位置づけ、植民地を経営する宗主国としてふるまい、東亜という鏡をせっせと研磨しつづけたのだ。

なぜサイードは日本を告発の射程内におさめなかったのだろう。

## 猿のバーテン

サイードはなぜ日本を告発の対象から除外したのだろう。あれこれ考えてみたが、いま一つはっきりしない。おなじ有色人種どうしとして、執行猶予をつけてくれたのか。両面作戦は厄介すぎるので、とりあえず攻撃目標をヨーロッパに絞ったのか。あるいは単純に、取るに足らぬものとして見過ごしてしまったのか。

しかしすべての日本人が、かならずしもこの執行猶予を歓迎するとは限るまい。維新いらい、日本人は全速力で歴史のなかを駆け抜けてきた。怖れと憧れの二本足でひたすら疾走しつづけ、欧米のしたこと、していること、しそうなことをすべてこなし、やっとゴールのようなものが見えてきた。蜃気楼かもしれないが、「歓迎」の横断幕がかかげられ、両手をふって迎える群集もいるようだ。「歓迎」のかわりに別の言葉が書かれているのかもしれないが、いまさら立ち止まるなど無理な相談だ。仮にそこがサイードによって告発され、有罪の宣告を受けた欧米のための刑場であっても、かまわない、いまは毒くわば皿までの心境である。日本人は「稜線」ではなく「スカイライン」という名の車に乗り、白人のモデルが着ている靴をはき、白人のモデルが飲んでいるビールを飲み、テレビのコマーシャル（広告ではない）から新聞の折り込みにいたるまで、いつも半数は白人のモデルにかこまれ寝食をともにしてきた。南アで名誉白人の称号をあたえられた時だって、べつに恥入った者などいなかったはずである。もうそろそろ欧米人も、日本人を白人の一種だと錯覚してもいい時期に来ているのではないか。胆嚢炎にかかれば白人だって黄色に変色してしまうのである。

しばらく前、アメリカのテレビニュースで話題のバーテンの生活ルポを見たことがある。起床、そのまま顔を蒸しタオルで拭い、やはりベッドのなかで優雅な昼食、徹底した菜食主義者。お抱え運転手つきのリムジンで勤務先のバーに向かう。その間、完全な沈黙。斜に構えてタバコをくゆらせる。拍手に迎えられて、カウンターの奥におさまる。客がむらがる。しかし、ハンフリー・ボガートを思わせる仕種でもう一服。横目で客の一人をうながし、注文をとる。ぶっきらぼうにウイスキー・サワーをつくって、カウンターの上にすべらせる。女の客がいれば、そちらを優先させることも忘れない。なんの変哲もない、ただ無愛想なだけのバーテンなのだが、これが馬鹿うけでいつも超満員だという。たしかに強烈な存在感だった。ぼくも放送されているあいだじゅう、テレビの画面から目が離せなかった。しかしあるときそのバーテンが、じぶんが実は人間ではなく、チンパンジーであることを自覚する瞬間があったらと思うと、ぞくっと鳥肌が立ってしまった。屈辱と怒りのあまり、自分の皮膚を引き裂いて心臓を摑み出し、足で踏みにじって他殺のように自殺してしまうにちがいない。

人間がひそひそ話をはじめる。けっこう繊細なやつだったな、そう繊細すぎたんだ。でも人間に錯覚を求めるというのは思い上がりだよ、錯覚は自分だけで充分さ。そう猿のままでも愛敬たっぷりだったのにな。（もしかしたらあの猿の名前はフランツ・カフカだったのかもしれない。「変身」という小説はそのときの体験をつづったものかもしれない）

でも「歓迎」の横断幕、かならずしも蜃気楼ではなかったと考えている日本人もいるようだ。国際化がすすみ、最近パリでは日本ブームだという。歌舞伎、相撲、シャーマニズム的前衛劇、等々の陳列、展示。そう言われてみれば、そんな気もしてくる。たしかに国際性というのは、その程度のことかもしれない。ぼくはもっと普遍原理にもとづいた認識の形式、たとえば地域感覚から時代感覚への転換、と言ったことを考えていたから、なぜことさら日本人だけに国際化が求められるのかわけが分からなかった。しかし国際化を国際人になることだととらえ、国際人を欧米語が話せて欧米人との交際がある者だと考え、国際感覚をパーティーのホストやホステスの気持ちを逆撫でしないマナーだと考えれば、けっこう辻褄もあってくる。これはパーティーの主催者だけが一方的に発行できる請求書なのだ。中央から末端にむかう、一方通行の指示なのだ。人類共通の問題などではなく、中央に接近しすぎた僻地の民にむかって鳴らす警告のサイレンなのである。さあみんなで塾にかよって英語を勉強しよう。そうすれば異境めぐりの観光案内もうまくなるし、横断幕の裏の文字も読めるようになる。「歓迎」の裏には「お達者で」。

この辺でサイードが頭痛薬でも持って駆け付けてくれるといい。気にすることはないさ、いくら欧米人が日本人を見られる客体だと言い張っても、侵略を受けた東アジア人は、見る主体としてふるまった日本人を忘れっこない。日本人を映し出すのはサイード方程式ではなく、東アジアの鏡なのだ。だって仕方がないだろう、日本人がコピーできたのはせいぜい「モロッコ」どまりだった。戦後になっても「眼には眼を」のようなきびしい内省には縁がなく、いいとこ「ビルマの竪琴」で終わってしまう。買春ツアーは盛んになっても、フローベールのように辺境がうみだす純粋な性の幻想を見るわけではない。でも東アジア人にとっては、いまのままでもけっこう醜い日本人じゃないか。その怨みの声も聞こえないとしたら、鈍感さだけはヨーロッパ人なみだと保証してやってもいい。

猿の欲求不満には、やはりペットを与えるのがいちばんだという説がある。異文化の接触には、異境の客体化によって主体を成熟させるという不幸な関係しかありえないのだろうか。

## クレオール

一八七六年、アメリカでハワイからの砂糖の輸入が自由化された。砂糖黍畠が拡張され、労働力が不足しはじめる。中国、ポルトガル、日本、朝鮮、フィリピン、プエルトリコなどから大量の移民が流れ込み、間もなく白人やハワイ原住民を数の上ではるかに凌駕する奇妙な移民社会が形成された。移民たちはどうやって意志を疎通しあったのだろう。とっさに想像しがちなのは、孤立、相互牽制、覇権を競うはてしなき抗争、国連の行く末を暗示するかのような結末だ。しかし現実の砂糖黍畠では、事態はまるで違ったふうに推移した。予想に反して、どのグループも突っ張りあいに出ようとはしなかった。過去や伝統から、もはやなんの援助も受けられないことを、誰もがはっきり心得ていたのだろう。彼らはいったん所属集団の言語を捨て、そのうえでピジンという独特の会話法を創りだした。優劣を競う必要がまったくない、徹底した妥協の話法である。

「ミスタ　カルサン　ノ　トコロ　トゥ　エイカ　セル　シタ」

邦訳すれば、カーソン氏の所に二エーカー売った。デレック・ビッカートンの『言語のルーツ』のなかに出てくるハワイ・ピジンの最初の用例である。もちろん喋っているのは日系一世。「ミスタ」と「トゥ　エイカ　セル」以外の語彙は日本語だし、語順もそっくり日本式のままである。要するにピジンというのは文法はそのまま所属集団のものを使い、語彙だけは不公平を避けて、便宜上英語から採用したものらしい。農園や砂糖工場の所有者がフランス人だったら、フランス語から採用されていたはずだ。これは上層言語のコピーというより、故国の言語の崩壊にあえてさからおうとしなかった、やけくそ言葉といったほうが正解だろう。

ビッカートンはつづけて、八十五もの用例をあげている。もしぼくがこの時代のハワイ移民だとして、はたしてやっていけただろうか。日系以外の、フィリピン系ピジンなどにも目をとおしてみた。状況しだいでは、なんとか理解できなくもない。異様な緊張状態のまま寝てしまった。長いピジン語の小説を読んでいる長い夢を見た。

もちろんピジンの採集だけがビッカートンの狙いだったわけではない。『言語のルーツ』という題名が示すとおり、ピジンにつづくクレオールの形成過程から、奇妙でしかも驚くべき結論にたどりつくのである。移民たちの一世は母国語への執着を絶って、まずピジンを話しはじめた。では次代の二世たちは、どんな言葉で話しあったのだろう。言語は親から学習するものだという、習得理論に立てば、当然ピジンに手を加えながら使用しつづけたと考えざるをえない。ところが二世たちはやけくそ言葉を、あっさり放棄してしまったのだ。かわりにまったくの新文法による新言語を創り出した。いわばミュータント語の発明、つまりクレオールの誕生である。

不思議なことにクレオールは、語彙を提供した英語や仏語はもちろん、親たちのピジンを構成するどの言語とも文法的な類似点をもっていない。親たちは当然クレオールが理解できず、伝統はさらに深層まで断ち切られてしまう。もっと特徴的なことは、世界各地で独自に形成されたはずのクレオールが、なんの接点もなしに類似の文法構造を持っていることだ。突然の噴火で新山が誕生するように、ある普遍的衝動によって、崩壊した言語の下から原始の言葉が芽生えたとしか考えられない。あらかじめ遺伝子レベルにプログラムされた、生得的な言語能力の存在を認めるしか、辻褄のあわせようがない。ローレンツやチョムスキーが作業仮説として提唱していた、言語のバイオ・プログラム説が、ビッカートンによって実証されたと言ってもいいだろう。

異文化の接触が、つねに摩擦や緊張の原因になると限ったわけではないらしい。状況によってはそれが伝統からの脱皮をうながす引き金になって、たとえばクレオールという蝶を舞わせることもあるわけだ。もっともクレオール文化が、成熟した伝統文化に匹敵する自己表現に達したという例はまだ耳にしたことがない。ハワイ・クレオールにしても、その後ぞくぞくと流入したアメリカの影におおわれ、窒息寸前の状態にあるようだ。やむを得ないことかもしれない。ハワイはアメリカなのだし、就職問題一つとってみてもクレオールでは不利だろう。それに本土からのアメリカ人はクレオールを変則英語としかみなしていないから、クレオール話者自身にとってももはや愚者のシンボル以上の意味はないらしい。

たしかにサイードが主張するように、異文化の接触が主体と客体の分化を促進させたとみなすほうがずっと一般的かもしれない。だが長い歴史を考えると、クレオールを一方的に消滅するしかない辺境の土語ときめつけるだけでは済まされなくなる。たとえば有力な説として、ゲルマン語や、エジプト語や、古代日本語などもクレオールに由来しているという見方があるが、どれも辺境がやがて渦の中心に成長し、未来をそこではぐくんできた場所である。ハワイ・クレオールが徒花におわったとしても、クレオールそのものまでが道連れにされたと考える必要はないだろう。異文化の遭遇は珍しいことではないし、人間にはもともと文化を創造する力がバイオ・プログラムされているとすれば、歴史がピジン崩壊からクレオール再生という大小の円環を重ねながら今日に至ったと考えるほうが、ずっと理にかなう。この法則をもっと日常のレベルで検討してみるのも面白い。個体発生のレベルに置き換えてみると、たとえば幼児語はバイオ・プログラムに近い一種のクレオールだと考えられるし、大人もそれを心得ていて、幼児に話しかけるときには無意識のうちにクレオールを使ってしまう。幼児語が所属集団の言語に脱皮するまで、大人もいっしょにクレオールの過程を歩まなければならないのだ。言語はつねにクレオールの波に洗われながら、その原初のエネルギーを再注入されつづけるのである。子供はいつだってミュータントだ。子供の世界を表現できないような言葉は、すでに機能不全におちいったとみなされて当然だろう。

前回、人間の友情に疑惑をいだいた孤独な猿のバーテンの名前は、じつはフランツ・カフカかもしれないと書いたが、その辺の事情はマルト・ロベールの『カフカのように孤独に』のなかで詳しく述べられている。多数派がチェコ語を話しているボヘミアで、少数支配民族のドイツ語を生活と保身のために父親から強いられたユダヤ人のカフカ。まさに都市に穿たれた内なる辺境の悲劇である。それでもカフカはシオニズム以外の道を選ぶことができた。いささか非学問的な拡大解釈になるが、カフカの道を内的なクレオール文学の誕生とみなしたい。ナショナリズムによる伝統の厚化粧だけが、異文化アレルギーの特効薬とはかぎらないのだ。内なる辺境に深く身を置きさえすれば、クレオール還元作用によって、猿のバーテンが猿であることを自覚した瞬間に見た幻の蝶を共有することだって不可能ではないはずである。

［1986. 12. 24］

# 文明のキーワード

［対談者］安部公房・養老孟司

## 1　世紀末の現在

**養老**　私は、大学の医学部で解剖学を研究しています。解剖学というのは、「生き物の形を見る」ということになっていますが、それは同時に、「死んだものの姿を見ている」というものです。そのために、「人とは何か」あるいは、「人間とは何か」についていつも考えさせられます。安部公房氏は、私の大学の医学部の先輩でもありますが、その作品は、小説であれば非常に不思議な世界であり、エッセイであれば希にみる理性的な散文だと、私には思われます。これから二回にわたって、安部公房氏といっしょに、人間に関する諸々のこと、技術、文明などについて話し合いをしてみたい、そう思っております。

（ビルの谷間の高速道路を見下ろしながら）

**安部**　今は慣れちゃったけど、そうだな、二十年前の眼で見たら、これショックだな、やっぱりね。

**養老**　私も、昭和二十年代をいくらか知っているんですけども、ちょっと想像がつかなかったろうなという気がするんですね。

**安部**　うん。僕ね、中学生の頃、こういう風景を、なんていうのかな、子供の雑誌があるでしょう、『少年倶楽部』とかなんとか。ああいうのによく出てんのね、未来都市なんて。空中回廊式に自動車道路が走っているような絵があるわけね。で、それ見て、やっぱりすごいカッとくるような魅力と同時に、ものすごく恐くてね、その絵が。そんなことになりっこないと思う反面、そうなった時に、この風景の中のどこに自分がいるんだろうと思うとね、いる場所がない感じがするのね。なんかつるんとしてて。すると、ああ、いかんなあ、こういうふうになったら、もう……。要するにあれは、オーウェルのなんとかっていう小説があるでしょう。あのイメージとダブるんだろうね。

**養老**　ああ、そうですね。

**安部**　それで、もうダメだと。結局こういう風景見ると、全部風景自身は手段でしょう。目的じゃないですよ、これね。だから、この手段がここまで来ても、その目的の部分に自分がいないということだね。で、とても恐くてね、いるんだけどね。実際こう出来上がってみると、やっぱり、ほら、隙間があったり、柱と柱の間に汚れた所があって、ゴミがあって、多分どっかの隙間には乞食が寝てると。こういうあれがちゃんと出来るわけね。

**養老**　なるほど。

**安部**　そこの想像力がそこまで及ばないから、とても生きられないと思った。本当、そういう記憶があるなあ。でも今はこんなになっちゃったけど。

**養老**　こういうのは、そういう恐怖とか、未来に対する恐怖みたいなもの、世紀末なんてものも、そういう未来に対する不安感みたいなもの、あるいは、終末観でしょうか、そういうものと絡んでるんですかね。

**安部**　だいたい僕がわからないのは、世紀末というと僕なんか、終末論というか、それで終わる、最後の審判の意味で世紀末、もう今世紀が終わると次の世紀はないんだというような意味で使われるのかなという気がしているんだけど、なんだろう、もっとロマンチックなものなんだろうかね。

**養老**　この風景なんかもそうですけども、非常にこう、もう本当に建物はいっぱいですわね。でも、今言ったように、この中に全部人が住んで、それぞれが生活をもってるかと思うと、私なんか時々気が遠くなる気がするんです、想像しただけで。

（笑）

**安部**　うん。

**養老**　それが、よくもこう組合わさってくるなと。これはまた動物が群れてるのと違うんですね。

**安部**　違う、違う。全然次元が違う。

**養老**　ええ。その背景に、それぞれの人の人生やなんなりや大変なものが、まあ、重みと言えば重みがかかってくるわけですね、これだけの風景の中に。それを一度にこうやって見ると、非常に人間というのは、大きな、わけのわからない大きなものをつくっているなというものが、ちょっと感覚的に感じられたりなんかして……

**安部**　それはありますね。動物だったら、せいぜい二次元の複合が、三次元、四次元、今の科学だと何次元まであると言ったっけ。九次元？

**養老**　いやいや。

**安部**　なんかよく知らないけどね、そういうふうな、他者、他人と自分の関係が見えないところでこう、つながっちゃってるでしょう。

**養老**　そうですね。

**安部**　そういうのはやっぱり、都市というものを人間が発明して、ここまで辿り着いた。よくぞ辿り着いたと思う。それで、結局、この先が本当にあるのかいなということで、世紀末なのかな。

**養老**　ああ……

**養老**　『死に急ぐ鯨たち』というエッセイ集ありますね。その題になったエッセイの、鯨の集団自殺ってやつありますね。あれ、私もよく考えるんですけども、あれの最後が、「人間も鯨みたいな死に方をしないという保証はどこにもない」という……、結局、生物というのが、与えられた環境で自分はいいと思ってやってるんですが、ある時ああいうことを起こすと。おそらく鯨の姿と人間が二重になって重なっているようなところが、安部さんのエッセイの中にあると思うんですが。で、あの話の中にひとつ面白かったのが、恐怖というものが出てますね。つまり、鯨が溺れ死ぬ恐怖。で、そういう前々から与えられた生きていくための、なんといいますか、保護のための条件みたいな、あるいは、それを避けるための本能みたいなものが、人間はないところへ今来てるんじゃないかというのがございますが、安部さんの書かれたもののいろんなものの中に、ひとつのテーマはですね、そういう人間の与えられた能力をどうやって規定するかということが入っているような気がするんです。

**安部**　そう。あれ、僕としては、ひとつは遺伝子に組み込まれているプログラムが、残りかすが変な作用をするんじゃなかろうかという、これはまあ、思いつきで書いたんだけど、あれに触れたひとつの背景には、人間にも当然ああいうような不合理な行動というのがあるけど、それを僕は、儀式から、儀式……儀式というものはもちろん文化的につくられた儀式から、動物の行動の中に遺伝子レベルで組み込まれているルールがあるでしょ。例えば、鳥の求愛の、これは儀式じゃないんだけど、要するに人間から見れば儀式に見えるような、ああいう行動の組合わせね。これを仮に深層儀式と呼べば、もっと文化的な儀式というものが人間の中にはあるわけでしょう。これを表層儀式と仮にした場合に、人間の集団行動で一点合目的的に見えても、本当はひどく矛盾した不合理な衝動に沿って、人間が動いてしまう理由というのはやはり、何か理性よりも、儀式の刺激というのか、儀式からくる刺激であったり誘惑であったりいろいろするけど、それの思いがけない強さね。僕らが、人間というのは理性の動物だから、よく目を開けて考えていれば間違いないというふうについ思いがちだけども、本当はそうじゃなくて、どんな理性も押し流してしまうような衝動があるとして、これは単に心理的衝動じゃなくて、社会的な一つの儀式としての、ものが動き出すと止まんないというような比喩でね……鯨ってのはでかいから、余計に迫力があるから、まあ、そういうふうに。鯨だけじゃないわけですよね、ああいう集団的自殺するっていうのは。昆虫にもあるし、ネズミなんかにもあるわけだし。ただ鯨って、ちょっと派手に見えるからね。（笑）

**養老**　あれは生物学的に言いますと、どうやら鯨っていうのは、ソナーという超音波を出してて、自分で周囲に何か障害物があるか判断する。ところが、適当な角度の、ゆっくりスロープのある砂浜というのは、鯨には見えないというか、聴こえないと。それで、うっかりそういう所に入っちゃうと。

**安部**　狂っちゃうということだね。

**養老**　狂うというよりは、むしろ、そこにそんなものあるはずないんですが、ところがあるはずのないものがあって、鯨を殺すというか、ああいう形にしてしまうと。それで、あそこの恐怖でまたひとつの面白い解釈が、安部さんが書いてらっしゃるように、元来陸生の動物が、窒息に対する恐怖みたいなものがあって、先祖返りとして出てくる。それがひとつありますけど、もうひとつ、私、あれ読んで、うっと思ったのが、元来陸生の動物だから、陸に対する恐怖が全然ないんじゃないかという、つまり、アザラシが上がってやってるように。それで、こういうことって、いろんな受け取り方があるでしょうけども、ひとつはそうやって、非常に安心感を持っているところに大きな穴があるという……

**安部**　それは言えるかもしれないな。

**養老**　もうひとつは、今言ったように、どっかに古い記憶みたいなのがあって、それが表面に出てくるという。これは、今おっしゃったように、儀式の集団という、人間が集団をつくったときの、その集団のサイズというのが私はいつも気になるんですけども、安部さん、今、儀式とおっしゃったときの、その背後に考えておられる集団の大きさみたいなものですね。家族であれば、これはかなり人数の少ない部分で、コントロールがある程度可能だと。ところが、ある大きさになってくると、ちょっと信じられないようなサイズになってきて、しかも今の世界の、例えば、国家なら国家の大きさというのは、おそらく歴史上なかった大きさじゃないでしょうか。

**安部**　うん。それは間接操作、関係がね。家族っていうのは、直接に一応見えるし、声かけられるけど、会社でも規模が大きくなれば、中小企業じゃなくなると、直接の関係がなくて、ルールにすぎないんだけども、集団が成り立つということの複雑さね。

**養老**　科学の場合でもやっぱり、厳密なルールだけを設定して、後はどうなるか見ると。それが現在の人間社会、国家を含めた、こういった人間社会まで考えますと、その中にやっぱり二つあって、どうしよう、こうしよう、こういう方向にいったらいいんじゃないかとかそういう、一方では人間の健康さみたいなエネルギーですね。

**安部**　わかるな。

**養老**　で、もう一方で、これでいいのかなという……。そうすると、これをこう適当に動かしてみたらどうなるのか……この、どうなるのかではすまないんじゃないかというところも一方に出てきて……

**安部**　そうだね。難しい問題なんだね、そこの問題。比喩的に言えば、自由経済と計画経済の問題にもなってくるしね。これはちょっと本当に難しい問題ですね。政治にしても、自由な、つまり予測不可能なものとして政治を形成する場合と……すべて予測の上に立った政治というのは、これは恐いでしょう。でも話違ってきちゃうけど、僕は人間が予測に対して過大な信頼を寄せるというのはやっぱり恐い気がする。

**養老**　ひとつの考え方は、予測があって、自然科学というのは、その予測を事実として反証できるかどうかということを考える。できるかできないかで投げ出してしまって、自然科学上の叙述と言いますか、そういうものは正当価がないと、叙述に過ぎないというふうに考えまして、それで実際に反証されればそれはいいと。されなきゃ残せばいいんで。しかし、いつ反証されるかわからない。そういう形で、ずっと認識が進んでいくという考え方がありますけども、非常にこれも一種の自然選択説みたいになっていまして、認識のですね、正しいかどうかは問題ありますけども。

**安部**　ただ、自然科学の場合には、割に疑問なり、解くべき問題が提起されたときに、半ば解答がある意味で予測されているでしょう。

**養老**　そうですね。

**安部**　僕ね、人間の能力の中で、自然科学で代表される対自然認識というのかな、そういうものは、割に楽天的なんですよ。人間ていうのは、大変な能力があると思う。だけど反面、今言った文化的側面ですね。文化的側面と科学的側面という二つの側面があるのではなくて、人間の非常な能力というのは、実は自然に対する情報処理能力。ただ、これが人間の関係になると、とたんにものすごく能力がないんじゃないかと思う。ほとんど危ないんだね。だから、たしかに人間は生理的に不都合を感じるかもしれないけども、政治とか文化に関しては、成りゆきまかせ、変な意味だけど、それ以外にはないんじゃないかと。墜落すべき宿命であれば、もう墜落しかないと、ちょっと悲観論になるんです。ただ、自然科学に関する能力はべらぼうに高いと。しかし、対組織面と言いますか、人間の組織についてはものすごく人間というのは能力の限界にきていると。その衝突の悲劇じゃないかと思うんです、今は。

**養老**　そうですね。そういうふうに書いてありましたね。核兵器のことについても、要するに核兵器が今、核の均衡というのが生じるに至った人間の政治的無能力が問題なんだということを、安部さん、どっかに書いておられましたけども、だからそういうものを補うものとして、さっき言っておられたような儀式のようなものが登場してくる。儀式に非常に似てると思うんですけども、私は国家というと、官僚制度というものを非常にしょっちゅう考えるんです。あれも、ルールをきちんと、手続きをきちんと決めまして、それでもってなんとか、あるいは、ちょうど非常に拡大された人体みたいなイメージに、私なんか解剖学ですから、なってくるんですよ。その手続きが非常にきちんとしてきますと、最後には、これは機械で置き換え可能であると。つまり一方からは、自然科学的な論理みたいなもので、なんとか社会を形成しようと、あるいは人間同士の集団を形成しようと。すると、ひとつは儀式という形になります。もうひとつは官僚制みたいな形になる。で、そこで生じてくるひとつが、安部さんが言っておられた、僕ちょっと面白いと思ったのは、廃棄物の処理ですね。ゴミというのは整然としたところには必ず隠れて入っているんです。部屋が片付くというのは、ゴミを片付けるというのを前提にしないとありえないと。

**安部**　ゴミの再生産だね。

**養老**　はい。社会とか、そういった集団というものがきちっと出来上がってくると、そこに必ず一方でゴミが生じてくる。これはちょっとわかりにくい自然科学の言葉で言うと、エントロピーに非常に近い。どっかにエントロピーを貯めて、吐き出してやらなきゃいけないと。ところが、そのゴミの方がどんどんどんどん大きくなって、最後にはゴミの方が実体になってきちゃうという、自然科学はそういうようなところがちょっとあるんですが、人間の世界だと、国がそういった一種のルールといいますか、整然とした体系をもってくる、あるいは、儀式というものも、おそらくそういうはっきりした形式をもってきます。と、そこから落ちてくるものがある。続々出てくるわけです。で、安部さんの書かれたものを拝見すると、そこに、愛情といいますか、そういうものに注ぐ眼というものが非常に感じられるような気がする。

**安部**　そうですね。ゴミというのに、今話聞いていると、二つの種類のゴミがあるような気がしたのね。僕は、国家なり官僚システムなんてものが、コンピューターで代行できるほど中性的なものに、もしかですよ、もしかなれば、これは理想社会じゃないかと思う。そういう部分があるわけ。ところが、ゴミは出てもゴミの自由は保証されるという。そうすると、ゴミに二つあって、下の方に落ちていくゴミと、それから、国家なら国家というものがそういうふうに中性的な中立的なものにならないで、ある権力構造に転化していって、上の方のゴミ、つまり、飾り物みたいなゴミだな……なんかゴミに二つあって、僕らは自動的に下の方の汚いゴミになるんだけども、きらびやかなゴミもやっぱりあって、つまり、それが取れるかどうかね。だから、今の官僚システムってなものが、もしか万一、本当にコンピューターのように中性的な効果だけを考えたものになってくれるんであれば、これはこれなりに僕は、まだ人間は救われるんじゃないかと思うんだけど、意外とそうじゃないでしょう。やはり、そこには国家権力というものがすべてのものに対して優先権をもって、だから今の国際法ってものを考えてみても、やっぱり国家のもつ権限が、なんかアプリオリに国家主権というような言い方をすると、そこで質問を発すること自身がもう罪になるというか、おそれ多いことになっちゃって、そこらへんに、僕は……国家というものが巨大であるとか、ある官僚的なもののメカニズムに巻き込まれて非人間的だとか言って非難するけど、僕は逆に、非人間的になれるんであれば、まだ人間救われるんじゃないかという気もするんですがね。

**養老**　安部さんがやっておられるお仕事ですね、それ自体が言葉を使っておられるということで、あるいは、言葉の世界というものが非常に大きな役割をしているということはよくわかるんですね。で、それは今度もう一度、比較的基礎的なことから考えてみたいと思いますけども、とりあえずはそういった動物と人間の違いといったことで、安部さんは、言葉というものを非常に重視されてると。その言葉の位置づけですけども、それは時々、安部さんの書かれたものにも、閉じたプログラムと開いたプログラムという……動物というのは、生まれつきにある一種の閉じたプログラムを持っている。あるいはそれによって、いわば本能的にと普通の人が言っておられるような、そういう行動をすると。ところが、人の場合にはそれが開かれていると。で、そこのところと言葉の関係ですね。それをちょっとご説明いただくとわかりやすいかなと。

**安部**　そうですね。わかりやすく言うと、動物の場合のプログラムというのは、定食なんだよね。ところが言葉を獲得することによって、プログラムをつくるプログラムが出来たということですね。だから、定食じゃなくて、一品料理をいろいろ頼んで、その日のメニューを自分が作れるということ。これが動物の場合には、それをもしかやったら、群れが解体しちゃって……つまり、例外則を認めることによって、その群れは解体するでしょう、動物は。ただ、人間は逆に、群れにとって非常に危険なプログラムを自分でつくることができるという能力を言語で獲得したことで、滅びるか栄えるかという境目だったと思います。ところが、それが人間の場合には、うまく役に立って、栄えたわけです。それはある意味から言うと、例外則の積み重ねだったと思うんです、人間の場合。だから、動物の場合と違って、ちょっと先が見えないというより、先が見えないから希望があったということでもあるんでしょう。難しいですよね。だから、人間にとって非常に不安、恐怖、そういうものが、実はエネルギーというか、可能性の原因でもあったと言える。

**養老**　私、よく思うんですけども、ひとつ人間の特徴というのは、脳が大きくなったということであると。そうすると、その結果何が起こったかということなんですけども、安部さんはよく、開かれたプログラムという言い方をなさるんで、儀式などは、それを何らかの形で閉じようとすると……そういうようなイメージでとらえていいわけですね。

**安部**　そうです。

**養老**　で、社会とか国家ぐらいまでそうなのかなと。今おっしゃったような、要するに、巨大な機構は変に人間的になっちゃうと、どうしても人間がそこで人間として閉じたくなっちゃいますよね。

**安部**　そうそう。

**養老**　そうすると、閉じてしまうと、そこには当然感情なり情緒なりと、そういうものが忍び込んでくるわけです。そういう形になった時に、また結果が、自然科学的に言えば、予想がつかないということが必ず起こってきて、それで今度はよかったり悪かったりと、いろんな事が起こると。

**安部**　儀式の特徴っていうのは、内的な均一化でしょう。つまり、儀式があると必ず同時に、そこから離れるやつを裁くというか、糾弾するというか、そういう作用が起きてくるでしょう、儀式というのは。だから、例えば、国旗を掲揚しましょうという号令は、ただしましょうでなくて、その時にしないやつはもってのほかであるというのが加わるわけでしょう。その例外を容認しないということはたしかに、ある集団が生き延びるためにはしばしば有効ですよね。ただ、それが有効であるのは、人間があまりにも例外行動をする動物であるという部分、それを安全のために、ある時点で例外則をカットすることで、そのグループは生き延びられるというのはたしかにあるんだけれども、その裏に、原則的に人間は他の動物と違って、例外によって進化すると、文化的に。その原則を忘れて、ただ集団によって、その集団の安全を確保するというだけだったら、これは意味がないし、まことに非人間的なものだと思う。だから僕は、その人間の中に潜んでいる、儀式を好み、同時に、儀式嫌悪感というのが僕はあるんですよ。誰にでもあるんじゃないかなあ。

**養老**　私もあります。（笑）

**安部**　あるでしょう。多少あるんだけども、その儀式嫌悪感というものは社会的にあまり評価されないのよね。儀式にグッと惹きつけられる感情は、小説なんかでも、なかなか感情が昂揚する場面として使われるし。その昂揚する感覚というのは、たしかにオリンピックなんかだってすごい効果があるわけ。だけど、それを嫌がる感じというものも、人間にとってはものすごく貴重なんだっていうことを同時に言っていかないとね。しかし、国家というものは、今もう成熟期に入って、最終段階じゃないかという気がして。もう国家にとっては、その先がいらないわけね。そうすると、国家を超えた世界というものを想像することもイヤだから、集団の儀式側面だけを盛り上げていくわけ、国家というものはね。で、その儀式からはみ出す者については、国家は非常に冷淡になるというか、敵意をもつわけね。だから、そこらへんのことで、僕はこれからの教育がそういう方向に流れていくんだったら、もう絶望しかないなという感じがしてるんだ。

**養老**　私も大学にいまして、割合うちの大学はよく出来る学生が入ってくるんですが、その中のかなりの部分はやっぱり昔と変わらないと。そりゃそうだと思います。その時期その時期で、ちょうどさっきおっしゃっていた、こぼれて例外にあたる人たちというのが、その時代を割合、私は、よく表していくような気がするんですよ。

**安部**　そうね。それはそのとおりだと思う。

**養老**　はい。で、そのこぼれてきた人たちが、ちょうどもし安部さんがそういう格好でこぼれた方に入るとすると、今こぼれている人は少し違うのかなという気はすることはありますが。

**安部**　あ、そうか。そうね。でも違ってくれないとまた困るね。

**養老**　そうなんです。

**安部**　世の中に進歩がなくなるし。やっぱり今、養老さんがおっしゃっていた、そのこぼれたやつっていうのがどの時代にもいて、それが非常に強力な時代の牽引力になるというのが、僕は人間の特徴だと思うんです。だから、さっき言った儀式外の種族、それから例えば、世の中のゴミに非常に敏感に反応するグループというのがいて、さっき深層儀式ってことで僕が言いたかったのは、例えば、ローレンツなんかが言っている非常に秩序のあるプログラムですね、行動の。これは人間の中にもあるわけです。ただそれが、ある部分が切られて……文化的に習得されたプログラムということは、言い換えれば、自分の意識を超えた絶対的なプログラムに対して変化するプログラムですよね、人間の場合には。これは学習によって、習得されるものがあり……で、ハサミはもちろん習得によってハサミを持つわけじゃなくて、遺伝子レベルでハサミはもちろんプログラムされてると思いますけども、その結果、プログラムが開かれてしまった。そうすると、開かれたということは、いろんな儀式が安定せずに、儀式のそとにはみ出すやつが多いと。そして、そのはみ出すやつが、実際には少数であっても、文化や歴史の主導権をもっていくということがあるわけです。この部分がたしかにおっしゃるとおり、時代によって少しずつ変わるんでしょう。少しずつ変わるのが、やっぱり新しい文化の形成。それは異端だと思います、あくまでも。だから、その新しい異端の発生がなかったら、これはもう文化は停滞以外にないですよね。

**養老**　今の状況ではなかなかそういうものがつかまえにくい。つまり、正統もはっきりしませんので、異端もなかなかはっきりしないというところがありますけども。

**安部**　そうですね。でもそろそろ正統がはっきりしかかっているんじゃないかという不安が僕らはして。異端というのはどの時代でも見えないんじゃないですか。僕は自分でそれほど異端だって威張るわけじゃないけども、やっぱり僕なんかでも子供の頃は影が薄かったような気がします。どの時代でも、例えば、ジャーナリズムの上で取り上げられる、今言った新人類なんてよく言われてるけれど、あれは異端じゃないですからね。

**養老**　そうですね。

**安部**　あれ、むしろ正統でしょ。本当の異端ていうのは、どの時代でも見えない形でいて、で、悪い時代がくると、これを草の根分けても異端探しがはじまるんです。それを根性叩き直してって時代がやっぱり一番恐い。

**養老**　誰か、悪いやつがいるという。

**安部**　そうそう。毒がどっかに混じっているという。

**養老**　動物の儀式の話が出ましたけれども、動物の場合には、面白いんで、例えば、雄と雌だったら、雄がなんかすると、雌がそれに対して反応して、その反応を見て、雄が次の反応をと。

**安部**　そうですね。

**養老**　そういう、階段状にきれいに順序が出来たプログラムですね。それが、人間の場合はどっかで外れて、外れてというか開いてしまって、他のものをつないでいってもいいようになっている。

**安部**　そうです。つくれるということですね。

**養老**　はい、新しくつくることができると。私、それを、こういう表現していいのか悪いのかどうか知りませんが、内容と形式というようなものですけども、形式というのはプログラムが存在していて、少なくともそれをある形で閉じることができると。しかし、それに何を入れるかというのは、これは全く時代なり人なりですね、その置かれた状況によって違ってくるというのが人間の特徴だと。それを一般的に埋めるものとして、安部さんなんかがお考えになっているのは、例えば言語のようなことですね。もう少し広く言えばシンボルっていうんでしょうか、その中で、ひとつ私がよくわかんないのが、お金ですね。安部さんなんかは、そのお金というものをそういう観点からどうお考えになるかですね。今はマネーゲームの時代といって、お金がお金を生んだり、要するに、数の勘定で非常に大きなお金が動く。実際には何にも動いてないのかもしれないけども、ああいうものに人間が非常に集中するというか……

**安部**　操作できるということね。

**養老**　はい。で、あれは何かなということで、時々不思議になるんです。困ったことに、このお金というのは、われわれの分野で言いますと、動物の中で何に相当するかというのがなかなかピンとこない。何にでも交換可能で、しかもお金自身は何でもいいと。紙でもよけりゃ、貝殻でもいい、石ころでもいいという、そういう非常に強い交換可能性を持っている。

**安部**　僕やっぱり、お金になったということは甚だこれは合理的で、われわれの経済生活が非常に開かれたということで結構なことだと思いますけど、ただちょっと変なのは、利息という概念ですよ。利息という概念があるために、お金がお金を生むわけでしょ。例えば、僕、よくわからないけど、円高ドル安なんて言うけど、円高でどんどんどん、あれは円を買うんですか、だから高くなるのかね。それをやっているのは、しかし、日本の商社なんかがやっているわけでしょ。そして、困ったと言って、買っているわけでしょ。すると、どうなるんですか。結局、僕は精神分裂的経済だと思う。しかし、そんなこと一言も新聞にも書いてないし、テレビでも言わないけども、僕はちょっと、人間に似てる。人間ももうおしまいなのかなと、こういう気がする。あるいは人間のそれがアナロジーだとすると、人間ももうおしまいなのかなと、こういう気がしてきちゃってね。ちょっとイヤなことになるんだけども。

**養老**　だから、おそらく経済を直接やっておられる方は、そこのところはうまく考えておられるんでしょうね。つまり、お金がお金を生んでも……。われわれですと、割合原始的な考え方と言うんですか、お金に関して。ですから、真ん中にお金があって、その両端にはそれと等価なものがあって、(笑) その替わりに通用しているという考えがあるんですけども、どうもそうじゃないらしい。

**安部** いや、そうじゃないんだ、現にね。

**養老** そこまで考えますと、私どうも人間の脳のイメージに近づいてきまして、つまり、音とか光とか匂い、化学物質、あるいは振動でもいいんですけど、そういったものはみんなお互いに何の関係もない物理的な性質なんですけども、それがいったん人間の頭の中に入りますと、たしかに交換可能なんですね、いろんな意味で。お互いにつながっていくわけです。ですから、言葉だってしゃべる言葉と見る言葉ってものは全く違うわけですけど、片っぽは電磁波を使って、片っぽは音波をつかっているわけですから、全く性質の違うものですけど、それが頭の中ではきれいに等価交換されちゃうわけですね。

**安部** されちゃうわけだ、交換する中間項をひとつつくれば。

**養老** そうです。

**安部** ただ、あれじゃないですか。脳の場合に、そうした中間項をつくって本来交換できないものを自由に交換するとなっても、対応は失われないでしょう。

**養老** そうなんです。

**安部** その中間項だけが自律的に動き出したら、精神分裂みたいなことになるんでしょう。僕は、今の状況というのはすごく似てると思うんです。つまり、生産という対応がなしに金だけが自己増殖していったら、これは経済崩壊するんじゃないですか。僕はやっぱり、現代の危機というのは、かなりその問題が含まれていて、われわれがもうそれをコントロールできなくなったという問題ですね。本来それに生産が見合ったものが対応していれば、そこでフィードバックしても……それがなくなったら、これ精神分裂みたいなものでしょう。だから僕は、今の経済法則というのは、多少社会というものの精神分裂の状態じゃないかと。ほっといたら、これはやっぱり決して人間のよき発明だったとは言えないとおもうんですよね。

**養老** ただ、人間の脳って考えますと、妙にそういったお金を含めた世界というのが、人間の脳にそのままマッチしてくるようなところがありまして、生産部門というのは、いわば目であり、鼻であり、耳であると。で、出ていく方ですね、もう一方の交換部分というのが運動です。知覚対運動。その間の連合野というものだけが肥大していく。入ってくる入口は限られているし、出ていく方向ってのはひとつしかない。ところが、その間で連合する部分が非常に大きくなっていくというような、そうしたイメージで、ちょうど極めてよく、人間の進化とマッチしているというか、非常によく並んで走っているような気もするんです。

安部　そうね。そういうことになってくると、人間はやっぱり、これはもう発生したときから、破滅のために発生したということになりかねないから、そこでなんかの救いとなるものがあるんじゃないかといろいろ思うけれども、しかし逆に、もう救いがないという感じを与える事例は多いですね。今の、例えば、脳にしても、外からインプットがすくないと今おっしゃったけども、もしかして、インプットがゼロで、外に出るのがゼロだったら、これ夢の中で一生終わるようなことですよね。同じようなことが社会的に起きていて、それが今の経済的な問題になるんじゃないですか。

養老　例えば、われわれが動物を見てますね。そうすると、動物ってのは、私は、われわれに近い動物であれば、われわれの部分であるというふうに考えます。つまり、全体として出来上がってはいるけれども、どこかが小さいと。どこが小さいかというと、鯨なんか非常に体は大きいですけども、脳は全体としてやはりやや小さいと。それで、人の場合には、それがある程度比例配分したような形で大きくなると。もちろん大きくなっていない部分がありますが、ある部分が大きくなっている。鯨の場合でも、人間に比べれば耳の部分が非常に大きくなっているかもしれない。しかし、目の部分は非常に小さいとか、そういうふうなものになってますね。それで、人間の将来はどうかってことになると、私の方から言える答えというとおかしいんですけども、そのひとつは、もし人間の集団というものに、ひとつの解決策というとおかしいんですが、厳密なルールがあるとしたら、お互い同士が理解できるということをまず仮定したとします。お互いがある程度理解できるということは、基本的な脳の構造がマッチしてなきゃいけない、合ってなきゃいけないわけで、私は、人間が動物を理解できるというのは、動物の脳と人間の脳というのはそれほど変わったものじゃないから、つまり、同じ原則で出来ていて、しかもお互いに同じ先祖からおそらく出来てきてるわけですから、やっぱり動物というのは、われわれはある程度理解できる。

安部　それ、読めるということですね。

養老　はい。それと同じように人間同士がやっぱり読めると。そして、お互い同士が読んで、その中で起こる問題は一応よろしいと。ところが今度は、それより大きな問題になってきますと、やっぱりさっきの鯨の集団自殺に戻ってくるんですが、人間に非常に大きな穴が開いていたとすると、それはもうどうしようもないんで、それをどうするかってことですね。お互い同士の理解でしたら、人間の脳を含んでいるような脳があれば、それは少なくとも人間に関しての問題は理解してくれる。それでいいような気がするんですがね。ただ、そういうのは理解だけの問題にしてつくったモデルといいますか。ですから、鯨の場合のように、もし、ある種の砂浜は絶対に知覚できないという状況をつくってしまうと、これはたしかに、安部さんのようなある悲観論になっちゃいますが……。まあ、そこまで悲観論ではないんですが、むしろ私は、非常に楽観的な面がありまして、人間というものを人間が改変する可能性というのは、現実にはできているわけですね。ただ、それがどういうところまでいじっていいかということが現代の一種の問題になっているわけで、だからコンピューターみたいなものは、むしろ人間が脳を延長していってると。つまり、意識的にできるような部分を延ばしていってるんですが、それは脳が延びたにすぎないんで、延びたって言い方はおかしいですが。

**安部** うん、わかります。

**養老** 変えてるわけではないんでね。ただ、さっきの最初の二つの、延ばすのか、それとも、ルールを設定して、その中でどうなるかをみるのか……どうなるかを見るという、その全体の範囲の見方が、ここまで世の中が大きくなってくると、非常に見づらくなると。おそらく、今の経済の問題でも、中に入って動き回っている人は全体像がどのくらい見えているのか。（笑）

**安部** 僕はほとんど見えてないと思いますよ。

**養老** そうです。

**安部** 見る必要ないし。

**養老** それはですね、実は、私も自然科学の中にいますから、自然科学の全体像は読み切れないんですね。

**安部** まあ、そうです。すべては読み切れないでしょう。読めるということはありえないんだけど、ただ、今おっしゃったように、脳が脳を理解するという前提。この部分では、僕も意外と楽観的なんです。よく固有性を主張する人がいて、絶対に理解しがたいことを強調することによって精神を語る人がいるけども、僕はそれ、絶対反対で、原則的には読めるものだと思います。で、読めないものは存在しないと言っていいわけです、原則的に言って。だから読める。読めるものをわれわれは脳と呼んでいる。そうすると、その部分では僕は全然失望もしないけど、ただ集団のルールというものが、脳の理解し合う外にある別のものじゃないかという気がするんで、この部分で多少鯨的なんじゃないかと。見えない部分があって、そこへ乗り上げていってるんじゃないかと……

## 2　コトバはヒトを滅ぼすか

（箱根の安部公房の山荘にて）

**養老** 私は虫が好きで、よく若い時、採集に来てたんですけども。

**安部** この辺に。

**養老** ええ。ここも歩いてよく通ったですね。意外に珍しい虫がいたりして。

**安部** そうね。五年くらい前は、庭にキツネがいたことあったな。

**養老** そうですか。

**安部** ええ。今はもう何にもいなくなった。キジぐらいしかいないけど。
**養老**　はあ。ここはちょうど、話に昨日も出ましたけど、動物の分布の境になってたりして。
**安部**　ああ、そう。なんかいろんな動物がここを境にしてるみたいね。
**養老**　そうです。そこにモグラの……
**安部**　跡があるか。
**養老**　ええ、ありますよ、モグラの塚が。
**安部**　そういう話聞いたことがある。関西のモグラがここまで攻めてきて、関東のモグラがここで負けかけているんだって話聞いたことある。
**養老**　アズマモグラとコウガモグラというやつですよね。
**安部**　ああ、そういうの。なんか関西のモグラの方が強いんだって。
**養老**　いや、それはわからんです。(笑)
**安部**　境目というのは、どこのことを言うんですか、だいたい。
**養老**　やっぱりこの箱根を越えないということでしょうね。山があって。
**安部**　湖のあたりが境界になるわけですか。
**養老**　厳密に言うと、外輪山の向こう側ですね。
**安部**　向こう側と。
**養老**　ええ。あと、この山を越えないという、で、関東に入らないという。同じこの芦ノ湖の岸でも、私は内輪山側のここんところをずっと散歩するのが好きなんですね。そうやって足元に興味をもたないといけないんだけど、人生はね。
**安部**　ほんとだね。僕はどうも、庭もちゃんとあるんだけど、出たことないんだよね。ただ幸いあそこに見えてる富士山だけが見えない所に土地を買ったのが……
**養老**　富士山はあまりお好きでないと。
**安部**　いや、これにあなた、富士山が入ってたら出来過ぎでさあ。
**養老**　(笑)
**安部**　とてもじゃないけど。
**養老**　風呂屋の看板みたいに。
**安部**　ええ、看板みたいになっちゃう。
**養老**　そうですね。
**養老**　昨日までは、割合ヒトを外から見たというか、ヒトの集団のような話でしたけども、今日は中の方にと言うか、ヒトを中からどういうかということで、例えば、ヒトと動物の大きな違いというのを、いろんなまとめ方をするんですけども、ひとつの言い方はシンボルといって、広く言えば、宗教とか科学とか芸術とか、文学もそういうものに入るんでしょうけれども、そういうまとめ方もありますし、それからもう少し具体的に言いますと、昨日出たお金とかそういうもの、そして、その中で一番大きな、安部さんがよくおっしゃっておられる「コトバ」

ですね。で、そういう言葉なら言葉について少し考えてみようかというふうに思っておりますけども。

**安部**　なんていうのかな。例えば、今、一例ですよ、分子生物学なんかやってる人は、分子生物学というのは、今の学問の最先端で、とにかくトップに躍り出てると。それで、いろんな事をもう俺たちが全部やっちゃったと。で、残るものは精神であると。そして、そう言ったとたんになにか急に人間論的な思考が出てきて、あれは日本だけで使う言葉らしいけど、ニューサイエンスというような動きが出てきますよね。それで、すべてを要素に還元して考える還元主義ではもうダメだというようなことを言って、精神、精神とやたらと言うんですよ。しかし、その精神というものは何かというと、要するに言葉だということを納得、うんと言わないわけですよ。言葉なんてものは単に、精神を表現したり、あれするちょっとした道具だというふうに思っていて、精神というものは、言葉の向こうに非常に大きな領域としてあるというような主張がどうも多いような気がするし、その専門の分子生物学なんてやっている人でさえそうですから、まして、文科系・理科系って分け方よくないけども、文科系の人たちだと、どうしても言葉というよりも、言葉の裏にある精神、言霊のようなものをやはり考えちゃうんですよ。で、実際にはそうじゃなくて、言葉そのものがまさに精神そのものであると。わかりやすく言えば、例えば、僕らが精神について語ろうと思えば、それを言葉を使って語る以外に方法はないし、仮にこういった対談で、言葉以外のことで精神を示そうと思ったら、禅問答みたいになっちゃうわけね。

**養老**　そうですね。

**安部**　この、意外に言葉に対する認識の不足と、それから、言葉の強烈な力に対する無知ですね。こういうものに対して、僕はある程度はっきり、精神は言葉であり、言葉は精神だということを強調したいと思うんですよ。

**養老**　言葉をわれわれが使うとき、意識的に使っているというふうに普通考えますから、医学では特に意識と無意識というようなことがありまして、おそらくその無意識ということが存在するということが、比較的言葉が、今おっしゃったように、精神そのものではないような、つまり、無意識というものを含めて、もう少し広い部分があるんだというふうに普通は思っているんでしょうけれども、ただ問題は、その無意識というのを言っているのもまさに言葉であって、それを、自分自身がそういう無意識の世界なら世界を持っているということは、それはいいんですが、結局それを伝えているのは実は言葉であると。

**安部**　そうそう、考えるのもね。

**養老**　人間がヒトになった時といいますか、その時に、生まれつきプログラムが切れて、開かれる。で、安部さんの話では、そういう開かれた部分を閉じて、もう一度閉じようとするといいますか、そういうものに言葉が使われると。ところが、言葉というのは非常に多様性があって、いろんなものを含みますから、人間というのは別の言い方をすれば、開かれたプログラムになってしまっていて、そこから様々なことが生じてくるんだと、そんな考えをお持ちと思ってよろしいでしょうかね。

安部　そうですね。僕ね、実は、言葉についての極めて唯物論的な解釈ができるんじゃなかろうかと昔から思っていたわけですよ。ただ、たしかに、言葉というものは、それ自身自らを語るという機能、これは非常に変なものですよね。今、言葉について僕らが考えようとするときに、言葉で考えなくちゃいけないということがあるために、他の対象とちょっと性質が違うところがあるんです。そこで迷いが起きるんでしょうけども、しかし、どっかでそれを切り抜ける方法があるんじゃないかとかねがね思っていて、僕は一番最初に、関心といいますか、興味を持ったのは、今評判全然悪いけど、悪いというか……ロシアの大脳生理学者のパブロフの条件反射理論というのがありますね。それで、無条件反射を例えば線とすると、条件反射は面になると、一次元上がると。だとすると、その条件反射をもう一次元上げた、条件反射の条件反射みたいなものが考えられるんじゃないかと。で、これが言葉じゃないかということをパブロフの『大脳生理学』の最後のところにちょっと触れてあるんです。僕、非常にそれに興味を持ちまして、ヒントとしては、言語をそういうふうにひとつの生理現象としてとらえようとした姿勢というものは、これは非常に大きな重要なものだったと思うんです。その後、今度僕の関心を引いたのはローレンツなんですけども、ローレンツは、さっきおっしゃった、その鎖の問題ですね、要するに、動物が持っている……。このローレンツというのは不思議にパブロフのこと、すごく嫌いなんですよ。なぜかというと、自然の状態における観察じゃないと、パブロフの研究は。これは動物を拘束して、拘束状態における観察であるから、あれはダメだと。ダメだというか、自分は嫌いだということをはっきり言っているわけです。しかし、その好き嫌いの問題は抜きにして、やはり、ローレンツも自然観察を通じて、動物というものが、すごく精密な内的な、あるいは生得的なプログラムを内側に持っていて、条件反射はもっと複雑な様々なプログラムの組合せであるということを、彼は、観察から言ってきたわけです。これは僕も、非常に感動的と言ってもいいぐらい、動物のディテールからプログラムのエレメントといいますか、そういうものを引き出してくる非常に優れた業績だと思いましたけど、その後彼も、動物の持っているプログラムに対して人間は何であるかというと、その非常に精密な動物の行動のプログラム、遺伝子に組込まれたプログラムをどっかで人間は切ってしまったと。ローレンツという人は、人間が鎖を切ったことがひどく人間をダメにしたと。で、あの見事な調和を維持している生物のプログラムに対して、人間はなんと醜く変わってしまったかと、それは大事なプログラムを切ったためだと。たしかに言葉によってわれわれ得るものも大きかったけど、失うものがもっと大きかったというのが彼の根本的な思想ですよね。そうなってくると僕は、ローレンツに非常に疑問を呈したくなるんです。たしかに、動物の持っている、ああいう美しい秩序のあるプログラムをわれわれは切りましたけども、今度はそれを失う替わりに、自由にプログラムを組む能力を手に入れたわけですから。やっぱり、人間の誕生というものは、それまでの動物の非常に優れた能力を受け継ぎながら、それを捨てて、捨てた瞬間に、次の大きな可能性をやはり手に入れたというふうに肯定的に僕は考えたいわけです。僕はその後で、チョムスキーの、つまり生成文法の理論というもの……これは全く言語の構造の法則ですね。言語というものは、ひとつの文脈をもって、対象を認識し、あるいは伝達するというときに、ある法則がなきゃいけないと。それで、その法則をいろいろ探っていくうちに、英語とかフランス語とかマレー語とか日本語とかいろいろあっても、その奥にひとつの普遍文法のようなものがなきゃいけないと、なければ成り立たないと。ということになると、当然これは生得的なもんじゃなかろうかということで、全くこの言語の側から、やはり生得説を言ったと。で、この三つを組合せたら、状況証拠としては、ほとんど言語というものが、ある意味で遺伝子レベルで、言語そのものじゃなくて言語能力ですね、これが遺伝子レベルにプログラムされている考え方が、どうも状況証拠としてはかなりいいと。ということは、生理現象として言語をとらえてしまっても一向差し支えないんじゃないかというふうにきた後、この十年ぐらいのことですけども、ビッカートンという人のを最初に読んだんですけども、「ピジン・クレオール」という言葉。これはほとんどしかし、まだ一般的ではないでしょう。

**養老** あまり聞きません。

**安部** ねえ。だから……

**養老** ピジンというのは一般に、片言といいますか、ちょうど戦後の日本人が話していた英語の単語を日本語の間にポンポンとはさんで……

**安部** そうです。要するに、ピジンというのは、出来損ないの、今おっしゃったような言葉だと。ところが、これはたしかにそのとおりなんですけど、一番ピジンというものがあれしているのは、一つはハワイの。これはビッカートンが……。まだハワイには残っているんですよね、初代の移民が。

**養老** なるほど。

**安部** 世界中から移民が集って、特にアジアですね、移民がたくさん来たわけです。で、移民だけが固まった、これはある意味では非常に特殊な状況ですけども、そこで、じゃあ、お互いにどういう言葉をしゃべったかというと、これはピジンなんです。で、僕、その文例を読んでいるうちに非常に不思議な気分になってきて、その晩夢見てしまいましたけど。要するに、今おっしゃったように、単語だけ共通なんですよ。そして、一応優位にある英語をヒントにして、英語を使っているんですけども、これは語彙だけですね、ごく少数の。あとは全部、文法は自分の出身母国語の文法でしゃべっているんです。フィリッピン人はフィリッピンの文法で。それは結構かなり複雑に通ずるんです。で、そういうふうにして、初代の移民がピジンという特別な言葉をつくります。ところが、面白いのは、その次の世代、子供たちがどうなったかというと、子供たちは親からだいたい普通は言葉を習うとされているんです、一般的には。ところがそうじゃなくて、共通の文法をもった共通の言葉をしゃべり出すんです。これがクレオールなんですけども、その共通の言葉というのが実は、昔は英語が崩れたものであるとか、あるいは、いろんな国の、フィリッピン語、日本語、韓国語、そういうものがぐちゃぐちゃっと混じって出来たものだととらえられていたんですね。

**養老**　合成された言葉と。

**安部**　合成語ですね。ところが全然違うんです。しかし、ハワイ・クレオール、それから、全然無関係にガイアナの方でもクレオール――これはある意味一番はっきりした形で残っている――それから、インドネシアの方であるとかアフリカであるとか、クレオールはそれぞれ残っているところがある。これが不思議に、関係がないのに同じ法則を持っているんです。それで、このクレオールの発生というのは、みてると、初代のピジンをしゃべっている子供たちがお互いに付き合うのにピジンじゃダメなんで、クレオールを自動的につくっちゃったということですね。なぜそういうものが出来るかというと、要するに、幼児語からだんだん大人の言葉に変わるようなプロセスが、外からの教育、あるいは自分の学習ということがなかったらどうなるかという一つの典型的な例ですね。で、これはクレオールというものが、そういうひとつのある意味で創生期の言葉といいますか、言葉の発生を考える上で非常に重要なものであるらしいと。そのことを読んで、これはある意味で、いままでパブロフとかいろんな人がやってきた一種の作業仮説みたいなものが具体的な形で実証されたと、ある意味で考えられるんじゃないかと、非常に僕、興味持っているんですよ、これ、今。

**養老**　今の言語の話、大変面白いんですが、私どももう少し基礎的なところから言語というものを考えると、やはり私はいつも言語というものは不思議なものだなというふうに思っております。特に不思議なものは、目で見て、字を読んで、本を読むという。ところが、今ですと、こうやって話し合いをしていると。つまり、聴覚言語ですね。それで、読む方は視覚言語であると。で、私が最初に言語に興味を持ったというのは、ですから言語というものが、見るということとあまり矛盾しないといいますか、非常に近い関係にあると。そういう視覚言語については割合親しいというか、慣れている。ところが、ヨーロッパ人はよく聴覚言語、言語といえば聴覚言語と。そして、日本でも本居宣長以来ですね、まさにそうなんで、字がなかったもんですから、聴覚言語だと。ところが、非常に面白いのは、言葉の使い方として、そういうふうな区別をするときは、やっぱり聴覚言語、視覚言語というわけですから、それは別なふうに意識されてるわけですね。ところが、われわれは実際には、それをほとんど意識しないで、両方混ぜて使っている。

**安部** してないです。

**養老** はい。ところが、光のサインとして目に入ってくるもの、それから、空気の振動として耳に入ってくるもの、それが脳に入るとつながって一つのものになるという非常に不思議なところですね。それで、それをどうやってつないだかということを考えると、そこが不思議でしようがなかったですね。安部さんもよくおっしゃっている、そういう言葉遣いが一般性があるかどうかは知らないですけども、アナログとデジタルという言葉というものは、やっぱりものを切っていってしまいますんで、そういうふうなことが基礎にあって、そういう基礎的なことと、非常に異質な……音と光を、われわれ、別に異質だといまや思ってないわけですけども、これ、非常にさかのぼって、動物の時代になると、両方がいっしょになったというのは非常に不思議であると、不思議以外の何者でもないんで。全く違う物理的な性質が頭の中では渾然一体となってしまう。

**安部** 統合されてるということですね。

**養老** はい。で、それを一言で統合とか連合とかいうふうに、言葉で言っておりますけども、じゃあ、具体的にそういうものをつなぐ機械を設計しようとか、そういうことを考えると、まだまだいろんなことを考えなきゃいけないんだろうなと思うんですね。そういうふうな脳の中のレベル、さっきからおっしゃっているように、言語というのはひとつの生理的な過程であると。そういう生理的な過程の部分がどこまで入っているかと。それで、チョムスキーの普遍文法もそうですけども、そうでなくて、後天的に入ってくると申しますか、普遍的な文法の上に今度は、後天的に入ってくると。で、ローレンツが面白い例を出してまして、刷込み……刷込むというのは、鳥が親だと思うのは、生まれてから特定の期間に見た動くものを親だと。例えば風船でもなんでもいいんですね、目の前にあれば。ところが、決まっていることもある。それは、親が人間でありますと、つまり、本来ならば鳥が親ですから、小さいんですが、人間が仮に親に刷込まれてしまうと大きくなっちゃうんです。そうすると、雛たちはどうするかというと、普通の鳥の大きさに見えるまで、つまり視角ですね、見る角度が普通の鳥の親を見ている場合と同じになるところまで退がって……

**安部** ああ、距離をとると。

**養老** はい、距離をとってくっついて歩くという例を出しています。

**安部** なるほどね。

**養老** で、そういうものは、さっきおっしゃってたように、まさに普遍文法みたいなものですね。それはもう遺伝子で決定されてしまった。ところが、その中身に何が入るかというのは非常に自由で、しかし、いったん入ってしまうと、親は親で、黄色い風船が親になったらもう黄色い風船にしかついて歩かない。で、そういう脳の生理って非常に変なところがありまして、そういう遺伝的に決まっているというのと、それから、後から入ってくるという、後から入ってきても、いったん決まればそうなってしまうものと、それから、まだまだ言葉のように私はかなり自由がきくんじゃないかと……だけど、二つの言語を自由に操るというのは非常に難しいかもしれませんし。で、私の興味はそっちの方からいってる。ところが、今安部さんのお話を伺っていると、どうもその両側からの話がかなりこれからいいところまで近づいてきて……

**安部** そう思います。

**養老** ええ。進んでいくんじゃないかという、まさにそういう意味でも楽天的にちょっと出来てる……

**安部** そうですね。進んでいくという点でも、僕はある程度楽天的に考えられますし、それに、この人間というものについて、やはり、ローレンツのように、動物の持っている見事な秩序と行動のルールのプログラムを捨てたということを嘆くよりも、今おっしゃったように、例えば、刷込みの場合でも、親が刷込まれるという能力ですね、その構造は遺伝子レベルで決定されていく。何が刷込まれようと、それは何かが刷込まれるというのがあるわけですね。ところが、人間の場合だったら、その鎖が切れちゃっているから、もうちょっと、例えば、はたして生みの親か育ての親かということがあるように、親の概念そのものが非常に選択の幅が広くなるわけです。それは、人間が狂ってしまったというふうに考えることができますけども、やはり、可能性をもったというふうに考えるべきだと思う。

**養老** そうですね。

**安部** そこに一つ希望がありますね。今おっしゃった、目で見るものと音と、それから、もう少し具体的なことになりますと、目で見るものと音と、それがどういうふうに関係するかという問題ですけども、言葉というものはもともとこれは音だったと思います、当然。ただそれが、目が、視覚がそれに対してどういう協力体制をしいたか、それからその協力によって言葉がどう変わったか。これはたしかに大きいんですよね。視覚による協調がなかったら、おそらく言葉はこんなに成長し、膨大になるということはなかったと思うんです。で、それはどういうことでなったかというと、やはり、この言語というものがなぜかそれまで他の動物が持っていなかった、情報処理のアナログ処理に加えてデジタル処理ができるようになったという、非常に不思議な、僕にもこれイメージが湧かないんですけど、とにかくデジタル処理ができるようになったということで、二つの光のアナログと音のアナログが、何かの加減で、デジタルとして協調するというか、助け合うという……

**養老** あるいは交換可能になるといいますか。

**安部** うん、交換可能だね。

**養老** それで、出ていくときにもう一つあるのは、言葉というのは、やはり出ていく。すると、声として出ていく。

**安部** それ、アナログですね。

**養老** はい。で、手で書いて出ていきますね。

**安部** それもアナログだね。

**養老** 一つ、もう少し具体的に引き延ばして言うと、例えば、言葉の場合ですと、こうやって話していますときに、どういう言葉までが範囲になっているかということが、やっぱり問題になってくる。それで、言葉なら言葉という言葉を言うときに、脳の中には言葉に対応する運動のプログラムがやっぱりあるんじゃないかと。

**安部** そうそう、当然ある。

**養老** そうすると、そういう単位を、いわばデジタルですね、一つの単位として扱っているのかなと。でも、どうもその言葉の単位が単語であるとは思えない。

**安部** 単語じゃないですね、構造ですね。

**養老** はい。ですから、出てきた言葉からその単位を推測するのはなかなか難しいところがありまして、まだまだそこら辺は詰めなきゃいけないといいますか、言葉の中のアプローチがまず必要な点でもあり、難しいところでもある。で、脳の中でどういうふうに駆け巡っているのかというのが、これまた全然違った人たちが違ったアプローチしてやっているわけで、そこら辺にもう一つ難しい問題がありそうだなと思っているんですが、ただ非常に面白いと。で、普通の場合に、脳の中でいわゆる連合野、昨日もちょっとお金のことでそういう話が出たんですが、お金がちょうど駆け回るように、脳の中を、なんだかわからないけども、神経細胞同士の間を情報といいますか、そういうものが駆け回っており、それで、非常に大きな部分が、人間の場合には言語として場所をとっているといいますから、脳に言語野という部分も、局在して考えられるくらいで、ですから、もしかし、われわれの持っている脳の働きというのが、脳のある部分にあるというふうに考えるか、あるいは、全体に拡がるというのか。これは古くから議論があって、で、生理学的には非常に強く、そういった局在的なものがいつでも追いかけられていくわけで、ですから、生理学の結果を見ていけば、どこの場所は何しているところだという答えが比較的出てくるので、それに対して、そういう方法が入っていけないところについては、どちらかというと全体論が強くなっておりますから……

**養老** これから先非常に、私は、脳というのが一つの主題になっていくと思いますけども、それは安部さんが最初におっしゃってた分子生物学なら分子生物学というものがあるところまで来て、そこからポンとスイッチして、精神に行くというのではなくて、むしろそういった、今私が言ったような、これからの精神の探究というのは、やはり、どっちかと言うと、初めは観念主義的な動きで進むんじゃなかろうか、言葉の分析にしてもそうですが。で、そういう問題ではまだまだ分析されていない部分が随分あって、それは何でしょうね。今、最初に言葉が生理学的におっしゃってましたけども、それを生理学的にと言うときに、私はやっぱり何か抵抗があったんじゃないかなと。

**安部**　そうですね。これ、僕はちょっとなぜかなという問題でいろいろ考えたんですが、例えば、脳の左右の分業ということは、もうその部分を研究している人には分かりきったことです。で、左右の分業でだいたい一般的には大多数の人が左脳でデジタル処理をすると、右脳でアナログ的な情報処理をすると。ところが、自然な動物の状態ではアナログ処理しかないから、人間に至って左のデジタル処理ができたんだろうと、ここまでは実験的にも確かめられているし、そういう部分の専門家はわかっているわけです。ところが、なぜか不思議なことに、例えば、言語をやっている人たちが相当突き詰めて考えていても、その部分が全然入っていないんです。どうしてか知らないけど、抜けちゃうんですね。それから、右脳、左脳の分業をやっている人も、こっちはデジタル処理してるんだというだけで、それが言語であるということが今度は抜けちゃうんです。それが合わさると、一つの立体像が出るんだけど、まず合わさった例がないということは、これやっぱり手強いんでしょう。

**養老**　例えば、言葉の場合に、理科的な観点からすると、ひょっとすると、意味論というのが落ちているのです。意味というのは何かということです。ある種の重みづけみたいなものですが、こういうのは非常に難しくて。ところが言葉というのは、意味を抜きにしては成立しないんですね。ですから、先ほどの言葉のルール、例えば、ピジンにしてもクレオールにしても、そういうふうな、具体的な例を考えても、そういうものの構造ですね。ルールとおっしゃっているのは一種の構造である。そういう言葉を外から見たときの構造ですが、そういうものを扱うというのはたしかに、理科的な方法、生理学的にしていけるんですが、言葉を扱っておられる安部さんなんか特にそうだと思いますが、今度は言葉がその意味というのを担ってくるわけです。そこら辺が非常に自然科学的には難しくて、さっきの右と左の場合でもそうなんですが、どういうふうな処理で、機械が動いているように、ヒトの脳を外から見ると、それは非常にはっきりしたルールが、ひょっとするとどんどんどんどんつかまえられてくるかもわからない。ところが、そのルールが、どこで自分が今度主体となった、主観的な世界としての意味をもってくるか。意味をどこで付与するかということ。で、そういうものが入ってきた時に、自然科学系の人は一種の拒否反応を起こしてくると、極端に言えばですね。で、一方、小説を書く、あるいは文学とか詩を書く人たちというのは、全く違ったアプローチ、つまり自分の中の方から意味をもったものとしての言葉を生みだしていきますね。

**安部**　そうですね。おっしゃるとおり、養老さんは自然科学系の方だから、そういうふうに見ちゃうんだろうけど、現実は、僕は逆のような気がするんですよ。

**養老**　そうですか。どうぞ。

**安部**　ええ。どういうことかと言いますと、今チョムスキーが発表してから三十年経って、いまだにチョムスキー批判というのは多いんですよ。その批判のポイントは何かというと、チョムスキーは人間がわかってないと。ごちゃごちゃした分析ばかりするけど、人間というものはそんなものじゃないんですよと。こういう、なんというか、わかるでしょう。

**養老**　はい、わかります。

**安部**　これは、言語学というのは、そもそも文科系のものと思われているから、平気でそういうことを言う。チョムスキーは人間がわかっとらんと言うと、う〜ん、なるほどと、こういうのがだいたいの風潮ですよ、現実には。それからもう一方、逆に今度はそれ以上に自然科学系、特に分子生物学をやっているような人が意外なことに突如として、精神と言い出すんですよ。それで、その人たちが精神と言うときに、むしろ逆に、意味論の方に唐突に突っ走っちゃうんですよね。そして、もう還元不可能な領域をアプリオリに決めちゃうわけね。だから、科学の人も、文科系の人も、おしなべて精神という神秘的幻影の前にひざまずくという風潮がいまや、僕は非常にはびこっていると思います。

**養老**　私は、そういうふうな領域というのは割合興味を持つんです。つまり、昨日もちょっと話が出たんですが、実はゴミ溜というところで話が出たんですが、ある部分を整然としていきますと、人間はどうも耐えられないというか、あるいは現実がそうなっていないのかもしれませんが、どっかにゴミ溜を考えている。そうすると、理科系の人間は、例えば、分子生物学で例をとりますと、そういうところで非常に整然とした世界が出来上がってきますと、今おっしゃった人間という観念がどっかにありまして、その残りの部分を全部入れるゴミ溜が欲しい。(笑)で、文科系の方は逆に、やっぱり同じように今度別の方から物事を見ていきますと、それで欠け落ちていく世界があります。で、落ちたものに対してどうしても一種の、よく言えば哀惜の念があるわけで、悪く言えばなんといいますか……

**安部**　縄張り根性というかね。

**養老**　ええ、そうですね。それを捨てるところがあると、どうしても私は、そのゴミ溜を開けて覗いてみたくなる。で、安部さんの「死に急ぐ鯨たち」の中に写真がありましたね、あの、ゴミの……(笑)

**安部**　ああ、そうそう。

**養老**　あれでなんか非常に印象的なのは、そういうところにはやっぱり……

**安部**　僕は、写真撮るとゴミばっかり写すんですよ。それで、外国なんか行っても、どこへご案内しましょうか、美術館がありますとか、公園がありますと。いや、全部いいからゴミ捨て場に連れていってくれと言うと、たいてい相当嫌がられるけどね。(笑)

**養老**　そうですね。

**安部**　でも、僕はどこへ行っても同じゴミがあることにすごく関心がありますよ。だから、今おっしゃったような意味で、例えば、分子生物学者が突然精神と言う変なことになったり、それから、文科系の人が依然としてチョムスキーのような姿勢に対する反発を含むと、これはあるいは、人間の中にずっと溜ってきているゴミの部分かもしれないから、僕みたいにあっさり、ああ、イヤだと。僕はああいうの見ると、なんていうか、ゾクゾクとするくらい不潔感を感じるの。だから、そんなこと言わずに、ゴミだと思ってもっと優しく見てやるべきなのかもしれないけどね。(笑)

**養老**　いや、それはかなりひどい話になりましたけども、もとの話に戻って、言語そのものを、例えば理性的に考えていこうとするときに、突然やっぱり、精神というのは具合が悪いので、やっぱり分解できる対象として、あるいは、そうやって極端に言えば、生理的に実験的に扱える対象として見ていくというのは、文科系の方にもあって。

**安部**　そうですね。ちょっと遠慮がちに養老さんおっしゃって いますけど、いきなり精神にというふうにおっしゃったけども、僕は、永久に精神なんかに到達する必要はないというのが、僕の意見なんですよ。

**養老**　はい。

**安部**　それは、さっきのクレオールが発生する時に、一つ条件があるんです。その条件は何かというと、過去の伝統を持たないこと、それぞれが文化圏の伝統を持たないこと。それから、伝統から追放されてしまったという意識をもつこと。この二つがクレオールの再生といいますか、発生する一つの条件なんですよ。

**養老**　ああ。

**安部**　こういう言い方って、極端になるんだけども、どっちかというと、伝統回帰の時代ということはちょっと言えるんじゃないかと思うんです。で、現状肯定も現状否定も、両方ともがそれぞれのイメージの違う伝統をもって、その伝統に回帰していこうとする時代ということがちょっと言えるんじゃないかと思うんです。

**養老**　なるほどね。

**安部**　で、これがやっぱりある意味で、文化の停滞の原因になっているんじゃないかと。それは、教育面でも、文化面でも、いろんな面で自然科学を含めて、ある意味での伝統主義的な構造をだんだんとりつつあると。これは昨日もちょっと出た、国家の肥大化ですね。国家構造の肥大化というのは、おのずから、これは伝統回帰ですし、それから、要するに儀式の強化ですね。それから、精神というものを標榜するとき、精神というのも実は伝統から発生してくるものであって、ものとして精神という物質があるわけじゃないんですから。もしか、どっかのグループが、俺のとこの伝統はすごいんだと、お前ら、俺のところの言葉を勉強しろと一遍になったら、これはもう絶対ダメなんです。だから、そういう意味から言うと、僕はその精神という言葉の裏にある伝統主義的な、ある目にみえない変なもの、こういうものが、われわれの価値体系の中で大きければ大きいほど、文化というものが停滞するんじゃないかと思うんです。だから、出来ればいったん伝統からの追放者になって、自分をそこに置いて、その上で、自分自身の周辺に、つまり、一番根源的な誕生ですね。文化というものは、僕は、伝統よりも各瞬間の誕生というものが大事なんだと思うんです。そのために人間というのはプログラムを切ったんですし、だから、精神というのはどうでしょう、僕はあえて還元主義的なところをいったん通って精神に行くんじゃなくて、精神にはもう行かないと。

**養老**　はい。これは当たっているかどうかわかりませんが、安部さんの作品、小説を読んでますと、時々ちょうどそういうふうな局面といいますか、にあった若い人たちが既成の社会に入っていくという、そこの前で一種のためらい、あるいは恐れ、そういうものを感じている。そういう状況を読み取っているんじゃないか、安部さんの作品からですね。そういう不思議なためらいというのか、逡巡というか、今おっしゃった、まさに国家なり社会なりというものは、一種の非常に長い伝統をそこに踏んで育ってきている。ところが、生まれた子供たちは白紙の状態で生まれてきて、その中である程度育ってきますけれども、やはり社会的な国家なり、そういうもののリチュアル（儀式的）な量を意識していくのは、まさに成人式というのがあるくらいで、そういうふうなリチュアルにそこで入っていくわけですね。自分がその社会になぜ入んなきゃいけないか、極端に言いますと。それから、そうやって出来上がっているものに対して、自分がどうして異議申し立てができないか、よその生き方があるんじゃないだろうかというような、そういった恐れなり何なりが、若い人にあると思うんです。そこのところが安部さんの作品には、私には読み取れるような、つまり、読もうと思えばそう読めるところがあるんですね。で、それが若い人が割合好むといいますか、好んで読む理由じゃないかと思ったりしたことありますけれども。

**安部**　まあ、そういうふうに言っていただくと大変ありがたいんですが、そうね、それはしかし、通過したら、ずっともう、伝統の方に消えて立ち去っていく。でも、その中の何割か、ごく少数であっても、クレオール、つまり反伝統の姿勢を持ち続ける人もいるし、これは社会から脱落するかもしれないけど、ある人は次の本当の新しい文化の形成者になるかもしれない。だからやはり、なんか民主主義の講義するみたいでおかしいですけども、やっぱりこの少数というものの持っている力を考えると、伝統拒否というものがやっぱり、僕はこれから一番必要じゃないか。で、今それ言うとバカじゃなかろうかという顔されるけども、しかし、例えば現代文学を考えるときに、フランツ・カフカという人を考えてみても、あれ、フランツ・カフカというのは、僕は本当にクレオール作家じゃないかと思うんですよ。完全に伝統を拒絶したんじゃなくて、伝統から拒絶されたというか、伝統がもう彼を受け入れてくれなかった、孤絶感といいますか、そういうところでやっぱり彼の文学が生まれたと思いますよね。

**養老** カフカの話になりましたけども、カフカの『変身』ですね。あれは人間が虫になるというテーマですけれども、安部さんの作品にもいろいろ虫が登場するんですね。

**安部** そうですね。

**養老** 『砂の女』ですと、ニワハンミョウという虫が出てくる。あれは現実の虫なんですね。

**安部** あれは現実の虫ですね。

**養老** はい。

**安部** そうね。カフカの場合も、あれ、虫になるんだよね。だから……、あの虫は何ですか。あれ、カブトムシ？

**養老** いや、なんかよくわからないんですね。なんとなくカブトムシにも似てるし、サソリとかムカデみたいな感じも。

**安部** ああ、そうですか。

**養老** で、安部さんの作品に出てくる虫は、これは何でしょうね。安部さんの一部が多分そうなって現れる。

**安部** そうだろうね。やっぱり、それこそ集団とか伝統というものの助けを借りないで……

**養老** 自分自身で。

**安部** ということでしょうね。でも、僕、なんでも小さい、捨てられたようなものに妙に、今でもそうなんですよ……

**養老** でも、それはたしかに、その虫みたいなものを大事にするわけじゃないんですがね、なんというか……

**安部** こだわるのね。

**養老** はい、惹かれる。私もそれ非常に強いんですね、やっぱり。そういう世界の隅に、人間から見れば隅なんですけども、本人にしてみれば、宇宙の中心だとおもっているわけなんですけども、そういう感じというのが、やはり安部さんの世界にいつもあって、これはもう一つ惹かれる点なんですね。

**養老** 二日間にわたって、安部公房さんの話を伺いました。話の主題は、虫けらから動物、それから人間、それから人間のつくる社会、その上に国家、あるいは儀式といったような、非常に広い範囲にわたって、興味深い話をお伺いすることができたと思います。途中で、あるいは結論として、伝統拒否の調子が強く出てまいりましたけれども、これは決して狭い意味の保守的な伝統、あるいは伝統を守るというものではなくて、むしろ、その裏に人類の普遍性といいますか、そういった非常に普遍的なものを求める安部さんの考え方が強く出ている、というふうに私は考えております。

［1987. 2. 9–2. 10］

# クレオールの魂

1

翻訳物の推理小説を読んでいたら、面白い表現にぶつかった。「中南米出身の白人が好むクレオール料理」というのである。クレオールという言語学用語が、まさか料理と結びつくとは思わなかった。土着のゲテモノ料理くらいの意味で使われたのだろうか。

ぼくがクレオールや、密接な相関関係にあるピジンの存在について知ったのは、デレック・ビッカートンの『言語のルーツ』(大修館書店)を通じてである。ビッカートンはあいまいな要素をいっさい排除して、厳密にピジン、クレオールの成立条件を言語学的に規定した。たしかにその潔癖すぎるほどの厳密さのおかげで、作業仮説としての有効性は申し分のないものになった。ピジンもクレオールもビッカートンにとっては、言語の生成過程を実験的に観察するための言語学的装置だったのである。

しかし異文化の接触がひきおこすさまざまな複合現象を総体的にとらえようとすれば、ビッカートンが切り捨ててしまったあいまいな部分を、もういちど点検しなおしてみる必要がありそうな気もする。ピジンにしてもクレオールにしても、べつにビッカートンの発明品だったわけではなく、一般的に使われている語句なのだ。こころみに手元の百科事典をひいてみると、

ピジン　シナ英語。諸種の言語を使う異種の人々の混在地に生れた共通語。中国の通商都市のピジン・イングリッシュは英・中国・ポルトガル・マライ語等の混合語。北米の一部でのジャーゴンもその一種で、アメリカ・インディアンのチヌーク語と英・仏語の混合語。

クレオール　西インド諸島、東南アジア、アフリカのギニア地方に移住の仏・スペイン系欧州人の子孫、米国ルイジアナ州移住のフランス人の子孫。西インド・南米等の土着の黒人とアメリカ生れの黒人(アフリカに生れアメリカに移った黒人に対して)。

あいまいすぎる。ピジンがある種の地域語らしいことは想像できても、クレオールにいたっては白人を指しているようでもあり、黒人のことのようでもあり、具体的なイメージを思い浮べることとさえ困難だ。ましてここからピジンとクレオールの相関性を推し量ることなど不可能にちかい。けっきょく百科事典の通念とはこの程度のものであり、この程度の通念のための百科事典だと理解すべきなのだろうか。しかしこんな通念を手懸りにビッカートンを読みはじめたら、ゼラチン製の眼鏡を掛けさせられたような焦点の乱れに気分が悪くなるにちがいない。通念とビッカートンとのあいだに距離がありすぎるのだ。

間を埋めるために、もうすこし詳細に通念を検討した啓蒙書の助けを借りてみよう。ロレト・トッドの『ピジン・クレオール入門』(大修館書店)という本がある。ビッカートンとはかなり立場を異にしてはいるが、より視野が広く(悪く言えば、無限定な寛容さ)、俯瞰図をつくるには有効だと思う。それに結論として、ビッカートンやチョムスキーの「言語の学」は「精神の学」だという姿勢に賛同し、言語のバイオ・プログラム説にも暗黙の了解を与えているのだから、とくに警戒することもあるまい。イギリスの学者とアメリカの学者の違いだろうか。

トッドはまず『オックスフォード辞典』の、ピジンは英語のビジネスの中国なまり、とする定義をこじつけだとして退けている。また一八世紀ごろに記録された「くずれたポルトガル語」説にも、音声学上の疑義を呈している。しかしこうした誤解にもそれなりの理由があったはずだ。たとえば中国の貿易港で、商取引のために外国人どうしが片言で喋りあったことに疑問の余地はあるまい。またぼくは旧満州育ちだが、マーケットなどで日本語と中国語の混合語が語られていたのを思いだす。さらにトッドはヘブル語起源説も紹介している。たしかにpidjom「物々交換」なら意味も音変化も説明がつけやすい。事実ピジンが話されているスリナムやジャマイカには昔からユダヤ人が多かったようだ。ほかに「航海用語説」というのもある。船の乗組員は多民族で構成されている場合が珍しくなく、その共用語がピジンの核になり、世界各地に広げられたというわけだ。言われてみればそんな気がしなくもない。だがトッドは結論を避け、収斂性を持った別個の概念かもしれないと判断にゆとりを持たせている。

またクレオールについては、「土着のもの」という「オックスフォード辞典」の定義をいちおう認めている。criadillo「生育したもの」が植民地風に変形したものという説だ。この辞典の一九七二年版には、「クレオール化した言語」という本来の意味もやっと追加されたらしい。またぼくが調べた百科事典のあいまいな説明についても、なぜそんな記述が起きえたのか、分りやすい解説がある。一七世紀ごろまでは植民地生まれのイギリス人を指していたのが、一八世紀以降、植民地生まれの黒人を意味するように変化したらしいのだ。その時間的変容を無視して並列したのが百科事典の記載だったのだろう。そしてこの頃からしだいに「変形した言語」という限定解釈が目立ちはじめる。下層文化という歪んだ鏡にうつし出された歪んだ下層言語という含みだ。

だがその一方で、一九世紀初頭のあるジャマイカ旅行者の日記のなかには、クレオール・スタイルの朝食のメニューなるものが依然として顔をのぞかせたりする。キャッサバ・ケーキ、ココア、コーヒー、紅茶、各種の果物、鳩のパイ、ハム、タン、牛の腿肉……ぼくを唖然とさせた冒頭の推理小説の「クレオール料理」も、あながち的外れだとばかりは言い切れないようだ。さらには「クレオールする」という言いまわしで、「くつろぐ」ことを意味する地方があったり、ハイチなどでは「フランス語で話す」という表現に、賄賂の意味を含ませたりするらしい。下層文化であるクレオールの側にこそ、真実があるというほのめかしだろうか。

トッドの説明で、百科事典よりは多少ましな知識を手に入れられたような気もする。しかしいぜんとして明確な定義付けにはほど遠い感じだ。ピジンにしても、クレオールにしても、羅列された事象の漠然とした雰囲気が認められるだけで、輪郭の総体はいぜんとしてあいまいなままである。しかしビッカートンはこの模糊とした風景の中から、堅固な支柱にささえられた構造物をさぐり当てたのだ。ただの石ころにしか見えなかった原石から、屈折率を最大限に生かした宝石を磨き出して見せたのである。なぜそんな予見が可能だったのだろう。なるほど、そのつもりになって目をこらすと、漫然とした羅列にすぎなかった事象を縫って一本の赤い糸がはしっているのに気付く。すべてが母国から遠く、伝統の影が薄い、辺境の力学の産物だということだ。辺境における《異文化の接触点》で起きた現象なのである。

2

ピジンもしくはクレオールが、何処でどんな使われかたをしていたかと言った博物誌的な俯瞰図の向うに、異文化の接触がひきおこした文化の変容を透視したビッカートンの功績は大きい。ビッカートンははじめガイアナ・クレオールの研究から出発した。ガイアナでは珍しく、上層文化からの圧力による二次変形（脱クレオール化）が認められない純粋なクレオールが現に使用されているらしい。ついで研究の拠点をハワイに移した。幸運なことにハワイの移民（異文化接触の原因）は歴史が浅く、まだ移民一世が存命していた。つまりピジン話者である。同時にクレオールも使用されていた。ガイアナとは違って、アメリカ化による脱クレオールがかなり進行していたが、ピジンとクレオールの二重構造の存在は言語進化の法則をつかむうえで決定的な手懸りになってくれた。ピジンとクレオールは、従来考えられていたような地域差による変種ではなく、まったく別の次元に属するものだったのである。

たとえばハワイでは移民一世がピジンを語り、二世以降がクレオールを話す。ビッカートンは言語学的に両者を比較して、その間に深い断層があるのを発見したのである。さらに重要なことは、世界各地に点在するクレオールが、互いにかかわりあうことなしに共通の文法を持っていたことだ。言語学的に同定できる共通の構造である。おなじハワイ移民のなかで、親子がピジンとクレオールに断絶し、そのクレオールが無関係な土地の言葉と共鳴しあっているという奇妙な事実。しかもこの奇妙な事実が、どうやら異文化接触の力学をつらぬく普遍的な法則らしいのである。

「ソレ　カラ　ケッチ　シテ　カラ　プル　アップ」

ビッカートンによって採集されたハワイの日系一世のピジンである。邦訳すれば、「捕獲してから引きずり揚げた」となる。ケッチ（catch）とプル　アップ（pull up）を除けば、あとはすべて日本語だし、語順もそっくり日本式のままだ。要するにピジンというのは文法はそのまま所属集団のものを使い、語彙だけは不公平を避けて、とりあえずの上層言語（ハワイでは農場主や砂糖工場主がアメリカ人だったから、とりあえずは英語）を採用したものらしい。中国人一世なら当然中国語の文脈のなかに、ケッチとプル　アップをはめ込んだはずだ。

やがてピジンも多少の進化をとげる。

「トゥマッチ　マニ　ミィ　ティンク　ケッチ」

邦訳すれば、「たんまり稼ぐと思うよ」。語彙はすっかり英語になっている。この状態のピジンを、アメリカ人が耳にしたら、歪んだ下層文化に投影された歪んだ英語だと思っても無理はないだろう。しかし構文を見れば、いぜんとして日本語のままだ。言い変えれば、構文のはたす役割を極度に縮小させたのがピジンということになるだろうか。憶測にすぎないが、聞き手は撒きちらされた語彙を急いで掻き集め、想像力をたよりに自分の所属集団の構文に翻訳し、けっこう共通の言葉を話しあったような気分になったのかもしれない。奇妙で刺激的な光景だ。もし移民一世たちが文化や習慣の違いを楯に、各自の所属集団にとじこもってしまっていたら、ピジン発生のチャンスもなかったはずである。ピジン発生の背景には、各集団の自己主張の放棄という、ハワイ移民社会の特殊な条件がひそんでいたにちがいない。

一八七六年、アメリカでハワイからの砂糖の輸入が自由化され、砂糖黍栽培が盛んになるにつれて労働力が不足しはじめる。中国、ポルトガル、日本、朝鮮、フィリッピン、プェルトリコなどから大量の移民が流れ込み、ほどなく白人やハワイ原住民をはるかに凌駕する独特な移民社会の形がつくられた。こういう場合、各グループごとに閉鎖的な縄張をつくって、互いに牽制しあうのが普通だろう。

たとえばつい最近おきた神奈川県でのカンボジア難民の妻子殺し事件。県警にカンボジア語の通訳がいないので、容疑者の逮捕はしたものの事情聴取ができず、立ち往生してしまったらしい。だいたいこの事件そのものが言葉の障害によるものだった。沈黙の刑を強制された難民の悲劇である。数のうえでの優劣がきわだっているところにピジンの形成はありえない。優勢言語の習得以外に道はないのである。

エリザベス・ブルゴスの『私の名はリゴベルタ・メンチュウ』(新潮社)は中米インディオの恐るべき現実の告発だが、彼等が闇の種族のように差別と収奪と飢餓の地下牢に閉じ込められてしまった理由の一つに、言葉の壁にはばまれて部族間の連帯が不可能だという事情がある。方言の違いという以上の違い方で、通訳もなく(いたとしてもスパイとみなされる)、話し合いのためには双方がスペイン語を習得するしかなかった。だがスペイン語が出来る人間は、人種的混血をしていなくても、インディオの目から見れば立派な混血の仲間であり、敵になってしまうのだ。彼等はひたすら秘密の儀式のなかに閉じ籠る。文化人類学者にとってはよだれが出るほどの標本かもしれないが、これでは闇の種族になるしかないだろう。信じられないことだが、軍事政権とそれに加担している北アメリカ政府に抗議をつづける左派の闘士たちでさえ、インディオの存在すら意識していない場合が珍しくないらしいのだ。ぼくはかねがね中南米文学に強い興味と関心をいだきながら、同時にある欠落を感じていた理由もこれで飲み込めたような気がした。インディオの姿が見えないのだ。ピジンの形成すら拒絶するこのかたくな閉鎖性は、貨幣経済を必要とする以前の原始的な共同体の求心力のせいだろうか。伝統をバリケードにするしか防衛の手段を思いつけないらしい。だからこそタブーを破ってスペイン語を学び、インディオの声を世界に告げようとしたこの本が感動的なのである。

ではなぜハワイの移民のあいだでは、そんなふうに簡単にピジンが出来たのだろう。いくつかの条件が考えられる。たとえば砂糖黍農場もしくは工場の労務管理が、きわめて計画的だった場合。管理者の数が少なく、手に余る状態だと、労務者の反抗を予防するために出身地別のグループ化は避けたほうが無難だろう。少数派である白人の不安を暗示する、当時の新聞記事を読んだ記憶がある。「今回到着した労務者たちは日本国からのもので、はだしに素っ裸、ふんどし一枚という野蛮きわまる風体だが、性きわめて温順、中国人のように喧嘩っ早くないから街で出会っても心配することはない」といった趣旨のものだ。移民というよりは、むしろ棄民のイメージである。こういう連中をこき使おうと思えば、まず組織化のチャンスを与えないこと。そこで作業のチーム編成から、キャンプにおける日常生活まで、人種の混成状態を強制した可能性も考えられる。人種構成がアマルガムなら、言葉のアマルガム化も容易だったはずだ。それに移民たちはインディオの場合と違って、なんの生産手段も持っていない。伝統的な共同体による保障は一切なく、賃金がすべてなのである。いまさら所属集団の伝統や言語に未練はなかったはずだ。

もちろんこれだけの条件がすべて揃わなければピジンの形成が不可能というわけではない。たとえばインディオと同様に部族語が優勢なアフリカでは、むしろピジンの形成が日常化しているらしい。不可避的に貨幣経済の世界にまきこまれてしまったせいだろう。数部族に通用する新造語が、生れては消えるという状態を繰り返しているようだ。部族間の利害や力関係によって、ピジンの中心がずれていくのかもしれない。ハワイのピジンとくらべると、ひどく不安定である。不安定なピジンの例なら、他にもいくらでも思いつく。(軍事的、もしくは経済的に優勢な）文化圏の周辺で発生する臨時のピジン。終戦直後、米軍基地の周辺や盛り場でよく耳にした売春婦や浮浪児のパングリッシュ。その韓国版がバンブー・イングリッシュで、これがアジア地区での（主に米軍基地周辺の）ピジンの総称として学会にも登録済みの学術用語らしい。

だがこの種のピジンは条件がなくなれば、すぐに消滅してしまう。ピジンにも安定型と不安定型の二種類があるようだ。もっともビッカートンは不安定型のタイプを真性ピジンとは認めていない。彼にとってハワイ型の真性ピジンの条件は、まず一世代（約五十年前後）は持続し、しかも一世代以上は続かない、というきびしいものである。したがって二世代にわたって存続したニューギニア・ピジンなどは、本物のピジンではないことになる。ピジンのいたずらな拡大解釈は、主としてエキゾチックな熱帯地方で行われるクレオール学会に出席したいという願望の結果にすぎない、とビッカートンは意地の悪い釘をさしている。

3

ピジンが一世代しか続かないというビッカートンの規定には、言うまでもなく深い意味がある。言語は親、もしくはそれに準ずる者によって子供に伝えられる、という常識に反して、ピジン話者の子供たちはピジンを使用しないのだ。移民二世たちは、いきなりどのグループの母語にも属さない新しい言葉を使いはじめた。クレオールである。だから当然、一世たちはクレオールを話せない。

たしかにピジンは不完全な言葉である。構文の機能が限界まで縮小された言語は、言語というよりもむしろ単語のアマルガムだ。子供どうしの意志伝達にも不十分だったのだろう。親たちが労働に出掛けたあとの、子供たちだけの世界を想像してみてほしい。手探りでアイデンティティを求めあう、故郷を持たない子供たち。片言のピジンで声を掛けあうよりは、身振り手振りで連帯の確認をしようとしたに違いない。そのうちごく自然に構文の《衝動》が作用して、独自の言葉を話しあうようになっている。ピジンとは違い、ちゃんと共通の文法をもったクレオールの誕生だ。言語は学習されるものだとする習得理論からは、思いもつかない事態である。しかも各地のクレオールに共通の法則が認められるとなると、言語能力は遺伝子レベルでプログラムされたものだと結論づける以外にないではないか。

言語能力のバイオ・プログラム説は、なにもビッカートンが最初の提唱者ではない。すでに大脳生理学者のパブロフが、その晩年に、一般的条件反射を基礎にしたもう一次元高い条件反射が言語かもしれないという仮説を立てている。遺伝子が解明される以前のことだから、遺伝子という言葉こそ使われていないが、言語の基礎を生得的な生理現象（無条件反射）に置こうとしたことで、バイオ・プログラム説の先駆者とみなしてもいいだろう。動物行動学者のローレンツも、動物行動を律している閉ざされたプログラムに対する開かれたプログラム、あるいは古いプログラムを切断した新しいプログラム、言いかえればプログラムをプログラムするプログラム、として言語を規定している。また生成文法のチョムスキーは、言語の構造の追求から、個別言語は学習によって完成されるものだとしても、それを可能ならしめている能力は生得的なものでなければならないと主張した。言語学者であるビッカートンは、当然のことながらチョムスキーの強い影響下にある。

ただビッカートンの研究が他よりきわだっているのは、それまでのバイオ・プログラム説がたぶんに情況証拠的な限界をもっていたのに対して、クレオール形成という物的証拠を提出した点にあるだろう。まず異文化の接触がピジン崩壊を引き起し、ついでその廃墟からクレオールが再生される情況を、記述可能な具体的事実として展開してみせてくれたのだ。とつぜんの噴火で平原に新山が誕生するありさまをフィルムに記録してくれたようなものである。多くの上層言語の話者（しだいに数を増していったアメリカ人など）が、なんとか聞き分けられるが聞くに耐えない崩れた英語としかみなさなかったハワイ・クレオールから、母型のないミュータント語、いわば創世期の言語を読み取ったのだからたしかに画期的な業績といえるだろう。

それにしても、回りくどい。言語学者というのはどうしてこうも分りにくい書き方をするのだろう。相対性理論や量子論とはちがって、「言語」というものは万人が日常的になじんでいる世界なのだ。文法学者でなくても理解できる表現が不可能だとは思えない。現にローレンツは高度に専門的な論理の展開を、専門外の人間にも納得できる平易な文体で書いた。言語学者が書くものは、難解というよりむしろ文体の欠如である。これが「言語」を専門にする者の仕事だろうか。無能でなければ怠慢の非難に甘んずるよりほかあるまい。

非難したいのはそれだけにとどまらない。もともと言語学は「言語で言語を研究する」学問だから、鏡とにらめっこするような神経質なところがある。研究対象が「言語」なら、研究の手段もしくは装置も同じ「言語」なので、集中力の弱い人はとかく自家中毒をおこしやすいようだ。そのせいか「言語」の周辺領域に対してアレルギーがひどい。とくに二つの問題で欠落が顕著である。一つは精神活動への踏み込みの弱さ、いま一つは大脳の働きについての無知と無関心。おかげでせっかくのバイオ・プログラム説も、意地悪く言えば、防音装置完備のシェルターの中での泥試合に終ってしまいかねない。たしかにシェルターの外で待ちかまえているのが、かならずしも援軍だけでないことは確かである。このところ最先端の分子生物学者のなかにさえ、ニュー・サイエンス派などというデカルト的二元論者の活動が活発で、うかつに言語のバイオ・プログラム説などを持ち出すと、たちまちシーラカンス的還元主義者のレッテルを張られかねない。たしかにリンゴをいくら細胞に還元してみても、リンゴの総体は分らない、と言うのはその通りだろう。情緒的にはデカルト的二元論の説得力にも無視できないものがある。

しかし大脳生理学者は、かなり前から人間の条件が左右の脳の分業にあることを指摘してきた。(逆転の例もあるが一般的に) 右脳が空間認知の機能を受け持ち、左脳が言語機能をつかさどる。このことは (外傷や手術で) 脳梁を切断された患者の観察などから医学的にも証明済みの事実である。つまり右脳は人間以前の動物にも、本来そなわっているアナログ的な情報処理の形式だ。各受容器が受け止めたアナログ的な外界からの入力情報を、アナログ的に処理 (記憶との照合など、かなり複雑なプロセスを含む) して、出力装置 (筋肉系など) にアナログ行動 (正もあれば負もあり、負のなかには記憶の蓄積や修正なども含まれる) を指示する。このシステムの総体が、かなりの部分バイオ・プログラムに基づくものであることを明快に解析したのが、ローレンツの『動物の行動』や『攻撃』などの著書である。この例外を許さないプログラムの精巧さに、ローレンツはほとんど畏敬の念を抱いているようだ。俗にいえば《本能》の領域だが、軽視してすませられるものではない。一つの《種》が形成の過程で環境との間にかわした、複雑なレース編みにも似た全対話の集成なのである。

さて、何かのはずみで (たぶん突然変異で) 人間の大脳皮質にこれまでになかった新機能が付け加えられた。情報のデジタル処理の能力だ。つまり《言語》の誕生である。このデジタル処理の脳のなかでの生理過程はまだほとんど分っていない。しかし直接デジタル情報を受信してデジタル処理することはあり得ないだろう。言語の伝達装置は音声もしくは記号であり、どちらも音もしくは光というアナログ信号を媒介にするしかない。それに感覚受容器は本来アナログ信号にしか対応不可能なのだ。つまりこの言語脳の情報処理の道順は、まずいったん右脳が受けたアナログ情報を、脳の内部の転換器によってデジタル化し、デジタル処理したうえでもう一度アナログ信号に戻してやるのではないだろうか。どこにどんな転換器があるのかは、いまのところ見当もつかないが、その精巧さはある程度自己観察によっても見当がつく。音声を他の自然音やノイズから識別する能力、イメージからただちにパターン認識を誘導する速度……スーパー・コンピューターが人間の脳に追い付けるかどうかが問題になるのも、両脳の分業を操作する転換器の並外れた能力のせいではないだろうか。単なる空想だが、左右の信号が毎秒数百回もの震動数で交錯しながら火花をちらしているのが見えるような気がする。さらに、現にいまぼくがやっているように、脳は脳自身を語ることとさえできるのだ。脳のデジタル処理能力の獲得は、単なる情報処理能力の拡張とは質的に違った出来事だったのである。

この左右の分業という脳の生理が、ほとんど言語学者の関心をひかないのはなぜだろう。たしかに学問には専門分野があり、対象と方法の限定が必要であることは否定できない。しかし現実の精神活動において、情報のアナログ処理とデジタル処理は不可分のものなのだ。デジタル処理だけを抽象して、その構造をいじりまわすのは、「不思議の国の笑い猫」の笑いについての研究に似てはいないか。この辺の問題に関しては、デカルト的二元論者に軍配を揚げざるを得ない気もするのだ。ニュー・サイエンティストならこう言うだろう。「遺伝子レベルに還元されるようなものとして言語を規定するつもりなら、精神の言語への還元はありえない」と。ぼくもその通りだと思う。精神活動をそっくり言語活動に置き換えてしまうのは現実的でない。もっとも二元論者の言う精神は、部分には還元できない全体のようなもので、ぼくの主張とはまっこうから対立する。ぼくはデジタルな言語と、アナログな感覚領域が対になって、はじめて精神が可能なのだと考えている。この場合アナログ感覚はデジタルに対してむしろ下位にある。上位、下位の区別が適切でなければ、デジタル処理能力が発生する以前から存在した旧い領域と言ってもいい。人間だけが獲得した言語脳がいくら驚異にみちたものであっても、感覚脳の協調なしには意味をなさないのだ。

脳の左右の分業の中から、一つだけ手近な例をあげてみよう。アナログ脳は自分だけで意味を形成することは出来ない。しかし直接行動を指示する能力はもっている。ローレンツが《気分》と呼んだ、あのさからいがたい強力な衝動だ。人間の場合はデジタル脳からの修正を容易にするために、動物と較べてはるかに可変部分が増大したが、それでも意味を媒介にしない《気分》レベルでの行動誘発力は失っていない。デジタル脳がある式次第の目録を作成し、アナログ脳にその儀式化を指令すると、何回かの反復のあと、式次第の意味や狙いは忘れられても、儀式の実行だけである特定の《気分》を誘発することが出来る。風俗習慣や伝統の形成の基本ルールだ。これは言語によって固定したプログラムを切断された人間が、集団行動の均一化や統制を恢復するために、欠かすことの出来ない分業の応用である。情緒や情念といったあいまいな領域も、いちいち言語脳にお伺いを立てる手間を省き、符牒化によって行動の選択を簡便にする省エネ・コースと考えると分りやすい。

ところでハワイの移民一世が、グループ間の抗争に走らずピジン崩壊を選んだ背景に、彼らが伝統から見捨てられた棄民だったせいがあるはずだというビッカートンの指摘と、脳の左右分業はかならずしも無関係ではなさそうだ。儀式感覚の崩壊は、いやでも感覚脳の自由度を高め、身振りや表情を解放して言語のピジン崩壊を補ったにちがいない。すくなくとも伝統に固執しているグループ間の接触からはピジン崩壊は起りえないという事実がある以上、考慮にあたいする見方だろう。

ピジン崩壊のあとのクレオール再生も、事情は似たようなものだったはずだ。伝統もしくは儀式の喪失は、教育意欲ないしは能力の低下を伴う。子供（二世）たちがプレ・クレオールとでも言うべき幼児語を口にしはじめたとき、親が対話によって誘導すれば、当然子供たちも所属集団の言葉を身につけていたはずである。しかし崩壊したピジン語でどんな教育が出来ただろう。風俗も、習慣も、共有できる文法もない環境のなかで、子供たちは内発的な統語法に従うしかなかった。感覚脳と連繫して作動するデジタル処理能力の原形、洗練はされていないが最低限アナログ脳との分業が可能な構造、遺伝子にプログラムされた基礎条件を充足させようとする衝動に従うしかなかったはずだ。

ハワイほどの標準モデルは稀有な例かもしれない。クレオールは未発達な言語で、ここから自任するに足る表現や文化が育つ可能性はないかもしれない。現にハワイでもアメリカ文化の進出によって脱クレオール化が進行し、影が薄くなる一方だという。やむを得ないことだろう。ハワイはアメリカなのだし、就職問題一つとってみてもクレオールでは不利にきまっている。移民二世自身にとっても、いまやクレオールは愚者のシンボルでしかないのだろう。

集団レベルではハワイのようなケースはもう二度と起らないのかもしれない。異文化の接触は一般的に摩擦の原因にしかなっていないようだ。サイードが『オリエンタリズム』で訴えた、見る者と見られる者の拡大再生産しか現実に起りえないのだろうか。とくに英語が世界の準公用語として進出しはじめてからは、ピジン崩壊の余地もなくなった。ピジンではなく英語の片言くらい出来なければ、難民になることさえ難しい時代なのだ。

もっとも個人のレベルで考えてみると、ピジン崩壊もクレオール再生も、そう縁遠い話とばかりは言いきれない。ビッカートンも指摘していることだが、幼児語が成長していく過程の何処かで、クレオール的な構造が出現するらしい。すると親は、本能的に同レベルのクレオールまがいで対応するという。また家畜やペットに話しかける時も似たような文脈が使われるという。これらが言語圏とは無関係に、似通った構造を持っているというから面白い。クレオール的還元作用とでも言うべきだろうか。この伝統や習慣とは切り離された還元力に、人間社会が恒常的にさらされているという事実はかなり大事なことかもしれない。不可避的な世代の交代によって、伝統も、風俗も、習慣も、つねに原形への還流を強いられているわけだ。そう、伝統の肥大化は、集団にとってかならずしも有利なことばかりとは限らないはずである。

たしかに伝統には集団の行動原理を均一化し、安定させる力がある。迷信か祭典かを問わず、いったんその儀式に同一化してしまうと、言語脳による有効性の確認の手間は省かれる。この原理は政治支配からマーケット戦略にまで応用されて、おおいに成果をあげている。しかし感覚脳の手綱をさばく御者の役目をつとめるためだけに、わざわざ言語脳が分化発生したとは考えにくい。それだけなら動物のプログラムのままですませられたはずだ。言語には感覚脳の情報処理の結果を検証する力があり、その力は動物には逆いがたいものだった感覚の行動誘発力を上回っている。感覚脳の主たる役目が《気分》の共有なら、言語脳にはその共有を強める接着剤の機能といっしょに、鋏を入れて《気分》の個別化をうながす作用が同時に存在しているのだ。だから言語能力のバイオ・プログラムが、プログラムを新規にプログラムするプログラムとも言われるゆえんだろう。つまり個の発生である。個の自覚をヨーロッパ文明の所産のように言う者がいるが、俗説もはなはだしい。言語脳の誕生そのものが個の誕生に他ならなかった。開かれた行動原理を手にして、例外行動を選択した異端を道連れにせざるを得なくなった人間、安定や秩序を喪失した代償に《未知なるもの》への旅券を手にいれた人間、人間はもともと人間になるべくプログラムされた人間だったのである。

定説ではないが有力な説として、古代日本語、ゲルマン語、エジプト語などはクレオールに由来しているという見方があるらしい。どれも辺境から出発し、やがて異文化が接触しあう台風の眼になり、そこから未来の歴史がはぐくまれた場所だ。いかなる風俗習慣よりも、どんな伝統よりも、ピジン崩壊からクレオール再生への道が、言語を獲得した人間にとっての望ましい内圧であったかがうかがわれる。伝統はしょせん獲得された様式であり、バイオ・プログラムされたクレオール再生への意志と衝動にはかないっこない。にもかかわらずピジン崩壊してクレオール再生をうながすような異文化接触の予兆など気配もない。あるのは国境をはさんだ武力紛争と経済摩擦だけである。

だからと言って絶望するのはまだ早い。バイオ・プログラムとして言語を約束された人間、伝統に刃向うことを生得的に運命づけられた人間が、こんな儀式過剰の世界に甘んじていられるわけがないだろう。外では最大規模にまで肥大した国家群が、辺境の隅々にまで監視の目を光らせ、異端の侵入を拒みつづけるつもりなら、伝統拒否者は足元の地面に穴を掘りはじめるだけの話である。たとえばカフカやベケットのような先例もある。伝統からはかぎりなく遠い、クレオールの魂を思わせる中性的な文体で地面を掘りすすんだ作家たちだ。だからこれからは書物の時代なのかもしれない。内なる辺境への探索には、なんと言っても書物がいちばんだろう。人間の脳は欲が深いのだ。

［1987. 2. 24］

# チャールス宛書簡

親愛なるチャールス

素晴らしい手紙をありがとう。季節にふさわしく、心を浮きたたせる内容だった。ちょうど新しい作品のまっ最中、息もたえだえに泥のなかを這いずりまわっているところなので、強力なビタミン剤の効用を与えてくれました。

こんどの小説はかなり趣きが変って、超能力少年との同居を余儀なくされた気の弱い学校教師の話です。ぼくは細部のイメージから発想するタイプなので、まだ全体のテーマは分らない。しかし次第に主人公の感情に同化しはじめている。自分が小説の世界を生きはじめているのを感じている。

来春ぼくのモグラがアメリカで這い出すまでには、超能力少年との勝負にも決着をつけてしまいたいものです。

安部公房

［1987. 6. 3］

# 弔辞——石川淳

いわゆる弔辞をのべるつもりはありません。弔辞というものは、ナメクジにかける塩のようなものです。危険なもの、不穏なものを消してしまうための呪文にすぎません。

石川さんには危険で不穏な存在のままでいてほしい。石川さんが亡くなったという実感がまるで湧いてこない、この気分をそのままに維持しておきたいのです。文壇という村構造に異議申したてをつづけ、潜水作業中の孤独な作家に酸素を送る仕事を引き受けた石川さんになお休息は許されない。石川さんのポンプから送られてくる救命用酸素を待つ者はいまなお跡を絶たないのです。

ぼくも石川さんの救命ポンプに救われ、はげまされた一人です。最初に会ったのは何時だったか。この点についてはついに石川さんと意見の一致を見ませんでしたが、ぼくのあまり自信のない記憶によれば、そこはすでに石川さんの書斎のなかで、石川さんがトイレに立った隙をねらってせっせと火鉢のなかをほじくりかえし、灰のなかから吸殻をあつめてポケットに捩じ込んでいるのでした。帰りしなになにがしかの電車賃をもらったこともあります。金額についてははっきりした記憶がありませんが、それで当時のぼくはすくなくも三日の食事を確保できました。くだらないエピソードのようですが、重大なことなのです。作家の誕生にたいする真の洞察の手本だったと思います。

石川さんからはまたいくつかの批評文をいただきました。たんなる批評文というより、それ自身が一個の作品として成り立っている見事なものでした。瞬時、翼を与えられたように錯覚したほどでした。もっともぼくと石川さんの間に現象的な共通項はあまりないかもしれません。たまたま誕生日が三月七日だという偶然をのぞけば、日本のボルヘスともいうべき石川さんの膨大な知識と教養にたいして、ぼくの場合は語学能力、古典的知識ともにゼロにひとしい。しかしもっと根本的なところでは、相通ずるものがあったようにも思うのです。たぶん生来のアナーキストだという点でしょう。ぼくは石川さんを伝統とフロンティアという矛盾の統一者とは考えていません。矛盾の楯と矛は石川さんにとって等価なものではありませんでした。楯である伝統、書物の城塞は、次にくり出す矛の鋭さを増すための偽装にすぎなかった。不吉で危険な剣法です。あるべき表現を「精神の運動」と言いきった石川さんは、孤独な深海作業者のための命綱であっただけでなく、自分自身もまた孤独な深海作業者だったのです。

そして救命ポンプは現に作動中です。

一九八八年一月二二日

安部公房

［1988. 1. 11］

# ポール・クリーガー宛書簡

ポール　クリーガー君

いつもたのしい贈り物をありがとう。とくに今回のは、いかにも君らしい、暖さにあふれた便りでした。日本以外にも風鈴があると知って驚きました。しかしこれは日本的イメージの風鈴というより、むしろ風の楽器ですね。日本式の風鈴はあまり好きでありませんが、この楽器はおおいに気に入りました。ながく愛用することになるでしょう。

ちょっと体調をくずして仕事がはかどりませんでしたが、やっと元気をとりもどし、かなり調子よく新しい小説を書きすすめています。出来ればこの秋までには、せめて第一稿を完成させたいと思っています。

君の仕事の進行はいかがですか？

デンマークのオロフ・リディン教授の安部公房論を同封します。君とは見解が違うかもしれませんが、なかなかの力作で、出席者（イタリーでの日本語学会）では好評だったそうです。

去年の秋、フランスのガリマールから『方舟さくら丸』が出版されましたが、来月あたり、アメリカでもクノップ社から出版される予定です。

今年日本は暖冬でしたが、アメリカはかなり寒かったようですね。風邪に気をつけてください。

一九八八年二月一九日

安部公房

［1988. 2. 19］

# 石川淳の編上靴

正確ではないが、誰かが石川さんに質問していた記憶がある。なぜ短靴ではなく、編上靴でなければならないのか？　石川さんは断固として答えた。編上げでなければ、靴ではない。もはや趣味の領域を越えて、主義主張の感さえあった。あれは多分、靴にたいするこだわりというより、歩くことへの執念だったような気さえする。編上靴こそ歩くための最上の道具であり、編上靴を失うことは歩行の喪失につながっていたのだろう。

たしかに石川さんは歩くのが好きだった。編上靴の紐をきちんと絞めあげて、覚悟の歩行といわんばかりの緊張感をみなぎらせ、わきめもふらずに先を急ぐ感じだった。しかしただ急いでいるわけではないらしく、街の昔のたたずまいなどについて、あれこれ説明してくれたりしたものだ。ただしぼくは散歩嫌いなので、いつも上の空だった。歩行中、石川さんはいつも正面を直視しづめだったので、ぼくの無関心さには気付かなかったのかもしれない。

石川さんは顔の正面を目的地にたいしてつねに直角にたもっていたので、なにか障害物に行く手をさえぎられると、足取りがぎこちなくなる。いつだったか、銀座から東京駅まで歩いたときのことだ。当時の八重洲口はただがらんとした空き地で、人間の流れにもまったく法則がなかった。向こうから誰か顔見知りらしい人物が、あいさつしながらやってきた。石川さんは黙殺したかったらしいが、向きを変えようとはせず、しかし直進も出来ないので、蟹の横這い式に斜め歩きをしはじめた。後をついて行くぼくも困ったが、挨拶をかわすつもりで接近中の相手はもっと狼狽したようだ。石川さんの進行方向と自分の進路を適当なところで交差させるには、自分も蟹の横這いで舵の調節をするしかない。そんなことにはお構いなしに石川さんは斜行をつづける。そして巧みに接触をかわし、相手は数メートルの距離をへだてた位置に立ちすくむ。何やら呟いているのを尻目に、石川さんはやおら進路を直進方向に戻し、何事もなかったように歩きつづける。もちろん石川さんはその相手が誰であったか、なぜ黙殺しようとしたのか、あえて注釈は加えない。ぼくもわざわざ質問したりはしない。その前後の時間全体が何事もなかったように、消滅してしまう。

石川さんは言葉の無駄を極度に嫌った。物書きである以上、書くに価いすることは書くべきであって、口にする必要はないと考えていたのかもしれない。それ以上に、肉声で文学を語ることの野暮が許せなかったようだ。ごく稀に、電光石火の早業で、なにか意見めいたことを言ったとしても、ほとんどが断定で、つづく対話は成立しなかった。

かと言って世間話しが好きだったわけでもない。ただ他人を分類したり腑分けしたりする作業だけはけっこう面白がっていた。それもごくおおざっぱな、類型的な区分法で、まず《馬鹿》と《あいつはいい奴》の二種類。そして《馬鹿》のほうはそれっきりだが、《いい奴》のほうにはやや詳しい内容証明が添付される。

たとえば某君は雨が降っても傘をさして歩くことができない、理由は彼が剣道五段であり、傘も凶器になるからだ。この他人との明白な相違点が、つまり《いい奴》の証拠なのである。また別の某氏は、社交ダンスのコンクールで入賞経験をもつ名人であり、別の某君は朝からブランデーを一本あけていささかも乱れない酒豪であり、もう一人の某氏は造り酒屋の息子であり、次の某君は子爵家の嫡男だったりするわけだ。だがその評価基準を本気で信じていたわけではなく、あるとき子爵家の嫡男が実は詐欺の常習犯で、正体は元的屋だった金魚売りの息子だと分ったとき、評価がさらに決定的に高まったのは言うまでもない。

要するに石川さんは人間嫌いで、他人との関係も類型以上の接触には絶えがたかったのだろう。そこでぼくも、世間的接触のレベルでは、なるべく自分をパターン化して見せることにつとめた。たとえば、ぼくは泳げない。ただし陸上の選手をしていたことがあったので、肺活量は人並み以上だった。そこで水泳の上手な友人の指導のもとに、胸いっぱいに空気を吸いこみ、水面に腹ばいになってじっとしていた。ふと気付くと、腹のあたりにザラザラした感触がある。ヒラメのようにプールの底に貼りついてしまっているのだった。息が切れたが、水圧でなかなか起きあがれない。そこで石川さん独特の大笑いがはじまる。目尻に涙をにじませながら、いつまでも笑いころげる。

もちろんぼくもしじゅう石川さんを遠巻きにしていたわけではない。何かのはずみに、真剣で切り結ぶような至近距離の接触を体験することもあった。とくに、ある時期、たしか石川さんが『片しぐれ』という短編や、『歌う明日のために』などのエッセイを書いた時期だと思う。自分の全存在をゆるがすような、軌跡の交差の記憶がある。巨大な重力波による地軸の変動が、今でも深く記憶のなかに刻み込まれている。ふと覗き込んだ石川さんの素顔は、けっして一般に言われているような文人的な伝統主義者のものではなかった。むしろ孤独な永久革命論者の顔だった。石川さんは、たぶん、正確な意味でのアナーキストだったのだと思う。孤独と、自動書記的なオートマティズムの梃子の支点に、ニヒリズムを越えようとする何かが隠されていたにちがいない。

［1988. 3. 14］

［スプーン曲げの少年］のためのＭＥＭＯ

★ある日、電話がかかってくる。
自己紹介をして、助けを求め、「叔父さんだって、すぐにぼくが必要になるんだ」そのまま切ってしまう。

★その後、少年は現れず、電話もかかってこない。疑惑と同時に、どこかで待ちうける気持。そしてもちろん偶然にきまっているが、その日から身辺に奇妙で不可解な事件がおこりはじめる。

★奇妙な事件、その一。毎朝カラスがやってきて、窓ガラスのパテを食べはじめる。

★奇妙な事件、その二。朝、目覚し時計の針がくるっている。必要な時間にベルが鳴ってくれないので、遅刻してしまう。

★極端な悪夢にうなされ、叫び声で目をさます。誰か他人の叫びで起された感じ。

★奇妙な事件、その三。校門をくぐったとたん、痛みが全身をかけめぐる。

★奇妙な事件、その四。授業中の記憶喪失。教室に入ったとたん、終業のベル。何を教えたのかまったく記憶にない。

★五日後、津鞠少年から二度目の電話。
はっきりしないが、なにか交換条件を暗示する内容。「きっと力になれるだろう」

★その翌日、教室で生徒Ａに催涙ガスをあびせかけてしまう。彼はＡが数十匹のゴキブリの群を教壇の上にはなったのを確認しているのだが、生徒全員が否定の証言をする。
学校当局のぎこちない対応。校長は体罰容認派。美術教師は反対派。生徒Aを診た医師のやや不利な証言。

★ その夜、津鞠少年から三度目の電話。「スプーン曲げが看板だが、それだけでなく、透視能力もあるし、多少は未来予知能力もある。叔父さんの苦境が手にとるように分るのです。ぼくらはこの際、力を合わせるべきでしょう」

そして思わせぶりな、ちょっとした透視実験。

★ 翌朝、学校に行こうとすると、はげしい吐き気におそわれる。学校に電話。おりかえし校長の温情あふれる懇願の電話。「たのむから三日間、精神病院に仮入院してほしい。これはあくまでも名目上のことで、実際に入院する必要はなく、手続きをして承諾書に署名するだけでいいんだ。念のために言っておくが、私はかならずしも体罰に反対てわけじゃないんだ」

保根「あれは体罰じゃない、正当防衛です」

校長「分っている、分っている、ここだけの話だけど、私は君の理解者だし、味方のつもりです。世論にこびていちゃ、教育はできない。ローレンツも言っているとおり、攻撃性は動物のもってうまれた本能だからね。しかしこの際、とにかく警察沙汰にならないように……」

★ そう、たしかに表沙汰になるのは困る。警察沙汰はもっと困る。日ごろ彼が護身用にひそかに携帯しているのが、単に催涙ガスだけでなく、ナイフをしのばせ、防弾チョッキまで着用におよんでいることなどが世間に知れてしまったら、もう教師寿命は終ったも同然だ。常識で考えれば疑問の余地のない神経症患者である。この事件で警察が家宅捜査の令状をとったり(悪質な傷害事件とみなして)する前に、凶器を擬した玩具の類はすべて始末しておこう。

★ 校長とあらかじめ打ち合せておいた、ホテルのロビーで落ち合う。そわそわと周囲を気にする校長。

校長「さて、これからここで、県の教育委員会指定の相談員に引き合わせる。某国立病院の神経科のお医者さんで、君の身柄をあずかってくれる人だ。専門家だよ。このところ教師の精神障害者が激増していてね、県としても放置できなくなって、専門医による研究班を設置したんだとさ。うちの学校としては君が第一号だけど、気に病むことはない、ぜんぶその相談員の先生におまかせして……」

保根「入院じゃないんですか?」

校長「入院は名目。あの電話は教員室からだからね、みんなにはそう思い込ませておかないと……先生たちにもいろんな立場の人がいるから……君も知っているとおり、私はかならずしも体罰に全面反対というわけじゃない。学校もれっきとした社会集団だから、それなりに秩序がいるし規律も必要だ。でも催涙ガスというのは、あまり例がないからな。目立つんだよ。それに生徒Aの父親というのが、君も知っているとおり、そう堅気な商売をしているわけでもなさそうだし……」
保根「むしろ学校に対して《しつけ》を要求するほうなんでしょう？」
校長「そんなこと関係ないよ。教育委員会に提訴するとかなんとか、難癖つけて、慰謝料でものに出来そうだと見込みをつければ……」
保根「いずれにしても、ぼく、懲戒処分はまぬかれないんでしょう」
校長「そんなことないさ、ちゃんとした病気だと認定されれば……」
保根「病気なんでしょうか？」
校長「ねえ君、あの窓際の女性、手に持っているの『週刊科学』じゃないかな？」

★ その若い女医は、保根を震撼させる。全身をゆだねてしまいたい気にさせる。あたたかな微笑、ふくよかな口元。
校長「どうぞ、くれぐれもよろしく」
女医「こちらこそ。ではこの書類、入院承諾書ですけど、サインお願い」
保根「もちろん、ぼく、入院の必要があるのなら……」
女医「まさか。じぶんで思っているほど重症じゃないわよ」
校長「ご迷惑おかけします」
女医「迷惑どころか大歓迎。『集団構造と暴力』が私の研究テーマなの。ローレンツも指摘しているとおり、攻撃性は動物進化の一つの到達点で……」
校長「おっしゃるとおりです、ローレンツは私の教育理念の柱でしてね……人間、そうきれいごとだけでやっていけるものじゃありませんよ！」
女医「とにかく犯罪を裁くのは私の仕事じゃない、研究に協力してくれればそれでいいの。とにかくありのままを、素直にさらけ出してみせてくれることね」
校長「教委の結論が正式に出るまでは、二、三日のことですが、入院中という形にしていただいて……」
女医「そうね、面会禁止の拘禁あつかいでね……でも真面目な話、一日二時間の問診は受けてくださいよ。正直に言っちゃうけど、私の学位論文の仕上げなの……」

★ 別れぎわに校長が念を押す。「三日間、なるべく人目を避けるように」（校長を類型化しないこと！）

★ 部屋にもどり、とりあえず、防弾チョッキ、十二本のナイフ類、十円玉を詰めてつくった手製のブラックジャック、木刀、パチンコ玉がうてる強力なゴム銃、などを写真機材用のアルミケースに詰めて鍵をかけ、本棚の最下段の文庫本の裏にかくす。

★　部屋を見回し、じゅうぶん二人で暮すゆとりがあると考える。アボガドの若木に水をやり、枯れかけた葉を切りおとす。

★　津鞠少年から四度目の電話。駅前の喫茶店で会うことにする。

「どっちの話を先にしましょうか？」

カレー・ライスを食べる。そこで、スプーン曲げの実演。ちょっぴり、小出しに、告白してしまう。

少年「だから、ぼくら、もっと早く出会っていればよかったんだ！」

★　少年を一時的に（数日間の条件で）同居させることに同意する。少年は繁華街のカプセル・ホテルに潜伏中だった。一緒に荷物を搬んでやる。この心境の変化の理由はなんだろう？　保根は少年になにか恐れのようなものを感じているようでもある。少年は彼のこころを読んでいるらしく、保根の奉仕を当然のように受けいれる。

少年は保根の部屋を観察し、鋭い指摘をする。「叔父さん、想像の嫁さんと新婚ごっこしているみたいだな」

★　保根はイギリス製の紙骨格模型ポニーを少年に見せ、自慢する。「でもこれは男なんだ、女の骨じゃない」

そして保根という名の由来を語る。

★　風邪が吹いて窓ガラスが奇妙な音をたてた。保根が窓のパテをカラスについばまれた話をする。少年がカラス退治の約束をする。

★「で、君の話を聞こうじゃないか。殺人容疑とは？　ぼくにどんな援助を期待しているのか？」

「それよか、聞かせてほしいな、叔父さんはぼくの超能力に何を期待しているんです？　そもそも超能力の存在を本気で信じているんですか？」

「でも君はぼくが苦境に立たされていることを見抜いて、やってきたんだろ？　追詰められた同士で組めばいいと思って……自分でそう言ったじゃないか」

ふたたびスプーン曲げの実演。

「ぼくが最初の電話をしたあと、何か妙なことが起きませんでしたか？」

「…………」

「ぼく、あれからいろいろと、サインを送ってみたんですよ。念力で……」

「でも、証明はできるの、君のせいだっていう……」

「それは無理ですよ」

「君の話を聞こうじゃないか」

「町に帰るとぼくは神様なんだ」

「神様って、神様あつかいされるってこと？」

「ちがいますよ、本物の神様。人間じゃなくて、神様」

「なんの根拠で神様なんだ。そう言われるからには、それだけの根拠があるわけだろ？」

「分らない……確信があるわけじゃない……ぼく自身ではそんな自覚があるわけじゃないんです。ただそうかもしれないと言ういくつかの兆候はありますね。たとえば、ほとんど死ぬめにあっても絶対に死なないとか、ぜんぜん歳をとらないとか、何かのはずみに何十年も昔のことを思いだすとか……」

「どれ一つ証明可能なものはないじゃないか」

「誰からも教わった覚えのない知識が突然……」

★ 突然の来客。暴力否定派の美術教師だった。
美術教師「見ろ、いるじゃないか！　なにが入院だ！　気違いのふりして責任逃れしようたって、そうはいかない。ぼくらは絶対に追及の手を休めないからね。君は正気さ。分っているんだ」

どこからともなく少年の声が聞えてくる。耳もとで囁かれている感じ。

「はやく気違いのふりをしなさい。なんでもいいから、狂暴性の芝居をうつんですよ！」

言われたとおりに保根はうなり、うめき、宙をかきむしる。

美術教師は仰天して逃げ帰る。

玄関わきに隠れていた少年が、笑いながら長いパイプを畳み込む。三メートルちかかったパイプが十五センチほどに縮む。

少年はそのパイプで保根にだけ聞えるように囁いたのだ。

「降霊術なんかでよく使うトリックですよ」

「超能力じゃないのか……」

「気違いのふりって、どういうことですか？」

「質問に答えていないぞ！」

「使い分けるんですよ。おいおい説明します。神様業も超能力だけじゃ息が続きませんからね」

「スプーン曲げだって、けっきょくは手品だっていう見方もある」

「さっきの人、誰ですか？」

「美術教師さ」

「叔父さんが正気じゃないと、なぜ困るんだろう？」

「知るもんか！　自分で透視してみればいいだろ」

「なんならあいつに念力をかけてみてやろうか」

「どんな？」

「どんなって……人間はスプーンじゃないから、捻るとか曲げるとか、そう単純に思いどおりにはなりませんね。漠然と運命をいい方か悪い方に誘導してやるだけです。いまぼくがかけられている殺人の嫌疑だって、ぼくは絶対に真犯人は別にいると思っているけど、あのときぼくが念じたのは、ただ足首の捻挫だけだったんだ。ためしに死ぬように念じてみようか……」

「けっこうだよ。誤解なんだ。彼は敵じゃない」

★「ぼくの養父はマジッシャンなんです。と言うより、やはり寄席芸人ふうの手品師と言うべきだろうな。二十三歳のときから仕込まれて、もう十年以上になります」

「そんな歳には見えないな」

「そうでしょう？　だいたい養父に雇われたときだって、本当に二十三歳だったかどうか、証明できるものは何もないんです。養父が勝手に二十三歳にきめただけで……」

「君の感じとしては、何歳くらいなの？」

「ときどきすごい老人のような気がしたり、まだ子供のような気がしたり、でもながいあいだ二十三歳に慣れてしまっていますから……」

「あと二日はどうせ幽閉生活なんだ。君に買い出しなんかの手伝いをしてもらうよ。でも約束どおり、三日間だけだからね」

★　ヘッドホンをつけ、居間の長椅子に寝ている少年。眠ったまま踊りだす。

★　翌朝、少年はすでに起きだして、何やら細工している。電気掃除機のパイプを加工しているのだ。

「水鉄砲をこさえているんだ」

「何をするつもりさ？」

「カラス退治の約束したでしょう」

★　窓枠のパテをついばみはじめた三羽の大ガラス。追い払っても逃げない。あざわらうようにこちらを見返し、首を傾げたりする。

少年が大型のリュックから黄色の染料を取り出し、水に溶きながら、

少年「そこでカラスを挑発しつづけていてください」

黄色い溶液を満した水鉄砲をもち、居間に隣りあった台所の窓から上半身を乗り出して、狙いをさだめ発射する。カラスの一羽に命中。黄色に染ったカラスが、叫ぶ。とたんに奇妙な現象がおきる。残りの二羽が、黄色のカラスめがけて猛攻を開始したのだ。

羽をむしられ、眼から血を流し、逃げまどう黄色のカラスを追って、カラスたちが飛び去ってしまう。

★　保根は疑問に思う。今のも念力だろうか？　念力にしては小道具が多すぎる。むしろ何かの実験のように見えた。そのとおりだ、と少年は答えた。もちろん念力ではない、鳥の習性を利用した、行動実験です。動く黄色の斑点は、とくにカラスの攻撃本能を刺激するんです。

保根「でもそんな知識のない人には、すごい念力に見えるかもしれない」

少年「そうなんです、ぼくら超能力者もよくこの手を使うんです。本気で念じるのはすごく疲れるし、どうしても当り外れがありますからね」
保根「つまり万能じゃないってわけか」
少年「いいでしょう、それに結果が出たんだから」
保根「そう、それに正直に打ち明けてくれたことだし……」
少年「馬鹿あつかいされたくなかっただけですよ」

★保根「で、どうするつもり？　ぼくは十時には相談員の女医さんに会いに行かなけりゃならない、いつまでも君のお相手をしているわけにはいかないんだ」
少年「気にしないで下さい。留守中、こそこそ家探しなんかしやしないから」
保根「三日だけだよ、残りはあと二日半、そういう約束なんだから」
少年「ぼくがカラスを追い払うのに使った黄色い絵の具、不自然だと思いませんか？」
保根「何が？」
少年「手回しがよすぎはしないかな？　ぼくだったら疑っちゃうよ、あのカラスも念力の小道具だったんじゃないか、事前に窓ガラスのパテをほじくるように飼い慣したカラスを放して、叔父さんを攪乱する戦法に出たんじゃないか……」
保根「なんのために？」
少年「関心をぼくに向けさせるため……」
保根「どうも、えらく買いかぶられてしまったようだな。ぼくは君に見込まれるような人間じゃない。いまに失望するにきまっているんだ」
少年「もし、いますぐ出て行けっていうのなら、いますぐ出て行ってもいいんですよ」
保根「まったくだ、ぼくには何んの義理もないんだからな」
少年「欲がないんだな、だから叔父さんを選んだわけだけど……」

★　朝食。ピザパイとコーヒー。

★　面接第一日目。
病院の面談室。狭い天井が傾斜した窓のない小部屋。階段下の空間、ふつうなら物置にでもすべきところを改造した感じ。それでも一応女医専用の研究室らしく、壁や棚にプライベートな所持品や書籍や写真のたぐい。細い貧弱な植物は、じぶんの好みか、それとも患者用の配慮か？　これはアボガドの若木だ。これは食い残しの種子から育てたやつにちがいない。この趣味の一致が保根の部屋にもそっくりなやつがある。だから分ったのだ。保根の気持をなごませる。

テープレコーダーをセットしながら、微笑のなかにただよっているような女医の唇と眼もと。

女医「気を楽にしてね。この部屋でおこることは、ぜんぶこの部屋のなかだけの秘密だから」

つい気を許した保根が、自分の部屋とおなじアボガドのことを口にしてしまう。ふいに女医の表情がこわばり、けわしくなる。まずいことを言ってしまったのだろうか。すぐに女医が表情を元にもどして、「ごめんなさい、医者ってのは、口では対等に見せかけながら、一歩こちらに踏み込まれるとすぐに傷つけられたように感じてしまうの。謝るわ」そう率直に言われてしまうと、保根はもうひたすら相手に魅了されるばかりだ。それともこの会話の成り行き自体が、彼をまるめこむための演出だったのか、という疑いもまったく無いではなかったが……

★　女医がレコーダーの替えの電池を取りに部屋を出た隙に、こっそり棚のアルバムから写真を一枚抜きとる。このアルバムの整理からみて独身らしい。

★　女医から昼食を誘われた保根はもう有頂天だ。少年に電話をかけ、昼は戻らないから一人で外食するように伝える。少年が在室していたことに、半ばほっとし、半ば落胆しながら……

★　電話を聞かれてしまったので、少年の存在をちょっぴり女医にもらしてしまう。女医の鋭い反応。

★　部屋に戻った保根は愕然とさせられる。少年が小型トラック半分ほどの家財道具を持ち込み、北側の小部屋を占領し、自分用に模様替えしてしまっていたのだ。

激昂する保根。しかし少年は平然としたものだ。そして保根の弱みを見抜いているかのように、事もなげに女医の話題を持ち出す。どうやってか、少年は二人の昼食の情況をあるていど見抜いているのだ。不安になる。透視術だろうか？　まさかとは思うが、他には考えようがない。そんなに長い遠眼鏡があるとは信じられないし、女医と少年がぐるだなんてことは、もっと信じられない！

★少年「ぼく、ちょっと買い物がてら散歩してきます」

★　振り返って少年が言った。

「叔父さん、叔父さんが想像している以上に感謝しているんです。勘が当ったよ。叔父さんを選んだぼくの勘に狂いはなかった。おためごかしを言っているんじゃない。ぼく、叔父さんのために一肌ぬぐつもりです。なんでもいいから、とりあえず願いごとを一つ言ってみて下さい。ぼく、全力をあげて挑戦してみます」

「トリックなしで？」

「そんな皮肉は言いっこなし。トリックはエネルギーの節約のために使うだけです」

「でも、念じたとおりの結果が実現するとはかぎらないんだろ？」

「何度でも験してみますよ、実現するまで」

「交換条件は？」

「ありません」

「只より高いものはない、っていうね」

「叔父さんのこと、気に入ったんですよ」

「伝説や童話なら、たいてい教訓がついているな、そしてすべてがはかない夢に終りました……」

「誰もがすぐに御利益を願うか、ぼくを利用して金もうけを考える。そういう連中のための教訓ですよ。でも叔父さんは違う。なんでもいい、なにか願い事をしてみて下さい。かなわなくてもともとでしょう？」

「そういきなり言われても……」

「たとえば、今日会ってきた相談員の女医さん、どうかな、叔父さんに心がなびくように念力をかけてみるとか……」

「いいかげんなこと言うのはよせ！」

「なんでもいいから考えておいて下さいよ。早いほうがいい。あと二日半の猶予ですからね」

「信じないよ」

「だから実現しなくてもともとだと言っているじゃないですか」

★　少年が出ていった。

保根はつくづくと考える。もちろん本気で信じているわけではないが、もし願い事が叶えられるとしたら、いったい何を願えばいいだろう。いったい自分はいま、さしあたって、何をいちばん望んでいるのだろう？　願望は無数にある。ありすぎて選択が困難だ。メニューのなかから料理を選ぶのとはわけが違うのだ。いや、料理の選択だって容易じゃない。いつも食欲をなくしてしまうほど迷ってしまう。だからぼくは何ページもあるメニューを出すホテルのレストランなんかが大嫌いだ。とくに種類が多いのは中華料理かな？　中華料理が嫌いなのはきっとそのせいなのだ。

しかし、とりあえず、何だろう？

女医をその気にさせる惚れ呪文。（盗んできた写真につくづく眺め入る）

生徒Aに致命的打撃を与える。（かえって情況を不利にしてしまうかな？）

生徒全員に恐怖感を与える。

むしろ……？？？

★　生徒Aの父親をともなって、美術教師の来訪。

Aの父親は、業界新聞の編集をしているという、顔色の悪い陰気な男。額がせまく、眉が濃い。息づかいが荒く、しじゅう鼻を鳴らしている。柄は小さいのだが、狂暴な印象。眼の下の傷が威嚇的だ。

美術教師は小型のビデオカメラを持っている。二人とも終始ほとんど無言。

Aの父親がテレビのスイッチをいれ、保根にその隣に並んで坐るように命ずる。

命ずるままにテレビの隣に坐ると、美術教師がカメラをまわしはじめる。

美術教師のナレーション、

「ご覧のとおり、保根先生は入院などしておりません。いま＊月＊日、裏付けになる証拠がこの番組です。＊チャンネルの『＊＊＊＊＊＊』。断っておきますが、ここにはビデオ・デッキはありません。そのとおりだね、保根先生？」

「そのとおりです」

「学校当局が発表した保根先生の入院発表は、まさに責任のがれのための陰蔽工作に他ならなかったのです。体罰肯定派の校長は、本校の教育体質のひずみが露見することを恐れて、保根先生の催涙ガス事件を責任能力を欠いた心神耗弱とみなすよう教育委員会に働きかけたのです。しかし医師の診断は単なる仮面鬱病でした。そうですね？」

「そのとおりです」

「以上が陰謀の実体でした」
★　保根は願わずにいられない。津鞠少年が念力を働かせてあのテープを消し去ってくれないものだろうか。
★　夕方、少年がアイスクリームと赤飯のパックを土産に戻ってくる。
保根「君にたのみが出来た。テープの件について……」
少年「おやすい御用だけど、ずいぶん小さな望みですね」
保根「願い事は一つきりしか駄目なのかい？」
少年「ぼくなら、黙ってカメラをまわさせておいたりしなかっただろうな。その生徒の親父、そんなに荒っぽい奴だったんですか？」
保根「だけど事実じゃないか、ぼくが現に在宅していたってことは……あいつらあのテープをなんに使うつもりだろう？」
★　テープの奪還はたしかに当面の解決だろう。しかし、根本的な解決にはなりえない。他になにか名案はないものだろうか？　たとえば生徒たちをもっと扇動し、校内暴力を激化させる。そして出来ればあいつが攻撃目標になるように誘導する。美術教師もいままでみたいなきれい事ばかりは言っていられないはずだ。その騒ぎに隠れてぼくの事件も影が薄くなる……
★少年「いいでしょう、テープの件は、本命の願い事とは別に、サービスにしておきますよ。とにかく差し当っては、不利な物的証拠を消しさることです」

★　夕食は電子レンジであたためた赤飯、インスタントの《しじみ》の味噌汁、ラッキョウ、牛タンの薫製。

★　ビデオテープ奪還作戦は以下のとおり。まず美術教師の家のちかくのスーパーで三種類の大型スプーンを仕入れる。あいさつがわりにスプーン曲げ、つぎに『影切りの術』による威嚇催眠法。もちろん大成功。おびえ、恐慌をきたした美術教師は素直にテープを差し出す。

しかし単なる恐慌だけではなかったようだ。それ以上に熱狂的な畏怖の感情のとりこになってしまったらしい。ながい沈黙にひたり込む。

保根「君だって、ぼくが暴力嫌いだってことくらい、よく知っているはずだろ。君だって、けっきょくは生徒が恐いんだ、そうだろう？　ぼくら、そんなに対立した立場じゃないと思う。君だって、けっきょくは生徒が恐いんだ、そうだろう？　そこまで言っちゃ、言いすぎかもしれないけど、君の体罰反対論だって、要するに連中に対する媚だと考えられなくはない……」

美「(われに返って) そうそう、もちろんだよ、で、どうだろう、裏のアトリエに寄って一杯やって行かないか？　酒はいろいろと置いてあるんだ。いいだろう？　二、三分待っていてくれないか、支度させてくるから、向こうでカミさんが仕事中なんだ。あいにくカミさんのほうが、画家としちゃ名が売れていましてね……」

★『影切りの術』に恐慌をきたしたのはむしろ保根のほうだったかもしれない。

保根「本物の超能力か、それともトリック？」

少年「どっちだと思います？」

保根「……？」

少年「今日のところは、ぜんぶトリックです。養父が手品師だって言ったでしょ。手品師としてはなかなかのテクニシャンなんだ。頭の回転も早いし、あんなに強欲でさえなけりゃ……」

保根「君、まさか、父親殺しをやったんじゃないだろうな？」

少年「あいにく、ぴんぴんしてますよ。だからこんなふうに逃げまわっているんじゃないか」

保根「君を追跡しているのは、親父さんなの？」

少年「なんたってぼくは神様ですからね、ぼくを手放しちゃったら、あいつの権威も形なしだからな」

保根「君、誰かを本当に殺したの？」

★　美術教師のアトリエで盛大な酒盛り。四人はわけもなく意気投合。少年がスプーンを曲げるたびに、身をわななかせて興奮する美術教師の妻。

その熱狂に釣り込まれて、保根がつい研究室から盗んできた女医の写真を公開してしまう。

保根「ねえ、君たちどう思う？　この女性、かなりの美人だと思う？　それとも、それほどじゃないと思う？」

美人の尺度についての激しい論議。

［1988. 3. 16頃］

# MEMO——「スプーンを曲げる少年」

☆ 主題はファウストの誘惑。あるいは《三つの願い》。保根の青春（生）のとりもどし。では若い保根を老人たらしめている条件は何か？

☆ 自分のための弔辞「あいにく故人はまだ生きています……」

☆ 女医（カウンセラー）の写真をこっそり盗む。

☆ 他人との『接触濃度』を極力希薄にする生き方。例、宅配便の運転手。

☆ 徹底した学生嫌悪症……実は責任感過剰症。

☆ 創作神話「三つの願い」教。

☆ 折檻されている子供の悲鳴。（女医による分析）

☆ 自作自演の葬式（マリ・ジャンプとの合同葬）

☆ 予言の注文に応じます。安全のため、確率二分の一から三分の一以内のものにとどめること。

☆ 弟「親父ぬきでやろうよ、マネージャーを引き受けてほしいんだ」

☆ ドラマとは何か？ 原因を人為的に設定し、結果を予定どおりに導く意志。その成否。

☆ 奇蹟の予告……スプーン曲げの少年を十人集め、高圧線の鉄塔を折る実験……（旭川駅で見た香具師の、気合いで石をもちあげるという名口上）

☆ 弟「兄さん、本音を聞かせてほしいんだ、兄さんはぼくを疑いつつも、同時に本物であることをねがっている。信じたい気持ちと、拒絶したい気持ち、本当はどっちなんだい？」

☆ マリ・ジャンプの特技。体育館に設置したテントのなかに入って消滅する技。そのまま本当に行方不明になってしまった。

☆ 実際に演奏能力のある楽士はひとりもいないバンド。無音の演奏会。

☆ 寓話。［毒蛇に咬まれた男が祈った、お願いだから五分前にもどしてください。じつはそれ以上前にもどると具合の悪いことがあったのだ。聞き届けられた。男はあらためて毒蛇に咬まれるはずの五分後にむかって歩きはじめていた。」

★　人間的スパイ小説の流行＝国家の相対化。

★　原始的な予防医学としての分散。疎外化現象。たとえばニューギニヤのある裸族は、風邪をひくと治るまで部落に近づかない。

★　（論）記憶はたぶん皮質に描かれた無数の星座表。それをファイルする省略記号のメカニズム。

★　（論）海は水で出来ている。しかし水滴から海は見えない。人間は細胞で出来ている。しかし細胞から人間はつかめない。（反還元論者の弁）そうだろうか？　そうかもしれない。たぶんそうだろう。しかし小説を書く作業は、本来、水滴をとおして海に至る作業なのではないだろうか!?

☆　一切の予約をことわって、あてずっぽうの旅。謎の魅力。パンドラの箱。ジープの美学、ジプシーの誘惑。

☆　（会話のなかに）「……中南米の音楽は、まさに魂の音楽というべきでしょうね。アーカイ・メダーマ、カリプソ・キューバ」「ソウデス、ソウデス」とラテン・アメリカ人が答える。
「ニッポンノ魂ノ音楽、ゴジョスクエア、ネ」

「なんだって？　ゴジョ……」

「ゴジョウ、ヲ、スクエア、スル、ネ……」

「ああ、どじょうすくい！」

「ソウ、ゴジョスクエア、魂ノオンガク」

☆　異常や異変を求める心は、秩序や法則を求める心同様、遺伝子に刻み込まれた約束なのだろう。

☆　マリ・ジャンプは興行師《花札坊主》の内弟子で、一時は《花札太郎》と名乗っていた。その間弟は《ジョーカー・ベビー》と呼ばれていたらしい。

☆　（新聞からの抜粋）……動物の骨や剝製はハンティングトロフィーと呼ばれ、欧米では広く室内装飾に取り入れられているという。骨の場合は、剝製のような生々しさがなく、現代的なインテリアにも調和する、と内藤さん。

羊、水牛、シカ類など角をもつ動物の頭が四―五十万円。ネズミやビーバーなど小動物の頭は数千―二万円程度。店舗は六本木にあり、日曜、祝日は休み。問い合わせはワイルド・ホーン（四七〇―二八三〇）へ。

☆　（モノ・マガ）溶解人間ドロリンマン（タカラ　03―542―3521）。原料はオイル系のパラフィンと、高分子ゴム。サタン、シニガミ、ミイラ、メドウサ、など6種類。毒性はない。

☆　昔「少年倶楽部」に出ていた、忍術の秘法。透明人間になる術。［よく乾燥させた桐の木を黒焼にして、陶器の壺におさめ、土のなかに埋めて正確に百年、寝かせておく。蜂蜜で練って、三日かけて舐める」……百年生きる人間はいないのだから、絶対真偽のほどを確かめることは不可能だ。すなわち詐欺の罪に問われる心配がない、究極の詐欺のテクニック。

☆　父が催眠術をかけ、息子がかかったふりをする芸。（奇蹟の前座に有効）

☆ 夢の特性。夢は現実の影だと言われるが、夢との関係では顕著な相違がみとめられる。たとえば人間の三大欲望と言われる、性欲、食欲、睡魔のうち、夢のなかで強い衝動として自覚されるのは、何はさておきまず性欲だろう。夢魔という魔物がいるが、これは淫乱の扇動者だ。つぎに食欲が衝動として自覚されることもあるような気がするが、確信はもてない。最後の睡魔。これは覚醒時のみの生理現象で、夢のなかで眠気に襲われたりすることはまずありえまい。夢食や夢眠がないのに、夢精だけが存在するゆえんだろう。

★ (重要) 神も、あの世も、存在しないことを認めるなら、おなじ理由で死後も虚無も存在しえないことを、認めざるをえないはずだ。『無の存在』というパラドックス。

☆ 不能犯…… [法] 行為の性質上、意図したとおりの犯罪結果を実現することが明らかに不可能な行為。犯罪としては成立しない。丑の刻参りなどの迷信犯がその例。(現代刑法の科学主義) したがって、超能力による犯罪は起訴不能である。

☆ (抜粋) コカコーラが首位。【ニューヨーク二七日=時事】米国でもっとも有力な商標名は、清涼飲料の「コカ・コーラ」――米経営コンサルタント会社ランダー・アソシエーツ社は27日、国内の消費者千人を対象に実施した調査から独自に有力商標番付を作成した。

同番付は、単に広く知られているか、という点ばかりでなく、商品の品質、キャラクター、広告などの面で高い評価を受けているか、を基準に作成された。それによると、「コカ・コーラ」は二位のスープなどで有名な食品の「キャンベルス」を大きく引き離して断トツ一位。三位以下は「ペプシ・コーラ」「AT&T」「マクドナルド」「アメリカン・エクスプレス」「ケロッグ」「IBM」ジーンズの「リーバイス」そして「シアーズ」と続いている。

また日本の商標では、「ホンダ」が六十二位、「トヨタ」が六十四位、「ソニー」が六十八位、「セイコー」が九十一位に入っている。

以上の調査内容は、クレオール文化の基本的優位性を立証する重要な一例!!

☆ 強くなるため!? 薬物の勧め 仏 医師の本 批判よそに人気 【パリ一日=清水特派員】フランスで、薬物使用(ドーピング) の勧めというべき本が出版された。『肉体的、精神的に実力以上の力を出すための薬品三百種』(バラン社) で、医師や薬剤師らが批判、クロード・エバン仏厚生相も「国民の健康を脅かす」と提訴する騒ぎとなったが、これが宣伝にもなって、八月二十五日発売の初版一万二千部をわずか数時間で完売してしまった。

『薬品三百種』は二百十三頁の小冊子。著者は匿名の医師三人だ。前書きによると「この無情な世の中では、より強く、抜け目なく、男らしく、知的に、敏速に振るまう必要」があり、興奮剤のような薬物使用は「人権宣言の付加項目として認められて当然」と宣言。三百種類の薬品それぞれを、一つ星、二つ星、三つ星の三ランクに分類。その効用と使用法を説明している。

いずれも、薬局で比較的簡単に手に入る薬品を、病気の治療ではなく、興奮剤として利用しようというもの。例えば「朝、二錠のアスピリンが一日をうまくスタートさせる」などという。しかし、薬の副作用や、大量投与、常用による危険などには触れておらず、医師や薬剤師らは「使用を誤ると、生命の危険もありうる。とんでもない本」とカンカンだ。

しかしシャンゼリゼのある店は、発売一日で二百冊を売りきり、モンパルナスの大型書店は三十冊が一時間で消えた。それでも次々と前金を払っての注文が続いているという。

エバン厚生相は「医師の処方なしに危険な薬品の使用を勧め、国民の健康を脅かした」と提訴、パリ検事局の調べも始まった。

これに対し、出版社側のアンドレ・バラン氏は「出版の自由の問題だ」と真っ向から対立、出版を続ける構えだ。

フランスでは八十二年五月、『自殺、その実行方法』という本が出版され、これを読んで自殺する人が相次いだため、パリ司法当局は八十五年十月、著者二人を逮捕したが、本の発行は禁止できなかった経緯がある。

☆　ファウストが保根進だとしたら、メフィストフェレスは誰だろう？　形式上は弟の津鞠左右多だろうが……

願望の自己目的。勝つこと！

☆　弟「もしご希望なら史上最強の男にしてあげるよ」

保根「たとえば？」

弟「ターザン、机龍之助、007、フランケンシュタイン、ランボー、丹下左膳、ドラキュラ、狼男」

☆　子供制裁クラブ……校内暴力の被害者である教師で結成され、復讐を目的とした制裁技術の研究会。保根のところに勧誘の案内書。

☆　患者用のソファの背もたれに、一本の髪の毛が付着していた。男にしては細すぎ、女にしては太すぎる、いかがわしげな毛髪だ。

☆　戒告処分……加害意識も被害意識もともなわない、儀式としての忘却処理。

★　神話＝所属集団の時間マップ。世界のなかでの自分の位置付け。

☆　隣のパソコン娘が誘拐された。郵便受けの犯行声明文。「娘の願望に応えるため、あえて実行する。邪魔立てはするな。ローアン・グループ」保根は偶然知っていた。そのグループ員が教師仲間にいて、彼も一度誘われたことがあるからだ。ローアンとはローアングル（仰角）のことで、『覗き写真』の愛好家の同好会の事である。そう言えばあのミニスカートの丈といい、シトロエンに乗った配送係との関係といい……

☆　（前の続き）贋の警察手帳をもった贋刑事。変装した配送係。

☆　寝れる：寝られる、食べれる：食べられる、怠けれる：怠けられる、をめぐって殴り合いの大喧嘩。

☆　小判鮫に関する考察。鮫は単に愚鈍で、顎と胃袋が発達しているだけ。それに対して小判鮫は、鮫に取り付いてそのおこぼれにあずかるだけの寄生生物ではなく、ひそかに鮫に指令を発し、操縦している曲者的存在かもしれないのだ。

☆　マリ・ジャンプの哲学。『嘘』とは何か？　それは『真実』と区別がつかないもののことだ。その一例。ある男が鯨を魚だと信じ込んでいて、それを獣肉だといつわり、店頭に飾ったとしよう、男は果たして真実をのべたのか、それとも虚偽をのべたのか？

☆　仮にスプーン曲げが真実だとして、人はなぜそれに畏れを感じるのだろう。たぶん経験則に反した変化だからだ。でも犬はおそらく何も感じないだろう。犬には絶対感知しえない変化だからだ。ということは……？

☆　マリ・ジャンプが便器に掛けて無意識に口ずさむ歌。「タッシン　ココロヲ　ウニウニイダキ　アーア　コレコレ（ウーウ）ワガ　ショウネンダン」

☆　意外な人物が犯人になるのは推理小説のなかだけ。現実には一番犯人らしい人物が犯人になるにきまっている。想像力のありすぎる刑事や検察官は、世間を混乱させるだけだろう。

☆　カウンセラーの女医は、ひどく嫉妬深かった。つねにニュートラルな中立を標榜主張しながら、そのくせ自分に対する関心をあらわに示さないと、みるみる不機嫌になってしまうのだ。

☆　宅配便を尾行　空き巣を三百件（新聞抜粋）宅配便の車のあとをつけて留守宅を見つけ、空き巣にはいっていた男が二十五日までに、盗みの疑いで神奈川県捜査三課と川崎臨港、多摩署の連合捜査本部に逮捕された。調べでは約三百件千五百万円相当の余罪があるという。

男は、川崎市川崎区小田四丁目、無職池亀直樹（三十五）。池亀は、宅配便の運転手をした経験があり、受取人が留守だと近くの家に預けることに注目、配達車を尾行しては留守宅を物色していたという。

☆　山谷で労働者二人襲う　高校生？　無言の四、五人組

二六日午前二時ごろ、東京都台東区清川二丁目、山谷地区の路上で、青森県生まれ、日雇い労働者野宮弘四さん（六四）が歩いて居たところ、高校生風の若い男四、五人のグループに後ろから襲われ、路上に引き倒された。野宮さんは何度も足げにされたうえ、刃物で左足二カ所と背中一カ所を刺され、一週間のけがをした。犯人グループは走って逃げた。その間犯人グループは何もしゃべらず、終始無言だった、という。

☆　【判例】盗み、四年間、百五カ所、一億九千万円……懲役七年。

☆　『とろろ騒動』もしくは『とろろ擾乱』……教頭「できもの」が書いて投稿した懸賞小説、爆笑ユーモア・ポルノ。

☆　労働と魔術　この両者の関係には深い社会的関連がひそんでいる。「魔術」はいわば労働からの脱却であり、生産過程

の省略である。「魔術」はいわば怠惰の美学である。
☆【論】ピジン形成の一例。「ニーヤ」と「マーヤ」。ねじ曲げの法則。
☆ 電子ガード　アモイ。発光板と反射板を平行にセットし、その間を誰かが通るとIC音声で「オイ、誰か来るぞ」と二回繰り返す。勉強部屋への不意の侵入者のチェックなどに最適。単三乾電池二本。四千九百円。発売元・京商。０４６２（２９）１５１１。
☆ 体罰教師の処分急増　文部省まとめ　昨年度、３００人超える。
同じ調査で、全国で千人を上回る先生が神経症など「心の病」を抱えて休職している実態も明らかになった。

体罰にたいする教委の処分は、校長、教頭らの管理職六十人が監督責任。重い順に「停職」二人、「減給」十八人、「戒告」四十一人、「訓告」二百四十七人。ほかに三人が「諭旨免職」になった。

一方、何らかの精神性疾患のために休職する先生も増える傾向にあり、病気休職全体の四分の一を占める。「適格性」を欠く「心身の故障」などの理由による分限処分で免職、または降格された先生が、昨年度、全国で十六人いる。
☆ 永久に追跡の手をやすめない『追っ手』。変身し変貌しながら追い掛けてくるので、素顔がつかめない。正体のない『追っ手』。
☆［最終章］地面に腹ばいになって、透かして見ると、誰の足もすこし浮いて見える。結局は、誰もが多少宙に浮いているのだ。《浮遊現象》。
☆ マリ・ジャンプが歌った……
夏ゆきて　野苺　紅ちらす
ゆく夏や　くれないちらし　野の苺
夏すぎて　鬼の血しぶき　野の苺
迷いにけりな　いたずらに　□□の街は　もっと単純であらまほしけれ
☆ ぼく（保根進）が、部屋にボニー（紙で作った英国製の骨の模型）を飾っているのは、保根と骨の語呂合わせだろう。ちょうど高級雛人形にオプションで家紋を入れるのと似たような心境かもしれない。
☆ 人間の曖昧な分類法と判断力の模倣。アナログの便利さを取り入れたデジタル。最新流行の、ファジー・コンピューター。
☆ ピカ丸　人が五メートル以内に近づくと、パッと点灯する電気代節約型の人感センサー付き照明器具。単三電池三個で連続五時間点灯。￥１２，０００
☆ 保根にかなり偏執病的傾向があったことは否定出来ない。普段はひかえめなくせに、たとえば職員会議で、理科の教師のくせに生徒の言葉遣いをあげつらう。興奮気味に、執拗に、罰則をつくるべきだと言い張ってやめない。
「やっぱ……」

「（今日もゲーム場に入り浸って、困ったな）……とか……思っちゃう」

地方からの転校者でもないのに、この手の言語破壊は許せない!!

☆　あの世への近道、死ぬ気で追い越せ!!

★【論】子供のころしきりと不安になやまされた。いつまでこんな勉強を続けなければならないのだろう？　年々知識や学問は累積するいっぽうである。人類の頭脳はいずれ爆発してしまうのではないだろうか？

（ダンプ後部の落書）

『知』を学習の集積だけに限定してしまえば、それは『クレオールの過小評価』という袋小路に迷い込むしかなくなってしまう。

☆　はじまってもいないのに、すでに終わってしまった夢のかずかず……

終わってもいないのに、棺の小窓から見上げる、（別の）分身の生……

（その心は、かりに悪夢のようであっても、それが生ならば生きなければならないのだ）

☆　それだけは絶対に他人と共有できないもの……たった一人で、自分独りだけで見るしかないもの、それが死である。

☆　いつも十字路の交差点中央に居座っている犬。実はそのように餌付けされていた野良犬。餌付けしていたのは、あるおちぶれた老博徒。胴元になって、何時ひき殺されるかの賭けをするつもりだったらしい。しかし、まだ賭け金もまとまらないうちに、犬は轢かれてしまう。あれほどなついた老賭博師の愛犬だったのに……

☆　女医の研究。新しく定義された『退却神経症』。温室ガラスのなかの風景になりたいという願望。

触れられたくはないが、注目の的でありつづけたい……

☆　津鞠左右多の本籍地。マリ・ジャンプの現住所。

《寒曾谷郡　杵床村》

☆　19××年×月×日

情報によれば、某財団がひそかに八人の「スプーン曲げ少年」を募集したという。どうやらあるプロジェクトが進行中らしい。クリーン・エネルギーの開発だとも言われている。しかし兵器開発にもつながりうるものだ。もし百人の超能力者が力をあわせて電波塔を倒壊させられるとしたら、一万人の超能力者を結集すれば、月の運行に影響を与えることだって不可能とは言い切れないはずだ。

ここで肝心なのは、そのさらに一千倍の超能力者をあつめてみても、なんの意味もなさないということ……

つまり主催者は本気で信じているらしいのだ、「エネルギー消費の絶対量を抑制しないかぎり、人類は未来から返済不能の借金を重ねるだけだろう！」

もっとも嫌味な逆説でないとも言い切れないが……

☆　病院のそばに火葬場［取手市「県条例違反」と住民、患者ら工事ストップの仮処分申請］《衝撃的な絶望感与える》

実力阻止を狙って団結小屋。計画は町火葬場組合が決めたもので、一万六千八百平方メートルの敷地に、火葬炉五基と斎場、待合室などをもうけることにしている。

病院側……『道路をはさんでわずか二・七メートルしか離れておらず、住宅や病院から百メートル以内に火葬場をつくってはならない、とする県条例に違反している』

市長側……『県条例が定めたのは建物敷地からの距離で、駐車場は勘定に入れるべきでない』

☆　体罰に弁護士会警告「学校ぐるみ容認」と批判。

☆　少年の死体　港に浮く　十六日午前六時半ごろ、仙台市港一丁目の海上にシーツにくるまれた男性死体が浮いているのを、塩釜海上保安部の巡視船が見付けて引き上げた。調べでは、本岡裕吾さん（一八）で、体にブロックの重しがつけられていたことから、県捜査一課と仙台東署は殺人、死体遺棄事件とみて捜査本部を設けて捜査を始めた。

本岡さんはかがみ込むように足を折り曲げられてシーツにくるまれ、体にはコンクリートブロック三個がロープで巻き付けてあった。着ていたTシャツのネームから身元がわかった。

☆　津鞠左右多の出身地は、旧い日本の田舎町には珍しく、碁盤目の町並みである。一般に封建社会に形成された農村部はたるませた縄状の不規則な道筋が好まれていた。よそ者の通過を容易にしないためだ。

☆　昔その半島の岬に一隻の外国船があらわれた。ペリーの直後のことだったらしい。その船の乗組員たちは何かの疫病にかかり、全滅寸前で、救助をもとめて上陸を望んだのだが、おびえた役人はたった独りで抜刀し拒絶した。外国船は発砲した。被害はなかった。しかしその役人は咎めをうけて切腹を命じられた。やがて話に尾鰭がつき、維新後その役人は英雄扱になり、銅像が建立された。第二次大戦後、さらに一転して日米和解のシンボルになり、町民はアメリカ人の観光客を待ち望んだが、まだ一人の観光客も現れていないそうである。マリ・ジャンプはその子孫を主張しているが、むろん信じているものは一人もいないらしい。

☆　脱出したい……どこか遠くに脱出してしまいたい。しかしその脱出願望を突き詰めていけば、結局たどりつくのは『自殺』だろう。

そして空飛ぶ『弟』は死に、葬式常習者の『父』は戻ってくる。

☆　透視能力をフルに発揮したとしよう、行き着くところは、［完全予測］……未知が存在しないということは、無変化とおなじだろう。明日の喪失……つまり監獄の中とおなじこと……。

☆　一見超能力と似ているが、まったくちがう現象。新聞記事。たしかフランスの科学者の発明。レーザー光線をもちいて、分子のブラウン運動にブレーキを掛け、絶対零度に近づけるアイディア。なんという素晴らしい逆転の発想だろう！

でもぼくは寂しかった。ぼくにはこの偉大な驚きを共有しあえる恋人（分身）がいないのだ。

☆　猿は人間より毛が三本足らないと言われているが、脳神経細胞（ニューロン）は数億個も足らない。それでもけっこう複雑な構造をもっている。このたび工業技術院では、世界ではじめて『顔』を識別する《顔ニューロン》の存在を突き止めることに成功した。ニホンザルが見知った顔に出会って、《顔ニューロン》が出す微弱電流を測定したのである。つぎに、眼と眼の間、眼と口の間、顔の幅など二一項目にわたって、《顔ニューロン》の感度との相関関係を計算した。

その結果——

①眼と口の距離　②額にかかる髪の様子　③眼と眼の距離　④眉と眼の距離……を情報として処理、組み合わせていることが分った。以上の実験で、《顔ニューロン》は、全視覚情報処理ニューロンの一パーセント、約十万個はありそうだという。将来、コンピューターのパターン認識などへの応用も期待できそうだ、と山根主任研究官は語っていた。（某科学雑誌より）

☆　とりあえず、元手の調達といこうじゃないか。（いぜん旭川の駅前で見た、石揚げの詐欺をやる香具師たちの話）そして最後に、「ほら、見ろよ！　揚がったぞ、見ろ、あそこ、ちゃんと揚がったじゃないか！」宙空高く、白い真昼の月が懸かっていた。

☆　２３２冊のセルフ・ヘルプ物の出版物の統計によると、

一位　恐怖、不安からの脱出
二位　自己覚醒
三位　出世、幸福達成
四位　潜在力開発（超能力者）

☆　音楽と血圧の意外な関係……東邦大大橋病院の永田勝太郎医師は「血圧の高い人のほうがモーツァルト好きが多く、効果が高いようだ」と言う。

永田さんは、音楽好き二百人を調査した結果、モーツァルト好きは血圧が高めで、曲を聴きはじめてから十五分くらいで収縮期血圧が標準の百二、三十にまで下がり安定した。

一方、歌謡曲や民謡好きには血圧のひくい人が多く、こちらも十五分くらいで百二、三十に上がり安定した。歌謡曲や民謡は、メロディーは暗くても、日本人の気分を高揚させる何かがあるのかもしれない。永田さんは「音楽には人体が本来もっている自己制御機能を高める作用があるのかもしれない」と言っている。

☆　バスが急発進していく音……真鍮製の象の歯ぎしりに似た……

☆　低融点金属（これをスプーン曲げのトリックに応用する）

摂氏六八度という低い融点をもつ金属が市販されることになった。ビスマス、錫、鉛を主成分にする合金で、本来は自動車の部品などに利用されていたもの。湯を張ったなべに入れて温めると、トロトロの半流動体に変化するので、はんだ付けに代わる接着方法として、彫金などホビー分野での利用を見込んで売り出された。

釣りのおもりなどを好みの形につくるとおもしろい。四五グラム千円。九十グラム千七百円。発売元はシロイアソシエイツ（２６２―９３０６）

☆『顔』識別の基本原則。

①不変のトライアングル。両眼と鼻の先端を結ぶ三角形は、幼児から老人に至るまで変化しない。したがって、経験則により、その三角形が相手を判断する強力な刺激入力値になる。

②経験的平均値を超えた、誇張点の存在。（粗暴犯はいても、知能犯は少ない。つねに他者を意識するからだろう）

☆マリ・ジャンプは以前、「伯爵」の芸名を使っていたことがある。

別の詐欺師「伯爵」との出会い。対決。

☆「おれには見えるんだよ」と、少年が言う。「誰かの未来だな。もちろん兄さんの未来だなんて思っちゃいないけどね。でも近くにいる人間らしいよ、眼をつぶったとたんに見えてくるんだ。片道一車線のかなり交通のはげしい通りの中央線の上を、そいつ、行ったり来たり、動物園の熊みたいに、おなじところを、その黄色く塗った追い越し禁止の中央線のうえを、さっきからずうっと行ったり来たりしつづけているんだ。だんだん日が暮れてきて、すると男はしだいに輪郭をなくしていく。皮膚も衣服も完全な薫製色なんだな。夕方の色とまぎらわしいんだ。紫外線と排気ガスであんなふうに煤けてしまったんだろうな。そのうちぱったり姿を見せなくなる。朝がきても、昼になっても、もう見かけた者はいない。煤けきって夜のなかに吸収されてしまったのか……それとも、単なる交通事故で結末を迎えたのか……」

☆新派の「金色夜叉」のさわりの場面とそっくりなシーン。倒れて無抵抗に腕で身をかばっている女、薄笑いをうかべて女の脇腹を蹴り付けている男。チラと車のライトに照らし出された無人の駐車場の幻覚のような光景。

☆戻ってみたら、玄関前に小型の登山用テントを張って、自称弟がインスタント・ラーメンを啜っていた。

入るように勧めるが、芝居がかった大げさな遠慮ぶり。

☆至福の疑似体験（最重要テーマ）

麻薬、宗教、狂気による幻覚……もし麻薬にまったく副作用がなく、無料で簡単に手に入るものだとしたら、それでも禁止が必要だろうか？

贋の王と本物の王の共通点と相違点。幻の充足を、食事を通じて検討。

最優先すべきものは、「生きることそのものであって、生の成果ではない」

手品とトリックで創り上げた幻影城。少年はそこからの脱出を望み、父はその王たることを願っている。

☆　登場人物が主張する『癌』の新名称。
奔馬性寄生生物
☆　死の宣告をうけたとき、耳元で吹きあれる烈風の音。台風の日の副都心のビルの谷間で聞く音に似ている。あれは過ぎ去っていく時間の音？　もう二度と戻ってこない過去の音？　暗い未知に向かって墜落していく音？
☆　教頭？　が酔いにまかせての独り言……
そのとき俺がいたのは、どこか山賊の砦のような、木造の塔の入口のまえだった。二階にはこうこうと灯がともって、なにやら賑やかな感じだった。木戸のまえで俺が怒鳴るんだ。

「たのむよおやじ、なんとかしてくれよ！」おやじが出てきて、俺をなだめる。

「分かった、分かった、まかせておけって」なぜかおやじは俺よりもずっと若い。そしてひと掴みの砂利のようなものを呉れた。よく見ると珊瑚の破片だった。噛っては飲み下し、駅に急いだ。環状線に乗り、振動に身をゆだねる。からだが冷えはじめる。おやじにもらったのが大量の睡眠薬だったことを納得する。そう、昔からここが俺のいちばん好きな場所だった。
☆　ナンセンスな　推理　憶測
「伯爵」を自称する男から、保根について再三問い合わせの電話があった。知らない？　そいつは妙だな。「伯爵」は君の義理の父親だと名乗っているよ。それを確認する為に君の身辺調査をしているらしいんだ。探偵まで雇って、常時君の行動を監視しているらしい。ほら、隣に住み込んでいる女性。そう、君が相続人としてふさわしい人格かどうか……まあ、そこまでやるんだから、それなりの財産家なんじゃないかなァ……もちろん私も協力させてもらったよ……
☆　帰宅拒否症、もしくは恐怖症。最近顕著なサラリーマン神経症。郊外電車の駅周辺の病院から通勤するもの。喫茶店に長居するもの。トイレにできる異常な行列。
☆　『反体罰思想の最近の動向』
日弁連などによる、子供の人権を護るキャンペーンの成果。子供の人権110番の設置などによって、学校現場でも少数派ながら《体罰》がけっして愛の鞭ではありえないという考えがひろがりはじめている。

1・体罰をうけたらすぐ医者に行って診断書をとる。

2・学校への申し入れはかならず文書でおこなう。

3・学校側の説明はメモにとり、出来れば録音しておく。

「明治憲法下においては、教育は憲法事項でも、法律事項でもなく、すべて勅令によっていた。そのせいで教育を権利と考える思想がそだちにくい」

「肉体的苦痛を伴わない新体罰。犬のように椅子に縛り付ける、屈辱罰」

「対話喪失症の発生。言葉への侮辱」
☆　教頭が言った。「ちょうどいま、『世界拷問史』をテキストにして、読書会をやっているんだ。君にもぜひ参加してほしいな」

☆　独身女性の部屋にこもっている、あのムッとくるような酸性の匂い。独身男性の部屋にこもっている、あのムッとくるようなアルカリ性の匂い。両方とも、マスターベーションの匂いなんですね。でもこんな分かり切ったこと、小説家はなぜ書こうとしないんだろう？　独身の集積の大事な表象なのに……だから彼女は……

☆　ぼくの悩み。両手に花。隣の女と、相談員の女医と、客観的にベターなのは、はたしてどちらなのだろう？

☆　玄関前にテントを張った『弟』。

☆　失望の連続。ある日とつぜん、希望への鍵が与えられる。聾啞者に与えられた、響きと輝き。帰ってきた、夢、愛、希望、青春、そして明日の可能性……『小説によって可能なカタルシス』

☆　この先、伏線として利用すべき要点

＊保根のアパートのもう一つ奥の部屋。スケルトンなど。後に『弟』がすみこむ。

＊チャールストンに乗った配送係の正体。

＊蜂谷とは何者か。

＊玄関前のホールは、共同か、専用か？　テント生活の是非。

＊子供の悲鳴の幻聴。折檻の恐怖。

＊女子ロッカー・ルームで見かけた、弟らしい人物？

＊なるべく早く、弟の手品、もしくは超能力。

☆　イギリスの小説からの引用……中産階級の下の人間が、さらにそれ以下のクラスの階級の人間の常食として思い浮べるもの。パン、マーガリン、ロングライフ・ミルク、肉の缶詰、豆の缶詰、ティー・バック、インスタント・コーヒー、グラニュー糖……

☆　飛ぶ男、翔んだ男、浮遊した男、浮いた男……

☆　昨年、7月頃の事件。某中学にとつぜん斧と鎌を手にした男が乱入し、生徒八人に重軽傷を負わせた。その犯行形態の異常さから、最初は精神異常者だとみなされたが、精神鑑定の結果、心神喪失状態ではないことが確認された。本人も罪状認否で起訴事実を全面的に認めた。

　やがて意外な事実が判明しはじめた。

　被告は四年間にわたって、生徒たちの執拗ないじめにあっていたのである。被告はもともと声帯に異常があって性格がおとなしく、長髪だったため、はじめは「変態」「アホ」などとからかわれていた。いじめは次第にエスカレートし、石をなげられ、足蹴にされ、小学生も加わるようになった。さらに窓ガラスを破られ、頻繁にいたずら電話がかかるようになった。被告は自殺を考えていたらしく、遺書も残していた。

☆　「あの馬鹿は、2A－3Aもこたえられなかった。頭をひっぱたいてやった。もしかすると、あいつが蜂谷だったのかもしれない」

☆　不等式、5x－3（2x－1）＞4を成り立たせるxの値

のうちで、最も大きい整数を求めなさい。（出来なかった生徒に体罰）

☆　自分に本当の意味では超能力がない証拠。

母の後釜にすわった女をいれてどさ回りしていた頃、三味線とハモニカを伴奏に口上を述べていた女が逃げてしまった。ぼくの超能力を信じ切っていた父は、念力と催眠術で、ぼくに代役を強制した。まったく無理な話だよ。ただひたすら恐怖心から、舞台にたった。そして形だけ三味線を弾くふりをした。音はでない。父は必死で口上をのべながら、時折口で三味線風の音をたてる。客はもう大笑いさ。でも親父は怒った。出来るくせにぼくがサボタージュしたと言い張るのだ。半殺しのめに会わされた。ぼくが脱走せざるをえなかった事情、わかるだろ？

☆　弟『ぼくがロッカールームにいたって？　どこの？　いつ？　妙だな、たしかに兄さんが言っているようなロッカールームに入ったことはある。でも、場所も違うし、時間も違う。変だな。違う時間と空間につながる通路なんだろうか、その覗き穴。案外、兄さんも超能力者なんじゃないの？』

☆　よし、服装検査をやろう！　抜き打ち検査で、思い切りひっぱたいてやろう！

☆　弟『だれもが僕に一目惚れしてしまう。すぐにぼくに夢中になってしまう。もしかすると、こっちは何にもしていないのに、相手が勝手に催眠術にかかってしまうのかな。だから僕は透明になってしまいたいんだ』

☆　スプーン曲げの少年

The spoon-bender boy.☆☆

The boy who bends spoons.

スプーンを曲げる少年

The Boy who is bending a spoon.

スプーンを曲げた少年

The Boy who bent the spoons.☆

☆　生徒がひそかに自殺会を結成した。変形暴力。逃走型暴力。暴力が内向して、自己破壊、自傷衝動にはしる。

★　クレオール再生（瞬間形成）の一例。スコットランド・ヤードが指紋の採用にふみきったのが、１９０１年である。翌１９０２年、シャーロック・ホームズのなかで早速指紋が登場してくる。

さらに驚くべきは、同年、快楽亭ブラックが、指紋小説なるものを発表していることだろう。快楽亭ブラックは、とうじ円朝とならぶ通俗作家だったらしい。本能的な普遍の吸収能力だろうか。

★　イギリスBBC放送の「フォークランド」戦争の衝撃！

☆　奇術師J・ランジ

「不思議な免疫反応」についてのフランス人の論文が、イギリスの科学雑誌『ネイチャー』に掲載された。理論上、抗体の含有率ゼロにまで希釈された抗体水溶液に、白血球が反応したというのである。「幽霊抗体」「水に記憶力」などと世界的な話題になった。しかしこの論文に疑問をもった『ネイチャー』の編集長は、科学論文のトリック発見の名人W・スチュアート氏と、ユリ・ゲラーのトリックの発見で知られる奇術師ランジ氏の二名の協力を得て、徹底的な調査を行なった。その結果、科学的根拠がきわめて不正確なものであるとの結論を得た。

さらにフランス人科学者の助手たちの給料がある製薬会社から出されていたことも露見した。その会社は自社の製品（ホメオパシー＝毒をもって毒を制する）の宣伝に利用するのが目的で協力していたらしい。

同誌に掲載されたフランス人科学者の反論。「われわれの生物システムの本質を把握できない素人による調査は無意味である」

☆　アメリカでおそるべき実験が行なわれた。

「罰として電気ショックをあたえると、生徒の学習に効果があるかどうか」千人の男性が集められ……むろん電気など通さずに……実験に参加させた。ボタンを押すと、生徒は……むろん演技で……叫び痙攣した。

次第に電圧ゲージを高めていった。驚くべきことに、三分の二の男が、最高の目盛りに達するまでボタンを押しつづけた。

☆　「あおいそら運動」自治会長が毎朝地元の生徒たちを集めて斉唱させる。

あいさつしよう、おもいやりの心をはぐくもう、いけないことをしない勇気をもとう、そうだんと話し合いの輪を広げよう、らくなことを考えず元気にがんばろう。

☆　千葉県野田市の実例。校長の要請で、ＰＴＡ補導部員が、「万引きしそうな子」を発見すべく、尾行したり文房具店を見張ったりした。

☆　24時間営業の銭湯

老人問題をめぐるＮＨＫ特集……その特集についての朝日の「葉書通信」

この「24時間営業の健康センター」とも呼ばれる銭湯は、かなり設備がととのい、安価で、宿泊（仮眠）所までととのっているらしい。ここで3年以上も寝起きしている老女がいるくらいだ。

葉書通信の内容は、きわめて多様だった。ここに孤独な姥捨て山を見るもの、逆に夢のような老人天国を見るもの……

☆　ある学校における校則運用に関する実施例。よりよい学校にするために……

「髪パーマ・脱色禁止」「制服着用」「通学かばんかスポーツバッグ携帯」以上は最低基準であり、教師は各自その有効な運用を工夫すること。例……1　前髪を引っ張り眉より長いと切断。2　靴下は地味な単色。3　スポーツバッグも一定のタイプ以外は没収。4　反抗した場合は、体育教師を中心に体罰。5　生徒会機関誌はかならず事前検閲。6　署名運動などを強行する悪質分子に対する最後の手段は、内申書の交付拒否で脅す。

☆　患者に触らない「潔癖症」の女医。（川崎市　匿名希望

主婦　38歳）

眼科の校医。５００名の生徒に「アカンベ」をさせ、眺めて通るだけの診察。異常を指摘されて通院しても、検査や洗眼はすべて看護婦まかせ、アンケート用紙も生徒に掲げさせて見るだけで、手は触れない。待合室では消毒綿を手にした看護婦が、ドアのノブや電気のスイッチを拭いてまわっている。子供の訴えで、先生に質問したところ、「私は○○大学を出て、外国にも留学した」と自慢するばかりで、肝腎の返答はもらえなかった。先生の勤務先である、県立子供医療センターに相談したところ、「嫌なら行くな」と怒られてしまった。

☆　資格人間でなければ自由な生活の選択はできない。

そこで手っ取りばやく取れる民間資格の一例。

「探偵調査士」

全国探偵調査士養成所（新宿・昭和35年設立）に通うか、通信講座を受けるかして、企業の信用調査の方法、個人の尾行、張り込み、等々、興信所などで仕事をするためのノウハウを身につけること。受講料は三ヵ月で五万八千円。現在、男女約百人が在籍している。

☆　軍事政権時代を風刺したギリシャ映画のなかの会話。

将校「なにをぼんやりしている？」

兵卒「なんとなく、ラスコリニコフのことを考えていました」

将校「誰だ、そのラスコなんとかと言うのは？」

兵卒「ドストィエフスキーの小説のなかの登場人物です」

将校「いかん！　ドストィエフスキーなんて、とんでもない危険思想だぞ！」

（テヘランのドストィエフスキーとの照合）

（イランのホメイニ師から暗殺手配されたイスラム作家との照合）

☆　弟の訴え……ぼくは人から一方的に愛されるだけでなく、他人を本心から憎むことが出来ない。そのために、力をフルに発揮することが出来ないんだ。

ぼくのかわりに、願望を行動可能な形に整理して、指示してほしい。

☆　もっと重大な秘密を告白してしまおう。ぼくのもう一つの弱みは、つよくたのまれると、どうしても拒めないこと。そして父がその秘密を知っていること……

☆　でも父だけを咎めることは出来ない。だれでも、ぼくの秘密を知ったとたん、悪意を剝出しにするんだ。

☆　ぼくはじぶんの正体を見定めるために、兄さんの協力がほしいんだよ。

☆　新興宗教《Ωの会》の役員たちは、ぼくを教祖だと信じ込んでいる。ぼくの逃亡でさえ、彼らにとっての試練だと思い込んでいる始末。そこで親父を探偵にやとって、ぼくを追跡させているわけだ。

☆　確信ありげに断定するタイプの人間の胡散臭さ。なぜなら、人間は誰でもある断定に到達するために、それなりのためらいを通過するはずだ。そのためらいを伴わない断定がいかがわしいのは当然のことだろう。

信頼できる結論は、つねに対立概念を内包している。ためらいがちな口調のほうが、信頼感を与えてくれる。(説教調の忌まわしさ。NHKモーニング・ワイドの『日本列島ピックアップ』のキャスターの一人が与える不快感)

☆ 面白い名前

丹久……たんく。竈……かまど。久能……くのう。盆……ぼん。

☆ 追跡妄想……小学校に逃げ込む……110番にTEL……署員が都衛生局に連行……分室の医師の診断……『措置入院』……衛生局職員が付き添い、パトカーで都立病院へ……

★ 蛮画か蘭画か……

★ 後継者なしで消えてしまったというNHKでの見解は否定されるのか?

★ 秋田蘭画の異端性はデューラーのサイのエッチングに似た、フェティチズムの欲望をそそるものがある。

★ 子供に偏在している採集願望。

★ 細密描写の衝動。

★ 源内の『西洋婦人の図』はたぶん自作ではない。購入した三流画家の絵に、落款だけ書き加えたもの。デッサンと違い、油絵はある程度の基礎教育が必要。

★ 母親とは何か。母親に生をうけたものとしての人間が答える、当然の答え。そこから私の細胞分裂が開始された、最初の卵細胞の供給者。しかし動物行動学者はまるで違った答えをするはずだ。それは通常まず最初の知覚刺激として刷りこまれたイメージ。ある一連の行動のプログラムを解発する最初の信号。

★ プログラム論。コンピューターに即して、複合、もしくは重複プログラムの機能を検討すること。人間の複合プログラムとしての把握。

☆ ラジオで聞いた鳴門親方の話は面白い。幼稚だが言葉にして表現できる合理性が愛敬たっぷりである。土俵で立ち会い仕切り直しの時、相手の傷や注射の跡などに気を配ると言う話。また相手に弱点を見抜かれないために、包帯やサポーターの類は絶対に避けると言うエピソード。チャンコ鍋にはビタミン剤をいれるらしい。

★ 死亡直前のローレンツのインタヴューより。なかなか含蓄のある面白い発言。「攻撃性のない者ほど恐れられる」あるボス犬の思い出。その犬は絶対に吠えなかった。他の犬はそれを剛胆のせいだと理解し、畏怖していた。しかし実を言うと、その犬は耳が聞こえなかったのだ。

★ オセアニアとは何か?

おおざっぱに言って、この概念のなかには、つぎの諸民族が含まれる。

ポリネシア、メラネシア、ミクロネシア、その他……

ふつう日本人は東アジアの一員として検討されがちだ。
しかし本当にそうだろうか？
もし縄文人が、アイヌやポリネシアの前身だとしたら……

★　隼人＝海人？

ポリネシアとむすびつく縄文人かもしれない。したがって海運技術に長け、のちに水軍の中核を形成したのかもしれない。（さすがに渡来ヤマト系は、海をきらった。しばしば歌集などでもみられるとおり、有力者は陸路、脇の者は水路というのがふつうだったようだ。海は嵐だけでなく、まがまがしい縄文系子孫がひそむ忌むべき場所だったに違いない。熊野水軍、村上水軍、伊豆水軍……）

★　「北海道あいぬ方言語彙集成」よりの抜粋例。

母音構造を暗示する例。

ＡＵＥ＝矢　　ＥＵ＝食べる

子音構造を暗示する例。

しばしば語尾に母音を伴わない、Ｐ、Ｔ、が認められる。

★　この研究結果は参加メンバーが各自自分の専門分野において、版権を懸念することなく自由に使用する権利をもつものとする。

★　コンチキ号の失敗の意味。

★　コロンビアの都市に発生する子供だけのコロニー。貧困からくる子供虐待。

ＮＨＫで見た立花氏の番組。映画の「忘れられた人々」を連想。

★　あるテレビ局に出演した遠藤実（演歌の作曲家）。真言密教金剛経の御詠歌との通底は、多少強引かもしれないが、本当らしさは感じる。（寺での実演）

★　日本文化に内在する《田舎者コンプレックス》……もしかしたら渡来系文化に対する縄文系文化のコンプレックスかもしれない。外来語彙に対する異様な許容度のうらにひそむ、内在構造？　コンプレックス緩解剤としての無礼講。自虐的田舎者化。関節を伸ばさずに、むしろ屈曲させることの快感。日本的前衛ダンス（鈴木忠治）と泥鰌掬いの通底。

［1988. 8－1992. 5頃］

# 真崎隆治宛書簡

昨夜、あなたからの二通の手紙を拝見しました。すでに時期を失していることは重々承知していますが、郵便物は月に一、二回しか開封しないような生活なので、これでも異例に早い返事なのですから、悪しからずご了承ください。

結論を申しますと、私は原則的にすべての会合に出席しないのです。まして海外の招待は、つねに固辞してきています。清水さんにはその旨よく説明したつもりですが、どうも私の真意が理解できないらしいので、より事務的に（かつ礼を失しないように）お断りするため、当事者から直接「正式な」招待状を出していただくようお願いした次第なのです。この注文もまた、誤解されてしまったようですね。

あなたの好意は毛頭うたがってはおりません。ご尽力には心から感謝しています。この返事に意外の感をいだかれるだろうこともよく分ります。また関係者の皆さんにも、納得のいかない印象をあたえてしまうことでしょう。しかし、多人数と同席する緊張には耐えられないのです。困った変人だと思って見逃してください。

もう一つ返事が遅くなった理由は、あなたから清水さんへ、清水さんから新潮社の大門君へ、というふうに「たらいまわし」的な伝達法のせいで、ご依頼の内容がさっぱり要領を得ないものになってしまったことです。誰にも責任のないことでしょう。

どうか関係者の皆さんすべてに、心からの感謝の念をお伝えください。関心をもっていただけただけでも、光栄に思っているのですから……

「魔法のチョーク」の上演結果はいかがでしたか？

一九八八年十月十八日

安部公房

真崎隆治様

［1988. 10. 18］

# カルティエ・ブレッソン作品によせて

ブレッソンについて語ることは不可能である。なぜならその画面のなかで、つねにすべてが語りつくされているからだ。

その画面は空間の窓というより、むしろ時間の窓だろう。時間を突きぬけて走る列車の窓である。どの光景にもつよい既視感がにじんでいる。しかもなぜか私的な記憶を呼びさまされるのだ。ぼくは「そこ」をよく知っている。ぼくは「そこ」で立ちすくみ、強く両眼を閉じて心をかきみだされながら、不可解なその場面の意味を記憶のなかに刻みこんでしまうのだ。

ブレッソンはぼくにとって単なる偉大な写真家にとどまらない。自分の眼球の運動軌跡が無条件に共鳴するほとんど唯一の作家である。ぼくはそのたびごとにブレッソンがシャッターを切ったその瞬間、その場所に引き戻されてしまう。

［1988. 10. 19］

# 黛君に調査依頼の件

① 四国香川県『屋島』の堀川家についての情報。わが祖父母以来の脱出衝動の内的、もしくは外的要因が発見できるかもしれない。クレオールへの道の選択。

② 秋田蚕画について、田中氏に聞くこと。

③ 陶器（茶器としての）の技術史的専門家に聞きたい。ろくろを使わない「茶碗」は何時、どんな階層まで存在していたか。特に秀吉の時代には？ たしかなんとかいう有名な焼き物は、信じられないほどの短命できえていってしまったと言う。なぜか？ 背景には単なる美学ではなく、利休の禅宗的現世否定の思想があり、それが秀吉の反朝廷文化のコンプレックスをくすぐったのではないか？

④ 勿論茶器のなかのバロック趣味もあっただろう。しかしそこまで洗練されたものではなく、もっと素朴な「無価値の価値の発見」という一種の野性趣味もあったにちがいない。両者はそれぞれ何パーセントずつだったのだろうか？

⑤ かぶく趣味（傾く、歌舞伎の語源）の流行は、オランダ趣味と関係なかったか？ そもそもキリシタン拡大は布教や信仰の観点だけではなく、風俗のクレオール衝動としてとらえるべき要素があるはずだ。さかのぼれば、伊達政宗の挙動から「伊達な」という形容が発生したあたりの事情も見逃せない。

［1989. 2. 9］

# カルティエ・ブレッソン宛書簡

黒から湧き出る白　白に落ちていく黒
たがいに溶け合うことなく　機略に富んだせめぎあい
平面と立体のあいだの　存在しない次元に
さしかかった一羽の鳥
追憶に声を奪われた　沈黙の鳥

カルティエ　ブレッソン様
　すばらしい写真、ありがとう。

　　　　　安部公房　1989 2 16

〔1989. 2. 16〕

# セシル・サカイ宛書簡

1989 2 16

セシル　サカイ　様

ごぶさたしています。お元気ですか？　とつぜんで申し訳ないのですが、あなた以外に適任者が思いつけなかったので、失礼をかえりみず、あえてお願いする次第です。

じつは写真家のカルティエ・ブレッソン氏から、オリジナル・プリントを一枚寄贈され、礼状を書いたところ、普通の人にはとうてい翻訳不可能な、韻文風の文章になってしまいました。そういう感じの写真だったので、やむをえないのです。

もし好意に甘えさせていただければ、適当に印象を意訳して、ブレッソン氏に電話でもしてあげていただきたいのです。

先日デンマークのリディンさんと会ったおり、あなたの噂がでました。彼の表現を借りれば、「あの美人の日本語研究家の娘さんは、すごく偉くなって、いまはパリ大学の教授だ！」そうです。おめでとう！

ぼくはやっと健康を快復し、新しい小説を三合目ほど征服したところです。新小説の題名は『スプーン曲げの少年』。題名どおり奇妙な内容になりそうです。たぶん苦い幻想小説でしょうね。

東京にいらっしゃったら、ぜひ連絡してください。だいたい箱根の仕事場にいます。

今日は妙に頭が痛いと思っていたら、四月中旬の暖かさだったそうです。とくに今年の一月は、千年ぶり（！）の暖冬だったとテレビが言っていました。

安部公房

［1989. 2. 16］

# キエル・エスプマルク宛書簡

キエル　エスプマルク様

あなたの本を二冊も寄贈していただいて深く感謝しています。あいにく外国語が不得手なので、まったく手をつけられないのが残念です。とくに前回送って頂いた、ベラ・バルトークの本、読めなかったことがなんとも心残りです。バルトークを知ったのは、ちょうど大戦が終わった翌年のことで、他に比較するものがないほどの深い感銘と勇気をあたえられました。その強い印象はいまでも変わりません。

ノーベル賞についての本のほうは、あるいは読めなくて幸いだったのかもしれない、とも思っていますが……？

現在書き進めているぼくの新しい長編小説、なんとか五合目にたどりついたかな、といったところです。『スプーン曲げの少年』という奇妙な題名にふさわしく、内容もいささか風変わりで、滑稽で悲哀にみちた幻想小説になる予定です。

今年はひどい異常気象でしたね。東京の一月は千年に一度の暖冬だったそうです。スェーデンでもスキーより水泳に人気があつまっているのではないですか？　オゾン層の穴は二度と修復がきかない予感がします。いまや健康に関する挨拶は省略すべきでしょうね。

1989 2 20日

安部公房

［1989. 2. 20］

# もぐら日記 Ⅲ

一九八九年三月二十五日　日記を再開する。

この間、多くのことがあった。『友達』がスェーデンで映画化され、受賞した。『方舟さくら丸』が、ソ連、中国で翻訳され、クノップとガリマールで出版された。まだ本を受け取っていないが、イタリーでも出版されたそうだ。さらにガリマールでは、『友達』が同時出版された。

現在、あたらしい小説『スプーンを曲げる少年』が約１００ページになったところ。

『もぐら日記』第Ⅲ部は、クレオール文化についてのメモになるはずだ。

［1989. 3. 25］

## ドナルド・キーン宛書簡 第22信

昨日新潮社から新刊の文庫を送ってもらいました。『緑色のストッキング』と言う、あまり聞いたことのない題名で、作者の名前もまったくの初耳でした。ただ解説者だけが有名な大学教授なので、とりあえずその解説に目をとおしてみました。その解説を読んだかぎりでは、なかなかの傑作らしい印象をうけました。あまり褒め方が上手なので、つい読んでみたくなったほどです。しかしそんなに傑作だとしたら、なぜもっと評判にならなかったのでしょう？　まあいずれ暇なときに一読して見ますが、この教授が作者からこっそり袖の下を受け取っていた可能性も無視できませんね。そんな傑作が、日本の演劇界なんかにそうざらに存在するわけがありません。

篠田一士と言う巨大な批評家が死亡しました。ショックです。僕はかねがね彼の死を願っていたので、じつにショックです。知らずに呪いをかけていたのでしょうか？　もし僕の呪いにそんな力があるとしたら、つぎに死ぬ予定の批評家もはっきり指摘することが可能です。でもその名前を明かすわけにはいきません。そんなことで有罪にされるのは真っ平ですからね。

ながい風邪をひきました。小説の完成まで、たぶんあと一ケ月！

安部公房

怒鳴る閣下

［1989. 4. 23］

# 原ひろ子著『ヘヤー・インディアンとその世界』——第2回新潮学芸賞選評

カナダ北限に住むインディアンの文化人類学的観察記録である。素朴で明快な文章は、観察対象にふさわしく、いきいきと彼らの生活ぶりを再現してみせてくれる。当時の著者が若い未婚の女性であったことの損得まで、ちゃんと観察の方法のなかに織り込み、それがいっそう説得力をつよめる結果になった。暴《欠乏》と《人間》の関係把握もなかなかドラマチックだ。暴力を媒介にしないジャック・ロンドンの世界と言ってもいいだろう。刺激と興奮に満ちている。

優れた著作物はそこからの引用度で決まると言われている。この作品にはすくなくも二箇所、高い引用度を予測させるところがある。一つは男女の分業の発生に関する観察だ。ふつう考えられているように、集団の進化の過程として現れるものではなく、獲物との遭遇の頻度の結果だという見方は興味深い。現代を頂点とみなす歴史のランク付けにたいする、するどい批判にもなっている。

いま一つは、ヘヤー・インディアンたちが自分を世界のなかでどんなふうに位置付けているかという点だ。もっとも近い接点をもちながら、エスキモーにたいしては、なぜか敵意に似たよそよそしい感情を抱いているらしい。しかも彼らの同胞インディアンについてのイメージも、必ずしも現実的なものではなく、しばしばハリウッド製「西部劇」に登場してくるまことに類型的なインディアンたちだったりする。これはアイデンティティというもっともらしい衝動が、いかに曖昧で胡散臭いものかを露呈する深刻な実例というべきだろう。

白人と現代、もしくはスノーモビルの侵入のせいで、彼らヘヤー・インディアンたちもすでに過去の挿話だ。われわれが選んだこの本のなかだけに、確実に生きている。

［1989. 7. 1］

# 角田理論追試のための研究会設立試案

角田氏の理論が極めて意表を突いたものであったためと、その研究が氏の専門領域からやや離れたジャンルで評価されるべき性格のものであったため、不当に評価されず、ほとんど追試もされていない。

［1989. 8. 5］

# 監督シェル・オーケ・アンデションとの出会い

『友達』を海外で映画化する計画がもちあがり、起用する監督候補について意見を求められた。とっさにシェル・オーケ・アンデションの『ジャック・ポット』という作品を思い出していた。もっとも監督の名前も作品名も、すぐに思い出せたわけではない。かなり以前、海外秀作シリーズとして放映されたイタリア賞受賞作品のなかの一本で、地味なうえに、さして話題にもならなかった。しかしぼくの記憶のなかでは、消えないインクで捺(お)されたスタンプなみの評価が持続していたようだ。ためらわずに推薦した。

脱税のためにもぐりの職業斡旋所で仕事をもらっている中年の男。仕事の内容はおもに引っ越し運搬業。順調な日々がつづく。やがて中年の独身女性と知り合い、長年の夢であった海外旅行の計画をたてる。旅行直前、最後のつもりで引き受けたピアノ運搬で脚を折ってしまう。破局がくる。もぐりの斡旋所なので、保険がきかないのだ。社会保障と高い税金、というスウェーデンの矛盾を語る語り口の、奇妙なほどの爽やかさには説得力があった。

その悲惨なユーモアの精神は、『友達』の演出にさいしても遺憾なく発揮されたようだ。罰だけがあって罪が存在しない現代の不条理が、まるでステンドグラスで描き出された処刑の場面のように、鮮明な色彩をおびて不気味である。

［1989. 8. 20］

# スプーンを曲げる少年

患者名　保根治（ほねおさむ）　男　三十六歳　中学教師
主訴　頑固な不眠　もしくは不眠幻想
病名　『仮面鬱病』ならびに『逆行性迷走症候群』の合併症

さあ喋ってみよう　ぶつぶつと　呪文のように　いつまでも……

## 1　深夜の電話

電話が鳴っている。

ぼくは素足で寄木まがいの合板の床に立っていた。受話器を見据えるだけで、うかつに手をのばす気にはなれない。とにかく腕時計の針は午前四時十二分、電話に付き合ったりする時間ではなかった。目を覚した記憶がないから、夢のつづきのようでもあるし、夢のなかのつもりで、じつはまだ眠っていなかったとも考えられる。疑いだすと、すべてがわざとらしく、嘘っぽい。電話の音だって、本物かどうか怪しいものだ。

仮に本物のベルの音だとしても、通常の呼び出し音だという保証はどこにもない。誰もダイヤルをまわしていないのに、回線システムの欠陥でベルが勝手に鳴りだすことがあるはずだ。故障というより、複雑になりすぎたケーブルの迷路のなかで何日も何週間も迷いつづける電流群が存在するらしい。透明な大市街地に根をはった、クモの古巣みたいな電線の網。数十キロ四方にひろがるもつれあった被覆銅線の毛糸玉。その糸口をたぐって存在しない誰かが電流を流し、振動板をふるわせるのだとしたら……

楽観は禁物。誰か生身の人間が、番号を確認しながらダイヤルしているのかもしれない。なんの接点もない赤の他人が、予告もなしに土足で踏み込もうとしているのかもしれないのだ。

鳴りつづけている電話。四回目？　それとも五回目？　気をもむことはないさ、いずれ間違い電話にきまっている。午前四時すぎに緊急の応答を求められるほど、親密な関係をたもっている相手はいない。とくに最近は、誰ともかかわり合いを持たず、ひっそり目立たないように努めてきた。加害者はもちろん、被害者にもならずに済ませられるように、息をひそめて暮してきた。保護色くらべなら、コンクールに出たってかなり上位の成績をおさめてみせる自信がある。

故障にきまっているさ。回線の向う側は無限に循環している閉鎖回路で、発信人なしにコイルのハンマーだけが勝手に振動しているのだ。

唐突にベルが鳴りやむ。髪から汗がしたたり、石鹼が臭った。いつ風呂にはいったのだろう。頭を洗ったりした記憶はない。しかし被ったタオルケットの下は素裸だ。

ベッドに戻りかけると、見張っていたみたいに、また電話が鳴りだした。それほど切実にぼくとの接触を求めていた相手が、誰かいたっけ？

二回待たせて、受話器をとる。

「いま、よろしいですか？」

意外に素直な声。声で判断するかぎり、そう危険な相手でもなさそうだ。

「どなた？」

「はじめて電話さしあげる者ですが、でも、赤の他人ってわけじゃないんです」

「そんなこと言われたって、分らないよ」

「ぼくたち、遠い親戚筋にあたっていて、無理すれば先生のこと兄さんと呼んでもいいような間柄なんです。話、つづけてもかまいませんか？」

先生と呼んだところを見ると、ぼくの職業について一応の知識は持っているらしい。それに丁寧語にも無理がなく、嫌がらせをねらっている印象はない。

「悪いけど、誰に掛けているの？」

「保根先生のお宅じゃないんですか」

「朝の四時すぎだよ、誰だか知らないけど、それほどの用件なの？」

「助けてほしいんです」

「助けるって、何を？」

金の無心だろうか。

「信じられないでしょうけど、ぼく、先生の弟なんです。残念ながら腹違いの弟……母親は別人だけど、父親は共通ってことですね」

「君、いくつなの？」

「十八……」

「馬鹿を言っちゃ困るね、十八歳の弟なんているわけがない、親父は君が生まれる前にさっさと死んじまったんだ」

「知っています」

「だったら弟なんかでありっこないだろ」

「騙されているんです。あいつ、死んだふりして、本当は生きているんだ。何回葬式だしたか知っていますか？　とんでもない食わせ者なんだから」

「それで？」

「実はぼく、殺人容疑で追われているんですよ」

そら、おいでなすった。殺人容疑だとさ！　こういう場合、夢のなかの出来事かどうかを確認するには、しつこく細部にこだわってみるのが一番だ。金具がぐらつきはじめた、アルミサッシュの窓。その窓の外にひろがる、濁った闇。ガラスが汚れているのだろう。それでも椿の葉はワックスをかけたように艶やかだ。水銀燈の反射かもしれない。ここからは見えないが、その根っこのあたりに脚が赤いムカデの巣があって……いや、見えないことはこの際どうでもいい、見えている椿の茂みだって、本物の細部かどうか疑いだせばきりがないのだ。たぶん確実なのは、窓ガラスに映っている自分。紺のタオルケットを頭からかぶり、右手に受話器を握りしめ、不安げに窓ガラスのなかの自分と目を見交している自分。細い脚だけが白く湾曲して目立ち、人間に化けそこなった蛙みたいだ。第三者の目から見ても、蛙に似ているらしい。バセドウ氏病でもないのに、綽名が『蛙』なのだ。生きた蛙よりも、生物の教科書などに出ている解剖図、もしくは高級中華料理店に飾ってある直立姿勢の干物に近い。ブラインドを閉じると蛙も消えた。タオルの端で顎の下をぬぐう。あせものせいか、ひりついた。これと言った意味はないが、当てにしていい感覚の細部だろう。夢のなかではほとんどの皮膚感覚が、正座した後みたいに痺れてしまう。いつだったか、これは夢だとはっきり自覚している夢のなかで、かさぶただらけの緑色の怪物に追いかけられ、覚めようとして手の甲をつまんで引っ張ると、皮がゴムみたいに一メートル以上も伸びてしまったことがある。

ためしに耳たぶに爪を立ててみた。痛みが顎の裏まで沁みとおった。

沈黙に追い立てられてか、電話の声が早口になる。

「でも濡れ衣なんです。それに、警察に追われているってわけじゃないし……」

「悪いけど、他人のことにかまっている暇はないんだ」

「超能力者ですよ、ぼくは……」

「なんだって?」

「超能力者。スプーン曲げの少年。知っているでしょ、念力でスプーンを曲げるんです。そのほか、空中遊泳もできるし、遠隔透視術だとか……まあ、いいや、もう遅いから……失礼しました、また連絡します。兄さんだって、いずればぼくが必要になるに決まっているんだ……分っているんです、読めるんですよ、次々に困ったことが起きて、嫌でもぼくの協力が必要になる。兄弟どうしなんだし、助けあうべきなんですよ。お互い、孤独の身なんだから……」

## 2　奇妙な一日の最初の事件

妙なはなしだ。さっきの電話がもし夢なら、つづいて起きた一連の出来事も、そっくり夢の続きだと考えざるをえない。逆に『スプーン曲げの少年』と名乗ったあの自称『弟』の音声が、現実に受話器の振動板をふるわせた物理現象だったとしたら、ぼくは昨夜から一睡もしていないことになる。そうかもしれない。この朦朧とした疲労感は、睡眠不足で脳が生乾きになったときとそっくりだ。夜が明ける前に、せめてあと一、二時間は寝ておきたい。

濡れた髪をタオルでぬぐい、ブリーフをはき、半袖のシャツを着込んでベッドに倒れこむ。本当はボクサー・ショーツのほうが風通しがよくて好きなのだが、もうながいあいだショーツは小学生用で、成年男子ともなれば下着は当然ブリーフと決めこんでいたから、下着売り場でどちらを選ぶべきか迷ったことなんか、一度だってなかった。ところが半月ほど前、テレビの視聴者参加番組で、好感度の高い男性の条件として下着はショーツと答えた若い娘が圧倒的だったのには困惑させられた。しかもその理由がブリーフは赤ん坊のオムツを連想させるというのだから恐れ入った話だ。かと言っていまさら転向してみても手遅れだろう。もっとも正反対の言い回しがあることも確かだ。「野暮なボクサー・ショーツ」……アメリカの推理小説の中にあった、もてない男の形容である。ブリーフで結構じゃないか。テレビ局に行列をつくる自称女子大生の見解なんかよりは、推理作家の判断のほうを尊重したい。

ベッドは体の輪郭に合わせてじっとり湿めっていた。頭から被ったタオルの下が素っ裸なので、風呂から出たつもりになっていたが、実際にはただ汗まみれの夢にうなされ、着替えしたさに目を覚したただけかもしれない。ベッドの端のなるべく乾いた場所を選んで『く』の字になる。手探りで枕元のカセット・デッキのスイッチを入れる。

小型だけが取り柄のスピーカーから聞きなれた音楽が流れだした。医者の処方なしで買える安全確実な睡眠薬。どんな音楽でもというわけにはいかないが、ある種のメロディーとリズムには、薬物に匹敵する強力な催眠作用があるようだ。聴いていると途中でかならず舟を漕ぎはじめ、どうしても最後まで聞きとおせない曲、退屈なせいではなく、むしろ気に入っているのだが、なぜか途中でぐっすり寝込んでしまう曲。

けっきょく今年に入って辿り着いたのは、あまり代り映えのしないバッハのブランデンブルグ協奏曲だ。とくにウェンディ・カルロスによるシンセサイザー演奏のテープを手に入れてからは、あらためて病みつきになった。カルロスの演奏がバッハの有効成分を濃縮する感じだ。連日飽きずに繰り返し、いっこう効き目が薄れる様子もない。今かかっているのはC面――《No5 in D Major》ウェンディ・カルロスはモーグという電子楽器の創始者で、一時は映画音楽などで鳴らしたらしいが、十年ほど前に行方不明になり、ふたたび姿を現したときには性転換して女になっていたそうだ。どうでもいいことだが、すごい美人になっていたと何かの雑誌に書いてあった。このテープは彼が彼女に性転換してからの作品である。

シンセサイザーが効くのだろうか、それともバッハが効くのだろうか。たぶんバッハの有効成分が、電子音効果によって増幅されるのだろう。人工的な電子音は無駄がなさすぎて、いくらこねても粘りが出ない。ぱさぱさと音の繊維が舌に残って、余韻に欠ける。そのかわり顎を使ってしっかり嚙みしめれば、ゴボウならゴボウ、アスパラガスならアスパラガスなりの、個性的な風味を識別することも可能なのだ。どうやら睡眠誘導剤としての音楽に要求されるのは、クリームソース風味の陶酔感ではなく、むしろタクアンやカズノコで代表される歯触り感らしい。同じ味覚でもあきらかに扱う脳の領域が別なのだ。スルメや塩豆を嚙る時の能動性、チーズやレバーを咀嚼するときの受動性。どうしたって繊維質のもののほうが、それだけ集中の持続が求められる。

テープは順調に回転し、聞き慣れたいつもの曲がダイヤどおりの運行をつづけている。まだ眠りの入口にさしかかる気配はないが、あせることはない。いずれ眠りの入口は、眠ってしまってからでないと分らないものだ。無理に眠ろうと努力したりしないで、じっと耳で音楽を咀嚼していればいい。

と、邪魔が入った。ただしこんどは電話ではない。電話みたいなあからさまな妨害ではなく、木陰にひそむまだら模様の蛾みたいに、ひそかでまぎらわしい妨害音。しかし音楽のレールに乗っている耳は敏感だ。わずかなリズムの変化にも、脳細胞の全体が強く反応する。いくら揺り籠が好きな赤ん坊でも、砂を蹴立てるジープに揺られて眠り込んだりはしないだろう。宝飾店のブレスレットの陳列棚から、手錠を発見した違和感。

テープのスイッチをオフにする。音楽は消えて、妨害音だけが残った。機械の故障ではなさそうだ。空巣だろうか？　空巣にしては配慮がなさすぎる。夢のなかなら派手に足を踏み鳴らして侵入してくる無遠慮な泥棒も珍しくはないが、まだ寝る前なのだ。念のためにもう一度、手の甲をつねってみる。またしても明瞭な痛み。

野良猫かもしれない。栄養過多の野良猫が、窓の庇と軒先のあいだで、朝のジョギングをしているのかもしれない。アドレナリンが分泌しはじめる。ゴキブリの次に、猫が嫌いなのだ。とっさに枕元の文庫本をつかんで投げつける。文庫本は汁気たっぷりの蛾みたいに羽をひろげ、ブラインドに貼りつき、床に落ちた。予期したほどの音はしなかったが、それでも猫はいったん動きを中断した。つかの間のことだ。すぐに洗面所の窓の庇に移動し、ふたたび減量体操を開始する。野良猫ともなると、心得たもので、人間はこんな時間に床を離れたりしないことをちゃんと知っている。その心得顔がまた我慢ならない。最後に目を覚ましたのがいつだったか記憶にないほど長い、不眠の果て、奪われた睡眠への未練は深い。はだしのまま、思いきりよく床を離れ、足元のテーブルを迂回して廊下に出た。居間兼寝室なので空間の余裕がなく、闇のなかでの移動は、何年たっても馴れることがない。

廊下は短く、大股なら五歩で突き当り。片側を書棚にしているので、幅も人間ひとりがやっとというところ。突き当りの右にもう一つ部屋があり、本来は寝室用なのだが、いまは別の目的に使用している。その目的はあまりに微妙、かつ複雑すぎて、こういう切迫した情況下で説明するにはふさわしくない。いずれ遠からず告白を余儀なくされるときがくるはずだ。その部屋の向かい側に、やや小ぶりなペンキ塗りのドアがある。ペンキはわずかにベージュが入った白の艶消しで、開けた正面が洗面台、左が便所で右が風呂場。明りをつけなくても、洗面台の上の窓がかすかに白みはじめていた。いぜん音は続いている。不意を襲うのがいちばんだ。右手にうがい用のコップをつかみ、左手に洗濯機用の頑丈なゴムホースを握る。どちらかを命中させて痛いめを見せてくれよう。あいにく洗面所の窓ガラスは鉄線入りダイヤカットで、透過率が低い。小さくカットされた青いラムネ色の《朝の破片》の集積。そのうえ防犯が目的らしく、蝶番が上縁についている形式なので、開閉も不自由だ。的確な攻撃は望めそうにない。威嚇だけでも徹底してやろうと、毎秒一回転ほどのスピードでホースを窓枠に添って波打たせてやった。猫ならふつう仰天するはずだ。ところが敵は窓の構造を熟知しているのか、ぼくの臆病さを見越しているのか、逆に反撃に出たのである。ひそんでいた窓枠の陰から、身を乗り出し、ホースめがけて飛びかかってこようとする。こんな殺伐な曲芸をする猫はまだ見たことがない。怖くなってホースの手を休めると、相手も静止した。ギザギザの青い朝の破片に浮んだシルエットは、輪郭もやはりギザギザで、猫でないとは断定できないが、猫だとも断定はできなかった。のっぺりした印象はオットセイに似ていなくもないが、こんな街なかにオットセイが出てくるわけがない。手足の毛細血管が収縮したのか、汗がひいて寒くなってきた。

しばらく無言のにらみあいがつづき、根負けしたのか、向こうが先に動いた。ガラス越しに、矢尻みたいなとがった影が突き出された。

鴉だ！

いったん鴉だと分ってしまうと、たしかに鴉以外のなにものでもない。ダイヤカットのプリズムで分割されてはいるが、まぎれもない巨大なくちばし、充血した赤目、磨きあげられた鋼鉄色の翼。

気迫負けしたぼくがホースを引っ込めても、鴉はさらに攻撃を続行した。こんどはたがねを扱う彫金師のリズムで、窓枠のパテをついばみはじめたのだ。パテの主成分は炭酸石灰である。いくら悪食でならした鴉でも、パテに食欲を感じるとは思えない。何かもっと他に狙いがあるにきまっている。たとえば室内に侵入するために、そっくり窓ガラスを取り外すとか……

思っただけでも身の毛がよだつ。たしかに蛙は鴉にとって、かっこうの餌だろう。もっとも本音を言えば、鴉にかぎらずカナリアだって願い下げにしたい。猫やゴキブリとはまた違った意味で、鳥類とはもともと相性が悪いのだ。第一に脳味噌が小さすぎて意思の疎通がほとんど不可能である点。第二に——雑誌で仕入れた雑学だが——体温が高いので羽毛の隙間がダニの巣になっていること。つまりさまざまな病気の感染源だということだ。まして鴉には不吉な印象がつきまとっている。あの世への案内鳥だとか、死を告知する鳥だとか、悪役専門で名を馳せている。鳥の撃退法。最近ビルや駅の構内などで鳩の糞公害がひどく、大目玉模様の風船をつかって駆除の効果をあげているという。たしかに自分よりも大きな頭、大きな目玉、そして重低音におびえるのは一般的な動物の習性かもしれない。ためしにゴムホースを鳴らしてみてやろうか。ラッパを吹くのはなぜかぼくの特技の一つだ。筒状のものなら、なんでも音をだせる。指でつくった輪でも、電気掃除機のパイプでも、もちろん本物のトランペットでも。つまるところ圧迫した唇の粘膜を振動させるちょっとしたコツだ。ゴムホースの先を窓に接触させ、もう一方の端に口をあてがい、背筋をそらせて胸郭いっぱいに息を吸いこむ。どんな音が出るかはやってみなければ分らない。湿めらせた唇の形をそれなりにととのえ、一気に吹いた。期待していたのはもちろん怪獣の叫びだったが、実際に発生したのは草食動物の長い放屁を思わせる道化た音。管の内壁がやわらかく、滑らかさを欠いていたせいだろう。それでも鴉はいったん静止した。パテをついばむのをやめ、大きく翼をひろげて、ガラスの表面をぬぐうような動作をした。ひろげた翼は窓の下半分を覆い、あらためてその巨大さに驚嘆する。脅すことは出来なかったが、好奇心は刺激してやったようだ。羽をひろげたのは仲間を誘うための合図だったらしい。窓枠の下側から、べつの一羽が覗きこんできた。あわせて二羽だ。二羽が交互に覗き込む。覗き込んでは顔を見合わせる。いくら透過率の低いダイヤカットでも、そこまで密着されると、細部までくっきりと確認できた。ずっしりとした翼を支えている肉厚の胸、まぶたの赤い輪郭、巨大で穴のような瞳孔。こちらから見えているのだから、むこうだってプリズムのカットを透して、ぼくの顔を判別し、憶え込んでしまわないとも限らない。鴉はひどく記憶力がいいうえに、執念深いという。連日帰宅途中を襲われ、鼻をかじられたり、髪の毛をむしられたり、糞をかけられたり、鼠の死骸を襟元に押し込まれた子供の話を新聞で読んだことがある。二羽の鴉は顔を見合わせ、いかにも猛禽類らしいくちばしを大きくひらいて、紅生姜色の舌をちらつかせた。咳込むように小さく鳴いた。いや、たぶん、笑ったのだ。

圧倒的な羽音を残し、二羽そろって飛び立った。

## 3　チャールストンに乗った配送係

タイヤがきしむ音がした。臨終を迎えた老犬の息遣いを思わせる、荒れたエンジン音。耳になじんだ音なので、その現実感覚にはほっとさせられる。毎朝七時五分きっかりに到着する定期便。海底に錨がとどいた感じ。休日を除けば、このエンジン音が毎朝の目覚まし時計がわりで、キーを抜くまえの空ぶかしを合図にテレビのスイッチを入れるのが日課だ。スイッチは手の届かないところに置いてあるので、嫌でも起き上がらざるをえない。さもないとすぐまた枕のなかに顔を埋めてしまいかねないからだ。

しかし今朝にかぎって、ぼくはすでに……あるいは、なぜか……洗面所に立っていた。左肩を壁にもたせかけた姿勢で、洗濯機のホースを握りしめていた。二羽の怪物が窓枠パテをついばんでいたのは、夢なんかではなく、現実のことだったらしい。でも妙だ、さっき首振りの儀式を演じる鴉の影を投影していたダイヤカットは、その一つ一つがかろうじて夜明けの青に染まりかけたばかりだったのに、今はいきなり午前七時五分にふさわしい、きらめくニッキ飴の破片に変わっている。

考えてみると『弟』を名乗る自称スプーン曲げの少年から電話を受けたのは、まだ昨日に属する時間帯だった。あれからすくなくも三時間は経っている勘定だ。突っ立ったまま寝込んでしまったのだろうか？　馬じゃあるまいし、そんな芸当はできっこない。むしろ誰かに——たとえば超能力を自称する『弟』みたいなやつに——時間飛翔用ロケットを尻の穴に仕掛けられたとでも考えたほうがまだ納得もいく。

それとも勝手な早飲込みだったのかな。がさついたエンジン音だけで、七時五分の定期便だと決め込んでしまったのは短絡のしすぎかもしれない。暴走族の朝帰りかも知れないし、妄想をたくましくすれは、安眠妨害をねらった『弟』の嫌がらせかもしれないのだ。早合点は禁物。あいにく腕時計を外していたので、確認はできなかったが、実はまだ五時前ということだってありうる。夏の朝は足早に、しかも突然やってくる。

確認のため居間に引き返した。ブラインドの隙間に指をはさんで、外を窺う。期待はあっさり裏切られ、下の道路に停車したのはまぎれもない定期便である。狭い軒下にかろうじて根をおろし、いかにも日陰者らしく濃緑の腕をひろげている椿の葉、その隙間に問題の車。チョコレート色のシトロエン2CV。枕元の時計を見る。七時五分、正確だ。

もはやタイムスリップを認めるしかなさそうである。消えた時間は何処に行ってしまったのだろう？　車のドアの開閉音。エンジンに劣らずブリキ細工じみた音。靴の先から眼鏡まで同系統のチョコレート色できめた肩幅のせまい男が降りてきて、優雅な指さばきでネクタイの結び目をいじりまわす。胸囲も胴回りもほとんど太さが変わらないので、一見したところ棒杭に服の絵を描いたようにも見える。

そこで、ぼくの憶測――それなりに根拠のある憶測のつもりだが――その棒杭男の職務は、いくら気取ってみせたところで、しょせん一種のメッセンジャーにすぎまい。いまごろちょうど階段の途中にさしかかっている頃だが、足音はしない。たぶん最新流行の厚いゴム底の靴なのだろう。時計の秒針が半周する。奴の目的地である《22》号室のドアの前。つまり六平方メートルほどのホールをはさんだ、向かい側のドア。ちなみにぼくのドアの標識は《21》、二階の角の一号室である。

ホールには滑り止めがついた褐色のタイルが敷きつめられていて、片隅に赤い自転車が立て掛けてある。車輪が細い女性用の自転車だ。黒いサドルは艶やかで、微妙なカーブを描き、見るたびに妖しい胸騒ぎに襲われる。棒男は玄関のブザーのかわりに、そのハンドルのベルを鳴らす。応えるのはドアの開閉音だけで、挨拶をかわす声は聞き取れない。すべてがひどく事務的だ。毎日の日課だし、無言の挨拶だけで事足りるのだろう。そんなふうに馴染みあっているくせに、長居はしない。二十分から三十分、せいぜいコーヒー一杯分の滞在時間である。何かにおびえ、わざわざ潔白を演じてみせているのだろうか。それとも……信じがたいことだが……本当に三十分しか必要としないていどの淡泊な間柄なのだろうか。

カーテンを開けっぱなしにしておくと、台所からベッド脇のテレビが見える。天気予報（最近は気象情報というらしい）が始まった。画面に目を据えたまま、蟹歩きで台所に立ち、コーヒーの豆をひき、濾過器のスイッチをいれた……快晴、午後になって所により雷をともなったにわか雨……失禁直前にトイレに駆け込む。鴉が舞い戻っていないことを確認し、再確認し、再々確認してから、歯をみがき、ひげを剃った。

六分五十秒経過。

せわしく立ち回っていないと、隣の情況が気になって、肥大化しつづける妄想に歯止めがきかなくなる。冷凍のピザパイをトースターに入れ、スイッチをONにする。ズボンに足を突っ込み、ファスナーを引き上げる。総合ビタミン剤を牛乳で流し込む。ホトホト、ホトホト、ホットホト……呟きながら、素性の知れない変な文句だと思う。通常は困惑、もしくは愛想がつきたときしか使い道がない副詞のはずだが、ぼくの発声器官を通過したとたん猥褻で思わせぶりな響きをおびてくる。案外それがぼくの正体なのだろうか。ホトホト、ホトホト、ホットホト……ピザが焼きあがるのを待つ間に辞書をひいてみた。

> ほと【陰】女性の陰部。女陰。「この子を生みしに因りて、み陰(や)炙かえて……」

正確な意味はわからないが、おおよその見当はつく。いい加減にしろよ、男と女が接近したからって、無条件に磁石のN極とS極みたいな反応がおきるわけじゃない。下等動物の求愛行動だって、はるかに複雑な法則に支配されているのだ。動物園でも繁殖のための《つがい形成》は飼育係の腕の見せどころだと言われている。

かと言って、気取った2CVを乗りこなすほどの配送係が、わずか一杯のコーヒーに甘んじているとも思えない。あれはたしか自動車雑誌で見た記事だ、「見ては極楽、乗っては地獄」……要するに並外れた見栄っぱり、露出狂好みの乗り物だということだ。女も女だよ、それくらいのこと、なぜ見抜けないのだろう？　それとも意思に反して無理強いされているのかな？　仕事をまわしてもらった代償だとか、つい弱みを握られてしまったとか……

きっとそうだ、そうにちがいない、もし報告書の受け渡しだけが立ち寄る目的なら、十秒もあれば片付いてしまう。別れのキッスのための三分間を差し引いても、最低十五分の余裕は残る勘定だから、その十五分の利用法について、多少の妄想は不可避だろう。ぼくだって十五分もらえば、けっこう多彩な場面を演じてみせる自信があるな。とくにああいう漆黒の髪をして、顎の退化が目立つ首長の男は、性欲が強く、早漏気味だと何かに書いてあった。胸が痛むじゃないか、いまはただ悲しみの風わたる野にいでて、邪念を洗い……隣の女が洗われている……いつものように淫らな後背位の姿勢をとり……あるいは、とらされて……淡い髪の毛が少女っぽい項にはりつき、痛々しい……

もっとも彼女については正反対の心証もファイルされている。実際に目撃したのは窓越しの後ろ姿だけだが、伸びた背筋が小気味よく、腰から下の趣味もなかなかのものだ。二十代終りの脚に似合った自信たっぷりのスカート丈、畝織りのストッキング。加えて噂が縁取り効果を強めていた。管理人やクリーニング屋の話をまとめてみると、なかなかの働き者で、夜っぴてパソコンを操作し、外国からの情報収集と処理にはげんでいるらしい。早朝の定期便は、その収穫の買い付けが目的なのだ。おかげで外国のスパイの嫌疑をかけられたこともあるそうだ。危険な香辛料の一振り、つい一目おきたくなるじゃないか。案じてやるまでもないのかもしれない。犠牲者はじつは配送人のほうで、台所の洗い物を日課として請け負わされているだけかもしれない。どっちにしても、憶測による作り話。冴えない話さ。

十二分八秒経過。

時間はジャンプするのに飽きたらしく、のろのろと着実に過ぎていく。眉間を揉んで寝不足の毒をちらしてやる。血圧が上がっているのかな？　深呼吸を繰り返す。自分が人並みはずれた心配性であることは、指摘されるまでもなく承知しているが、ただ心配が昂じただけで、意識を喪失したりするだろうか？　癲癇持ちなのかな？　癲癇の発作は録音テープの編集みたいに、時間をぱっさり切断してしまうと聞いたことがある。医者に診てもらうべきかな。

冷めないうちに朝食をすませてしまおう。コーヒーに砂糖を小匙一杯半、正確に計量して掻きまぜたとき、何処からか子供の悲鳴が聞こえた。幻聴にきまっているさ、寝不足するときまって聞こえてくる例の悲鳴……幻聴だとわかっていても、鳥肌が立つ。親の折檻をうけている子供の悲鳴は凄惨すぎて、耐えられない。

ちがう、車のドアの音だった。ブラインド越しに覗くと、ちょうど配送係がシトロエンに乗り込むところ。廃品回収のトラックからアルミ缶をぶちまけたような発進音。十四分経過していた。正確だ。正確さには耐火金庫なみの頼もしさがある。五感に秩序をあたえてくれる。しかし眩暈と頭痛はいぜんとして沈殿しつづけている。

わが隣人は何をしているところかな？　ただ大欠伸をしているだけかもしれないし、蛇口を全開にしたシャワーの下にしゃがみこんで洗浄中かもしれない。電話が鳴った。七時二十五分。冗談じゃないよ、うかうかしていると遅刻だぞ！

「困るなあ、急いでください……」

「よけいなお世話さ」

「嫌だな、兄さんからそんな突っぱねるような言い方されるなんて……」

「慣れなれしすぎるぞ、証拠もないのに」

「言ったでしょう、ぼく、超能力者だって……すぐに信じてもらえるなんて、思っちゃいないけどさ……でも、今朝はずうっと異変つづきだったでしょう？」

「出掛けるところなんだ、悪いけど」

「だったらいいんです。疲れて、寝過ごしたりしちゃまずいと思って……」

「念力でもかけたのかい？」

「なにか兆候があったんですね？」

「勘弁してくれよ、寝不足なんだ」

「睡眠のとりすぎは、かえって体に悪いらしいよ」

言い終わるのを待たずに切ってやる。ああいう確信百パーセントの断言口調には我慢がならない。テーブルの上の飲みおえたはずのコーヒーから湯気がたっていた。平らげたはずのピザが手付かずのまま、ほどよく焼けたチーズの香りをただよわせている。妙だ。弟の仕業だろうか？　馬鹿々しい、超能力を信じるくらいなら、天国か地獄でぼくの時間表を作成している担当者が手元を狂わせ、時間の乱丁がおきてしまったと思いたい。ブラインドの隙間に目をおし当てる。シトロエンは影も形もなかった。すべてが醒めそこなった夢のつづきだろうか？　しかし時計の針はきっかり七時半を指していた。間違いなく時間は経過しているのだ。そのくせコーヒーはちゃんとコーヒーの香りがしていたし、ピザはピザの味がした。まさか毒ではないだろう、頬張ったピザを砂糖ぬきのコーヒーで流し込む。睡眠不足にはなんと言ってもカロリーの補給がいちばんだ。新聞は後まわし、時間にせっつかれていたし、どうせ天気予報以外に読むべき記事はない。

ネクタイは多少派手めにしよう。買ってからまだ一度も締めたことがない、白樺色の地に蛇行する昆布色の織り柄のやつ。昆布は健康のもと。それに新しいネクタイは気を引き締めてくれるはずだ。そのつもりだったが、かえってひどく無防備な感覚におそわれる。何かもっと確実に保護してくれるものがほしい。このさい思いきって『あれ』に登場をねがうべきだろうか？　『あれ』——通信販売で手に入れたっきり、衣装棚の底に押し込んだまま、まだ封も切っていないダンボールの箱——自分で注文しておきながら、ちょっぴり羞恥心なしには存在を認めたくない、防弾チョッキ。なぜそんなものを買い込んだのか説明を求められても、とっさの返答は無理である。いつか実際に袖をとおす機会があるなどとは思ってみたこともなかった。ポイント・ブランクというアメリカ製のエプロン状のもので、戦闘用はもちろん、警察の爆発物処理班、テロの攻撃目標にされそうな有名人、などに愛用されている保証つきの銘柄品だという。

しかしぼくはあいにく一介の中学教師にしかすぎない。

有名人どころか、戦闘要員ですらないのだ。防弾チョッキの着用を誰かに気づかれたりしたら、それこそいい物笑いの種だろう。そうと分かっていても、せばまってくる敵意にみちた包囲網の予感は、さしせまった脅威だった。ボタンがわりのマジックテープが、バリバリ音をたて、石油化学製品らしい刺戟臭が鼻をついた。思ったよりもよく体になじみ、着心地は悪くない。ケプラーとかいう鋼鉄よりも強くて軽いカーボン繊維らしいが、弾力もあり、しなやかで、極端な前傾姿勢でもとらないかぎりさほど人目をひかずにすみそうだ。万一露見した場合には、鴉の襲撃にそなえての予防措置だと答えることにしよう。説得力のある答弁だとは思えないが、事実なのだから仕方がない。

ついでに言っておけば、防弾チョッキの襟元と脇の下に巧妙につくられた隠しポケットがあり、ナイフ、懐中電灯兼用の警棒、催涙ガスのスプレーなどの護身用機材一式が仕込まれている。結構じゃないか、と軽い気持で考えた。攻撃は最大の防御である。実際に使用しなければ、こんなものはただの玩具だ。子供がほしがる消しゴム製の戦車か戦闘機。催涙ガスだって、市販の雑誌に広告が載っている程度の無邪気な内緒事にすぎないのだ。

## 4　自衛のための催涙ガス

郊外電車の線路にそった路地をぬけると多少近道になる。通称、焼酎横丁。線路の目隠しみたいに、ずらりと屋台が列をつくっていて、角から七軒目の《あみだ》が行きつけの店だ。朝の眺めは悲哀にみちている。斜光にさらされ、杉板の壁も引き戸も、鯵の干物みたいに白ちゃけている。それでも陽が沈むたびに、銀蝿の嗅覚が芽をふいて、みだらな臭いを嗅ぎ付けてしまうのだ。根も葉もないまことしやかな噂。月に一度か二度、店の女主人の気が向いた夜、阿弥陀籤でベッドの相手をきめるという噂。店名の《あみだ》もその籤に由来しているらしい。さもしいとは思いながらも、宝籤よりは確率が高いような気がして、ついまた足を向けてしまうことになる。

横丁の角をまがると甘栗屋だ。二人の娘が交代で店番をしている。今朝は口紅が薄いほうの娘だっので、五百円の小袋を購入した。いつものように五十円負けてくれた。栗は健康にいい食品だし、しっかり殻で保護されているので清潔感があって好きだ。

どこかで鴉が鳴いた。気にすることはないさ、まるっきり鴉が鳴かない朝なんてあるわけがない。

駅の売店で週刊誌を買う。駅前のロータリーがぼくの乗るバスの発着所だ。週刊誌はバスを待つ間の時間つぶしにもなるし、それに何より顔を隠すのに都合がいい。意識過剰かもしれないが、人込みのなかにいると他人の目が気になって仕方がないのだ。三つ並んだベンチの右端に席をとる。公衆便所に近い側なので、空席率が高く、先客に先を越された経験はめったにない。袋のなかでこっそり殻に爪を立てて割り、すばやく口にほうり込む。ほどよい湿り気と、やわらかな甘み。バスは数分おきに到着するが、学校方面行きは利用者が少なく、十五分間隔だ。急いだせいか今朝の待ち時間はあと四分もある。週刊誌のグラビアページを見終え、栗を三個嚙み砕き、いつものように胸に赤いリボンをピン留めする。監視当番の目印である。規則だから仕方ない。このバスを利用する生徒は通常男子七名、女子三名、計十名。手にあまるほどの員数ではないが、監視当番という知性のない役目そのものに屈辱を感じてしまうのだ。

間断なく発着するバスからあふれ出した雑多な人種が、濁流になって改札口に流れ込んでいく。ぼくも赤いリボンをむしり取って、その濁流に身をゆだねてしまいたかった。学校なんて、動物園でさえ購入を遠慮する餓鬼の飼育場にすぎない。社会の暗黒の再生複写機にすぎない。

鴉が一羽、電線すれすれに飛んできた。ロータリーの中央を飾っている螺旋状の塔のてっぺんに、かるく爪先立って、首をのばす。嘴を開いて、緋色の舌をちらつかせる。夜明け、洗面所でパテをついばんでいたやつが、こっそり尾行してきたのだろうか。まさかとは思うが、鴉の顔を識別するのは至難の業だ。ロータリーの記念碑はステンレス製の螺子(ねじ)様のもので、すくなくも高さ五メートルはあるだろう。ぼくは長いこと短波用の無線塔か、さもなければ前衛芸術だと思いこんでいた。あるときプレートを読んで、町のワイン業者(住宅用に開発される以前は一帯が葡萄園だったらしい)が寄付した《コルク抜き》の彫刻だと知り、ひさしぶりに腹筋をよじらせたものである。本物そっくりの日用品の模造が、これほど滑稽で愛敬たっぷりなものだとは想像もしなかった。鴉が疑わしげにぼくを見据えた。尻尾をあげて灰白色の水っぽい糞をした。慌てることはない、いまは安全な衆人監視のなかである。

見慣れた青バスがロータリーを迂回して姿を現した。異常なことは何もない。すべて世間は順当に運行されるからこそ世間なのだ。青バスは地下街の出入口わきに停車する。下車する客も少ないが、乗り込む客はさらに少ない。通常はわが校の生徒十名とぼくだけである。それでも五分ほど客待ちのためにエンジンを切って、運転手は歩道に降りる。深呼吸しながら、タバコに火をつける。健康を無視した十年前の吸いかただ。見るたびに違うライターを使っている。凝り性なのだろう。生徒たちは階段の陰にたむろしていて、出発間際にならなければ姿を見せない。ぼくはさらに手間取る。発車直前、生徒全員が乗り込んだのを見届けてから、おもむろにバスの最前列に陣取る。生徒たちは本能的に後部座席に集まるから、言葉も視線も交わさずにすむ。

今朝もいつもどおりの十一人だった。相客がいないと、責任もそれだけ薄らぐようで気が楽だ。監督に多少の不手際があっても、内輪の揉め事ですませられる。鴉は身じろぎもせずに《コルクの栓抜き》の上からぼくを見据えていた。発車を待って尾行をつづけるつもりだろうか? 胸焼けがする。睡眠不足のせいだろう。医務室によって制酸剤を処方してもらおう。

十五分ほど走ったとき、警戒信号、起毛筋を撫で上げられる感じ。後部座席から迫ってくる異様な静寂。奇声や嬌声なら慣れっこだが、こんなふうに息をこらされたりすると、かえってまごついてしまうのだ。闇に目をこらすように、背後の気配に目をこらす。

運転手が上半身をねじって、バックミラー越しに囁きかけてきた。

「いいんですか、あんなこと……」

「あんなことって？」

「自分で見なさいよ、責任者なんでしょう」

アクセルを吹かして黄信号を突っ切った。言われるまでもなく、ぼくには確認の義務がある。そのためにピン留めしてある赤リボンだ。だのにギブスをはめられたみたいに、首がまわらない。見て見ぬふりをきめこみたかった。うっかり振り向こうものなら、取り返しのつかない窮地に立たされそうだ。バックミラーの端で、運転手の視線とからみあう。非難がましくぼくを責めているようでもあり、直視しかねてまぶしがっているようでもある。

まぶしがるような事態……思い浮かべられるのは、あいにく、たった一つの場面……ホトホト、ホトホト、ホット、ホト……無意識のうちにすべてを性行為に結びつけてしまう、ぼくの困った性癖……しぶしぶながら自分を鞭打って、目尻の端ぎりぎりに黒目をよせていったが、予想はあっさり裏切られた。いかがわしげな行為などまるで見受けられない。かわりに別の意味で意表をつかれることになった。後部座席にいるはずの十人が、全員そっくり姿を消してしまったのだ。まだ一度も停車していないのだから、下車したはずはない。椅子の背もたれに身をひそめたか、床にもぐったとしか考えられない。運転手は何を目撃したのだろう？　何かを目撃したから、ぼくの注意をうながす気になったのだろう。男子生徒が七人に、女子生徒が三人。おおよその見当はつくと言うものだ。

背もたれの陰に隠れて、いま連中は何をやっているのだろう？　裸の下半身を隠すだけが目的なのか、それとも行為の続行中で手が離せないのか？

「こそこそするな、みんなさっさと出てくるんだ！」

刺を飲んだみたいに、声帯に痛みがはしる。準備なしにいきなり喚いたせいだ。ミラー越しに運転手の視線がぼくを見据えている。生徒たちからなんの応答もないが、いまさら後にひくわけにもいかず、横這いに通路に立ちはだかって、おなじ文句を繰り返す。

「こそこそするな、みんなさっさと出てくるんだ！」

いぜんとして反応なし。不安になってきた。例の深夜の電話以来、自分の判断や感覚にさっぱり自信がもてなくなってしまったのだ。ぼくの知らない間にどこかでバスが臨時停車、もしくは徐行して、その隙に生徒たちが集団脱走したのかもしれない。さらに疑ってかかれば、乗客なんて最初からぼく一人だったのかもしれないのだ。だとしても情況はいっこうに改善されたわけではない。バスの運転手はぼくを、幻にむかって吠え立てる狂人だと思いこみ、学校当局に緊急通報するにちがいない。

最後部の背もたれの後ろから、生徒が一人ゆっくりと立ち上がった。つづいて三人、気まずそうに姿を現す。名前は忘れたが、最初のひとりが最年長の突っ張りで、中学生とは思えない太い首、厚い胸板、濃い髭剃り跡、けっこう威圧感がある。残りの三人はその取り巻きだ。全員が姿を見せたわけではなかったが、このさい人数のことは不問に付してもいいだろう。とにかく命令に素直に応じてくれたのである。体面は保たれた。しかしその素直すぎる対応が、かえってぼくをまごつかせたことも否定はできない。出てこいと言ったら、出てきた。さて次は何を命じればいいのだろう？　事態の進行を一任されてしまった重荷。まさか進行係の役まで押し付けられるとは考えもしなかった。

ぼくの困惑を尻目に、最年長の生徒がズボンのベルトを左右にまわし、つづけてファスナーを引き上げる仕種。すくなくもぼくにはそう見えた。黙殺することにしよう、下手な追及はかえって藪蛇になる。事態をことさら紛糾させる必要はない。最初の告発者である運転手が現状維持を承認し、何事もなかったことにしてくれれば、それで万事解決してしまうのだ。

運転手の表情を横目にうかがいながら、さり気なく席にもどってみよう。通路に立ちはだかっていた髭子供が薄笑いをうかべた。一歩前に踏み出してきた。あるいはそう見えただけかもしれない。なんとなく暴力の予感におびえていたし、睡眠不足も手伝って、幻覚に襲われる条件はととのっていた。ぼくはとっさに……あとになって過剰防衛を責められることになる……反撃をこころみたのだ。自分の手が他人の手のように機敏に動いて、防弾チョッキのポケットから催涙ガスのスプレーをつかみ出し、安全装置を外すなり発射ボタンを押していた。弁明の余地のない至近距離、ただの整髪用スプレーでも、粘膜の炎症くらいはおこしかねない距離。釈明は不可能だ。すべてが連続した一連の反射行動。「やっちまえ！」、誰かに耳元でわめかれ、素直にその指示に従った感じ。いったん滑り出したら止めようがない橇に乗っけられたようなものである。

生徒たちの絶叫、急ブレーキ、バスが停車する。

「無茶はよしなさい！」

運転手がぼくの手から催涙ガス銃をひったくる。ひったくったガス銃を、ぼくにむけて構えなおす。

「でも、奴等が……見ただろう、あんただって、奴等が……」

ぼくも鼻をすすりあげ、涙ぐむ。自分で発射したガスのせいだ。

「やりすぎですよ」運転手も咳込み、ぼくの手を振り切って、窓を開けてまわる。

「目が見えないよォ……」おおげさに咳込みながら泣き喚くニキビ面。

「さあみんな、早く外に出て！」ガス銃をつきつけて運転手がせきたてる。

残りの生徒たちも背もたれの陰から這い出してきた。咳込み、おびえた表情でぼくの脇をすり抜け、ドアに急ぐ。

最後になった女生徒の一人の腕をつかんで、問い糺す。

「白状しろ、何をしていたんだ？」

「すみません、蜂谷君がみんなに言って、探してくれていたんです」

「何を……」

「これ……コンタクトレンズ……」

バスを降りた。そうか、あいつが蜂谷か、聞き覚えがある。なんだか面倒なことになりそうだ。眉間の右側に鋭い痛み、寝不足の毒。学校前の停留所から百メートルほど手前の緊急停車だった。円陣で蜂谷を囲んで、校門の方角に駆け出していく生徒たち。運転手は片道二車線の整備が行き届いたバス通りを、ひょいひょいと石蹴りでもするみたいな足運びで渡っていく。角の電話ボックスで一一〇番をまわすつもりだろうか。胸の赤いリボンをむしり取ったが、いまさら手遅れだろう。最近の世論はなぜか校内暴力よりも体罰教師にたいする非難に傾きがちである。取り返しのつかないことをしてしまった。校門と電話ボックスを見較べながら立ち尽くす。バスの車輪の巨大さにあらためて驚愕する。

## 5　危機一髪さしのべられた救助の手

あいにく電話ボックスには先客がいたようだ。光線の具合で、正確なことは分からないが、バスの運転手は苛立たしげに中を覗き込むばかりで、ドアを開けられずにいる。遠慮がちにノックをしては、何かしきりに呼び掛けている。右手に握ったガス銃で、バスの方向を指し示しては事態の緊急を訴えているようだ。しかし先客もかなりの頑固者らしく、譲歩しそうな気配はまるでない。運転手は困惑し、ぼくを盗み見ては、しだいに落ち着きをなくしていく。

ガラスのドアが二つに折れ、筋ばったむきだしの腕が突き出された。遠すぎてはっきりはしないが、突きつけられた指先の動きが記号めいて見えた。手品師を思わせる手さばき。それとも蜘蛛でも突き付けて脅したのかな？　いずれにしても運転手にとっては脅威だったらしい。跳び退いて、方向転換する余裕もなく大谷石の塀に激突し、つんのめったまま道路を横切って駆け出した。なぜか消滅してしまった右手のガス銃。いきなり車道に飛び出した運転手に、腹を立てたクラクションが鳴り響く。ぼくも蜘蛛嫌いだから、あの迷走ぶりも納得できる。かろうじて車道を渡りおえ、ぼくをはさんで、バスの反対側にまわりこむ。いったん昇降口のわきで身構え、ぼくが行動に移らないことを見定めてから、一気にステップを駆け上がった。威嚇的な自動ドアのバキューム音。真鍮製の象が歯ぎしりをしたような音をたててギヤが鳴き、黒煙を噴き出す。甘い臭いを残して、タイヤが地面を蹴りつける。

危機一髪だった。おなじ告発でも、おおげさな中学生の金切り声と、路線バスの運転手の証言とでは、信頼度も違うし、重みも違うだろう。就業中の人間が断定すれば、そのまま事実として通用しかねない。懲戒免職なんていただけないよ。いずれは辞めるにしても、辞めさせられるくらいなら、自発的に辞めたかったと思う。最近は教育委員会の連中も、体罰にはけっこう神経質だし、校長の教育委員会アレルギーは、定年が近いせいか輪をかけた重症ぶりである。もし運転手の電話が先回りしてしまったら、ぼくは焼けた鉄板のうえでせいぜい猫踊りをさせられていたはずだ。欲求不満の教師たちには、仲間の不幸くらい楽しいものはないのである。体罰教師が一目おかれたのは、もう遠い昔のことだ。

救いの神が電話ボックスから姿をあらわした。

年齢不詳の若者だ。差し上げて振ってみせる手に、いつの間に移行したのかガス銃のボンベが光っている。軽い足取りで信号機を迂回し、横断歩道を渡ってやってくる。チャコール・グレイの袖無しTシャツに、細めのジーンズ。細い首の上の大きすぎる頭。まだ脱皮しきっていない、十代後半の印象だ。Tシャツの背中のプリント模様と、赤いスニーカーは、なんとか二十代になりたて。しかし成長しきった胸幅と、先に鏝をあてているらしい長髪は、いかにも媚を意識した二十代後半の仕上がりだ。

本当に弟だろうか？　深夜から繰り返し電話でぼくを悩ませつづけてきた自称『スプーン曲げ』の弟が、いよいよ姿を現したのだろうか？　理屈のうえではそうとしか考えられない。そうだろう。ある程度ぼくの行動を予知していて、尾行か監視が可能だった人間にしか、こんな芸当は出来っこない。それに、事情を知らない赤の他人が――仮に狂信的な動物保護団体のメンバーだったとしても――これほどのタイミングでぼくの苦境に干渉したり出来るだろうか。

もっとも、兄弟らしい類似点はほとんど認められなかった。ぼくのような鈍重さは痕跡もなく、貂か鼬みたいなはしっこさを全身にみなぎらせている。夜行性の肉食獣の雰囲気だ。むりに共通点を探せばO脚気味ぐらいのところだろうか。

「急いでよ、ぐずぐずしないで！」

「でも、なぜ？……先回りでもしてたのかい？」

自転車にのった通学生が二人、訝しげな表情でぼくらを見較べ、歩道のわきを追い越していった。

「そんな質問、いつだって出来るでしょう」

校門のほうを顎でしゃくって、取り戻してくれたガス銃をぼくに押しつける。そこだけ大正末期風の赤煉瓦の門柱、この中学の前身である、旧帝国陸軍の微生物研究所時代の名残だとも言われているが、じつは権威の象徴を気取って、校舎の新築と同時に建造されたという説もある。どっちが本当か、とくに関心もないので、確認したことはない。ただ門と校舎の途中に、松の木と雑草が生い茂った古墳状の築山があり、ぐるりと鉄条網がはりめぐらされ、一見して素人とわかる達筆の標識が立っている。

**《危険！　破傷風菌の特異的棲息地》**

しかも肝心の校舎のほうは、権威もくそもなく、放牧ができない地方のブロイラー牛舎そっくりで、突端にアルミとガラスでできた雨天体操場が連結されている。モダンというより、予算を切り詰めたSF映画の宇宙基地のイメージだ。やはり黴生物研究所の影を認めるべきなのかもしれない。

赤煉瓦の門柱の影に添って、何かが動いた。バスから逃げた悪餓鬼のご注進で、早くもハイエナたちが非常線を張りめぐらしたのか。少年が手をさしのべてくる。薄いゴム手袋を着けたみたいにひんやりとぬめった手。握手を求められた、と思ったのは錯覚で、摑んだぼくの掌を両手で押し開き、光にかざしてしげしげと観察しはじめた。手相にも通じているのだろうか。嫌だったけど、逆らえない。なんといっても危険な物的証拠を取り戻してくれた恩人なのである。

「……やはり血統なんだな、親父とそっくりじゃないか」

「言ったただろ、親父なんてとっくに死んじまったんだ」

「すごい不死身の相だよ。おまけにもうじき、女もできるってさ」うなずきながら軽くぼくの手の甲を叩き、「兄さん、しっかりしてくれよな、『スプーン曲げの少年』が付いているんじゃないか、千人力の味方だよ」

微笑はさわやかで、憎めない。たしかに二十代前半の印象。とりあえずは本人の希望どおり、少年ということにしておこうか。弟と認めるよりは無難だろう。それに『スプーン曲げの青年』では語呂が悪いし、いかにも二流品じみてくる。

赤煉瓦の門柱の陰にひそんで待ち受けていたのは、予想に反して教頭自身だった。せいぜい主任クラスのお出迎えだろうと踏んでいたので、まごついた。学校側はよほどの大事件扱いするつもりらしい。この手の事大主義にはつくづく閉口させられる。

教頭は両腕を左右にひらいた。降伏した敵兵を迎え入れようとするポーズ。背筋の力をぬいて、敵意がないことを強調しているのだろう。振り向いて、黴菌山ごしにこちらを伺っている生徒たちに拳を振り上げる。腋の下の縫い目の糸が切れる音がした。あらためて見ると、二つ目のボタンも千切れている。教頭はどんな女性と結婚したのだろう。服装にうるさくない職種の新入社員がとりあえず購入する、バーゲン専門店の吊しの上着。最初はほっそり見えても、織りが甘いせいで、すぐにドンゴロスみたいに輪郭が消滅してしまう、みじめなズボン。いや批評がましく言うのはよそう、ただ多産系の一家で、家計が逼迫しているだけかもしれないのだ。

「保根君、思い切った事をやらかしてくれたじゃないか、毒ガスを発射したんだってね、ちょっと信じられないけど……」

「毒ガスと言っても、殺虫剤ていどのものですよ」

教頭が笑った。予鈴が鳴った。

「でもね、全員が医務室にかけこんで……まあ、嫌がらせだろうけど、吐いたり、咳込んだり、一人なんか目が見えないと言ってわめいているらしいよ」

「そりゃ、催涙ガスの一種ですから………」

「殺虫剤じゃなかったの?」

「護身用ですよ。警察も携帯を認めているんです」

「でも、保根君……」教頭は刺激的な口臭を惜しげもなく耳元に吹きかけてくる。「そんなこと、おおっぴらには言いふらさないほうがいいんじゃないか。われわれ教師を見る世間の目はきびしいんだ。問題は銃刀法なんかではなく、倫理なんだ」

予鈴を合図に、人の気配が消えていく。人間の足音を聞き付けた、海辺のヤドカリみたいに消えていく。破傷風菌の巣窟の正面に、教職員用の出入口があり、校長と教頭にはまたべつの専用通用口がある。

「忙しい応対がはじまる前に、席に戻って一休みしておきます」

「いいから、任せておきなさいって」教頭がぼくの肘をつかんで、強く同行をうながす。

「変な横槍が入るまえに、とりあえず査問委員会をひらいて、罪状の決定だけはすませておいたほうが面倒がなくていいだろ」

「やはり査問委員会ですか?」

「父兄から告訴されるよりはましだと思うよ」

「会議室ですか?」

「いいから、一緒についてきなさい。君、もっと悪びれた感じは出せないの? 意気消沈して、肩を落として……そう、鎖につながれた犬の感じさ……」

## 6　仮面鬱病

今後ぼくのあだ名はどんなふうに変更されるのだろう？　いまさら《蛙》では容赦してくれまい。アメリカ人はフランス人を《蛙》と呼ぶらしいが——単に食習慣の揶揄で、体形に及ぶものではないだろう——もうそんなご愛敬では済みそうにない。たぶん毒ガスの発射にちなんで《スカンク》だろうな。まあ、あだ名の変更くらいで済めばめっけものさ。懲戒免職、目覚まし時計がいらなくなる日。ながいあいだ夢見ていた、寝たいだけ寝ていられる日。夜明けの定期便シトロエン2CVのエンジン音を聞いても、あわてて冷凍ピザパイをトースターに入れたりする必要のない朝。のんびり新聞のページをめくり、コーヒーをすすりながらテレビのチャンネルを十秒間隔で変更し、鼻をかみ、将棋の問題集にマークをつけ、やがて玄関前の共有ホールで自転車の錠前をはずす音を聞いてから、偶然のようにドアを開けるのだ。するとなまめかしい黒のサドルを股にはさんだ彼女がそこにいて……

ぼくは注文どおり、野良犬みたいに首を垂れた姿勢で、教頭のあとについていった。授業開始のチャイムが鳴り、あたりはすでに無人の廃墟だ。回廊ふうの通路を迂回し、職員専用の通用口に出る。生徒が暴れだした時の緊急脱出路。ブロック塀を隔てて、すぐ裏手が交番だ。

（嘘でしょう、失業したって聞いたけど……）

（聞いたって、誰から？）

（噂よ……噂って、そういうものじゃない？）

（どうせなら転職と言ってほしかったな。学校勤めには、もういいかげんうんざりしていたんだ）

（優雅じゃない……）

（わずらわしいんだよ、人間関係が）

（どこだって、似たようなものよ）

（ためしに、タクシーの運転手でもやってみようかと思って……）

（変り者なんだな）

「さあ、急いで！」

非常口をはいった最初の左側のドア。教頭に強くうなががされて、半開きの隙間から中にすべり込む。腰高の窓のベネシアン・ブラインドが白すぎてまぶしい。大正時代の舶来品まがいの縁飾りがついた、鍵付きの書棚。既視感のすだれを掻き分けて、ここが校長室であることに思い当る。しかし部屋の主はいない。教頭が内側からノブの臍を押してロックしてしまった。査問会にしては妙な雰囲気だ。

両袖に引き出しがついた大型の事務机。一見しただけでは松の一枚板だが、実はただの合板にすぎないのかもしれない。肝心なのは、一枚板であろうとなかろうと、校内では最高に見栄えのする机だということだ。教頭はその机の向こう側にまわり込む。我がもの顔で布張りの回転椅子に腰を下ろし、慣れた仕草で床を蹴る。くるりと一回転して受話器をすくいあげる。上目遣いにぼくを見ながら、3、5と内線ボタンを押した。保健室の番号だ。

校長に声をかけるつもりはないらしい。居場所の見当はついている。医務室でないことだけは確実だ。どんな面倒にも絶対に巻き込まれない主義で、事があればすかさず用務員室に退散し、お気に入りの若い女子事務員にコーヒーを注文するのが習慣なのだ。咎めてみてもはじまるまい。あと一年たらずで定年だし、慢性の口内炎をわずらっていて、複雑な会話は苦手らしいのだ。だから教頭が、校長の補佐役としての限度を越えたふるまいをすることがあっても、権勢の誇示より善意とみなすのが教員仲間の常識になっている。校長も教頭を『できもの』と呼ぶのが口癖だ。どうやらはじめは『腫物（できもの）』のことだと思い込んでいたが、『出来者』という本来の意味らしい。

保健室につながったらしく、受話器に深々とうなずき、

「うん、私……で、どんな具合？」耳を傾け、かなり長い沈黙。ポケットからタバコを取出し、一本抜き取って、

「いや、そいつはまずい、救急車は駄目だよ……そう、そういうこと……あとは君に一任しますから」

「救急車なんて、めっそうもない」ぼくもせきこんで相槌をうつ。「仮病にきまっていますよ。あいつら、大袈裟すぎるんだ、いつだって」

「一人をのぞけば、全員快方にむかっているらしい。教室に戻して、授業を受けさせるそうだよ」

「一人って、蜂谷のことですか？」

「咳がとまらないし、眼瞼が腫れあがって、眼が開かないそうだ。粘膜が唇みたいに外にめくれかえって、洗眼くらいじゃ駄目らしい」

「近くの眼科に連れて行けばいいでしょう、タクシーでも呼んで」

「責任回避にも限度があると思いませんか？」

「それじゃ、ぼくも言わせて貰います。何もそう一方的に

生徒側の肩をもつことはないでしょう。ちょっとした過剰防衛じゃないですか」

「困るな。証拠物件を握られてしまっているんですよ」

「証拠物件？」

「凶器です、凶器。バスの運転手に押収されたんだってね。言い逃れは難しい。生徒全員が証言していることだし……時間の問題じゃないかな、いつ運転手がその証拠物件に熨斗をつけて学校に乗り込んでくるか……直接警察に出向くつもりかもしれないけど……」

教頭は深々と溜め息を付いた。指にはさんでいたタバコをくわえ、金の（もしくは金色の）ライターを操作して点火した。火とタバコの先端との距離、約七センチ。じっとその距離を保持したまま、

「せっかく禁煙したのに……今日で十日め、まだまだ脆い堤防でね、こういう揺さぶりをかけられると、ぐらついてしまう、吸おうか吸うまいか……いや、君に相談したって、らちのあくことじゃない……苛々しないで、つとめて平静をたもち……」

ライターをもつ手が震えている。気が咎めた。内ポケットから催涙ガス銃を取り出し、机の端にそっと置く。

「すみません」

「これ？」

「ご心配かけました」

「運転手に押収されたんじゃなかったの？」

「回収出来たんです。自分でも信じられないくらい、都合よく事が運んで……」

「都合よくって？」教頭はライターの火を吹き消し、首を差し伸べて慎重にガス銃との距離をつめた。銃のノズル周辺を嗅ぎまわす。咳込んで、眉をひそめる。「そのへんのことは、正直に言ってくれないと、後でかえって動きが取れなくなっちゃうぞ」

教頭の言うとおりだろう。欲求不満の蓄積度が図抜けて高いといわれている、バスの運転手が、せっかく摑んだ憎まれ役の中学教師の尻尾を、そうやすやすと手放すわけがない。暴力に訴えでもしないかぎり、いったん手にした貴重な証拠の品をあきらめたりするはずがない。

いたずらに事態を紛糾させるよりは、このさい思い切って自称『弟』のことを告白してしまおうか。今朝がた突如電話してきた、それまでは存在さえ知らず、会ったこともなかった『弟』。突然姿を現すなり、不可解な方法――もしかしたらスプーン曲げに類した技法――を駆使してぼくを窮地から救出してくれた経緯について。

よせよ、そんな荒唐無稽な話、誰に信じられるものか。とっさにその場しのぎの嘘を思い付いた。

「考えてみれば、運がよかったんです。まったくの偶然だけど、バスの運転手の子供、たまたまうちの生徒だったんですよ。札つきってわけじゃないけど、成績は芳しいほうじゃない。まあ、その弱みに付け込んだ形になりますが、露骨に取り引きを申し出たわけじゃなく……」

「なるほど、そういうことなら納得がいく。うまいことやったじゃないか」突如テープを早回ししたような声になり、まだ火をつける前のタバコを灰皿の上で捻りつぶし、手の甲で唇をぬぐった。「抜け目がないんだね、見損なっていたよ。よかった、よかった、証拠不十分ならこっちのものさ。ほっとしました。ただね、ちょっぴり気になるのは、相手が蜂谷だってことね。どうなんです、保根先生、蜂谷だと承知のうえで直撃弾をくらわしたんですか？　当然そうでしょうね。さて、そこで、どういう結果になるか……まあ、この際、取り越し苦労は見送りにして……それが先生の選択だったわけだし……」

そう言われても、実のところ、ぼくには蜂谷が何者なのか、正確には飲み込めなかったのだ。なんとなく耳にした覚えのある生徒の名前だという認識があるだけで、それ以上のことは思い出せない。しかし教頭がわざわざ話題にするくらいだから、何者かではあるのだろう。教員人事を左右できる有力者の子弟であるとか、暴力団組長の跡目相続人だとか、あるいは当の生徒自身が札つきの少年院帰りだとか……

「その蜂谷を診せに連れて行った病院、場所は確認してありますね？」

「当番の先生が自分の車で搬んだらしいから……」

「診断書だけは、なんとしてでも学校側で保管して、絶対本人には手渡さないように手配しておいたほうがいいですよ。結膜炎くらいはおこしているだろうし、最近は体罰一一〇番なんていう変なものが出来たり、父兄のなかにはけっこう処理の手口を心得たのがいるみたいですから」

「なるほど……」教頭は回転椅子の背に項をあずけ、鼻をつまんで揉みながらぼくを見詰めた。「いや、意外だったよ、君がそういう考え方をするとはね……完全に見損なっていました、そうか、なるほど、そういうことなら話も楽だ。電話をしているあいだ、ゆっくり洗面所で顔でも洗ってきて下さい、汗まみれですよ」

言われて気付いた、一直線に背筋を疾走する灼ける感覚。汗のしずくだ。この陽気に通気性ゼロの防弾チョッキは、さすがに負担が大きすぎるのだろう。全身アセモだらけになって、次はぼくが救急車のご厄介にならないともかぎらない。教頭の好意に甘えて、校長室付属の専用洗面所を借りることにした。顔はともかく、この際チョッキは脱いでしまったほうがよさそうだ。

噂には聞いていたが、校長専用の手洗いがこれほど豪勢なものだとは想像もしていなかった。総タイル張りで、トイレと並んでホテルなみの広い洗面台。風呂桶こそなかったが、片隅には半円形のカーテンで囲われたシャワー設備までがととのっている。蛇口やコックの類はすべてクローム鍍金、初代校長の注文、もしくは設計だろうが、相当な変り者だったと推測せざるをえない。来客に羨望の念をいだかせたり、威圧するのが目的なら、せいぜい家具調度に凝ればすむことだ。あるいは日に数度の水浴びを必要とする奇病にでも罹かっていたのかな？

チョッキは裏返して、付属のベルトを掛けると、手提げがついたスポーツ・バッグ風にまとまってくれる。機会があれば職員室の個人用ロッカーに押し込んでおくつもりだが、このまま持ち続けることになっても、とくに他人の注目を引くことはないだろう。持ち帰りの採点用紙でもあれば、このていどの嵩の鞄の携帯は常識だ。両脇をファスナーで閉じると、中の懐中電燈やナイフの類も完全に梱包され、めったなことでは見咎められたりする気遣いはない。いざというとき、取り出しに多少の手間はかかりそうだが、そんな機会はまず来ないだろう。

水を張った洗面台のなかに、息のつづく限り顔をひたしておく。タオルを濡らして、項に当てる。やっと汗はひいたが、髭剃り用の鏡のなかで、赤みをなくした顔色が恐いほど埃っぽい。眼の下に薄汚れた小皺の袋。一円玉なら押し込めそうなくらいだ。白目にひろがる朱色の破れ網。さらに顔をよせ、自分で自分を凝視する。画家なら狂気という題をつけたくなるだろうな。ふと、鏡の枠の合わせ目に、真鍮で囲んだ小指大の覗き穴を発見した。よく玄関のドアなどに設置してある用心眼鏡のたぐいらしい。

覗く。ロッカー・ルームが見えた。二本の通路をはさんで扉のないロッカー（ロックできるから、ロッカーじゃないのかな。扉のないロッカーなんて矛盾だが、事実だから仕方がない）が並んでいる。紺の体操服、テニスのラケット、臙脂色で《♀》マークがプリントされたビニール袋、女子用の区画らしい。こんなところにロッカー・ルームがあったっけ？　頭のなかで、素早く何十通りもの平図面を引き直してみたが、さっぱり心当たりがない。当然といえば当然だろう。ぼくはもともと生徒の動向には無関心なほうだし、とくにロッカー・ルームなど、その過剰ホルモンの臭気を想像しただけで胸がむかつく。

いったい誰が何のために、こんな装置を取り付けたのかな？　真鍮部分の錆び方からして、後から追加された細工ではありえない。これもやはり学校創立者の理念もしくは趣味だったのだろう。それとも単なる趣味では済まされない、病的な衝動と言うべきか。万一この覗き穴の存在が露見したら、ぼくのガス銃どころではない大スキャンダルになるはずだ。教頭は知っているのだろうか。当然知っているはずだ、すでに実権を握り、この校長室の実質的な主としてふるまっている以上、知らないはずがない。

女子更衣室にあけられた穴、プラス、シャワー・ルーム……まったく隅におけない連中だよ。教頭はただの『出来者』ではなく、やはり全身にいくつもの巨大な腫瘍をまとった不気味な怪物のほうが似合っているようだ。

視野の左隅からとつぜん人影があらわれた。魚眼に近い広角レンズなので、すかさず視界を覆う広い肩。縮小しながら遠ざかり、ロッカーの向こう端をくるりと旋回するなり、一気に膨脹しつつ接近する。意識の底を鋭く刺激する目鼻立ち。電話ボックスにひそんでいて、運転手からガス銃を取り戻してくれた例の青年。自称ぼくの弟。ちらと視線が会ったような気がした。そんなことはありえない、向こうからは顕微鏡なのだ。ひくついている自分の内臓のイメージ。早く医務室によって、胃散と、エキセドリンと、抗ヒスタミン剤を処方してもらおう。

部屋に戻ったとたん、鳴りそこなったベルの余韻。教頭が慌てて受話器をおいたのだ。わずかに卑屈さの混じった微笑を浮かべ、ガス銃を二本の指でつまみあげた。

「この引き金、ただの飾りだろ？　機能的には必要ないよね」

「押収ですか？」

「まさか、君だってもういい加減、分かってもいいんじゃないかな。建前はともかく、君の立場はじゅうぶん理解しているつもりだよ。捻り潰すしかないじゃないか、あんな連中……それはそうと、どうやって手に入れたの、こんなもの。合法的に買ったの？　何処で売っているのかな？」

「通信販売ですよ」

物欲しげに握り込んでいる教頭の手から、強引は承知でガス銃をもぎとり、たたんだチョッキのファスナーの隙間から中に落とし込む。こつぜんと出現した贋鞄に、教頭は疑わしげな視線をすえてはいたが、あえて話題にしようとはしなかった。

「注文先の住所か電話番号の控え、取ってある？」

「信用できないんですか？」

「まさか、いまさら……もしそいつが本当に合法的なものなら、わたしも一丁手に入れたいと思ってね……分かるだろ、自分だって買ったんだから……」

「自己診断ですけど、ぼく、学校拒否症候群じゃないかな」

「自分だけをそう特別視しちゃいけない、教師ならいずれ学校拒否症の兆候くらい持っているさ。世間は教師に、精神的なインポテンツを要求しているんだよ」

「どうすればいいんです？　転職ですか？」

「分っているだろうけど、きみの立場は最悪なんだ……さしあたっては、とにかくひっそり鳴りをひそめて待つことだね。刑事事件にだけはしちゃまずい。学校側としても、全力をあげて協力するつもりだから……」

「蜂谷のこと、どうしても思い出せないんです」

「そんなはずはないだろ、本気でその気になれば、思い出せないはずがないよ」

「鴉って、パテをたべるでしょうか？」

「パイだろ？」

「いや、パテ……ガラスなんかの縁をおさえる、固定剤……」

「聞いたことないな。あれ、食用になるの？」

「原料は炭酸石灰です、たしか……」

「鉱物だね、きっと」

エアコンの冷気が足首にまつわりつく。いかにもぺらぺらと化繊じみた教頭の鼠色の上着が、ぼってり肉厚の羅紗地に見えはじめた。ざらついた広すぎる頬骨がそのまま延びて、ネクタイをした蟻喰いの顔になる。そしてまた、親に折檻される子供の悲鳴……

眠り込んでしまったのかな？　そんな気もするが、確信はもてない。ウェストミンスター寺院の鐘が鳴った。丹念にニスを塗り込んだ、時代物の柱時計だ。白髪頭を一分刈りにした、狂暴な感じの用務員が、小型の岡持ちの蓋をとり、丼ふたつと湯飲みに急須をとり出しているところだった。

「君は、カツ丼だったね……」蓋を開け、中を確認してから、丼の柄が派手なほうをぼくのほうにすべらせてよこす。「わたしは玉抜き（ぎょく）の親子、コレステロールに気をつけているんだ。かしわはもっと見直されるべき蛋白質じゃないかな」

カツ丼は嫌いじゃないが、いつ注文したのかまったく記憶にない。でもこの匂いは鮮烈に食欲を刺激する。事実は事実として受入れても差し支えなさそうだ。

「なにか、その後の状況、進展がありましたか？」

「君、昼食を済ませたら、今日はもう帰って休みなさい。ひどく疲れているみたいだ。さっきも話し合ったとおり、ここは辛抱第一、塹壕戦しかない。後は相互の信頼あるのみです。率直に言って、君みたいに爪の手入れがいい人間には、文句なしに好意的なんだよ。生徒にたいしても同じこと、まず爪を見る。爪に垢をためている奴は、バツ印。

それから足の裏と地面の接着度ね……うん、じつはさっき、教育委員会からきわめて好意的な回答があったんだ……君の病名、《仮面鬱病》とかいう、最新流行の病気らしいね。なかなかロマンチックな病名じゃないか、《仮面舞踏会》みたいでさ。そこでとりあえず、ほとぼりが冷めるまでの三日ほど、教委指定の神経科に入院してもらって……」

「入院？」

「ただの形式、みそぎですよ。ほとぼりが冷めるまでは、自粛してもらわないと。それが済んだら、しばらく教委指定の相談員に身柄をあずかってもらって……」

「保護観察ですか」

「教師の異常行動についての専門家らしいよ。ここ数年、心理的障害に悩まされている教師がめっきり増えて、社会問題になっているらしいね。《仮面鬱病》の研究には、政府から補助金も出ているそうだし……」

「仮面……？」

「鬱病。とにかく、聞き分けをよくしてほしいんだ、頼むよ、君のためじゃないか、警察沙汰にすまいと思えば、そうだろう、ガス銃発射に関しては君に責任能力なしと認めてもらえないかぎり、絶望的なんだ……どうした、食べないの？」

「入院でもなんでも結構ですから……ただもう眠くって……」

「いいとも、すぐに車を回してもらおう。入院なんてほんの形式、思うぞんぶん休んできてください」

## 7　措置入院　省略コース

教育委員会がまわしてくれた車は、制帽着用の運転手つきの黒いセダンで、剃り残しの髭が映るくらい磨きこんである。救急車かそれに準ずる疫病神運搬用の車を覚悟していただけに、怪我を包帯でくるんでもらったような安堵を憶えた。しかも正面玄関の車寄せに、賓客の送迎なみの格式で横付けされているのだ。ぼくの知るかぎり前例のないことだった。たぶん保健所の要請で破傷風菌の築山の両脇に《車両進入禁止》の標識が立てられて以来の出来事である。もっともこの標識には、納得しがたい点もすくなくなかった。なぜ車両だけが制限の対象になり、人間は対象から除外されたのか？　保健所としては自然保護の観点から、人間よりも破傷風菌を排気ガスから保護することに優先順位をおいたのかもしれない。

覆面ほどもあるマスク（さも病院関係者を思わせる）で顔の半分を隠した運転手が、見送りの教頭になにやら証明書らしいものを提示する。教頭のサインを待って、後部ドアを開け、一歩さがってぼくに乗車をうながした。護送係の姿はなく、教頭にも同乗するつもりはないらしい。ぼくの逃走はまったく計算に入っていないのだろうか。甘くみられたような気もするが、警察沙汰が嫌なら逃走だって論外だろう。それに万事が丁重で、ほかに文句のつけようがなかった。教頭のぼってりとした掌が背筋に添って上下に滑り、ぼくを車のなかに追い立てる。

後部座席は余裕たっぷりだ。ブリーフケース仕立ての防弾チョッキを枕にして、このまま寝込んでしまうことだって出来そうである。急に眼球の比重が上昇し、ゼリー化した脳漿の底に沈みはじめた。閉まったドアの窓に閃光が走って、眼球を正常な位置まで引き戻す。教頭がコンパクト・カメラのシャッターを押したのだろう。教育委員会に提出する証拠写真かな？　馬鹿らしさを承知でVサインを突きつけてやる。教頭も負けずに愛想笑いを返してくる。軽く咳込んで、エンジンがかかった。

はじかれて鳴る車寄せの砂利。運転手付きの車の乗り心地もなかなかのものである。それにしても釈然としない。

運転手の挙動に何か不自然なものを感じてならないのだ。制帽の顎紐に挟んだ、さっぱり似合わない草花のせいかな？　根っこが付いたままの三センチほどの雑草。花は線香花火ほどの薄紫の粒々。ぼくらを待つあいだに車から降りて、築山の草を摘んだのだろうか？　しかしあの築山が破傷風菌の培養基であることは、掲示板にはっきりと明記済みである。護身用のつもりかな。それともぼくの催涙ガスを牽制するのが狙いで、生物化学兵器の採用を誇示しているのかもしれないぞ。

一筋縄ではいきそうにない、曲者めいた雰囲気。念のために身分証明書の提示を求めてみようか。勘繰りすぎかもしれないが、手の甲が妙に生っ白いのも気にかかる。ふつう職業運転手の手の甲は、いくら手袋を常用したって黒く日焼けしがちなものである。

「病院って、どの辺？」

「ガードをくぐって、ＪＲ沿いに東に一キロちょっと……先生は地元の方ですか？　地元の人なら、知っているでしょう、いぜんあった葡萄酒工場の跡地で……」

やや低めだが、繊細で透りのいい声。聞き覚えがあるような気もするが、まさかそんなことはありえない。

「どういう段取になっているのかな、この先？」

まだ適切な対応のしかたがわからないので、丁寧語の半歩手前。

「聞いていないんですか。さっきの見送り、教頭先生だったんでしょう？」

「確認しておきたくてね、めったに経験しないことだし」

「段取と言っても、指示に従うだけのことだから……」

「だからその指示の内容を聞いているんですよ。ぼくを病院に送り届けたら、すぐ引き返すように言われた？　それとも、待つように言われたのかな？」

「気になるんですか、そんなことが」運転手がわずかに首をまわし、視線の端でぼくを伺う。大型マスクのせいで表情はわからないが、声に笑いがにじんで感じられた。「まあ、気になるでしょうね。分かりますよ。病院は病院でも、精神病院にはほかと違って多少の強制力が認められていますからね。たとえば措置入院の場合、病院は患者の意思を無視して緊急拘束することができる。つまり、ガス銃の発射という先生の錯乱行為にたいして当局がどんな認定を下したか……」

「ぼくが受けた説明はちょっと違いますよ。入院はあくまでも事件を表沙汰にしないための形式上の措置で、省略コースというか、表玄関からはいってそのまま裏口から出てこられるくらいの……」

「まさか」

「まさかって、どういう意味？」

「省略コースなんてことはない、よくてせいぜい短縮コースですよ」

「どう違うんだ？」

「省略コースは譬えて言えば、執行猶予つき、もしくは実刑免除。でも短縮コースは読んで字のごとく、刑期の短縮にすぎませんからね。一時間で済むか、十時間かかるか、三年のお務めになるかは別にして、ともかく一定期間の拘束は覚悟してもらわないと……」

たかが運転手のくせに、医者気取りだ。しかしここで短気は禁物。ガス銃を突きつけ、帽子の鍔飾りにしている偽装生物兵器をもぎ取ってやったところで、とくに立場が好転するとは思えない。

「畜生！」

いきなり運転手がうめいて急ブレーキを踏んだ。大きな影が、風呂敷みたいに身をひねらせ、もだえながらフロントガラスをかすめたのだ。鴉に尾行されているのだろうか？　そのまま路肩によせて停車する。何処だろう？　またもや時間短縮現象らしく、とうぜん通過するはずの駅前を省略していきなり郊外風景だ。くすんだ緑と枯れ木色、高い電柱と広い空。

「尾行されているのかもしれない」

「誰に？」

「悪いけど冷房とめてくれないかな」

運転手が肩をねじって振りむいた。左右のヘッドレストのあいだから、瞬きもせずにぼくを見据える。見据えられても抵抗がない、柔和な目尻。既視感をくすぐられる。伸ばせばすぐにも手がとどきそうな記憶の鍵と鍵穴。最初にためしてみた鍵があっさり鍵穴におさまってくれた。つい一時間ほど前、路線バスの運転手から催涙ガスを取り戻してくれた例の青年、もしくは自称『弟』の目だ。マスクを剝ぎ取って素顔を見てやりたい。

とつぜん相手が行動をおこした。ぼくの股間めがけて右手を突き出してきたのだ。一挙動で、すっぽり睾丸を掌にくるみ込んでしまった。

「よせよ！」

(声帯がひきつって) 声にならない。睾丸が急所であることをあらためて思い知らされる。格闘技の一種だろうか。

「立っているんじゃないの……」マスクが口の形にくぼみ、息をはらんで帆のように膨らむ。笑ったのかな？

「立ってなんかいるもんか。交感神経の弛緩によるただの鬱血さ」

「うん、よくあるよね、電車で居眠りしたときなんか……」

「いまの、何の真似だ？　嫌な趣味だな」

「趣味だなんて、誤解だよ、嫌んなっちまうな、兄弟同士でそんな気分になったりするわけないだろ。ちょっと先制攻撃をかけただけさ、無限流合気道をやっているんだ、空手の一種だけどね」

「なんのために」

「だって、いま、催涙ガスを取り出しかけただろ？」

言われて気がついた、そう取られても仕方がない。なんの気なしに脇の防弾チョッキに手を置いていた。

「それこそ誤解もいいとこだよ。催涙ガスなんか、何に使うんだ？」

「逃げる気だったんだろ？」

「なぜ」

「病院が恐いから……」

「恐くなんかないよ、いずれ省略コースなんだし……」

「省略じゃない、短縮さ」

「どっちにしても逃げる気なんかないよ」

「それが本心なら、大歓迎。いい加減うんざりしているんだ、逃げ回ってばかりの野良犬みたいな生活……それに、おれ、病院のなかでだって、けっこう役に立ってあげられると思うよ」

「役に立つって、たとえばどんなふうに……」

事もなげに、大型マスクをめくり取り、かわりに含み笑いで顔を覆う。額の汗を拭うついでに、ぬいだ帽子を助手席にほうりだす。半ば予期していたとおり『弟』だった。血の色が透けた桜餅色の唇。唇だけでなく、眼の位置が普通より低く、子供っぽい印象を強めている。そのせいか安全マーク付きの玩具みたいな印象をあたえるのだ。この表情で懇願されたら、よほど正当な理由があっても、疚しさなしに断るのは骨だろう。セールスマンになっても、詐欺師になっても、それなりの成功が確約されるタイプである。

まだ完全には括弧をはずしきれない『弟』の表情に、水たまりの反射に似た光がゆらいだ。指先が自信たっぷりのリズムを刻んで内ポケットに滑り込み、靴ベラ状のものを取り出した。違う、靴ベラではなくスプーンだ。大衆食堂でカレーライスに添えてだす、ありふれた大匙である。いよいよお得意のスプーンのお出ましかな？　左手の親指と人差し指で柄の先端をつまみ、背もたれ越しに突き出してみせる。残りの指をいっぱい外にひらいて――はい、種も仕掛もございません――例の手品師独特の手さばきだ。

つづいて右肘を掲げ、大きく水平に回転させる。人差し指をスプーンの首（頭と柄の間のくびれ）に当て、そっと上下にさすりはじめる。指とスプーンのあいだに数ミリの間隙があって、とりあえず物理的な相互作用は認められな言いよどんだぼくに、なだめるような微笑が返ってくる。

「無理しなくてもいいよ、信じられないのが常識さ」

「でも、見抜けなかった……」

「見抜けなくても、ただの手品さ。でも親父のやつ、自分もプロの手品師のくせに、なぜかぼくに本物の超能力があるように思いこんでしまったんだ」

「変な話だね」

「まったくさ。親父は兄さんたちを見捨てたあと、ドサ回りの芸人のマネージャーになってね、自分でも《鞠ジャンプ》なんていう芸名をつけて、下手な手品でヌード・ショウの前座を勤めたりしていたんだ。陽気であつかましいだけが売り物で……」

スプーンがぼくの膝の上におち、湾曲部で二つに千切れた。

「すごい手際だ、気を飲まれたよ」

「親父の馬鹿ときたら、超能力だと思いこんでしまってね。誰彼の見さかいなしに言いふらすし……ぼくを利用して、金儲けでもする気だったのかな……いくら断っても、とにかく念じてみろって、変な注文を無理強いされちゃって……」

思わず笑ってしまう。『弟』から鱗みたいに鉤括弧が剝がれ、ただの弟になった。


い。しかし筋書を予測することはできた。間もなくスプーンの首が曲りはじめるはずだ。ユリ・ゲラーのテレビ出演をきっかけに、たちまちポピュラーになった超能力の出し物である。あれ以来、すくなくも五、六人のスプーン曲げ少年が現れ、消えていった。

ぼくはマジックが大好きだ。好きというより、闘志を搔き立てられるというべきかもしれない。新聞のテレビ欄を斜め読みしていても、その手の出し物が載っていれば、たちまち鋭敏なセンサーなみに感応してしまう。だから、こけ威をねらった大仰なだけの見世物よりも、スプーン曲げふうの小手先芸でいいから、知能犯的な刺激がほしい。(挑発に乗りやすい性格なのかもしれない。)

数秒後、筋書通りの現象がはじまった。まず軟化現象。線香花火の先端で小爆発を待つ、火薬の玉の身震い。ゆっくりと鎌首をもたげる。子猿の尻上がりみたいな愛敬のあるポーズ、鼻先から十数センチのところで起きた異常現象、しかしトリックらしい兆候はまるで見られない。堅茹で卵の表面みたいな完璧さ。しかもこんなふうに重力に逆らったスプーン曲げは始めてである。高等技術なのだろうか。とにかく手際のよさは予想外の水準だった。

「どう、信じられる?」

「あざやかだね、確かに……」

「でも、思っているほど頼り甲斐はないんじゃないか。親父の追跡を完全にまいた自信はあるの？　もしぼくらが本物の兄弟なら、ぼくのアパートだって当然調査の対象になるはずだろ」

「兄さんのところまでは、計算に入れていないと思うよ。話題にするのも迷惑がっていたみたいだ。家出したこと、けっこう疚しく思っているんじゃないか……」

「何をさせるつもりだろう、見付けだして」

「さあね……兄さんなら、何をさせたい？」

「だって、ただの手品なんだろ？」

「親父は信じてくれないんだ」

「無理もないよ、鼻先十センチのところで、これだけの技をみせられちゃ。でも、種明かしをしてみせてやれば……」

「向こうだって手品師なんだよ、上手下手の違いはあっても……でも聞かないんだ、手品で出来るからって、超能力じゃない証明にはならないって」

「ぼくは信じるから、頼むよ、種明かし……」

膝からスプーンを取りあげ、切断面をあわせてみる。割れた瀬戸物みたいにぴったりと合致した。切り口を見比べる。鋭利な断面には金属疲労らしい傷ひとつない。脳味噌の裏側がむず痒くなってくる。

「忠告しておくけど、手品の種なんか知らないほうがいいよ」

「ねだっても無駄かい？」

「映画館の停電みたいな嫌な気分になるのがおちさ。まだ小学生のころ、祝儀にもらった一万円札に負けて、つい客に種を教えてしまったことがあるんだ。どうなったと思う？　鼻の骨が砕けるほどぶん殴られてしまったよ」

「親父に？」

「教えてやった客にさ」

手の中で千切れたスプーンが汗をかいている。このまま記念に貰っておきたい気もしたが、ちょっぴり懼れに似た感情もあってつい遠慮してしまう。

「出掛けようや、こんなところでいくら時間稼ぎしてみたって、病院が消えてくれるわけじゃなし」

「慌てることはないよ、顔色が悪いな、缶コーヒーでも買ってこようか」

通りを隔てたバス停風の屋根の下に、自動販売機が三台、肩を並べている。右端の白塗りがコーヒー各種、左端の臙脂色のボックスには白抜きで《Ｃｏｃａ　Ｃｏｌａ》、遊園地ふうの賑やかな中央の箱はやや幅広で、紙コップに湯をそそぐ絵が描いてある。即席ラーメン用らしい。

「だったら、コークでも頼もうかな」

「コーク？　兄さんらしくないよ、そんなの」

「アメリカ文化を研究しているんだ」

「まさか……」

やっと片足が通るくらいにドアを開け、視線を左右に滑らせた。さほど混み合ってはいないが、その分スピードが出ているので、かえって危険を感じさせる。だが今回は横断歩道まで迂回する気はないらしい。猫の身のこなしでドアの隙間をくぐりぬけ、腹立たしげなトラックの警笛を尻目に、さっさと対岸に渡ってしまう。車のほうで透明化して弟の通過に道をゆずったようにも見えた。販売機の脇の屑籠に何かほうり込んだ。千切れたスプーンの死骸だろう。

自動販売機に熱中している『弟』を視線の隅に確認しながら、エンジン・キーは付けたままだし、乗り逃げするなら、いまがチャンスかもしれない。でも気が咎めた。ぼくはすでに自称『弟』から括弧を外し、何割りかは本物の弟として迎え入れかけていたようだ。むろん無条件に信じ切ったわけではない。疑い出せば疑わしいことだらけである。現にこの頑固で厄介な不眠にしても、弟からの深夜の電話がそもそもの発端だった。もめごとのたびに、すかさず救助の手をさしのべてくれたタイミングにしても、いささか出来過ぎの観がある。消防隊員と放火犯が一人二役を演じているのかもしれない。しかし疑わずに済ませられれば、済ませたかった。弟がこうしてキーを付けっぱなしのまま車を離れたのも、それだけぼくを信頼したからだろうし、ぼくもその信頼に応えたい。弟を護衛役として受け入れてしまえれば、気持ちもずっと楽になるはずである。

耳の底を、シンセサイザーふうの和音がもつれて走った。もしかするとまだ夢の中なのだろうか？　とても夢とは思えない衝撃音が屋根の鉄板を打ち据えて走った。いっぱいにひろげた翼で急ブレーキをかけ、肩をそびやかせた鴉が一羽ボンネットに着地する。振り向いてぼくを睨んだ。小魚の干物をくわえている。よく見ると小魚ではなく、雨蛙のようだ。飴色に干上がったちび蛙。鴉は獲物をボンネットのうえに鉤爪で固定するなり、胴のあたりに嚙りついた。蛙はペンチで挟んだ梅干しの種みたいに粉々になる。弟に助けを求めるつもりで、窓ガラスのハンドルに手を掛けたが、これ以上鴉を挑発するのははばかられた。ぼくに対してよくよく敵意を抱いているらしい。それに弟はやっと両替機で千円札をくずしおえたばかりで、こちらには背をむけっぱなしのままだ。ふいに鴉が飛び去り、糞と骨のかけらが残された。骨も飛び散り、糞だけが残った。

体の節々が痛む。睡眠不足のせいで、風邪のウィールスが増殖しはじめているのかもしれない。病院についたら早速にも体温計を貸してもらおう。それに病院ならベッドは付き物だろうし、多少ごわついていても、よく乾燥した清潔な毛布があるはずだ。二十分、いや十分でいいから、早く横になりたい。弟は兄弟同士の協力関係を熱望しているのだし、入院手続きの代行をしているあいだ、ぼくのためのベッドを確保する努力くらいに二の足を踏むわけがない。

吐き気がする。風景に皺がよりはじめた。漂白された葉脈を思わせる網目状の皺。正体を見きわめようと、空っぽの歯磨きチューブを踏み潰す感じで、集中力を搾りだす。ここはどうやらJRの線路が走っている土手添いの県道らしい。海岸沿いのバイパスが出来てからは、幹線道路の役目を譲ってしまったが、地図の上ではいぜん緑の太線で表記されているはずだ。土手の下は遊歩道、もしくは子供用の公園、より正確には使用済みの空缶やビニール容器の棄て場。折り畳んだダンボールですでに席取りされてしまっているコンクリート製のベンチ。萎縮し黒ずんだ雑草。削られたレールの粉にまぶされ、廃油色に染めあげられた緑地帯。平行して走る電線に添ってただよい、伸縮を繰り返している灰白色のまだら皺。

太陽に焙り出された陽炎か、それとも網膜の壁に描かれた落書きか？　焦点を合わせる努力をしていると、やがて風景の斑点が凝縮し、縞馬に変わった。幻覚にしては鮮明なまだら模様と輪郭。普通の馬よりは多少寸詰まりの体形。いかにも野生生物らしい腰から太ももにかけての筋肉の隆起。通俗的だが夢を感じさせる動物。猛烈な勢いで時間が逆転しはじめたようだ。ぼくは刻々子供になっていく。この奇妙な体験をぜひとも弟と共有したいと思った。弟はちょうど赤と銀の缶を両手にかかげ——凍る寸前まで冷やされ、露と水滴で一面に白くまぶされているにちがいない——歩道の縁石に足をかけたところだった。間に合うだろうか？　風が吹き下ろしてきて、小さなつむじ風がよろめいて走る。縞馬の輪郭もゆらいで、無数の縞の破片に分割されてしまった。分割された破片の一つ一つが、縞模様の白い蝶の群れに変わった。蝶の群れはつむじ風に溶け込み、四散する。

折檻されている子供の悲鳴……レールに共鳴した電車の音かもしれない……つづいて鼓膜が炎症をおこしたような静寂がひびきわたる。

「どうだい、アメリカの味は？」

「やはり教えてもらえないかな、スプーン曲げの種明かし……」

「陳列棚の見本に手をつけるなんて、愚の骨頂だよ」

「いま、そのベンチのあたりに、縞馬がいたんだ」

弟が頷き、微笑でこたえる。缶コーヒーを片手に、アクセルを踏み込み、ハンドルを切った。快活に現実が戻ってきた。

　地下のガードをくぐって、山裾を背にした再開発地区に出た。品種改良が間に合わず不動産業者に売られてしまった葡萄畠の半分を、工場生産の建て売り住宅が埋め、残り半分をキウイ畑の濃緑色が占めている。やがてコンクリート舗装に追越し禁止の中央線の黄色だけが真新しい、片道一車線の直線道路。見通しがよすぎて現実感に欠けている。

　停車したのは半地下の倉庫を思わせる、無愛想なコンクリートの塊の前だった。窓もなければ、看板もない。しぼった葡萄汁の長期保存の倉庫なら、精神病患者の貯蔵にだってぴったりかもしれない。

## 8 呪文のように、ぶつぶつと……

誓約書

被観察者をAとし、観察者をBとする。

Aは保根治(ほねおさむ)、男、三十六歳、中学教師。Bは教育委員会指定の専任カウンセラーであり、医師の免許をもつ。

AはBの質問にたいし、一切を包み隠さず告白し、拒んだり、虚偽の申し立てをしてはならない。BはAの告白のすべてを記録し保存する権利を持ち、Aは異議申し立ての権利を放棄する。なおBはこの観察によって得たすべての資料の個人的な著作権者であり、その自由な利用の行使を保証される。

被観察者Aとして右の条件になんら異存がないことを認め、ここに署名捺印します。

一九八九年九月二日
氏名　保根治 ㊞

ぼくが寝かされているベッドは手術台なみに丈が高く、頑丈で、幅が狭く、しかも部屋の中央に据えられていた。天井をレールが横切り、いかにも機能的な照明器具や録音マイクなどが架設され、広い出窓の端のステンレス製の容器には、消毒済みの注射器やメスやピンセットのたぐいが納められている感じだ。眠気が極限まで達していなかったら、とても入院に応ずる気にはなれなかっただろう。しかし他の面では、けっこう配慮が行き届いている。ステンレスの容器の脇には石榴石を思わせる真紅のガラス瓶。生けられた百合の花は季節外れで、あるいは造花かもしれない。造花にしてはねばっこく漲っている百合の匂い。薬品臭を消すための合成香料かな？　昔は葡萄酒工場だったらしいから、建物全体に染み込んだ葡萄の灰汁とアルコールの臭気を中和するのが狙いかもしれない。壁いちめんの淡いベージュの斜線が、五メートル四方はありそうな立方体の威圧感をやわらげ、樹脂張りの床は抹茶色で、これも気持ちを和ませてくれる。椅子はアルミのパイプに黒と赤の人造皮革を張った超モダンなやつが、それぞれ二脚。部屋とべッドの対比はかなり異様だが、ぼくと彼女の関係——採集された昆虫と捕獲者——を考えればお似合いなのかもしれない。

「リラックスして、気を楽にね……」女性補導員が壁の配電盤を覗き込みながらぼくを促した。短めの白衣の下から覗いている素足は、前かがみの姿勢のせいか、素足の見本みたいに素足っぽい。「なんでもいいから、声に出してしゃべってみて」

「さっきの、なんの注射ですか？」

「ちょっとした覚醒剤」

「冗談じゃないよ、眠れなくて困っているのに……」

「わめかないで、音量テストなんだから」

「死ぬ思いなんです」

「大丈夫、睡眠不足で死んだなんて話、まだ聞いたこともない。せいぜいノイローゼの原因になるくらいよ。いま眠り込まれたんじゃ、仕事になりゃしない。音量はＯＫ。けっこう魅力的な声じゃないの」

振り向いて笑った。両頰に綿を含んだような乳色の表情。

「魅力的なのは、声だけ？」

「電話で聞いたら、騙されてしまうな、きっと……」

「人相のほうは、落第ってことですか」

「冗談の通じないひとは、落第。始めてみて……」

「始めるって……？」

「なんでも、思いついたこと、心にうかんだこと……ぶつぶつ呪文をとなえるようなつもりになって……」

「自由連想ですか？」

「そう。学校の先生は話がわかるから楽ね」

「かまわなければ、ひと眠りしてからにして下さいよ。睡眠不足で頭の油が切れかかっているんだ」

「そのための注射じゃないの。そろそろ効いてきたはずよ」

「動悸がしている」

「信用して、任せてほしいな。わたしだって、資格に傷をつけるようなこと、するわけないでしょ」

「なんて呼べばいいのかな？　当然、先生なんだろうけど、ぼくら職場でおたがい全員が先生だから……」

「名前を呼べばいいでしょ。アナゴ……穴があくの穴に、子供の子……」

「まさか」

「魚の穴子。なぜ笑わないの？　子供のときからだから、わたしはもう慣れっこだけど」

「結婚すれば……」

「なるほどね。録音スイッチ、ＯＮになっているのよ」

「でも、自由連想なんでしょう？」

「わたしについての連想はルール違反。まあ、結婚をめぐる連想なら自由だけど」

「穴子さん……やはり言いにくいよ……すみません、口に出して言うと、つい笑いがこみあげてきて……でも、これだけは確認しておきたいんだ、教頭の説明だと、教育委員会のお墨付きらしいけど、本当ですか？　こうして穴子さんの診療を受ければ、交換条件として不起訴処分を保証してもらえるって……」

「録音中を承知で、取り引きを狙っているのなら、うっかり油断できないな」

「こんな朦朧とした頭で、取り引きなんて……」

「正直いって、出来るのはせいぜい、君に有利な精神鑑定書を提出できるくらいね。起訴だとか、不起訴だとか、そんな権限あるわけないじゃない。教育委員会の関係セクションからの依頼で鑑定書を作成する見返りに、ちょっぴり補助金を提供してもらっているだけの民間研究所にすぎないんだから……」

「だったら、法的拘束力もないわけだ」

「自分が何をしでかしてここに送り込まれたのか、分かっていないんじゃない？」

「分かっていますよ、ガス銃でしょう？　でも、教頭にもちゃんと説明済みだけど、警察だって無許可携帯を黙認している、ただの護身用スプレーにすぎないんだ。週刊誌にも広告が掲載されていて、電話一本の通信販売で手にはいるんですよ。ためしに自分で注文してみたらいい」

「いいわよ、ご希望なら、父兄の手に差し戻してあげる。あちらじゃ手ぐすね引いて、お待ちかねみたいだし」補導員は白衣の特大ポケットからボード付きの書類を取り出し、視線を走らせながら、「君に関する報告書だけど、どうも相手が悪かったみたい。どっちにする？」

「どっちって？」

「ここで協力的な患者になるか、それとも体罰教師として非難の矢面に立つか……」

「保根治、男、三十六歳、中学教師、頑固な不眠症にかかっています」

「そう、その調子よ。どうってことはないでしょう、始めてみれば」

「ずっとこんなふうにして問診が続くわけじゃないでしょう？」

「ここ当分は、続けさせてもらわないと……」

「信じられないな」

「どういう意味？」

「ずっと一緒にいてくれるんですか？　食事のときも、寝るときも。まさかね、すぐ隣の部屋には常時力自慢の看護人なんかが控えていて、お声がかかりしだい、飛んでくるんでしょう。嫌だな、そういうのは。穴子さんは……やっぱり変だ……なんと言ったらいいか、異性の独占欲を刺激するタイプなんじゃないかな」

「そんな無駄口たたいている場合じゃないでしょ」

補導員の目の縁が、みるみる赤くなって、ぼくをまごつかせる。色が白すぎるのだ。脱色された白子の白でも、化粧でまぶされた染料の色でもない、ただ反射係数が高いだけの白。拡張した毛細管がそっくり透けてしまうのだ。

「おかしいな、これ病院のパジャマですか？　いつ着替えたんだろう？」

「憶えていないの、君の運転手が手伝ってくれて……」

「そうだ、彼、どこにいるんです？　連絡先、なにか言い残しましたか？　学校に問い合わせれば分かるのかな？」

「いまどきの若者にしちゃ、めずらしく気が利く、感じのいい運転手だったけど……」

「まさか、待ち続けているなんてことはないだろうな。悪いけど、調べてみてもらえませんか？　本当は運転手なんかじゃないんだ、ぼくの弟なんです」

「そんなこと、おかしいじゃない」例のボードの書類をめくりながら、「君に弟がいるなんて、学校からの連絡票のどこにも書いてなかったはずだけど……」

「もし待っているようなら、ぼくいったん引き揚げることにします。このまま待たせっぱなしにも出来ないし、彼との打合せも十分とは言えないし」

「駄目よ、まだ始まってもいないのに」

「だから、通いの形式にしましょうよ。通院というか、外来というか、それがいちばん合理的なやりかただと思うな」

補導員の眼瞼がさらに赤みを増し、こちらがまぶしくなってしまう。うろたえ気味に配電盤の脇のボタンを押し、ベッドの枕元の送話器に呼びかけた。

「至急連絡、おねがい。さっき到着した患者搬送車、まだ待機中ですか？　教育委員会から紹介の保根さんの車です。待機中なら運転手を確保のうえ、至急七号室まで同行してください。至急連絡、繰り返します……」

「冗談じゃないよ、弟まで患者あつかいするなんて……」

「患者あつかい？　誰がそんなこと言った？　弟さんだってこと、確認できたら、同席してもらいたいだけよ。君だってそのほうが、リラックス出来るだろうし」

設置位置ははっきりしないが、天井付近から声が返ってきた。ほとんど声の主を判別できそうにない、安物の小型スピーカーだ。

《待機中ノ車、確認デキマシタ。運転手モ同意シタモヨウ。

間モナク同行シマス》

「さては、弟のこと、よほど気に入ったみたいだな」

せっかく褪せかけていた眼瞼に、ふたたび血の色が戻ってくる。それも鮮やかすぎる動脈血の赤だ。

「気に入ったら何か、不都合でもあるの？」

「べつに……ぼくだって弟に微妙な魅力を感じていますよ……ただし、そんな魅力とはかけ離れた特殊技能をもっていて……」

「戸籍抄本には記載されないような関係の弟さんらしいじゃない、学校からの身上書にも省かれているし」

「本人から直接聞いてください。弟のほうが詳しいんだ」

「きっと腹違いの弟さんね。どっちがお父さん似なのかな？」

「あの花瓶の色、夕日があたった窓ガラスみたいだ」

「色はいいけど、形は好きじゃない」

「珍しいよ、こんな季節に百合なんて」

「ホンコン・フラワーに決まっているじゃない。寝不足のくせに、よく喋るな」

「自分でもそう思っていたんだ。気が弱いせいでしょうね」

「仮面鬱病の初期症状だな」

「仮面鬱病って、すごく魅力的な名前だよ。名前に惹かれて、つい入院にも応じてしまったけど、厳密にはどんな病気なんです？」

「不眠の自覚が始まったのは、いつ頃？」

「それもじかに弟から確認をとってください。そもそも事件の全体が、あいつの電話をきっかけにしているんだから」

「事件？」

「まず、洗面所の窓ガラスのパテを嚙りにきた鴉のことからはじまって、隣の女性の不審な挙動、通勤バスのなかの挑発行為、それから弟のスプーン曲げだとか……」

「もっと筋道立った話し方できないの？」

「したいけど出来ないんだ。でも弟なら出来るかな。信じられないだろうけど、彼、手品師なんです。自称《スプーン曲げ少年》だけど、事実スプーン曲げの技術は大したものので……ためしに注文してみてくださいよ、きっとびっくりさせられるから……でも信じられますか、超能力なんて……ぼくには無理だ、まがりなりにも理科の教師ですからね、物質的因果関係にそぐわない現象にはまず生理的嫌悪感を感じてしまうんだ」

「よく言えば懐疑主義、悪く言えば杓子定規、仮面鬱病になりやすいタイプ」

「仮面鬱病って、退屈な性格がかかりやすい病気なんですか？」

「まあね……」

「がっかりだな」

ずっと天井をにらんだままの姿勢だったせいか、腰が重い。寝返りはどっちに向いてすべきだろう。補導員は赤皮の椅子に掛け、浅く膝を組んでいた。右に寝返ればその膝頭が正面、ちょうど目の高さにくる。反対側に寝返れば、眼下四十五度の方角に弟が入ってくるはずのドアがある。どっちを選ぶか悩むところだ。補導員の膝を見詰めるのも捨てがたいし、弟との最初の目くばせも大事にしたかった。

「いま気付いたんだけど、アクセントを前に持ってくるからいけないんだ……ア、ナ、ゴ……ね、平らに言えば、そう滑稽にならずにすむ。穴子、穴子……」

ノックの音がした。

［1989. 11頃］

# 安部公房氏と語る

〔出席者〕安部公房　ジュリー・ブロック　大谷暢順

**大谷**　このたびは執筆中のお忙しいなか、ありがとうございます。ジュリーさんとは、彼女が安部公房の作品を翻訳した日本人に会いたいということで、フランス人の友人を介して知り合いました。今日は研究対象のご本人にお会いできるというので彼女も多少緊張気味ですが、どうぞよろしくお願いします。

**安部**　ブロックさん、ぼくのいうこと、あまり気にしないで論文を書いたほうがいいですよ。聞くと混乱して、あなたは悪夢にうなされるようになると思うから（笑）。

**ブロック**　私は「安部公房への手紙」という一文を書いて先生に出したかったのですが、結局出さないままでいたんです。今度それが『審美学』というフランスの雑誌に掲載されることになりました。

**大谷**　彼女は文学ではなくて、審美哲学の部門で博士論文を書こうとしているのです。日本でいうと美学でしょうか。

**ブロック**　大学でのセミナーの題は、「芸術の評論・社会の評論」というのです。私のテーマは、「安部公房の小説を通して見る日本の社会と思想」です。

**安部**　むずかしすぎる（笑）。

**ブロック**　私もそう思います。でも、そういう論題で論文を書くということで奨学金をもらって日本へ来ました。

私は二十歳までにフランス文学を終了して、小説を書きたいと思ってフランス語の先生になり、五年間いろいろと書きましたが、小説というものはなんであるか、論理的に何も知らずにいたのです。

書いてきたということに気がつきました。それ以来、小説を考える態度が変わって、小説には小説家がうしろにいる、したがってその小説家を知ることが小説を知ることだ、と気がついたのです。

そのころパリに住んでいたのですが、友だちから教えてもらって『砂の女』という作品があるということを知り、それを読んで非常に心をうたれました。そこで図書館にいって、それを書いた人のほかの作品があるかどうかを探し、『他人の顔』を見つけたのです。
それを読んで、たいへん感動してしまったので、我を忘れて、自分の台所に火がついてしまったようでした（笑）。そして二週間、『他人の顔』のこと以外には何も考えられなくなりました。以前、とても深い感動を覚えた夢を見て、その日の約束を全部取り消してしまって家にいたことがありますが、そのときと同じくらいの深い感動を得たのです。
ずっと学業をつづけてきて、最終的に卒業の学位論文を書くのに、何年も打ちこめるようなテーマが見つからなくて困っていました。ところが、『他人の顔』を読んで感動を得たときから、自分が何を勉強すべきかということがわかりました。

**安部**　そんな話を聞くとぼくは感動して、今晩眠れないと困るな（笑）。

**ブロック**　どうしましょうか（笑）。この写真集をプレゼントとしてもってきました。これは、プリス・マッケールという映画作家が日本に一年間滞在して、日本のあちこちを撮って本にしたものです。

**安部**　ちょっとだけ、ぼくの写真に近いところもある。

**大谷**　写真もお撮りになるのですか。

**安部**　ええ。ぼくの本に入っているのは自分で撮ったものです。以前フランスで展覧会みたいなものをやったんですよ。そのときにアラン・ロブ＝グリエが、ぼくの写真についてのコメントを書いている。変な話だけれども、ぼくの写真をもとにして、彼が小説を書くことになっているんです。だから、写真をだいぶ彼に送ってやった。そんな話、信じられないでしょう。

**ブロック**　いえ、あり得ることとです。私はフランス人だから、わかります。

**安部**　ぼくは個人的にもちょっと知っていて、ロブ＝グリエってわりに好きなんですよ。カメラマンのアンリ・カルティエ・ブレッソンも個人的に知っていて、彼は絶対に僕の写真をほめないけれども、ぼくは彼の写真についてコメントを書いてあげたことがある。なんせブレッソンはもう八十いくつで大先輩だから、それは当然ですけどね。

## フランス人が語る安部公房

**ブロック**　私の研究をご説明申し上げるとともに、質問もしたいのですが。第一の質問は、『他人の顔』という作品は、先生の作品の列島の中の一つの島であるのか、それとも独立した別のものなのか、どちらなのでしょう。

**安部**　やっぱりつながっているでしょうね。あのテーマの一つは、「関係としての人間」ということだけれども、それはぼくの小説に、わりに一貫して流れているテーマでもある。でも、そんなにまじめに考えませんよ。『笑う月』という本を見てもわかるでしょう。この人が正気か狂っているのか、判断するのはむずかしいと思いませんか。

**ブロック**　フェリックス・ガタリという人をご存じですか。

**安部**　若い、哲学をやっている人でしょう？

**ブロック**　精神分析をやっている人です。

**安部**　その人ね、ぼくは困ったんだ。パリで泊まっていて、一緒に行った人は全部どこかへ出かけちゃって、ぼくは疲れたから一人でいたら、電話がかかってきたの。だけど、ぼくはフランス語は全然わからないし、彼は日本語はもちろんわからない。英語もあまりよくないんだな。だから、両方とも訳わからずに一時間半ぐらい、ウン、ウンとかいって、名前だけ挙げてやっていた。困っちゃってね（笑）。

**ブロック**　ガタリはこういっています。モラビアというイタリアの作家は、精神病者に話しかけるという意味で書いているように思うけれども、安部さんの場合はそうではなくて、精神病者を研究しているといった立場だろう、と。

**安部**　いや、あのときは困りましたよ。いま通訳が来る、来ると彼はいうんだけれど、いくら待ったってそんなもの来やしない。ときどき立ち上がって周りを見るんだけれど、だれも来ないから、延々と座ってコーヒーだけ飲んで、あれは実に悲惨でしたよ。でもガタリはぼくと何か話したつもりでいるのかな。以心伝心というようなものだね、あれは。

フランス人といえば、『新潮』の「世界のなかの日本文学'90」という特集に書いた人の評論は、日本人を含めて、ぼくが今までに読んだぼくについての批評の中でも、ずば抜けてよく書けているんです。それはなかなかしっかりしたもので、感心した。ぜひ読んでみてください。

## 論理の彼方の小説表現

**ブロック**　私のもう一つの質問は、『他人の顔』というのは表現されない一つのテーマ、言外に残しているテーマをもっていると思うのですが。あたかも一つの論理があって、その論理に基づいて『他人の顔』を書かれ、書かれた後にその論理を消してなくしてしまわれたような。

**安部**　正直に教えてしまうと、そうではないんです。小説を書くということは、頭のなかに論理が残っている間はだめなのです。最初は論理があるのだけれども、それは時間がたつにつれてだんだん消えていって、どういったらいいのかな……、ぼくはもう考えない。ただ、小説の中の登場人物が自分で考えて動き出すまで待たなくてはいけない、ということがある。

だから、もちろん考えて書かなくちゃいけないのだけれども、考えて書いているのは全部捨てるんですよ。書いては捨て、書いては捨てしていると、登場人物などがだんだん見えてくる。そこで、その人たちがしゃべっているのを耳で聞いて、それを一生懸命写すわけです。そのときは非常に疲れる。だから、健康なときには小説ってたぶん書けない。疲れて、ぼんやりしているときに書くんです。

**ブロック** そういうことは私も考えないことはないのですが。そのように小説を書き始められるときは、小説のことをお考えになるのですか。それとも、読者のことをお考えになるのですか。

**安部** 読者のことを考えたことはないですね。読者のことを考えていたら、ぼくはもうちょっと金持ちになっていると思うんだけど（笑）。

いろんなタイプの作家がいるだろうけど、ぼくは子供のときに作家になろうとは思わなかった。けれども、何の影響で文学に関心をもったかというと、エドガー・アラン・ポーなんですよね。すごい誤解を受けそうだけど、嘘をついて人を喜ばせるということはあるから、一つの構造がいや応なしにできるけれども、それは読者を意識してじゃなくて、独り言でもそういうことになる。

**ブロック** 「他人の顔」という着想はどういうところからきたのか、教えていただけますか。

**安部** 自分でもよくわからないから、いえないな。

**ブロック** マスクという観念は……。

**安部** あれは偶然に、ああいうマスクをつくっている人の話を新聞で読んだんです。いつでもそうなんだな。本質的なことじゃないんだけれど、そういう枝葉のことにひょっとひっかかると、ぱあっと出てくる。『砂の女』のときもそうだった。汽車に乗って週刊誌を見ていたら、酒田のほうで砂の被害がひどくて、傘をさしてご飯を食べている写真が出ていた。それを見た瞬間に、あの話がぱっと出てきたんです。だから、おそらくそれまでにいろいろなかたちで潜在的に無意識に準備されていたものが刺激を受けて、突然ぱっと展開するんじゃないかな。

**ブロック** ワープロでお書きになっているのですか。

**安部** そうです。

**ブロック** 手で書くことはお好きですか。

**安部** 書くことはだいたい嫌いですね。手紙は一年に一つも書かないぐらいで、手紙と聞いただけで寒気がする。

**ブロック** あなたの友だちはかわいそうです（笑）。

**安部** だから、よく外国にいる知り合いの人から皮肉の手紙が来て、もういいかげんに手紙を書くのはやめてくれ、あんたの手紙のせいでうちのポストは壊れてしまった、なんて嫌味をいわれる。

現代文学とナショナリティ

**ブロック** 先生の作品が翻訳され、外国にも読者ができるということは、先生にとって喜びですか。

**安部** それはやはり、とてもほっとしますよね。というのは、日本の中でぼくは何かひとつしっくりいかなくて、異端として扱われてしまうでしょう。

**大谷**　そうですか、そんなこともないと思うんですけど。

**安部**　そうだよね、ジュリーさんのようなフランス人にはわかると思うけど。

**ブロック**　フランスで日本文学を教えている人を三人知っていますが、三人とも安部先生の作品はいっこうに取り上げようとしません。どうして安部公房の作品を取り上げないのかと聞いたら、その人は戦後の日本文学を教えているのですが、戦後文学の範疇には入らないし、特異な存在なので、あえて取り扱わないということでした。

**安部**　いや、それはあなたのいうとおりで、その人はもうちょっとちがうようにいっただろうし、あなたは礼儀正しくそれを刺激的でないように表現したけれど、しかし実際にはぼくの書くものは日本的でないから、日本の勉強をする人がぼくのものなんかやってもむだだという気持ちは、ざらにあるんじゃないですか。

**大谷**　そういうことを彼女はいうんです。日本的でない、むしろ国際的だからというんだそうです。

**安部**　だって、今の現代文学って全部そうでしょう。じゃ、フランツ・カフカはドイツ的かといったら、そんなことないでしょう。何的かといったって、それをいうのは無理ですよ。

**大谷**　カフカって、チェコでしょう。

**安部**　いや、あれは人種的にいうとユダヤ人ですよ。だから、家ではイディッシュで育ったでしょう。そして学校へ行ったときは、プラハだからチェコ語で、学校を出るころになって親から、就職できないからドイツ語を勉強しろといわれて、ドイツ語で書くようになったんでしょう。

それから、ベケットは何人（なにじん）だといったら、フランスの辞書には出ていないですものね。

**大谷**　アイルランドですね。

**安部**　彼はフランス語で書いているけれど、フランス人扱いはされていない。そういうほうがむしろいいんじゃないのかな。

**ブロック**　先ほどのガタリという人は、カフカは少数文学だといいました。そのカフカという言葉を安部公房に置き換えたら、適切だと思いますが。

**安部**　少数といういい方はむずかしい。現実にはカフカに関していえば、完全にカフカで文学の歴史が変わったと思うんですよ。だから、カフカについて少数という意見はほとんど意味がないし、ちょっと考えられないですね。

あの人は長い間、自分が作家として認められるとは思ってなかったから、読者のことは念頭に全然ないので、書くときもそんなに文章に凝ってないのね。つまり、彼にとっては書くということだけが必要であって、できた作品をどうしようとか、評価されるかもしれないなんていう期待は、全然なかったんじゃないかな。

面白いのは、たしかにブロックさんがいう意味ではないんだけど、少数といえる部分というのはこういうところにあるんですよ。世界で最初にカフカ論が書かれたのは一九三〇年代かな。そしてだれが書いたかというと、これが不思議なんだけど、四年か五年前にノーベル賞を取ったエリアス・カネッティという作家なんです。この人も珍しくて、どこの国の人かということはちょっといえないのね。おじいさんかおばあさんは、ポルトガルのユダヤ人だった。次はブルガリア人になって、それからスイス人になって、最後にドイツ人になったのかな。だけど、国籍は最後までスイスだったと思うけれども、どこの国の人かというとちょっとむずかしい。彼は一九三〇年代にカフカについての論文を書いているけれども、このときにはカフカはまだ全然出版されていないんです。

カフカに興味をもったのは自分と似ていて、そういう言葉のうえの孤立性というか……。日本人の場合には、そういう言語的なことは非常にわかりにくい問題なんだけれど、ヨーロッパではこの問題はたぶん深刻なんだろうな。フランス人もあまりわからないんだろうけど。

**ブロック**　『他人の顔』はすべての人に対する作品だと思います。なぜかというと、だれでもああいう事故に遭う可能性があるから。

**安部**　自分を喪失するということ、これは普遍的なことだろうけれども。不思議なことに、あの作品にはユダヤ系の人が非常に興味をもつ。なぜだろう。まあ、わかるけどね。いろいろな人が手紙をくれますよ。そして、民族的に多数派に属している人というのは、どちらかというと『箱男』のほうに興味をもつ。それと、カナダのフランス語系の人は、やっぱり少数派なんだろうか。

**大谷**　そうらしいです。

**安部**　彼らカナダのフランス語系の人は『他人の顔』のほうが面白くて、英語圏の人は『箱男』なんです。もちろん、たまたまかもしれないけど。でも、カナダの何とかいうイギリス人の町の大学で、学生が研究課題にみんなで箱をつくって、箱の中で一週間じっとしていて、それから外に出て論文を書いたという（笑）。

**ブロック**　りっぱな読者をたくさんおもちですね。

**安部**　日本では読者は全然いないみたいだ。まあ、少しはいるか（笑）。

アイデンティティの差異

**ブロック**　先生は非常に西洋的であるという説があるけれども、その理由の一つはアイデンティティのことを問題になさるからでしょう。片一方は「他人」であり、もう片一方は「顔」である、というような。

フランス語でアイデンティティは「ジュ（私）」です。アイデンティティの問題を考えるとき、いつも「ジュ」が答えです。でも、先生の本を読んで、「ジュ」という答えがでてきませんでした。それで私は、数学のように方程式をつくれば、答えのXが現れると思いました。でも、そのような私の考え方すべてがちがうことに気づき、五年前から勉強を始めて、四年十カ月、「私」を探しつづけました。

**安部**　これは全然批評的な意見ではないんだけど、フランス人の場合、たとえば実存主義というような考え方をするのはわりに楽でしょう。そういう場合の原則というのは、「存在は本質に先行する」ということだけれども、実は「私」というのは本質なんですよ。そして、「仮面（マスク）」が実存である。だから、常に実存が先行しなければ、それは観念論になってしまうということです。

**ブロック**　それは、西洋的な考えにおいてですか。

**安部**　そうですね。だけど、これはどちらかというと、いわゆるカルテジアンの考え方に近いので、英米では蹴られる思考ですけどね。

いずれにしろ、あなたは日本は非常に思考がちがうなどと、そんなに心配する必要はないんですよ。たとえばアイデンティティという問題でも、ぼくとあなたがいっているアイデンティティはたぶん同じですよ。それよりむしろ、あなたが気がつかない難しい問題は、たとえば同じ日本人でも、日本にいる日本人とアメリカにいる日系アメリカ人では、アイデンティティについての意見は全然ちがいます。それはほんとうの少数派だから。インディアンと同じでね。

**ブロック**　たぶん私はヨーロッパ的な考えで読んでいるから、ヨーロッパ的にとったのでしょう。ところが日本にきてみると、日本のいい方というのは全然ちがうので、そこの違いをはっきりさせたいという気持ちがあるのです。

**安部**　どうなんでしょうね。ぼくは、そんなに特殊な思考を必要としないと思うんだけど。だって、日本の中でぼくはとても変だといわれているんだから。変なのと変なのとをかけあわせれば、マイナスとマイナスでプラスになるんじゃないかな。

それと、日本にきて日本人にだまされちゃいけないよ、日本人は、外国人と見るとたんに、ちょうどイカが墨を出すように目くらましをして、謎をかけちゃうわけね。

**ブロック**　フランスではいつでも私というときは「ジュ」で、それは子供のときから死ぬまでそうだし、また非常にへりくだった場合でも親しい場合でも、あらゆる場合に「ジュ」です。ところが日本では、自分をいうときにいくつもの一人称がある。

**安部**　ほんとうはそんなことはないの。それは単に文法的な構造上の問題であって、いくら日本人だといっても主語の「私」というのが明確になかったら話ができないから、それはあるんです。

ただ、これは人によって意見がいろいろあるんだけれど、人間関係の問題で、ある時代から非常に複雑になっていった。でも古い型の日本語にはきちんとあるんですよ。その証拠は、方言を調べていくとわかるけど、とくに関西のほうは複雑になり過ぎていますね。だけど東北にいくと、男の人と女の人との言葉の区別がだんだんなくなって、北海道にいくとほとんどない。だから、初めは女の人が皆けんかをしているのかなとびっくりするのだけれど、そうじゃなくて、関西のほうのように敬語が異様に発達していないのね。

だから、そういろいろな区別を考えてみると、日本語にとくに「私」というものがないということではない。それはあるんです。ただ、いわなくてもどこかに隠れる構造があって、文法が非常にむずかしい。だけど、そういうむずかしい構造について、あなたはそんなに考える必要はないですよ。

たとえば、文章を書き慣れていない人に文章を書かせると、「私」というのがたくさん出てくる。ところが、書き慣れている人はずるくなって、「私」という言葉を一回も使わずに、明確に「私」を出してしまう。だから、それはテクニックの問題であって、それにだまされるとちょっとややこしいことになるね。人称がないというのは思想の問題ではなくて、テクニックの問題にすぎないんじゃないかな。「私」だけじゃなくて、二人称も三人称も省略するのがしゃれた文章なんですよ。

これは英語、フランス語、ドイツ語、全部ちがうんだけど、ヨーロッパの言葉にある冠詞というものが、日本人には何のためにそんなものがいるのか、どうしてもわからない。実は言語の進化のプロセスを見ると、冠詞のほうにいくのといかないのと二つの系統があるんです。人称名詞のことよりむしろ、日本語になぜ冠詞がないのかということのほうが、ヨーロッパの人には理解しがたいんじゃないかな。

「日本的」なるもの

**安部**　とにかく、たしかに特別なところがあるけれども、そんなに日本人の思考が特別だ、特別だと思わないほうがいい。

つまり、日本人自身が誤解している問題がある。それは何かというと、江戸時代までは日本人というのは必ずしも良い意味ではなくて、わりに合理的なんですよ。それほど観念にこだわらないで、どちらかというとアングロ・サクソン的な実利的な思考が非常に進んでいた。だから数学でいっても、和算の構造はほかの国とそんなに違わないレベルできているんです。

それが明治に入ると、いちばん大きな変化は、プロイセンに対して衝撃的なものを感じるんだな。それはなにかというと、プロイセンは初めて王様でない国民のつくった国家の強烈さというものを見せたでしょう。江戸の末期にいろいろな人がヨーロッパへ行って、何を学んだかというと、いちばん影響を受けたのは、大デンマーク王国がプロイセンに負けた戦争だった。プロイセンの特徴を一口でいうと、国民軍ということで、傭兵から国民軍への移行があそこで始まったわけだ。これを日本人はすごい衝撃で受け止めて、そこから明治の教育が始まるんですよ。

そして、理念というものを日本人ももたなければいけない、日本人はあまりにも理念なしに目先の利益でいきすぎているという日本人の反省から、突然、観念主義に走っていった。そしてその観念の中で、日本のいうオリジナルなアイデンティティをやたらと求め過ぎたから、いわゆる「日本的」という、日本人自身もそう思っている変なものが増殖されていったわけです。だけど、実際にわれわれがもっているいちばん長い伝統は、やはり江戸時代だし、明治は非常にヨーロッパ的だけれども、江戸というのは意外と実利的ですね。だから、和算があそこまで発達して、微分・積分の間際までいくんだけど、日本人には理念の欲望というものが少なかったから、役には立つけれども体系として数学がそこで止まってしまったということがある。

だから、日本人を考えるときに、あまり理念優先で考えないほうがいい。日本人というのはとにかく欲が深くて、金儲けが好きで、現実主義なんですよ。それだけのことなんだから、びっくりしないでやったほうがいいと思いますよ。

**ブロック**　わかりました。ところで、人間というのはみんな仮面をかぶって生きていて、そういう状態は世界中どこにでもあることではないかと思います。

**安部**　そう思いますよ。仮面をかぶって生きているんじゃなくて、生まれたときの顔が仮面なんだと思う。

話はちがいますが、大谷さんなんかがその点をもうちょっとはっきり示す必要があると思うのは、ヨーロッパの人が日本にくると、宗教的なものというと真言密教にやたらと興味をもちますね。

**大谷**　うーん……、禅もそうですけど。

**安部**　今の浄土真宗ではそういう考え方はないんだろうけど、たとえば講なら講という考えかたは、宗教的であるだけではなくて政治学から全部含むでしょう。

**大谷**　あれは真宗でできたものです。

**安部**　ああいう種類の、もっと現実的な時代を動かす力というものが、日本の宗教としてもうちょっと外国の人に知られていいんじゃないかと思いますね。

**大谷**　あの講というのは一時代のもので、いまも講とはいいますが、全然ちがう意味ですからね。封建時代の、領主とか守護・地頭との葛藤のための細胞みたいなものでね。

**安部**　ああいうようなものを、宗教の構造としてもうちょっとわかってもらわないと。真言密教についての外国人の誤解というのはそうとうすごいですものね。

**大谷**　そうですか。

**安部**　すごいですよ、ぼくが知っている人はほとんど真言密教が好きなんだけど。

**大谷**　イコノグラフィというのが、外人にとっては面白いんですよ。

**安部**　そう。でも、あれが日本人のもっている、外国とはちがう特殊性だと、すぐに結びつけるんですね。

**大谷**　それで、ああいうものから、タントリズムなどという怪しげなものが出てきたでしょう。だから面白いわけだ。まあ、好きなんだから、やらしときゃいいですが（笑）。

**安部**　でもあれはほんとうは日本というものと関係がないんですよね。禅もそうですが。

**大谷**　禅にはいかがわしいものはないですけどね。

**安部**　あまり日本が特殊だ特殊だという根拠がどこにあるのか。

**ブロック**　神道とか仏教とか、西洋で知らないものがありますから。

**安部**　だけど、真言密教なんて外見だけ見ると、ギリシア正教ととてもよく似ている。びっくりしたのは、モスクワ郊外のトルストイが晩年にいっていた古い教会へいったら、同じなんだな。

**ブロック**　しかし、フランスで奨学金をもらって日本にくるときに、安部公房における日本的なものをみつけてこいということでした（笑）。

**安部**　むずかしい課題を担いで来たわけだね。あ、そうだ。フランス人がわりにぼくのちょっと非日本的なところで理解しやすいのは、フランス人でもアルジェリアで育った人というのは、たぶんあるタイプがあるでしょう。たとえばカミュがそうですが、ぼくも満州育ちで、コロンなんですよ。自分ではそれほど意識していないけど、そこにたぶん、ある特殊なものがあるかもしれない。

まあ、どこの国でもいろいろな人がいるからね。大谷さんのようにものすごく由緒正しい人もいれば、ぼくのように最底辺の存在もいるんだから。その意味ではほんとうの対極なんです。ぼくのところは代々開拓民で、ぼくのじいさん、ばあさんが石狩川の開拓に入っている。だから、ちょうど明治で崩壊した家系ですよ。

**大谷**　武家で？

**安部**　何だかわからないですね。北海道の人はいわないから。泥棒だったのかもしれないし、何だったかわからない。

**大谷**　北陸の真宗の門徒もずいぶんいってるんですよ。

**安部**　そうそう、越中のあの辺の人は多い。ぼくの家の隣は越中の人だった。でも、ぼくのところは古くて、永山屯田というのが石狩川のところに入ったんだけど、それの前なんですよ。

**大谷**　本願寺もずいぶん古いんですよ。明治政府に歯向かった罰でやらされたという説もあるんですけど。私の曾祖父が北陸で移民を募って、船に乗せて北海道へいった。いったことはないんですけど、何年もかかってつくった本願寺道路というのが石狩のほうにあるんですって。

**安部**　知っています。新田がたくさんある。鉄道がないときでしょう。

**大谷**　もちろん何もない、森ばかりだったときです。

**安部**　ぼくのじいさん、ばあさんがいったのも、その時期です。

**大谷**　まあ、それはいろいろなことがあっただろうと思うんですけれども。

**安部**　だから北海道の人は、自分の祖先が何であったか、不思議にいわない。

**大谷**　佐幕方でつぶされた藩の人もいるし。

**安部**　そうそう、だいたいそういうのが多かった。それから、駆け落ちした人が追っ手から逃げ回って、最後に北海道へいったとかね。

**大谷**　日本のテキサスですね。

**安部**　そうそう。そして、ぼくのおやじというのはまた家出して満州へいってるんです。だから最低（笑）。

**大谷**　いやいや、そうおっしゃると、どうも……。でも、安部さんの作品の国際性、非日本性のよってきたるところが少し理解できたような気がします。

次作の構想を語る

**安部**　この『あすあすあす』の表紙にはアイヌ民族が出ていますね。ぼくは今、ちょっとアイヌに興味を持っているものだから。

これは仮説で、まだ立証できないんだけど、どうも縄文人というのはアイヌと同じみたいね。今の仕事が終わったら、その研究に集中しようと思っているのですけれど、不思議なことには、アイヌと沖縄はほとんど同じみたいね。それと、隼人というのがいるけれども、万葉初期のものに出てくるのを読んでいると、隼人もアイヌも氏神が犬なんですよ。それから、この前調査でわかってきたのは、アイヌ犬というのはずっと長いこと北方犬だと思われてきたんだけど、あれは遺伝子からすると南方犬なんですよ。

たしかに北方からはずっと入っているんだけれども、その連中が入りかけてから弥生に変わるんです。縄文というのは、学校ではそれほど大げさに習わなかったんだけど、紀元前一万五千年ぐらいから痕跡がある。紀元前一万五千年というと、チグリス・ユーフラテスとどっちが早いかというぐらいなんです。

それで、非常に不思議なのは、彩色土器の全盛期は紀元前五〜六世紀だけれども、その彩色はじつは漆なんですね。漆の技術がそこまであったというのは、世界で縄文人だけです。中国にもまだ土器がない時期に、縄文人が土器を持っていた。ただ、中国は遅くスタートしたけど、わりに早く陶器に移行している。ところが、なぜか縄文人はずっと陶器に移行できなかった。それはどうしてかというと、理由の一つは、非常に早く漆を使った彩色土器をつくったでしょう。漆というのは熱を加えるとだめになってしまうので、その技術をつくったために焼くという技術が停滞したのではないか。だから、弥生に入るまでは焼いた陶器がないわけです。

ある時期まで縄文があって、次は弥生があって古墳時代、というのが歴史の解釈だけど、どうもそうじゃなくて、延々と縄文人がつづいてきているんじゃないか。ただ、縄文人がある時期に渡来系の人たちの真似をして、一挙に自分たちがそれまでつくっていた縄文系の土器を放棄してしまって、同じ人が弥生式の土器をつくったんじゃないかと、ぼくは今ちょっと考えているんです。

その裏付けになるのは言葉で、母音構造をずっととってきているということがある。その母音構造というのは、実はぼくがこれから調べようと思っている謎なんだけれども、これは韓国にも中国にもない。それは何かというと、母音だけで意味を形成するもので、これはポリネシアにしかないんです。それをずっと分析していくと、アイヌと沖縄が母音構造なんですよ。

**大谷**　日本語もそうですか。

**安部**　日本語はもちろんそうです。渡来人があれほど入ってきて、漢字というものは知識の概念形成には大きかったし、向こうのほうが文化的に高かったわけだけど、言語は文法構造が中国語にも韓国語にも全然ならなかった。そして、依然として母音構造をとったということは、根底に、文化というものは言語であり、言語の文化というものは崩れないという法則が、どうもあるんじゃないかと思うんだよね。

だから、外来語はずいぶん入ったけれども、語の構造ならびに音韻の法則は、縄文系のものがそのまま残ってしまっている。どうもアイヌ語、日本語、沖縄語、それからたぶん高砂族の言葉、これが全部縄文文化の言語じゃないかという気がする。そういうことがあったものだから、この表紙を見て、何か経緯があるんですかと聞いたわけです。

**大谷**　それが今度の先生の作品のテーマですか。

**安部**　いや、それは次です。ちょっと変な、気持ちの悪い話でしょう。ところが、どんどんそれが見つかってね。

縄文土器の最盛期、彩色土器が発掘されているのは、八ケ岳なんですよ。この前、そのすぐそばで、群馬県の縄文人というのが発掘されたけど、あれからＤＮＡが抽出できた。それで調べたら、完全に南方系なんだよね。

だから、北方渡来説というのは、たしかに文化は来たし、一部渡来人は来ているけど、根本においては……。

**大谷**　それで、その縄文人は征服されたんですか。

**安部**　いや、ほんとうに征服されていれば、言語は変質していた。つまり、被征服民族は言語を失うのがルールですから。ところが、失ってないんだよね。だから、もしかすると今までの歴史が全部狂っているんじゃないか。

これはここだけの話で、これから研究してから発表するけど、極端にいうと、ポリネシアのもとは縄文人だったような感じもある。ポリネシアというと今はハワイとか、あっちのほうの人のようだけど、現実はそうじゃなくて、紀元前二万年には氷期で北極の氷が高くて、ずっと干上がっていた。そして、日本海はまだなくて、大陸から北方系のモンゴロイドと南のほうのモンゴロイドが来て、ぐるぐる回っていたんだよね。

ところが、暖かくなって氷河が溶け、水位が上がってくると、日本海ができて、回れなくなってしまった。だから、人種主義というのと文化主義というのはちょっとちがって、どこの民族だったかということは実際にはさして問題じゃないんだよ。ぐるぐる回っていたのが、どこかで切られて……。

**大谷**　どうしてぐるぐる回るんですか。マンモスでも追っかけて回るんですか。

**安部**　そうそう。

ところが、日本海ができて孤島になってしまった。水位が上がってくるのが、思ったよりものすごいスピードだったんです。そして縄文人というのは、狩猟せずに海のものだけ捕っていたらしい。そこに地震があったら、海に働きに出ていた連中が全滅する可能性があるでしょう。

そういう偶然がなければ考えられないのは、クレオール言語というものが突然できる条件は、子供だけのコロニーなんですよ。だから、日本でも母音構造という特殊なものができた原因は、どこかでクレオール形成があったんじゃないかと思うんだ。子供コロニーができるという条件は、親が全滅することですよ。そして、言語形成の能力は遺伝子に組み込まれていますからね。そのクレオール形成のときに、陸上の動物を狩らないと、子音の文節で言語を形成する必要がない。というのは、狩猟に出るときだけ、ほかの動物には聞こえない、人間だけが言語として聞き分ける、自然の中には存在しない音を人間はつくって、子音の文節として言語化したでしょう。子音の文節というのは、自然の中にはないんですよ。

海の中のものだけ捕っていれば、子音の文節を発明しなくてもいい。それで非常に受け身な、母音で意味を形成する言葉ができた。いちばんいい例は、「あおいいえ（青い家）」というのは日本語だったら成り立つ。ところが、これを早口で言うと、日本人やポリネシア人以外の人には、うなっているようにしか聞こえないわけ。もっと極端にいえば、Oというローマ字を四つ並べると、世界中どこの人だって意味があるとは思わないでしょう。ところが日本語だと、「王を追おう」となる。だから、これを母音構造というんです。こういう言葉は、実はポリネシアと日本にしかない。朝鮮にもなければ中国にもないし、どこにもないんですよ。

こんな変なことが、どうして起きたか。それでぼくは、あるときにクレオール形成したんじゃないかと思ったわけです。それは紀元前一万五千年ごろに起きたんじゃないか。そして、そういうグループがずっと広がっていって、太平洋側と日本海側とに広がったものが、物々交換のために八ケ岳あたりで出会った。主に石と貝での交換がはじまって、あのへんが経済的に豊かになったから、彩色土器というのができたんじゃないかなと思うんだ。

**大谷**　八ケ岳がその時代の東京ですな。

**安部**　いや、その時代の東京はむしろ四万十川のあたりです。

ハワイからイースター島に入る。それで十世紀ごろになると、それがニュージーランドまで入ってくる。そして非常に不思議なのは、マダガスカルにも現にポリネシアンがいるんです。だから、いわゆるオセアニアの巨大な部分に、日本から出発して散っていった弱小海洋民族、つまり、戦闘力がなくて、敵が来たらさっさと逃げるという文化を持ったグループがいる。たまたま逃げないで残った日本が凄味を発揮してきたんじゃないか、という気がどうもする。

**大谷**　すると、むしろ日本人が祖先ですね。あっちが祖先かと思ったら、こっちが本家ですね。

**安部**　そう。しかし、これは仮説ですよ。ちょっと変な話でしょう。

**大谷**　今度の先生の作品が非常に楽しみです。ありがとうございました。

［1989.12.7］



最近わかってきたんですけど、四万十川の流域に、紀元前四〜五世紀に水の神様を祭った跡がたくさんあるんです。そして、全国に広がっていた。それと、四万十というのは一説によるとアイヌ語なんです。そういうふうにしていくと、アイヌというのは少数民族ではなくて、片隅に追いやられて言語が偏ったけれども、ほんとうは遺伝子構造からいえば、われわれの母体なんじゃないか。

そうすると、日本人というのは文化的には大陸の影響をすごく受けていますけれども、実はそれが海沿いに南にずっと下っていった。今、マレー・ポリネシアンという小さい種族がありますけれど、いっぺんマレーまで下がったのが、中国系とミクロネシアなどの連中に追われて、マルケサス諸島のあたりへいく。それが紀元一世紀ごろです。

それから、マルケサスからハワイに入るのが三世紀ぐらいになるのかな。そして六世紀、日本でいうと万葉ぐらいのときに、

# 余白を語る

なに、ぼくの人生観？　ひどいこと聞くなあ！　ハッハッハ。そんなことより別の話にしよう。

　本当はいま考えていることがあるんだが、それはインタビューには向かない。いずれまとめて書くつもりだけれど、小説がいよいよ大詰めの段階で、それが済んだらと思っている。そう『方舟さくら丸』以来だからもう五年になる。『スプーンを曲げる少年』（仮題）といって超能力を扱った小説だが、今年中にあげようと思っていたところ、どうもそれは無理。

　ワープロで書いているから、消すのが簡単なんだ。昔ぼくは「消しゴムで書く」といったが、ワープロを使うと消すのが内面的な意味で出来る。そもそもそういう動機でワープロを使い出したんだ。必要とあれば電気信号で残すことができるし、フロッピーで前のを呼び出すこともできる。

　こんどの小説、ぼくの集大成になりそうな気がしている。主題も表現のスタイルも。いつも終わりごろになると次のモチーフが浮かぶが、こんどに限って出てこないのはそのためかも知れない。モチーフというのは、いつも考えて出てくるのではなく直観的に出てくる。自然とジワーッと浮かぶ。

　ぼくの小説で繰り返し必ず出てくるのに、空中遊泳とか空中飛翔がある。こんどは冒頭から空を飛んでる男のシーンだ。それも携帯電話をもって話してるところから始まる。ものすごく空想的だけど猛烈にリアル。

　文体も、ひねってるわけではないが結果的に風変わりな文体になっちゃうだろう。人称設定などもはっきりしないようなところもあるし……。ヌーボーロマンのよう？　いや、それとは違う。ああいう複合的な観念操作を必要とするものではなく、むしろディテールは非常にリアルだよ。

　話は違うが、この間、ぼくの『友達』（戯曲）を映画にしてくれたスウェーデンの監督に会った。三十代の若者だが、日本の青年と違って老成してる。趣味とか考え方も大人だった。日本人はどうしてこんなに子供っぽいんだろう。あの監督とは、年齢や人種を離れて平気で対等に対話できる。日本人の場合、ああいう年齢の連中は気負いみたいのがあって対話が成立しない。あれは若さのせいではないと思う。愚かしさというか幼稚さなんだ。

日本の若い監督だったら格好つけるんだ、猛烈に。格好のおばけみたい。そのくせ伝統と断絶しているかというとそうじゃない。日本の若者は猛烈な学習主義だと思うよ。つまり日本の若者はこうだというスタイルを、あっという間に学習しちゃう。そのいい証拠は言葉づかい。例の語尾を上げて、やたらに「……とか」を入れるやつ。あれはものすごく早く消えるそうだ。大学の就職担当の人からきいたけれど、就職すると三カ月ぐらいで消える。内発的なものでなくパターンとしてバッジつけるようにつけてるんだ。「われら若者は……」というバッジ。

ヨーロッパの人は学習ではないものに向かって目をすえてるといえるんじゃないか。外の条件で学んだものじゃないものを探ってゆけば、ある普遍を見ちゃう。抑圧が取れると、東ヨーロッパも西ヨーロッパも、若者はほとんど同じ。ソ連の若者があれだけ長い抑圧の歴史をくぐり抜けながら、それが取れると翌日から正常な感覚を表明できるものを蓄積している。日本の場合、本当にそうなのかどうか、疑わしい。こんなに自由でなんの抑圧もないにもかかわらず。……しかしこれもまた話が大きくなってしまった。

［1989. 12. 22］

安部公房全集28［1984.11－1989.12］

発行……………2000年10月10日
２刷……………2007年３月30日
著者……………安部公房［あべ・こうぼう］
発行者…………佐藤隆信
発行所…………株式会社新潮社
東京都新宿区矢来町71
郵便番号 162-8711
電話 編集部03-3266-5411
読者係03-3266-5111
http://www.shinchosha.co.jp
印刷所…………大日本印刷株式会社
製本所…………加藤製本株式会社

ISBN978-4-10-640148-0 C0395

価格は函に表示してあります。
乱丁・落丁本は、ご面倒ですが小社読者係宛お送り下さい。
送料小社負担にてお取替えいたします。

見返し写真 撮影:安部公房
函裏写真 1986年頃、公房とフェリックス・ガタリ、
新宿・京王プラザホテル「ⅡⅡⅠ」にて

装幀:近藤一弥

［作品ノート28］1984. 11－1989. 12

・作品名につづけて（　）内に発表あるいは執筆年月を記し、そのあとに本巻の頁数を記した。

・アンケートや談話記事などの題名で、公房が題名を付けていないものは、初出紙誌の題名を〈　〉で囲み仮題として掲げた。

・対談・座談会・インタビューの題名は、初出がテキストの場合、初出紙誌の題名をそのまま掲げた。

・初刊本と再刊本の記載は、自著単行本と『安部公房全作品』に限った。文学全集、アンソロジー、他著本、翻訳本については原則として記載を見合わせた。

・ワープロのフロッピー・ディスクに保存されていた文書のうち、単行本に収録されたものは単行本を、新聞雑誌等に発表されたものはその初出を、プリントアウトされた原稿が残されていたものはプリントアウト原稿を、フロッピー・ディスクに保存されていたままのものは文書データを、それぞれテキストにした。

・公房が使用していたNECのビジネス・ワード・プロセッサー《NWP－10N　文豪》用の８インチのフロッピー・ディスクが新たに見つかった。システム・フロッピー１枚、〈NWP－10N 文字パターン作成用　プログラム(0)〉、〈NWP－10N　文字パターン　16×16　(1)〉とラベルに書かれた外字作成用フロッピー各１枚、それに「方舟さくら丸」の文書フロッピー３枚、「スプーン曲げの少年」、「短文集」、「死に急ぐ鯨たち」の文書フロッピー各１枚である。システム・フロッピーのラベルには〈NWP11／12　文豪　システム　フロッピィ　媒体番号136－036029－B　版数002　NEC〉と印字されている。文書フロッピー（Record Length 256 Bytes／NEC floppy disk ⅡD）のラベルには、公房の筆跡でそれぞれ「HAKO」、「方舟さくら丸／安部公房」、「方舟さくら丸（完成原稿）」、「スプーン曲げの少年」、「短文集」、「エッセイ集／死に急ぐ鯨たち」と書かれている。

長野県伊那市のNECワープロ・インフォメーション・センターの協力により、これらの文書と、その〈文書一覧〉のプリントアウトをおこない、《NWP－10N》の搭載文字や日付管理などについて助言を得た。〈文書一覧〉には、以下の書式・管理情報が記録されていた。

１）文書番号、２）表題、３）作成日、４）校正日、５）満了日、６）版数、７）プリントアウトの用紙サイズ・印字方向、８）頁数。

《NWP－10N》用の８インチのフロッピー・ディスクに保存されていた文書については「8FD」と注記して、以上の順に書式・管理情報を記載した。

文書番号の頭についているアルファベットは、作者が文書フロッピーにつけた名前で、それに続く６桁の数字は保存されていた順番を示している。「AAA1」は「短文集」の文書フロッピーにつけられた名前である。

「作成日」は、新規に文書の作成に着手した日付であり、現在のパソコンやワープロ専用機と同じくマシン内部のカレンダー時計によって自動的に記録される。

「校正日」は、新規に文書を作成したときに「作成日」と同じ日付が記録され、その後、校正・加筆・推敲などで文書データを変更した場合、自動的に更新される。ただし、文書データ

を変更した場合のみならず、閲覧のため画面上に文書を呼び出しただけでも「校正日」を更新するようになっている（プリントアウトしても、画面上に呼び出しさえしなければ、「校正日」は更新されない）。「校正日」が初出の発表年月日よりも後の日付になっているものがあるのは、画面上に文書を呼び出して「校正日」が更新されたためと思われる。たとえば「安部公房氏インタビュー／P. B.」は、『PLAYBOY 日本版』の1985年２月号に掲載されているが、校正日は「85年03月18日」と記録されている。

「満了日」は原稿完成日だが、利用者が手動で日付を入力しなければならない。入力しないと「00」のままになる。実際には、ほとんどのものが「00」のままである。

「版数」は文書データを更新した回数で、更新のたびに自動的に加算して記録する（閲覧しただけでも、「版数」は増える）。

なお、カレンダー時計の年月日は、基本操作画面上で〈補助機能〉を選択し、表示された画面上で〈運用準備〉を選択すると表示されるが、このとき呼び出された操作画面上で数字を変更することができる。当初、年度は西暦の下２桁で設定されているが、公房はそのいくつかを和暦に書き換えている。このようにしてカレンダー時計の年月日が変更された場合、その後に作成した文書の「作成日」と「校正日」は、変更された年月日に基づいて記録される。

また、いったん記録された「作成日」、「校正日」、「満了日」の変更も可能である。基本操作画面上で〈文書校正〉を選択し〈書式情報〉画面の２頁目を呼び出すと、「作成日」、「校正日」、「満了日」が表示される。この操作画面上で「満了日」を手動で入力するのだが、このとき「作成日」、「校正日」も手動で変更することができる。

このように簡単に日付の変更ができることからか、年月日には誤りと思われるものが多く記録されていた。たとえば「新潮社学芸賞 選評」は、1986年５月に選考がおこなわれた時のものであるが、校正日は「85年05月20日」と記録されており、１年のずれが生じている。

・また、公房が《NWP－10N》に次いで使用していたNECのパーソナル・ワード・プロセッサー《文豪3MⅡ》用の3.5インチのフロッピー・ディスクの〈文書一覧〉には、以下の書式・管理情報が記録されていた。

１）文書名、２）校正日、３）版数、４）プリントアウトの用紙サイズ・印字方向、５）頁数（１頁あたりの字詰×行）、６）プリントアウトされた際、２つ折りにして袋綴できる仕様になっているか否か（袋綴できる仕様の場合のみ「袋綴」と印字される）。

《3MⅡ》用の3.5インチのフロッピー・ディスクに保存されていた文書データについては「3.5FD」と注記して、以上の順に書式・管理情報を記載した。

この文書データの中には、「カンガルー・ノート」のように最初から《3MⅡ》で作成されたと思われるものと、「もぐら日記」のように、もともとは《NWP－10N》で作成され、後に《NWP－10N》用の８インチのフロッピー・ディスクから《3MⅡ》用の3.5インチのフロッピー・ディスクに変換されたと思われるものとがある。変換の際には《NWP－10N》で記録された書式・管理情報もコピーされるが（「版数」は「01版」になる）、《NWP－10N》で作成された文書の日付には、前述のように実際の年月日と異なると推定されるものが多くみられる。

本全集の編年体編集の規準とした年月日は、その文書が完成あるいはプリントアウトされた日

付と推察される「校正日」を原則として採用した。ただし、「校正日」の日付には実際の執筆年月日と異なると推定されるものが少なくないため、そのつど注記し、年月日を修正して編集した。
なお、《3MⅡ》で作成されたと思われる文書フロッピーは、「スプーンを曲げる少年」(ヴァリアント［4］、後述参照)、「飛ぶ男」、「カンガルー・ノート」、「さまざまな父」各1枚、「短文集」6枚がある。また《NWP－10N》で作成され、8インチのフロッピー・ディスクから《3MⅡ》用の3.5インチのフロッピー・ディスクに変換されたと思われる文書フロッピーは、「もぐら日記」、「短文集」各2枚がある。後述するように、公房が《3MⅡ》を使いはじめたのは1988年秋以降と推察されるので、校正日が1988年秋以前の3.5インチのフロッピー・ディスクに保存されていた文書は、もともとは《NWP－10N》で作成され、3.5インチのフロッピー・ディスクに変換されたものであると推察される。

［談話］自作を語る――『方舟さくら丸』(1984.11.19－11.25) P.9
〔録音テープ（テキスト)〕1984年11月19日－25日 新潮社テレホンサービス〈作家自作を語る〉

［談話記事］〈人物ウイークリー・データ 安部公房〉(1984.11.29－12.5) P.10
〔初出誌〕1985年1月4日号『週刊宝石』(光文社)
表題：人物ウイークリー・データ 連載157／7年ぶりに〝核〟問題の新作を出し四輪駆動を走らせる作家／安部公房／僕と競争してる相手がチェッカーズだって！ 参ったよ！
＊この談話記事は、1984年11月29日（木）から12月5日（水）まで1週間の公房の動きを追ったルポに公房の談話が挿入されたもの。
＊文中で書かれている『方舟さくら丸』のキャンペーン・ツアーは、新潮社によって企画されたもので、1984年11月23日から1985年2月11日にかけて、全国各地でサイン会や講演会がおこなわれた。サイン会・講演会の年月日と地名・書店名（講演会場）は以下の通り。
1984年11月23日、札幌・旭屋、24日、仙台・東北大生協（東北大経済1番教室)、30日、神戸・ジュンク堂、12月1日、大阪・関西大生協、京都・駸々堂京宝店、4日、東京・早大生協(早大22号館301号室)、7日、八重洲ブックセンター、8日、神田神保町・東京堂、新宿・紀伊国屋、11日、池袋・西武ブックセンター（西武・スタジオ200)、1985年2月8日、広島・金正堂（見真講堂)、9日、山口・文栄堂、10日、福岡・金文堂（毎日福岡会館)、11日、熊本・金龍堂、金興堂（熊本市民会館)。

［談話］ものの見方としてのドキュメンタリーについて（1984.12.3）P.14
〔フロッピー・ディスク〕8FD AAA1000010 文書名「安部公房氏インタビュー／P. B.」作成日59年12月02日 校正日85年03月18日 満了日00年00月00日 第11版 用紙：A4縦 007頁
執筆年月日：校正日は「85年03月18日」と記録されているが、作成日が「59年12月02日」であり、『週刊宝石』の談話記事〈人物ウイークリー・データ 安部公房〉の「12月3日」に〈『プレイボーイ』誌に掲載の談話に目を通す〉と書かれている。そして、『PLAYBOY』誌は1985

年１月１日に発売されているので、執筆年月日は1984年12月３日と推定した。なお作成日の「59年」は昭和と思われる。
＊『PLAYBOY』の担当編集者だった立元義弘によれば、この文書データは立元が編集部に設置されていたワープロ（記憶ではシャープの《書院》）で作成してフロッピー・ディスクの形で公房に渡したもので、推敲のあと、同じ3.5インチのフロッピー・ディスクが公房から戻されたという。公房のワープロ《NWP－10N》は８インチのフロッピー・ディスクを使用するものであった。公房は何らかのかたちでデータを3.5インチのフロッピー・ディスクから８インチのフロッピー・ディスクに変換し、推敲したものと思われる。
〔初出誌（テキスト）〕1985年２月号『PLAYBOY 日本版』（集英社）
文末記載：（談）

［講演］核時代の方舟――第54回新潮文化講演会（1984. 12. 11）P. 16
〔録音テープ（テキスト）〕1984年12月11日 第54回新潮文化講演会（池袋・西武百貨店 スタジオ200）

［インタビュー］〈『方舟さくら丸』を書いた安部公房氏に聞く〉（1984. 12. 18－12. 19）P. 28
〔初出紙〕1984年12月18日－19日号『毎日新聞』夕刊〈文化〉欄
冒頭・文末記載：（徳）
＊（徳）は徳岡孝夫のこと。冒頭に〈箱根・芦ノ湖畔に訪ねて質問した〉と書かれている。

［インタビュー］生きることと生き延びること（1985. 1. 1）P. 31
〔初出誌〕1985年１月号『新潮45』（新潮社）
聞き手：新潮45編集部
＊巻頭〈グラビア〉に景山正夫撮影の写真「この人の内側③／安部公房」が掲載されている。

［インタビュー］方舟は発進せず（1985. 1. 14－1. 17）P. 39
〔放送〕1985年１月14日－17日 午後9：25－9：45 NHK教育テレビ
〔初出誌（テキスト）〕1985年１月30日『安部公房 方舟は発進せず』ミネルバ放送批評会刊（B5判 40頁 タイプ印刷）
聞き手：斎藤季夫、企画・構成：中村義雄
＊〈訪問インタビュー 安部公房〉という番組名で４夜にわたって放送された。「１ 核時代の絶望・なわばりと国家」「２ 旧満州・青春原風景」「３ 小説は無限の情報を盛る器」は箱根・芦ノ湖安部公房山荘、「４ 前衛であり続けること」は渋谷・安部公房スタジオで収録された。

［選評］重層的な騎馬物語――木下順二『ぜんぶ馬の話』（1985. 1. 26）P. 59
〔フロッピー・ディスク〕8FD AAA1000011 文書名「読売選評『ぜんぶ馬の話』木下順二著」作成日85年01月25日 校正日85年01月26日 満了日00年00月00日 第06版 用紙：A4縦 003頁

〔初出紙（テキスト）〕1985年２月１日号『読売新聞』
＊第36回読売文学賞〈随筆・紀行賞〉の選評。
＊編集部の取材に対して、読売文学賞の担当だった白石省吾は、「読売文学賞というのは６部門もあって、候補作品は20点にもなるんです。井上ひさしさんや大江健三郎さんもそうでしたが、安部さんは候補作品を全部読んでくる。みんなの意見をふんふんと聞いていて、あとでドカンという感じで意見を述べる。安部さんの選考は、その作品を自分はどう読んだかという点で、実に公平でした」と答えている。

［書簡］Diana Cooper-Clark 宛書簡（1985. 1. 31）P. 60
〔フロッピー・ディスク（テキスト）〕8FD AAA1000012 文書名「Diana Cooper-Clark 宛」作成日85年02月01日 校正日85年04月28日 満了日00年00月00日 第02版 用紙：A4縦 002頁
執筆年月日：校正日は「85年04月28日」と記録されているが、手紙の文末に「1985. 1. 31」と記載されているので、1985年１月31日とした。
＊Diana Cooper-Clark については確認できていない。

［インタビュー］〈気になる著者との30分〉（1985. 2. 1）P. 61
〔初出誌〕1985年２月１日『新刊ニュース』No. 415（東京出版販売）
表題：新連載１〈気になる著者との30分〉／『方舟さくら丸』の安部公房氏
聞き手：小川琴子

［インタビュー］〈ワープロで書かれた七年ぶりの書下ろし〉（1985. 2. 1）P. 65
〔初出誌〕1985年２月号『中学教育』（小学館）
表題：〈教師の図書館〉／著者に聞く・安部公房氏（作家）／ワープロで書かれた七年ぶりの書下ろし
聞き手：中学教育編集部

［書簡］Lars Forssell 宛書簡（1985. 2. 2）P. 68
〔フロッピー・ディスク（テキスト）〕8FD AAA1000013 文書名「Lars Forssell 宛 礼状」作成日85年02月01日 校正日85年02月02日 満了日00年00月00日 第03版 用紙：A4横 002頁
＊Lars Forssell は、スウェーデンの詩人・劇作家。

［アンケート］なぜ書くか……（1985. 2. 3）P. 69
〔フロッピー・ディスク〕8FD AAA1000014 文書名「リベラシオン『なぜ書くか』」作成日85年02月02日 校正日85年02月03日 満了日00年00月00日 第04版 用紙：A4縦 001頁
〔初出誌〕1985年３月増刊号『Liberation』
表題：POURQUOI ECRIVEZ-VOUS? ――400 ECRIVAINS REPONDENT
＊1919年、シュールリアリストのアンドレ・ブルトンは「なぜ書くか？」という問いかけをフ

ランスの作家におこなっているが、1985年３月、『リベラシオン』誌は「なぜ書くか？」という同じ問いかけを、全世界の作家400人におこなった。日本では公房のほか、遠藤周作、深沢七郎、村上春樹、村上龍、大江健三郎、瀬戸内晴美、谷川俊太郎らが答えている。
〔初刊本（テキスト）〕1986年９月10日『死に急ぐ鯨たち』新潮社刊
邦題：なぜ書くか……
〔再刊本〕1991年１月25日 新潮文庫『死に急ぐ鯨たち』新潮社刊

［インタビュー］嘘を承知で、あえてそこを生きるサクラ（1985. 2. 21）P. 70
〔フロッピー・ディスク〕8FD AAA1000018 文書名「対談 安部VSロード《流行通信》」作成日60年03月03日 校正日85年03月18日 満了日85年03月12日 第33版 用紙：A4縦 021頁
執筆年月日：校正日は「85年03月18日」と記録されているが、初出誌にインタビューの日付が「２月21日」と書かれているので、その日付をもとにここに収めた。なお、作成日の「60年」は昭和と思われる。
〔初出誌（テキスト）〕1985年５月号『流行通信』（流行通信社）
聞き手：メアリー・ロード（元『ニューズウィーク』記者）
文末記載：２月21日（実施日）

［小説］〈スプーン曲げの少年〉（1985. 3頃）P. 77
公房の没後、フロッピー・ディスクとプリントアウト原稿が真知によって箱根の山荘で発見された。そのなかにスプーンを曲げる少年が登場する作品があった（後述するヴァリアント［３］を除く）。
スプーンを曲げる少年が登場する作品には、７つのヴァリアント（異稿）がある。以下に、それらを表で示す。

| | 表題 | 内容 | 執筆期間 |
|---|---|---|---|
| ［１］3. 5FD（変換） | 〈スプーン曲げの少年〉 | スプーン曲げの少年に関するレポート | 1984. 9 – 1985. 3 |
| ［２］8FD | スプーン曲げの少年 | 中学教師のぼくは生徒に催涙ガスを発射 | 1986. 3. 27 – 1988. 1. 13 |
| ［３］PRINT | スプーン曲げの少年 | 中学教師のぼくは生徒に催涙ガスを発射 | 1988. 1 – 1989. 2 |
| ［４］3. 5FD | スプーンを曲げる少年 | 中学教師のぼくは生徒に催涙ガスを発射 | 1989. 2 – 1989. 3. 26 |
| ［５］PRINT | スプーンを曲げる少年 | 中学教師のぼくは生徒に催涙ガスを発射 | 1989. 4 – 1989. 10 |
| ［６］PRINT | スプーンを曲げる少年 | 早朝、保根治は空を飛ぶ男を目撃 | 1989. 12 – 1990. 6. 4 |
| ［７］3. 5FD | 飛ぶ男 | 早朝、保根治は空を飛ぶ男を目撃 | 1990. 6. 4 – 1990. 8. 27 |

それぞれのヴァリアントの執筆期間の特定は困難であったが、わずかな手がかりをもとに、便宜上推定した。7つのヴァリアントは、表題から3つのグループに分けられる。また、内容からも、異なる3つのグループに分けられる。本全集では、内容で分けられる3つのグループの、それぞれの最終的な原稿である［1］(本巻収録)、［5］(本巻収録)、［7］(29巻収録) を収録した。なお、単行本として刊行されている「飛ぶ男」(新潮社刊) は、真知夫人によってヴァリアント［7］に手入れされたものである (中学教師→高校教師など)。
ここでは表題が［1］〈スプーン曲げの少年〉と、［2］、［3］「スプーン曲げの少年」について記載する。

［1］:〔フロッピー・ディスク (テキスト)〕3.5FD 文書名「協力者への報告 Ⅰ」校正日90年11月22日 第04版 A4縦 縦書 074頁 (40×10) 袋綴
仮題:〈スプーン曲げの少年〉
＊表題は、表題にあたる文書ファイルが見つかっていないため、不明である。1985年2月1日号『新刊ニュース』のインタビューや、1985年3月27日号『Liberation』のインタビュー(「子午線上の綱渡り」、共に本巻収録) などで、公房が「スプーン曲げの少年」という作品を構想中であると語っているが、この作品にはスプーン曲げの少年が登場する。また、この作品は潜入ルポ風の設定で書かれているが、同じ年の『すばる』6月号のインタビュー(「破滅と再生 1」、本巻収録) で、公房が〈何年か前にこのテーマ (スプーン曲げ) をノンフィクションで書いてみようとしたことはあるんだ。(中略) そのグループに潜入して、トリックをあばく潜入ルポ風のプランだったんだ。〉と語っているので、『Liberation』のインタビューで語っている「スプーン曲げの少年」がこの作品であると推察して、〈スプーン曲げの少年〉を仮題とした。
内容:あるスプーン曲げの少年に関するレポート。
「協力者への報告 Ⅰ」と「協力者への報告 Ⅱ」から構成されている。
執筆期間:1984年9月頃－1985年3月頃 (推定)
＊校正日は「90年11月22日」と記録されているが、以下の観点から1984年9月以降、1985年3月頃までに執筆されたものと推定される。
1) 公房は、初め、8インチのフロッピー・ディスクを使用する《NWP－10N》を使っていたが、前述のように1988年秋以降、3.5インチのフロッピー・ディスクを使用する《3MⅡ》を使いはじめた。この文書は、短文を収める3.5インチのフロッピー・ディスクの、「黛君へ調査依頼の件」(校正日89年02月09日) の文書と、「カルティエ・ブレッソンへの礼状」(校正日89年02月16日) の文書の間に保存されていた。
しかし、この文書の作成は1989年ではないと考えられる。この文書データには幾つかの空白(脱字) がみられるからである。この空白は、《NWP－10N》の8インチのフロッピー・ディスクから《3MⅡ》の3.5インチのフロッピー・ディスクに変換 (コピー) したときに、外字登録されていた文字が空白となったと推察されるものである。このため、この作品は、もともとは《NWP－10N》で書かれたもので、執筆時期は、《3MⅡ》を使いはじめた1988年秋以前で

あると推定した（《NWP－10N》の搭載文字と外字登録、《3MⅡ》の搭載文字と外字登録、《NWP－10N》の文書フロッピーから《3MⅡ》の文書フロッピーに変換した際に生じる空白については、本項の最後に説明する)。

２）1984年８月28日に前作の『方舟さくら丸』を脱稿している（ノート末尾の書式・管理情報参照)。公房が初めて、次の作品として〈スプーン曲げの少年〉を構想中であると語っているのは、前述のように1985年２月１日号『新刊ニュース』掲載のインタビューである。また1985年６月号『すばる』のインタビュー（校正日85年04月17日）で公房は、〈何年か前にこのテーマをノンフィクションで書いてみようとしたことはあるんだ〉と語り、さらに、その〈ルポ風のプランを放棄した〉とも語っている。〈書いてみようとした〉ということから、このルポ風の作品の執筆は1985年４月のインタビューの前で、そのときには既に中止されていたものと考えられる。〈何年か前に書いてみようとした〉とあるので、『方舟さくら丸』執筆中に構想された可能性は否定できないが、『方舟さくら丸』の書式・管理情報の月日や版を追ってみると、この期間に、新しい作品に手をつける余裕はなかったであろうと推測される。ここでは1984年秋から1985年春にかけての執筆であったと推定した。

３）この後に書かれたと思われる［２］は、８インチのフロッピー・ディスクに残されていた。その文書ファイルのうち、本文の最初の作成日は「86年03月27日」と記録されているが、『表題』(「スプーン曲げの少年」）の作成日は「85年02月01日」と記録されていて、本文より１年以上も前になっている。この『表題』の作成日である「85年02月01日」は、むしろ〈スプーン曲げの少年〉を構想中であると公房が語っている1985年初め頃と符合する。だとすると、この『表題』の文書は［２］のために作成されたものではなく、もともとは［１］のために作成されたものであった可能性がある。このことから、［１］の作品は、1985年２月頃前後に執筆されたと推定することもできる。

＊作中にイギリス製の骸骨の紙の模型が登場するが、公房の箱根の山荘にもイギリス製の骸骨の紙の模型が残されていた（本巻の見返し写真参照)。骸骨の模型〈THE HUMAN SKELETON〉の説明書には、〈Design center, London／Fisher Miller Ltd. London／1984〉と記載されているが、公房が骸骨の模型を作った年月日は明らかではない。

また、作中に真鍮製の温度・湿度・気圧計が登場するが、公房の箱根の山荘内を撮影した写真に、真鍮製の温度・湿度・気圧計（西ドイツ・バリゴ社製）が1985年11月のカレンダーをバックに写されている（本巻の見返し写真参照)。

＊ここで、《NWP－10N》の搭載文字と外字登録、《3MⅡ》の搭載文字と外字登録、《NWP－10N》の文書フロッピーから《3MⅡ》の文書フロッピーに変換した際に生じる空白について説明する。

公房が最初に使った《NWP－10N》は、『10N 文豪ガイドブック』(1982年12月発行）によれば、数字、アルファベット、ひらがな、カタカナ、記号類、第１水準の漢字など標準文字セット3,558字をシステム・フロッピーに搭載していた。JISでは6,000字余の漢字を使用頻度の高い第１水準漢字と使用頻度の低い第２水準漢字に２分しているが、1986年頃までのパソコンや

ワープロ専用機は、技術的な制約から、第1水準漢字だけを搭載するものがほとんどだった。公房の《NWP－10N》も第1水準漢字しか搭載していなかったが、別に第2水準の漢字と作字のための字形データ（16ドット）をファイルした〈NWP－10N 文字パターン 16×16（1）〉のフロッピー・ディスクが付属されていて、どうしても必要な文字は、〈NWP－10N 文字パターン作成用 プログラム（0）〉を使って、システム・フロッピーに外字として臨時に登録して用いた（第2水準にもない文字は自分で作字する）。《NWP－10N》は、外字として94文字まで登録可能である。

今回の調査で、公房が使用していた《NWP－10N》用のシステム・フロッピーに、以下の94字の外字データが登録されていたことが判明した（コードは16進表記)。

| 〈コード〉 | −0 | −1 | −2 | −3 | −4 | −5 | −6 | −7 | −8 | −9 | −A | −B | −C | −D | −E | −F |
|---|---|---|---|---|---|---|---|---|---|---|---|---|---|---|---|---|
| 742− | | 膀 | 胱 | 饅 | 泄 | 捩 | 屁 | 搏 | 瞑 | 辟 | 俯 | 瞰 | 咬 | 攀 | 閂 | 癪 |
| 743− | 滲 | 悸 | 騙 | 肛 | 嗅 | 拮 | 檻 | 痺 | 躁 | 黴 | 嗜 | 譴 | 猜 | 翔 | 鰓 | 斂 |
| 744− | 喘 | 賽 | 憺 | 哺 | 嘲 | 箒 | 愕 | 拉 | 贅 | 臑 | 疼 | 籤 | 譬 | 喩 | 餡 | 棘 |
| 745− | 罠 | 腑 | 鮨 | 痙 | 攣 | 疚 | 咎 | 呟 | 褄 | 彙 | 卑 | 猥 | 蜃 | 膠 | 痰 | 鋏 |
| 746− | 舐 | 囁 | 羞 | 茹 | 痒 | 咀 | 嚼 | 炙 | 皺 | 埃 | 媚 | 鑰 | 誂 | 涸 | 揉 | 鉤 |
| 747− | 翅 | 芻 | 貪 | 繹 | 鬘 | 鬢 | 綽 | 窣 | 獰 | 褻 | 楔 | 鏝 | 莢 | 躊 | 躇 | |

公房が1988年秋から使いはじめたと推察される《3MⅡ》は、フロッピー・ディスクが3.5インチに変わっただけでなく、第2水準漢字も標準で持つようになった。当然、はじめから《3MⅡ》で作成した文書の第2水準漢字は、外字としてではなく、JISの正規の文字として搭載されている。搭載文字は7,748字（そのうち第2水準漢字は3,384字)、他に外字を188字まで登録することができる。

《3MⅡ》用の3.5インチのフロッピー・ディスクに保存されていた文書の中には、「『世界』原稿」（1987.2.24)、「石川淳への弔辞」（1988.1.11)、「石川淳の編上靴」（1988.3.14）など、第2水準漢字である「瞰」「捩」「腑」などが外字コードとなっているものがある。外字コードの文字は《3MⅡ》の外字領域に外字が登録されていない場合、《3MⅡ》で印字すると空白になる。こうした文書群は、外字使用情況からみて、もともとは《NWP－10N》で作成し、《3MⅡ》を使用するようになった時点で文書データを《NWP－10N》用の8インチのフロッピー・ディスクから《3MⅡ》用の3インチのフロッピー・ディスクに変換したものと推察される（「版数」が「01版」となっていることから裏づけることができる)。

一方、創作メモ「MEMO」（1988.9頃－1989春頃)、「新潮学芸賞選評」（1989.7.1）などの文書は、第2水準漢字の「檻」「彙」「曖」などが、外字コードではなく、JISコードで記録されている。第2水準漢字が外字コードで記録されている文書群の「校正日」が1988年春以前の日付となっているのに対し、JISコードで記録されている文書群の「校正日」が1988年秋以降の日付となっていることからして、《NWP－10N》から《3MⅡ》に機種変更したのは、1988年の秋であったと推察される（NECによれば《3MⅡ》の発売は1988年10月)。

また、このほか、ラップトップ・タイプのパーソナル・ワード・プロセッサ《文豪mini 5HS》

（1988年11月発売）が残されていて、公房は《3MⅡ》と併用していたと考えられる。
＊前述したように［1］の文書データには幾つかの空白がみられるが、［1］の文書はもともとは《NWP－10N》で作成されたもので、この空白は、《NWP－10N》用の8インチのフロッピー・ディスクから《3MⅡ》用の3.5インチのフロッピー・ディスクに変換したときに、外字登録されていた文字が空白となったと推察されるものである。
校訂にあたり、この空白個所については、「真　製」を「真鍮製」（79頁下段11行）のように、前後の意味から推察して文字を補った。そのさい、補った文字が外字登録された第2水準の漢字あるいは特殊な記号文字であるかどうかに留意した（一部、未入力による空白と思われるものもある。たとえば79頁上段5行目に「鷹揚さ　　だったのかな？」と2文字分の空白があったが、前後の意味から推察して、「所以」の2字が当てはまると考えられる。ところが「所」も「以」も、標準文字セットに搭載された文字であって、その直前には入力されているので、この2文字分の空白は未入力による空白と考えられる。［校訂ノート］参照)。

［2］:〔フロッピー・ディスク〕《NWP－10N》の8インチのフロッピー・ディスク1枚に次の6文書が以下の順に保存されていた。
1：KOBO000001 文書名「『表題』」作成日85年02月01日 校正日88年01月13日 満了日00年00月00日 第19版 用紙：A4縦 002頁
2：KOBO000002 文書名「1 深夜の電話」作成日86年03月27日 校正日88年01月13日 満了日00年00月00日 第88版 用紙：A4縦 011頁
3：KOBO000003 文書名「2 それからの奇妙な一日の最初の事件」作成日86年11月08日 校正日88年01月13日 満了日00年00月00日 第67版 用紙：A4縦 015頁
4：KOBO000004 文書名「3 さらに継続する奇妙な事件」作成日87年04月10日 校正日87年12月28日 満了日00年00月00日 第63版 用紙：A4縦 016頁
5：KOBO000005 文書名「4 奇妙な事件は学校まで尾行してきた」作成日88年04月12日 校正日88年01月13日 満了日00年00月00日 第54版 用紙：A4縦 011頁
6：KOBO000006 文書名「5 催涙ガス発射事件」作成日87年06月03日 校正日88年01月13日 満了日00年00月00日 第12版 用紙：A4縦 007頁
表題：スプーン曲げの少年
内容：弟を名のるスプーン曲げの少年から電話があった朝、中学教師のぼくはバスの中で生徒に催涙ガスを発射する……。
1章「深夜の電話」、2章「それからの奇妙な一日の最初の事件」、3章「さらに継続する奇妙な事件」、4章「奇妙な事件は学校まで尾行してきた」、5章「催涙ガス発射事件」の途中まで。62頁（40×10)。
［1］の文書データと比較すると、スプーン曲げの少年が登場するほかは、設定も展開も異なっている。
執筆期間：1986年3月27日－1988年1月13日
＊『表題』の作成日は「85年02月01日」となっているが、本文の最初の作成日である「86年03

月27日」から、最後の校正日である「88年01月13日」にかけて執筆されたものと推定した。なお、4章の文書データの作成日が校正日より後になっているが、3章、5章ともに作成日は「87年」と記録されているので作成年の記載に誤りがあったと思われる。

［3］:〔原稿〕
A4判ワープロ・プリントアウト（2頁印刷、1頁＝40×10）91頁
表題：スプーン曲げの少年
＊この原稿は新潮社出版部の新田敞が公房から預かったもの。1993年11月25日刊、新潮電子ライブラリー『飛ぶ男』に収録の作品「スプーン曲げの少年」は、これをテキストにしている。
内容：弟を名のるスプーン曲げの少年から電話があった朝、中学教師のぼくはバスの中で生徒に催涙ガスを発射する……。

1章「深夜の電話」、2章「それからの奇妙な一日の最初の事件」、3章「チャールストンに乗った配送係」、4章「自衛のための催涙ガス」、5章「危機一髪さしのべられた救助の手」、6章「仮面鬱病」。

［2］の文書データと比較すると、3章から5章までの章題を改題、1章から3章までを一部改稿、4章と5章を大幅に改稿、6章を新たに書き加えている。なお、［2］では「カラス」と表記されていたが、すべて「鴉」に置き換えられている。
＊［3］から［4］への異同は比較的少ない。
執筆期間：1988年1月頃－1989年2月頃（推定）
＊［2］の最終校正日である1月13日以降に書きはじめられたと考えられる。またこの原稿が改稿、加筆されたのは［4］の校正日（89年03月26日）以前としか推定できない（「スプーンを曲げる少年」の項参照）。
＊プリントアウトは、24ドットの文字で印字されている。《NWP－10N》であれば、当時セットされていたプリンターによって16ドットで印字されるので、この原稿は《3MⅡ》にセットされていた〈NEC DOT MATRIX PRINTER N5154－29〉によってプリントアウトされたものと推察される。プリントアウトの時期については、この機種が導入された1988年秋以降であると推察される。

［インタビュー］子午線上の綱渡り（1985.3.6）P.102
〔フロッピー・ディスク〕8FD AAA1000016 文書名「リベラシオン インターヴィュー」作成日85年02月25日 校正日85年03月06日 満了日00年00月00日 第12版 用紙：A4縦 017頁
〔初出誌〕1985年3月27日号『Liberation』（フランスの日刊紙）
初題：La derniere disquette d'Abe Kobo（安部公房の最新のフロッピー・ディスク）
聞き手：コリーヌ・ブレ
〔初刊本（テキスト）〕1986年9月10日『死に急ぐ鯨たち』新潮社刊
改題：子午線上の綱渡り
〔再刊本〕1991年1月25日 新潮文庫『死に急ぐ鯨たち』新潮社刊

［インタビュー］核シェルターの中の展覧会（1985. 3. 6）P. 108
〔フロッピー・ディスク〕8FD AAA1000017 文書名「『芸術新潮』〝核シェルターの中の展覧会〟」作成日85年03月01日 校正日85年03月06日 満了日00年00月00日 第17版 用紙：A4縦 038頁
〔初出誌〕1985年4月号『芸術新潮』（新潮社）
初題：「方舟さくら丸」に乗せる名画は――核シェルターの中の展覧会
聞き手：芸術新潮編集部
〔初刊本（テキスト）〕1986年9月10日『死に急ぐ鯨たち』新潮社刊
改題：核シェルターの中の展覧会
〔再刊本〕1991年1月25日 新潮文庫『死に急ぐ鯨たち』新潮社刊

［対談］コリーヌの異文化対談（1985. 3. 18）P. 120
〔フロッピー・ディスク〕8FD AAA1000015 文書名「『エル』インターヴィュー」作成日85年02月19日 校正日85年03月18日 満了日00年00月00日 第08版 用紙：A4縦 009頁
〔初出誌（テキスト）〕1985年4月25日号『ELLE-JAPON』（マガジン・ハウス）
対談者：安部公房、コリーヌ・ブレ

［座談会］ノンフィクションのいま（1985. 3. 24）P. 123
〔フロッピー・ディスク〕8FD AAA1000019 文書名「朝日ジャーナル・ノンフィクション座談会」作成日85年03月24日 校正日85年03月24日 満了日00年00月00日 第03版 用紙：A4縦 008頁
〔初出誌（テキスト）〕1985年4月5日号『朝日ジャーナル』（朝日新聞社）
出席者：安部公房、本田靖春（ノンフィクション作家）、本多勝一（朝日新聞編集委員）、筑紫哲也（司会＝『朝日ジャーナル』編集長）

［インタビュー］破滅と再生 1（1985. 4. 17）P. 131
〔フロッピー・ディスク〕8FD AAA1000020 文書名「すばるインタヴュー《破滅と再生》」作成日01年04月09日 校正日85年04月17日 満了日00年00月00日 第40版 用紙：A4縦 034頁
〔初出誌〕1985年6月号『すばる』（集英社）
初題：御破算の世界――破滅と再生
聞き手：栗坪良樹（青山学院女子短期大学教授、国文学）
＊〈発言――文学の現状について〉の1編として掲載されている。
〔初刊本（テキスト）〕1986年9月10日『死に急ぐ鯨たち』新潮社刊
改題：破滅と再生 1
〔再刊本〕1991年1月25日 新潮文庫『死に急ぐ鯨たち』新潮社刊

［メモ］NHK対談のためのメモ（1985. 4. 25）P. 144

〔フロッピー・ディスク（テキスト）〕8FD AAA1000021 文書名「NHK対談のためのメモ（人間の科学）」作成日85年04月24日 校正日85年04月25日 満了日00年00月00日 第06版 用紙：A4縦 003頁

［選評］未知なものはいつも、身近な闇のなかに――第５回PLAYBOYドキュメント・ファイル大賞選評（1985. 4. 28）P. 146
〔フロッピー・ディスク〕8FD AAA1000022 文書名「PLAY BOY 選評（第五回）」作成日85年04月28日 校正日85年04月28日 満了日00年00月00日 第03版 用紙：A4縦 004頁
〔初出誌（テキスト）〕1985年７月号『PLAYBOY 日本版』（集英社）
＊宮嶋康彦「お月さん釣れた」が最優秀作品賞を、下嶋哲朗「ヘンリー・杉本の記録」が特別優秀作品賞を受賞。

［対談］物質・生命・精神 そしてX（1985. 5. 4）P. 148
〔録画テープ（テキスト）〕1985年５月４日 午後9：00－10：30 NHK教育テレビ
対談者：安部公房、渡辺格（慶應義塾大学教授、分子生物学）
＊〈ビッグ対談〉という番組名で放送された。1986年３月８日、再放送されている。

［エッセイ］もぐら日記（1985. 5. 12－10. 13）P. 170
「もぐら日記」は、1984年の９月に新潮社出版部の新田敞が箱根の山荘を訪れ、書きかけの日記を持ち帰ったワープロ・プリントアウトのほか、公房の没後、3. 5インチのフロッピー・ディスクが発見されている。このフロッピーのデータを、本全集ではテキストとした。さらに没後、雑誌『へるめす』に初めて発表された。
新田の持ち帰った原稿には、「もぐら日記」とワープロ・プリントアウトによる表題がつけられていた。このことから、題名は「もぐら日記」とした。フロッピーには、作成された当初あったはずの表題の文書データは見あたらないが、２つに分割された「もぐら日記 Ⅰ」と「もぐら日記 Ⅱ」という文書名のデータが保存されていた。

〔原稿〕A4判 ワープロ・プリントアウト（40字×10行×２頁仕様）147頁 タテ組
表題：もぐら日記
＊この原稿は新潮社出版部の新田敞が公房から預かり、『新潮45』編集部に渡っていたが、当時の編集長亀井龍夫によれば公房の許可が下りず、掲載されなかった。日記の５月12日から９月12日までが書かれている。
＊新田敞は当時の新潮社出版部部長。三島由紀夫没後、三島が連載していた『波』の巻頭エッセイ「小説とは何か」が中断し、これに続く連載を公房に依頼した。公房は新田に会うなり、「『波』の連載エッセイの原稿依頼だろう、そろそろ来るだろうと思っていたよ」と言ったという。このときの連載エッセイが「周辺飛行」（本全集23－25巻）である。それ以後、新田は、公房が亡くなるまでの文学活動を支えた。

［フロッピー・ディスク（テキスト）］3.5インチのフロッピー・ディスク１枚に次の３文書が以下の順に保存されていた。
１：文書名「もぐら日記　Ⅰ」校正日84年12月06日　第01版　A4縦　縦書　200頁（40×10）袋綴
内容：日記の５月12日から10月13日までと、講演用原稿「技術と人間」の途中まで
２：文書名「もぐら日記　Ⅰ」校正日84年12月06日　第01版　A4縦　縦書　018頁（40×10）袋綴
内容：講演用原稿「技術と人間」の途中から最後まで
３：文書名「もぐら日記　Ⅱ」校正日84年12月06日　第01版　A4縦　縦書　011頁（40×10）袋綴
内容：日記の10月13日（続）から12月６日まで
「もぐら日記　Ⅰ」の文書がふたつあるが、これは単に文書の保存領域の容量不足から分割保存されたものである。
ここではその日記部分の文書データをテキストとして収録した。
＊講演用原稿「技術と人間」は、その後「シャーマンは祖国を歌う」と改題されて初刊本『死に急ぐ鯨たち』に収録されており、これが著者の手が入った完成原稿と考えられるので、本全集では初刊本をテキストにして該当の年月日に独立して収めた（本巻収録）。
「もぐら日記　Ⅱ」の文書名で保存されていた日記は、「もぐら日記　Ⅰ」の日記の最後の日付である10月13日から始まっていて、「10月13日（続）」から「12月６日」までが保存されていた。これも「もぐら日記　Ⅰ」と同様に、初出誌には公房の手が入っていないので、文書データをテキストにして、該当の年月日に独立して収めた（本巻収録）。
＊また、これとは別フロッピーに、「もぐら日記　Ⅲ」と題された、89年3月25日の一日分の日記が見つかっている（「もぐら日記　Ⅲ」の項参照）。
執筆年月日：日記の日付は５月12日－10月13日となっていて、たとえば８月14日の日記には〈日航機墜落事件で一昨日からテレビの前に釘付けになってしまった〉と、年月日を示唆する記載があり、1985年に実際におきた社会的な事象と日記の日付は合致している。年代については、日記には記載がなく、校正日は「84年」と記録されているが、社会的な事象から判断して、1985年と推定して修正した。

［初出誌］1993年11月９日『へるめす』46号（岩波書店）
＊〈特集安部公房・フロッピー・ディスクの通信〉の巻頭に「もぐら日記」と題して掲載されている。この「もぐら日記」はフロッピー・ディスクに保存されていた「もぐら日記　Ⅰ」と「もぐら日記　Ⅱ」の全文で、公房の没後、真知が発見し、プリントアウトして、その編集と発表を大江健三郎に託した。
＊『へるめす』46号には、大江健三郎、武満徹、辻井喬の鼎談「解発する文学――『もぐら日記』から安部公房を読む」が掲載されているが、その「後記」で大江健三郎は、「もぐら日記」の編集に際して〈ワードプロセッサーの機能からくる脱字を埋めた〉と書いている。この脱字（空白）は、ワープロ《NWP－10N》用の８インチのフロッピー・ディスクから《3MⅡ》用の3.5インチのフロッピー・ディスクに変換した際に、外字登録されていた文字が空白となっ

たものと推察される(〈スプーン曲げの少年〉の項参照)。

『新潮45』編集部に渡っていたプリントアウト原稿は、《NWP－10N》からプリントアウトされたもので、空白になっていた部分も印字されていた。本全集ではそのプリントアウト原稿に基づいて空白部分を補った。
＊6月初めから2週間、公房は北欧4カ国とアイスランドを旅行している。スウェーデンではシェル・オーケ・アンデションと「友達」の映画化の打合せを行った(本巻収録「監督シェル・オーケ・アンデションとの出会い」の項参照)。

［インタビュー］〈「方舟さくら丸」の冒頭に〉(1985.6頃) P.224
〔原稿〕A4判 ワープロ・プリントアウト(39字×43行) 4頁 ヨコ組 表題：なし
聞き手：東大新報記者
＊文末に手書きで〈文京区本郷5－26－6大崎ビル201／東大新報1985.6／松本康〉と書かれている。事情は不明だが、『東大新報』には掲載されていない。

［講演］シャーマンは祖国を歌う——儀式・言語・国家、そしてDNA (1985.10.8) P.229
〔フロッピー・ディスク〕8FD AAA1000024 文書名「「技術と人間」講演用草稿」作成日84年09月22日 校正日85年04月28日 満了日00年00月00日 第45版 用紙：A4縦 035頁
＊この文書データは「もぐら日記 Ⅰ」の中に挿入された「技術と人間」と同じ内容である(「もぐら日記」の項参照)。
＊1985年10月8日、大阪市東区・大阪商工会議所国際会議ホールで行われた第6回国際シンポジウム「人間と科学の対話」における基調講演のための草稿。校正日は「85年04月28日」と記録されているが、実際の講演日の「1985年10月8日」をもとにここに収めた。
〔初出紙〕1985年10月28日、29日、31日、11月3日－6日号『毎日新聞』
初題：技術と人間
〔初刊本(テキスト)〕1986年9月10日『死に急ぐ鯨たち』新潮社刊
改題：シャーマンは祖国を歌う——儀式・言語・国家、そしてDNA
〔再刊本〕1991年1月25日 新潮文庫『死に急ぐ鯨たち』新潮社刊
〔再掲載〕1993年11月9日『へるめす』46号(岩波書店)
＊フロッピー・ディスク、初出紙、初刊本にはそれぞれ異同がある。その異同のうち末尾部分に触れておく。
初出紙の末尾は〈もはやシャーマンの御託宣には左右されない、強靭な自己凝視による科学教育です。〉となっている。フロッピー・ディスクの文書では、そのあとに改行されて〈ところでぼくの専門である小説の世界について言えば……(略)〉と、末尾を(略)で終えた一文がある。

初刊本の末尾は〈もはやどんなシャーマンの御託宣にも左右されない、強靭な自己凝視のための科学的言語教育です。〉と改稿され、次のように加筆されている。〈存在や認識の「プログラムを開く《ことば》という鍵を、ついシャーマンの歌にまどわされて手放したりしないための

教育です。人間とはまさに「開かれたプログラム」それ自体にほかならないのですから。〉

［公開討論］人間と科学の対話（1985. 10. 9）P. 240
〔初出紙〕1985年10月17日号『毎日新聞』
パネリスト：アレキサンダー・キング（イギリス、ローマ・クラブ会長）、エリオット・L・リチャードソン（アメリカ、元司法・国防長官）、安部公房、ドナルド・D・ブラウン（アメリカ、分子生物学者）、アーハンガマゲ・T・アリヤラトネ（スリランカ、宗教家）、コーディネーター：矢野暢（京都大学教授）
＊10月9日に行われた第6回国際シンポジウム「人間と科学の対話」におけるパネル・ディスカッション。

［対談］科学と芸術 結合は可能（1985. 10. 10）P. 245
〔初出紙〕1985年10月16日号『毎日新聞』
対談者：ドナルド・ブラウン、安部公房、司会：迫田太（毎日新聞大阪本社編集局長）
＊10月10日、第6回国際シンポジウムの最終日に行われた。

［エッセイ］もぐら日記 II（1985. 10. 13－12. 6）P. 249
〔フロッピー・ディスク（テキスト）〕3. 5FD 文書名「もぐら日記 II」校正日84年12月06日 第01版 A4縦 縦書 011頁（40×10）袋綴
内容：日記の10月13日（続）から12月6日まで
執筆年月日：日記の日付は「もぐら日記 I」の最後の日付である10月13日から始まっている。校正日は「84年12月06日」と記録されているが、本文中にふれられたクロード・シモンのノーベル賞受賞が1985年10月17日なので、1985年10月13日－12月6日とした。
〔初出誌〕1993年11月9日『へるめす』46号（岩波書店）
＊〈特集安部公房・フロッピー・ディスクの通信〉の巻頭に「もぐら日記」と題して掲載されている（「もぐら日記」の項参照）。
＊『へるめす』46号には、大江健三郎、武満徹、辻井喬の鼎談「解発する文学――『もぐら日記』から安部公房を読む」が掲載されているが、その「後記」で大江健三郎は、〈フロッピー・ディスクの末尾に、他の性格の文章が、あきらかに保存の便宜のために挿入されている。それを取りのぞいて全体の完結の印象をととのえた〉と書いている。ここに書かれている〈他の性格の文章〉とは、英訳『たった一人の反乱』推薦文とその執筆後の感想である。
本全集では、この英訳『たった一人の反乱』推薦文とその執筆後の感想の一部を採録している（本巻251頁上段15行－下段10行）。

この推薦文は丸谷才一著『たった一人の反乱』英訳本（講談社インターナショナル刊）のために書かれたものであるが、同著には使われず、同著カバーには〈"A circus…of the picaresque"――Kobo Abe〉と印刷されている。
＊12月6日の末尾に書かれている〈今年残された仕事〉のうち、〈フランスの雑誌の巻頭エッ

セイ。『密会』について……〉は、『L'AUTRE JOURNAL』1986年4月9日号に掲載された「テヘランのドストイエフスキー」とコリーヌ・ブレのインタビュー「「明日の新聞」を読む」のこと（本巻収録）。その他については確認できていない。

［インタビュー］破滅と再生 2（1985. 11. 1）P. 252
〔フロッピー・ディスク〕8FD AAA1000025 文書名「福武書店11／1対談・安部公房〜小林恭二」作成日60年11月02日 校正日85年04月28日 満了日00年00月00日 第27版 用紙：B5縦 044頁
執筆年月日：校正日は「85年04月28日」と記録されているが、初出誌にインタビューの日付が「1985. 11. 1」と書かれているので、その日付をもとにここに収めた。なお、作成日の「60年」は昭和と思われる。
〔初出誌〕1986年1月号『海燕』（福武書店）
初題：御破算の文学
聞き手：小林恭二
記載年月日：1985. 11. 1（文末）
〔初刊本（テキスト）〕1986年9月10日『死に急ぐ鯨たち』新潮社刊
改題：破滅と再生 2
〔再刊本〕1991年1月25日 新潮文庫『死に急ぐ鯨たち』新潮社刊

［エッセイ］テヘランのドストイエフスキー（1985. 11. 24）P. 273
〔フロッピー・ディスク〕8FD AAA1000023 文書名「テヘランのドストイェフスキー（朝日新聞）」作成日84年04月29日 校正日84年11月24日 満了日00年00月00日 第34版 用紙：A4縦 014頁
執筆年月日：校正日は「84年11月24日」と記録されているが、初出の年月日が1年後なので、年には1年のずれがあると推定して、1985年11月24日とした。
〔初出紙〕1985年12月2日－3日号『朝日新聞』夕刊
〔再掲載〕1986年4月9日号『L'AUTRE JOURNAL』(Weekly)
仏訳：タカハシ・マミ、コリーヌ・ブレ
1993年8月5日号『LITERÁRNÍ NOVINY』（文学新聞）
チェコ語訳：ルボシュ・マルティーネック
〔初刊本（テキスト）〕1986年9月10日『死に急ぐ鯨たち』新潮社刊
〔再刊本〕1991年1月25日 新潮文庫『死に急ぐ鯨たち』新潮社刊

［エッセイ］チェニジー（1985. 11. 29）P. 277
〔フロッピー・ディスク（テキスト）〕3. 5FD
文書名「チェニジー宣伝文」校正日84年11月29日 第01版 A4縦 縦書 001頁（40×30）
文書名「図解のための解説」校正日84年11月29日 第01版 A4縦 横書 001頁（40×30）

執筆年月日：校正日は「84年11月29日」と記録されているが、初出の年月日が１年後なので、年には１年のずれがあると推定して、1985年11月29日とした。
〔初出〕1985年12月12日〈タイヤチェーン「チェニジー」報道関係資料〉（西武百貨店広報室）
表題：安部公房氏が考案のタイヤチェーン／車を動かさず、取付け簡単な「チェニジー」／西武百貨店から新発売
＊公房が考案した２種類のタイヤチェーン（①1500CCクラス、②1800CCクラス）を限定100本（各50本）、西武百貨店で試販した。①8000円、②8800円。翌年冬、一般発売。
＊タイヤチェーン「チェニジー」は、1986年５月５日、ニューヨークで行われた「第10回国際発明家エキスポ'86」で銅賞を受賞。1991年、実用新案登録された。〈実用新案登録証〉の内容は以下の通り。
〈実用新案登録証 登録第1867270号／昭和57年実用新案登録願 第047839号／平成02年実用新案出願公告 第028082号／考案の名称 タイヤチェーン装置／実用新案権者 安部公房／考案者 安部公房／この考案は、登付するものと確定し、実用新案原簿に登付されたことを証する。／平成３年９月27日 特許庁長官 深沢亘 ㊞〉

［エッセイ］タバコをやめる方法（1985. 12. 3）P. 279
〔フロッピー・ディスク〕8FD AAA1000026 文書名「『タバコをやめる方法』読売新聞」作成日84年11月24日 校正日84年12月03日 満了日00年00月00日 第11版 用紙：A4縦 007頁
執筆年月日：校正日は「84年12月03日」と記録されているが、「もぐら日記 Ⅱ」の12月６日に〈《タバコをやめる方法》を書きあげた〉と書かれているので、年には１年のずれがあると推定して、1985年12月３日とした。
〔初出紙〕1986年１月14日号『読売新聞』夕刊〈文化〉欄
表題：たばこをやめる法／一石二鳥の「言語療法」
〔初刊本（テキスト）〕1986年９月10日『死に急ぐ鯨たち』新潮社刊
改題：タバコをやめる方法
〔再刊本〕1991年１月25日 新潮文庫『死に急ぐ鯨たち』新潮社刊

［対談］意識が低すぎたPEN大会（1986. 1. 16）P. 282
〔初出誌〕1986年２月21日、３月７日号『CCS NEWS』（アメリカ日本協会）
対談者：安部公房、大平和登（演劇評論家）
実施年月日：1986年１月16日
＊『OCS NEWS』はニューヨーク在住日本人のための生活情報誌（Weekly）。
＊公房は1986年１月12日から17日にかけてニューヨークで行われた第48回国際ペン大会に、ゲスト・オブ・オナーとして中上健次と共に招待された。日本ペンクラブからは大岡信と袖井林二郎が出席した。
＊大平和登は同時併載の「安部公房との出会い」と題したエッセイの中で〈ここに掲げた対談は、PEN大会の行事の終わった出発前日の昼さがり、静かな日本クラブのティールームでの、

気軽な、短い雑談のひとときから生まれたものである〉と書いている。

［書簡］ドナルド・キーン宛書簡 第21信（1986. 2. 3）P. 293
〔フロッピー・ディスク（テキスト）〕3. 5FD 文書名「キーン氏への手紙」校正日85年02月04日 第01版 A4縦 縦書 001頁（40×30）
記載年月日：二月三日（文末）
執筆年月日：校正日は「85年02月04日」と記録されているが、本文に書かれているニューヨークのペン大会がおこなわれたのは1986年1月で、また、文末に「二月三日」と書かれているので、1986年2月3日とした。
＊文中に書かれている「アメリカ礼賛」の原稿とは「テヘランのドストイエフスキー」のこと。

［インタビュー］「明日の新聞」を読む（1986. 3. 18）P. 294
〔フロッピー・ディスク〕8FD AAA1000028 文書名「フランス語インタビュー［密会］について」作成日84年12月29日 校正日85年03月18日 満了日00年00月00日 第05版 用紙：A4縦 013頁
執筆年月日：校正日は「85年03月18日」と記録されているが、初出の年月日が1年後なので、年には1年のずれがあると推定して、1986年3月18日とした。
＊本巻月報のための取材に対して、コリーヌ・ブレは、「インタビューして私がまとめた原稿を、安部さんは全部リライトされてたんですね。本人の作文としてお書きになったんです。質問まで直して、」と答えている。
〔初出誌〕1986年4月9日号『L'AUTRE JOURNAL』
初題：Abe Kobo ; une maladie nommée santé（健康という名の病気）
聞き手：コリーヌ・ブレ
〔初刊本（テキスト）〕1986年9月10日『死に急ぐ鯨たち』新潮社刊
改題：「明日の新聞」を読む
〔再刊本〕1991年1月25日 新潮文庫『死に急ぐ鯨たち』新潮社刊

［談話記事］〈散文精神――安部公房氏〉（1986. 4. 25）P. 298
〔初出誌〕1986年4月25日号『朝日新聞』夕刊
表題：散文精神／安部公房氏／権力と相入れぬ拡散の機能／戦後文学に真の国家批判ない
文末記載：黛哲郎編集委員

［インタビュー］ヘテロ精神の復権（1986. 5. 19）P. 301
〔初出誌〕1986年5月19日号『毎日新聞』夕刊
表題：安部公房氏に聞く／ヘテロ精神の復権／言語のもう一方の側面を活性化させ
聞き手：光田烈

［選評］両脳的思考——第18回日本文学大賞学芸部門選評（1986. 5. 20）P. 303
［フロッピー・ディスク］8FD AAA1000029 文書名「新潮社学芸賞 選評」作成日85年05月20日 校正日85年05月20日 満了日00年00月00日 第05版 用紙：A4縦 004頁
執筆年月日：校正日は「85年05月20日」と記録されているが、この選考がおこなわれたのは1986年5月なので、年には1年のずれがあると推定して、1986年5月20日とした。
［初出誌（テキスト）］1986年7月号『新潮』（新潮社）
＊角田忠信著『脳の発見』とNHK取材班「20世紀は警告する」が受賞。

［インタビュー］〈国際発明展で銅賞を受賞した作家 安部公房〉（1986. 5. 23）P. 305
［フロッピー・ディスク］8FD AAA1000030 文書名「週刊サンケイ対談「チェニジー」」作成日61年05月20日 校正日85年05月23日 満了日00年00月00日 第12版 用紙：A4縦 006頁
執筆年月日：校正日は「85年05月23日」と記録されているが、タイヤチェーン「チェニジー」がニューヨークの国際発明展で銅賞を受賞したのは1986年5月なので、年には1年のずれがあると推定して、1986年5月23日とした。なお、作成日の「61年」は昭和と思われる。
［初出誌（テキスト）］1986年6月12日号『週刊サンケイ』（産経新聞社）
表題：上之郷利昭（第一線ノンフィクションライター）の取材現場／国際発明展で銅賞を受賞した作家 安部公房／「僕の小説の中にはいろんな発明品が出てくるよ」
聞き手：上之郷利昭

［跋文］ベルナール・フォコン写真集『飛ぶ紙』（1986. 6. 20）P. 310
［フロッピー・ディスク］8FD AAA1000031 文書名「『フォコン』写真集・推薦文」作成日85年06月30日 校正日85年06月30日 満了日00年00月00日 第04版 用紙：A4縦 001頁
執筆年月日：校正日は「85年06月30日」と記録されているが、初出の年月日が1年後なので、年には1年のずれがあると推定して1986年とし、また「06月30日」は初出の発行日より後になるので、発行日をもとにここに収めた。
［初出（テキスト）］1986年6月20日 ベルナール・フォコン写真集『飛ぶ紙』帯文 PARCO出版局刊

［書簡］V・グリーブニン宛書簡（1986. 7. 13）P. 311
［フロッピー・ディスク（テキスト）］8FD AAA1000032 文書名「ソ連の読者への手紙（方舟さくら丸）」作成日85年07月08日 校正日85年07月15日 満了日00年00月00日 第08版 用紙：A4縦 004頁
記載年月日：一九八六年七月十三日（文末）
執筆年月日：校正日は「85年07月15日」と記録されているが、文末に「一九八六年七月十三日」と書かれているので、1986年7月13日とした。
＊Vlasimile S. Grivnin はモスクワ大学教授。安部公房「砂の女」「燃えつきた地図」「箱男」「方舟さくら丸」、大江健三郎「遅れてきた青年」「万延元年のフットボール」「洪水はわが魂に

及び」「ピンチランナー調書」「同時代ゲーム」などを翻訳。1989年11月来日。

［エッセイ］ピジン語の夢（1986.7頃）P.314
〔フロッピー・ディスク（テキスト）〕3.5FD 文書名「ピジン語の夢」校正日89年02月10日 第04版 A4縦 縦書 003頁（40×10）袋綴
執筆年月日：校正日は「89年02月10日」と記録されているが、本文中に〈《ピジン語》なる新ー概念に出会って…〉と書かれており、《ピジン語》について初めてふれているのは、1986年7月13日付のV・グリーブニン宛書簡で、〈いま「ピジン語とクレオール語」に興味をもって、いろいろ本を読みあさっています〉と書かれているので、1986年7月頃の執筆と推定した。「ユネスコ円卓会議用メモ」(1986.9.23）にも〈ピジンとクレオール〉というメモが書かれている。なお、本文中に書かれているデレック・ビッカートン著『言語のルーツ』は1985年4月1日、大修館書店刊。

［メモ］ユネスコ円卓会議用メモ（1986.9.23）P.315
〔フロッピー・ディスク（テキスト）〕3.5FD 文書名「ユネスコ円卓会議用メモ」校正日85年09月23日 第01版 A4縦 縦書 005頁（40×10）袋綴
執筆年月日：校正日は「85年09月23日」と記録されているが、1986年9月25日開催の'86東京国際円卓会議で基調報告するためのメモであるので、年には1年のずれがあると推定して、1986年9月23日とした。

［講演］反教育論——'86東京国際円卓会議基調報告（1986.9.25）P.317
〔フロッピー・ディスク（テキスト）〕8FD AAA1000034 文書名「86年ユネスコ 講演速記」作成日61年11月17日 校正日86年02月24日 満了日00年00月00日 第18版 用紙：A4縦 022頁
＊1986年9月25日－26日、国際平和年記念'86東京国際円卓会議（日本ユネスコ協会連盟、朝日新聞社共催）が東京・大手町の経団連会館国際会議場において行われ、初日、フランスのジャーナリスト・政治家セルバン・シューベールとともに行った基調報告。校正日は「86年02月24日」と記録されているが、実際の講演日の「1986年9月25日」をもとにここに収めた。なお、作成日の「61年」は昭和と思われる。
＊この講演の要旨は1986年9月29日号『朝日新聞』に「言語、国家そして文化」と題して紹介されている。

［講演］医学と人間（1986.9.28）P.324
〔初出誌〕1987年4月5日『日母医報』4月号付録（社団法人日本母性保護医協会）
＊1986年9月28日、山形市で行われた〈第13回日母大会〉における講演録。

［談話記事］〈『死に急ぐ鯨たち』の安部公房氏〉（1986.9.29）P.330
〔初出紙〕1986年9月29日号『愛媛新聞』

表題：〈著者と語る〉／『死に急ぐ鯨たち』の安部公房氏／言語の本質は国家を超越
＊1986年９月29日号『信濃毎日新聞』『大分合同新聞』『福島民友新聞』、10月９日号『山陽新聞』、1986年10月10日号『中部経済新聞』、10月13日号『佐賀新聞』他にも掲載されている。
＊『死に急ぐ鯨たち』は1986年９月10日、新潮社刊。『死に急ぐ鯨たち』の収録作品と目次は以下の通り。（　）は年月日、丸数字は本全集の巻数で、そのあとに頁数を記した。

「なぜ書くか……」（1985. 2. 3）㉘－P. 69

Ⅰ

「シャーマンは祖国を歌う」（1985. 10. 8）㉘－P. 229

Ⅱ

「死に急ぐ鯨たち」（1984. 5）㉗－P. 185
「右脳閉塞症候群」（1980. 1. 31）㉗－P. 9（「小説の新しさ」）
「そっくり人形」（1981. 1. 1）㉗－P. 80
「サクラは異端審問官の紋章」（1981. 11. 1）㉗－P. 91
「タバコをやめる方法」（1985. 12. 3）㉘－P. 279
「テヘランのドストイエフスキー」（1985. 11. 24）㉘－P. 273

Ⅲ

「錨なき方舟の時代」（1983. 10. 27）㉗－P. 152
「子午線上の綱渡り」（1985. 3. 6）㉘－P. 102
「破滅と再生　１」（1985. 4. 17）㉘－P. 131
「破滅と再生　２」（1985. 11. 1）㉘－P. 252

Ⅳ

「地球儀に住むガルシア・マルケス」（1983. 1. 13）㉗－P. 122
「「明日の新聞」を読む」（1986. 3. 18）㉘－P. 294
「核シェルターの中の展覧会」（1985. 3. 6）㉘－P. 108

なお、公房撮影の写真５点が32頁おきに収録されている（文庫本では収録個所は異なる）。本全集では『死に急ぐ鯨たち』に収録の作品は27巻、28巻の２巻にわたって収録されているが、５点の写真すべてを本巻に収録した。

［エッセイ］異文化の遭遇（1986. 12. 24）P. 332
［フロッピー・ディスク］8FD AAA1000033 文書名「朝日新聞新年原稿」作成日85年12月10日 校正日85年12月24日 満了日00年00月00日 第40版 用紙： A4縦 025頁
執筆年月日：校正日は「85年12月24日」と記録されているが、初出の年月日が翌々年の１月なので、年にはおよそ１年のずれがある推定して、1986年12月24日とした。
［初出紙（テキスト）］1987年１月５日、６日、８日号『朝日新聞』夕刊〈文化〉欄
表題：上／執行猶予／「西欧的」認識を告発／同じ立場の日本 なぜ指摘受けぬ
　　　中／猿のバーテン／屈辱的な見られる側／東アジアの鏡に映る「見る日本」
　　　下／クレオール／脱皮うながす引き金／崩壊から再生へ言語の円環続く

＊文末に記者により〈「異文化の遭遇」をテーマにした安部公房氏の原稿を、今後も随時掲載する予定です〉と書かれているが、実現していない。

［対談］文明のキーワード（1987. 2. 9－2. 10）P. 339
［録画テープ（テキスト）］1987年2月9日－10日 午後8：00－8：45 NHK教育テレビ ETV8
対談者：安部公房、養老孟司（東京大学教授、解剖学）
＊「1 世紀末の現在」は東京・赤坂のサントリー美術館ロビーで、「2 コトバはヒトを滅ぼすか」は箱根の公房の山荘で収録された。

［エッセイ］クレオールの魂（1987. 2. 24）P. 365
［フロッピー・ディスク］8FD AAA1000035 文書名「『世界』原稿」作成日86年02月09日 校正日86年02月24日 満了日00年00月00日 第38版 用紙： A4縦 037頁
執筆年月日：校正日は「86年02月24日」と記録されているが、初出の年月日が1年後なので、年には1年のずれがあると推定して、1987年2月24日とした。
［初出誌（テキスト）］1987年4月号『世界』〈創刊500号記念号〉（岩波書店）

［書簡］チャールス宛書簡（1987. 6. 3）P. 377
［フロッピー・ディスク（テキスト）］3. 5FD 文書名「エリオット氏への返信」校正日86年06月03日 第01版 A4縦 縦書 002頁（40×10）袋綴
執筆年月日：Charles Elliott はアメリカ・クノップ社の編集者。『方舟さくら丸』の英訳本“The ark Sakura”は1988年3月、クノップ社から刊行された。本文には〈来春ぼくのモグラがアメリカで這い出すまでには…〉と『方舟さくら丸』英訳本の出版が〈来春〉と書かれているので、校正日は「86年06月03日」と記録されているが、年には1年のずれがあると推定して、1987年6月3日とした。

［エッセイ］弔辞――石川淳（1988. 1. 22）P. 378
［フロッピー・ディスク］3. 5FD 文書名「石川淳への弔辞」校正日87年01月11日 第01版 A4縦 縦書 004頁（40×10）袋綴
記載年月日：一九八八年一月二二日（文末）
執筆年月日：校正日は「87年01月11日」と記録されているが、弔辞の日付である1988年1月22日とした。
［初出誌（テキスト）］1988年4月25日『すばる』〈臨時増刊石川淳追悼記念号〉（集英社）
＊1987年12月29日、石川淳死去。享年88。遺志によって葬儀は行われず、友人、出版関係者による「石川淳と別れる会」が1988年1月22日午後1時から東京・新宿の千日谷会堂で行われ、200余名が出席。中村真一郎、加藤周一、安部公房、丸谷才一、武満徹が別れの言葉を述べた。
＊同月刊の筑摩書房版『石川淳全集』内容見本に同主旨の〈すいせんのことば〉を寄せている。

［書簡］ポール・クリーガー宛書簡（1988. 2. 19）P. 380
〔フロッピー・ディスク（テキスト）〕3. 5FD 文書名「ポール・クリーガー君への手紙」校正日87年02月20日 第01版 A4縦 縦書 001頁（40×28）
記載年月日：一九八八年二月一九日（文末）
執筆年月日：校正日は「87年02月20日」と記録されているが、文末に「一九八八年二月一九日」と書かれているので、1988年2月19日とした。
＊Paul Henry Krieger は「デンドロカカリヤ」「洪水」「手」などの作品を翻訳してイギリスの雑誌で紹介している。

［エッセイ］石川淳の編上靴（1988. 3. 14）P. 381
〔フロッピー・ディスク〕3. 5FD 文書名「石川淳の編上靴」校正日87年03月14日 第01版 A4縦 縦書 008頁（40×10）袋綴
執筆年月日：校正日は「87年03月14日」と記録されているが、初出の年月日が1年後なので、年には1年のずれがあると推定して、1988年3月14日とした。
〔初出紙（テキスト）〕1988年5月号『新潮』（新潮社）
＊『新潮』創刊1000号記念号。巻頭グラビア〈文学の年輪〉に、〈安部公房氏（左）と島田雅彦氏—新潮社の地下室で—〉と書かれた写真が掲載されている。

［創作メモ］［スプーン曲げの少年］のためのMEMO（1988. 3. 16頃）P. 384
〔フロッピー・ディスク（テキスト）〕3. 5FD 文書名「MEMO」校正日87年03月16日 第01版 A4縦 縦書 015頁（40×28）
執筆年月日：《3MⅡ》用の3. 5インチの文書フロッピーの「石川淳への弔辞」（校正日87年01月11日）と「ポール・クリーガー君への手紙」（校正日87年02月20日）の間に保存されていた。校正日は「87年03月16日」と記録されているが、これらの2つの文書の校正日が共に1年ずれていたので、年には1年のずれがあると推定して、1988年3月16日頃とした。「石川淳への弔辞」、「［スプーン曲げの少年］のためのMEMO」の文書は、第2水準の漢字であると想定される文字が空白となっており、版数が「01版」なので、もともとは《NWP－10N》で作成され、《3MⅡ》用の3. 5インチの文書フロッピーに変換されたものと思われる
この創作メモの前半は簡単なプロットが書かれているだけだが、「催涙ガス発射事件」のシーンからは、校長や女医との会話などが具体的に書かれている。「スプーン曲げの年」（ヴァリアント［3］の6章「仮面鬱病」）で、校長とのやりとりのあと病院へ連れていかれるシーンに、この創作メモの校長との会話が反映されている。そのことからこの創作メモは、［2］執筆後(最終校正日88年01月13日)、［3］を書き進めるにあたって、「MEMO」の校正日である3月16日頃に書かれたと考えることができる。

［創作メモ］MEMO——スプーンを曲げる少年（1988. 9頃－1989春頃）P. 396
〔フロッピー・ディスク（テキスト）〕3. 5FD 文書名「Memo」校正日92年05月01日 第48版 A

4縦 縦書 059頁（40×10）袋綴
執筆期間：この創作メモにはいくつかの新聞記事が引用されているが、以下の記事の発行年月日と掲載紙名が確認できた。見出しと発行年月日、新聞紙名を列記する。
「コカコーラが首位」1988年6月29日 朝日新聞
「強くなるため!? 薬物のすすめ」1988年9月2日 朝日新聞
「宅配便を尾行 空き巣を三百件」1988年2月26日 朝日新聞
「山谷で労働者二人襲う」1988年2月26日 朝日新聞 夕刊
「体罰教師の処分急増」1988年9月29日 朝日新聞
「病院のそばに火葬場」1988年11月27日 読売新聞
「不思議な免疫反応」1988年8月2日 朝日新聞
新聞記事からの抜粋は発行年月日順ではないので、切抜いておいたものの中から引用したものと思われる。これらの新聞記事から、おおよその執筆年月日を推察することも可能である。この文書は第2水準の漢字が入力されていて、また袋文字や網かけ文字などの文字飾りがほどこされているが、これらの文字飾りは《NWP－10N》では作成できない。このことは、この文章が《3MⅡ》によって書かれたことを示唆している。ところで《3MⅡ》は、1988年9月頃、使いはじめている（もちろん、《NWP－10N》、あるいは《3MⅡ》と同じ頃に購入された《mini 5HS》で書いた文書を変換した可能性は否定できないが）。ここでは、《3MⅡ》で書かれたものとして、執筆期間を1988年9月以降とした。また、本文に〈死亡直前のローレンツのインタビューより〉と書かれているが、ローレンツが死去したのは1989年2月27日であるので、1989年の春頃にかけて書かれたものと推定した。校正日は「92年05月01日」と記録されているが、これは画面上に文書を呼び出したために校正日が更新されたと推察される。

［書簡］真崎隆治宛書簡（1988. 10. 18）P. 413
〔フロッピー・ディスク（テキスト）〕3. 5FD 文書名「真崎隆治氏への返信」校正日87年10月19日 第01版 A4縦 縦書 004頁（40×10）袋綴
記載年月日：一九八八年十月十八日（文末）
執筆年月日：校正日は「87年10月19日」と記録されていて、年には1年のずれがあるが、文末に「一九八八年十月十八日」と書かれているので、1988年10月18日とした。
＊真崎隆治は明治学院大学文学部仏文科教授。フランスのシュトラスブールに研修留学の折、公房の演劇上演の機会があり、公房に招待状を送った。公房の手紙はその断りの返信である。

［エッセイ］カルティエ・ブレッソン作品によせて（1988. 10. 19）P. 414
〔フロッピー・ディスク〕3. 5FD 文書名「カルティエ・ブレッソンによせて」校正日87年10月19日 第01版 A4縦 縦書 004頁（40×10）袋綴
執筆年月日：校正日は「87年10月19日」と記録されているが、「真崎隆治氏への返信」の前に同じ校正日で保存されていたので、年には1年のずれがあると推定して、1988年10月19日とした。

〔初出（テキスト）〕1989年9月7日「アンリ・カルティエ・ブレッソン展」カタログ（PPS通信社）
＊「アンリ・カルティエ・ブレッソン展――写真から絵画への軌跡」は1989年9月7日－26日、東京・プランタン銀座、9月29日－10月4日、大阪・近鉄百貨店阿倍野店 近鉄アート館で開催された。主催：NHKエンタープライズ、PPS通信社。ブレッソンのスケッチ、水彩画など48点、写真39点を展示。「Henri Cartier-Bresson 国際写真賞（HCB賞）」創設を記念して、日本開催にあたり同賞の運営にあたるパリ国立写真センターが構成したもの。カタログに〈世界中の彼の友人たち40人が写真を選び、それぞれに語ったことばとともに、カルティエ・ブレッソンの大判写真作品が展観されます〉と書かれている。公房の文章はブレッソンの「サンタ・クララ（メキシコ）」（1934）の写真に添えて掲載され、会場でも写真に添えてパネル掲示された。他にピエール・ガスカール、クンデラ、クロード・ロワ、コンチャロフスキー、アーサー・ミラーなどが寄稿している。
＊1989年9月7日号『週刊新潮』（グラビア）「私のカルティエ・ブレッソン、この一枚」に「サンタ・クララ（メキシコ）」の写真に添えてこの文章の一部が掲載されている。

［メモ］黛君に調査依頼の件（1989. 2. 9）P. 415
〔フロッピー・ディスク（テキスト）〕3.5FD 文書名「朝日黛君に調査依頼の件」校正日89年02月09日 第11版 A4縦 縦書 001頁（40×26）
＊「黛君」とは朝日新聞編集委員の黛哲郎のこと。
＊この文書は「CPCT」と名前をつけられた文書フロッピーの最初に保存されていて、同じフロッピーに保存されている文書はいずれも第2水準の漢字が入力されていて、校正日がほぼ実際の年月日と合致しているので、《3MⅡ》で作成されたものと考えられる。

［書簡］カルティエ・ブレッソン宛書簡（1989. 2. 16）P. 416
〔フロッピー・ディスク（テキスト）〕3.5FD 文書名「カルティエ・ブレッソンへの礼状」校正日89年02月16日 第02版 A4縦 横書 001頁（40×25）
記載年月日：1989　2　16（文末）

［書簡］セシル・サカイ宛書簡（1989. 2. 16）P. 417
〔フロッピー・ディスク（テキスト）〕3.5FD 文書名「セシル・サカイ宛ての手紙」校正日89年02月16日 第03版 A4縦 横書 002頁（40×25）
記載年月日：1989　2　16（文頭）
＊Cecile Sakai は1987年、戯曲「友達」をパリ・ガリマール社から翻訳出版している。

［書簡］キエル・エスプマルク宛書簡（1989. 2. 20）P. 418
〔フロッピー・ディスク（テキスト）〕3.5FD 文書名「キエル・エスプマルク氏への礼状」校正日89年02月21日 第02版 A4縦 横書 001頁（40×30）

記載年月日：1989 2 20日（文末）
＊prof. Kjell Espmark は、スウェーデン王立アカデミー会員、ノーベル文学賞選考委員。

［エッセイ］もぐら日記 Ⅲ（1989. 3. 25）P. 419
［フロッピー・ディスク（テキスト）］3. 5FD 文書名「もぐら日記 Ⅲ」校正日89年04月12日 第02版 A4縦 縦書 002頁（40×10）袋綴
執筆年月日：校正日は「89年04月12日」と記録されているが、本文に〈一九八九年三月二十五日 日記を再開する〉と書かれているので、1989年３月25日とした。
＊一枚のフロッピーに、変換（コピー）された「もぐら日記 Ⅱ」と、「もぐら日記 Ⅲ」が保存されていた（「もぐら日記」の項参照）。

［書簡］ドナルド・キーン宛書簡 第22信（1989. 4. 23）P. 420
［フロッピー・ディスク（テキスト）］3. 5FD 文書名「ドナルド・キーン氏への礼状」校正日89年04月23日 第02版 A4縦 縦書 002頁（40×10）袋綴
＊本文中で触れられている新潮文庫『緑色のストッキング・未必の故意』は1989年４月刊。解説：ドナルド・キーン。また篠田一士は1989年４月13日死去している。

［選評］原ひろ子著『ヘヤー・インディアンとその世界』——第２回新潮学芸賞選評（1989. 7. 1）P. 421
［フロッピー・ディスク］3. 5FD 文書名「新潮学芸賞選評」校正日91年05月04日 第07版 A4縦 縦書 008頁（40×10）袋綴
執筆年月日：校正日は「91年05月04日」と記録されているが、同じ文書ファイルに「1991年度学芸賞選評」の文書が追加して保存されていたため、学芸賞選評の校正日が記録されたものと推察され、執筆年月日は確認できないので、初出の発表年月日をもとにここに収めた。
［初出誌（テキスト）］1989年７月号『新潮45』（新潮社）

［メモ］角田理論追試のための研究会設立試案（1989. 8. 5）P. 422
［フロッピー・ディスク（テキスト）］3. 5FD 文書名「角田理論追試のための研究会」校正日89年08月05日 第02版 A4縦 縦書 001頁（40×10）袋綴
＊1989年９月19日午後５時から、東京・エドモントホテル内マーブルで、公房が起案した「プロジェクト α（仮称）」第１回研究会が行われた。
出席者：安部公房、角田忠信（東京医科歯科大学教授）、田中優子（法政大学助教授）
＊当日のレポートには以下のように書かれている。
〈・クレオールを様々の観点から検討し、実証し、全人類的な文化の形成過程を探り出すのが、・このプロジェクトの主目的である。
・角田忠信氏は、聴覚を用いて脳内の言語機能の中枢メカニズムを解明する研究に取り組んだが、その過程で独特の検査方法を開発し、「母音優位性の差」を見出した。すなわち母音だけ

の組み合わせからなる有意語が多い言語（日本語、ポリネシア語）圏に属するヒトとそれ以外の言語圏のヒトの脳のメカニズムの差を見出したのである。（中略）が、この画期的な検査方法と結果については、未だに追試されていない。故にプロジェクトの一環としてこの実験を追試し、かつ新たに実験の数を増やしたい。

・著書『江戸の想像力』『江戸の音』において田中優子氏は、近世日本の文化状況に対して独特の見解を示している。この見解をもとに、江戸期の日本にさざ波のごとくに生じたと思われるクレオール現象を探し出し、本プロジェクトにかかわる問題点として提起してもらいたい。

（報告者：伊藤貴和子）〉

このプロジェクトは１回だけ行われた。

［エッセイ］監督シェル・オーケ・アンデションとの出会い（1989. 8. 20）P. 423

〔フロッピー・ディスク〕3. 5FD 文書名「映画「友達」のパンフレット用原稿」校正日89年08月20日 第13版 A4縦 縦書 003頁（40×10）袋綴

〔初出（テキスト）〕1989年12月９日「友達」上映パンフレット（シネセゾン）

＊映画「友達」は1989年12月16日から「東京国際ファンタスティック映画祭 '89」公式上映作品として銀座テアトル西友で上映された。脚本・監督のシェル・オーケ・アンデションは1957年、スウェーデン生まれ。1981年、脚本・監督のテレビ作品「ジャックポット」でイタリア賞を受賞。「ジャックポット」を見た公房が「友達」の映画化にあたり指名した。（戯曲「友達」については［作品ノート20］［作品ノート25］参照）

［小説］スプーンを曲げる少年（1989. 10頃）P. 425

「スプーンを曲げる少年」と表題された作品には、３つのヴァリアント（異稿）が残されていた。１つの文書フロッピー［４］と、２つのプリントアウト原稿［５］、［６］である（〈スプーン曲げの少年〉の項参照）。

［４］：〔フロッピー・ディスク〕3. 5インチのフロッピー・ディスク１枚に次の７文書が以下の順に保存されていた。

１：文書名「表題 スプーンを曲げる少年」校正日89年03月26日 第05版 A4縦 縦書 002頁（40×10）袋綴

２：文書名「１ 深夜の電話」校正日89年03月26日 第08版 A4縦 縦書 010頁（40×10）袋綴

３：文書名「２ 奇妙な一日の最初の事件」校正日89年03月26日 第12版 A4縦 縦書 014頁（40×10）袋綴

４：文書名「３ チャールストンに乗った配送係」校正日89年03月26日 第35版 A4縦 縦書 018頁（40×10）袋綴

５：文書名「４ 自衛のための催涙ガス」校正日89年03月26日 第34版 A4縦 縦書 014頁（40×10）袋綴

６：文書名「５ 危機一髪さしのべられた救助の手」校正日89年03月26日 第16版 A4縦 縦書

012頁（40×10）袋綴
７：文書名「６ 仮面鬱病」校正日89年03月26日 第40版 A4縦 縦書 022頁（40×10）袋綴
表題：スプーンを曲げる少年
内容：弟を名のるスプーン曲げの少年から電話があった朝、中学教師のぼくはバスの中で生徒に催涙ガスを発射する……。
１章「深夜の電話」、２章「奇妙な一日の最初の事件」、３章「チャールストンに乗った配送係」、４章「自衛のための催涙ガス」、５章「危機一髪さしのべられた救助の手」、６章「仮面鬱病」。94頁。
〈スプーン曲げの少年〉（1985年3月頃）の項で記載した［３］のプリントアウト原稿と比較すると、同じく６章「仮面鬱病」までで、２章の章題を「それからの奇妙な一日の最初の事件」から「奇妙な一日の最初の事件」に変えているほかは、章題も展開も同じであるが、単純な入力ミスを訂正、全体を改稿し、表題を「スプーンを曲げる少年」と改題している。
［３］から［４］への校正あるいは改稿の例を以下に掲げる（（　）内は本巻の頁・段・行数）。
〈校正〉
発着駿バス → 発着するバス（442・上・3）
本物さっくり → 本物そっくり（442・上・19）
〈改稿〉
ベルが勝手に鳴りだす回線システムの疾患があるという。→ 回線システムの欠陥でベルが勝手に鳴りだすことがあるという。（427・上・13）
むろん楽観視は禁物だろう。誰か生身の人間が、ちゃんと番号を確認しながらダイヤルしたのかもしれない。心当たりはさっぱりである。身におぼえのない不明の発信人が、予告もなしに、土足で踏み込もうとしているのだろうか。→ ただし楽観は禁物。ちゃんと番号を確認しながらダイヤルしたのかもしれない。なんの接点もない赤の他人が、予告もなしに土足で踏み込もうとしているのかもしれないのだ。（427・下・3）
以上のような単純な入力ミスの訂正や改稿・加筆の経緯からみて、［４］は、［３］から改稿して改題されたものであると推察される。
執筆期間：1989年２月頃－1989年３月26日（推定）
＊［３］から［４］への異同は比較的少ないので、［３］がプリントアウトされたのは［４］の校正日の「89年03月26日」に近い1989年２月頃と推定され、［４］は、その時期から校正日の1989年３月26日にかけて改稿され改題されたものと推定した。

［５］：〔原稿（テキスト）〕
A4判 ワープロ・プリントアウト（２頁印刷、１頁＝40×10）138頁
表題：スプーンを曲げる少年
表題の前に「The Spoon-bender boy/by Kobo Abe」とワープロ・プリントアウトされた表紙が付けられている。
内容：弟を名のるスプーン曲げの少年から電話があった朝、中学教師のぼくはバスの中で生徒

に催涙ガスを発射する……。

１章「深夜の電話」、２章「奇妙な一日の最初の事件」、３章「チャールストンに乗った配送係」、４章「自衛のための催涙ガス」、５章「危機一髪さしのべられた救助の手」、６章「仮面鬱病」、７章「措置入院 省略コース」、８章「呪文のように、ぶつぶつと……」。

［４］の文書データと比較すると、１章から５章までは同一の内容であるが、６章を改稿、７章と８章を新たに書き加えている。

この原稿は箱根の山荘に残されていたもの。訂正、改稿など公房自筆の書き込みがされている。

執筆期間：1989年４月頃－1989年10月頃（推定）

＊前述のように［４］と比較すると、６章を改稿、７章と８章を新たに書き加えていることから、［４］の校正日である1989年３月26日以降に［５］は改稿・加筆されたと考えられる。

＊「余白を語る」（1989. 12. 22）で公房は〈『スプーンを曲げる少年』（仮題）といって超能力を扱った小説だが、今年中にあげようと思っていたところ、どうもそれは無理。（中略）こんどは冒頭から空を飛んでる男のシーンだ〉と語っている。次に書かれたと思われる［６］が冒頭から空を飛んでいる男のシーンなので、［５］は1989年12月以前に改稿・加筆された可能性がある。

＊また、短文集を収める3.5インチのフロッピー・ディスクに、この時期に作成された以下の２つの文書が保存されていた。

文書名「英文題名」 校正日89年11月01日 第03版 A4縦 縦書 001頁（40×25）

文書名「英語題字」 校正日90年05月22日 第06版 A4縦 縦書 002頁（40×10）袋綴

このうち文書名「英文題名」のデータの内容は「The Spoon-bender boy/by Kobo Abe」という英字の題名で、boy が小文字で始まっている。文書名「英語題字」のデータの内容は「The Spoon-bender Boy/by Kobo Abe」という英字の題名で、Boy が大文字で始まっている。［５］の表紙の英語は「The Spoon-bender boy/by Kobo Abe」と boy が小文字で始まっている。［６］の表紙の英語は「The Spoon-bender Boy/by Kobo Abe」と Boy が大文字で始まっている。boy の字体から、文書名「英文題名」は［５］のために、文書名「英語題字」は［６］のために作成されたものと考えられる。

＊また、［５］において新たに書き加えた８章冒頭の「誓約書」の署名捺印日が〈一九八九年九月二日〉となっているが、これは実際の執筆年月日だったのかもしれない。

［６］：〔原稿〕

A4判 ワープロ・プリントアウト（２頁印刷、１頁＝40×10）148頁

表題：スプーンを曲げる少年

表題の前に「The Spoon-bender Boy/by Kobo Abe」とワープロ・プリントアウトされた表紙が付けられている。

内容：弟を名のるスプーン曲げの男が空を飛びながら中学教師に電話をかけてくるが、教師の住む部屋の隣室の女に空気銃で狙撃される……。

１章「飛ぶ男」、２章「深夜の電話」、３章「天使の懇願」、４章「狙撃者の愛の目覚め」、５章

「スプーン曲げ実演」、6章「誤解」、7章「繭の内側」、8章「鴉」。

この原稿は箱根の山荘に残されていたもの。訂正、改稿など公房自筆の書き込みがされている。

［5］のプリントアウト原稿と比較すると、1章「飛ぶ男」を書き加え、2章「深夜の電話」は、主語を「ぼく」から「保根治」に変更して改稿、3章以降を全面的に改稿して、章題も改めている。ただし、バッハのブランデンブルグ協奏曲、ガス銃の広告チラシ、窓枠のパテをついばむ鴉などの細部は残されている。また［1］(〈スプーン曲げの少年〉) で描かれていた骸骨の紙の模型が登場し、［1］で父の名前だった「マリ・ジャンプ」が、飛ぶ男の名前になっている。

また［7］のデータと比較すると、5章までは同一の文書データで、6章には、「どっち方面だすか」→「どっち方面ですか」という、あきらかな文字の誤りが校正されていて、また加筆もされ、さらに9章が書き加えられている。これらのことから、［6］のあと［7］が書かれたと考えた。なお、［6］のプリントアウト原稿に公房の筆跡で赤字が書き込まれているが、［7］には必ずしも反映されていない。その異同の一覧については本全集29作品ノート「飛ぶ男」の項に記す。

執筆期間：1989年12月頃－1990年6月4日（推定）
＊前述のように「余白を語る」(1989. 12. 22) で公房は〈こんどは冒頭から空を飛んでる男のシーンだ〉と語っている。［6］の新たに書き加えられた1章の冒頭が、空を飛んでいる男のシーンなので、このプリントアウト原稿は、1989年12月以降に書かれたものと考えることができる。
少なくとも後で書かれたと推察される［7］の6章の最終校正日（90年06月04日）の前にプリントアウトされたと考え、「90年06月04日」までを執筆期間と推定した。
＊また、前述のように、［6］のために作成されたと考えられる文書名「英語題字」は、校正日が「90年05月22日」であることから、この頃に作成されたものと考えられる。

〔座談会〕安部公房氏と語る（1989. 12. 7）P. 473
〔初出誌〕1993年3月号-4月号『あすあすあす』(本願寺維持財団)
出席者：安部公房、ジュリー・ブロック、大谷暢順
＊この座談会は1989年12月7日、東京都内のホテルで行われた（ジュリー・ブロックによる)。
＊本文で語られている『新潮』の「世界のなかの日本文学'90」に掲載された評論とは、アニー・チェッキ「安部公房――捜査＝探究の物語」(『新潮』1990年1月号）のこと（29巻［参考資料］参照)。

〔談話〕余白を語る（1989. 12. 22）P. 487
〔初出紙〕1989年12月22日号『朝日新聞』夕刊
表題：余白を語る／大詰めの段階の新作 集大成になりそう
文末記載：黛哲郎記者

［参考資料］メモ（２）（1989－1990頃）
メモ用紙はヨコ130ミリ×タテ148ミリ、上辺に「from K. ABE」、下辺に「date」と印刷されたもの（大半がタテ書き）。付箋紙は大きさ、色合いの異なるもの（大半がタテ書き）。バラバラのまま部屋に置かれていたものもあったが、多くはひとまとめにされていて、メモ用紙、付箋紙、小型のリングノートと新聞の切抜きなどがクリップで止めたり、箱に納められたりしていた。そのうち「スプーン曲げの少年」あるいは「スプーンを曲げる少年」のために集められたと推察される創作メモの一部をここに参考資料として収録した。
＊公房は創作に際し、新聞や雑誌の切抜きと、メモを保存していた。ベッドサイドにメモ用紙を置き、走り書きしたものも含まれている。
＊1989年11月２日号『朝日新聞』朝刊の記事《教師の処分 体罰では減りわいせつが増加 昨年度》の切抜きと、1990年３月14日号『朝日新聞』夕刊の記事《「ストレスと眠り密接」米・デサント所長が講演》の切抜きが、メモの間に挟み込まれていた。

［参考資料］メモ（３）（1989－1990頃）
アルミニューム製のケース〈バスケットボール ポーターデスク〉の中に、コピーされた書類、新聞と雑誌の切抜き、メモ用紙（前述の「from K. ABE」と印刷されたもの、ヨコ書き）、付箋紙（大半がタテ書き）が残されていた。これらは縄文人に関する古代史などを系統的に集めたもので、このうちの〈日本人論、日本語—クレオール論〉に向けて準備されたメモと思われるものを収録した。
＊書類のコピーは、角田忠信の実験方法に関する伊藤貴和子による報告書（1989.10.3）、および第２回モンゴロイド・フォーラム「オセアニアへの人類の進出と拡散」（東京大学医学部人類生態、1990.11.5）などである。
＊公房が生前に執筆の計画を口にしていたものには、小説「飛ぶ男」、「アメリカ文化論（クレオール文化論）」、「自伝」の３つがある。

＊以下に、新たに見つかった《NWP－10N》用の８インチのフロッピー・ディスクの文書データのうち、本全集27巻に収録した作品の書式・管理情報を参考として掲げる。

〔短文集〕
AAA1000001 文書名「バハル写真展のための推薦用短文」作成日83年05月11日 校正日84年12月06日 満了日00年00月00日 第11版 用紙：A4縦 002頁
AAA1000002 文書名「ワープロについての堤君との対談」作成日83年06月19日 校正日83年06月19日 満了日00年00月00日 第02版 用紙：A4縦 019頁
AAA1000003 文書名「アジア・アフリカ人文学会講演要旨 九月一」作成日83年08月30日 校正日85年03月18日 満了日00年00月00日 第06版 用紙：A4縦 006頁
AAA1000004 文書名「キーン氏論文の推薦文」作成日84年01月05日 校正日84年11月09日 満

了日00年00月00日 第05版 用紙：A4縦 002頁

AAA1000005 文書名「木村伊兵衛賞・第九回選評・・・」作成日84年02月26日 校正日84年02月26日 満了日00年00月00日 第03版 用紙：A4縦 005頁

AAA1000006 文書名「PB ドキュメント大賞・選評」作成日84年05月02日 校正日84年05月04日 満了日00年00月00日 第04版 用紙：A4縦 003頁

AAA1000007 文書名「信念について・アメリカ用原稿」作成日84年05月10日 校正日84年12月17日 満了日00年00月00日 第21版 用紙：A4縦 017頁

AAA1000008 文書名「司馬遼太郎《南蛮の道》選評」作成日84年06月18日 校正日84年06月22日 満了日00年00月00日 第07版 用紙：A4縦 003頁

AAA1000009 文書名「A. Knopf 氏の追悼文」作成日84年10月01日 校正日84年10月01日 満了日00年00月00日 第02版 用紙：A4縦 003頁

〔方舟さくら丸〕(完成原稿)

HAKO000001 文書名「題名」作成日83年07月28日 校正日84年12月17日 満了日00年00月00日 第06版 用紙：A4縦 002頁

HAKO000002 文書名「ユープケッチャとの出会い・・・1」作成日58年04月16日 校正日88年01月19日 満了日00年00月00日 第47版 用紙：A4縦 014頁

HAKO000003 文書名「休憩所にて 昆虫屋との出会い・・・2」作成日84年04月18日 校正日84年06月15日 満了日84年06月17日 第23版 用紙：A4縦 027頁

HAKO000004 文書名「サクラの持逃げ・・・3」作成日58年04月24日 校正日84年06月22日 満了日00年00月00日 第01版 用紙：A4縦 026頁

HAKO000005 文書名「昆虫屋の勧誘に成功する・・・4」作成日58年05月04日 校正日84年06月24日 満了日00年00月00日 第89版 用紙：A4縦 025頁

HAKO000006 文書名「乗組員第一号の乗船・・・5」作成日58年04月27日 校正日84年06月25日 満了日00年00月00日 第18版 用紙：A4縦 025頁

HAKO000007 文書名「乗り組員三人と共にした最初の夜・・・6」作成日83年07月10日 校正日84年07月01日 満了日00年00月00日 第70版 用紙：A4縦 020頁

HAKO000008 文書名「侵入者・・・7 (P145より)」作成日83年12月15日 校正日84年12月06日 満了日00年00月00日 第72版 用紙：A4縦 035頁

HAKO000009 文書名「ブリッヂでの駆け引き・・・8」作成日84年01月03日 校正日84年09月01日 満了日00年00月00日 第61版 用紙：A4縦 026頁

HAKO000010 文書名「サクラは患者だった・・・9」作成日84年01月23日 校正日84年07月16日 満了日00年00月00日 第23版 用紙：A4縦 021頁

HAKO000011 文書名「夜の進水式・・・10」作成日84年01月30日 校正日84年07月19日 満了日00年00月00日 第38版 用紙：A4縦 021頁

HAKO000012 文書名「サクラの失跡・・・11 P245より」作成日84年03月01日 校正日84年08月01日 満了日00年00月00日 第48版 用紙：A4縦 038頁

HAKO000013 文書名「第一次探検行・役場地下交換所・・・12」作成日84年03月08日 校正日84年08月01日 満了日00年00月00日 第29版 用紙：A4縦 027頁
HAKO000014 文書名「〝ほうき隊〟との出会い・・・13」作成日84年03月16日 校正日84年08月01日 満了日00年00月00日 第89版 用紙：A4縦 043頁
HAKO000015 文書名「［ほうき隊］偵察行・・・14」作成日84年04月05日 校正日84年08月03日 満了日00年00月00日 第37版 用紙：A4縦 026頁
HAKO000016 文書名「千石からの TEL、夢を見た・・・15」作成日84年04月13日 校正日84年08月17日 満了日00年00月00日 第21版 用紙：A4縦 022頁
HAKO000017 文書名「千石との交信・・・16」作成日84年04月16日 校正日84年08月29日 満了日00年00月00日 第21版 用紙：A4縦 020頁
HAKO000018 文書名「猪突との交信・・・17 P387より」作成日84年04月21日 校正日84年08月29日 満了日00年00月00日 第33版 用紙：A4縦 042頁
HAKO000019 文書名「便器墜落の巻・・・18 P409より」作成日84年04月22日 校正日84年08月17日 満了日00年00月00日 第19版 用紙：A4縦 017頁
HAKO000020 文書名「空木のエピソード・19・P419より」作成日84年04月23日 校正日84年08月20日 満了日00年00月00日 第24版 用紙：A4縦 023頁
HAKO000021 文書名「死体乗船・・・20（P431より）」作成日84年04月24日 校正日84年08月21日 満了日00年00月00日 第15版 用紙：A4縦 022頁
HAKO000022 文書名「猪突登場・・・21（P441）」作成日84年04月25日 校正日84年08月24日 満了日00年00月00日 第19版 用紙：A4縦 027頁
HAKO000023 文書名「方舟出航・・・22（P463より）」作成日84年04月28日 校正日84年08月24日 満了日00年00月00日 第20版 用紙：A4縦 031頁
HAKO000024 文書名「脱出・・・23（P483より）」作成日84年04月29日 校正日84年08月27日 満了日00年00月00日 第35版 用紙：A4縦 046頁
HAKO000025 文書名「ダイナマイト・・・24」作成日84年05月07日 校正日84年08月28日 満了日00年00月00日 第24版 用紙：A4縦 040頁
HAKO000026 文書名「25」作成日84年08月28日 校正日84年08月28日 満了日00年00月00日 第04版 用紙：A4縦 002頁

＊「方舟さくら丸」の書式・管理情報のうち、「58年」は昭和と思われる。「88年」は入力ミス、あるいは後に画面上に呼び出したために校正日が更新されたものと思われる。なお、版数は「99」の次は「00」となる。文書番号「HAKO000004」の版数は「第01版」と記録されているが、ラベルに「HAKO」と書かれている文書フロッピーの〈文書一覧〉では、同じ「HAKO000004」の版数は「第93版」と記録されているので、「第01版」は「第101版」のことであると推察される。

[校訂ノート28]

・テキストの誤記・当字、誤植と思われる箇所と、その内容を以下に示した。左はテキストの表記であり、→印の右が正しいと推測される表記である。
・[　] を付していない表記が本文中の表記である。

| | 〈頁 段 行〉 | 〈テキストの表記〉 | 〈正しいと推測される表記〉 |
|---|---|---|---|
| 方舟は発進せず | 40 上 11 | [構成機能] | → 校正機能 |
| 〈気になる著者との30分〉 | 63 上 21 | [価値感] | → 価値観 |
| | 63 下 12 | [繊細に] | → 繊細な |
| | 64 上 9 | [蔭の部分] | → 陰の部分 |
| 〈スプーン曲げの少年〉 | 78 上 4他 | [□された] | → 騙された |
| | 78 上 5 | [□□□□□を] | → JOKERを |
| | 78 下 10 | [天井裏で] | → 天井裏の |
| | 78 下 10 | [死骸だろう、] | → 死骸だろう。 |
| | 79 上 5 | [□□だった] | → 所以だった |
| | 79 上 15 | [□じ込み] | → 捩じ込み |
| | 79 下 11他 | [真□製の] | → 真鍮製の |
| | 81 上 9 | [右] | → 左 |
| | 81 上 10 | [日影] | → 日陰 |
| | 81 下 1 | [□頭] | → 饅頭 |
| | 81 下 20 | [むず□い] | → むず痒い |
| | 83 上 5 | [惨□たるもの] | → 惨憺たるもの |
| | 84 上 14 | [□□では] | → UPでは |
| | 84 下 19 | [□□なく] | → 躊躇なく |
| | 86 上 15 | [□粒] | → 粒餡 |
| | 86 上 18 | [□みとおる] | → 滲みとおる |
| | 89 下 16 | [錆と□] | → 錆と埃 |
| | 90 上 1 | [□っぽさ] | → 埃っぽさ |
| | 90 上 3 | [メスや□] | → メスや鋏 |
| | 91 下 19 | [粒□] | → 粒餡 |
| | 91 下 20 | [□だけに] | → 皺だけに |
| | 94 下 15 | [風邪] | → 風 |
| | 95 下 14 | [□しさ] | → 疚しさ |
| | 96 下 8 | [骨折院] | → 接骨院 |
| | 97 下 13 | [□めて] | → 咎めて |
| | 97 下 22 | [□□させ] | → 痙攣させ |
| | 98 上 1 | [□みつく] | → 咬みつく |
| | 98 下 15 | [□の] | → 腿の |

＊「所以」は第２水準漢字ではないが、前後の意味から推して補った。

| | | | | | |
|---|---|---|---|---|---|
| もぐら日記 | 170 | 上 | 6 | [『万葉の世紀』] | →『萬葉集とその世紀』 |
| | 172 | 上 | 5他 | [平行して] | → 並行して |
| | 172 | 上 | 13 | [彼は] | → 彼が |
| | 182 | 下 | 3 | [《府》して] | →《府》として |
| | 183 | 下 | 19 | [挺子] | → 梃子 |
| | 188 | 下 | 16 | [従姉弟] | → 従姉 |
| | 191 | 下 | 14 | [生徒や、] | → 生徒と物を |
| | 203 | 上 | 19他 | [家畜現象] | → 家畜化現象 |
| | 213 | 下 | 3 | [くるーじんぐ] | → クルージング |
| | 215 | 下 | 3 | [試作に挑戦] | → 試作挑戦に |
| | 216 | 下 | 5 | [審陽] | → 瀋陽 |
| | 216 | 下 | 8 | [犠牲者] | → 労働者 |
| | 216 | 下 | 11 | [東北抗日連合] | → 東北抗日連軍 |
| | 217 | 上 | 4 | [存在あらしめて] | → 存在をあらしめて |
| | 220 | 上 | 5 | [分化的退廃] | → 文化的退廃 |
| | 220 | 上 | 7 | [多集団] | → 他集団 |
| | 222 | 下 | 14 | [生物科学兵器] | → 生物化学兵器 |
| シャーマンは祖国を歌う | 232 | 下 | 17 | [アポリジン語] | → アボリジニ語 |
| もぐら日記Ⅱ | 250 | 上 | 14 | [近鉄ライオンズ] | → 西武ライオンズ |
| 破滅と再生２ | 253 | 下 | 23 | [鏡のなかに] | → 鏡のなかの |
| | 264 | 下 | 2 | [出所祝い] | → 出産祝い |
| 〈国際発明展で銅賞…〉 | 306 | 下 | 12 | [商業登録] | → 商標登録 |
| ユネスコ円卓会議用メモ | 315 | 下 | 11 | [危具] | → 危惧 |
| | 316 | 下 | 11 | [意義] | → 異議 |
| | 316 | 下 | 12 | [保障] | → 保証 |
| 医学と人間 | 324 | 上 | 13 | [学才的] | → 学際的 |
| | 324 | 下 | 2他 | [ローレンス] | → ローレンツ |
| | 327 | 下 | 21 | [脈路] | → 脈絡 |
| 〈『死に急ぐ鯨たち』の…〉 | 330 | 上 | 2 | [五年ぶり] | → 六年ぶり |
| 異文化の遭遇 | 332 | 下 | 2 | [紋切り形] | → 紋切り型 |
| | 335 | 上 | 9 | [黄色と] | → 黄色に |
| スプーンを曲げる少年 | 430 | 上 | 7 | [蒙籠] | → 朦朧 |
| | 443 | 上 | 1 | [矯声] | → 嬌声 |
| | 447 | 上 | 5 | [年齢不祥] | → 年齢不詳 |
| | 451 | 上 | 3 | [既覗感] | → 既視感 |
| | 458 | 上 | 2 | [転手] | → 運転手 |
| | 471 | 上 | 22 | [牽かれて] | → 惹かれて |
| 安部公房氏と語る | 482 | 下 | 2 | [最低辺] | → 最底辺 |
| | 485 | 下 | 17 | [大西洋側] | → 日本海側 |
| | 486 | 上 | 3 | [一節] | → 一説 |

（編集部）

［参考資料］

## メモ（2）

これはなんの話？
スプーン曲げ
誰がなんのために書いたの
ぼくが
なんのために？
なんのためだったっけ

補導員穴子
あなたみたいなタイプ本当は好みじゃない。我慢するけど、弟さんの方がずっと好み……
ずけずけ言われて、失神しかける
弟と二人で、怪しい雰囲気
すべてプロット
　いくつもの嘘と本当の可能性、そして、ぼくはそのそれぞれを体験しかける

穴子さん、ご希望どおり、兄貴をつれてきてあげました。それで、こんどは、ぼくが質問させてもらう番だ。
どうするつもりです？　何が目標なんですか？

支離滅裂（悪夢）
深層動機の設定
（次第に収斂して）その中に筋を通す
　　内側から｝日常に
　　外側から｝
Last　空中飛翔

父（まりジャンプ）　サギ師　四回の葬式歴
　息子の天才を信じている
　宗教活動のため　まず、大々的なキャンペーン
　新聞広告
津まり左右太
　手品の名人（トリック＝プロット）

飛ぶ男＝無精症
　女に殺される　愛のため
　一匹の小型カンガルーが走りすぎた。こちらを向いて、じっと目を据え、笑った　落眼

弾けないギター
三つ子の魂、百まで。九十九才の告白
一卵性双生児の互殺事件
郷土史研究家のホラ話
- アストラハン
- ミントガム

学校が終えたら帰る前に、ここで落ち合うことにしよう
ちょっとね……うん。
　端から端を歩きまわる
　びんしょうな少女
　強姦寸前
　逃げる
　行手をふせぐ男
　兄と兄の弟そっくり

晴れた日には
出窓に掛て、傘を巻きカメラをみがいていた
父が口をきいたのを一度もない
飛ぶ　九十九年寝かせた桐の灰（父のプレゼント）

財布の中のヌード写真とコンドーム

弾けもしないのに自慢して、無理にバンドのギター弾きに加えられる。油汗

父が本物と偽物に入れ替ったのはたしか神戸時代のことだ。大きなホテルの裏。
そのとき、母には変化があったかなかったか、正確なことは分らない
　ウサギの解剖室
　透明人間のラジオ放送　閉じこもって聞く父
　アゲパンで成功し、元のパン屋を破産させた

三十八回目の引越しのとき、ずっと一緒だった机の袖の下に、茶封筒が落ちていた。

高級カメラ
　昆虫の生態写真
　はじめはタカ

もし注文に応じてくれれば（マイナス演技に八百長で）
彼女？が惚れるように催眠術（心理誘導）してあげる
イヤだ。でも、同じこと

筋のある人生（登場人物）
　普通は、筋のない人生

蜂谷はバス会社の役員の子供らしい。

超能力信者の父

ぼくが飛んだこと　法廷でも証言する自信ありますか？
　国会に証人としてカンモンされても

親父がぼくを五千万円で売ったらしい。

ここまでの頁（ケイイ）を読みおえて、穴子補導員に尋ねてみた

内視しているプロット（自己の）の濃度と密度……
　例　犯罪者は、プロットの減少 or 萎縮

いちばん我慢ならないのは、愚か者と同席することさ!!
　ニイチェ主義者の父
　手品の動機

弟のカイホウ
　テント

誰をやっつけようか。
処刑判決（被告不在の）

小児性アルツハイマー　運動会
チョコレート　父の仕事場

ギター　　　　　父の帽子、変身　三輪車
のらくろ二等兵
カーテンの間
キングコング
カメラ

ぞっとしたよ

親不孝者のところ、気に入ったから、もう一度。

兄さん、そうおこらないでくれよ。ケンカのためにTELしたわけじゃない

四人（子供と計六人？）、もしくは正確にはぼくらの義母たち五人をどうするか

○□×
A　予知の術
B　心理操作の術

オヤジの世話になればいいじゃないか、ぼくよりずっと話も合うんだろ。

天秤にかけてくれなんて、たのんだおぼえは

ずっと隣に暮して、様子をうかがって——

フェチシズム＝自己拡張
　セックス代償はそのごく一部（ケイタイズイジの性）
　　　　　　　　　　　　　　↓
　　　　　　　キャロル　　宮崎事件の拡大　ファンの登場

少女が夢の世界に迷いこむ
少女の夢が世界に迷いこむ

恐竜ブーム
　想像力の中で王者の自由を見る

性との関係（カクレンボ）
　　　立ちはだかる

20――襲撃・過ゲキ
30――(鬼ごっこ) 性が鬼　鏡の部屋
50――自分が鬼　鬼ごっこ(性の後ろ姿)
60――カクレンボ(足音)

カラスは父親の使い
父からの手紙
「今年は例年にない暖冬　しかし、いずれはアッという間に木枯しが吹き、雪が

破傷風菌の培養
植木鉢にトリカブト

重罪はおかさない
軽犯罪
斜行多元生活者組合

一般の人生に筋(プロット)はない。
筋のある人生を送っているのは実物の人間ではなく、登場人物という幻なのだ

何か巨大な組織
父＝チャールストンの男
隣の女＝女医の姉 or 女医そのもの
隣の女＝チャールストン＝弟

ゴカイから自由教育運動の指導者として迎えられる

自由の化身になり(メフィスト)
手に負えなくなった「弟」を
偽父と協力しあって
捕獲
料理して
食べてしまう
(その満腹感の圧倒的な闇)

［1989–1990頃］

［参考資料］

メモ（３）

1) 左右の分業能力が突然変異によってプログラムされたとき、デジタル脳の特殊化がうながされ、言語が形成
2) 学者による継承と、ピジン ──→ クレオールによる再生（どんな変化も言語の枠内）
3) 日本語が母音で意味形成するのは、クレオール再生によるもの
いかなる条件か　１万年〜２万年
4) 日本語の研究より大事なのはクレオール現象の解明
5) 異言語接触の解明に、好都合なモデル ──→ 和×漢
6) 日本語の便利と不便
副詞過多と情緒過多
7) 右脳閉塞の時間に個人差はないか

東北弁は母音の数が変り
６〜７
これは変形ではなく縄文
その後、単純化（接合）されて、ズーズ弁でなくなる
ズーズ弁は、東北だけでなく少くも日本海全体に見られる
例　松江方面

左右分業というレベルで（基本レベルで）少くも二つのタイプがある。

そのタイプモデルの一つが角田理論という切り口で明白になった。

もしかすると、方法の発見によって、第二、第三のモデルがあるかもしれない。しかし、角田理論がかなりベーシックなものであることは音韻に母音と子音という基本区分があることで予測できる。

＝言語 {左右 / デジアナ} の分業　角田は枝現象

ニコル氏の番組
のりを常食にする伝統的なもの
南ウェルズ地方（炭鉱町）
（ケルト族）ノリのグラタン
パテ＋オートミールとまぜてバーガー（朝食）　バターがわり

アラム語
キリストが伝道に使っていた言葉、二つの村で使われている古語

ショパンのワルツという名の四拍子
あるピアノ好きの数学者の発見

厚木のコーラ工場　　書き出し

イナバの白ウサギ
　ワニ（大国主との関係）
　東南アジア系

ジャワの部族語
　色の名前
　数個しかない村の隣の部族は数えきれないほどの名前

くるわ⟷バレー
　（ルードヴィヒホニ
　（ワグナーにはバレーなし
江戸における神道の興亡
日本語とシャーマニズム

吉田秀和の短文
　野外演奏会でとつぜん鳥の声を聞いた時のショック

ハワイアンは音楽か？
母言葉にもメロディーはある？

| | | |
|---|---|---|
| ハワイアン | 純音<br>× | 西洋<br>↑ |
| ジャズ | ノイズ | 日本 |

　特にモダン

母音と子音の中間構造はあり得るか？

東南アジア　　紀元前15世紀
　　↓　　　　サモア前一世紀

マルケサス？　（ココで土器が消える）
　スティブンソン　タヒチ

キキに当って守られなければならない原則は、持続の保証（権力の）ではなく、未来の保護だろう。（ゴルバチョフ　党批判はいいが、反党は不可）

コンブ・ノリなどを好んで食べるのは日本人だけか!?
（朝鮮でのノリ食の分布は？）

コンピューターを使って、「クレオール語」の合成実験
コミュニケーションにおける、必要最少限の法則？

アイヌ伝説の中に
　オーラ
　タブー
　　のようなものはあるか？

集団の生物移動と文化移動は必らずしも一致しないのかもしれない
　ヤクーツク？

スイッチによる振り分けと考えると、日と非日は脳幹にあることになる
振り分けではなく大脳皮質自身の選択処理
フィックス後の強力な保存力
　キーン氏でも、右にフィックス
情緒の左右別はない
感情の一部が、デジタル周辺部で処理
非日は、情緒化せず感覚としてアナログ処理
外国語文学者と作家

「文明」という題のドラマの配役表。
自分が主役でないと納得できない白人
脇役意識による有色人種のコンプレックス

ハイチ　クレオール　　フランス人　安部論
ノリを食べるポリネシヤ（南米に近い）　ナルホドザワールド

［1989–1990頃］